온리 더 이노센트

ONLY THE INNOCENT

온리 더 이노센트

ONLY THE INNOCENT

레이첼 애보트 장편소설 | 김성훈 옮김

BOOK PLAZA

prologue

기다란 유리창을 통해 아찔한 햇살이 쏟아져 내린다. 햇살은 방 안에 놓인 물건을 하나하나 어루만진다. 그 덕에 방 구석구석이 완연하게 드러났다. 아차 싶었다. 화창한 날씨는 그녀도 미처 감안하지 못한 부분이다.

효과를 극대화하려면 한 치의 오차도 용납될 수 없었다. 의상, 헤어스타일, 보석 등 세세한 부분까지 꼼꼼히 챙겼다. 하나라도 삐끗했다가는 의심을 살 수 있다.

원래는 은은한 밝기로 방 안에 그림자를 드리워 몽환적인 분위기를 내려고 했었다. 그런데 지금 이 방은 스포트라이트 조명을 환하게 켜놓은 무대 같았다. 런던에서 10월의 마지막 날이니 당연히 비가 내릴 줄 알았건만.

어떡해야 할까? 커튼을 닫고 불을 켤까? 아니지. 실내 조명은 너무 노골적이어서 그가 매력을 못 느낄 것이다. 시간이 얼마 남지 않았다. 빨리 머리를 굴려야 했다. 신속하고도 완벽하게 모든 것을 재배치했다. 가죽 소파의 각도를 틀어 머리를 돌리지 않아도 그의 얼굴을 볼 수 있게 했다. 그렇다고 정면으로 바라보지는 않게 했다. 그랬다가는 시선을 피할 데가 없을 테니까. 빛이 들어오는 창문은 당연히 그녀의 뒤편에 있어야 했다. 그래야 눈동자에서 무심코 드러나는 속마음을 얼굴에 드리운 그늘로 숨길 수 있을 테니까.

준비는 모두 마무리되었다. 앞으로 일어날 일은 사필귀정이라 스스로를 다독이며, 그를 기다리기만 하면 된다. 사지의 근육이 긴장되고 어깨에도 잔뜩 힘이 들어갔다. 긴장을 풀려고 노력했다. 택시가 멈추고, 차문 닫는 소리가 들렸다. 그녀는 재빨리 거울을 곁눈질하며 모든 것이 완벽한지 재확인해 보았다. 거울에 비친 동공이 살짝 흔들리자 불안감이 엄습했다. 심란한 마음을 심호흡으로 가라앉히며 머리를 가득 채운 잡다한 생각을 꾹꾹 억눌렀다.

몇 분 동안은 더 이상 소리가 들리지 않았지만, 그가 집 안에 들어온 것만큼은 분명했다. 다만 발소리는 들리지 않았다. 현관홀에서 3층으로 이어지는 계단을 덮고 있는 두터운 카펫이 바닥에서 나는 소리를 모두 삼켜 버렸기 때문이다. 그는 곧장 침실로 오고 있을 것이다. 곤두선 신경 하나하나가 그렇게 말해주고 있었다.

그는 문을 천천히 열었지만 묘한 표정으로 문간에 가만히 서 있었다. 그는 한동안 말이 없었고, 그녀는 그의 눈길을 응대하기만 했다. 그가 잘생긴 남자라는 것은 누구도 부정할 수 없었다. 검은색 맞춤 정장은 훤칠한 체구에 꼭 들어맞았고, 희끗희끗한 머리카락은 털끝 하나 빠져나옴 없이 완벽했다. 온몸에서 성공한 남자의 자태가 흘러 넘쳤다. 이러니 매스컴이 그를 좋아할 수밖에.

마침내 그가 미소를 지었다. 분명 마음 속으로 승리를 만끽하고 있을 테지만, 그 승리감은 살짝 올라간 입꼬리에서만 보일 듯 말 듯 묻어났다. 그녀의 심장은 쿵쾅거리고 있었지만, 이제 눈동자는 조금도 흔들리지 않았다.

"여기 올 줄 알았지." 그가 잠시 말을 멈추고, 그녀의 몸을 훑었다. "선택의 여지가 없었을 테니까. 안 그래?" 만족스럽다는 듯 고개를 끄덕였다. "좋아. 완벽해 보이는군."

단 하나의 실수도 용납될 수 없기에 그녀는 모든 것을 세심하게 골랐다. 무릎까지 오는 검정색 가죽 치마와 새까만 스타킹, 흰색 브이넥 실크 니트. 가슴에 가볍게 달라붙은 이 상의는 그 아래 무엇이 있는지 암시하고 있었다. 다리는 허벅지가 보일 듯 말 듯 교묘하게 꼬여 있었다. 그리고 심플하면서도 우아한 목걸이와 귀걸이가 전체적인 매무새를 마무리하고 있었다. 그는 만족하는 듯 보였다. 일단 첫 번째 단계는 통과했다. 그녀는 자신이 조금만 더 침착함을 유지할 수 있게 해달라고 기도했다.

"장갑은 왜?" 그녀가 팔꿈치까지 오는 검정색 실크 장갑을 끼고 있는 것을 그제야 알아보고 그가 물었다.

"당신이 좋아할 것 같아서요."

그가 다시 미소 지었다. 그러나 그가 자기를 조롱하고 있다는 것쯤은 그녀도 알았다.

"제대로 봤군." 그가 대리석 탁자 위에 놓인 샴페인 두 잔과 얼음통을 가리키며 말했다. 물론 그녀가 미리 준비해둔 것이었다. "샴페인이라! 기념으로 한 잔 하자 이거지." 그가 소리도 없이 씩 웃었다.

손을 떨지 않으려고 주의하면서 그녀는 샴페인을 가늘게 따랐다. 옅은 황금색 거품이 일었다. 그가 탁자 쪽으로 걸어와 잔을 들더니 조심스럽게 한 모금 맛을 보았다.

"음, 맛이 괜찮군. 하지만 좋은 생각은 아냐. 감각을 무디게 만들 필요는 없잖아. 안 그래?" 그가 잔을 다시 내려놓고 그녀의 눈을 똑바로 쳐다보며 말했다. "오늘은 먼저 선수를 쳤군. 좋지. 그럼 다 알아서 한다는 말인가?"

그녀는 자리에서 일어나 의미심장한 표정으로 그를 향해 걸어갔다. 하이힐의 높은 굽이 두터운 카펫을 파고들었다. 그가 무엇을 원하는지 그녀는 정확히 알고 있었다. 그리고 장갑을 낀 손가락 하나로 그의 뺨을 어루만졌다.

"맞아요. 단단히 각오하세요."

그의 대답을 기다릴 필요는 없었다. 권위적으로 말하면 그만이었다. 그럼 그가 고분고분 따르리라는 것을 알고 있었다.

"옷을 벗어요. 하나도 남김없이. 그리고 침대에 누워서 기다려요."

그가 삐딱한 눈으로 쳐다보았다. 하지만 속으로는 흥분하고 있다는 것이 느껴졌다.

"그래서 대체 어떻게 할 생각이지?" 그가 더 이상 웬만한 것에는 아무 느낌도 없다는 듯 태연한 척 물었다.

"지금은 그냥 지켜보기만 하세요." 그녀가 그의 두 눈을 빤히 들여다보았다. 그의 얼굴에는 감정이 별로 드러나지 않았지만, 눈동자는 흥분으로 반짝이고 있었다. 본 적이 있는 눈빛이다. 이 눈빛이 얼마나 섬뜩해질 수 있는지 잘 알고 있었다. 그녀는 두려움을 마음 뒤편으로 밀어냈다.

그는 방 건너편으로 걸어가 그녀를 응시하면서 천천히 옷을 벗기 시작했다. 벗은 옷 하나하나를 조심스럽게 의자에 올려놓았다. 그리고 결국 완전히 벌거벗은 몸이 됐다. 늘 그렇듯 미지에 대한 기대감이 그를 흥분시켰다. 그녀는 그 모습을 외면하고 싶은 마음이 간절했다.

"이제 뭐?" 그가 물었다.

"말했잖아요. 침대 위에 누워요." 그녀가 대답했다. 자신감이 붙자 목소리에 힘이 들어갔다.

그가 방 한가운데 있는 캐노피 침대를 향해 움직였다. 뻐기듯 힘이 들어간 그의 자세를 보면, 그가 완벽에 가까운 본인의 몸을 무척 의식하고 있다는 것이 느껴졌다. 까무잡잡하게 태운 등, 봉긋 솟은 근육질 엉덩이, 단단해 보이는 허벅지를 보면 실제 나이의 절반쯤 되는 남자의 몸 같았다. 그는 돌아서서 침대에 눕는다. 우월감에 빠져 미소 짓고 있다.

"난 준비 됐어." 주체할 수 없는 욕망으로 그의 목소리가 낮아지고 있었다. 그녀는 몸서리쳐지는 것을 간신히 참았다.

"내가 당신을 위해 준비해 온 것이 있죠." 그녀가 미소를 지으며 말했다. 그 미소가 그에게 확신을 주기를 바라며. 그녀는 짙은 와인색 실크 스카프 다섯 장을 가방에서 꺼냈다. "당신이 좋아하는 색깔이에요."

흥분이 고조되면서 그가 입술을 핥기 시작했다. 그의 얼굴이 거의 짐승처럼 바뀌었다. 입술은 욕망으로 터질 듯 부풀어 오르고, 그의 눈은 기대감에 반짝거렸다.

그녀가 침대로 다가가 능숙한 솜씨로 침대 기둥에 그의 팔다리를 스카프로 묶었다. 그리고 다섯 번째 스카프를 집어든 다음에는 잠시 망설였다. 그리고 숨을 한 번 들이마신 뒤, 등을 곧게 펴며 침대 머리맡을 향해 나갔다. "오늘은 아주 특별한 날이 될 거예요. 준비가 끝날 때까지는 아무것도 보면 안 돼요."

그가 대답 대신 미소를 짓는다. 그 미소 속에는 단순한 만족 이상의 자아도취가 녹아 있다. 그는 그녀가 자기를 흥분시키는 방법을 찾기 위해 고심했다고 확신하고 있었다.

이제 그녀는 주저 없이 그의 두 눈 위에 마지막 스카프를 묶었다. 그리고 침대 밖으로 내려왔다. 그의 벌거숭이 몸뚱이에서는 흥분이 고스란히 드러났고, 간신히 알아들을 목소리로 그가 물었다. "다음은 뭔데?"

그녀가 건너편에서 대답했다. "이제 기다리세요. 약속하죠. 분명 지금 당신이 기대하는 것 이상일 거예요." 그리고는 재빨리 침실과 이어진 호화로운 욕실로 들어갔다. 그녀는 입고 있던 옷을 벗고 준비해 온 옷으로 갈아입었다. 그 와중에도 긴 검정 장갑은 절대로 벗지 않았다. 준비를 마치는 데는 삼 분도 걸리지 않았다.

다시 침실로 돌아오는 동안 그의 흥분은 눈곱만큼도 줄어들지 않았다. 기대감이 그의 욕망을 한껏 부풀려 놓았던 것이다. 하지만 그녀가 움직일 때마다 바스락거리는 소리가 나고 침대 옆 협탁에 뭔가를 조심스럽게 놓는 소리가 나자, 그가 반신반의하며 물었다. "지금 뭐 입고 있는 거야? 아까 실크 옷 그대로 입고 있는 거 아니었어?"

그녀는 장갑 낀 손으로 그의 눈을 가리고 있던 스카프를 입 쪽으로 단호하고 신속하게 끌어내렸다. 그 다음 스카프로 그의 입에 재갈을 물렸다. 그는 눈을 몇 번 깜빡이다가 그녀의 의상을 바라보았다. 흥분이 절정에 달해 있던 그는 자기가 보고 있는 것을 알아차리는 데 몇 초의 시간이 걸렸다. 순간 그는 비명을 지르려 했지만 이미 허사였고, 그의 얼굴은 공포로 일그러졌다.

마스크를 쓴 그녀의 얼굴은 두 눈만 드러나 있었다. 그 눈동자에는 미묘하고 복합적인 감정이 섞여 있었다. 그중에 핵심은 그녀를 아주 잘 아는 몇몇 사람들만이 겨우 알아볼 수 있었다. 그것은 바로 결연한 의지!

방금 전 주사기를 갖다 놓은 침대 협탁으로 그녀가 손을 뻗었다. 그녀는 짧게 숨을 들이쉬고 그의 사타구니를 장갑 낀 손으로 벌렸다. 그리고 주사기를 최대한 깊숙이 꽂아 넣었다. 들리는 소리라고는 탈출하려고 버둥대는 낮은 신음소리뿐이었다. 그녀는 주사바늘이 그리 아프지 않다는 것을 잘 알고 있었다. 그리고 그라면 그 주사의 의미를 잘 알 것이라 확신했다.

잠시 후, 그는 잠잠해졌다.

1

톰 더글라스 경감은 허겁지겁 방 안에서 필요한 물건들을 챙겼다. 아파트 창밖을 내다보니 넓은 강 너머로 그리니치의 풍경이 펼쳐졌다. 평소 같으면 그것을 바라보며 즐거웠겠지만 오늘은 집중해야 했다. 풍경을 감상하느라 낭비할 시간이 없었다.

점심식사를 하면서 와인을 두 잔 정도 마신 것이 이렇게 후회스러울 수가. 하기야 런던경찰청에 와서 처음으로 맡는 큰 사건이 하필이면 쉬는 날에 벌어질 줄 누가 알았겠는가? 재수 없는 놈은 뒤로 넘어져도 코가 깨진다더니. 새로 일할 수사팀의 존경과 신뢰를 얻으려면 앞으로 맡게 될 일에서 책을 잡혀서는 안 된다. 그런데 부임 후 가장 먼저 한 일이 낮술을 마셔 운전할 수 없으니 자원 차량을 보내달라는 것이라니. 꼴이 우습게 됐다.

그는 빠뜨린 것이 없나 주변을 둘러보았다. 늘 '전화기, 열쇠, 지갑, 노트북, 경찰신분증'을 주문 외우다시피 되뇌이기 때문에 빠뜨린 것은 없을 것 같았다. 그래도 필요한 것을 모두 챙겼는지 두 번, 세 번 확인하고 또 확인했다. 아파트 문을 닫고 나온 그는 육층 계단을 단숨에 뛰어 내려가 아파트 현관에 도착했다. 때맞춰 곤색 차량 한 대가 끼익 소리를 내며 모퉁이를 돌아서 섰다. 운전석에는 지금부터 함께 일할 부하 베키 로빈슨 경사가 타고 있었다. 톰이 조수석 문을 열고 급히 올라타 안전벨트를 매기도 전에 차는 이미 움직이기 시작했다.

"이거 미안하게 됐어, 베키 경사. 나 태우러 이 먼 데까지 오게 하고 싶지는 않았는데." 톰이 말했다.

"괜찮아요, 경감님. 그런데…, 외람된 말씀인지 모르겠지만 꽤 잘 나가는 동네에 사시네요."

톰은 베키의 표정을 살피려고 살짝 몸을 틀었다. 그냥 생각 없이 던진 말인지, 어떤 정보를 캐내려고 던진 말인지 알 수 없었다. 그녀의 반짝이는 검은 머리카락이 앞으로 흘러내려 있는 통에 표정이 잘 드러나지 않았다. 그는 어떻게 경찰관이, 그것도 이혼한 경찰관이 독랜드 한복판에 자리잡은 고급 아파트에서 살게 되었는지 설명해 줄 마음은 추호도 없었다. 지금은 한가하게 그런 것을 설명할 때와 장소가 아니었다.

다행히도 베키는 급가속과 급브레이크를 반복하면서 운전에만 집중하고 있었다. 막히는 도로에 들어섰는데 괜히 베키의 정신을 산만하게 해도 되나 싶어 말 걸기가 살짝 망설여졌다.

"베키, 내가 말 걸어도 운전에 방해되지 않겠어?"

"괜찮아요. 차가 좀 막히기는 하지만 어지간한 차들은 다 제낄 수 있어요."

아무렴. 지금 이 여자의 운전 스타일을 봐서는 그 말에 전혀 의심이 가지 않는다. 그나마 베키가 조수석에 있는 사람과 대화를 나눌 때 꼭 그 사람 얼굴을 보면서 말해야 하는 스타일은 아니어서 다행이었다.

"그럼 좋아. 우리가 지금 어디까지 알고 있지? 내가 전화로 들은 내용은 이번 사건이 의문사인데 그 사건을 내가 담당하게 되었다는 것이 전부야. 듣자하니 런던 중심가에서 일어난 사건 같은데, 지금 사건 현장으로 가고 있는 건가?"

"맞아요. 나이트브리지Knightsbridge (서울의 강남구 청담동과 유사한 분위기를 띤 영국 런던 최고의 부촌 - 옮긴이) 중심부로 가요. 희생자가 다른 사람도 아니고 휴고 플레처예요. 그 사람이 죽었어요. 현장에 처음 출동한 경찰들 말로는 살인 사건일 가능성이 큰데 확실치는 않다네요. 제가 아는 것도 거기까지예요."

베키가 검은색 택시를 피하려고 왼쪽으로 급하게 핸들을 틀더니 경적을 거칠게 눌러댔다. 택시운전사가 베키를 향해 손가락으로 욕을 날렸다. 베키가 택시운전사들에 대해 뭐라 뭐라 투덜댔지만 톰은 내심 그 택시운전사 편을 들어주고 싶을 지경이었다.

그래도 다친 데 없이 도착하는 것이 우선이니, 톰은 잠자코 앉아있기로 했다. 다른 사람도 아니고 휴고 플레처라니. 런던경찰청에서 일 시작하면서 처음 맡는 일 치고는 참 거창했다. 이 희생자가 공인으로서 어떻게 살았는지에 대해서는 그도 좀 알고 있었다. 사실 모르는 사람이 없었다. 보통사람들은 그를 무슨 신적인 존재로 생각했다. 다만 그 사람의 사생활에 대해서는 톰도 아는 것이 거의 없었다. 톰은 몇 년 전에 언론매체에서 휴고가 아내를 자신의 소울메이트라며 자랑스럽게 소개했던 일화가 기억났다. 사실 그것을 보면서 조금 손발이 오글거리긴 했었다. 그러다가 그 여자에 대해 명확하지는 않지만 뭐라 뭐라 소문이 좀 돌더니, 지금 그 여자는 세간의 이목에서 완전히 사라져 버린 것처럼 보였다.

'골치깨나 썩겠군.' 대중의 시선이 온통 이 사건에 쏠릴 것이다. 언론에서 앞뒤 없이 쏟아내는 무의미한 질문들로 진을 뺄 것이 뻔했다. 희생자의 가족들에게 최악의 소식을 전해야 하는 상황이 오면 톰은 어떻게 대처하느냐고 사람들이 종종 묻는다. 난감한 일 같지만 그런 경우에는 가족들에게 유감의 표시를 정중히 하면 된다. 그는 언론매체들처럼 오열하는 유족들에게 마이크를 들이대지 않는다.

차가 많이 막히자 베키가 속도를 줄였다. 톰은 이때다 싶었다.

"시신은 누가 찾은 거지?"

"청소부 아줌마요. 그 아줌마하고 얘기해 보려고 그 집에 대기시켜 놨어요. 그런데 듣기로는 그 아줌마 진술이 오락가락하나 보더라고요. 싱클레어 총경님도 바스에서 하는 결혼식 때문에 휴가중이셨는데, 그쪽으로도 총경님을 모시러 차가 한 대 갔어요. 총경님이 이 사건은 지켜보는 눈이 많다고 가족연락관(살인 및 실종사건에서 경찰과 피해자 가족의 다리 역할을 하는 영국경찰 제도 - 옮긴이)을 저보고 맡으라고 하시네요. 제가 경사로 진급하기 전에 그 일을 오래 해봐서 별 문제는 없을 거예요."

"가까운 친척들하고는 연락이 닿았나?" 톰이 물었다.

"아직이요. 평소 휴고는 주중에 런던의 나이트브리지Knightsbridge 중심부인 에거튼 크레센트Egerton Crescent에 있는 집에 머물지만, 가문

소유의 본가는 옥스퍼드셔Oxfordshire(런던 북서부 외곽 일대, 런던을 서울로 치면 그 북서부 외곽인 경기도와 유사 - 옮긴이)의 애시버리 파크Ashbury Park 지역에 있대요. 그 지역 경찰을 그 집으로 보냈는데 거긴 아무도 없다고 하네요. 전 부인 사이에 딸이 하나 있다고는 하는데, 현재 아는 것은 거기까지예요. 현 부인하고 연락이 닿는 대로 전 부인네 집으로도 경찰을 보내서 알릴 계획이에요. 전 부인한테 먼저 알릴 수는 없는 거잖아요?"

베키가 차들 사이에 틈을 하나 발견하고는 가속 페달을 밟아 차선을 요리조리 변경하며 빠져나가다가 다시 브레이크를 급하게 밟았다. 톰의 아파트에서 휴고 플레처의 에거튼 크레센트 집까지는 고작 십이 킬로미터 남짓한 거리인데도 이른 오후 런던의 교통상황은 지옥 같았다.

"괜찮으시면 사이렌 좀 켤게요. 아무래도 좀 서둘러야겠네요." 베키가 머리카락을 귀 뒤로 넘기더니 딸깍하고 계기판의 스위치를 올렸다. 그 순간 평범한 세단으로 보이던 차가 사이렌 소리를 울리고 라이트를 번쩍이면서 꾸물거리는 토요일 쇼핑객들의 차들을 제치고 앞으로 나가기 시작했다.

톰은 온전하게 현장에 도착하려면 잠자코 있는 것이 최선이라 생각해 가만히 있긴 했지만, 내심 베키의 운전 실력을 보며 꽤나 감탄하고 있었다. 베키의 운전이 정신없는 것은 사실이지만 아주 작은 틈만 보여도 절대 그 기회를 놓치지 않고 비집고 들어갔다. 베키는 집중력과 결단력 그 자체였다.

베키가 그렇게 애를 썼건만 현장에 도착하는 데는 십오 분이 더 걸렸고, 현장은 이미 출입이 통제되고 있었다. 톰은 초승달 모양으로 우아하게 늘어서 있는 하얀 집들을 바라보았다. 집 바깥쪽은 정갈하게 손질한 조경으로 꾸며져 있었다. 분명 돈 걱정에 하고 싶은 것을 못할 집들은 아닌 듯 싶었다. 하지만 그렇게 엄청난 부조차도 저명인사인 휴고 플레처의 갑작스런 죽음을 막지는 못했다.

톰은 바깥쪽 길가에 모여든 카메라 기자들이 못마땅했다.

"젠장, 베키. 휴고의 아내가 지금 벌어진 상황을 모르고 있다면 이건 아직 비밀로 해야 해. 자네가 가서 저 인간들 입단속 좀 해 봐. 난 저 치들은 영 질색이라."

그는 기자들이 질문을 던지기 전에 곧장 정문으로 갔다. "제일 위층입니다, 경감님." 톰이 낑낑대며 전신작업복을 덧입고 있는데 젊은 순경이 알려주었다. 그는 호화로운 집 안을 두리번거리며 계단을 올라갔다. 근래 들어 몇 달 동안은 그도 호화로운 것에 익숙해질 만큼 익숙해졌지만, 웬일인지 이 집은 수백 년에 걸쳐 쌓아온 부를 독특한 방식으로 뽐내고 있는 듯했다.

그는 침실 문 앞에서 멈췄다. 범죄현장감식반이 막 작업을 마무리하고 짐을 싸고 있었다. 부검의는 침대 옆에서 계속 업무중이었다. 톰은 주변을 둘러보았다. 밝고 바람도 잘 통하는 방이었지만 21세기식 물건이라곤 카펫밖에 없다는 것이 이상했다. 톰의 관점에서 보면 높다란 기둥이 있는 캐노피 침대는 차라리 중세 성에 있어야 더 어울릴 것 같았다. 짙은 색깔의 육중한 가구들은 방을 과도하게 위압적으로 보이게 만들었다. 물론 침대 위에 누워 있는 시신도 분위기를 무겁게 만드는 데 한몫했다.

그는 김빠진 샴페인잔 두 개를 눈여겨 보았다. 잔에서 지문을 채취한 흔적이 보였다. 샴페인을 담는 얼음통 바깥 면에는 아직 물방울이 맺혀 있었다. 얼음이 녹기 시작한 지 얼마 되지 않았다는 얘기였다.

사건 현장은 무언가 아이러니했다. 분명 무언가를 축하하거나 에로틱하고 은밀한 만남으로 시작했을 자리일 터인데, 결국 시체가 놓여 있고 그 옆을 하얀 전신작업복을 입은 경찰들이 끊임없이 드나들고 있으니 말이다. 톰은 이런 장면을 상상해 본다. 두 사람이 건배를 하며 잔을 들어올린다. 기대감에 들뜬 은밀한 미소가 오가고, 어쩌면 키스도 나누었을 것이다. 그런데 도대체 뭐가 잘못된 걸까?

창백한 피부에 여드름이 많은 한 젊은 감식반 요원이 장비를 챙기다 말고 고개를 들어 안경을 콧등 위로 올렸다.

"살펴볼 것이 많지 않습니다, 경감님. 지문이 몇 개 나오기는 했는데 희생자의 지문 말고는 데이터베이스에서 검색되는 것이 없는 것을 보면 전과자의 지문 같지는 않습니다. 찾아낸 것 중에 그나마 중요해 보이는 것은 아주 긴 머리카락 한 가닥밖에 없네요. 욕실에서 찾아냈습니다. 빨간 머리카락이에요. 이게 중요한 건지는 저도 모르겠습니다. 확인해 보고 알려드리겠습니다. 운이 좋다면 혹시 머리카락 끝에 모근이 달려 있을지도 모르겠네요. 그리고 칼도 하나 나왔습니다."

톰이 다시 침대 쪽을 바라보며 이해가 안 된다는 듯이 인상을 찌푸렸다.

"눈에 띄는 혈흔이 없는 것을 보면 칼에 찔린 것 같지는 않은데?"

"네, 칼에 찔린 흔적은 없습니다. 그래서 이상하다는 겁니다. 그 칼은 희생자 바로 옆 침대 협탁 위에 있었습니다. 피도 묻어 있지 않고, 지문도 없어요. 부엌에 있던 칼 중 하나인데 고기 뼈를 발라낼 때 쓰는 칼 같습니다. 아주 예리해요. 아주 최근에 날을 갈아놓은 것 같아 보이네요."

"이 칼을 어디에 썼을지 추측 가는 거라도 있나?"

"전혀요. 하지만 칼도 가져가서 뭐 건질 게 없나 확인해 보겠습니다."

톰이 다른 감식반 요원을 향해 고개를 끄덕였다. 그 요원은 벽에 기대고 서 있었다. 자기가 할 일은 모두 마무리한 모양이다.

"모두들 수고했어. 물론 청소부 아줌마 지문도 채취했겠지?" 톰이 물었다.

"네. 다 해 놨습니다. 그런데 그 청소부 아줌마가 좀 횡설수설하네요. 평상시에 누가 이 방에 드나드는지 그 아줌마한테 묻는 일은 경감님께서 해주셔야 할 것 같습니다. 그래야 그 사람들 지문을 용의선상에서 먼저 배제할 수 있으니까요." 감식반 요원이 장비가 담긴 가방을 닫으며 말했다.

"좋아. 그건 우리가 하지. 그리고 저 스카프들을 증거물 봉투에 좀 담아놔야겠어. 그럼 대충 마무리될 것 같군."

톰이 침대를 돌아보니 덩치 큰 남자 하나가 몸을 숙이고 안경 너머로 시신을 살펴보고 있었다. 죽은 사람의 팔다리는 와인색 스카프로 침대 기둥에 묶여 있고, 입에는 재갈이 물려 있었다. 몸은 나체인 상태이고, 나이에 비하면 몸이 아주 좋았다. 톰은 시신을 물끄러미 바라보았다. 처음에는 샴페인을 마시고, 그 다음에는 손발을 묶었다. 하지만 결박 상태에서 가학적 성행위를 즐긴 경우처럼 보이지는 않았다. 몸에 가학 행위의 흔적은 없었다.

톰은 아직 부검의와 인사를 나누지 못한 터라서 그에게로 가서 자신을 소개했다. 그는 늘 부검의들을 좋아했다. 그가 만나본 법의학 부검의들은 다들 재미있는 기벽이 적어도 하나씩은 있었기 때문이다.

"반갑네. 난 톰 더글라스 경감이라고 해. 현장을 온전하게 잘 보존한 건 고마운데 이제 이 사람 손발은 풀어줘도 되지 않겠어?"

"루퍼스 덱스터라고 합니다. 악수는 나중으로 좀 미뤄야 할 것 같군요." 그가 장갑 낀 손을 톰에게 보여주며 말했다. 그 손으로 어디를 만졌을지 모를 일이었다. 덱스터는 이제 손발에 묶인 스카프를 풀기 시작했다. 또 다른 감식반 요원은 침대 반대편에서 스카프를 풀기 시작했다.

"거 참 이상하죠, 톰 경감님. 이 사람 침대에 묶여 있습니다. 그럼 살인 사건일까요? 아마도 그렇겠죠? 성적인 동기일까요? 스카프를 사용한 걸 보면 분명 그런 것 같습니다. 그럼 그 짓 하다가 죽은 걸까요? 그런 것 같지도 않습니다. 물론 가능한 얘기이기는 합니다만. 이 사람이 실제로 그 짓을 하고 있었다는 증거는 없어요. 성기가 깨끗하거든요. 마지막 샤워 후 성기가 여자 몸속에 들어갔던 적은 없었다고 할 수 있습니다. 물론 그 부분도 따로 확인은 해봐야죠. 어쩌면 오럴 섹스? 글쎄요. 모르겠습니다."

톰이 말을 자르고 들어갔다. "잠깐, 범인이 여자였다는 가정이 조금 섞여 있는 것 같은데? 그런 것 같지 않아?"

"음. 그랬나 보군요. 이 사람을 텔레비전에서 접할 때마다 당연히 여자를 좋아할 타입으로 느껴졌거든요. 이 사람이 남자한테 관심 있다는 얘기는 들어본 적도 없고 말입니다. 뭐 다 가능한 얘기이기는 합니다만, 남자 취향 같지는 않습니다. 하여간 남자였든 여자였든 누군가가 그 사람 옆에 누워 있었던 흔적은 안 보입니다. 침대가 깨끗해요. 시신을 다 살펴봤는데 이 사람 거 말고는 음모나 다른 털이 전혀 나오지 않았습니다. 털 한 가닥 없이 깨끗해요."

'이상하군.' 톰은 생각했다. 모든 증거들이 섹스 직전이었다고 말해주고 있었지만, 결국은 아무 일도 없었던 것으로 보였다.

"사망 원인으로 뭐 짐작 가는 거라도?"

"그냥 봐서는 이 사람한테 뭔가를 한 흔적이 보이지는 않습니다. 그냥 이렇게 묶어놓고 내버려 두고 가서 공황발작으로 심장마비가 찾아왔을지도 모르고, 독살되었을 가능성도 있겠죠. 물론 저기 있는 샴페인도 조사해 봐야 합니다. 부검을 해봐야 답이 나올 것 같습니다. 아직 건진 게 없네요. 죄송합니다."

톰은 시신을 뒤집어 봐도 괜찮은지 물었다. 결박과 관련된 성적 취향을 암시할 만한 흔적이 있는지 확인하고 싶었다. 몸 뒤쪽은 깨끗했지만 스카프로 묶여 있던 양쪽 손목과 발목에 멍이 남아 있었다. 몸부림쳤음을 암시하는 흔적이다.

"그게 의미 있다고 보기는 어려워요." 젊고 여드름 많은 감식반 요원이 나서서 말했다. "이런 사람들은 이 짓 하다가 절정에 다다르면 온 몸을 뒤틀거든요. 그래서 극도의 오르가즘을 느낀 경우에도 이런 흔적들이 남아요. 그래서 이것만 보고 그 사람이 저항하느라 몸부림을 치고 있었다고는 보기 어려워요. 그리고 경감님도 짐작하실테지만 이런 사람들이 섹스를 항상 상식적인 방법으로 즐기는 것도 아니잖아요. 여자가 그냥 이 남자한테 자위만 시켜줬을지도 모릅니다."

톰은 이 감식반 요원의 말이 흥미롭다는 듯이 바라보았다. 어떻게 결박 상황에서의 섹스에 대해 그렇게 잘 아는지 물어보고 싶었지만, 그건 참았다. 그리고 이런 추리에 빠져 있는 것이 무척 재미있기는 했지만 지금은 추리가 아니라 사실 관계를 파악해야 할 때였다. 톰이 루퍼스 덱스터를 향해 돌아보며 말했다.

"사망 추정 시간은 어떻게 되지?"

덱스터가 대답했다. "청소부 아줌마가 진짜 멍청한 짓을 했습니다. 한 시간 넘게 경찰에 신고를 안 했어요. 그 아줌마 말로는 너무 무서워서 어쩔 줄 몰랐다더군요. 그 아줌마는 여기 도착하고 15분 정도 후에 시신을 발견했습니다. 그럼 우리가 여기에 도착했을 때는 죽은 지 얼마나 됐을까요? 길게 잡아 3시간입니다. 아마 2시간 반 정도일 가능성이 크죠."

덱스터가 호흡을 가다듬으려고 잠시 말을 멈춘 순간, 톰이 끼어들었다.

"우리 쪽 사람들이 호출 받고 현장에 도착한 것은 2시 직전이었고, 자네가 여기 도착한 것은 2시 반 정도로 알고 있어. 그럼 사망 시간은 11시 반에서 12시 사이였다는 말이네?"

루퍼스가 고개를 끄덕였다.

"좋아, 루퍼스. 준비가 되면 시신을 정리하도록 해. 부검은 언제 할 생각인가?"

"내일 오전 괜찮으시겠습니까? 빨리 해치워 버리죠. 언론에서도 해명을 요구하지 않겠어요? 희생자의 신원이 신원이니만큼 수상도 닦달할 게 뻔하고요. 아침 8시 어떠십니까?"

톰은 이 나라 수상과 통화를 해야 할 거라 생각하니 식은땀이 흘렀다. "일요일 아침부터 부검이라…, 그래, 이왕 망친 주말이니 후딱 해치워 버리자고. 오늘 서머타임 해제하는 날이니까 한 시간 더 추가로 여유가 생기네. 싱클레어 총경님도 부검에 참여하실지는 내가 물어보지. 목소리가 들리는 것을 보니 지금 여기 와 계신 것 같군."

열린 문틈으로 조용하면서도 권위적인 제임스 싱클레어 총경의 목소리가 계단을 타고 올라왔다. 싱클레어 총경은 그저 이러면 어떨까 제안을 하듯 수사 지휘를 하고 있을 테지만 감히 거기에 토를 달 사람은 없을 것이다. 한쪽이 꺼진 얼굴 때문에 그에게는 이사야(성서에 나오는 대예

언자 - 옮긴이)라는 별명이 생겼다. 톰은 이 별명의 의미를 모르고 있다가 누군가의 설명을 듣고서야 알게 되어 민망했던 적이 있다. 사람들은 그 별명을 부를 때 항상 조롱이 아닌 애정 어린 마음으로 불렀다. 톰은 그를 존경해 오던 터라, 그를 안 지 얼마 되지는 않았지만 그의 수하로 일하게 됐을 때는 정말로 기뻤다. 그가 런던으로 와서 일하게 된 진짜 이유는 따로 있었지만 제임스 싱클레어 총경과 함께 일하게 된 것은 너무나도 소중한 보너스였다.

사람들이 장의사들을 불러 시신을 옮기자 톰은 주변을 다시 한 번 둘러 볼 수 있는 기회가 생겼다. 그리고 이 방이 왜 그렇게 이상하게 느껴졌었는지 깨달았다. 이 방에는 여자의 손길이 전혀 느껴지지 않았다. 그가 지금까지 보았던 여자의 침실에는 향수가 적어도 두 병 정도는 놓여 있었고, 하다못해 화장품이나 크림을 발랐던 흔적 정도는 꼭 남아 있었다. 그런데 여기에는 그런 흔적이 아예 없다. 그가 옷장 문을 열어 안쪽을 살펴보았다. 말끔한 고급 남자 정장밖에 없었다. 서랍장도 사정은 마찬가지였다. 한 서랍에는 세탁 후 잘 개어놓은 셔츠가, 다른 서랍에는 남자 속옷과 양말이 들어 있었다.

다른 사람들은 하던 일을 계속 하게 둔 채, 복도로 이어진 두 번째 침실로 들어갔다. 이 침실도 첫 번째 침실과 가구가 비슷하고 별다른 특색이 없었다. 서랍장은 완전히 비어 있었고, 옷장에만 가족 중에 여자가 한 명 있다는 증거로 보일 만한 이브닝드레스가 몇 벌 있었다. 이브닝드레스는 커버가 씌워져 있었고, 낮에 입고 돌아다닐 만한 옷은 전혀 없었다. 이 집은 대체로 휴고 플레처 혼자 사용하고, 그것도 주중에만 사용하는 집이라는 것이 분명했다. 아무리 저명인사라 해도 긴장을 풀고 휴식을 취하는 주말까지 수트나 세미 정장을 입을 리는 없을 것이다. 그리고 정황으로 판단하건대 그의 아내는 특별한 경우에만 이곳에 들르는 것 같았다.

톰은 깊은 생각에 잠겨 아래층으로 내려 왔다. 싱클레어 총경이 베키

로빈슨과 얘기를 하고 있었다.

"베키 경사, 순경 한 사람이 청소부한테 뭐 좀 알아내려고 해 봤는데 듣자하니 그 청소부가 횡설수설하면서 희생자의 알몸을 봐서 민망하다는 얘기만 계속 하고 있는 것 같더군. 자네가 한번 가보지 않겠나? 이 일이 얼마나 중요한지는 자네가 더 잘 알 테니까. 무엇보다도 촌각을 다투는 사안이라는 걸 명심해야 해."

"네, 총경님. 제가 한번 가볼게요." 베키가 지하실로 이어지는 계단을 향해 움직였다. 보아하니 벌써 집안 구조를 대충 파악해 놓은 것 같다.

톰은 재빨리 주변을 둘러보았다. 여기로 들어올 때는 잘 몰랐는데 지금 보니 1층은 대단히 고급스러운 사무실들이 배치되어 있었다. 그 사무실들은 일터라기보다 우아한 서재처럼 보였다. 반면 2,3층은 주거공간인 듯했다.

두 사람만 남게 되자 톰은 싱클레어 총경에게 부검의와 나눈 대화를 들려주었다. 톰은 싱클레어 총경이 여러 가지 사실들을 묵묵히 자기 것으로 소화하고 있는 것이 보였다.

"톰 경감, 자네는 그 칼에 대해서 어떻게 생각하나? 자네는 휴고 플레처가 심장마비로 사망한 것 같아? 그리고 그 칼은 원래, 그러니까 뭐랄까, 그가 하려고 했던 걸 다 끝냈을 때 스카프를 잘라서 풀어줄 목적으로 놓아둔 것일까?"

"가능한 얘기입니다만, 결국은 부검을 해 봐야 알 것 같습니다. 매듭이 단단하기는 했지만 칼이 필요할 정도로 풀기 어려운 매듭은 아니었습니다. 사람을 시켜서 스카프가 어디 제품인지 알아보고, 혹시나 최근에 어느 가게 하나에서 신용카드로 스카프 다섯 장을 한꺼번에 구입한 사람이 있었는지 파악해 보겠습니다. 설마 범인이 그렇게 멍청하지는 않았을 것 같습니다만. 범인은 분명 휴고 플레처와 잘 아는 사이였을 겁니다. 무단침입한 흔적도 없고, 샴페인이 있는 것을 보면 분명 두 사람이 미리 계획하고 만났다는 말입니다. 뭐 사라진 물건이 없나 확인도 해 봐야겠습니다만 집 안을 뒤진 흔적은 보이지 않고, 주변에도 귀중품이 그

대로 자리를 지키고 있군요."

"이번 사건에 세간의 이목이 쏠릴 것은 내가 굳이 말하지 않아도 되겠지? 자네의 능력을 과시하는 데는 이렇게 이목이 쏠리는 사건이 제격이야. 안 그런가, 톰 경감?"

톰은 복도를 둘러보다 아까는 못 봤던 액자들이 일렬로 걸려 있는 것을 발견했다. 주로 피해자가 다양한 고위 정치인들과 함께 찍은 기념사진들이었고, 몇 장은 다른 유명한 독지가들과 찍은 사진이었다. 티끌 하나 없는 수트를 입은 채 미소 짓고 있는 저 사람이 지금 침대 위에서 나체로 팔다리가 묶이고 재갈이 물려 있었다고 생각하니 묘한 생각이 들었다.

싱클레어는 톰의 시선을 뒤쫓았다.

"휴고는 대중과 언론의 사랑을 받았을지는 모르지만 자네도 알다시피 적이 많았지. 솔직히 말하면 휴고를 해코지하겠다고 나선 사람이 왜 진작 없었는지 그게 더 놀라워. 하긴 경호원을 두고 있었다고 하니 그것도 쉬운 얘기는 아니었겠지만. 대체 그 경호원들은 오늘 다 어디 있었던 거야?"

톰이 정문을 바라보며 말했다. "이곳은 보안이 아주 훌륭합니다. 여기 있으면 안전할 거라 생각했던 것 같아요. 어쩌면 자기가 여기서 하려는 일을 경호원들에게 알리고 싶지 않았을지도 모르죠. 제가 그 경호원들을 찾아서 물어보겠습니다. 하지만 그 전에 베키가 일을 어떻게 진행하고 있나 먼저 확인해봐야 할 것 같습니다. 바깥에 기자들이 저렇게 떼거지로 모여 있으니 이 사실을 언제까지 비밀로 할 수 있을지 모르겠군요."

톰은 지하실로 내려가 보았다. 베키는 아주 쾌적해 보이는 직원용 거실에서 소파에 자리잡고 앉아 어떤 아줌마의 손을 부드럽게 잡은 채 이야기를 나누고 있었다. 톰은 저 아줌마가 바로 그 청소부인가보다 싶었다. 그 아줌마가 힘들다는 것을 모르는 바는 아니지만 그녀는 자기에게 쏟아지는 관심을 한껏 누리고 있는 것처럼 보였다. 순경 한 명이 옆에 딸린 주방에서 그 청소부에게 줄 차를 타고 있었고, 작은 위스키잔으로 보이는 컵이 청소부 앞 낮은 탁자 위에 놓여 있었다.

청소부 아줌마는 아직 외투를 입은 채 생전 처음 보는 스타일의 이상한 갈색 니트 모자를 쓰고 있었다. 나이는 대략 육십 정도로 보였다. 베키는 아이를 달래듯이 아줌마와 대화를 하고 있었다. 이 일은 베키에게 맡겨 두고 톰은 물러나 있기로 마음먹었다.

"베릴 아주머니, 덕분에 정말 큰 도움 됐어요. 그런데 이번 사건 때문에 아주머니가 크게 충격을 받으신 건 알겠는데요, 저희가 지금 레이디 플레처(레이디라는 호칭은 나이트 작위를 받은 남성의 아내를 뜻한다 - 옮긴이)를 꼭 찾아야 해요. 혹시 어디 계신지 모르시겠어요?"

레이디라는 호칭을 듣고 톰은 순간적으로 깜짝 놀랐다. 휴고 플레처가 자선 사업 덕분에 나이트 작위를 받았었다는 사실을 깜박하고 있었다. 하긴 사실 그는 서훈자 목록(영국에서 훌륭한 업적으로 작위나 상을 받게 된 사람들의 목록으로, 여왕 탄생일과 신년에 발표한다 - 옮긴이)을 눈여겨 본 적 한 번도 없었다.

"에고, 가엾은 알렉사. 알렉사가 자기 아빠를 그렇게 끔찍이 따랐는데."

"베릴 아주머니, 저도 아주머니를 귀찮게 하려고 이러는 건 아닌데요, 레이디 플레처한테 알리지도 않고 알렉사한테만 먼저 말할 수는 없잖아요. 안 그래요?"

베키의 예쁜 얼굴이 붉어지기 시작했다. 슬슬 베키도 지쳐가고 있는 것 같았다.

"그럼 로지한테 물어보우. 레이디 플레처가 어디 있는지는 로지가 알 테지."

"로지가 누군데요? 어떻게 연락하면 돼요?" 베키가 눈을 번쩍 뜨며 물었다.

"로지 딕슨. 휴고 경의 비서 중 한 명인데 다이어리 같은 것들을 모두 그 여자가 관리해요. 그 여자 전화번호는 사무실 빨간 공책에 있어요. 휴대폰을 먼저 걸어 봐요. 지금 아마 하비 니콜스 백화점에 있을 테니까. 내가 알기로 그 여자는 거의 하루 종일 거기서 죽치고 살아요. 휴고 경이 그런 행실머리를 왜 그냥 잠자코 보고만 있는지는 알다가도 모를 일이라니까." 아줌마는 방금 죽은 사람을 살아있는 것처럼 말한 것을 깨닫고 민망한지 얼굴을 떨구었다.

하지만 지금은 이 아줌마를 다독거리고 있을 시간이 없었다. 톰은 계단 쪽으로 몸을 돌려 서둘러 사무실로 돌아왔다. 그리고 베키도 순경에게 베릴 아줌마를 맡겨두고 그를 따라 왔다.

잠시 후 톰이 말했다. "베키, 로지 딕슨의 전화번호를 어서 찾아봐. 그 여자한테 전화해서 여기로 빨리 오라고 해. 그리고 급하게 로라 플레처를 만나 볼 일이 생겼는데 어디로 가야 하는지도 물어보고."

톰이 집 앞으로 나가보니 싱클레어 총경이 현장에 처음 도착했던 경찰과 얘기를 나누고 있었다. 그리고 얼마 지나지 않아 사무실에서 고함소리가 들렸다.

"경감님, 알아냈어요!" 베키가 종이 한 장을 흔들면서 문에서 뛰쳐나왔다. "로지 딕슨은 이곳으로 오는 중이래요. 사람을 시켜서 그 여자하고 얘기해 보라고 해야겠어요. 그런데 레이디 플레처가 있는 곳은 벌써 알아냈네요. 로지 딕슨 말로는 레이디 플레처가 오늘 오후에 이탈리아에서 돌아올 예정이래요. 곧 스탠스테드 공항에 도착한답니다. 우리가 가서 그 여자를 기자들보다 먼저 빼돌려야 할 것 같네요."

톰이 싱클레어 총경에게 지금까지의 사정을 재빨리 설명하고는 베키를 따라 문을 나섰다. "좋아, 나머지는 가면서 얘기하지. 언론이 나가기 전에 어서 그 여자한테 가자고."

2

베키는 M11 도로에 최대한 빨리 진입하려고 가속 페달을 밟았다. 톰이 아주 난처한 통화를 하고 있는 것 같아, 베키는 그쪽에 신경을 끊고 도로 상황에만 집중하려고 했다. 하지만 들리는 소리를 어찌할 수는 없었다. 특히나 수화기 너머에서 들리는 화난 여자의 앙칼진 목소리는 듣지 않을 도리가 없었다.

그러다 대화가 갑자기 끝났고, 베키는 톰 경감이 의자에 등을 기대며 한숨 쉬는 소리를 들었다. 베키가 살짝 곁눈질 해보니 톰은 눈을 감고 있었다. 잠도 제대로 못 잔 듯 수척해져 눈 밑에 다크 써클이 드리워진 사실이 그제야 베키의 눈에 들어왔다. 베키는 톰의 손을 꼭 잡아주고 위로해 주고픈 충동이 들었다. 참 이상한 생각이었다. 베키는 속으로 정신 차리라고 말하면서 이 어색한 침묵을 어떻게 깰까 고민하고 있는데, 톰이 먼저 나섰다.

"미안해, 베키. 나 때문에 괜히 안 들어도 될 험한 얘기를 들었네."

"괜찮아요, 경감님. 사실은 좀 안쓰러운 생각도 들었네요."

"이런 상황에서까지 너무 격식 차릴 필요가 있을까 싶어. 둘이 있을 때는 그냥 톰이라고 편하게 불러. 어쨌거나 방금은 내 전처가 퍼붓는 욕이야. 그렇지 않아도 내가 참 못난 놈이라고 생각하고 있었는데, 이렇게 욕 한 바가지 먹고 나니 더 그런 것 같네."

"그게 바로 전처의 특권 아니겠어요, 경감…, 아, 미안해요, 톰. 우리 엄마도 매일 아빠 보고 고래고래 소리만 질렀었는데요, 뭘."

톰이 미소를 띠었다. "솔직히 저렇게 미친 듯이 화를 내도 할 말이 없지. 오늘이 내가 우리 딸을 데리러 가기로 한 날이거든. 내가 런던으로 오고 처음으로 딸이 우리 집에서 자고 가기로 한 날이야. 나도, 딸도 모두 오늘만 눈 빠지게 기다리고 있었는데."

"따님도 이해하겠죠." 베키가 말했다.

"루시는 겨우 다섯 살이야. 다섯 살짜리 애는 아빠가 주말을 같이 보내기로 했는데 약속을 안 지켰다, 이것밖에 이해 못해. 그리고 아빠가 약속 못 지키는 이유를 엄마가 어디 곱게 설명해 주겠어?"

톰은 차창 밖을 바라보았다. 대답을 바라고 물은 것은 아니었다. 잠시 대화가 끊겼다가 다시 베키를 바라보며 말했다. 자기 자신이 한심스럽다는 표정이었다. "좋아. 다시 하던 일 계속 하자고. 어디까지 얘기했나…? 내가 경찰서에 있는 아자이한테 레이디 플레처의 항공편에 대해 알려줬고, 항공사에 연락해서 그 비행편이 착륙하는 대로 로라 플레처를 조용한 곳으로 데리고 오라 했지?"

베키가 톰을 보며 말했다. "로라 플레처가 저가 항공편으로 오는 거 알고 계시는 거죠?"

톰은 그것이 뭐가 문제인지 이해하지 못하는 것 같았다.

"저가 항공편은 좌석 배정이 없어요. 버스하고 비슷해요. 비행기에 올라타면 빈자리 아무 데나 가서 앉는 거예요. 그리고 그 비행기에는 줄서기하고는 거리가 먼 이탈리아 사람들이 한가득일 테니, 로라 플레처처럼 돈 많고 빽 좋은 사람이 과연 그런 비행기로 기분 좋게 올 수 있을까 모르겠네요."

"맙소사, 그럼 그 여자를 어떻게 찾지? 기내 방송으로 알리든가 하겠군. 아니, 로라 플레처 같은 사람이 뭐가 부족해서 그런 저가 항공을 이용하는 거야?"

"그건 직접 당사자한테 물어보셔야겠네요. 남편이 그 정도로 억만장자면 아마 전용 제트기나 그런 비슷한 거 하나쯤은 갖고 있을 줄 알았는데 말이죠."

"거 참 재미있군. 하지만 수사하고는 상관없는 문제야. 그건 그렇고 그 청소부한테 뭐 좀 알아냈어?"

"별루요. 그래도 하나는 건졌어요. 듣자하니 그 청소부 아줌마가 사실은 그 날 에거튼 크레센트 집에 있을 날이 아니었더라고요. 그 아줌마는 원래 토요일에는 일을 안 하는데, 금요일에 깜박하고 그 집에 지갑을 두고 갔나 봐요. 그래서 그 집에 오늘 왔었나 봐요. 그리고 핵심은 그건데 나머지 이야기들까지 다 들어주느라 혼났어요. 오늘 자기가 손자들을 햄버거 가게에 데려가려고 남편한테 돈을 좀 빌리려고 했고, 그런데 남편이 동전 한 닢 주지 않으려 해서 싸웠고…, 그래서 아줌마가 지갑을 가져오려고 어쩔 수 없이 다시 버스를 타고 에거튼 크레센트 집으로 돌아갔는데, 다시 남편하고 말싸움하는 바람에 첫 번째 버스를 놓쳤대요. 어찌보면 다행이었던 거죠. 아니면 휴고 경이 사망하던 시간에 맞춰서 거기 도착했을 테니까요. 평소 같으면 위층으로 올라가 보지 않았을 텐데 경보기가 꺼져 있는 것을 보고 휴고가 집 안에 들어왔나보다 생각했대요. 그래서 자기가 왜 왔는지 설명하려고 위층으로 올라갔대요. 그런데 거기서 시체를 발견한 거죠. 시신을 보고 너무 겁을 먹어서 직원 휴게실에 들어가 한 시간 정도 문을 걸어 잠그고 있었대요. 혹시나 살인범이 아직 집 안에 있을지도 모르겠다 싶어서요. 그 방에는 전화기가 없으니 경찰에 신고도 못한 거죠."

"아줌마 입에서 알렉사란 이름이 나오던데. 휴고 경의 딸인 모양이지?" 톰이 말했다.

"맞아요. 전처하고 같이 살아요."

베키가 눈치 없이 전처들에 대해 뭐라 한마디 하려는데 다행히도 그 순간에 베키의 휴대폰이 울렸다. 베키가 잠시 왼쪽 귀의 이어폰을 만지작거리니까 통화가 연결됐다.

"네, 베키 경사입니다." 무반응. "여보세요." 베키가 다시 말했다.

베키가 짜증을 내며 성가신 듯 이어폰을 잡아 빼서 뒷좌석으로 집어 던졌다.

"망할 블루투스 헤드셋 때문에 짜증나 죽겠어요. 꼭 필요할 때만 되면 먹통이라니까요. 누군지는 몰라도 다시 전화가 오면 스피커폰으로 연결해서 받아야겠네요."

거의 바로 휴대폰이 다시 울렸고, 베키가 스피커통화 버튼을 눌렀다.

"네, 베키 경사입니다."

"아이고, 드디어 연결됐군! 나 아자이야. 지금 벌렁이하고 같이 있어?"

톰이 고개를 돌려 눈썹을 치켜뜨며 베키를 바라보았다.

베키가 당황하면서 말했다. "아…, 맞아, 아자이. 경감님 같이 있어."

"그럼 스피커통화로 바꿔. 벌렁이도 같이 듣게." 아자이가 말했다.

"아자이, 그것 참 좋은 생각이기는 한데…, 조금 늦었네. 지금 스피커 통화야."

"아이쿠 이런. 죄송합니다, 경감님."

아자이는 실수를 무마하려는 심산인지 바로 사건 이야기로 넘어갔다. "소식이 있어서 연락했습니다. 로라 플레처가 분명 비행기에 탔고, 수화물도 하나 부쳤습니다. 예약만 하고 탑승하지 않아서 다시 내린 수화물은 없는 것으로 나오고, 탑승자 명단에도 그 여자가 탑승했다고 나옵니다. 착륙하기 바로 전에 기내 방송으로 승무원이 공지를 할 거고, 착륙 후에는 항공사 측에서 이 전화번호로 경감님께 연락을 취해, 그 여자하고 만날 수 있게 주선해 줄 겁니다."

대화가 끝나자 베키는 전화를 끊고 긴장한 듯 톰을 흘끗 보았다. 베키는 얼굴이 빨개지는 것이 느껴졌다. 아자이 이 망할 인간 같으니. 눈치 없기는. 경찰들은 모든 상관들에게 별명을 붙여 준다. 하지만 보통 그런 별명은 당사자에게는 비밀이다.

"베키, 어디 설명 한번 들어볼까? 내가 왜 벌렁이인지?"

베키 입에서 끙 하는 신음 소리가 절로 나왔다. "하여간 이런 골치 아픈 일은 꼭 나한테 생긴다니까. 아자이 이 인간, 다음에 보기만 해봐, 그냥…, 저기, 그러니까요…, 경감님, 면접 보러 오셨을 때 기억하시죠? 그때 경찰서에 있던 직원 하나가 경감님을 보고는 심장이 벌렁벌렁한다고 하더라고요. 간단해요. 그래서 '벌렁이'라고…."

톰은 별 반응이 없었지만 베키는 입이 근질거려 배길 수가 없었다.

"그런데 있죠, 실은 플로렌스가 아흔이 다 된 할머니라 거의 장님이나 마찬가지거든요!"

"아하, 가슴이 벌렁댄 이유가 그거로군. 내가 제대로 안 보여서." 톰이 비꼬듯 이렇게 말했다.

사실 베키가 생각해도 톰은 여자가 보기에 살짝 섹시한 구석이 있었다. 하지만 자기 타입은 아니었다. 베키는 냉정하고 침착해 보이는 사람은 별로였다. 야생마처럼 다듬어지지 않고 거친 면이 있는 남자를 좋아했다. 하지만 그래도 톰을 침대에서 만난다면 굳이 마다할 것 같지는 않았다. 톰은 꽤나 봐줄 만한 몸을 가지고 있었으니 말이다.

베키가 재빨리 주제를 바꿔 뒷좌석에 있는 서류철을 가리켰다.

"저기 있는 서류철 한번 살펴보세요. 위층에서 시신을 살펴보시는 동안에 이메일로 사진을 몇 장 받아서 1층 비서 사무실에서 프린터로 출력해놨어요. 거기 컴퓨터 기술자가 컴퓨터를 써도 좋다고 하더라고요. 보면 흥미로울 거예요."

★

톰은 자기가 잘생겼다는 얘긴지 못생겼다는 얘긴지 모르겠지만, 아무튼 자기 얘기에서 벗어날 수 있어서 다행이었다. 베키를 잘 알지는 못하지만 한 시간 정도 같이 있는 동안 서로를 꽤 이해하게 되지 않았나 싶었다. 베키가 남의 얘기를 떠들고 다닐 것 같지는 않았다. 베키는 터프하고 의욕적인 사람이었고, 남의 사생활을 존중할 것 같았다. 하기야 경찰이란 게 남아 있는 사생활도 거의 없지만.

서류철을 열었다.

처음 눈에 들어온 사진은 젊고 발랄한 여성의 사진이었다. 길고 빨간 곱슬머리가 어깨까지 내려와 있었다. 이 여자는 가슴이 깊게 파이고 넓은 어깨끈이 달려 있는 회색 실크 이브닝드레스를 입고 있었고, 몸매가 아주 좋았다. 빼빼 마른 몸매가 아니라 나올 곳은 나오고 들어갈 곳은 들어간 글래머였다. 톰의 눈길을 끈 것은 그녀의 관상이었다. 미소가 얼굴 전체를 환하게 밝혀서 마치 세상 꼭대기에 서 있는 모습처럼 보였다. 베키가 흘깃 톰을 보며 말했다.

"로라 플레처예요. 한 십 년 전에 찍은 사진이래요. 남편인 휴고와 만난 지 얼마 안 됐을 때고, 그 사진은 처음으로 공개 데이트를 하던 날에 찍었어요. 빨강 머리인 거 눈치채셨어요? 아까 화장실에서 발견된 머리카락 보고, 이거 큰 거 하나 건졌구나 싶었는데 로라 플레처가 사건 당시에 이탈리아에 있었던 걸 알고 김샜어요."

톰은 나머지 사진들을 훑어보기 시작했다. 이런 사건은 보통 아내와 얽혀 있을 때가 많기 때문에 로라 플레처가 1번 용의자다. 하지만 상황과 맞지 않는 것이 너무 많았다. 해외에 나가 있었다는 사실 말고도, 전체적인 침실의 상태하며, 샴페인을 준비한 것하며, 실크 스카프까지. 남편과 아내가 이렇게 만나는 경우는 본 적이 없었다. 특히 로라 플레처는 이 집에 머무는 경우가 드물었던 것 같았다. 숨겨둔 내연녀와 은밀하게 만나는 정황으로 보는 것이 훨씬 그럴듯했다. 아내는 해외에 나가 있고, 주중에는 따로 살고. 딴 여자를 불러들이기 이보다 좋은 조건이 있을까 싶었다.

톰은 어느새 마지막 사진까지 왔다. 그리고는 자기도 모르게 입에서 욕이 흘러나왔다.

"젠장, 대체 무슨 일이 있었던 거야?"

베키가 말했다. "그런 반응 나오실 줄 알았어요. 하지만 다른 사진들도 흥미로워요. 시간 간격을 두고 찍은 사진들인데 어쩐지 사람이 계속 달라진 것 같지 않아요? 경감님 보시기에는 어때요?"

톰은 다른 사진들도 자세히 살펴봤다. 어느 사진을 봐도 로라 플레처가 첫 번째 사진처럼 밝게 빛나는 모습은 보이지 않았다. 분명 아주 비싼 옷을 걸치고 있었지만, 어쩐 일인지 사진을 넘길 때마다 덜 섹시해 보였다. 여전히 아름답기는 하지만 몸이 더 말라 있었다. 그리고 세 번째 사진을 보니 머리카락이 빨간색이 아니었다. 흑갈색 머리카락이었는데 물론 잘 어울렸다. 하지만 짧은 소매에 가슴 중간까지 올라와 있는 드레스가 불편하고 어색해 보였다. 톰은 마지막 사진을 다시 보다가 베키에게 고개를 돌렸다.

"이건 언제 찍은 건지 알아?"

"한 여섯 달쯤 전이었던 것 같아요. 보니까 지난 사오 년 동안에는 찍은 사진이 거의 없어요. 행사에도 남편하고 더는 같이 다니지 않고, 요양시설들에 들락거린 시간이 많더라고요. 정신질환을 치료하는 요양시설이었어요. 최소한 두 번 정도는 그 안에 꽤 오래 있었더군요. 마지막 사진은 어느 운 좋은 파파라치가 자기 엄마를 보러 병원에 갔다가 우연히 찍은 거래요. 그 파파라치는 레이디 플레처를 알아보지 못했는데, 그 여자를 태우러 온 차를 알아봤대요. 휴고 플레처의 차는 번호판이 아주 독특하거든요."

톰은 다시 그 사진을 바라보았다. 로라 플레처가 삼십 대 중반밖에 안 됐다는 것을 알고는 있었지만 사진 속의 여자는 오십 대라고 해도 믿을 만 했다. 그녀는 두 치수 정도는 커 보이는 바지에 헐렁한 스웨터를 입고, 굽 없는 신발을 신고 있었다. 머리카락은 뒤로 단단히 넘겨 올백으로 묶어 놓았고, 빨간색이 아니라 칙칙한 갈색이었다. 창백하고 왠지 생기가 없었다. 굉장히 크게 아프지 않고서야 사람이 이렇게 몰라보게 달라질 수가 있을까 싶었다. 아주 슬픈 사진이었다. 톰은 아내의 병마 때문에 휴고의 공식적인 삶이 어떻게 바뀌었을지 궁금해졌다. 내연녀가 있었다는 설이 분명 그럴듯한 시나리오로 보였다.

"베키, 로라 플레처한테 무슨 문제가 있었는지 나와 있나?"

베키가 이미 조사를 해보았다. "병원과 접촉은 해 봤지만 아무것도 말해주지 않더군요. 환자의 비밀을 보장해야 하니 뭐 당연한 거죠. 어쨌거나 이제 금방 만나볼 텐데요, 뭘. 이제 공항 쪽으로 빠질 거예요. 제때 맞춰서 왔네요. 아마 로라 플레처는 아직 수화물도 찾지 못했을 거예요."

"항공사 직원들이 일처리를 제대로 해 놨기를 바라야지."

3

로라 플레처는 좌회전 깜빡이를 켰다. 그리고 큰 길에서 애시버리 파크Ashbury Park로 이어지는 좁은 도로로 갑자기 방향을 틀었다. 좁은 도로에는 가로등도 없었다. 그리고 브레이크 페달을 밟아 차의 속도를 줄였다. 로라는 집 앞에 보이는 가로수 위로 하얀 플래쉬 조명을 바라보았다. 그리고 대문으로 이어지는 마지막 코너를 돌아서는 순간 충격적인 광경과 마주쳤다.

"맙소사." 그녀가 속삭였다.

빠져나갈 구멍이 없었다. 떼로 몰려 있던 기자들이 로라의 메르세데스 벤츠 쿠페 엔진의 깊은 울림소리를 듣고는 재빨리 카메라를 그녀에게 돌렸다. 그리고 방송국 촬영팀도 다가오는 로라의 차 쪽으로 조명을 비추었다. 차 안까지 뚫고 들어오는 눈부신 빛 때문에 로라는 잠시 앞이 보이지 않았다. 사진기자들이 모여 있는 것은 당연했다. 휴고에게 연예인급 명성과 인기를 준 자들도 바로 이들이었으니까. 휴고는 이들의 관심을 붙잡아두기 위해 자기가 하는 일에 대한 정보를 꼭 감질나게 흘리고 다녔었다. 하지만 이번은 달랐다. 이번은 먹잇감을 향해 달려드는 피라니아 떼처럼 광란의 상태에 가까웠다.

로라가 집에 들어가려면 키패드에 비밀번호를 입력해야 한다. 휴고가 저택 정문에 리모컨 대신 키패드로 암호를 입력하는 시스템을 설치해야 한다고 고집 부렸었기 때문이다. 그래야 암호를 정기적으로 바꿀 수 있고, 리모컨처럼 분실의 우려도 없다고 했다.

결국 로라는 차를 세울 수밖에 없었다. 그러자 카메라의 플래시 세례가 무자비하게 쏟아졌다. 정문 암호를 키패드에 입력하기 위해 자동차 창문이 열리자 기자들이 미친 듯이 소리치는 소리가 들렸다. 모두들 최고의 사진을 뽑기 위해 정신없이 셔터를 누르고 있었다.

"레이디 플레처, 이쪽 좀 봐주시겠어요?"

"레이디 플레처, 아직 소식을 듣지 못하셨습니까?"

"로라, 뭐 하실 말씀 없으신가요?" 성이 아니라 이름으로 부르면 좀 더 호의적인 반응을 보여주리라 생각하나 보다. 하지만 정작 그 소식이 어떤 소식인지 말하는 사람은 아무도 없었다. 그 자체로 시사하는 바가 컸다.

로라가 차창을 다시 올리는 동안 여러 대의 카메라가 완전히 체념하고 있는 그녀의 모습을 담았다. 로라는 이 사진이 분명 다음 날 조간신문의 일면을 채우리라 확신했다.

로라는 웃자란 관목 사이로 최대한 빨리 차를 움직여 저택 현관 앞에 도착했다. 구토가 올라올 것만 같았다. 경찰이 기다리고 있을 것은 알았다. 보안상의 이유로 지역 경찰도 저택 정문 암호를 알고 있었기 때문에 로라는 경찰이 집 안에 들어와 있으리라고 확신했다. 경찰이 내게 뭘 기대하고 있을까? 예전에는 그때그때 반사적으로 대응하면 그만이었지만, 그런 삶은 이미 오래 전 이야기였다.

그런데 저택 현관 계단에 마치 경비처럼 경찰 한 사람만이 서 있는 모습을 보고 놀랐다. 커다란 검은색 문 앞에 서 있으니 남자의 몸집이 작아 보였다. 헤드라이트 불빛에 비친 그 남자의 얼굴을 얼핏 보니 불편한 표정이었고, 무전기로 누군가와 다급하게 얘기하고 있었다. 생각도 못하다가 이 일을 맡게 된 것이 분명했다.

로라가 계단 앞에 차를 세웠다. 그 경찰이 무전기를 주머니에 넣고 차문을 열어주려고 달려 내려왔지만 로라는 이미 문을 열고 나왔다.

"레이디 플레처? 정말 죄송합니다, 부인. 이렇게 빨리 오실 줄은 몰랐습니다. 사실 저는 혹시나 해서 여기 와 있었던 것이고, 저희 상관 두 분이 지금 여기로 오시는 중입니다. 그 분들이 부인을 뵈러 스탠스테드 공항에 갔었는데…."

크게 숨을 들이마시면서 로라가 떨리는 목소리로 말을 끊고 들어갔다. "괜찮아요. 그냥 무슨 일인지 말씀해 주세요."

"저택 정문에 있는 그 짐승 같은 인간들은 막아보려고 했습니다, 부인. 부인에게 먼저 소식을 전하기 전에는 말이 나오지 않게 엠바고를 걸어놨거든요. 그래서 기자들도 아무 말 하지 말아야 하는 건 알고 있어요. 기자들이 뭐 별다른 말은 안 했죠?"

"별 말은 없어도 뭔가 아주 심각한 상황이라는 것은 알겠더군요. 말씀해 보세요."

"안으로 들어갈까요? 아니면 제 상관이 도착할 때까지 기다릴까요?"

로라는 그저 이 문제를 처리하고 최대한 빨리 혼자 있고 싶었다. 그녀는 자꾸만 공황장애가 찾아오려는 것을 억누르며 말했다. "제 남편 때문이죠? 그렇죠? 다른 문제였다면 남편이 벌써 저한테 전화를 했을 텐데, 아무 연락이 없어요. 자꾸만 최악의 상황이 머릿속에 떠오르려고 하니까, 부탁인데, 빨리 좀 말씀 해주세요."

그 젊은 경찰이 심호흡을 하고서는 말했다. "정말 유감입니다만, 제가 아는 부분만 말씀드리자면 남편께서 오늘 이른 시간에 런던에 있는 자택에서 사망한 채로 발견됐습니다. 정말 상심이 크시겠습니다. 안으로 들어갈까요? 아무래도 그게 낫겠지요?"

로라는 말문이 막혔다. 그녀는 잠시 머뭇거리다가 등을 돌리고 한 마디 말 없이 현관문을 향해 걸었다. 경찰이 잘못한 것은 없었지만 누군가와 함께 있다는 것을 견딜 수 없었다. 로라는 억지로 한 발, 한 발 내디디며 현관으로 이어지는 계단을 올랐다. 무의식적으로 걷고는 있었지만 머릿속은 백지장 같았다. 영혼이 마치 몸을 빠져 나와, 지상에서 벌어지고 있는 일을 위에서 굽어보고 있는 것처럼 느껴지기도 했다. 그것도 아주 나쁜 일을. 그 경찰은 뭐라 해야 할지 모르는 듯했고, 그녀 역시 무엇을 해야 하는지, 어떻게 처신해야 하는지 알지 못했다. 목구멍 바로 아래서 비명소리가 맴돌았지만 참았다. 아직은 무너질 수 없었다.

현관 계단 마지막 칸에 도착하자 달갑지 않은 소리가 들리기 시작했다. 털털거리는 소리가 들리기 시작한 것이다. 헬리콥터가 빠르게 접근하고 있었다. 현관 자물쇠에 열쇠를 끼우는 순간, 경악스럽게도 헬리콥터가 머리 위로 쏜 커다란 스포트라이트가 그녀와 가엾은 경찰관을 비추었다. 로라는 정신이 번쩍 들었다.

로라 플레처는 서둘러 열쇠를 돌려 문을 열고 안으로 들어왔다. 헬리콥터 촬영팀의 카메라를 피할 수 있어 안도했다. 로라는 문을 힘껏 닫은 후에 그 문에 등을 기대고 섰다. 그제야 눈물이 흘러 나왔다. 눈물은 뺨을 타고 하염없이 흘러내렸지만 울음소리는 나지 않았다. 천천히 다리에 힘이 풀리면서 그대로 차가운 대리석 바닥으로 주저앉았다. 그리고 이마를 무릎에 묻고 두 팔로 다리를 감싼 채 무너져 내리지 않으려 필사적으로 버텼다.

로라의 머릿속은 휴고에 대한 생각과 그를 처음 보았을 때의 모습으로 가득찼다. 그는 잘생기고 자신감이 넘치는 사람이었다. 그녀 역시 한 마리 나비처럼 밝고 화사한 모습으로 세상의 근심걱정을 모른 채 자신의 일과 가족, 친구들을 사랑하며 해맑게 살아가고 있었다. 그런데 어쩌다가 이 지경이 됐을까?

소리 없이 흐르던 눈물이 깊고 고통스러운 회한의 흐느낌으로 바뀌고, 로라는 십오 분 정도가 지나도록 문 앞에 웅크리고 있었다. 그때 차 한 대가 진입로로 들어왔고, 이내 자동차 문을 여는 소리가 들렸다. 누군가가 아까 그 경찰과 이야기하는 소리가 들렸다. 하지만 무슨 말을 하는지는 알아들을 수 없었다. 로라는 평소 소매 사이에 몰래 준비해 둔 티슈를 꺼내서 눈물을 훔쳐냈다. 티슈를 소매에 숨겨놓는 것을 보고 휴고는 늘 촌티의 절정이라며 못마땅해했지만, 로라는 이 습관만큼은 좀처럼 버릴 수 없었다. 로라는 비틀거리며 일어서서 새로 도착한 사람들이 초인종을 누르기도 전에 문을 열었다.

앞에는 사십 대 정도로 보이는 한 남자가 검은 가죽 재킷과 티셔츠, 그리고 청바지를 입고 서 있었다. 남자는 키가 크고, 어두운 금발 머리칼이 살짝 헝클어져 있었다. 로라는 젊은 경찰이 곧 온다고 했던 상관이 이런 모습일 줄은 몰랐다. 그리고 검정색 바지정장을 입은 젊은 여자 경찰도 하나 있었다. 그녀는 차를 진입로 반대쪽에 주차하고 자갈길을 가로질러 총총 걸음으로 현관 계단으로 향했다.

로라는 문간에 서 있다가 몸이 휘청거리는 것을 느꼈다. 상관으로 보이는 경찰이 마지막 두 계단을 뛰어올라와 로라의 팔을 조심스러우면서도 세게 붙잡았다. "이쪽으로 가시죠, 레이디 플레처. 자리에 좀 앉으셔야겠습니다." 그가 고갯짓으로 여경찰에게 신호를 보내자, 여자는 조심스럽게 두 사람을 지나쳐 복도로 사라졌다.

로라가 말했다. "정말 미안해요. 평소에는 이렇게 한심한 모습이 아닌데, 금방 괜찮아질 거예요."

"한심하다니요, 천만의 말씀입니다. 충격을 받으셔서 그런 거죠. 어디에 앉으면 좋을까요?"

영국 북부의 억양이 들리자 로라는 이상하게 위안을 느꼈다. 주변 사람들이 모두 이런 억양으로 말하던 때의 삶이 마치 백만 년 전의 일인 것처럼 느껴졌다. 이 억양은 아무 걱정 없이 살던 그 때의 삶을 떠올리게 했다.

로라가 대리석이 깔린 복도를 지나 응접실로 경찰을 안내했다. 상관은 줄곧 로라의 오른쪽 팔꿈치를 잡고 있었다. 손에서 로라가 쓰러질까 봐 걱정하는 것이 느껴졌다. 응접실 벽과 가구는 어둡고 칙칙해서 로라의 마음에 들지 않았던 장소였지만, 지금 상황에서는 그래도 가장 적당한 장소 같았다. 젊은 여경찰이 부엌을 찾더니, 물 한 잔을 들고 머뭇거렸다.

상관이 로라를 한쪽 소파로 안내하고는 자리에 앉을 때까지 기다렸다. 그리고 여경찰이 가져온 물잔을 로라 옆 탁자에 놓았다. 로라는 한기가 느껴졌다. 난로에 이미 장작이 준비되어 있어 불만 붙이면 되는데도, 불을 붙이러 갈 의욕조차 없었다.

"레이디 플레처, 저는 런던경찰청에서 나온 톰 더글라스 경감이고, 이쪽은 베키 로빈슨 경사입니다. 싱클레어 총경님도 저희하고 합류하실 예정인데 M40 도로로 오는 길에 차가 막혀서 시간이 지체되었네요. 십 분쯤 후에 도착하실 겁니다."

경찰 둘은 마주보는 소파에 앉았고, 톰 더글라스는 깊은 한숨을 쉬었다. 그에게도 지금 이 순간이 달갑지 않은 것은 분명했다.

"집에 도착하실 때 저희가 미리 와 있어야 했는데 그러지 못해서 죄송합니다. 바깥에 모여든 기자들한테 시달리셨을텐데 그 점도 사과드립니다. 극도의 스트레스 상황인지라 부인께서 어지러움을 느끼시는 것도 당연하죠. 오늘 오후 부군께서 런던의 자택에서 변사체로 발견되었다는 소식은 들으셨을 것으로 압니다. 정말 상심이 크시겠습니다."

로라는 눈을 감고 떨리는 입술을 치아로 깨물었다. 주체할 수 없는 감정을 숨기려 시선을 가슴 쪽으로 떨구었지만 숨겨지지 않았다. 로라가 움켜쥐고 있던 티슈는 어느새 찢겨 로라의 무릎 위에 올라가 있었다. 로라는 티슈를 찢은 기억이 없었다. 이제 콧물까지 줄줄 흐르기 시작했다. 로라는 찢긴 티슈 조각을 뭉쳐 눈물과 콧물을 닦으려 했다. 그런데 누군가 깨끗한 티슈를 손에 쥐어주었다. 이 배려 가득한 젊은 경감에게 고맙다는 말을 하지 않으면 예의가 아니란 것을 알았지만, 로라는 두 사람을 쳐다볼 수도, 말이 나오지도 않았다. 그저 새 티슈를 쥐고 흘러내리는 눈물과 콧물을 닦아낼 뿐이었다.

톰 경감이 다시 말을 하기 시작했고, 로라는 그가 하는 말에 집중했다. "베릴 스터브 아주머니가 남편의 시신을 발견하고 그로부터 한 시간쯤 후에 신고했습니다. 신고를 받고 경찰이 휴고의 에거튼 크레센트 집에 도착한 때는 오후 2시쯤이었습니다."

로라가 손을 무릎으로 떨어트리며 갑자기 고개를 들었다. "베릴 아주머니가요? 토요일 오후에 베릴 아주머니가 대체 거기서 뭘 하고 있었죠?"

베키 경사가 대답했다. "아주머니가 지갑을 가지러 다시 돌아왔었대요. 아주머니가 거기 계셨던 것이 저희한테 큰 도움이 됐습니다. 부인이 어디 계신지 알아낼 방법도 베릴 아주머니가 말씀해 주셨어요. 저희는 원래 공항에서 부인을 만나려고 했어요. 항공기 기내방송으로 공지가 나간 줄 알고 있었는데 부인께서 나오지 않으시더군요. 부인을 놓쳐서 죄송해요. 저희가 같이 있었으면 괴로움을 좀 더실 수 있었을 텐데."

로라가 간신히 들리는 목소리로 대답했다. "비행기 타고 오는 내내 자는 바람에 기내방송을 듣지 못했어요."

그 순간 날카로운 초인종 소리가 집 안의 정적을 깨웠다.

"제가 나가볼게요." 베키가 말했다.

로라는 경감의 시선이 자기를 향하고 있는 것이 느껴졌지만 아무 말도 하지 않았다. 베키 경사가 싱클레어 총경을 데리고 응접실로 왔을 때도 말문이 막혔다. 로라는 새로 온 총경을 잠시 바라보다가 다시 시선을 떨구었다. 이제 그녀의 손은 질척하게 뭉쳐진 티슈를 꽉 움켜쥐고 있었다.

"레이디 플레처, 저는 제임스 싱클레어 총경입니다. 오는 데 시간이 좀 지체된 점 사과드립니다. 남편께서는 정말 훌륭한 분이었고, 영국뿐만 아니라 전 세계적으로 사랑을 받으셨던 분인데 상심이 정말 크시겠습니다."

로라는 총경의 말에 몸이 움찔하는 게 느껴졌다.

"이런 말씀 드리게 돼서 유감입니다만 부인께서 대문을 통과해 들어오는 순간 엠바고가 풀렸습니다. 이제 이 사건은 언론을 통해 공개될 것입니다. 남편의 인지도를 고려하면 아무래도 일면으로 보도가 나가게 될 것 같군요. 이제 휴고 경의 전 부인께도 이 사실을 알릴 예정인데 혹시 저희가 대신 알려주었으면 하는 다른 사람은 없으신가요?"

로라는 뭐라 대답해야 한다는 것을 알았지만 웬일인지 말이 나오지 않았다. 그녀가 할 수 있는 것이라고는 계속해서 머리를 떨구고 있는 것밖에 없었다.

"여기 와 있는 두 사람하고 얘기는 나눠 보셨겠습니다만, 죄송하게도 아직 여쭤봐야 할 것이 몇 가지 더 남아 있습니다."

총경이 잠시 말을 멈추고 자기 부하들을 바라보았다. "남편의 정확한 사망 경위가 아직은 파악되지 않고 있습니다만, 의문사로 다뤄야 할 상황입니다. 부검 결과를 기다려 봐야겠지만 방금 나온 증거에 따르면 타살 가능성이 큽니다. 이런 사건의 경우에는 수사가 신속하게 진행될수록 범인을 찾을 가능성도 크다는 것을 잘 알고 계시리라 생각합니다."

감정을 다스리며 로라는 잠시 고개를 들었다. 다른 두 경찰이 총경을 예의주시하고 있었다. 베키 경사는 문을 열고 쟁반에 차를 담아 왔다.

차를 따르는 동안 대화는 잠시 중단되었고 로라는 잠깐이라도 한숨 돌릴 수 있는 이 시간이 고마웠다. 이 사람들이 떠날 때까지 로라는 자기에 대한 통제력을 유지해야 했다. 그리고 어쨌거나 지금 떨림은 멈추었다.

제임스 싱클레어가 먼저 침묵을 깼다. "레이디 플레처, 죄송한 말씀입니다만 시신을 보고 신원을 확인해주셔야 할 것 같습니다. 형식적인 절차이기는 합니다만 꼭 필요한 부분이라서요. 부검은 내일 오전으로 예정되어 있습니다. 그 전에 먼저 확인을 해주셨으면 하는데 그러려면 내일 아침 일찍 나오셔야 합니다."

"저는 잠이 별로 없어요, 총경님. 그냥 장소와 시간만 말씀해 주세요." 로라는 자신이 점점 무력해지고 지쳐가는 것이 느껴졌다. 감정을 겨우겨우 추스리고 있을 뿐이었다. 로라는 그저 이 사람들이 어서 떠나줬으면 하는 마음뿐이었다.

"너무 이르다고만 하지 않으시면 아침 여섯 시 반쯤 관용차를 보내겠습니다. 그 일을 마치고 나면 저희와 함께 이야기를 하면서 부군에 대한 정보를 주셨으면 합니다. 만약 타살이 맞다면 면식범의 소행일 가능성이 크다고 보고 있습니다. 그 부분을 부인께서 도와주셨으면 합니다."

로라가 조용히 답했다. "저도 힘닿는 데까지 도울게요."

"남편을 위협했거나, 아니면 남편에게 큰 원한을 품고 있었던 사람은 없었나요?"

"없어요. 적어도 바로 떠오르는 사람은 없네요. 그이가 하는 일 때문에 항상 위험이 도사리고 있다고 생각되는 부분은 있었죠. 하지만 남편이 구체적으로 얘기해 준 것이 없네요. 미안합니다."

"남편께서 하신 일에 대해서는 우리도 모두 잘 알죠. 그걸 모르는 사람이 있겠습니까? 물론 그 부분도 자세하게 조사해 봐야겠지요. 저희가 밤 사이에 그 부분에 대해 연구해볼 테니 내일이면 아마 더 많은 부분을 알려드릴 수 있지 않을까 싶군요."

총경이 잠시 멈췄다. 그리고 더 부드러워진 목소리로 다시 시작했다.

"이런 질문 드리기 민망합니다만, 수사를 위해서는 어쩔 수 없군요. 혹시 부군께서 다른 여성을 만나고 있었다고 생각하십니까?"

로라는 몸서리쳤다. 그녀는 잠시 뜸을 들이다 고개를 들어 말했다. "저도 모르겠네요. 미안합니다." 거의 속삭이는 듯 대답했다.

"함께 있었으면 좋겠다 싶은 사람 계세요?" 베키 경사가 물었다.

로라는 잠시 가만히 있었다. 그리고 아직 열려 있는 커튼 사이로 창밖을 걱정스러운 눈빛으로 바라보았다. "수고스럽지만 혹시 괜찮으시다면 사람을 보내서 제 차 트렁크에서 여행 가방을 가져다주실 수 있을까요? 아직도 방송국 헬리콥터가 돌아다닐까봐 집 밖으로 나가기가 무섭네요."

항상 협조적인 베키 경사가 즉시 대답했다. "제가 가서 가져올게요."

로라는 경감이 의사를 불러줄까 묻는 소리가 희미하게 들렸지만 이미 마음은 딴 데 가 있었다. 사람들의 목소리가 그녀의 주변을 공허하게 울리고 있었지만 그 말의 의미가 더 이상 머릿속에 들어오지 않았다.

베키 경사가 작은 여행 가방을 가지고 다시 나타나자 로라는 안도했다.

"레이디 플레처, 웬 여자분이 찾아오셨어요. 그 분 말씀이 부인의 친척이라고 해서 경찰이 현관문까지 들여보냈어요. 들어오라고 할까요?"

로라가 정신을 차리고 대답하기도 전에 문이 크게 열렸다. 출입문에 날씬한 젊은 여자 하나가 서 있었다. 붉은 기운이 도는 긴 금발머리가 뒤편에 있는 샹들리에 불빛을 받아 반짝거리고 있었다.

"로라, 방금 뉴스 들었어. 어쩜 좋아? 안 와 볼 수가 없었어. 이런 일이 일어났는데 너를 어떻게 혼자 두니."

희미하지만 분명하게 들리는 캐나다 억양. 로라는 이 말투를 이 순간에 듣게 되리라고는 생각도 해보지 않았었다.

로라는 심장이 두근거리기 시작했다. 그녀가 소파에서 벌떡 일어났다. 그리고 드디어 자제력을 잃고 억누르고 있던 감정을 입 밖으로 토해냈다.

"미쳤어? 너 지금 여기서 뭐하는 거야?"

4

불청객이 온 뒤, 경찰 셋은 몇 분 만에 로라의 집 현관문을 나섰다. 베키의 차를 타고 기자들이 막고 있는 정문을 빠져나왔다. 기자들이 점점 더 몰려들고 있었다.

현관을 나서자 총경은 자신의 운전기사에게 그만 퇴근하라고 지시했다. 베키, 톰과 함께 직접 운전하고 가겠다는 뜻이었다. 총경의 그 말 외에는 세 사람 모두 침묵을 지켰다. 저택 정문을 벗어나 카메라를 든 사람들이 보이지 않을 때까지는 어떤 의견도 오가지 않았다. 경찰 세 명의 붉으락푸르락한 얼굴이 저녁 뉴스에 대문짝만하게 잡혀서는 불필요한 추측만 불러일으킬 것이 뻔하니, 세 사람 모두 기자들을 완전히 따돌릴 때까지는 무표정한 얼굴을 유지했다. 베키가 처음으로 침묵을 깨고 말했다.

"저만 그렇게 생각하는 건가요? 아까 그 상황이 진짜 이상하다는 생각 들었는데. 말 한마디 못하던 사람이 올케를 보자 갑자기 폭발했잖아요. 그 올케가 나타난 다음부터는 우리가 어서 가줬으면 하고 안달하는 게 보이더라고요."

톰도 같은 생각이었다. 로라가 고통스러워하는 모습이 억지로 꾸며낸 것 같지는 않았다. 그런데 올케라는 불청객이 도착하자마자 로라는 마치 그 고통을 문밖에 내다버린 사람처럼 바뀌었다. 그리고 베키가 아침까지 로라와 같이 있어주겠다고 제안했는데 그것도 단칼에 거절해 버리는 바람에 베키는 실망이 컸다. 남아 있었다면 베키는 지금쯤 벽에 붙은 파리처럼 로라를 감시하고 있었을 텐데 말이다.

"톰, 자네는 범죄심리 분석전문가잖아. 레이디 플레처를 보고 첫인상이 어땠어?" 제임스 싱클레어의 예리한 눈이 톰을 향했다. 톰은 자동차 뒷좌석에 앉아 깊은 생각에 빠져 있었다. 생각나는 것은 로라를 붙잡고 있었을 때 그녀가 금방이라도 쓰러질 듯 너무 약해 보였다는 것뿐이었다. 그는 응접실 장면을 다시 떠올려 보았다.

"마음을 읽기가 아주 까다로운 여잡니다. 고통스러워하고 있었던 것은 분명합니다. 마음을 다스리려고 집중하는 것이 보였습니다. 너무 집중해서 마치 현실을 벗어나 있는 것처럼 초연해 보였어요. 하지만 갑작스럽게 손님이 찾아왔을 때의 반응은 예상 밖이었죠. 그것도 분명 진심에서 나온 반응입니다."

"가만있자, 그 손님이…, 베키, 그 손님 이름이 뭐라고?"

"이모젠 케네디예요, 총경님."

"그렇군. 이모젠이 레이디 플레처의 친오빠와 예전에 부부 사이였다고 하니 그런 반응이 나온 데는 별의별 이유가 있을 수 있겠지. 가족 사이의 불화일 수도 있겠고. 어쨌거나 조사해 볼 필요는 분명 있겠어. 적대감이 그 정도로 심한 것을 보면 무언가 다른 것이 드러날 수도 있고. 베키, 자네가 보기에는 어땠어?" 총경이 물었다.

"제가 보기에 레이디 플레처는 인생을 포기한 사람 같았어요. 그와 달리 그 올케는 아주 활달하고 매력적으로 보였고요."

톰은 베키의 판단이 정확하다고 느꼈다. 로라 플레처는 보라색 색조의 페이즐리 무늬 스커트를 볼품없이 허리춤에 올려 입고 있었고, 빛이 바랜 짧은 소매의 라운드 넥 점퍼를 입고 있었다. 머리는 그냥 일반 고무줄로 뒤로 묶어 넘겼다. 당연한 일일 테지만, 울다보니 화장이 번지고 피부도 창백했다. 한마디로 외모에 전혀 신경을 쓰지 않았다. 반면 이모젠 케네디는 환영받으며 입장하지는 못했지만 잡티 하나 없이 잘 가꾼 모습이었다. 뚜렷한 대조였다.

"남편 소식을 처음 들었을 때 반응이 어땠는지 제가 직접 봤으면 좋았을 텐데 아쉽군요. 저희보다 먼저 와 있던 젊은 순경은 허둥대느라 아무것도 파악하지 못했대요."

"톰, 항공사에서 어쩌다 그 여자를 놓쳤는지는 알아냈어?"

"그게 참 모를 일입니다. 항공사에서 기내방송으로 알렸다고 했거든요. 그런데 아무도 나온 사람이 없었습니다. 로라 플레처 말로는 비행기를 타고 오는 내내 자는 바람에 안내방송을 못 들었다고 하더군요."

베키가 비웃듯 코웃음을 쳤다. "그랬죠. 그리고는 2분 후에 자기는 잠이 별로 없다고 말했고요."

톰이 고개를 끄덕였다. "비행기만 타면 잠이 쏟아지는 사람도 있는가 보더라고. 어쨌거나 공항 관계자에게 로라 플레처의 수화물을 확인해 달라고 요청했더니 10분쯤 후에 연락이 와서 알려 주기를, 수화물 컨베이어 벨트에 로라 플레처의 여행 가방이 없는 걸을 보니 찾아간 것 같다고 하더군요. 그래서 금방 나타날 줄 알았습니다."

"공항측에서 몇 번 더 안내방송을 했고, 우리도 삼십 분 정도 더 기다려 보다 결국 로라 플레처를 놓쳤다고 판단했죠. 우리가 여기 도착한 시각은 저녁 8시 10분 정도였습니다. 그 여자가 분명 훨씬 일찍 출발했을 텐데 우리가 바로 뒤이어 도착한 것을 보고 놀랐습니다."

총경이 끼어들었다. "그 여자가 그 비행기에 타고 있던 게 백 프로 확실한 거야? 의심스러운 구석이 전혀 없어?"

베키가 재빨리 대답했다. "전혀 없어요. 제가 차에서 그 여자 여행 가방을 꺼내면서 항공 수화물 딱지를 확인해 봤는데 안코나(이탈리아 마르케주의 주도 - 옮긴이)에서 온 비행기 편이 맞더라고요. 날짜도 오늘이었고요."

"베키, 오늘 저녁에 본 그 여자의 모습을 공항에서 봤다면 알아볼 수 있었을 것 같아?" 싱클레어 총경이 물었다.

"저희가 본 최근 사진이 흐릿한 편이라 못 알아봤을 것도 같아요. 하지만 제가 기억력 하나는 좋거든요. 그 특이한 치마를 입고 제 앞을 지나쳤는데 기억 못 할 리는 없어요. 물론 그 여자가 외투를 걸치고 있어서 치마가 가려졌을지도 모르겠네요. 차 뒷좌석에 외투가 하나 있더군요."

톰은 대체 어쩌다가 로라 플레처를 놓쳤는지 알 수 없었다. 그렇지만 그녀를 놓쳤다는 사실만큼은 분명했다. 베키의 말대로 로라 플레처가 사건이 일어난 시점에 이탈리아에 있었다는 데는 의심의 여지가 없었다.

하지만 마음 한구석에 찜찜함이 남았다. 로라 플레처가 부들부들 떠는 것을 직접 느껴보니 그녀가 실제로 고통스러워했던 것만큼은 분명했다. 다만 두 가지 이상 반응이 있었다. 우선 사건의 구체적인 내용에 전혀 관심을 보이지 않았다. 사실 로라는 남편이 어떻게 죽었는지에 대해 아예 물어보지 않았다. 청소부가 토요일에 그곳에 있었다는 사실에만 깜짝 놀라는 눈치였다. 그게 왜 그렇게 중요할까? 심지어 여기 세 사람조차 그 시점에서는 이것이 타살인지 확신하지 못하고 있었는데 말이다. 베키가 싱클레어 총경에게 하는 말을 들어보니 베키도 자기와 같은 생각인 듯 보였다.

"총경님께서 아까 타살로 보인다고 말씀하셨죠? 뭐 새롭게 밝혀진 사실이 있습니까?"

"듣자하니 시신을 부검실로 옮기고 난 후에 루퍼스 덱스터가 돋보기로 시신을 다시 한 번 검사했나봐. 그 친구가 말은 좀 어눌해도 꼼꼼하기로는 유명한 사람이잖아. 내일 아침 부검에 정식으로 들어가기 전에 조금 더 조사해 보고 싶어 견딜 수가 없었던 게지. 그런데 휴고 플레처의 치모 부위에서 작은 혈흔을 찾아냈어. 그리고 거기에 주사바늘 자국이 분명하게 나 있었대. 미치지 않고서야 음낭 근처에 자기가 직접 주사를 놓을 사람을 없을 테니 나한테 알려야겠다 생각했겠지. 하지만 뭐를 주사했는지는 아직 모르겠대. 주사바늘 자국을 숨길 의도는 없었던 것으로 생각하고 있더군. 모두들 알다시피 바늘 자국을 숨기려면 더 좋은 곳들도 있으니까. 아무래도 그 부위를 선택한 이유는 약물이 혈액으로 빨리 흡수되게 하려고 했던 것 같아."

M40 도로를 따라 달리는 동안 톰은 차창 너머로 어두운 밤풍경을 물끄러미 바라보았다. 그리고 휴고 플레처에 대해 생각해 보았다. 이것이 화가 난 아내가 저지른 단순한 살인사건으로 밝혀질 가능성은 점점 더 희박해지는 것 같았다. 다른 가능성들을 생각해 볼 필요가 있었다. 톰은 자꾸만 휴고 경이 그동안 추진해온 자선사업이 어떤 식으로든 얽혀

있을지 모르겠다는 생각이 들었다. 그의 엄청난 재산은 부모로부터 물려받은 것이었지만, 그의 명성은 세상의 이목이 집중된 그의 자선사업 덕분에 쌓아올린 것이었다. 그의 자선재단은 동유럽 매춘부들을 돕는 일을 했다. 살인 현장에 성적인 함축이 담겨 있던 것을 보면 분명 매춘부들과 관련이 있어 보였다. 하지만 그 매춘부들 중 누군가가 그를 죽일 이유가 무엇이란 말인가?

싱클레어 총경은 회의적이었다. "언론의 말로는 그 매춘부들 모두가 휴고를 전지전능한 신처럼 생각한대. 차라리 그에게 불만을 품은 포주가 한 짓이라면 그럴 듯하지. 하지만 설마 휴고가 포주하고 샴페인을 마신 다음에 자기 손발을 침대에 묶으라고 가만히 놔뒀겠어? 그렇다면 여기에 논리적 연결고리가 뭔가 빠진 게 분명한데, 그게 뭔지는 나도 모르겠군."

세 사람은 고속도로 마지막 구간을 지나 일반도로로 빠져나왔다. 그러자 베키의 운전은 다시 평소처럼 곡예를 하며 달리는 스타일로 돌아왔다. 토요일 밤 늦은 시간이었는데도 도로에는 차가 많았다. 차가 노란색 신호등을 아슬아슬하게 통과할 때마다 조수석에 앉은 싱클레어 총경의 얼굴에서 살짝살짝 긴장감이 묻어났다. 그 표정을 보니 톰은 웃음이 나오는 것을 참기가 어려웠다. 하지만 총경이 뒷좌석에 앉아 있는 그에게로 고개를 돌리자 간신히 얼굴에서 웃음기를 지웠다.

"다시 처음으로 돌아가서 사실들을 점검해 보자고. 배우자에 의한 살인 사건이 얼마나 많은지는 우리 모두 잘 알잖아. 하지만 그 첫 번째 가능성은 배제해야겠지. 레이디 플레처가 비행기를 타고 이탈리아에서 돌아오는 중이었다는 알리바이는 분명하게 밝혀졌으니까. 레이디 플레처가 휴고를 살해한 다음 이탈리아로 가서 안코나에서 오는 그 비행기에 타는 것은 불가능하다고 백 프로 확신할 수 있겠나?"

"확실합니다. 우리가 확인해 봤습니다."

"개인전용기를 이용했을 수도 있잖아. 재력이 되니까."

"그 부분도 역시 확인중입니다만, 결론이 어느 정도 빤하지 않나 싶습니다. 그 여자가 설마 그렇게 바보일 리는 없겠죠. 개인전용기로 런던에서 안코나로 갔다가 예약해 둔 비행기 편으로 한 시간 후에 런던으로 돌아왔다면 그건 '내가 범인입네'하고 써 붙이고 다니는 꼴이잖습니까."

"생각해 보니 그렇군. 물론 확인은 해봐야겠지만 그 부분은 털어 봐도 나올 것이 없겠어."

톰이 보기에 세 사람이 놓친 부분이 아직 한 가지 있었다. 휴고가 내연녀가 있는지에 대해 물어봤을 때 로라 플레처가 아무런 반응이 없었다는 점이다. 대부분의 아내들은 그런 얘기만 나와도 충격을 받거나 당황해할 것 같았다. 그런데 로라 플레처는 아예 반응이 없었다.

톰은 세 사람 모두 조금씩 지쳐 있는 것이 느껴졌다. 싱클레어 총경도 분명 똑같은 생각을 하고 있는 것 같았다.

싱클레어가 말했다. "지금까지 알아낸 내용들을 그냥 한번 종합해 보자고. 일단 레이디 플레처가 범인일 가능성은 별로 없어 보여. 물론 다른 사람에게 돈을 주고 그 일을 시켰을 가능성까지 배제할 수는 없지만. 그럼 찾아온 손님에게 다소 극단적인 반응을 보였던 것은 어떻게 생각해?"

세 사람은 레이디 플레처가 감정이 폭발한 상황을 제대로 파악하기도 전에 쫓겨나다시피 집을 나와야 했다.

"로라 플레처는 남편이 살해당했다는 소식을 들었을 때보다 오히려 올케가 도착했을 때 훨씬 강렬한 반응을 보였습니다. 제가 보기에는 반사적 행동이었습니다. 정말로 화가 난 것으로 보이더군요. 마치 세상에서 제일 꼴 보기 싫은 사람이라도 찾아온 것처럼 말입니다."

베키가 입을 열었다. "혹시 이런 게 아닐까요? 휴고가 올케 이모젠과 바람을 피웠다고 의심한 거죠. 그럼 그런 반응이 확실하게 설명이 되잖아요."

"그렇다면, 지난 24시간 동안 이모젠의 알리바이도 자세히 살펴볼 필요가 있다는 소리로군." 싱클레어가 말했다.

그 말과 함께 세 사람은 각자의 생각으로 빠져들었다. 그때 무례하게도 톰의 휴대폰이 인정사정없이 울려대기 시작했다. 톰이 재빨리 전화를 받고 신중하게 듣더니 전화를 끊었다.

"좋은 소식입니다. 주변의 집들을 탐문 수사해 봤더니 오늘 11시 45분쯤에 어떤 여자가 에거튼 크레센트의 집에서 나오는 것을 목격한 사람이 나왔네요. 평균 키의 날씬한 여자가 커다란 검정 숄더백을 가지고 나왔다고 합니다. 그 여자가 굉장히 긴 빨간 머리를 하고 있었고, 다소 꽉 끼는 무릎 길이의 검정색 가죽 스커트를 입고 있는 것이 제일 눈에 띄었다고 합니다."

"맙소사. 누군지 몰라도 관찰력이 정말 뛰어난 사람이군." 총경이 말했다.

"듣자하니 목격한 남성이 그대로 서서 몇 분 동안 그 여자를 지켜보고 있었나 봅니다. 그 사람 말로는 아주 죽여주게 섹시한 여자라서 눈길이 자동으로 갔다는군요."

잠시 침묵이 이어졌다. 톰은 섹시한 검정 가죽 스커트와 로라가 입고 있었던 흉물스러운 스커트의 차이를 말없이 생각하고 있었다. 이런 내용은 어쩔 수 없이 언론을 통해 알려지게 되어 있었다. 그럼 사람들은 필연적으로 두 여자를 비교하게 될 것이고, 섹시한 여성의 등장에 담긴 함축적 의미에 대해 수군거리기 시작할 것이다. 과연 로라 플레처는 거기에 어떻게 대처할까?

★

옥스퍼드셔 남서쪽으로 160km가 안 되는 지역의 어느 주택에서 한 소녀가 창 너머로 밤풍경을 지켜보고 있었다. 소녀의 뒤편으로 방은 완전히 깜깜했고, 어차피 시골 도로에는 가로등도 없고 달도 뜨지 않아, 사람의 눈으로 겨우 분간이 되는 희미한 형체 말고는 아무것도 보이지 않았다. 소녀는 근처 바닷가에서 불어오는 강한 바람을 느끼며, 밤하늘을 배경으로 흔들리는 나무 꼭대기의 그림자만 간신히 알아볼 수 있었다. 사람의 흔적은 어디에도 보이지 않았다. 그럼에도 소녀는 높게 둘러쳐진 담장 너머를 두 눈을 부릅뜨고 바라보고 있었다. 소녀는 저 멀리서 자기를 향해 구불구불 다가오는 자동차의 헤드라이트 불빛을 보게 해달라고 간절히 기도했지만, 또 한편으로는 그 불빛이 보일까봐 그 간절함만큼이나 두려워하고 있었다.

그가 왔다간 지도 며칠이 지났다. 이렇게 오래 찾아오지 않은 것은 처음이었다. 그가 자기에게 화가 나 있다는 것을 소녀도 알고 있었다. 하지만 어쩌면, 말 그대로 그냥 어쩌면, 그가 돌아오기만 하면 모든 것을 바로 잡을 수 있을지도 모른다. 어쩌면 자기가 너무 성급했었던 것인지도 모른다. 어쩌면 너무 많은 것을 기대했는지도.

아무것도 보이지 않자, 희미하게 느껴지던 안도감이 차츰 두려움으로 바뀌어 갔다. 방 안은 추웠고, 얇은 옷만 걸치고 있는 소녀는 추위로 몸이 떨렸다. 소녀는 물을 한 모금 마신 후에 얇은 침대보 안으로 기어들어가 얼음처럼 차가운 외풍을 막아 보려고 침대보를 몸에 둘둘 말았다. 그리고 따뜻한 입김으로 떨리는 몸에 작은 온기라도 주려고 머리를 그 속에 파묻었다.

5

벽난로에서 장작이 타면서 불꽃이 올라왔다. 결국은 이모젠이 불쏘시개에 성냥으로 불을 붙였다. 장작이 잘 타올라 음울한 실내를 조금이나마 밝은 분위기로 만들었다.

이모젠이 휴고가 수집한 어마어마한 브랜디와 위스키를 둘러보고 있는 동안 로라는 이모젠을 바라보고 있었다. 경찰들이 떠난 순간 말싸움이 시작됐었다. 짧지만 격렬한 말싸움이었고, 그 덕에 로라는 녹초가 되었다. 로라는 모든 감정을 한바탕 쏟아냈고, 결국에는 아래층 욕실로 뛰어 내려가 토를 하는 것으로 말싸움은 끝나고 말았다. 로라는 극도의 스트레스를 받을 때면 종종 이랬다. 이제 로라는 머리에 쿠션을 받치고 소파에 옆으로 누워 있었다. 팔로 배를 끌어안고 있는 것은 복통을 가라앉히기 위한 것이 아니라 무언가 품에 안고 위로받고 싶은 마음 때문이었다. 로라가 다시 입을 열자 잘 들리지는 않았지만 그래도 남들이 알아들을 수는 있었다. 더 이상 고함을 지를 힘은 남아 있지 않았지만, 로라는 아직 이모젠에게 몹시 화가 나 있었다.

"여기 오지 말아야 했어, 이모젠. 아주, 아주 바보 같은 결정이었다고. 그렇게 생각이 없어?"

"네 기분이 어떤지는 이미 다 말했잖아. 그만하면 나도 다 알아들었으니까 그쯤 해 둬."

"지금쯤이면 캐나다로 가고 있어야지. 그리고 바보같이 내 올케라고 굳이 밝힐 이유가 대체 뭐야?"

이모젠은 괴로워하는 로라의 모습에도 눈 하나 깜짝 하지 않는 듯 명료한 목소리로 짧게 대답했다. "난 네 올케니까. 물론 지금은 아니지만 적어도 모든 게 틀어지기 전까지는 네 올케였잖아. 내가 여기 있는 것을 알면 윌도 좋아하지 않겠지만, 그거야 뭐 그 사람 문제지. 로라, 내가 그럼 대체 어떻게 했어야 한다는 거야? 휴고가 죽었다는 뉴스를 듣고 내가 어떻게 안 와? 네가 나한테 부탁했던 그 일들을 생각하니 아무래도 네 곁에 있어줄 사람이 필요하겠다고 생각했을 뿐이야. 내가 바보였지."

이모젠이 경찰들에게 좋은 인상을 심어주기 위해 사용했던, 달래듯 부드럽고 나긋나긋한 억양은 사라지고 없었다. 로라는 한숨을 내쉬었다.

"맞아, 이모젠. 내가 뭘 부탁했는지는 나도 알아. 아주 큰 부탁이었지. 그런데 거기에 조건이 달려 있는 건지는 몰랐네."

"큰 부탁? 너 지금 그걸 '큰 부탁'이라고 하는 거야? 큰 부탁이라면 아르마니 재킷 신상을 빌려달라거나, 아니면 나한테 마지막으로 남은 이천 파운드를 빌려달라고 하는 거, 그런 게 큰 부탁이지. 물론 너가 그런 부탁을 할 리는 없겠지만 말이야. 네가 말하는 그 큰 부탁이란 게 어디 '크다', '작다'라는 말로 가늠할 수 있는 부탁이야? 그런 급의 부탁이 아니라는 건 너도 알잖아."

"너한테 다 설명했잖아. 너도 이해한다고 했고. 넌 거기에 어떤 조건이 붙는다는 말은 안 했어."

"하지만 지금은 상황이 달라졌잖아." 이모젠이 억눌려 있던 긴장감을 쏟아내듯 크게 한숨을 내쉬었다. "이제 앞으로 며칠 동안은 아주 끔찍할 거야. 몇 주가 될지도 모르지. 너도 도움이 필요할 거고. 난데없이 어디서 뭐가 튀어나올지 어떻게 알아? 경찰에서도 너한테 무슨 일이 있었는지, 그리고 네가 어째서 미친 사람들이나 가는 그 요양시설 신세를 지게 됐는지 분명 알고 싶어 할 텐데."

로라가 자리에 벌떡 일어나 앉았다. 아무리 이모젠이라고 해도 함부로 말을 내뱉게 놔둘 수는 없는 노릇이었다.

"야! 말 좀 곱게 쓰면 안 돼? 내가 왜 거기에 있었는지는 너나 나나 아주 잘 알지. 하지만 이유야 어쨌든 '미친 사람' 소리 듣고 기분 좋을 사람은 없어."

이모젠은 전의가 사라졌는지 후회하는 눈빛이 역력해졌다. 이모젠은 그게 문제였다. 생각보다 말이 먼저 튀어나온다. 항상 그랬다.

이모젠은 로라가 마시지 않는 큰 코냑 병을 탁자 위에 올려놓고 로라 옆에 앉았다. "미안해. 내가 생각이 짧았어. 그런데 너 경찰한테는 뭐라고 말할 생각이야? 내가 여기 온 건 너한테 버틸 힘을 주려는 거야. 너도 어떻게 해야 할지 판단이 안 서는 순간이 생길 거 아냐. 알렉사 문제도 처리해야 하고, 그 다음엔 유언장, 장례식도 처리해야 하고, 해야 할 일이 끝도 없어. 너도 누군가 대화를 나눌 사람이 필요할 텐데, 네 상황을 이해할 수 있는 사람이 나 말고 또 있어?"

로라는 아직 친구를 용서해 줄 마음의 준비가 안 됐다. "하지만 문제가 있어, 이모젠. 너는 나를 이해한다고 생각하겠지. 하지만 사실은 털끝만큼도 이해하지 못하고 있다고."

두 사람은 서로에게 상처를 주고 있었다. 무의미한 일이었다. 어차피 마음의 상처는 서로 입은 상태였고, 이모젠을 잡아먹을 듯 타박해 봐야 도움도 안 되었다. 상황이 달라질 것도 없었다. 어쩌면 코냑도 그리 나쁜 생각은 아닐 것 같았다. 로라는 코냑을 한 모금 삼키고 몸서리를 쳤다. 코냑의 달짝지근한 맛이 신물 났다.

"이모젠, 이렇게 계속 싸우고 싶지 않아. 내 감정이 롤러코스터를 타는 것처럼 오르락내리락해서 힘들다는 건 하늘이 알아. 네가 여기 온 이유는 나도 이해해. 아주 허접한 생각이기는 했지만. 정말 무책임하고 충동적인 행동이었어. 네가 걸어 들어올 때 내가 그렇게 넌더리를 친 이유를 경찰에서도 알아내려고 할 게 분명해."

"그럼 나한테 진실을 말해줘! 휴고는 나를 싫어했고, 네 오빠는 나를 혐오했어. 나는 여러 해 동안 이 빌어먹을 집에는 발도 들이지 못했고. 그리고 네 남편은 너와 내가 두 번 다시는 말도 섞지 못하게 했지. 넌 내게 세상에서 제일 친한 친구였는데 말이야. 네가 굳이 소설 같은 이야기 꾸며내지 않아도 이미 진실은 끔찍하다고."

로라도 이 말에 동의하지 않을 수는 없었다. 다섯 살부터 결혼 첫 해가 되기까지 로라와 이모젠은 세상에 둘도 없는 단짝이었다. 이모젠의 부모는 캐나다에서 로라네 옆집으로 이사를 왔는데, 둘이 만나던 날을 로라와 이모젠은 어제 일처럼 생생하게 기억하고 있었다. 그 날은 로라의 아빠, 엄마가 부부싸움을 한 날이었다. 로라는 자기네 집 정원에 있는, 관목이 우거진 비밀 소굴로 기어들어갔다. 이곳은 집에서 충분히 떨어져 있어서 부부싸움 하는 소리가 들리지 않았다. 이모젠의 첫 마디에서 로라는 처음으로 북미식 억양을 직접 들어보게 됐다.

"내 방 유리창에서 널 봤는데, 네가 초콜릿을 좋아할 것 같아서. 나도 들어가도 돼?" 이모젠의 제안에 로라는 틀림없이 좋다고 말했을 것이다. 멜빵 청바지를 입은 이 미소 가득한 꼬마가 소굴로 기어 들어와서 로라를 재빨리 안아주며 초콜릿을 내밀었기 때문이다. 비록 초콜렛이 좀 지저분하긴 했지만. "네가 왜 우는지 나한테 말해주는 것이 좋을 거야. 안 말해주면 나 여기서 안 나갈 거니까."

그리고 이것이 두 사람 관계의 패턴으로 굳어졌다. 이모젠은 두 집 사이의 울타리에 난 틈을 발견하고는 그것을 둘만의 비밀 통로로 하자고 했다. 로라는 자기가 원할 때면 언제든 그 틈 사이로 꼬물거리며 기어 나와 이모젠과 놀 수 있었고, 이모젠도 그와 똑같이 했다. 그 날 이후로 두 사람은 서로의 집을 마음대로 넘나들었다. 로라는 자기가 이모젠에 대해 모든 것을 알고 있다고 생각했고, 이모젠도 마찬가지였다. 하지만 로라의 생각은 틀린 것이었다.

이모젠은 십 대 초반부터 로라의 오빠 윌에게 완전히 푹 빠져 있었지만, 그 사실을 절대로 로라에게 말하지 않았다. 그러다가 이모젠이 품은 감정에 윌이 똑같은 감정으로 화답해서 둘이 사귀게 되자 로라는 따돌림을 당한 것 같았다. 그런 비밀을 숨기고 있었던 이모젠을 로라가 용서하기까지는 꽤 시간이 걸렸다. 하지만 오빠 윌과 이모젠의 행복한 모습을 보며 로라의 마음도 풀리고 말았다. 이모젠과 오빠는 이모젠이 갓 스무 살이 되었을 때 결혼했고, 바로 지금 이 집에서 '그 끔찍한 밤'을 겪기 전까지만 해도 두 사람은 서로에게 홀딱 빠져서 살고 있었다.

이제 누군가가 윌과 로라의 엄마에게 휴고의 죽음을 알려야 할 상황이었다. 로라는 윌 오빠가 일자리를 찾아 아프리카로 떠나 버린 것이 싫었지만 다행히도 그 덕분에 엄마는 지금 윌 오빠를 방문하러 아프리카로 가고 있는 중이었다. 지금쯤이면 엄마가 아프리카에 도착했을 것이다. 엄마가 휴고를 좋아하지 않았다는 것은 하늘도 아는 사실이지만, 자기가 휴고를 남편감으로 선택했던 것에 대해 지금 이 시점에서 또 다시 엄마의 잔소리를 듣고 싶은 마음은 추호도 없었다.

"윌 오빠한테 말해야겠어, 이모젠. 그리고 엄마한테도. 아니면 두 사람 모두 뉴스에서 이 소식을 듣게 될 텐데, 그건 좀 아닌 거 같아. 그런데 내가 지금 엄마를 감당할 자신이 없네. 아무래도 윌 오빠한테 먼저 말해서 그 이야기가 엄마 귀에도 흘러들어가게 해야 할까봐."

이모젠이 어떻게 반응할지 로라는 이미 알고 있었다. 이모젠은 자신의 전남편과 얘기할 수 있는 이런 황금 같은 기회를 절대로 놓칠 리가 없었다.

"윌한테는 내가 전화할 테니까, 맡겨둬. 지금 당장 해볼게." 이모젠이 골똘히 생각에 잠긴 표정으로 말했다.

"아, 그리고 이모젠. 음성메시지 등이 들어와 있는지도 좀 확인해 줄래. 그게 만약-"

이모젠이 말을 끊고 들어왔다. "알았어. 어떻게 처리해야 하는지 내가 알아. 걱정하지 마."

"알렉사는 어떡하지? 가엾은 알렉사. 알렉사를 도울 수 있는 일이라면 난 정말 무엇이든 할 거야. 그 애는 겨우 열두 살이야. 그것도 갓 열두 살이 된 아이라고. 충격이 아주 클 거야. 알렉사의 엄마는 아무런 도움이 안 될 것이 뻔하고. 알렉사가 자기 아빠의 죽음을 올바르게 슬퍼할 수 있게 해줘야 해. 아빠가 얼마나 빌어먹을 인간이었는지 아나벨의 입을 통해 듣게 해서는 안 돼. 그 여자가 휴고의 전처고, 그 여자도 휴고를 혐오하는 게 당연하다는 건 알지만, 그래도 분명 이번만큼은 아나벨 그 여자도 자기의 감정보다는 딸의 감정을 더 중요시하겠지?"

로라는 자기가 횡설수설하고 있는 것을 깨닫고 이모젠을 바라보았다. 이모젠도 로라를 바라보고 있었다. 이상하게 단호한 눈빛이었다. 이어지는 이모젠의 말을 들어보니 로라가 횡설수설하다가 말을 끊으면 즉시

치고 들어가려고 벼르고 있었구나 싶었다.

"네가 다른 얘기로 새기 전에 이거 하나만 분명하게 짚고 넘어가자. 너 아까 이렇게 말했지. 그대로 옮겨 볼게. '너는 나를 이해한다고 생각하겠지. 하지만 사실은 털끝만큼도 이해하지 못한다고.' 이게 무슨 말인지 설명 좀 해봐."

로라가 소파에서 일어났다. 이모젠이 너무 뚫어지게 쳐다보고 있어서 불편했다. 로라는 벽난로로 가서 쭈그리고 앉아 다 타지 않은 장작불을 찔러 보았다. 지금 당장은 이모젠에게 한 말을 해명할 힘이 남아 있지 않았다. 하지만 이모젠의 말은 끝나지 않았다.

"난 위선자가 아니야, 로라. 그리고 너의 남편을 정말 지긋지긋하게 혐오했다고. '털끝만큼도 이해하지 못한다.' 이 말에는 보기보다 더 많은 의미가 담겨 있어. 그게 뭔지 나도 좀 알아야겠어. 이거 하나는 약속할게. 네가 나한테 포기하라고 하기 전에는 나 절대로 포기 안 해. 나는 지금 여기에 너의 적으로 와 있는 게 아니야, 로라. 네 친구로 와 있는 거지."

불을 들쑤시다 꺼트린 로라는 장작을 난로에 쓸데없이 하나씩 꼼꼼히 쌓아올리며 시간을 벌었다. 이모젠이 자신이 한 말에 대한 해명을 들을 자격이 있다는 것은 로라도 알았다. 로라는 이모젠에게 거짓말을 해왔다. 적어도 전체적인 진실은 한 번도 말해준 적이 없다. 서로 얼굴도 못 보고, 말 한마디 못 나누는 상태에서 여러 해가 흘러갔고, 그 사이에 너무 많은 일이 일어났다. 하루 저녁에 다 설명하기에는 너무 많은 양이었다.

"나 솔직히 지금 너한테 그 얘기 꺼낼 수 있는 상황이 아니야, 이모젠. 요즘 사람들은 마음속에 있는 얘기들을 무엇이든 숨기지 말고 바로바로 털어놓는 것이 좋다고들 하지. 하지만 나는 그 말에 완전히 동의하지는 못하겠어. 요양시설에 있을 때, 난 사람들이 똑같은 문제를 얘기하고 또 얘기하면서 그때마다 괴로워하는 모습을 너무도 많이 봤어. 차라리 그런 문제들을 마음 한구석에 밀어두고 그냥 살아가는 것이 훨씬 나았을 텐데 말이야. 물론 너는 알 권리가 있는 것도 사실이지. 그 부분은 인정해."

긴 침묵이 이어졌다. 로라는 내면에서 싸움을 벌이고 있었다. 이모젠은 사건의 전말을 듣지 않고는 로라를 도울 생각이 없는 것이 분명했다. 그리고 마침내 로라는 결정을 내렸다. 원래 이런 결정을 내리려고 했던 것은 아니었지만.

"나 너한테 편지 여러 통을 썼었어."

"무슨 편지? 여러 해 동안 너한테 편지 한 통 받은 기억이 없는데 대체 그게 무슨 얘기야?"

"보낸 적이 없으니까."

로라가 잠시 침묵에 빠졌다. 과연 자기가 이 일을 할 수 있을지 알 수 없었다.

"너한테 처음 편지를 쓴 건 너하고 윌 오빠가 처음 만나기 시작했을 때였어. 그때 난 삐져 있었지. 너한테 내 기분이 어떤지 말하고 싶어서 편지를 썼어. 그리고 읽어봤지. 그런데 읽고 보니 내가 얼마나 이기적인가 싶어 부끄럽단 생각이 들더라고. 그래서 편지를 찢어 버렸지. 그 후로 네 생각은 어떤지 궁금할 때나, 그냥 내 생각을 분명하게 정리하고 딜레마를 해결하고 싶을 때, 너한테 편지를 썼지. 그렇게 몇 장을 썼어. 이 모든 게 내가 휴고를 처음 만났을 때 시작됐어. 휴고와 나의 관계에 대해 그 누구한테도 말하지 못할 상황이었기 때문에 나는 모든 순간을 편지에 담아두었다가 적당한 때가 오면 너하고 같이 그 순간들을 다시 꺼내서 느끼고 싶었어. 그 순간들을 너하고 함께 나눌 수 없다는 사실이 너무 속상했었거든. 그런데 그 적당한 때라는 것이 절대로 찾아오지 않더라. 상황은 계속 변했고, 그 첫 편지를 꺼내서 다시 읽어보니까 내가 적어 놓은 모든 것들이 너무 아이처럼 철없어 보이더라고. 그렇게 상황이 변하고 나서 너에게 편지를 새로 썼지. 정말 너한테 모든 내용을 알려줄 생각이었어. 하지만 그럴 수 없게 만드는 일이 차츰 너무 많이 생겼어. 그러다 보니 편지 쓰기가 너한테 보내기 위한 것이 아니라 점점 나를 치유해주는 활동으로 변해갔어. 편지를 쓰면 마치 내가 너와 대화를 나누고 있는 것처럼 느껴졌으니까. 하지만 진짜 대화는 아니니 너의 반응을 보면서 민망해할 필요도 없었고. 지금에 와서는 말이 안 되는 내용들이지만, 그래도 읽어보면 그땐 왜 그랬는지 이해할 수 있을 거야."

로라가 한숨을 깊이 들이 쉬며, 이어서 말했다.

"어서 전화해, 이모젠. 가서 윌 오빠한테 전화해. 나는 가서 그 편지들 찾아볼게. 꽁꽁 숨겨놓았거든. 내가 휴고를 처음 만나던 날 이야기부터 시작하는 게 나을 것 같네. 하지만 편지를 보여주는 일은 내 페이스에 맞춰주면 좋겠어, 이모젠. 솔직히 내가 이 편지들을 모두 너한테 보여줄 수 있을지 아직 자신이 없어."

6

1998년 2월

내 친구 이모젠에게

너한테 말하고 싶어 죽을 것 같은 이야기가 있는데 그럴 수가 없어! 정말 미치겠다. 말해선 안 될 이유가 분명하지만 이렇게 입 다물고 있으려니까 힘들어 죽겠어. 나하고 제일 친한 친구인 너하고 이 일을 함께 이야기하고 싶은데 말이야. 그래서 지금의 일들을 이렇게 편지로 다 적어놓으려고 해. 그래야 잊지 않을 테니까. 이 소중한 순간들을 한 순간도 잊어버리고 싶지 않아. 내가 2주일 동안 정말 놀라운 시간을 보낸 거 너도 알고 있을 거야. 지난 14일 동안 내 인생이 정말 영원히 바뀌어 버렸다고 진심으로 믿게 됐어.

나 남자를 만났어.

모든 것은 시상식 날 밤에 시작됐어. 내가 얘기했던 바로 그 날이야. 나는 그로스베너 하우스 호텔 연회장에서 개최되는 행사에는 처음이지만, 이곳은 최고의 시상식 장소로 유명한 곳이지. 그리고 이번에는 내가 만든 프로그램들 중 하나가 최종 후보자 명단에 올라 있었어(정말 어찌나 초조하던지). 내가 도착하고 보니까 우리 회사 사장인 시몬이 날 기다리고 있더라구. 우리는 작은 로비를 꽉 채우고 있는 사람들을 헤치고 들어갔어. 사람들 모두 기쁜 마음으로 하나같이 우아한 모습이더라. 우리는 샴페인 리셉션이 열리는 연회장을 내려다보는 이층 좌석으로 갔어.

좀 재수 없게 들리겠지만 이 말은 꼭 해야겠다. 그날 내 모습은 정말 내가 봐도 너무 예뻤어. 덕분에 자신감이 급상승하더라고. 초조해서 많이 떨리고 있었는데 말이야. 아주 멋진 연청색 드레스에 돈 좀 썼거든. 좁은 어깨 끈이 달려 있고 가슴이 깊게 파인 드레스야. 원단결과 사선으로 재단한 드레스라서 입으면 통통해 보이지 않고 균형 잡힌 몸매로 보여. 적어도 나는 그렇게 믿고 싶었어! 그리고 물론 내 머리도 도움이 됐지. 나 빨간 머리 하는 거 좋아하잖아! 어쨌거나 내 눈에도 내가 예뻐 보인다 싶은 날이었어.

리셉션 장소에서 연회장을 바라보니까 정말 숨이 막힐 정도로 장관이더라. 커다란 샹들리에가 사람들을 반기는 듯 따뜻한 조명을 뿜어내고 있고, 아름답게 장식된 원형 탁자들이 바다처럼 끝없이 펼쳐져 있고, 탁자마다 설치된 촛대에서 촛불들이 하얀 식탁보를 은은히 밝혀줘서 마치 우리 아래로 황금 연못이 일렁이는 것 같더라. 무대는 은색과 금색 별 모양으로 장식된 굉장히 멋진 장막으로 세팅되어 있었는데, 뭐니 뭐니 해도 최고는 수상자들에게 돌아갈 크리스탈 피라미드 트로피가 놓인 긴 탁자였어. 그걸 보고만 있어도 흥분돼서 떨리더라고. 이 상을 받으면 그 자체로 큰 명예고, 내 경력에도 큰 도움이 될 일이었으니까.

하지만 단순히 내 야심만은 아니었어. 회사도 중요했지. 시몬이 내게 일부 지분을 넘겨준 이후로 나는 내 능력을 입증해 보일 필요가 있었지. 내가 상을 수상하게 되면 분명 그는 나에 대한 자신의 믿음이 옳았다고 생각할 테니까.

난 우리 탁자에 가서 앉아 있었는데 거기 있는 모든 사람들하고 대화를 나누기는 불가능하겠더라고. 키 큰 양초들하고 커다란 은제 얼음통에 엄청나게 쌓여있는 와인 병들 때문에 시몬이 초대한 VIP 손님들 몇 명은 아예 보이지도 않았어. 하지만 밤이 깊어지고 사람들이 와인을 엄청나게 마셔 대서 병이 줄어드니까 나하고 반대편에 앉아 있던 남자와 시선이 마주쳤어. 그 남자는 어디선가 본 것 같기도 하고, 아주 흥미롭더라! 한 사십 쯤 되어 보였는데 흑발의 머리숱이 많았고, 어디 하나 흠잡을 데 없이 차려 입고 있더라고. 그 연회장에 온 남자들 모두 디너 재킷을 입고 있었지만 왠지 그 남자의 것이 더 나아 보였어. 그의 야회복 재킷은 더 검고, 몸에도 꼭 맞고, 더 우아해 보였어. 눈동자색이 뭔지는 보이지 않았는데 분명 짙은 파란색일 거라고 나 혼자서 내기를 했지. 그런데 그 남자가 나를 쳐다보고 있었어! 그 남자가 자기 샴페인 잔을 살짝 올렸다가 입술로 가져가면서 은밀하게 내게 건배를 제의하는데, 너무 매력적인 거 있지! 매력적이란 말 말고는 다른 표현이 떠오르지를 않네. 섹시하다고나 할까? 하지만 나는 그 사람의 관심에 반응할 시간이 없었어. 크게 드럼 소리가 울리면서 스피커로 행사 사회자의 목소리가 흘러나왔거든.

"신사, 숙녀 여러분. 모두 자리에 앉아주시기 바랍니다. 이제 곧 시상식이 열릴 예정입니다."

실내를 가득 채웠을 기대와 흥분을 너도 느낄 수 있을 거야. 이제는 나도 사람들이 오스카상 시상식에서 어떤 기분인지 알 것 같아. 나는 차분하게 보이려고 애쓰면서 의자에 등을 기대고 앉아 있었지만 사실 내 심장이 어찌나 두근거리는지 이러다 밖으로 튀어나올 것 같더라니까!

오스카 시상식에서처럼 여기서도 최종 후보 작품들을 짤막하게 상영했어. 내 작품은 가정 내 폭력에 관한 것이었지. 꼭 육체적인 폭력만 다룬 것은 아니었고, 사람을 지배하려 들거나 정신적으로 모욕을 주는 유형의 폭력을 좀 더 집중적으로 다뤘지. 정말 중요한 사건은 늘 닫힌 문 안에서 비밀리에 일어나는 법이잖아! 주최 측에서 보여준 영상은 우리가 집어넣은 드라마 장면 중 하나에서 따온 것이었어. 연기가 아주 뛰어났지. 아내를 괴롭히는 남편 역할을 맡은 배우가 아내에게 손끝 하나 까딱하지 않으면서도 위협을 가하는 느낌을 아주 잘 소화했어. 그런데 너 그거 알아? 그런 식으로 거꾸로 아내한테 괴롭힘을 당하는 남자도 정말 많아.

그런 일을 당하면서도 어떻게 그냥 내버려 둘 수 있느냐고 생각하겠지. 하지만 이 작품을 계획하면서 이 사람, 저 사람 꽤 만나 봤거든. 그 사람들을 보면, 우리가 흔히 피해자라고 할 때 일반적으로 떠올리는 그런 모습이 절대 아니야. 아주 똑똑하고 직업도 좋은 사람들이 많아. 그런데 그중 한 명이 내게 이렇게 말했었어. "자신감이 서서히, 그러나 가차 없이 파괴되어 가는 과정은 정말 설명이 불가능하네요." 너 우리 윌 오빠하고 결혼한 거 정말 하늘에 감사해야 돼!

내가 참여한 부문에 오른 다른 최종 후보 작품 영상이 나오는 동안 우리는 계속 앉아 있어야 했는데, 드디어 발표의 시간이 다가왔어.

사회자가 마이크를 잡고 이렇게 말했어. "그리고 수상자는…, 바로 가정 내 폭력을 다룬 작품, '올 인 더 패밀리'입니다. 이 프로그램의 제작자 로라 케네디 양을 무대로 모시겠습니다. 모두 축하의 박수 부탁드립니다!"

그 다음 삼십 분이 어떻게 지나갔는지는 기억도 안 나. 여기저기서 축하의 말이 쏟아지고 샴페인이 흘러내렸지. 모두들 미소 짓는 얼굴로 축하해 주더라고. 심지어는 우리한테 밀려난 사람들까지도 말이야. 물론 그 사람들이 속으로는 분명 이를 갈고 있었겠지만. 어쨌든 나는 사람들의 시선이 계속 내게 쏟아지는 것이 느껴졌고, 그것을 즐겼어.

나는 잠시 사람들을 뿌리치고 나왔어. 심사위원단 사람들하고 잠깐 얘기를 해야겠다 생각했거든. 사실 고맙다는 말을 하려는 것이었지. 그런데 그 중 한 여자가 완전히 굳은 표정으로 나를 보고 있더라고.

"나한테는 고마워할 필요 없어요, 로라. 나는 당신한테 표를 주지 않았으니까." 그 여자가 이렇게 말했어.

그 여자가 그렇게 말하고는 탁자에서 일어서서 걸어가 버리더라고. 그 여자가 누군지 알겠더라. 소피 밀러라는 기자였어. 그 사람 자신도 민감한 주제에 대해 보도를 많이 해서 잘 알려진 사람이었기 때문에 나는 조금 충격을 받았지. 하지만 나는 냉정을 유지하려고 애썼어. 민망한 마음을 감추려고 다른 사람들에게는 미소를 지어 보였지. 그리고 다시 내 탁자로 돌아왔어.

나는 조금 기분이 상해 있었지만 그런 기분을 잘 숨겼다고 생각해. 그런데 뒤에서 조용한 목소리가 들리더라고. "로라 케네디 양이신가요?" 그 남자가 말했어. 어찌나 정중하던지! "전 휴고 플레처라고 합니다. 축하드립니다. 분명 상을 받을 만한 자격이 있으십니다. 당신의 작품에 감명 받았습니다. 적어도 오늘 제가 본 부분에서는요. 그 작품에 대해 좀 더 자세히 당신과 대화를 나눌 기회가 있었으면 좋겠군요. 제가 운영하는 자선재단에서 하는 일에 대해서도 말씀 나누고 싶습니다. 하지만 아무래도 오늘은 제가 그럴 시간이 안 되는군요. 언제 한번 시간 내셔서 점심 식사라도 같이 하면 어떨까요? 킹스로드에서 조금 벗어난 곳에 괜찮은 레스토랑이 하나 있습니다. 당신을 거기로 꼭 한번 모시고 싶군요. 여기 제 명함이 있습니다. 한번 생각해 보시고 연락 주세요."

그 사람이 내게 살짝 고개 숙여서 인사했어. 진짜야. 그리고는 갈 길을 갔지. 솔직히 말해서 그 사람이 자리를 떠나는 게 아쉽더라고. 그 남자가 거기서 나를 지켜보고 있었다는 걸 확인한 것만으로도 짜릿한 느낌이 들었었거든. 일단 그 사람이 떠나고 나니까 왠지 모든 것이 다 싱거워진 기분이 들더라. 그런 기분 이해할 수 있겠어?

어쨌거나 난 다시 냉정을 되찾고 춤을 추러 나가려고 했는데 그 꼴 보기 싫은 기자 소피 밀러가 계단으로 걸어가는 게 보이는 거야. 그래서 난 탁자들을 피해가며 그 여자가 있는 곳으로 갔지. 그리고 자기 코트를 받으려고 줄을 서 있는 그 여자를 따라 잡았어.

내가 아주 기분 좋은 목소리로 말했어. "안녕하세요? 우리 제대로 대화를 나눌 기회가 없었는데, 아까 보니 선생님은 제 프로그램을 별로 좋아하지 않는 것 같더군요. 선생님이 제 작품에서 어떤 부분을 아쉬워하시는지 정말 궁금하네요."

그 여자는 눈 하나 깜빡하지 않았어. 살짝 민망해하는 기운도 없더라. 눈에도 웃음기는 찾아 볼 수 없었고, 대답도 아주 간단하게 요점만 말했어.

"당신 작품은 아주 잘 만들어졌어요. 진행 속도도 나무랄 데 없고, 드라마 부분의 연기도 봐줄 만 했고요. 그런데 안타깝게도 아주 큰 결점이 하나 보여요. 정작 프로그램을 만든 당사자인 당신은 자기가 택한 주제에 대해 정말 아무것도 아는 것이 없더군요. 그럼 이만 실례할게요."

그렇게 말하고 그 여자는 한번 뒤돌아보지도 않고 문으로 나가 버리더라.

나는 그냥 서서 그 여자가 떠나는 모습만 지켜봤어. 어떻게 반응해야 할지 모르겠더라고. 시몬이 나를 뒤따라와서 댄스 플로어로 끌고 가는 바람에 사실 뭐 다른 생각을 할 시간도 없었고.

나머지 시간은 어떻게 지나갔는지 기억도 잘 안 나. 하지만 내 인생이 이제 영원히 바뀌려나 보다고 생각했던 것만 기억나.

★

이 편지를 읽을 즈음에는 내가 상을 받은 것에 대해 너도 당연히 알고 있겠지. 다 아는 얘기를 또 해서 미안해. 하지만 어찌된 영문인지 그게 다 아귀가 맞아떨어지는 일들이라 그날 저녁의 분위기와 내 감정의 소용돌이를 모두 편지에 담아내야겠다고 생각했어.

당연한 얘기지만 시상식 다음 날은 TV 프로덕션 사무실에서 일하기에 좋은 날은 아니었지. 새벽 네 시까지 아무도 잠자리에 든 사람이 없었고, 숙취로 머리도 지끈거리고 있었으니까. 하지만 내 얼굴에서는 미소가 떠나지 않았어. 머리도 아프고 살짝 속이 메슥거리는 기분도 들었지만 사실 별로 신경도 안 쓰이더라고.

그게 숙취 때문이었는지는 모르겠지만 전날 밤 내 눈 앞에서 총천연색으로 번쩍거리던 플래시 불빛의 이미지가 계속 눈에 떠오르더라. 플래시가 번쩍이면서 내가 소중한 크리스탈 피라미드 트로피를 붙잡고 무대에 서서, 무대 아래로 바다처럼 펼쳐져 있던 사람들의 얼굴을 바라보고 있는 모습이 보였지. 또 한 번 플래시가 번쩍이면서 한 얼굴이, 내게 은밀하게 미소를 보내던 한 남자의 얼굴이 보이더라.

그런데 이상하게 이 두 장면 중에 두 번째 것이 첫 번째 것보다 더 자주 눈앞에 나타났어. 나 옛날에 만났던 남자들 기억이 사실 별로 좋지 않았잖아. 윌 오빠하고 사귀었던 너하고는 아주 달랐지. 나는 남자하고 정말로 진지한 관계였던 적이 한 번도 없었어. 요즘에는 남자들이 모두 그냥 가벼운 섹스만 원하는 것 같더라고. 어떤 남자들은 술집에서 맥주나 한 잔 사면 여자네 집으로 그냥 직행할 수 있다고 생각하는 것 같아. 내 말이 너무 허세로 들릴 거 알지만, 나는 남자하고 섹스하고 싶은 마음이 들려면 어떤 유대감이 필요해. 그런데 네가 윌 오빠한테 느끼는 것 같은 느낌을 주는 남자를 한 번도 못 만나 봤어. 머릿속에서 계속 떠오르는 이상형도 분명 없었고 말이지. 그러다가 휴고 플레처를 만난 거야.

나는 휴고에 대해 시몬한테 물어보고 싶어서 안달이 났는데 시몬이 오후 세 시가 될 때까지 사무실로 출근을 안 한 거 있지! 그거 보면 사장이 좋기는 좋구나 싶더라고. 물론 모두들 전날 밤 행사에 대해서는 그냥 통화로 보고하고 끝내고 싶어 했는데, 이상하게 나는 시몬을 직접 만나 보고 싶더라고. 그래야 그의 생각을 들어볼 수 있으니까. 그래서 마침내 그를 직접 찾아갔지.

"자기, 나 눈치 빠른 거 알지? 딱 보니까 나한테 휴고 플레처에 대해서 물어보고 싶어서 왔네. 맞지? 어제 보니까 그 사람이 내내 자기한테서 아예 눈을 못 떼더라."(시몬이 나더러 '자기'라고 부른다고 오해는 하지 마. 나도 시몬을 좋아하기는 하지만 그 사람이 요전 날 보니까 전기 기사한테도 '자기'라고 부르더라)

어쨌거나 그 말이 내 귀에는 아주 꿀처럼 달게 들렸어. 나는 자리에 앉아서 시몬이 해주는 말을 들었지. 시몬이 그 사람에 대해 자기가 알고 있는 내용은 모두 말해줬어. 그 사람의 자선재단, 사업, 투자, 그리고 … 그 사람의 아내 얘기까지! 그 사람이 결혼했을지도 모른다는 생각을 내가 대체 왜 못 했을까? 난 유부남한테는 관심 끄거든. 나는 불행해질 것이 빤히 보이는 일에는 절대로 얽히지 않아. 적어도 알고도 그러지는 않지. 분명 누군가는 고통 받게 되니까. 살면서 그런 모습을 너무 많이 봐서 잘 알고 있어. 무슨 말인지 너도 이해할 거야. 결국 나 혼자 헛물켜고 있던 거야. 고작 말 몇 마디 주고받은 게 전부인 사람한테 말이지! 하지만 정말 불꽃이 번쩍 튀었다니까. 적어도 나는 그렇게 느꼈어.

그 사람의 점심 식사 제안은 그냥 없었던 일로 해야겠다고 거의 맘먹고 있는데 시몬 때문에 깜짝 놀랐어. "내 생각에는 자기가 그 사람을 좀 만나봐야 할 것 같아. 그 사람하고 좀 같이 놀아줘. 자기 같이 고지식한 사람한테는 힘든 일인 건 알지만 그 사람이 우리한테는 무척 중요하다고. 그 사람은 일단 엄청난 부자고, 자기 자선활동에 대한 다큐멘터리 제작을 누구한테도 허락해본 적이 없어. 그것만 따내면 그 자체로도 어마

어마한 성공이야. 자기는 자기가 가진 자산을 써먹는 법을 좀 배워야 돼. 자기가 얼마나 매력적인 사람인지 모르고 있다니까. 다들 머리를 굴려서 사업을 따내는데, 미모를 써서 안 될 게 뭐야?"

이게 무슨 말일까, 이모젠? 그럼 난 머리가 없는 사람이라는 거야? 그건 아니겠지?

★

어쩌면 아주 위험한 결정이었을지도 모르겠지만 결국 휴고와 점심식사 데이트 약속을 잡았어. 연락을 하지 말까 생각도 했는데, 자꾸 그 생각만 나고 다른 생각은 할 수가 없어서 그냥 연락했어. 나는 완벽해 보이고 싶었어. 사업적이면서도 매력적으로 보이게 말이야. 그래서 거금을 들여서 도나 카란 정장도 한 벌 사고, 긴 회색 스웨이드 부츠도 멋진 걸로 하나 샀지. 머리카락은 자연스러운 웨이브로 놔두기로 했어. 그러고 나니 기분이 좋더라.

택시 기사가 아스널하고 맨체스터 유나이티드가 무슨 리그에서 선두자리를 두고 경쟁하고 있다나 뭐라나 중얼거리고 있었는데 관심 있게 듣는 척했지만 사실은 앞으로 있을 일에만 집중하고 싶었어. 우리는 에거튼 크레센트 집으로 들어섰는데, 어찌나 멋진 곳이던지. 온통 하얗게 칠해진 아름다운 집들이 칙칙한 2월 날씨에도 모두 완전 새 집처럼 보이더라고.

비를 피하려고 길을 따라 달려가는데 정말 초조한 기분이 들더라. 그리고 한 젊은 여자가 문을 열어주는데 그 여자를 보니까 내가 맵시 있는 새 정장을 입고 있는데도 무슨 시골촌닭이 된 것 같은 기분이 드는 거 있지. 아주 몇 년 동안 좋은 곳만 찾아다니면서 쇼핑해야 나올 만한 모습을 하고 있더라고. 내가 입고 있는 옷도 분명 샤넬이었는데도, 괜히 내가 진 것 같은 기분이 들더라니까. 그렇다고 꼬리 내리고 도망갈 나겠니? 그 여자한테 아주 밝디 밝은 미소를 지어 주었지.

"안녕하세요? 저는 로라 케네디라고 해요. 휴고 플레처 경과 약속이 있어서 왔는데요." 내가 악수하려고 손을 내밀면서 말했지.

그 여자가 흐느적흐느적 손을 내밀더라고. 그렇게 뺄쭘히 손 내미는 사람을 보면 난 도대체 어떻게 해야 할지 모르겠더라. 넌 안 그래? 손을 와락 움켜쥐고 미친 듯이 흔들어줘야 하는 거니, 아니면 나도 그렇게 맥 빠지게 손 내밀고 그냥 몇 초 동안 흔드는 둥 마는 둥 하고 놔야 하는 거니? 나는 그냥 부드럽게 쥐고 살짝 흔드는 쪽을 선택했어. 이 정도면 되려나 생각하면서 말이지. 그 여자가 분명 나를 판단하고 있는 것 같더라. 여자가 다소 무뚝뚝해 보이는 얼굴이었던 것을 보면 뭔가 못마땅했던 거 아닌가 싶어. 조롱하는 얼굴로 나를 훑어본 것은 아니었지만 거의 그런 분위기였어!

"반가워요, 케네디 양. 저는 휴고 경의 개인비서 제시카 암스트롱이에요. 경께서 기다리고 계세요. 들어오시겠어요?"

나는 휴고의 개인 사무실로 안내를 받아서 갔어. 사무실에 갔더니 휴고가 책상 뒤에서 일어나서 나를 맞이하더라. 내가 그때까지 보았던 사무실들하고는 차원이 달랐어. 짙은 녹색 벽에는 클래식한 미술 작품들이 걸려 있고, 호두나무 목재로 만든 가구들도 분명 골동품급이었어. 책상 자체도 크기가 엄청난데다, 서류 한 장 올라와 있지 않더라구. 커다란 메모지가 있었는데 잉크가 묻거나 낙서를 했던 흔적이 전혀 보이지 않고 (엄청난 자제력을 말해주는 거지) 은색 몽블랑 만년필이 책상 위쪽 가장자리를 따라 놓여 있더라. 책상 위에 그것 말고는 커다란 가죽 제본 다이어리밖에 없었어. 그 다이어리 겉장에 올해 연도가 금색으로 찍혀 있더라. 내가 이 사람을 내 사무실로 초대하지 않길 천만다행이었지. 거의 모든 면에서 이 사무실하고는 정반대였으니까.

휴고가 책상을 돌아 나오면서 말하더라. "어서 오세요, 로라 양. 제가 로라라고 불러도 괜찮겠지요?" 그럼 로라라고 부르지 달리 어떻게 부르고 싶었을까 생각하니 좀 어리벙벙하더라. 어떻게 대답해야 좋을지 모르겠더라고. "마침내 오게 돼서 기쁘네요. 로라로 불러주시면 저야 좋죠. 그런데 솔직히 말씀드리자면 저는 선생님을 뭐라 불러야 할지 모르겠네요." 맙소사, 나 정말 왜 이렇게 촌스럽니? 왜 이 남자만 보면 난 이렇게 초조해질까?

그 남자가 나보고 상냥하게 미소 지었어.

"저는 우리가 좋은 친구가 되었으면 합니다, 로라 양. 그러니 편하게 저도 그냥 휴고라고 불러주세요. 자리에 앉으세요. 제시카가 커피를 내올 겁니다. 한 시간 정도 사업 얘기를 나눈 다음에 제가 점심 식사 자리로 모시도록 하지요."

그 사람이 다시 자기 자선사업에 대해 얘기했어, 그 일에 열정이 대단하더라고! 그냥 앉아서 듣고만 있었는데도 정말 굉장했어. 듣자하니 이 사람이 아버지한테서 상당히 많은 유산을 상속받았나봐. 주로 부동산인데 그 부동산들을 카나리 워프에 있는 그 사람 회사에서 운영해. 하지만 휴고는 가능하면 많은 시간을 그가 설립한 자선재단에 집중하고 싶어해. 이 자선재단은 잘못한 것도 없이 길거리로 나앉은 젊은 매춘부들을 돕는 재단이야. 정말 놀라울 정도로 훌륭한 일 아니니? 내가 그 사람한테 왜 하필 이런 형태의 자선사업을 선택했느냐고 물어 봤는데 정말 믿기 어려운 이야기가 나왔어. 그래서 내가 프로그램 기획을 위한 조사 목적으로 녹취를 해도 되겠느냐고 요청했더니 녹음은 해도 좋대. 그런데 그 녹취 내용의 사용을 허가할지는 확실히 대답을 못해주겠다고 하더라고. 어쨌든 그 사람이 말해준 내용은 이래.

"몇 년 전에 조금 민망한 가족사가 밝혀졌습니다. 우리 가문의 재산은 물론 상속된 것입니다만 알고 보니 19세기 노예 제도를 통해 축적된 것이었어요. 저희 고조부께서는 19세기 초에 제정된 노예무역 금지법안을 따르지 않고 19세기 중반까지도 대영제국의 다양한 지역에서 노예무역을 지속하셨습니다. 그리고 그렇게 부정하게 얻은 수익을 부동산에 투자하셨죠. 그리고 증명할 수는 없었습니다만 그 아들이었던 증조부께서는 매춘업으로 돈을 벌었다는 얘기도 있었어요. 하지만 그 시대에 매춘업을 하던 여자들 대부분은 낮은 계층으로 여겨졌었고, 증조부는 돈 많은 친구들을 위해 '깨끗한' 여자들을 데리고 클럽을 몇 곳 만들었던 것으로 알려져 있어요. 그 부분에 대해서는 저도 증거를 찾을 수 없었습니다만 증조부 때만 해도 성인 남성 열두 명 당 한 명꼴로 매춘부가 있었다고 하니 뭐 놀랄 일도 아니었죠. 지금은 이런 부분이 아주 좋은 다큐멘터리 소재가 되지 않을까 싶군요."

"그래서 매춘부들을 돕기로 결정하신 건가요?" 내가 물었어.

"지금 와서 노예들을 도울 방법은 없었으니까요. 그리고 지금 말씀 드린 내용들은 제 아버지 살아생전에 밝혀진 것들이라서 매춘부를 돕자는 생각을 처음 하신 분도 아버지셨습니다. 저는 아버지께서 생각하셨던 부분을 이어받아 더 키운 것이고요. 재단의 이름은 알리움 재단입니다."

나 알리움 꽃 무척 좋아하잖아. 그런데 휴고가 그러는데 알리움이 양파나 파 같은 파속 식물의 일종이래. 너도 알고 있었어? 그 사람이 이렇게 말하더라고. "저는 알리움 꽃에 담긴 비유를 좋아합니다. 알리움은 처음에는 양파처럼 여러 겹으로 꽁꽁 포개져 있어 그 속도 알 수 없고, 눈도 매운 알뿌리로 시작하지만 결국 강하고 곧은 줄기를 땅 위로 뻗어 눈부시게 아름답고 섬세한 꽃을 피우잖아요. 이 소녀들의 위탁가족도 비슷합니다. 저는 그 점을 좋아해요. 땅 밑에 묻혀 있는 부분은 별로 향기롭지 못하지만 그래도 잘 자랄 환경만 마련해주면 아름다운 결과를 내놓을 잠재력을 가지고 있으니까요."

그가 하는 말을 모두 들어보니까 그냥 매력적이기만 한 것이 아니라 대단히 섬세하고 따뜻한 사람이란 생각이 들더라고. 여기까지 오고 나니까 내가 정말 여기 오지 말았어야 했구나 하는 생각이 들기 시작했어. 너무 위험한 일이었어.

우리는 레스토랑으로 출발했어. 그곳은 내가 생각했던 그대로였어. 정중하고, 세련된 곳이었고, 긴장을 풀어주는 베이지색으로 섬세하게 장식이 되어 있더라. 우리는 예약된 자리로 안내를 받았는데 휴고가 조용히 웨이터를 물리치는 거야. 자기보다 내가 먼저 편안하게 자리잡을 수 있게 몸소 의자를 빼주려고 그런 거지. 그 웨이터가 다시 메뉴판을 들고 우리 자리로 돌아왔지만 휴고가 다시 잠시 물리치더라고.

"로라, 어떤 음식을 좋아하세요? 기분을 좋게 해주는 음식이 어떤 건가요? 그리고 와인은 어떤 취향이세요?"

전에는 이런 거 나한테 물어보는 사람이 아무도 없었거든. 그래서 어디부터 시작해야 할지 모르겠더라고.

"좋습니다. 그럼 좋아하지 않는 음식이 어떤 건지 말씀해 주시겠어요?"

너도 알다시피 내가 좋아하지 않는 음식은 별로 없잖아. 하지만 얘기를 나누다 보니까 휴고가 정말 나한테 관심을 많이 쏟더라. 그래서 내가 그 사람한테 내가 먹어보고, 제일 맛이 있었던 음식들에 대해 이야기했지. 그랬더니 그 사람이 가끔씩 이런 저런 아이디어를 제시하면서 내가 결정을 내릴 수 있게 유도해주더라. 그리고 한 십 분쯤 지났나? 그가 웨이터를 다시 불러서 주문을 했어. 메뉴판도 보지 않고 말이야. 정말 굉장했어. 나 이 사람한테 완전 넘어간 거 있지.

"제게 주문을 맡겨 주셔서 기쁩니다, 로라 양. 저는 숙녀를 보살피는 일을 영광스럽게 생각하지요. 특히 로라 양처럼 아름다운 분이라면 더욱 큰 영광입니다. 요즘 여성들은 자기 일은 자기가 결정하려는 경향이 강해서 요리도 꼭 자기가 주문하려고 하죠. 자기에 대한 통제권을 내려놓을 마음의 준비가 되어 있는 여성을 찾아보기가 점점 더 어려워지는 것 같습니다."

솔직히 말하면 그가 나를 통제한다는 개념에 조금 소름 끼친다는 생각이 스쳐가기는 했어. 그런데 그 때 그 사람이 무서운 말을 입에서 꺼내더라.

"제 아내는…, 물론 제가 결혼한 사람이라는 것은 알고 계시겠죠? 제 아내는 자기가 결정을 하는 일에 제가 조금이라도 의견을 말하면 개인적 모욕이라 여깁니다. 그리고 제 의견이라면 무조건 거부하고 봐요. 순전히 저를 화나게 만들고 싶어서 그러는 거죠." 그가 살짝 미소를 지었어.

그리고는 내게 자기의 비밀을 말해줬어. 내가 아무한테도 말하지 못하는 이유가 그거야. 너한테도 말 못해. 그 사람이 이혼할 예정이래. 근데 그 사실을 사람들한테 알리고 싶어 하지 않아. 그 사람한테는 알렉사라는 어린 딸이 있어. 휴고는 그 딸을 정말 애지중지하는 것 같아. 그런데 이제 곧 전처가 될 이 여자가 공동양육권에 합의했대. 휴고는 벌써 살던 집에서 나온 상태야. 어머님이 최근에 돌아가셔서 본가로 돌아갈 수 있게 됐대.

어머니가 돌아가신 것이나 결혼이 실패로 끝난 것에 대해 내가 동정어린 모습을 보여야 하는 건지 말아야 하는 건지 모르겠더라. 하지만 이건 분명히 알고 있었지. 내 안에 끓어오르는 흥분을 감추어야 한다는 것을 말이야. 하지만 그의 다음 말을 듣고 나니 내 감정을 속이는 게 도저히 불가능하더라고.

"로라 양, 제가 이 말씀을 드리는 데는 이유가 있습니다. 우리는 이제 금방 만난 사이입니다만 저는 당신한테 무척 끌리고 있어요. 시상식 만찬 행사에서 당신을 보고 눈이 부셔서 똑바로 쳐다볼 수가 없었습니다. 그리고 오늘도 정말이지 아름답네요. 당신의 그 머리카락도 너무 아름답습니다."

나는 그냥 그 사람의 눈동자만 바라봤어(내가 예상했던 대로 짙은 파란색이더라). 온몸의 세포가 환호성을 지르는 것 같더라. 나는 아무 말도 하지 않았어. 자선활동에 관한 대화가 끝나고 바로 녹취를 중단했지만 그 사람이 한 말을 한 자도 빠짐없이 다 기억할 수 있을 것 같아. 적어도 '우리'에 관한 말들만큼은 말이지. 마치 그 말들이 내 뇌에 아로새겨진 것만 같아!

"로라 양, 당신만 좋다면 계속해서 당신을 만나고 싶습니다. 하지만 우리가 만나는 건 비밀로 해야 합니다. 당분간은 우리끼리만 알고 있어야 해요. 상황이 정리될 때까지는 기다려야 합니다. 하지만 이것은 약속하지요. 제가 당신을 최고의 존중과 배려로 대할 거라는 점을요."

내가 이 편지를 너에게 보낼 수 없는 이유가 바로 이거야, 이모젠. 어쩌면 네가 이 편지를 평생 못 읽어볼지도 몰라. 모든 것은 다음에 일이 어떻게 진행되느냐에 달려 있어. 하지만 내 평생 처음으로 너에게 이렇게 말해줄 수 있어. 첫 데이트가 끝나자마자 당장 집으로 데리고 오고 싶은 남자가 생겼다고 말이야!

늘 사랑해!
로라가

★

이모젠은 로라의 편지 마지막 부분까지 왔다.

물론 이모젠도 다 알고 있던 사실들이다. 두 사람이 언제 어떻게 만났는지도 알고 있었고, 로라가 휴고에게 완전히 푹 빠져 정신 못 차리고 있었다는 것도 알고 있었다. 하지만 이런 것들 모두 아주 오래전 일들이고, 그 이후로 너무도 많은 일이 있었다. 이모젠은 로라가 이 편지를 제일 먼저 보여주어 기뻤다. 이 편지 덕분에 그 후에 일어난 모든 것들을 거리를 두고 객관적으로 바라볼 수 있었기 때문이다.

하지만 지금 당장은 편지를 더 읽고 싶지 않았다. 지금은 그저 다시 자리에 앉아 기억을 떠올리며 생각에 잠기고 싶었다. 지난 일에 대해, 로라에 대해, 그리고 윌에 대해. 하지만 그 중에서도 특히 휴고에 대해.

7

영안실에 놓여 있는 이 시신이 휴고 플레처라는 사실을 의심하는 사람은 아무도 없었지만 형식적인 절차는 지켜야 했다. 로라는 감정을 억누르며 조용히 요청받은 일을 마무리했다. 톰은 로라에게 잠시 본부로 함께 갔다가 옥스퍼드셔로 돌아가자고 했다. 차라도 대접하지 않고 그냥 로라를 보내기가 매정해 보였다.

톰은 성냥갑 같은 자신의 사무실로 로라를 안내한 다음 그래도 비교적 깔끔한 책상 근처로 가서 앉았다. 문에서 노크 소리가 들렸다.

"아, 마실 차를 가져왔나 보네요. 뭐 특별히 뛰어난 차는 아닙니다만, 그래도 따뜻하게 목을 좀 축여줄 겁니다. 부인께 몇 가지 질문이 있기는 한데 아무래도 혼자만의 시간이 좀 필요하실 것 같으니 잠시 휴식 시간을 드리겠습니다. 어젯밤에 만났던 베키 경사가 좀 있다가 와서 기본적인 사항을 몇 가지 확인할 겁니다. 그리고 옥스퍼드셔로 돌아가실 수 있게 차량을 준비해 놓겠습니다. 저도 몇 가지 더 여쭤볼 것이 있으니 괜찮으시면 저희가 오늘 늦게라도 집으로 찾아 가서 뵙는 것으로 하면 어떨까요?"

로라가 조용히 입을 열었다. "그냥 지금 시작하면 안 될까요? 경감님이 시간되시면 빨리 시작해서 끝내는 것이 좋을 것 같아요."

"안타깝게도 제가 아침 8시부터 다른 용무가 있습니다. 그 일이 두 시간 정도 걸릴 겁니다."

로라 플레처가 자기를 하도 똑바로 쳐다봐서 톰은 놀랐다. 오늘은 보아하니 로라 플레처가 안경을 쓰고 있어서 명확하지는 않았지만 울어서 충혈된 눈은 아니었다. 그리고 목소리는 차분했지만 몸가짐을 보면 새로운 결의 같은 것이 언뜻 비치는 듯했다.

"경감님, 아마도 제 남편의 부검에 가시는 것 같은데, 그럼 경감님 가

시기 전에 십오 분 정도 시간 여유가 있으니까 그 시간 동안 경감님께서 이미 알고 있는 내용들을 같이 검토해 보면 어떨까요? 어제는 충격 때문에 대답을 제대로 못했는데 제가 할 수 있는 일이 있으면 어떤 식으로든 돕고 싶어요."

"레이디 플레처, 정말 잠시라도 혼자 있을 시간이 필요하지 않으시겠어요?"

"감사하지만 괜찮아요. 사실 저는 이 일을 최대한 빨리 매듭졌으면 좋겠어요. 그리고 괜찮으시면 저를 그냥 로라로 불러주세요. 저는 레이디란 호칭이 정말 싫거든요. 이제 남편 휴고도 세상을 떴으니 그런 형식적인 부분은 벗어버렸으면 좋겠어요. 우유배달부부터 제 고객까지 모든 사람이 저를 편하게 로라로 부르던 때가 사실 그리 오래 전 일도 아니에요. 이제는 그 듣기 싫은 호칭을 없애기가 세상에서 제일 어려운 일이 되어버린 것 같네요."

로라의 말투에 살짝 놀란 톰은 로라의 생각이야 어떻든 시간을 좀 주기로 결심했다. 오늘은 어쩌다 이렇게 딴 사람이 됐을까? 궁금해졌다. 남편의 죽음을 비통해하기에 앞서 의혹을 모두 해소하고 싶어서 그런 것이 아닐까 추측해 볼 뿐이었다.

"알겠습니다. 그럼 저도 그냥 톰이라고 불러주세요. 제가 가서 베키 경사를 찾아보겠습니다. 그리고 십 분에서 십오 분 정도 남는 시간은 이 사건에서 아직 설명이 안 되는 부분을 채우면서 보내도록 하죠. 잠시 실례하겠습니다." 톰은 로라를 방에 남겨두고 베키를 찾아가서 면담 전략에 대해 잠깐 얘기를 나누었다. 그리고 로라의 태도가 변했다는 점도 귀띔해 주었다.

하지만 톰이 베키와 함께 사무실로 돌아와 보니 결의에 찬 로라의 모습은 수조에서 물이 새나가듯 나가버리고 다시 원래의 모습으로 후퇴한 것처럼 보였다. 로라는 허공을 응시하며 꿈쩍도 하지 않고 앉아 있었다. 생각이 다른 곳에 가 있는 것 같았다. 톰은 책상 반대편으로 돌아가서 앉았고, 베키는 의자를 하나 당겨 와서 옆쪽에 앉았다. 로라는 고개를 돌려 톰을 바라보더니 방안에 다른 사람이 들어와 있는 것을 그제야 깨닫고, 잠시 놀란 듯한 눈치였다. 로라는 정신을 차리며 어깨를 펴고 앉았다. 마치 전투에 나가려는 사람 같았다.

"좋습니다, 로라. 저희가 지금까지 알고 있는 내용을 알려드리겠습니다. 중간에 하실 말씀이 생기면 개의치 말고 언제라도 얘기하세요. 나중에 저희가 옥스퍼드셔에 가면 휴고 경의 물건을 살펴보면서 혹시 살해 동기와 연관된 것이 있는지 조사하려고 합니다."

"네, 그렇게 하세요. 그런데 부탁이 있는데, 그이를 그냥 휴고라고 불러 주세요. 사실 그이는 그럼 싫어할 거예요. 그 집안 사람들은 작위에 집착하는 경향이 있었으니까요. 하지만 이젠 이 세상 사람도 아닌데 그렇게 부른다고 알겠어요?"

어젯밤에는 이 여자의 생각을 읽기가 어렵다고 느꼈었는데 오늘은 아예 불가능해 보였다. 마치 이 여자는 자신의 비통함 주위로 벽을 쌓아 올린 것 같았다. 그리고 그 벽이 허물어질 때마다 굳게 결의를 다지면서 그 벽을 다시 쌓아올리는 것 같았다. 이제 그녀는 죽은 남편에 대한 적대감을 자신의 방어에 활용하고 있다. 하지만 죽은 사람에 대한 분노는 비통함의 초기 단계 반응 중 하나여서 이상할 것은 아니었다. 그리고 형식을 내려놓는 것이 더 편안하다니 톰의 입장에서는 오히려 반가운 일이었다.

"저희가 알고 있는 바로는 청소부 베릴 스터브가 12시 45분 정도에 부인의 남편, 휴고를 발견했습니다. 이것은 추정 시간입니다. 베릴이 너무 흥분하고 충격을 받아서 1시 45분이 되어서야 전화를 했거든요. 경찰은 2시 직전에 현장에 도착했습니다. 사망 추정 시간은 11시 반에서 12시 사이입니다. 베릴은 휴고가 사망하고 한 시간이 채 지나지 않은 시점에 집에 도착한 것 같습니다. 만약 베릴이 자기 남편하고 말다툼하느라 첫 버스를 놓치지 않았다면 아마 사건이 일어나는 시점에 현장에 도착했을 가능이 큽니다." 톰이 분위기를 좀 부드럽게 만들까 싶어 미소를 지으며 말을 이었다. "베릴은 무엇이든 남편 탓하기를 좋아하지만, 이번의 경우는 남편이 베릴의 목숨을 살린 것인지도 모르겠군요."

로라의 얼굴이 다시 한 번 대단히 창백해졌다. 마음에 제아무리 견고하게 장벽을 쳐놓았다고는 하지만, 그래도 남편의 죽음이라는 엄연한 현실이 조금씩 그 안으로 스며드는 것을 완전히 차단하지는 못하는 듯 보였다.

"차를 더 드릴까요, 로라?" 톰이 염려되어 물었다.

"아니요. 괜찮아요. 계속 말씀해 주세요."

"알겠습니다. 목격자가 한 명 있어요. 한 이웃이 누군가가 집을 나오는 것을 보았다고 합니다." 톰이 잠시 말을 멈추었다. 당사자의 아내에게 꺼내기 쉬운 이야기는 아니었다. "유감스럽게도 지금 꺼내는 얘기는 듣기가 거북하실지도 모르겠습니다. 목격자가 본 사람은 여자였어요. 긴 빨강 머리에 검정 가죽 스커트를 입고, 커다란 숄더백을 들고 있었다고 합니다. 누군지 혹시 짐작 가는 사람은 없으신가요?"

톰이 잠시 말을 멈추고 로라를 바라보았다. 로라는 고개를 뒤로 젖히고 천장을 바라보고 있었다. 떨지 않으려는 듯 윗입술을 깨물고 있었다. 이제 더 어려운 얘기를 꺼내야 했다.

"이런 말씀 드리기가 쉽지 않습니다만 성적인 동기 때문에 살인이 이루어졌을지 모른다는 흔적들이 있습니다. 그래서 그 여자를 꼭 찾아야 합니다. 로라, 힘든 일인 거 알지만 혹시나 짐작 가는 내용을 말씀해주시면 수사에 아주 큰 도움이 될 겁니다."

"제 남편의 자선사업에 대해서는 아시죠? 그이는 아주 많은 여자를 상대했어요. 그럼 그 중에 한 명일지도 모르겠네요. 들은 내용으로 봐서는 아무래도 내가 아는 사람 같지는 않아요. 그 부분은 도움을 못 드리겠네요. 죄송해요."

로라는 대답하면서 톰의 눈을 바라보지 못하고, 그 대신 고개를 숙여 책상 위에 놓인 서류 더미만 물끄러미 바라보았다. 톰은 갑자기 궁금해졌다. 로라 입장에서 이미 그 여자가 누구인지도 정확히 알고, 그럴 줄 알았다 싶은 경우가 더 괴로울까? 아니면 그 여자가 누구인지는커녕 심지어 남편의 삶에 다른 여자가 끼어 있었다는 것을 전혀 모르고 있다가 이제야 알게 된 경우가 더 끔찍할까?

로라가 불편한 침묵을 깨고 입을 열었다. "남편이 어떻게 죽었는지는 밝혀졌나요?"

"아직 확실히는 모릅니다만 오늘 오전 중으로 많은 것이 밝혀질 겁니다. 알아내는 대로 바로 알려드리겠습니다."

톰은 그 다음 질문을 어떻게 꺼내야 좋을지 몰라 잠시 뜸을 들였다. "로라, 어젯밤에 왔던 손님 있지 않습니까? 제가 기억하기로는 올케라고 들은 것 같은데, 맞나요?"

"정확히는 올케였었죠. 제 오빠하고 결혼했었지만, 이제 이혼한 지 오래 됐거든요."

톰이 고개를 끄덕였다. "그 분이 나타나니까 아주 충격을 받고 화가 난 것 같아 보이더군요."

예, 아니오로 대답할 질문을 던질 때가 아니었다. 톰은 단답형이 아닌 좀 더 구체적인 대답을 원했다. 하지만 로라가 할 말을 조심스럽게 고르고 있는 것이 보였다.

"이모젠과 저는 오랫동안 제일 가까운 친구 사이였어요. 하지만 오빠하고 이혼할 때 우리 둘이 말다툼이 있었죠. 그 때 이후로 이모젠은 애시버리 파크에 와 본 적이 없어요. 그래서 어제 갑자기 이모젠이 걸어 들어올 줄은 꿈에도 몰랐죠. 게다가 이모젠은 캐나다에 살거든요. 그래서 너무 놀란 것뿐이에요."

톰은 다른 이유가 있다는 것을 알았기에 그 말을 그냥 흘려버릴 마음이 없었다. 하지만 적절한 때를 기다려야 했다. 지금은 그 때가 아니었다. 먼저 다루어야 할 것들이 아직 많았다.

"앞에서 남편의 자선사업에 대한 얘기를 하셨는데요. 남편의 삶에 대해서, 특히 자선사업과 관련된 부분에 대해서 말씀해 주시면 아주 큰 도움이 될 것 같습니다. 저희가 에거튼 크레센트 집에 있는 사무실의 직원들을 찾아봤습니다. 로지 딕슨과 제시카 암스트롱하고 얘기를 나눠보고, 제 동료 중 한 사람이 브라이언 스메들리도 만나봤습니다. 브라이언 스메들리는 부동산 회사의 최고재무책임자로 알고 있습니다. 그 사람이 일하는 곳은 이스트런던에 있는 사무실이지만, 알아보니 일주일에 두 번 정도 휴고를 보러 에거튼 크레센트 집으로 왔더군요. 물론 이 사람들 모두 다시 만나서 자세하게 면담을 해봐야겠습니다만 자선사업에 대한 부인의 생각은 어땠는지 알고 싶습니다."

"죄송하지만 그이의 자선사업에는 제가 별로 관여한 부분이 없어요. 결혼 초기에는 저도 그 사업을 같이 도우려고 했었는데 휴고는 그냥 제가 집에서 가사를 돌보기를 원하더군요. 그래서 저는 대략적인 얘기밖에 해드릴 게 없어요."

"자선사업에 적극적으로 참여하지 못하셨다니 애석한 일이로군요. 분명 자선사업에 큰 도움이 되셨을 것 같은데." 톰이 말했다.

"저도 그렇게 생각했었어요. 하지만 그냥 생각으로 끝나고 말았어요."

"그럼 대략적인 얘기라도 좀 들어볼까요?" 톰이 말했다.

"휴고의 아버지는 원래 여러 해 전에 이 자선사업을 시작했어요. 하지만 그냥 옥스퍼드셔 근처 지역만을 대상으로 하셨죠. 처음에는 가정 폭력 때문에 가출해서 길거리로 내몰린 어린 소녀들을 돕는 것이 목적이었어요. 이런 소녀들은 먹고살 방법이 매춘밖에 없다고 생각했죠. 이 자선재단은 법적으로 부모의 동의 아래 집을 떠나 독립할 수 있는 합법적인 나이가 된 소녀들에게 초점을 맞췄어요. 물론 대부분은 부모의 동의를 얻지 못한 소녀들이었지만요. 자선재단에서 각각의 사례들을 조사해 봤는데 소녀들이 정말로 집으로 돌아갈 수 없는 경우에는 재단이 나서서 부모의 동의를 얻어주었어요. 학대 부모가 동의를 안 해주고 까다롭게 구는 경우에는 재단에서 그런 부모들을 설득해 주었는데, 어떤 식으로 설득했는지는 정확히 모르겠네요. 그 다음에는 자선재단에서 그 소녀들이 함께 살 가족을 찾아주고, 직장도 구해 줬어요. 가사 도우미나 카페, 호텔 서빙 같은 일자리요. 이렇게 해서 그 소녀들은 다시 자립할 수 있는 시간을 벌었고, 그 소녀들을 받아준 가족에는 경제적인 지원도 돌아갔죠. 그리고 그 다음에는 소녀들이 스스로 세상에서 살아갈 만큼 강해지도록 지원을 아끼지 않았어요.

하지만 지난 몇 년 동안 이 재단의 사업 규모가 휴고가 처음 제게 얘기해 주었을 때보다 훨씬 커졌죠. 동유럽 쪽에서 매춘사업의 규모가 어마어마하게 커진 것은 알고 계시죠?"

톰이 고개를 끄덕였다. 수사팀이 진행한 조사 덕분에 여기에 대해서는 어느 정도 알고 있었지만, 로라의 입을 통해 직접 듣는 것도 나쁘지 않을 것 같았다.

로라가 다시 말하기 시작하는데 아까는 세상일에 무심해 보이던 사람이 지금은 점점 더 열정적인 목소리로 바뀌는 것이 보였다. 로라는 이 소녀들의 운명에 대해 정말로 걱정하는 것 같았다.

"휴고를 만났을 때 저는 그이의 자선재단이 하는 일에 아주 깊은 감명을 받았어요. 그때는 고국에서 갈 곳 없는 소녀들을 돕는 일을 했었죠. 그나마 그 소녀들은 운이 좋은 편이었어요. 그래도 자기 고국에 살면서 사람들하고 말도 통했으니까요. 하지만 지금 이 자선재단에서 돕고 있는 소녀들은 매춘을 하는지 모르고 영국에 온 사람들이 대부분이에요. 그러니까 그들은 식당 종업원이나 호텔 객실 청소부로 일하러 간다고 잘못 알고 영국으로 들어온 거죠. 어떤 경우에는 자기가 모델 계약을 따낸 줄 알고 들어온 경우도 있어요. 희망과 흥분에 들떠서 들어오죠. 하지만 일단 영국으로 들어와 보면 그때까지 살아왔던 삶은 이제 끝났다는 것을 알게 되죠. 이 소녀들은 밀입국 중개인을 통해 창녀촌에 팔려가요. 이 소녀들의 몸값은 팔천 파운드나 할 때도 있어요. 밀입국 중개인들한테는 아주 짭짤한 돈벌이죠. 하지만 이 소녀들을 사가는 범죄 조직에서는 이 소녀들을 이용해서 하루에 최고 팔백 파운드까지 벌 수 있어요. 소녀들은 열두 명, 열다섯 명, 스무 명의 남자들과 섹스를 해야 할 때도 있죠. 하루도 쉬지 못하고요. 탈출은 사실상 불가능해요. 이론적으로는 자기 몸값을 치르면 나갈 수 있어요. 하지만 그 소녀들이 자기 몸값을 모으는 것은 꿈도 못 꿀 일이에요. 그 소녀들이 버는 돈은 대부분

착취당하거든요. 또 그 소녀들은 보통 불법체류자예요. 불법체류자에 돈도 모으지 못하는데 어떻게 집으로 돌아갈 수 있겠어요? 만약 그 소녀들이 붙잡혀 있었던 곳에서 가까스로 빠져나와 경찰서에 가서 자수를 한다고 해도, 보호 받을 수 있을지 걱정할 수밖에 없고, 또 기껏 고향에서의 지긋지긋한 삶에서 탈출했다고 생각했는데 다시 고향으로 돌아가 끔찍한 삶을 살고 싶어 하지 않는 소녀들이 많아요. 자기를 빼돌렸던 그 밀입국 중개인이 다시 찾아올까봐 두렵기도 하고, 자기가 겪었던 일들 때문에 평생을 수치심 속에 살아야 하죠. 정말 끔찍한 상황이에요."

"그럼 자선재단에서 어떻게 도왔는데요?" 베키가 물었다.

"휴고는 밖으로 나가서 그런 소녀들을 찾아내는 팀을 꾸렸어요. 제 생각에는 그 사람들이 윤락업소 이용 고객처럼 위장하고 활동한 것이 아닌가 싶어요. 이들이 그 소녀들에게 자선재단에서 돕고 지원해 줄 테니 경찰서로 가라고 설득하죠. 하지만 소녀들을 고향으로 돌려보내 준다고 하면 기뻐할 줄 알고 이 일을 시작했는데, 막상 보니 안 그런 애들이 많았던 거죠. 그래서 고향으로 가라고 설득하지 못한 경우에는 그 대신 그 포주들에게 몸값을 지불하고 데리고 나와서 안전한 환경을 찾아줄 때도 많았어요. 몸값이 아주 터무니없이 비쌌죠. 나는 이건 좀 악순환의 문제가 생길 수 있다고 생각했어요. 그럼 포주들이 더 많은 소녀들을 사들이는 결과를 낳을 테니까요. 하지만 휴고는 나한테 모르는 소리 하지 말라고 하더군요. 나는 그런 걱정할 필요 없대요. 그래서 거기에 대한 내용은 저도 잘 몰라요. 보아하니 수요와 공급, 이런 문제인 듯싶더군요. 어쨌든 그렇게 사창가에서 구조된 소녀들에게는 알리움 재단에서 처음에 도와주었던 소녀들처럼 새로운 위탁가족을 찾아줬어요."

"자선재단에서 도운 소녀가 대략 몇 명쯤인가요?" 톰이 물었다.

"아, 만족스러울 정도의 숫자는 아니었어요. 1년에 100명에서 150명 정도밖에 안 됐어요. 모금을 통해 형편이 되는 대로 도왔는데 물론 휴고도 부모로부터 받은 신탁유산으로 자금을 보충했죠."

그 순간 경장 한 사람이 문 뒤에서 얼굴을 내밀고 말했다. "경감님, 여덟 시 다 됐습니다."

톰이 양해를 구하고 자리를 뜨면서 로라에게 이른 아침 시간에 시간을 내주어 다시 한 번 고맙다고 말했다. 그리고 최대한 빨리 옥스퍼드셔로 찾아가겠다고 약속했다. 그가 떠나기에 앞서 서류들을 몇 장 챙기느라 바빠지자 베키가 심문을 이어서 했다. 베키는 로라의 말에 정말로 감동하고 있는 것 같았다.

"그래서 그 소녀들은 결국 어떻게 됐어요, 로라?"

"그게 무슨 말이죠?"

전혀 악의 없이 던진 질문 같은데 로라가 날이 선 목소리로 대답하는 바람에 톰은 조금 놀랐다.

"그러니까…, 그 소녀들이 새로운 위탁가족들과 합의된 기간만큼만 함께 있었던 것인지, 만약 그렇다면 그 새로운 위탁가족을 떠난 이후에는 어떻게 되는 것인지 궁금해서요. 취업허가증, 여권 발급 같은 추가적인 지원이 있나요?"

"아, 그 말씀이로군요. 음…, 그건 상황에 따라 달라요."

톰은 사무실을 떠나느라 로라의 나머지 대답은 듣지 못했다. 하지만 로라의 목소리에서 이상하게 무언가 안도하는 듯한 기운이 느껴졌다.

8

로라가 현관문을 쾅 닫고 들어와 터벅터벅 부엌으로 걸어왔다. 부엌에는 이모젠이 뒤늦은 아침식사를 하고 있었다. 부엌에서 토스트와 신선한 커피 냄새가 났다.

"이모젠, 그거 나 좀 나눠줄래? 나 너무 힘들었어."

"무슨 일 있었어? 그냥 시신 확인하러 간 건 줄 알았는데. 시신 상태가 끔찍했어? 그러길래 나도 같이 가자니깐."

로라가 이모젠을 바라보며 천천히 깊은 한숨을 내쉬었다. "내가 무슨 애도 아니고. 나 괜찮아. 정신 멀쩡하다구. 시신은 원래 휴고의 모습 그대로더라. 그냥 잠든 사람 같았어. 여기저기 상처투성이일 줄 알았는데 전혀 그렇지 않더라. 근데 그게 문제가 아니라 경찰에서 자선재단에 대해서 물어봤어. 그것 때문에 정말 불안해지더라고. 정말 모르겠어. 내가 비탄에 빠진 아내 모습을 하고 있어야 하는 건지, 미친 여자 행세를 해야 하는 건지, 아니면 평범한 오래 전 내 모습을 하고 있어야 하는 건지. 이제 나도 내가 누군지 모르겠다니까."

로라가 부엌 탁자에 털썩 주저앉더니 손을 모아 그 위에 턱을 괴었다.

이모젠이 말했다. "쓸 데 없는 걱정이야. 지금 이 순간에 네가 정상적일 거라고 생각하는 사람이 누가 있겠어? 다들 네가 비탄에 빠져 있을 거라고 생각할 거야. 그러니 네가 무슨 짓을 해도 그게 다 자연스럽고 정상적인 일이라 생각할 거라고. 그런데 경찰들하고 같이 올 줄 알았더니? 무슨 일 있었어? 네가 경찰들 겁줘서 쫓아 버렸니?"

"톰이란 사람이 부검하러 가야 해서. 그 사람 되게 배려심이 깊은 사람인가 봐. 부검이란 말을 입 밖에 안 내더라. 곧 여기로 올 거야. 나 만난 다음엔 아나벨 보러 간대. 명랑하기 그지 없는 휴고의 전처를 보고 그 경찰들이 무슨 생각을 할까? 너 아나벨 만나본 적 한 번도 없었지? 그 경찰들 아나벨 만나보면 정말 황당할 거야."

로라는 이모젠이 앞에 가져다 놓은 커피잔을 감사한 마음으로 집어 들고 한 입 꿀꺽 들이마셨다.

"그래도 그 사람들 친절하더라. 이 사건 담당 경찰들 말이야. 정말 걱정해 주는 거 같았어. 그리고 나한테 가족연락관으로 배정된 그 여자 경사 있잖아. 그러지 않아도 가족연락관이 정말 필요했는데 그 여자는 내가 알리움 재단에서 하는 일을 설명해 주니까 아주 감성적으로 변하더라고."

이모젠이 눈썹을 치켜뜨며 미소 짓는 얼굴로 말했다. "그 잘생긴 경감님 얘기는 왜 안 하는데? 이름이 톰이라던가? 그 남자 꽤 섹시하던데? 안 그래? 어젯밤에 섹시하게 몸에 착 달라붙은 그 티셔츠하며 그 멋진 청바지는 또 어떻고?"

"이모젠! 내가 정말 못 살아. 안 그래도 머리 복잡해 죽겠는데 내가 지금 그런 생각이 나겠니? 알면서 왜 그래? 어쨌거나 오늘은 완전 다르게 입고 왔더라. 한 시간 정도면 여기 올 테니까 그때 네가 직접 봐. 정장에 넥타이로 쫙 빼 입고 왔더라. 비싸 보이던데. 베키 말을 들어보니까 어제는 원래 톰이 쉬는 날이었대. 그래서 평상복으로 입고 있었다고 하더라고. 그런데 솔직히 까놓고 말해서 내가 그 남자를 세상에서 가장 섹시한 남자라고 생각한들, 요즘 내 행색을 봐라. 누가 날 쳐다보기라도 하겠어?"

다행히 정문에서 누군가 크게 문을 두드리는 소리가 나서 이모젠은 이 곤란한 질문에 대답할 필요가 없어졌다. 이모젠이 말했다. "내가 가볼게. 아마 또 기자일 거야. 제발 기자들이 너 좀 그냥 내버려 두었으면 좋겠다. 정문에 경찰이 한 사람 지키고는 있는데 아무 말이나 다 곧이곧대로 믿고 사람을 들여보내는 것 같더라고. 그 인간한테 비밀번호를 알려주지 말았어야 하는 건데. 오늘 오전에 조의 화환 배달이 얼마나 많았는지 알아? 분명 그 중에는 마이크를 몰래 숨겨 들어오려고 한 것도 있었을 거야. 나도 이제 그런 인간들 매몰차게 내쫓는 데는 아주 도가 트고 있어."

이모젠이 낡은 황동 도어스톱으로 부엌문을 받쳐서 열어놓고는 정원 쪽을 향해 걸어갔다. 대리석 바닥을 가로질러 가는 이모젠의 발소리가 복도에 울려 퍼졌다. 하지만 그 순간, 평화롭고 고요하던 집 안 분위기가 히스테리에 빠진 아이의 고성으로 갈가리 찢기고 말았다.

"로라 아줌마 어디 있어요? 로라 아줌마 보고 싶어요!"

분명 이모젠은 대답할 기회조차 없었을 것이다. 몇 초 만에 아주 예쁜 여자애 하나가 열려 있는 부엌문에서 나타나 몸을 던지듯 로라에게 안겼기 때문이다. 여자 아이는 로라에게 꼭 매달려 가녀린 몸을 떨며 흐느껴 울었다.

로라는 속이 울렁거렸다. 알렉사가 이런 꼴을 당해야 할 이유는 없었기 때문이다. 이 가엾은 아이는 아빠를 무척 따랐다. 사실 거의 숭배한 것이나 다름없었다. 로라가 출입문 쪽을 보니 서른쯤 되어 보이는 젊은 여자가 서 있었다. 이제 눈물의 흔적은 보이지 않았지만 눈이 빨갛게 충혈되고 부어 있었다. 두 사람은 웃음기 없는 눈빛을 주고받을 뿐 서로 한 마디 말도 오가지 않았다.

"어쩌면 좋니, 우리 가여운 알렉사. 네가 아빠를 얼마나 사랑했는지 알아. 아빠도 너를 너무도 사랑했고. 알렉사가 이렇게 슬퍼하는 거 알면 아빠가 싫어하실 거야."

로라는 어떤 말로도 알렉사를 달랠 수 없음을 알고 있었다. 그래서 그냥 알렉사를 꼭 끌어안고, 눈물 때문에 뺨에 달라붙은 옅은 금발 머리카락을 뒤로 넘기며 쓰다듬어 주었다. 열두 살은 이런 큰 아픔을 겪기에는 너무 어린 나이였다.

몇 분이 지나 알렉사의 흐느낌은 살짝 가라앉았다. 하지만 여전히 로라를 꼭 끌어안고 있었다. 로라가 고개를 들며 말했다. "한나, 지금 여기서 뭐하는 거예요? 알렉사는 지금 엄마하고 같이 있어야죠."

"아나벨 여사님은 변호사를 만나러 갔어요. 거의 하루 종일 집을 비울 거라고 하시는데 알렉사가 집에 혼자 있고 싶지 않다고 해서요. 애가 하도 난리를 쳐서 저도 어떻게 해야 할지 모르겠더라고요. 어쨌거나 알렉사가 오자고 한 거지, 제가 오자고 한 건 아니에요."

로라는 한나의 뺨을 한 대 세게 후려치고 싶었던 것이 한두 번이 아니었지만, 이번만큼은 정말 그러고 싶은 마음이 굴뚝같았다. 그냥 맘 내키는 대로 한 대 때리고 나서 슬퍼서 그랬다고 핑계를 댈까 싶기도 했다.

이모젠이 로라와 알렉사를 따라 부엌으로 들어왔다. 알렉사가 조금 더 진정될 때까지는 끼어들지 않기로 결심하고 있었던 것 같았다.

"내가 제대로 들은 거 맞아? 이런 상황에 아이 엄마가 아이를 내팽개쳐 두고 밖으로 싸돌아 다닌다고? 아니, 미치지 않고서야-"

로라가 이모젠을 보며 경고하듯 고개를 젓자 이모젠이 말을 멈추었다.

이모젠이 물었다. "커피 좀 드시겠어요? 알렉사는? 알렉사는 뭐 마시고 싶어?"

알렉사가 로라의 가슴에 묻고 있던 얼굴을 들어 천천히 고개를 돌리며 물었다. "아줌마는 누구예요?" 알렉사가 아이답게 거두절미하고 물어봤다.

대답은 로라가 했다. "이쪽은 이모젠 아줌마야. 윌 삼촌하고 결혼했었어. 윌 삼촌 기억나지? 너 어릴 때 몇 번 만나 봤었잖아."

"아줌마네 오빠요? 윌 삼촌도 어디 멀리 갔어요? 윌 삼촌도 아줌마가 사라질 때처럼 사라진 거예요?"

"아니야. 나하고는 전혀 달라. 윌 삼촌은 기술자라서 아프리카에서 일하고 계셔. 거기 간 지 벌써 몇 년 됐어."

"그럼 저 아줌마는 왜 윌 삼촌하고 같이 안 갔는데요?"

"두 사람은 이혼했거든. 알렉사 엄마하고 아빠처럼."

알렉사가 이모젠을 돌아보며 물었다. "우리 왜 이제야 처음 봐요?"

이모젠이 말했다. "아줌마는 캐나다에 살거든, 알렉사. 나는 캐나다에서 태어났어. 어렸을 때는 영국에 와서 살다가 이혼한 다음에는 내 고향으로 돌아가야겠다 마음먹고 그동안 캐나에서 살았지."

로라는 생각했다. 엄밀히 말하면 그 말은 사실이 아니었다. 이모젠은 이혼한 다음에도 윌 오빠와 다시 합칠 수 있으리라는 희망 때문에 이

년 정도 영국에 머물렀었다. 물론 허사였지만. 사실 윌 오빠가 아프리카로 떠나기 전까지는 계속 기다리고 있었다. 그 즈음 로라와 이모젠 사이에서는 더 이상 대화가 오가지 않았었다. 어느 날 밤의 사건 때문에 서로 멀어지고 말았기 때문이다. 이 년 가까이 한 번도 대화를 나눈 적이 없었지만 한 때는 가장 친한 친구였던 이모젠이 캐나다로 돌아간다는 사실을 알고 로라는 너무도 가슴이 아팠었다. 로라는 항상 휴고가 마음을 풀고 이모젠과 화해하기를 바랐었다.

"알렉사, 네가 있고 싶은 만큼 얼마든지 여기 머물러도 좋아. 그런데 너 너무 지쳐 보인다. 잠깐 위층에 올라가서 눈 좀 붙이는 게 어떨까? 한나 아줌마한테 마실 거라도 만들어주라고 할게. 잠들 때까지 옆에서 지켜봐 주실 거야. 아직 오전이지만 그렇게 한바탕 울었으니 많이 지쳤을 거야. 밤에도 제대로 못 잤을 텐데. 그렇지?"

"못 잤어요. 가엾은 우리 아빠 생각만 했어요. 대체 누가 아빠를 해치려고 했을까요? 정말 좋은 아빠인데. 아빠와의 시간은 정말 특별했어요. 아빠는 세상 누구보다도 나를 사랑했다고요. 아빠는 우리 사이를 갈라놓을 것은 없다고 했는데."

"그래, 아줌마도 알아."

"위층으로 와서 아빠 얘기 더 해 줄래요, 로라 아줌마? 제발요."

"물론이지. 먼저 가봐. 아줌마도 금방 따라갈게."

한나와 알렉사가 부엌을 나가자 이모젠이 문으로 가서 문을 확실하게 닫았다.

"알렉사는 네가 말한대로네, 로라. 정말로 아주 사람 넋을 잃게 만드는 애네. 실물하고 비교해 보니까 네가 보여준 사진이 영 아니었어. 평평운 얼굴인데도 어쩜 저렇게 예쁘니? 네가 알렉사를 왜 그렇게 아끼는지 알겠다. 가여운 것. 앞으로 꽤나 힘들 텐데. 그런데 열두 살이란 게 믿기지가 않아. 저렇게 작고 귀여운 아이가. 그런데 한나한테는 왜 그래? 네가 싫어하는 게 딱 티나던데."

로라는 대답하지 않고 이모젠이 눈치챌 때까지 기다렸다. 그리 오래 걸리지는 않았다.

"아, 알겠다. 한나가 유모구나. 그 유모. 저 여자가 그 여자 맞지?"

"맞아. 그 여자야. 휴고의 꼭두각시였지. 당장 눈앞에 보이는 것밖에 모르는 여자야. 아직도 아나벨하고 같이 살아. 하지만 월급은 휴고가 내지. 아니, 냈었지." 무슨 생각이 들었는지 로라가 잠시 말을 멈추었다. "그러고 보니 재미있네. 이제 저 여자 처지가 어떻게 될지가 궁금해. 아나벨이 자기 호주머니에서 돈을 꺼내서 줄 사람은 절대 아니고, 내가 그럴 이유도 없고. 휴고 유언장에 저 여자 앞으로도 남겨놓은 것이 있을까?"

"휴고가 남긴 유언장에 대해서는 아는 거 없어?" 이모젠이 물었다. "그러니까 내 말은, 이 옥스퍼드셔 본가는 가문의 재산이잖아. 그것들은 아무래도 알렉사 앞으로 가지 않을까 싶은데. 너도 그 부분은 생각 못해 봤지, 아냐?" 늘 그랬던 것처럼 이모젠은 요점만 말했다.

"이모젠, 너는 못 느꼈는지 모르지만 지난 24시간 동안 나는 오직 한두 가지 생각밖에 없었어. 유언장에 대해서는 1초도 생각해보지 못했어. 하지만 휴고하고 관련된 문제라면 그게 뭐든 바라는대로 풀릴 거라는 기대는 접는 게 현명해."

로라가 살짝 비꼬는 투로 대답했는데도 이모젠은 별로 당황하지 않는 눈치였다. "맞다. 그 말 하니까 생각나네. 너희 엄마한테서 전화 왔었어. 이쪽으로 오고 계신대."

"우리 엄마가? 젠장. 왜 하필이면 지금 엄마야? 어제 아침에 윌 오빠 만나러 출발하기로 했는데 무슨 일이지? 내가 비행기 티켓도 끊어줬는데 아직도 안 가고 뭘 꾸물대고 있는 거야?"

"로라, 어머니가 어떤 분인지 몰라서 그래? 보아하니 어머니가 말라리아에 대해 들은 게 좀 있었나봐. 말라리아 약을 처방받아서 먹었지만, 약을 복용한 기간이 너무 짧아서 안전하게 일주일 정도 연기하고 싶어지셨대. 어머니가 그러시는데 네가 일정 변경이 자유로운 티켓으로 사줬다며. 그래서 어머니가 날짜 바꿔 버렸나봐."

"못 살아, 정말. 그냥 날짜 정해진 걸 사줄 걸, 내가 왜 그랬지? 그럼 지금쯤이면 영국에 없었을 텐데."

로라의 엄마는 눈치껏 말을 가려서 하는 사람이 아니었다. 이 상황에서 엄마 특유의 참견만큼은 정말 피하고 싶었다. 그러지 않아도 며칠 동안은 힘든 일들이 벌어질 텐데, 엄마가 휴고에게 내연녀가 있었던 것 같다는 사실을 알면 난리가 날 것이다. 로라는 뜨거운 커피를 또 한 잔 따랐다. 적당히 식었는지는 신경 쓸 겨를도 없었다. 로라가 식탁에 앉아 이모젠을 보니, 아직 부엌문에 기대고 서 있었다.

"너 어제 윌 오빠하고 얘기할 때 오빠가 엄마 얘기는 전혀 안 했어?" 로라가 물었다.

"그냥 어머니한테 휴고 소식을 알렸다는 말만 하더라. 아마 어머니가 아직 비행기 안 타신 것을 너도 알고 있을 거라 생각한 모양이야. 너희 오빠가 나한테 어떤 식으로 말하는지 알잖아. 모르려나? 할 말만 딱 부러지게 하고 끊어버려. 노닥거릴 시간이 없대. 그리고 여기 언제 올지 결정되면 다시 연락한다더라. 나 가끔씩 그이하고 계속 연락했어. 혹시나 마음이 변했을까 해서. 그런데 이제 보니 순전히 시간 낭비였어."

로라는 이모젠이 불쌍했다. 얼굴에 슬픔이 맴돌았다. "오빠가 와도 여기 계속 있을 생각이야, 이모젠? 직장에 안 돌아가도 되겠어?"

"직장에 벌써 말해 놨어. 노트북도 가져왔고. 이 집 무선 인터넷 되잖아. 네가 쫓아내지만 않으면 여기 얼마든지 머물 수 있어. 적어도 장례식은 보고 가야지."

맙소사. 장례식이 있었지. 로라는 생각했다. 다른 것을 생각하자. 그 일은 엄마한테 맡겨 버려도 좋을 것 같다. 그럼 장례식 절차에 정신이 팔려서 참견 못할 테니까. 로라는 이모젠에게 말했다. "그런데 장례를 언제 치를지 모르겠네. 경찰에서 시신을 언제 내줄지도 모르겠고. 살인 사건이잖아. 장례 문제를 떠나서, 어차피 벌어진 일이니까 정리될 때까지 네가 여기 있는 편이 나을지도 모르겠다." 로라는 자기가 한 말이 너무 무뚝뚝하게 들렸겠다는 생각이 들어 재빨리 이어 말했다. "저기, 이모젠. 너 괜찮으면 나는 알렉사한테 가서 잠시 같이 앉아 있을게. 그리고 목욕도 좀 해야겠어. 생각할 시간이 좀 필요해."

"너 나한테 썼다는 편지 더 없어? 읽어보게."

"정말 읽어보려고? 읽고 싶지 않으면 꼭 읽을 필요 없어."

"별로 내키지는 않아도 상황을 좀 이해하고 싶어. 전부 다. 괜찮지?"

"글쎄다. 괜찮다고 생각해야지, 뭐. 사실 다음 편지는 우리 엄마하고 관련이 있는 편지야. 그런데 이모젠, 네가 편지를 읽고 무슨 생각을 하든 간에, 제발 부탁인데 그것에 대한 이야기는 꺼내지 말자."

9

1998년 3월

이모젠에게

"진짜 우리 엄마 땜에 못 살겠어!" 정말 이 말밖에 안 나와! 엄마를 사랑하지만 주말에 엄마를 보고나니 정말 목이라도 조르고 싶더라! 엄마는 자기가 통찰력이 넘치는 사람인 줄 아나봐.

그런데 가끔 보면 엄마는 상처 주는 말만 골라서 하는 재주가 있거든. 원래는 너한테 썼던 편지를 주려고 했었어. 내가 썼던 첫 번째 편지. 그런데 엄마 말 때문에 그 편지를 주는 게 망설여져서 관뒀어. 두근거리던 설렘이 사그라들었거든. 그래서 편지를 새로 써야겠다 싶어. 이 편지를 너한테 언제 줘야 할지는 정확히 알아. 바로 네가 휴고를 만나본 후에 우리 엄마가 지금 얼마나 바보짓을 하고 있는 건지 깨닫게 되었을 때지!

모두들 본 지 꽤 됐다. 너도 그렇고, 윌 오빠, 아빠, 엄마 모두. 나 정말 모두를 볼 날을 손꼽아 기다리고 있었어. 엄마한테 간 날은 내 삶의 모든 것이 완벽해 보였고, 내 기분처럼 날씨도 따사로웠거든. 3월 말 날씨가 이래도 되나 싶을 정도였어. 도로도 한산해서 제법 빨리 도착했어. 그리고 초인종을 눌렀더니 물론 평소와 다름없이 투덜거리는 소리가 들렸지. 우리 엄마가 어떤지 너도 잘 알잖아.

"로라, 남의 집도 아닌데 초인종 누르지 말고 그냥 알아서 들어오면 어디가 덧나니? 내가 꼭 하던 일을 중간에 끊고 이렇게 나와서 문을 열어줘야겠어?"

물론 그냥 하는 소리야. 말만 그렇게 하지 바로 나를 꼭 안아줬거든. 나도 엄마를 안아주면서 아빠는 어디 계시냐고 물었지. 역시나 뻔한 대답이 돌아왔어.

"그걸 누가 알겠니? 신이나 알까. 아마도 신이 나보다도 그 양반한테 더 무심할 거다. 들어와라. 와인이나 한 병 따자. 그럴 만한 때 아니야?"
사실 그럴 만한 때가 아니었지만, 우리 둘 다 신경 쓰지는 않았어.

엄마가 말은 그렇게 해도 아빠가 계신 곳을 정확히 파악하고 있었을 거야. 만약 정말로 모른다고 생각했다면, 그건 엄마가 스스로를 속이는 거지. 너도 알다시피, 엄마가 아빠와 함께한 시간이 그렇게 순탄하지만은 않았잖아. 그 점은 나도 충분히 이해해. 아빠는 강한 의지도 없었고 사리분별이 정확하지도 않았어. 물론 아빠는 여전히 좋은 아빠지. 하지만 아빠가 무능하다고 해서 엄마가 편안한 삶을 바로 포기할 수는 없잖아. 나도 엄마가 그러지 않았으면 좋겠고.

엄마하고 나는 와인을 마시면서 이것저것 꽤 많은 것을 얘기했어. 딱 한 가지 얘기만 빼고. 하지만 우리 엄마도 바보는 아니지. 얼마나 눈치 빠른 사람인데.

시상식이 있던 밤에 대해서도 한동안 많은 얘기를 했어. 그 화려하고 세련된 장소에서 느꼈던 황홀감을 나한테 전해 듣기만 해도 엄마는 너무 재미있나봐. 그리고는 엄마가 네 소식도 모두 말해주더라(사실 이미 다 알고 있는 내용들이었지만 모르는 척했지). 그런데 엄마가 나를 아주 유심히 지켜보면서 재미있다는 표정을 짓고 있었어.

"알았어, 로라. 이제 솔직히 말해봐. 너 지금 아주 좋아 죽겠다는 표정인데 이게 꼭 상 받은 것 때문에 나오는 거 같지가 않다. 아주 좋아서 얼굴에서 광채가 난다. 광채가, 너 남자 생겼지? 맞지?"

역시나 우리 엄마야! 나중에 너하고 윌 오빠하고 저녁 시간에 다 모이면 말할 생각이었거든(물론 무언가 일이 일어나고 있다는 것을 너도 눈치챘을 거라 생각하지만). 하지만 엄마가 먼저 눈치를 챘던 거야. 대답을 안 할 수가 없더라. 정말이지 다른 방법이 없더라고. 좋아서 얼굴이 자꾸 히죽거리는 것을 숨길 수 있어야 말이지!

"맞아요. 남자를 만났어요. 그런데 이번에는 진짜 같아요. 정말로 사랑에 빠졌다고요!"

엄마가 완전 신났어. 엄마는 내가 오랫동안 별 볼 일 없는 놈들만 만나고 다닌다고 불만이셨는데 이번엔 어떤 남자인지 빨리 보고 싶어 죽겠다고 했어.

그 말을 듣고 나니 이거 설명하기가 쉽지 않겠다는 생각이 들더라고. 나는 아직 우리 관계를 사람들한테 알리고 싶지 않다고 설명했어. 그 사람이 우리 가족한테는 말해도 좋다고 허락했지만 아직 대중 앞에 나설 준비는 안 되어 있다고 말이야. 당연히 엄마가 이런 설명에 만족할 리 없지. 비비 꼬지 말고 속 시원하게 설명해주기를 바란 거야.

그래서 난 이렇게 설명했지.

"엄마, 실은 되게 유명한 사람이에요. 우리 만난 지 얼마 안 됐어요. 몇 주밖에 안 돼요. 그리고 우리가 대중 앞에 나서기 전에 먼저 처리해야 할 일도 남아 있고요. 까딱 잘못하면 기자들이 벌떼처럼 달려들 거예요."

그 말에 엄마가 또 정신이 퍼뜩 들었지. "유명해? 우와! 누군데? 더는 가슴 졸이게 하지 마라!"

얼굴에서 자꾸 우쭐거리는 미소가 흘러나와서 혼났어.

"아마 엄마도 들어본 이름일 거예요." 나는 여기서 일부러 뜸을 좀 들였어. "휴고 플레처예요. 들어봤죠?"

엄마 표정을 보니, 엄마도 들어본 이름인 것은 분명했는데 내가 기대했던 표정은 아니었어.

"너 설마 휴고 플레처 경을 말하는 건 아니지?"

"당연히 그 사람이죠. 휴고 플레처 경. 유명한 독지가에다 부동산 거물이고, 억만장자에, 뭐 하나 빠지는 거 없이 멋진 남자예요." 이 마지막 말은 도저히 빠뜨릴 수가 없었어. 그런데 엄마 귀에는 그런 얘기가 안 들리나 봐. 엄마가 열을 내면서 말하더라.

"물론 들어봤지. 그 사람이 억만장자든 뭐든, 나야 신경 쓸 바 아니고, 너도 그런 거 보고 사람을 골라선 안 될 말이야. 그 사람이 받은 작위도 나는 뭐 별로 대단하다 생각 안 해. 그거야 자선사업을 많이 해서 받은 거 아니냐? 그 사람의 선행에 대해서 텔레비전하고 라디오 프로그램에서 하도 많이 떠들어대서, 서훈자 목록을 발표하기 전 몇 달 동안 모두들 그 얘기만 했던 거 똑똑하게 기억하고 있다. 그거 완전 노골적인 자기홍보더구나. 그 홍보에 들어간 돈은 분명 그 사람을 억만장자로 만들어준 부동산에서 나온 것이겠지. 사람이 선행을 하려면 사람들을 아끼고 염려하는 마음에서 해야지, 그렇게 작위나 따 보겠다는 마음으로 하면 안 돼!"

내가 왜 엄마 땜에 못 살겠다고 그러는지 알겠지? 하지만 여기서 끝이 아니었어. 아주 대판 말다툼이 벌어졌지. 나야 당연히 그를 옹호하는 입장이었고.

"엄마는 그 사람을 잘 알지도 못하면서 왜 이렇다, 저렇다 함부로 판단을 해요? 그 사람은 자선사업을 하려다 보니까 어쩔 수 없이 언론의 관심을 끌어들일 수밖에 없어요. 그래야 기부금을 모을 수 있으니까요. 그 사람은 잘난 척하려고 홍보하는 게 아니라고요."

네가 우리 엄마 얼굴을 봤어야 해, 이모젠! 입술을 꼭 다물고는 그 경멸하는 표정이라니! 내가 하는 말들이 모두 완전히 쓰레기라는 것처럼 말이야. 너도 내가 지금 무슨 말하는 건지 알 거야.

"어쨌거나 정말 중요한 건 그게 아니지. 내 기억이 맞다면 그 사람은 유부남이야. 우리 가족이 어떤 일을 겪었는지 다 아는 애가 어떻게 그런 생각을 해?"

뭐, 내가 거기 대고 뭐라 그러겠어? 아버지가 젊었을 때 이 여자 저 여자 꽁무니 쫓아다니면서 바람피우던 거는 우리 모두 아는 사실인데. 하지만 이건 다르잖아. 이건 그런 지저분한 불륜 같은 게 아니잖아. 휴고는 나를 사랑하고, 이제 곧 이혼할 상황이야! 나는 최대한 침착하게 이런 부분을 모두 설명했어.

"어디 한번 들어보자. 그럼 그 남자가 너 때문에 이혼하는 거냐? 사람들 입방아에 오르내리고 싶어? 그 사람은 우리하고는 다른 세상 사람이야. 그 사람이 결국 너를 차 버리고 자기네 세상 사람한테 가 버리면 어쩌려고?"

엄마는 내 판단력을 아예 못 믿나봐. 내가 다시 엄마를 설득했지.

"엄마. 그 사람이 아나벨하고 이혼하는 이유는 도저히 타협이 안 되는 성격 차이 때문이에요. 휴고의 어머니가 얼마 전에 돌아가셔서 휴고는 본가로 돌아가고 싶어 해요. 아니, 사실은 거기가 조상 대대로 물려온 자리라서 돌아가야만 하는 상황이에요. 휴고의 어머니는 어느 백작인가의 딸이었는데 옥스퍼드셔의 애시버리 파크에 있는 집을 물려받았어요. 그런데 그 집은 대를 이어 물려줄 수 있게 하려고 신탁해 둔 상태이기 때문에 그 사람은 이제 거기 가서 살아야 해요. 그런데 아나벨이 싫다고 거절했어요. 휴고가 그 여자한테 최후통첩을 내렸지만, 그 여자는 꼼짝도 하지 않을 거라고 했대요."

"그거야 네 생각이지. 그런 이유로 이혼하는 사람이 어디 있니? 로라, 너한테는 미안한 소리다만 내가 듣기에 그 사람은 다른 사람을 자기 뜻대로 휘두르지 않고는 못 사는 사람 같아 보인다. 그 사람은 아내가 자기 뜻대로 휘둘리지가 않으니까 이혼하는 거야."

엄마가 말하면서 내가 그토록 듣기 싫어하는 '푸하하' 하는 웃음 소리를 낸 거 알아? 아빠의 변명이 시덥지 않을 때 항상 내던 소리야, 그게. 아마 너도 내가 어떤 소리 말하는 건지 알 거야.

"엄마, 아는 것도 별로 없으면서 어떻게 사람을 그렇게 함부로 판단해요? 그건 그냥 한 가지 사례일 뿐이에요. 두 사람은 잠자리를 따로 쓴 지도 한참 됐어요. 알렉사라는 딸이 있는데, 그 아이가 태어난 이후로는 둘 다 각방 썼다고요."

"얼씨구, 아이까지 딸린 남자야? 아주 완벽하구나, 완벽해. 로라, 너는 내가 어떻게 살아왔는지 알면서 그거 보고 배운 것도 없어? 그 사람은 당연히 자기 아내하고 섹스를 안 한다고 말하겠지. 섹스를 한다고 하면 네가 싫어할 걸 아니까. 자기 아내한테도 너하고 섹스한다는 소리는 안 했을 걸? 남자들 하는 짓은 다 뻔해. 두 사람이 아직도 같은 집에 산다면 두 사람은 분명 아직도 같은 침대 쓰고 있을 거야. 아니면 내 손에 장을 지져."

정말 상황이 점점 끔찍하게 꼬여서 눈물이 다 날 거 같더라.

"엄마, 정말 이해를 못하네요. 그 사람은 아예 집에서 나와 본가로 돌아갔다고요. 엄마가 상관할 일은 아니지만 뭔가 잘못 알고 있어요. 우린 아직 사랑을 나눈 적 없어요. 그리고 최종적으로 이혼하기 전에는 그럴 생각도 없고요!"

그렇게 말하고 나니까 엄마도 입을 다물더라. 엄마가 기도 하듯이 두 손을 모았다가 입으로 가져갔어.

"로라, 그럼 휴고가 섹스가 없는 지금 상황에 불만이 없다, 이 말이냐?"

그래서 그것은 내 생각이 아니고 그 사람의 생각이라고 말해줬지. 그도 그럴 만한 이유가 있었으니까. 아직 이혼을 하지 않은 상태니까 쓸데없는 스캔들로 자기 이름을 더럽히고 싶지 않았을 테지. 게다가 그로서는 만약 아나벨이 우리 관계에 대해 낌새를 채면 이혼할 때 위자료를 올리려 들 거라 생각했을 거야. 그래서 아직 나의 존재를 알리고 싶어 하지 않는 거지. 나는 그것이 엄청난 자제력을 보여주는 거라 생각하는데 나만 그렇게 생각하나 봐.

엄마는 이 상황이 아무래도 이상하다고 생각하는 것 같았어. 엄마가 말도 안 된다는 듯 헛웃음을 짓더니 마음을 가라앉히고 이렇게 묻더라.

"로라, 너도 지금의 상황에 불만이 없어?"

솔직히 말하면, 만족스럽지는 않지. 하지만 인정하고 싶지는 않았어. 나는 미칠 듯이 그이와 함께 있고 싶어, 이모젠. 우리가 사랑을 나누게 될 날이 정말 손꼽아 기다려져. 하지만 나는 그 사람의 생각을 존중해. 게다가 엄마한테 내 빈틈을 보여주고 싶지 않은 마음도 있었고.

아무튼 엄마라는 사람이 내가 말린다고 말려질 사람이 아니지.

"지금의 상황이 비정상적이라는 생각은 못 해봤어? 네가 무슨 사악한 혼전 성관계로부터 지켜주어야 할 숫처녀도 아니잖아?"

가끔은 내가 우리 엄마 땜에 깜짝깜짝 놀란다니까!

"내 말 좀 들어봐, 로라. 난 네가 언제 처음 섹스를 했고, 누구하고 했는지도 정확하게 알아. 난 네 엄마니까. 이런 것들을 다 아는 게 내가 해야 할 일이지. 네가 여기저기 꼬리치고 다니는 행실 나쁜 여자도 아니지만, 그렇다고 무슨 성인군자도 아니잖아. 나는 네가 아주 정상적이고 건강한 성욕을 가지고 있는 걸 알아. 그런데 문제는 이거지. 휴고도 그럴까?"

내가 건강한 성욕을 갖고 있다는 건 휴고도 당연히 알고 있겠지. 나는 내 성욕을 절대로 누구한테 숨기려 한 적이 없었어. 그리고 나는 지금 그와 조금만 떨어져 있어도 너무 힘들어.

"아니. 휴고도 알고 있느냐는 말이 아니야." 엄마가 조용히 말했어. "너는 아주 건강한 성욕을 가지고 있는데, 과연 휴고도 그럴까, 이 말이야."

지난번에 너하고 윌 오빠가 같이 와서 저녁식사 같이 할 때 분위기가 그렇게 가라앉아 있었던 이유가 바로 이 일 때문이야. 이 모든 이야기를 그날 너한테 할 수가 없었어. 처음에 썼던 편지도 주지 못했고. 지금은 아주 기운이 빠진다.

미안해, 이모젠. 내가 기분이 별로라는 거 너도 분명 느꼈을 거야. 하지만 그건 너하고는 아무런 상관없어. 전혀.

사랑하는 로라가.

★

1998년 6월
이모젠에게

넌 결혼하기 전에 어떤 기분이 들었어? 정말 이런저런 감정들이 차오르는 시간이야. 그렇지 않아? 예비 신부들은 다 나 같은 기분이 아닐까 싶어.

일들은 진행되고 있지만, 속도가 느려. 이제 휴고는 이혼한 상태야. 그 일만큼은 휴고가 정말 신속하게 마무리지었어. 신문마다 대문짝만하게 났으니까 너도 분명 읽어봤겠지. 하지만 아직 내 얘기는 나오지 않고 있어. 휴고가 원했던 그대로야. 그는 적당한 때가 되면 발표할 거래. 그래서 그때까지는 언론의 레이더망을 피하고 있어야 해. 우리는 일주일에 두세 번 정도 만나는데, 그의 자선사업 다큐멘터리를 제작하기 위한 조사 작업을 한다는 핑계로 만나(아직 그 다큐멘터리를 제작해도 좋다는 말은 안 하네). 하지만 그때를 제외하면 우리는 그냥 전화통화만 해.

그 사람을 개인적으로는 거의 못 만나. 어쩌면 그의 사무실에서 자투리로 삼십 분 정도는 시간을 내서 만날 수 있을지도 모르지(그가 비서 제시카를 다른 데 붙잡아둬서 우리 데이트를 방해하지 않게 할 수 있다면 말이지). 그는 우리가 만나고 있는 것을 발표하기 전에 내가 이른 시간에 그의 집에서 나오는 것을 누가 보기라도 하면 추잡한 스캔들로 비칠 거래.

그리고 그 사람 아직 내 가족이나 주변 사람들을 아무도 안 만나봤어. 그 사람한테는 알렉사 말고는 만나볼 다른 가족이 없고, 아직 알렉사를 만나기는 너무 이르다는 말만 하네. 근데 알렉사는 이제 겨우 두 살이야. 뭘 이해할 나이도 아닌데 뭣 때문에 그러는지 모르겠어.

어쨌거나 다시 너하고 윌 오빠, 엄마, 아빠 얘기로 돌아가 보자. 휴고와 상견례할 날짜를 하루 잡아보려고 정말 애쓰는 중이야. 그리고 네가 그랬잖아. 상견례를 옥스퍼드셔에서 하자고 하면 기꺼이 오겠다고. 그런데 휴고는 시간이 나지 않는다면서 요지부동이야. 나는 한 번 더 만날 날을 잡아봐야겠다 생각했어. 그래서 그 사람이 옥스퍼드셔에서 한가하게 저녁 시간을 보내는 시간이 올 때까지 기다렸지. 그리고 아주 오랫동안 사랑이 넘치는 통화를 나누다가 마지막에 그 얘기를 꺼냈어.

"휴고, 나는 꼭 당신이 내 가족을 만나봤으면 좋겠어요. 우리 가족들도 나처럼 당신을 좋아했으면 좋겠다고요."

"지나친 걱정이에요. 가족들도 분명 나를 좋아할 거예요! 당신이 나하고 결혼한다는 사실에 가족들도 모두 들떠 있을 거라고요."

휴고는 우리 부모님이 어떤 사람들인지 모르는 것 같아. 우리 엄마가 그 사람의 사회적 지위에 깜박 넘어갈 거라고 생각했다가는 아주 큰 코 다칠 걸? 하지만 도저히 그 사람을 설득할 수가 없네.

"로라, 나는 매일 하루 종일 일해요. 그리고 저녁은 대부분 자선재단 행사 같은 데 참석해요. 그리고 주말에는 알렉사하고 같이 시간을 보내야죠. 그렇게 바쁜 시간을 쪼개서 내는 이 조용한 시간들이 내게는 너무 소중해요. 미안하지만 아무래도 좀 더 기다려야 할 것 같아요. 하지만 이제 당신과 알렉사가 인사를 나눌 때는 된 것 같군요."

그 말 들으니까 정말 화나더라. 하지만 딱 2분 정도 화가 나더니 그냥 풀렸어. 알렉사가 더 중요하다는 것은 나도 인정하니까. 아직 너무 어린 애잖아. 나도 그 애를 정말 하루라도 빨리 만나보고 싶은 마음이었고.

나는 그 사람이 나보고 옥스퍼드셔로 오라고 해줬으면 했어. 그때까지도 내가 앞으로 살게 될 집을 보지 못한 상태였으니까. 사람들한테 들키지 않게 조심해야 한다는 이유 때문에 말이지! 이런 상태도 분명 곧 끝나겠지? 나는 집 구경을 하고 싶으니 한 시간 정도만이라도 거기 가보고 싶다고 계속 말했었거든. 그런데 그 사람 말이 자동차로 왔다 갔다 하기에는 너무 먼 거리래. (당연히 말도 안 되는 소리지. M40 도로 타면 한 시간이면 가는 거리인데. 운전이 그렇게 걱정되면 운전사를 보내주든가!) 그리고는 주말에 내가 좋아하는 레스토랑으로 데리고 가겠대. 물론 점심 먹으러 가는 거지. 이제 곧 우리가 연인 관계로 사람들 앞에 나설 수 있을 거라고 생각한대. 그럼 분명 더 편안하게 만날 수 있겠지. 그게 마침내 우리가 '모든 면에서' 연인 관계일 수 있다는 의미인지 궁금했어(무슨 뜻인지 알지?). 근데 웬일인지 휴고한테는 감히 대놓고 물어보질 못하겠더라고. 거참 이상하지.

그래도 휴고는 항상 내 생각만 해. 우리가 사람들 앞에 나서기 시작하면 입어야 할 옷들이 있잖아. 특히 자선재단 행사에서 입을 드레스 같은 거. 그런데 내 형편에 그런 옷들이 감당이 안 될 것을 그도 알아. 그래서 거의 매일 내 직장이나 집으로 크고 작은 소포들이 도착해(큰 소포가 올 때도 있어. 작은 소포든, 큰 소포든 항상 값비싼 소포들이지). 어떤 때는 꽃이 오고, 어떤 때는 보석이, 또 어떤 때는 정말로 옷이 올 때도 있어! 생각해 봐. 자기가 직접 나가서 나를 위해 가장 멋진 옷을 골라주는 남자를 상상할 수나 있겠어? 그는 나를 보살피는 일이 자기 삶의 낙 중 하나래. 그 사람은 옷이든, 신발이든, 내 모든 치수를 정확히 알고 있나봐(사실 아직 내 속옷은 사준 적이 없어. 아마 아직은 그럴 때가 아니라고 생각하는 것 같아). 그가 골라준 옷들은 내가 골랐던 그 어떤 옷보다도 훨씬 더 교양 있고 세련됐어. 그래서 내가 예전에 입고 다니던 옷들이 너무 싸구려 티가 나지 않았나 하는 생각이 들기 시작하는 거 있지. 너무 꽉 끼고, 너무 깊게 파이고, 너무 노출이 심한 옷들 말이야. 내가 정말 그랬니? 그 사람이 나를 위해 골라준 옷들을 보면 정말 섬세하고 우아해. 그 사람이 다니는 양장점이 있는데 거기서 그가 주문하는 대로 옷을 맞춰줘! 그 사람은 분명 자기가 하는 일을 잘 알고 있어. 그러니 모든 것을 그 사람한테 맡겨 두는 것이 나한테는 상책 같아. 그 사람한테 배울 것이 아주 많아.

어쨌거나 다시 알렉사 얘기를 해보자. 휴고한테 물어봤어. 결혼할 계획인 거 알렉사한테도 얘기했는지 말이야.

"일단 먼저 알렉사가 당신을 만나봤으면 좋겠어요. 그리고 알렉사가 당신을 좋아하는 것이 보이면 우리 두 사람이 결혼할 계획이라고 말할 수 있을 거예요. 아나벨이 알렉사에게 먼저 말하는 일은 없을 거예요. 내가 그러지 말라고 했으니까."

알렉사가 나를 좋아하지 않으면 우리 결혼도 없던 얘기라는 거야, 뭐야? 알렉사의 허락이 있어야 돼? 세 살도 안 된 아이인데? 그리고 아나벨이 전남편이 하는 말을 고분고분 듣겠어?

아무래도 내가 좀 신경이 날카로워졌나봐. 결혼하기 전에는 다들 그런 거라며? 휴고는 내가 만나본 남자들 중에서도 정말 제일 친절한 사람이야. 그 사람은 아주 너그럽고, 나한테 관심도 많이 쏟아주고, 매너도 정말 흠잡을 데가 없어. 완전 매력 덩어리라니까. 그리고 그 사람은 나를 존중해. 그는 전화한다고 했을 때는 빠지지 않고 전화해. 그리고 다음 달에는 '아름다운 미래의 아내'로 나를 세상에 소개할 생각이래.

이제 알렉사도 만나기로 했으니 그런 생각을 했어. 어쩌면 그를 졸라서 옥스퍼드셔에 찾아가볼 수도 있을지 모른다고 말이야. 하지만 이어지는 그의 말에 정말 놀라고 말았어.

"로라, 그 부분에 대해 생각해 봤어요. 내 생각에는 결혼식 날까지 아예 그 집을 보지 않는 것이 좋을 것 같아요. 물론 우리는 그 집에서 결혼식을 올리게 될 테지만 그날 내가 당신을 새로운 레이디 플레처로 집안에 소개하면 아주 짜릿하고 흥분될 것 같군요."

우리가 그 집에서 결혼식을 올리게 될 줄은 정말 생각도 못했어. 결혼식은 대략 9월에 올리는 것으로 잡아놨는데 그가 구체적인 일정은 자기한테 맡겨 놓으래. 결혼식을 정말로 집에서 올린다는 의미인지는 정확히 모르겠더라(집에 자체적으로 예배실이라도 있는 것일까?)

"물론 그렇지는 않아요. 마을에 아주 멋진 교회가 하나 있습니다. 정말 아름다운 교회예요. 목사님한테는 제가 얘기해 두겠습니다. 결혼식이 열리기 전에 교회에 무슨 문제라도 생기면 안 되니까요. 하지만 모든 가능성을 열어두어야 해요. 예를 들어 교회 지붕에 문제가 생겨서 공사라도 들어가면 애시버리 파크 집에서 식을 올려야 해요. 어쨌거나 적어도 축하 연회는 여기 애시버리 파크 집에서 열어야 한다는 데는 당신도 동의하리라 생각해요."

듣기에는 아주 멋질 것 같기는 한데 내가 거기 가본 적이 있어야 말이지. 집에서 결혼식 올리는 게 정말 가능할까? 그리고 아빠하고 엄마 형편에 그런 으리으리한 곳에서 입을 옷을 어떻게 마련해. 그랬더니 휴고가 수화기 저편에서 조용히 웃었어.

"쓸데없는 걱정 하지 말아요. 애시버리 파크 집은 엄청나게 큰 저택이에요. 결혼식 장소로는 완벽할 거예요. 우리 집으로도 마찬가지로 완벽할 거고요. 하지만 당신은 손 하나 까딱할 필요 없어요. 부모님도 전혀 걱정할 필요 없어요. 우리가 날짜를 최종 결정하는 대로 내가 다 알아서 해 놓을게요. 당신은 그냥 몸만 오면 돼요!"

난 뭐라고 해야 할지 모르겠더라. 정말 배려심이 깊은 사람이긴 하지만, 그래도 내 결혼식인데 나도 뭔가 하고 싶은 생각도 들고 말이야. 그리고 우리 부모님도 하나밖에 없는 딸의 결혼식이 어떻게 치러질지 궁금하지 않겠어? 어떻게 하면 그이가 감정 상하지 않게 얘기를 꺼내볼 수 있을까?

"있잖아요, 휴고. 당신이 모든 것을 다 알아서 해준다니 정말 고마워요. 하지만 나도 결혼식 준비를 같이 했으면 좋겠어요. 우리가 함께 준비할 수 있는 부분도 있지 않겠어요?"

"전혀 신경 쓸 것 없어요. 당신은 아무 걱정할 필요 없어요. 그냥 아름다운 모습으로 나타나서 나를 깜짝 놀라게만 해주면 돼요! 이 부분에 대해서는 더 이상 얘기하지 않았으면 해요. 당신을 위해 내가 다 준비할게요."

결국 내가 졌어. 하긴 뭐 싸움에 별로 투지를 보이지도 않았다는 것을 인정해야겠지만. 그이는 내 삶을 최대한 편하게 만들고, 나를 위해 모든 것을 베풀려는 마음이 너무 강해. 정말 기분 좋은 일이지. 괜히 실없는 말싸움을 걸어서 틀어질 필요는 없어.

어쨌거나 우리는 다시 알렉사 문제로 돌아왔고, 그 다음 주말에 만나기로 했어. 그가 알렉사를 런던으로 하루 데리고 오겠대.

정말 그 애가 나를 좋아했으면 하는 마음이었어. 근데 있지, 설마 내가 일곱 달 만에 또 다른 누군가를 사랑하게 될 줄은 몰랐다는 거 아니겠니. 휴고가 그 어느 때보다도 형식을 갖춰서(하지만 그래도 정말 매력적이었지) 나를 자기 딸에게 소개했어. "알렉사, 아빠의 좋은 친구를 소개하고 싶어. 이쪽은 로라라고 해."

내가 봤던 여자애들 중에서 정말이지 제일 예쁜 여자애였어. 나는 그 애 앞에 쪼그리고 앉았지. 어쩜 어린 여자애가 그렇게 우아할까? 머리는 거의 하얀색에 가까운 금발인데, 그 금발머리가 부드럽게 곱슬이 져서 어깨까지 내려와 있더라. 그리고 갈색과 녹색이 뒤섞여 있는 눈동자가 사람의 넋을 완전히 빼놓더라니까. 아이의 몸이 금방이라도 부서질 것처럼 가늘어서 그 작은 몸뚱이를 정말 조심, 또 조심해서 안아 올리고 싶어지더라. 아무래도 나를 처음 보니까 경계하는 눈빛이더라. 그래서 이 서먹

서먹한 분위기를 좀 깨야겠다고 생각했지.

"안녕, 알렉사. 내가 알렉사 줄 작은 선물을 하나 가져왔어. 한번 열어서 안에 뭐가 들었나 볼래?"

내가 예쁜 헝겊인형을 하나 찾아냈거든. 체크무늬의 핫핑크 옷에 챙이 넓은 모자를 쓴 인형이야. 아주 부드러운 천으로 만들어서 작은 애가 가지고 놀기에는 딱이야. 아이가 품에 안고 잠자리에 들고 싶어 할 딱 그런 종류의 인형이었지.

난 어린 애가 그렇게 선물 포장 뜯는 건 처음 봤어. 보통은 그냥 종이를 북 찢어서 뜯잖아(우리도 늘 그랬었지. 난 아직도 그러고. 물론 휴고가 옆에 있을 땐 안 그러지. 그때는 나도 좀 더 점잖게 행동하려고 하니까). 아이가 선물 포장을 정말 조심스럽게 뜯더라. 그리고는 포장지를 접어서 자기 앞 탁자에 올려놓는 거 있지. 분명 성질이 급한 아이는 아니더라고. 그런데 그 순간에 알렉사가 고개를 들어서 내게 미소를 지었어. 정말 천사의 얼굴이 따로 없어. 아이의 얼굴이 선물을 받고 좋아서 빛이 나는 거 있지.

"감사합니다, 로라 아줌마." 아빠가 시키지도 않았는데 아이가 이렇게 말하는 거 있지. 정말 믿기지가 않더라!

나 이 꼬마한테 홀딱 반했어. 첫눈에 반해 버렸다니까. 내 평생 이 아이를 내 아이처럼 돌봐야겠다는 생각이 저절로 들더라.

사랑하는 로라가

추신 - 네가 아직 휴고를 못 만나본 상태라서 이 편지는 부치지 않고 그대로 갖고 있어. 모든 것이 정리됐을 때 같이 읽어보자. 정말 재미있을 거야.

10

톰이 싱클레어 총경의 사무실 문으로 머리를 불쑥 내밀었다. 두 사람 모두 부검에 참석했었다. 싱클레어 총경은 회의가 있어서 중간에 떠나야 했지만. 뭐, 총경의 말로는 그랬다. 부검을 좋아하는 사람은 아무도 없으니까.

"총경님, 시간 좀 있으십니까?"

"들어오게, 톰. 안 그래도 부르려던 참인데. 어디까지 진행됐는지 확인 좀 해보자고."

싱클레어가 서류철을 밀어 어수선한 책상 위에 공간을 마련했다. 그가 맡고 있는 수사가 이 사건만은 아니었다. 물론 이 사건이 그 중에서 가장 중요한 사건이겠지만. 톰이 자리에 앉았다.

"죄송합니다만 아직까지는 별로 보고드릴 내용이 없습니다. 레이디 플레처가 부검실에 들어와서 시신의 신원을 확인했습니다. 그리고 휴고의 자선사업에 대한 이야기를 해주었는데, 그 내용이 무척 흥미롭더군요. 아참, 그런데 레이디 플레처가 자기는 그냥 로라로 불러달라고 하더군요. 자기 남편은 그냥 휴고로 불러달라고 하고요. 총경님도 그 점은 알고 계셔야 할 것 같습니다."

싱클레어가 대답했다. "별로 좋은 생각 같지는 않네, 톰. 자네도 알 거 아냐. 용의자, 희생자, 유가족, 이런 사람들을 모두 같은 호칭으로 부르면 곤란하지. 우리가 그 경계를 흐려놓아서는 안 된다고. 그 여자가 자기 손에 직접 피를 묻히지는 않았을지 몰라도, 아직까지는 용의선상에서 완전히 배제할 수 없어."

"무슨 말씀인지 알겠습니다. 하지만 그 여자는 지금 살짝만 건드려도 무너질 것 같은 상태입니다. 그쪽에서 형식적인 벽을 허물고 싶어 하는데 우리가 거절하면 아마 입을 닫아 버렸을 것 같아서요."

"흠, 좋아. 그 부분은 자네가 알아서 해. 사망원인은 아직 안 나온 건가?"

"나왔습니다. 액체 니코틴으로 확인됐습니다. 휴고의 사타구니, 정확히는 대퇴정맥으로 막대한 양을 주사했어요. 듣자하니 이것을 '사타구니 주사'라고 하는데, 약쟁이들 사이에서는 꽤 흔하게 사용되는 방법인가 봅니다. 그럼 떠오르는 연결 고리가 하나 있죠. 범인이 혹시 마약을 하는 매춘부? 하지만 아직 명확하지는 않습니다."

"약쟁이 매춘부들 중에서 액체 니코틴을 사용하는 사람도 많지는 않겠군. 치사량이 얼마야?" 싱클레어 총경이 말했다.

"60mg 정도밖에 안 됩니다. 그런데 희생자는 그보다 훨씬 많은 양을 맞았습니다. 이 정도면 아주 신속하게 효과가 났을 거라고 들었습니다."

"액체 니코틴은 어디서 구한대?"

"아직 파악하지 못했습니다. 제가 인터넷 검색을 해봤는데, 아마 대부분이 인터넷 검색부터 시작하지 않을까 싶어서요. 하지만 쓸 만한 내용이 없더군요. 액체 니코틴을 보드카에 섞어서 먹어도 된다는 내용을 찾기는 했는데, 이번 사건하고는 관련 없는 내용이죠. 아무래도 이쪽 방면으로 빠삭한 자의 소행인 것 같습니다."

싱클레어 총경은 인터넷 세대가 아닌지라 자기에게 더 익숙한 주제로 돌아왔다. "다른 건 뭐 나온 거 없어? 스카프는?"

"없습니다. 그 부분에서는 진척이 전혀 없어요. '타이랙'이라는 브랜드 제품인데 어지간한 상가나 공항마다 점포를 안 낸 곳이 없어요. 회사측에서 전산 기록을 확인해 보겠다고는 하는데 그 제품이 수천 장은 팔려나갔다고 하니 운 좋게 걸려들 가능성은 별로 없어 보입니다."

싱클레어 총경이 깊은 한숨을 쉬었다. "좋아. 이웃이 목격했다는 그 여자에 대해서는 뭐 좀 알아냈겠지? 제발 그렇다고 좀 해봐."

톰도 뭔가 긍정적인 내용을 보고할 수 있었으면 얼마나 좋을까 싶었다. 톰도 이번 사건에서 뭔가 실적을 낼 필요가 있었다. "좋은 소식도 있고, 나쁜 소식도 있습니다. 법의학팀이 현장에서 발견한 빨간 머리카락을 다시 조사해 봤는데, 진짜 사람 머리카락이 맞습니다. 그런데 가발에서 나온 것이라고 하더군요. 듣자하니 가발 머리카락은 면으로 만든 레이스 모자 같은 것에 짜 넣는다고 하는군요. 그 모자는 착용하는 사람의 두상에 맞춰서 특별히 제작한다고 합니다. 적어도 비싼 가발의 경우는 그렇다네요."

톰은 숨을 고르고 보고를 계속했다. "그러니까 그 집에서 나오는 것으로 목격된 여자를 찾으려면 중간 정도 키에 날씬한 여자를 찾아봐야 하는데, 머리카락이 가발에서 나온 것이라면 머리카락이 빨간 사람을 찾아볼 필요는 없다는 거죠. 긍정적으로 보면, 이 가발은 진짜 머리카락으로 만든 것이라 가격이 꽤 비쌌을 것이고, 그렇다면 맞춤 제작되었을 가능성이 큽니다. 가발 제작 업체를 샅샅이 조사해 보면 뭐가 좀 나오지 않을까 싶어요. 가발 제작 업체가 그렇게 많을 것 같지는 않거든요."

"지문은? 오늘 아침에 레이디 플레처 지문도 채취했나?"

"했습니다. 다행인 것이, 베릴이 최근에 집 안을 구석구석 아주 깨끗하게 청소해 놨더군요. 봄, 가을로 대청소를 한 번씩 한다고 합니다. 그래서 이번에 지문이 발견되는 것이 있으면 분명 열흘 안으로 생긴 것이라고 봐도 됩니다. 하지만 보고드릴 만한 내용은 별로 없습니다. 침실에서 베릴과 휴고의 지문을 발견했습니다. 로라의 지문도 같이 나왔고요. 그런데 이상한 것이, 로라의 지문이 침실에서는 침실 문하고 옷장 문에서만 나왔습니다. 침실의 다른 부위에서는 나오지 않았다는 것이죠. 물론 침실이 아닌 부엌과 욕조에서도 로라의 지문이 다수 검출되었고요. 그 부분에 대해서는 로라하고 얘기를 좀 해봐야 할 것 같습니다. 응접실에서는 로라의 지문과 휴고의 개인비서 제시카 암스트롱의 지문을 더 발견했습니다만, 다른 지문은 없었습니다."

싱클레어 총경은 펜으로 책상을 딱딱 두드렸다. "물론 휴고 플레처가 사망한 지 아직 24시간도 지나지 않았지만, 지금쯤이면 약간이라도 진척이 있어야 돼. 그런데 범행 동기도 분명하지 않고, 용의자도 나오지 않았어. 없어진 물건도 없겠지?" 그가 물었다.

"전혀 없습니다. 집 안에 값나가는 물건이 꽤 있었는데, 뭐 훔치려고 들어온 것이면 그런 물건들이 남아날 리가 없었겠죠. 수공 은제품들도 굉장히 많았고, 고가의 그림은 뭐 말할 것도 없습니다. 오늘 다시 사람을 보내 확인해봤는데, 청소부 말이 뭐 사라진 것은 보이지 않는다고 합니다. 듣자하니 청소부 아줌마 표정이 오늘은 밝아 보인다고 하더군요. 로라하고도 분실물에 대해 확인은 해봐야겠습니다만, 분명하게 드러난 것이 없습니다. 좀 있다가 자선재단 직원하고 얘기를 해보고, 다시 옥스퍼드셔로 가볼 겁니다. 오늘은 휴고 플레처의 전처도 만나보기로 했습니다."

톰은 수사팀 일원을 보내서 경호업체 사람들하고도 얘기해 보라고 지시해 두었다. 휴고가 집에 있을 때 왜 경호원들과 같이 있지 않았는지 이유를 알 수가 없었다. 하지만 생각해 보면 애초에 왜 경호원들이 필요했는지가 더 궁금한 일이었다. 경호원을 뒀다 함은 신변에 위협을 느꼈다는 것인데, 대체 누구한테서?

"총경님, 경호원에 대해서는 어떻게 생각하십니까? 제가 보기에는 휴고가 자선사업 때문에 신변 보호가 필요하다고 느꼈다, 이렇게 추측할 수밖에 없을 것 같습니다. 포주 같은 사람들 중에 휴고 때문에 열 받은 사람들이 분명 있을 겁니다. 휴고한테 원한이 쌓인 게 많아서 그를 직접 죽이거나, 다른 사람을 시켜서 청부살인을 했을 가능성이 있는 사람이 있는지도 조사해 봐야 할 것 같습니다. 휴고의 부동산 사업하고 관련이 있을 거라는 생각은 안 들더라고요. 휴고는 부동산 사업에 별로 신경을 쓰지 않았었고, 부동산 사업은 모든 부분에서 아주 공정하게 이루어졌던 것으로 보이니까요."

싱클레어 총경은 깍지를 낀 채 턱을 괴고 잠시 허공을 응시했다. "톰, 뻔한 소리지만 이 여자 범인이 면식범이라는 건 명확하잖아. 자기 집에 초대한 걸 보면 분명 잘 아는 사이였겠지. 어떤 식으로든 섹스와 관련된 초대인 것이 확실해 보이는 상황이고. 손발을 침대에 묶을 때 저항한 흔적이 없으니까 말이지. 우연한 만남이 아니었던 것이 분명해. 따라서 휴고에게 내연녀가 있었다고 봐야지. 그리고 내연녀가 있었다면 분명 누군가는 그 사실을 알고 있었을 거야. 가족들은 어떨까? 휴고가 누구하고 제일 친했지?"

톰은 짜증이 나서 탄식이 터져 나올 뻔했다. 그도 이 문제를 한두 번 생각해 본 것이 아니었다. 그 내연녀를 찾아내야 하는 것은 당연했지만 아는 사람이 하나도 없는 게 문제였다. 자선재단 사람들의 입에서 여자 이름이 나오기를 간절히 기도하고 있었다. 이제 만나서 물어볼 사람도 얼마 남지 않았다.

"휴고는 아내와 딸, 그리고 전처를 빼고 나면 자선재단이나 사업과 관련된 사람들만 만났던 것으로 보입니다. 가까운 친구도 없었던 것 같아요. 로라하고 얘기할 때 내연녀와 관련된 부분을 슬쩍 떠봤는데 로라도 떠오르는 이름이 없나 봅니다. 하지만 로라가 그 말에 별로 충격을 받지도 않더군요. 로라가 분명 무언가 의심하는 구석이 있다는 직감이 옵니다. 그 부분을 좀 더 물고 늘어져볼까 합니다. 가족 관계를 보면 휴고의 아버지는 사십 년 전쯤에 죽었습니다. 어머니는 그가 로라를 만나기 바로 전인 1997년에 죽었습니다. 그리고 베아트리체라는 누나가 있는데, 어디 있는지는 아무도 모릅니다."

"그럼 이런 시나리오는 어때?" 싱클레어가 말했다. "동유럽에서 왔다는 소녀들 중 한 명한테 원래의 포주가 접근을 한 거야. 그 포주가 어떤 대가를 약속하고 소녀한테 휴고에게 매춘 서비스를 하게 시킨 거지. 여자가 예쁘니까 휴고도 거절하지 못한 거고. 그래서 그 소녀는 계획대로 자기 할 일을 하고, 자기가 받을 대가를 챙기러 유유히 떠난 거지. 어때? 가능한 얘기 같아?"

톰이 잠시 생각에 잠겼다. "휴고가 돕는 소녀들은 모두 꽤 어린 편인데 목격자는 콕 짚어서 '여성'이라고 했습니다. 하지만 말씀하신 가능성도 진지하게 검토해 봐야겠네요. 그런데 총경님이 생각하시기에, 휴고가 이 소녀들 중 한 명을 자기 집으로 불러들일 것 같습니까? 휴고가 소녀들의 유혹에 넘어갈 리 없다는 말씀을 드리는 것이 아니라, 그 사람도 사람들의 눈과 평판이 있는데 굳이 집에서 그런 일을 벌이겠느냐는 말입니다. 현재 그 소녀들도 확인 중입니다. 갑자기 별 이유 없이 부자가 됐다거나, 말도 없이 사라진 소녀가 있는지 알아볼 겁니다. 그 조사는 아자이가 맡고 있습니다."

"좋아. 그럼 마지막으로 하나만 더 묻지. 그 올케라는 사람에 대해서는 어찌 생각해? 어젯밤에 레이디 플레처가 그 여자를 대하는 것을 보고 깜짝 놀랐잖아. 그 부분도 조사해 볼 필요가 있겠나?"

톰이 고개를 끄덕였다. "당연하죠. 아주 큰 원한 같은 것이 느껴졌지 않습니까. 베키처럼 저도 혹시 이 여자가 휴고의 내연녀가 아닐까 하는 생각이 들었었습니다. 로라한테 둘 사이에 대체 무슨 일이 있었는지 이미 물어보기도 했고요. 하지만 머리카락 색깔 때문에 지금까지는 그 올케에 대해 큰 의심은 하지 않았습니다. 하지만 그 올케라는 사람에 대해 그냥 유야무야 넘길 생각은 없습니다. 이모젠이 아직 애시버리 파크에 있는 것으로 압니다. 거기에 가는 대로 그 여자를 심문해 볼 생각입니다."

톰은 문득 이모젠의 키가 목격자의 진술에 부합하고, 타이트한 검정 가죽 치마를 입으면 눈길이 갈 정도로 섹시해 보이겠다는 생각이 들었다. 그런데 문제는 평균 키라는 것이 말 그대로 평균이라는 점이었다. 이번 사건과 관련해 만나본 여자들의 키는 거의 다 평균이었다.

하지만 발견된 빨간 머리카락도 가발인 것으로 판명됐으니 머리카락 색깔이라는 단서는 원점으로 돌아갔다. 그리고 이모젠이 도착했을 때 로라가 격앙된 반응을 보인 것, 오늘 아침에 그 얘기를 꺼냈을 때 로라가 별 것 아닌 듯 넘어가려고 했던 것을 종합해 보면, 뭔가 수상한 것은 분명했다. 톰은 그것이 대체 무엇인지 파헤칠 계획이었다.

"전 그만 가봐야 할 것 같습니다, 총경님. 자선재단 사무실에 거기 직원들을 불러 모아 놨거든요. 그 사람들하고 얘기한 다음에는 다시 옥스퍼드셔로 갑니다. 저녁에 다시 와서 수사 진척 상황을 보고하겠습니다. 부디 보고할 만한 것이 나오기를 바라야죠."

★

15분 후에 톰과 베키는 다시 에거튼 크레센트로 향하고 있었다. 그래도 일요일이라 도로는 그런대로 한산했다. 베키는 이미 한참 근무한 것 같은 기분이었지만 아직도 오전이었다. 두 사람이 다시 옥스퍼드셔로 출발할 즈음이면 분명 점심시간이 될 것이다. 베키는 뭘 좀 먹고 가자고 하면 톰이 동조해 주기를 바랐다. 아침을 먹을 시간이 없어 한참을 굶고 있었다.

톰이 베키를 보며 말했다. "우리 둘이 나눠져서 두 비서를 한 사람씩 면담할까 생각하고 있었는데 생각이 바뀌었어. 아무래도 베키 자네가 둘 다 만나 보는 게 좋겠어. 정식으로 면담해서 진술을 받아내는 일은 나중에 다른 사람 시키기로 하고, 그냥 편안하게 수다 떠는 분위기를 만들어 봐. 그럼 자네하고 가십거리들을 이야기하고 싶어질지도 모르잖아. 우리가 원하는 게 바로 그거니까. 나는 자선사업 재무담당이사라는 남자하고 얘기해 볼게. 그리고 감식반 요원 하나를 거기서 만나기로 했어. 휴고의 컴퓨터에 접속할 수 있나 보려고. 자네 생각은 어때?"

베키는 제안이 마음에 들었다. 사람 만나는 일에는 자신이 있었고, 여자들은 남자에게는 얘기하지 않았을 이야기를 자기한테 털어놓는 경우가 많았기 때문이다.

"그게 좋겠네요. 제가 집중적으로 알아봤으면 하는 거라도 있으세요? 아니면 그냥 일반적인 것들만 알아볼까요?"

과거의 사람이든, 현재의 사람이든, 내연녀일 가능성이 있는 사람에 대해선 다 찔러보라는 얘기에 베키도 수긍했다. "비서 두 명을 함께 모아놓고 얘기할까요? 아니면 따로따로 얘기해 볼까요?"

"어느 쪽이 좋겠어? 여자의 심리는 아무래도 자네가 잘 알 거 아냐. 솔직히 자네도 나한테는 완전 미스터리야." 톰이 말했다.

톰이 농담을 하는 건가 싶어 베키가 곁눈질로 슬쩍 봤는데 무표정한 얼굴이었다. "그건 두 사람의 관계에 달려 있죠. 둘이 서로 친한 친구 사이면 혼자 있을 때는 하지 않았을 얘기도 쉽게 나올 테고, 별로 친하지 않으면 같이 있을 때 오히려 입을 잘 열지 않을 테고요. 제일 먼저 두 사람 사이가 어떤지 파악해야겠네요. 사무실에서 하는 일은 어떻게 돌아가고, 누가 어떤 일을 맡고 있는지 등등 일반적인 대화를 해본 다음에 결정할게요. 괜찮죠?"

"그게 좋겠군. 다 왔어, 베키. 한 시간 내로 일을 마무리해 보자고."

★

베키는 제시카 암스트롱이 마음에 들지 않았다. 왜 마음에 들지 않는지는 알 수 없었다. 제시카는 완벽하다 싶을 정도로 예의 바른 사람이었기 때문이었다. 베키가 사무실로 들어가자 무언가 허기진 배를 자극하는 음식 냄새가 났다.

제시카가 말했다. "경찰 분들이 얼마나 바쁘신지 알아요. 아침식사나 제대로 챙겨 드셨을까 싶어 맛있는 패스트리 빵을 조금 준비해 봤어요. 커피도 준비되어 있어요. 에스프레소, 카푸치노, 원두커피 다 있으니까 취향대로 드세요. 물론 차도 준비되어 있고요."

베키는 감명을 받았다. 제시카 같은 사람이 왜 저명인사의 개인비서로서 적임자인지 이해할 수 있었다. 두 비서와 비공식적인 한담을 나누는 동안 베키는 벌써 두 번째 빵을 집어 들고 우적우적 씹어 먹으며 제시카의 배려에 고맙다고 말했다. 그에 대한 제시카의 대답은 차라리 한 편의 짧은 강연 같았다.

"훌륭한 개인비서가 되려면 사람들의 필요를 미리 내다볼 수 있어야 해요. 요구하기 전에 미리 행동하는 것이죠. 사람들은 대부분 비서가 그냥 시키는 일만 받아서 잘 하면 되는 줄 아는데 그건 틀린 생각이에요. 좋은 비서라면 일어날 일을 미리 추측해서 준비하고 있어야 해요. 그래서 휴고 경이 저 말고 다른 사람은 못 쓴 거죠."

제시카가 잘난 척하는 것 같아 보이기는 했지만, 그런 방식에도 장점이 있다는 사실은 베키도 인정할 수밖에 없었다.

커피를 마시며 한담을 나눈 후에 베키는 두 여자와 따로따로 얘기를 해보아야겠다고 마음먹었다. 겉으로 보기에는 두 비서가 잘 지내는 것 같았지만 제시카가 로지를 아랫사람으로 여기고, 살짝 바보 취급하는 것이 엿보였기 때문이다. 로지가 휴고 경과 일한 것은 오 년 정도지만, 제시카는 휴고 경과 이십 년 넘게 함께 일했다. 그래서 자기가 모든 면에서 뛰어나다고 생각하는 듯했다. 하지만 아이러니하게도 울어서 눈이 퉁퉁 부어 있는 사람은 로지였다. 반면 제시카는 전혀 동요가 없는 듯 보였다.

제시카의 얼굴에 담긴 오만함을 없애고 싶은 마음이 간절해진 베키는 제시카의 자존심이 상하도록 로지를 먼저 면담하고 싶은 유혹을 느꼈다. 하지만 사적 감정을 개입시켜서는 안 될 일이고, 제시카를 자기편으로 만들 필요도 있었기 때문에 베키는 제시카와 먼저 면담을 시작했다.

"제시카, 휴고 경에 대해서 최대한 많은 것을 알아야 하는 상황이라서 기본적인 사실들을 좀 묻고 싶어요. 그 분의 삶과 일에 대해서요. 그렇게 오랫동안 같이 일하셨으니 분명 휴고 경과 아주 가까우셨을 것 같네요. 그래서 휴고 경과 관련한 중요 정보를 주시지 않을까 기대하고 있어요. 당신이 여기서 하는 일은 무엇이고, 휴고 경과는 어떤 식으로 일하셨는지부터 시작해 보면 어떨까요?"

"휴고 경이 정말로 특출한 분이셨다는 사실을 먼저 말씀드리고 싶네요. 모든 면에서 정말 독특한 분이셨어요. 앞으로 그 분 없이 살아갈 생각을 하니 저도 정말 막막해요. 제가 겉으로 감정을 드러내지 않으니까 아마 아무런 감정도 없나 보다 생각하고 계실 거예요. 하지만 사실은 그렇지 않아요, 경사님. 저는 자랄 때부터 그렇게 배우면서 자랐거든요. 감정을 함부로 드러내지 말라고요. 그래서 제가 눈물을 흘리는 모습은 못 보실 거예요. 눈물을 흘리는 건 비서가 해야 할 일도 아니고요."

젠장. 베키는 잠시 뭐라 해야 할지 걱정스러웠다. 하지만 이내 제시카의 입에서 장황한 이야기가 흘러나와 그런 염려를 불식시켰다.

"휴고 경처럼 중요한 분의 개인비서를 하려면 해야 할 역할이 무척 많아요. 저는 휴고 경을 대신해서 부동산 회사에 있는 브라이언 스메들리하고도 연락을 주고받지만, 그쪽 일은 대부분 본사에서 처리하기 때문에 그와 관련된 업무는 그리 많지 않아요. 제가 제일 관심을 기울이는 부분은 휴고 경이 매일매일 자선재단을 운영하는 것을 돕는 일이죠. 소녀들이 머물 집을 찾는다는 광고를 보고 연락하는 위탁가족이 있으면 초기 조사는 제가 담당해요. 결국에는 사회복지사 업무를 전문적으로 교육받은 사람을 지명해서 일을 맡기지만 가정에서 원하는 부분과 제일 잘 맞아떨어지는 소녀를 선별하는 일은 제가 해요. 그런 다음에 그 관계를 관리하는 업무는 자격이 있는 전담팀 중 한 곳에 할당하죠. 그 다음에는 제가 그 전담팀이 후속 방문을 제대로 수행하는지 감시하고, 재정지원이 제대로 이루어지는지도 확인해요. 소녀들과 위탁가족들 사이에 어떤 문제가 생겼을 때 제일 먼저 연락을 받는 사람도 저예요. 그러다 보니 제가 맡은 업무들은 여러 해 동안 경험이 쌓여야 생기는 전문성이 요구되죠."

베키가 맛있는 아몬드 크루아상을 또 한 입 베어 물며 자기가 벌써 빵을 세 개째 먹고 있는 게 맞나, 하는 생각이 들었다. "주로 어떤 문제가 생기나요?"

"아, 이 소녀들 중에는 정말 멍청한 애들이 있어요. 인생에서 둘도 없는 두 번째 기회를 얻은 건데, 자기가 그 기회를 발로 차 버린다니까요. 가끔씩 집에서 물건을 훔치는 경우가 있어요. 다행히도 그런 일은 무척 드물어요. 한번은 여자애가 그 집의 남편을 유혹한 말도 안 되는 경우도 있었어요. 이런 일이 생기면 늘 곤란하죠. 재단도 비난을 받게 되니까요. 이런 경우 아내들은 당연히 자기 남편은 아무 잘못이 없고, 여자애가 유혹했다고 밑도 끝도 없이 우겨요. 그리고 또 다시 길거리로 돌아가는 애들도 있어요. 그래야 돈을 더 많이 벌 수 있다고 생각해서요. 어떤 애들은 그냥 쪽지 하나 남기고 떠나는 경우도 있고요. 그 애들이 어디 갔는지는 아무도 모를 일이죠. 그러다 보면 애초에 도망쳐 나온 범죄 조직에 다시 붙잡혀 가는 경우도 있어요. 그렇게 다시 붙잡혀 가면 추적하기가 무척 어려워요. 그래서 저도 일하기가 쉽지 않아요. 사실 어려운 점이 아주 많아요."

톰이 이번 사건과 이 소녀들이 관련이 있을지 모른다고 생각하는 것을 알고 있었기에 베키는 그 부분을 더 깊이 들어가 보기로 했다.

"제시카, 근래에 실종된 여자애들도 있었나요?"

"있어요. 뭘 모르는 멍청한 어린 여자애가 사라졌어요. 한 2주일 쯤 됐네요."

"그리고요?"

"네? 아, 그 애가 어떻게 됐냐고요? 그 애가 그동안 어떻게 살아왔는지 생각해 보면 아주 터무니없어요. 그 애는 유복한 가정으로 넘겨져 거기 살면서 동네 카페에서 종업원으로 일하고 있었어요. 그러다가 어떤 남자를 만났어요. 그 남자가 매일 찾아와서 알랑거렸나 봐요. 그거 아시죠? 어떤 여자들은 친절한 말 몇 마디에도 쉽게 넘어가는 거. 정말 딱하다니까요. 어쨌거나 듣자하니 그 남자가 같이 살자고 했고, 그 여자애는 좋다고 했어요. 아마도 그 여자애는 이제 자기도 정상적인 삶을 살 수 있는 기회가 찾아왔구나 싶었겠죠." 여기서 제시카가 조롱하듯 웃음을 터트렸다. "그 애는 부끄러워서 같이 살던 위탁가족한테 말을 꺼내지 못했어요. 가족들이 자기를 말릴 거라 생각한 거죠. 나머지 일이 어떻게 흘러갔을지는 뻔히 보이시죠? 그 남자가 사실은 포주였어요. 일단 남자한테 넘어가고 나니 그 여자애는 갈 데가 없었죠. 자기가 있던 위탁가족에게 돌아갈 수도 없었어요. 아니면 그 위탁가족이 자기를 다시 안 받아줄 거라고 지레짐작했었는지도 모르죠. 우리는 길거리 정보통을 동원해서 그 여자애를 찾아냈어요. 알고 보니 그 애가 일했던 카페 주인도 책임이 없지는 않더군요. 이제 우리 쪽에서는 그 카페 주인하고 다시 일할 일은 없을 거예요. 그 여자애한테는 다른 집을 찾아서 또 한 번 기회를 줬어요. 처음에 있었던 집에서는 그 아이를 다시 받지 않겠다고 하더군요. 충분히 이해하고도 남죠. 아마도 이번이 그 여자애한테는 마지막 기회가 될 거예요."

"그 전에 다른 사람은 없었나요?"

"근래에는 없었어요. 다시 길거리로 나가는 게 낫겠다고 생각했던 아이가 적어도 두 달 동안은 없었어요. 그 고생하면서 도와줘도 소용없는 애들이 있다니까요."

베키는 세상 고생을 자기가 다 하는 듯한 제시카의 태도가 못마땅했지만 묻어두고 계속 진행하기로 마음먹었다. "휴고 경하고 일하기는 어땠나요?"

"너무 좋았죠. 흠잡을 부분이 없었어요. 늘 젠틀하셨거든요. 행복해 보이지 않거나 힘들어 보이실 때도 항상 그런 정중함을 잃지 않으셨어요."

"행복해 보이지 않았다구요? 휴고 경의 결혼 생활이 불행해 보이셨나요?"

제시카가 살짝 입술을 깨물고 손을 내려다보았다. 베키는 제시카의 입에서 어떤 말이 나올지 알 수 있었다. 분명 가식적으로 포장은 되어 있지만 로라에 대한 경멸이 튀어나올 것이다. 베키는 이런 여자들을 전에도 만나본 적이 있었다. 이런 여자들은 보통 돈과 교육이 만들어준 가식의 가면을 쓰고 있지만, 교활한 여우의 본색을 드러내기 마련이다.

"휴고 경이 로라와 결혼 예정인 것을 알고 솔직히 충격을 많이 받았어요. 분명 로라가 그분과 어울리는 사람은 아니었거든요. 휴고 경한테는 사회적 배경도 있고 가정교육도 제대로 받은 사람이 필요했어요. 그 분을 잘 이해할 수 있는 사람이요. 급이 있는 사람이라야지요. 부부라면 서로 격이 맞아야지 않겠어요? 저는 로라는 전혀 올바른 선택이 아니라고 생각했어요.

하지만 그녀를 만나고 결혼하는 날까지는 휴고 경한테서 어떤 기대감 같은 것이 보였어요. 뭐랄까, 흥분을 간신히 감추고 있는 모습이랄까요? 눈빛이 말 그대로 반짝반짝하더군요. 눈빛만 놓고 경쟁하면 그분을 따라갈 사람이 있겠어요. 안 그래요?"

"그럼 휴고 경의 결혼이 행복했다고 생각하시나요?" 눈빛을 두고 경쟁한다는 말이 재미있다는 듯 베키가 물었다.

그 내숭이 다시 나타났다. "그걸 제가 뭐 알겠어요? 그런데 신혼여행을 마치고 돌아오셨을 때 보니까 눈에 보이던 총기가 사라졌더군요. 무언가 기대에 못 미치기라도 한 것처럼 말이죠."

"휴고 경이 내연녀를 두었을지 모른다는 의심을 한 적은 없나요? 아니면 혹시 휴고 경과 그런 관계였을지 모르겠다고 생각되는 사람이라도?"

"휴고 경은 대단히 남자다운 분이셨어요. 제가 보기에 그분이 배우자 선택은 두 번 다 안 좋게 하셨어요. 휴고 경에게는 그 분을 이해하고, 그 분의 세상 안에 살면서 그 분이 받아 마땅한 위안을 줄 수 있는 사람이 필요했다고 생각해요. 하지만 두 아내 모두 그런 부분을 충족시켜주지 못했죠. 여러 해 동안 지켜보면서 가끔씩 그분이 이상한 기분에 휩싸이시는 모습을 본 적이 있었어요. 아주 의기양양해 보이면서도 동시에 무언가 불안해하는 모습이었죠. 지난 1~2주 동안은 특히나 그랬는데, 과연 그분이 따로 만나는 사람이 있었는지는 저도 모르겠네요. 사실 그분한테 다른 여자가 있었다고 해도, 저는 그게 휴고 경의 잘못이라고는 생각하지 않아요."

대체 이것은 영웅 숭배일까, 집착일까? 베키는 궁금했다. 제시카는 휴고가 자기를 선택했어야 한다고 생각하는 것이 분명했다. 따라서 만약 제시카가 휴고의 불륜에 대해 알고 있었다면 그 얘기를 당연히 하지 않았을까? 휴고와 어울리지 않는 다른 여자들을 잡아먹지 못해 안달이나 있으니까 말이다. 물론 휴고와 불륜관계였던 여자가 제시카 본인이었다면 얘기가 달라진다. 그럼 입을 다물고 있는 이유가 설명된다.

제시카에게 시간을 내주어 고맙다고 인사했다. 제시카의 공식 진술서에는 사건 발생 시간에 그녀가 어디에 있었는지에 관한 진술이 반드시 추가되어야 한다고 수첩에 메모했다. 그리고 베키는 1~2분 정도 다음 면담에 대해 생각했다.

로지는 착한 여자 같아 보였다. 조금 덜렁대기는 했지만 그래도 평범한 사람이었다. 억양을 보면 로지도 배경이 좋은 집안 출신 같았다. 분명 베키보다는 출신이 좋을 것이다. 그런데 휴고가 로지의 공손한 말투만 보고 고용한 것 같지는 않았다. 로지는 적어도 제시카의 인품과는 달랐다. 로지가 문으로 들어올 때 보니 눈이 아직도 빨갛게 충혈되어 있었다. 무성한 금발의 앞머리가 눈을 거의 덮고 있었지만. 베키는 저러고도 앞이 제대로 보일까 하는 생각이 들었다. 로지는 출근 복장이 아니라 휴일 복장을 입고 있었다. 아주 타이트한 명품 청바지에 긴 가죽 부츠, 그리고 청록색 스웨터를 입고 있었다. 베키는 자신의 검은 정장과 실용적인 검정색 단화가 너무 추레하다는 생각이 들었지만, 마음을 다잡고 심문에 집중하려 했다.

"어서 와요, 로지. 그냥 가볍게 얘기 좀 나누었으면 해요. 당신이 여기서 하는 일이 뭔지, 휴고 경의 일상생활에는 어디까지 관여하고 있는지, 뭐, 그런 이야기들 좀 들려주세요. 하고 있는 업무에 대한 설명부터 시작해 볼까요?"

"비서가 할 일이 뭐 그리 많겠느냐 생각하시겠지만, 사실 챙겨야 할 부분이 상당히 많아요. 휴고 경이 출장을 가게 되면 항공편이나 숙소 같은 것도 예약해야 하고, 필요할 때는 경호원도 붙여야 합니다. 휴고 경의 자선재단 업무가 무엇인지 점검하고, 그 분의 다이어리를 모두 다 최근의 정보로 업데이트하는 일도 해요. 그리고 사무실 관리도 담당하고 있어요. 문구류도 주문하고, 전화도 받고 하느라 계속 바빠요. 뭐, 그래도 제시카는 내가 공간만 낭비하고 있다고 생각하지만요."

"제시카하고 사이가 안 좋은가요?"

"뭐, 제시카는 너무 고상해서 탈이지 사람은 괜찮아요."

"휴고 경과 일하기는 괜찮았어요?"

"괜찮았죠. 자부심이 너무 강하신 게 조금 탈이긴 했지만, 내가 '경' 밑에서 일한다고 사람들한테 말하고 다니면 폼이 났어요. 그리고 제가 하비 니콜스 백화점에서 넋 놓고 구경을 하다가 점심시간보다 늦게 돌아왔을 때도 깜짝 놀랄 만큼 너그러우셨어요. 물론 늦은 만큼 나중에 벌충한다는 조건이 있긴 하지만요. 어쨌거나 제시카보다는 나았어요. 종이나 클립 같은 문구류가 떨어지기만 해도 제시카는 난리를 치거든요.

클립 떨어졌다고 세상이 끝나는 것도 아닌데."

"휴고 경의 다이어리에 대해 좀 말해줘요, 로지. 휴고 경이 거기에 개인적인 일들도 적었나요? 아니면 그냥 약속이나 일정만 적었나요?"

"그분은 다이어리를 끔찍하게 아끼셨어요. 수첩을 좀처럼 가지고 다니지 않으시더라고요. 제가 아이패드 같은 것을 하나 구해드렸는데, 안 쓰시더군요. 그분은 손맛이 느껴지는 물건을 좋아하세요. 아니, 좋아하셨었어요. 그래서 저는 컴퓨터에 그분의 다이어리를 그대로 옮겨와 관리하면서 내용에 변동이 있을 때마다 출력해서 휴고 경의 책상으로 왔어요. 그리고 다이어리에 글자 하나하나를 써서 그대로 옮겨야 했죠. 가죽 제본된 엄청 큰 다이어리였어요. 휴고 경은 날짜별로 하루에 한 장씩 크게 메모할 수 있는 다이어리를 매년 구해서 쓰셨는데, 막상 장별로는 겨우 몇 줄 정도 적혀 있는 게 고작이었어요. 약속 같은 것만 적어 놓았으니까요. 그래도 그런 다이어리를 여러 해 동안 계속 고집하시더군요.

어쨌거나 그 두 다이어리의 내용을 똑같게 유지하는 게 제가 할 일이었어요. 그리고 매일 또 다른 버전의 다이어리를 만들어야 했어요. 저는 그 분이 그날 하루 방문할 곳의 전화번호, 주소, 약속 시간, 약속 유형 같은 정보를 타이핑해서 따로 일정표를 만들었어요. 그분은 정말로 어쩔 수 없을 때만 기계를 사용하셨죠. 컴퓨터요? '물렀거라, 이 사탄아.' 이렇게 말씀하시곤 했죠. 농담으로 하는 소리가 아니었어요! 진지했다니까요. 그래도 웬일인지 휴대폰은 가지고 계셨어요. 어디 갈 때나 휴대폰은 꼭 챙기셨죠. 물론 쓸모 있는 전화번호는 제가 다 입력해야 했어요. 그래봐야 주로 사무실, 집, 리무진 서비스 이 정도가 전부였지만요."

"휴고 경한테 휴대폰이 있었어요? 그걸 주로 어디에 보관했었나요? 휴대폰은 못 봤는데."

"가죽 서류가방이 있었어요. 그분은 일정표, 회의용 수첩, 휴대폰을 가방에 넣어서 다녔어요. 휴대폰을 주머니에 넣고 다니지는 않으셨어요. 그럼 옷의 태가 망가진다면서요. 휴대폰은 제가 관리하는 게 아니라서 잘 몰라요."

휴고의 서류가방을 찾아냈지만 거기에 들어있던 일정표에는 살인사건 전날에 잡혀 있던 약속만 나열되어 있었다. 그 약속들에 대해서도 확인을 하고 있었지만, 의심스러운 부분은 발견되지 않았다. 그런데 그 안에 분명 휴대폰은 없었다.

"로지, 혹시 휴고 경이 다른 여자를 만나고 있었다고 의심할 만한 부분은 없었나요?"

"글쎄요. 조금 이상한 것이 하나 있긴 한데, 어쩌면 연관이 있을지도 모르겠네요. 하지만 저도 정확히는 몰라요. 제가 거기에 너무 큰 의미를 부여하고 있는지도 모르고요."

"말해봐요."

"가끔씩 책상 다이어리에 이상한 항목이 적혀 있었어요. 그냥 'LMF'라고 적혀 있더라고요. 어떨 때는 그냥 하루 일정으로, 어떨 때는 이틀 일정으로, 그리고 어떨 때는 그냥 하룻밤 일정으로요. 그 약속이 뭔지는 말씀하지 않으셨지만, 그 약속을 변경하는 경우도 없었어요. 그 어떤 이유로도요. 한번은 제가 LMF가 무슨 뜻이냐고 물었더니 그냥 웃으시면서 '날 그냥 냅둬요(leave me free)'라는 뜻이라고만 하시더군요. 전 그 말을 믿지는 않았죠. 그분이 평소에 쓰는 말투가 아닌 걸 알거든요. 그분 평소 스타일대로라면 '시간을 비워둬요.' 뭐, 이런 식으로 말씀하셨겠죠."

"그 'F'가 혹시 플레처(Fletcher)를 의미하는 건 아닐까요? 가족 중에 그런 이니셜을 가진 사람을 만나러 갔을지도 모르잖아요."

"그럴지도 모르죠. 하지만 그런 이니셜의 이름은 못 들어봤어요. 하긴 제가 못 들어봤다는 건 별 의미가 없겠죠. 그런 사람이 있다고 해도 휴고 경이 저한테 얘기하지 않았을 테니까요. 처음에는 'L'이 로라(Laura)를 뜻하는 건가 싶었어요. 하지만 제가 로라 부인의 비행기 편을 예약한 적이 있었는데, 중간 이름이 없더라고요. 그래서 'M'이 설명이 안 돼요."

"휴고 경과 제시카의 관계는 어땠나요? 좋았어요?"

"제시카는 그분이 밟고 다니는 땅까지도 숭배할 정도로 열렬히 그분을 존경했죠. 하지만 휴고 경은 제시카를 그냥 개인비서로만 대했어요. 휴고 경이 제시카에게 마음이 있다는 생각은 눈곱만큼도 해본 적이 없어요."

베키는 잠시 생각에 잠겼다. 만약 휴고와 제시카가 정말로 그렇고 그런 사이였다면, 휴고가 제시카보다는 연기가 뛰어났던 것 같다. 하지만 이 'LMF'라는 글자 역시 무언가 의미하는 바가 있어 보였다.

"제시카도 이게 무슨 의미인지 모르던가요? 휴고 경에 관한 것은 모르는 게 없다고 자부하는 눈치던데." 베키가 말했다. 제시카를 빈정대고 싶은 마음을 억누르기 힘들었다.

"물어봤는데 제시카도 모르더라고요. 나는 그 글자들이 또 다른 여자일지도 모른다고 늘 생각했지만, 제시카는 우리가 신경 쓸 일이 아니라고 했어요. 우리가 그 일에 신경 썼으면 지금쯤 아마 경찰에도 도움이 됐을 텐데. 하여간 휴고 경에게 무슨 기벽이 있었는지는 모르겠지만, 그래도 죽어 마땅한 사람은 아니었어요."

한바탕 다시 눈물을 쏟아낼 기미가 보이자 베키는 면담은 여기서 마무리하기로 마음먹었다.

"이쯤 하죠. 고마워요, 로지. 혹시 다른 생각나는 것 있으면 저한테 알려주세요. 아무리 사소해 보이는 것이라도요. 알았죠?"

★

런던에서 옥스퍼드셔로 가는 길에 베키는 두 여비서와 나누었던 대화 내용을 톰에게 설명했다. 일요일에 차를 몰고 나온 사람들에 대한 베키의 볼멘 소리가 아닌 한, 톰은 가는 길 내내 베키의 말에 귀를 기울였다. 베키는 자기가 운전을 하겠다고 했지만, 무슨 이유인지 톰이 운전하겠다고 고집을 부렸다.

"아주 잘 했어, 베키. 자선재단에서 지원한 여자애들 중에서 지난 2주 동안 행방불명된 사람이 한 명밖에 없는데 다시 발견됐다니 흥미롭군. 그것으로 한 가지 가능성은 배제된 셈이지만 그래도 백 퍼센트 확신할 수는 없겠지. 가서 로라와의 면담을 끝내자고. 이모젠하고도 얘기 좀 해봐야겠고. 그 후에 휴고의 전처를 만나러 갈 수 있을 거야. 사람들 말을 들어보니 그 전처라는 사람은 인간적인 매력이 있는 사람은 아닌가봐."

"톰, 이 얘기는 꼭 해야겠는데요, 난 제시카가 마음에 안 들어요. 그 여자 뭔가 있어요. 그래서 신뢰가 안 가요. 이 사건에서 그 여자를 무시하면 안 되겠어요. 휴고에 관한 일은 손바닥 들여다보듯이 다 알고 있는 것 같더라고요. 혹시 그 여자가 내연녀는 아니었는지 확인해 봐야 해요."

톰이 고개를 끄덕였다. 그리고 그 순간 두 사람은 애시버리 파크에 있는 저택의 정문을 지나 진입로로 들어섰다. 두 사람은 음울한 회색 저택을, 그보다 훨씬 더 음울한 관목숲 사이로 바라보았다. 저택 현관으로 이어지는 긴 진입로는 무성한 삼림지대로 이어져 있는 키 큰 나무들이 양옆으로 경계를 이루고 있었다. 그리고 그 나무들 아래로는 웃자란 철쭉나무들이 차도를 따라 심어져 있었다. 철쭉이 꽃을 피우고 있었다면 예뻐 보였을 텐데, 지금 10월의 철쭉나무들은 안 그래도 음울해 보이는 진입로를 더 음침하게 만들 뿐이었다. 베키가 으스스 몸을 떨자 톰이 그녀를 바라보았다.

"자네도 알겠지만, 베키. 난 이 집만 보면 왠지 소름이 끼쳐. 정말 아름다워야 할 집인데 모든 것이 다 어두침침하잖아. 나무들은 사람한테 겁주려고 있는 것 같고, 유리창에서도 생기가 전혀 안 느껴져. 마치 그 뒤로 텅 빈 공허밖에 없을 것 같잖아. 영혼이 없어, 영혼이."

톰의 말이 옳았다. 이곳은 분명 행복이 깃든 집이 아니었다. 베키는 대체 왜 로라가 이곳을 좀 더 집다운 집으로 꾸밀 생각을 하지 않았는지 이해할 수 없었다.

★

소녀는 깜박깜박 졸다가 갑자기 잠에서 깼다. 혹시나 깊은 잠에 빠져 버릴까봐 겁이 났다. 자기가 잠든 동안에 무슨 일이 일어날까봐 겁이 났다. 무언가 자기가 통제할 수 없는 일이. 자기가 무엇 때문에 깼는지 알 수가 없어서 소녀는 겁에 질린 두 눈을 부릅떴다. 그 사람이 온 것일까? 그가 여기에 와 있나? 이 방 안에? 아니면 자고 있는 동안에 왔다가 가 버렸을까?

하지만 누군가가 왔었던 흔적은 보이지 않았다. 음식도, 물도 바뀐 것이 없었고, 매트리스를 사용한 흔적이 없었다. 소녀는 그 사람이 왔었다면 분명 매트리스가 어질러져 있었을 것이라 생각했다.

그 순간 소녀의 귀에 어떤 소리가 들렸다. 누군가가 뒤쪽 유리창을 두드리는 소리였다. 소녀는 고개를 돌리려고 했지만 목이 꼼짝도 하지 않았다. 소녀는 고개를 돌리려고 필사적으로 애를 써 보았다. 어쩌면 누군가 이곳으로 들어오려 하고 있는지도 모른다. 어쩌면 누군가 자기를 찾아낸 것일지도 모른다. 그런데 목이 대체 뭐가 잘못된 거지?

소녀가 손으로 목을 만져 보았다. 사슬이었다. 자다가 사슬이 몸에 감겼나 보다. 아직 고개를 돌릴 수가 없는 상태인데 두드리는 소리가 멈춰 버렸다. 소녀는 절망감에 비명을 질렀다. 마침내 소녀는 사슬을 풀고 유리창 쪽으로 고개를 돌렸지만, 그곳에는 아무것도 없었다.

소녀는 눈물을 참으며 두 손으로 얼굴을 감싸 쥐었다. 그 순간 그 소리가 다시 들렸다. 소녀의 마음은 안도감으로 차올랐고, 소녀는 눈을 가리고 있던 손을 치웠다.

하지만 유리창에는 파란 박새 한 마리밖에 없었다. 박새가 창틀에 앉아 유리창을 쪼는 소리였다.

절망감이 소녀를 덮쳐 왔다. 소녀는 현실에서 너무 멀리 동떨어져 있었다. 그래서 이렇게 높은 유리창에 사람의 손이 닿을 리 없다는 사실조차 완전히 망각하고 있었던 것이다.

11

이모젠이 욕실 문 사이로 머리를 들이밀었다. 로라는 아직 욕조 안에 누워 생각에 빠져 있었다. 이모젠은 지난 몇 년 동안 살이 많이 빠진 친구의 모습을 직접 눈으로 확인하니 슬픔이 몰려왔다. 로라는 여전히 몸매가 좋았다. 분명 몸매가 더 좋아졌다고 말하는 사람도 많을 것이다. 하지만 로라의 활기 넘치는 성격에는 조금은 더 풍만해 보이던 예전의 몸매가 훨씬 어울렸다. 하긴 로라의 성격도 많이 달라졌으니 어쩌면 지금의 성격에는 이 몸매가 더 어울릴지도 모른다. 이제 로라는 예전의 로라로 돌아갈 수 없는 것일까?

이모젠이 입을 열었다. "저기, 로라. 방해하고 싶지는 않지만 경찰이 또 찾아왔어. 나야 뭐 그 사람들, 특히 그 경감이란 남자를 접대하는 일이라면 기쁜 마음으로 하겠는데. 알잖아, 그 사람들이 너하고 얘기하려고 왔다는 거. 여기 얼마나 더 있을 생각이야?"

로라는 생각에 잠긴 자기를 일깨워주어 안도하는 듯 보였다. "10분 안으로 나갈게. 그때까지만 네가 좀 상대해 줄래, 이모젠? 그리고 알렉사는 아직도 자?"

"알았어. 알렉사는 아직 자고 있고. 그렇게 걱정하는 표정하지 마. 할 말이 뭐고, 안 할 말이 뭔지는 나도 안다고. 그 끔찍한 한나라는 여자는 산책 갔고, 알렉사는 아주 곤히 잠들어 있어. 경찰이 갈 때까지 그 가엾은 애는 그 상태로 계속 있기를 빌자고."

그 말과 함께 이모젠은 경찰이 기다리고 있는 응접실로 내려갔다.

"로라는 몇 분 안으로 내려올 거예요. 마실 거라도 가져다 드릴까요?"

"케네디 부인, 사실은 짬이 난 김에 몇 가지 물어보고 싶은 것이 있는데 괜찮으시겠어요?"

이모젠은 위에서 살짝 경련이 일었다. 경찰이 면담하자고 하면 다들 이런 기분을 느끼는 건가 궁금해졌다. 이모젠이 경찰들에게 소파 자리를 안내하고 자기는 난로 옆 윙백 의자에 앉았다. 부디 자신이 긴장하지 않은 편안한 자세로 보이기를 바랐다.

"제가 도울 게 있으면 도와야죠, 경감님. 그런데 제가 도움이 될지는 모르겠네요." 톰이 이모젠을 보며 미소를 지었다. 이모젠은 톰을 보며 정말 매력적인 남자라는 생각을 다시 한 번 하지 않을 수 없었다. 하지만 자기의 이상형은 아니었다. 이모젠의 이상형은 딱 한 남자밖에 없었다. 까탈스럽고 원리원칙밖에 모르는 그 바보는 아프리카의 야생 세계로 떠나고 없었다.

"케네디 부인, 우리는 당신에 대해서는 아는 것이 별로 없습니다. 레이디 플레처의 오빠와 결혼했었고, 여기 도착했을 때 그리 따뜻한 환대를 받지는 못했다는 것 정도밖에 없어요. 그때 왜 그랬는지 설명 좀 부탁드려도 될까요?"

이 질문은 솔직하게 대답할 수 있는 쉬운 질문이라 이모젠은 안도했다. "로라의 오빠와 이혼할 때 이제 로라를 다시 볼 일이 없으니 잘 됐다 싶었었거든요."

이번에는 그 젊은 여자 경찰이 끼어들기로 마음먹었나 보다. 기억이 정확하다면 이름이 베키였던 것 같다.

"오늘 아침에 레이디 플레처하고 조금 이야기를 나눌 시간이 있었는데, 지나가면서 하는 말이 둘 다 어렸을 때부터 알고 지내던 사이라고 하던데요? 이혼할 때 서로 감정이 안 좋게 헤어져서 친구와 연락이 끊겼던 건가요?"

이 말에 이모젠이 미소를 지었다. "아직 젊은 분이니까 아마 이혼 경험은 없으시겠죠? 분명히 말해두지만 이혼하고도 그 전처럼 연락하고 지내기는 설령 원래 친구 사이였더라도 아주 힘든 일이죠. 성격이 어지간히 둥글둥글한 사람이 아니고는 보통은 어느 한쪽을 편들어야 할 것 같고, 인정상 아무래도 가족 편을 들게 돼요. 그래서 아무리 좋은 사람이라고 해도 항상 나쁜 사람으로 낙인이 찍히게 되죠. 제가 그 꼴을 당한 거죠." 이모젠은 톰의 얼굴에 쓴웃음이 스치는 것을 눈치챘다. 무언가 흥미로운 사실을 암시해주는 미소였다.

"그리고 휴고 경과의 관계는 어떠셨습니까, 케네디 부인? 휴고도 당신이 자기 아내와 연락을 끊는 것이 적절한 행동이라고 생각했나요?" 이모젠은 이 말에 거의 큰 소리로 웃다시피 했다. "아마 정말 잘 됐다고 생각했을 걸요?"

"휴고 경에 대해서는 어떻게 생각하십니까? 그를 좋아하셨나요?"

"사실 저는 그 사람에 대해서는 잘 몰라요. 결혼식에서 처음 봤어요. 사실 우리 모두 결혼식 당일이 돼서야 그 사람을 처음 만났죠. 그 후로 두 번 정도 더 본 것 같기는 한데, 그러다가 윌과 제가 헤어지게 됐죠."

이모젠은 톰이 자기를 조심스럽게 살피고 있는 것이 엿보였다. 예리한 그는 이모젠이 거짓말을 하면 눈치챌 것 같았다.

"아까 제가 묻는 질문에는 대답을 안 하셨군요, 케네디 부인. 휴고 경을 좋아하셨습니까?"

톰의 마음을 좀 누그러뜨릴까 싶어 이모젠이 방긋 웃으며 말했다. "그냥 이모젠이라고 불러 주세요. 로라가 굳이 격식 차려서 부르지 말라고 하지 않던가요? 그리고 휴고에 대해 말씀드리자면, 막 좋아하고 그렇지는 않았어요."

"왜 그런지 여쭤도 될까요?"

이모젠은 잠시 뜸을 들이며 어떤 수준으로 얘기해야 적당할까 생각했다.

"사람이 재미없었어요. 항상 너무 진지하고, 로라를 자기 혼자 독차지하려는 것 같았어요. 로라는 아주 인기도 많고 활기가 넘치는 애였어요. 제가 보기에는 이 사람 때문에 로라가 숨이 막히겠다 싶었죠."

"정말로 그랬나요?"

"제가 이렇다 저렇다 말하기는 힘드네요. 아까도 말씀드렸지만 로라가 결혼한 후 얼마 안 가서 제가 윌과 갈라서는 바람에 여기에 두 번 다시 오지 않았거든요."

"정말 연락을 완전히 끊으셨었나요, 케네디 부인? 몇 년 동안 전혀 연락도 안 하다가 그저 남편이 죽었다는 이유만으로 이렇게 바로 곁에 달려왔다는 게 잘 믿기지가 않아서요. 그 시점에서 우리는 이것이 타살이라는 것조차 모르고 있었거든요. 급하게 이곳으로 오신 이유가 정확히 뭔가요?"

톰이 계속해서 격식을 차린 말을 사용하는 것을 눈치채고 이모젠이 숨을 깊이 들이마셨다. 상황이 뜻한 대로 풀리지 않고 있었다. "런던 히드로 공항에 있을 때 그 소식을 들었어요. 저는 원래 런던을 경유해서 캐나다로 갈 예정이었거든요. 제가 우연히 히드로 공항의 영국항공 전용 라운지에서 뉴스를 보고 있었죠. 그런데 긴급속보로 나오더라고요. 히드로 공항이 여기서 꽤 가까워요. 그래서 당장 달려 공항을 빠져나와서 택시를 잡았죠. 택시 운전사한테 웃돈을 주면서 최대한 빨리 가달라고 했어요. 충동적으로 결정한 일이긴 한데, 로라를 못 본 지 오래 되어서 너무 보고 싶기도 했고, 제가 도움이 될 거라 생각했거든요."

"캐나다로 가는 도중이었다고 하셨는데 어디서 오는 길이었나요? 토요일 오전에 정확히 어디 계셨는지 설명해주실 수 있겠습니까?"

이모젠은 밝은 목소리를 유지하며 말했다. "네, 저는 전시회가 있어서 깐느에 갔었어요. 제가 캐나다 애니메이션 회사에서 일하거든요. 프랑스에서 우리 회사의 서비스를 홍보하고 있었죠. 우리 회사 입장에서는 중요한 이벤트였어요."

"저도 사실 깐느에 가본 적이 있습니다." 톰이 말했다. "아주 멋진 곳이죠. 아마도 그 전시회는 팔레 데 페스티발에서 열리지 않았나 싶은데 어느 호텔에 머무셨나요?"

톰이 괜한 호기심에 묻는 것이 아님을 이모젠도 알고 있었다. "저는 마제스틱 호텔에 있었어요. 마르티니크 호텔로 가는 사람이 많은데 거기는 좀 시끄러워서 싫더라고요. 저는 밤에 잠을 푹 잘 수 있는 곳이 좋아요. 마제스틱 호텔도 아주 훌륭한 호텔이에요. 칼턴 호텔처럼 너무 고급스러워서 사람 기를 죽이지도 않고, 팔레 데 페스티발하고도 아주 가깝고요. 금요일 오전 중에 프랑스 깐느를 떠나서 파리로 차를 몰고 갔죠.

파리 샤를드골공항에서 비행기로 런던 히드로 공항에 도착한 것은 토요일 오후였어요."

이모젠은 자기가 필요 이상으로 많은 정보를 말하고 있다는 사실을 의식했다.

"금요일 밤에는 어디 계셨죠?" 베키가 물었다.

"깐느에서 차를 렌트해서 프랑스를 구불구불 가로질러 갔죠. 그리고 파리 바로 남쪽의 작은 여인숙에서 잤어요. 아마 부르쥬하고 오를레앙 사이 어디쯤이었던 것 같아요."

"그 여인숙 이름을 기억하세요?"

"죄송하지만 기억이 안 나네요. 그냥 계획에 없던 일을 충동적으로 저지른 것이라서요."

"영수증은 안 남았나요?" 베키가 물었다.

"없어요. 왜 그런 자세한 부분까지 궁금해하시는지는 모르겠지만 숙박비는 도착하자마자 전액 현금으로 지급했어요. 남은 유로를 다 쓰고 가야겠다 싶었거든요. 영수증은 아마 방에 놔두고 왔나봐요."

"회사에 여행 경비를 청구하셔야잖아요?"

베키는 이 문제를 포기할 생각이 없어 보였다. 이모젠은 짜증이 올라오는 것을 힘겹게 참았다.

"청구 안 할 거예요. 프랑스에서 하룻밤 더 자기로 한 것은 내가 원해서 한 거니까요. 굳이 그 이유를 꼭 알아야겠다면, 저하고 윌이 여러 해 전에 프랑스 그쪽 지방에 갔던 적이 있어요. 근처에 간 김에 주변을 드라이브 하면서 추억에 좀 젖어볼까 싶었어요."

응접실 문이 열리는 소리가 나자 이모젠은 적잖은 안도감을 느꼈다. "아, 로라가 왔네요. 저한테 뭐 다른 거 물어보고 싶으신 거라도?"

톰이 아주 상냥하게 이모젠을 보며 미소를 지었다. 그 표정을 보니 이모젠은 아직도 살짝 두근거렸다. "아니요, 그만하면 됐습니다. 아주 큰 도움이 됐어요. 베키, 자네는 뭐 더 물어보고 싶은 거 있어?"

"딱 하나만 더 물어볼게요. 렌트한 차를 언제 반납했나요?"

"이른 시간이었어요. 여인숙에 도착하자마자 잠들었거든요. 아무래도 장거리 운전을 하고 나니 조금 피곤했었던 것 같아요. 그래서 다음 날 새벽녘에 잠에서 깼어요. 숙박비도 이미 다 지불했겠다, 눈 뜬 김에 출발하자 싶었는데 한두 시간 운전하니 파리에 도착하더군요. 렌트카 회사에 도착해서 거기 렌트 차량 반납용 수거함에 서류하고 열쇠를 놓고 왔어요. 제가 어떤 걸 말하는 건지 아실 거예요. 저가 렌트카 회사라서 데스크를 사람이 24시간 지키지 않거든요. 렌트카 회사 이름은 기억하는데, 필요하시면 알려드릴까요?"

"그래 주시면 감사하겠습니다."

이모젠은 천천히 숨을 내쉬었다. 이것이 끝이기를 바라면서, 고마운 눈빛으로 로라 쪽으로 고개를 돌렸다. 로라는 훨씬 좋아 보였다. 중년 아줌마처럼 보이는 그 끔찍한 옷들을 벗어버리고 낡은 청바지 하나와 그런대로 봐줄만한 짙은 파란색 점퍼를 걸치고 있었다. 두 옷 모두 살짝 사이즈가 컸다. 로라는 머리를 대충 말릴 시간밖에 없었을 것이다. 머리카락은 얼굴 주위로 떠 있었고 뒤로 묶지도 않았다. 그렇지만 창백한 혈색이 누그러지고 나니 다른 사람처럼 보였다. 그리고 톰도 이 부분을 놓치지 않았다.

"기다리시게 해서 죄송해요. 그런데 어째서 이모젠을 심문하는 건지 이유를 좀 들어보고 싶네요." 로라가 거의 싸움을 거는 듯한 말투로 물었다.

톰이 미소를 지으며 말했다. "그냥 절차상 하는 겁니다, 로라. 우리가 만나는 사람 중에서 목격자가 진술한 사람과 나이와 모습이 얼추 비슷하고, 휴고와 어떻게든 연관이 있는 사람은 모두 심문하게 되어있습니다."

"이미 들으셨겠지만 이모젠은 휴고하고 아무런 관련도 없어요. 두 사람은 십 년 정도 얼굴을 본 적도 없고, 말을 해본 적도 없어요."

이모젠은 로라가 조금 진정했으면 하는 생각이 들었다. "괜찮아, 로라. 그냥 전시회 참가했던 거하고 프랑스까지 운전하고 갔던 거에 대해서 말한 것뿐이야. 난 신경 안 써. 내가 휴고를 오랫동안 만난 적 없는 것도 알고 계시고. 내가 가서 차를 내올 테니까 두 분하고 대화 좀 나누고 있어."

★

톰은 이모젠이 문을 닫고 나가는 모습을 지켜보았다. '재미있군.' 그가 생각했다. 이모젠은 대체로 있었던 사실들을 그대로 이야기하고 있지만 몇 번 거짓말을 하고 있는 것이 느껴졌다. 그때마다 눈동자가 다른 방향으로 움직였다. 말은 속여도 눈동자는 못 속인다. 이모젠이 깐느에 있었던 것은 분명해 보인다. 조사해 보면 쉽게 알아낼 수 있는 일이니까. 그리고 파리에서 비행기를 타고 온 부분도 경찰이 쉽게 확인할 수 있다는 것을 이모젠도 알고 있을 것이다. 그렇다면 사소하고 분명 별로 중요하지도 않은 거짓말을 한두 개 슬쩍 집어넣은 이유가 무엇일까? 렌터카 회사를 조사해 봐도 별 내용이 나오지 않으리라는 확신이 들었다. 하지만 톰은 최대한 그녀를 불안하게 만들어서 무언가 꼬리를 밟힐 내용이 흘러나오기를 바랐다.

"로라, 다시 이렇게 귀찮게 해서 죄송합니다. 몇 가지 공식적으로 심문해봐야 할 것이 있어서요, 괜찮으시겠습니까?"

"물론이죠." 로라가 대답했다. 하지만 약간의 적개심 같은 것이 남아있는 것을 톰은 느꼈다. 이것은 그가 바랐던 분위기가 아니었다. 아무래도 좀 더 조심스럽게 대화를 풀어가야 할 것 같았다.

"좀 괴로운 질문이 될 수도 있을 것 같은데 남편하고 마지막으로 대화를 한 것이 언제였는지 여쭤도 될까요?"

"네. 내가 토요일에 돌아갈 계획이라 그때로 비행기 편을 예약한다고 알려주려고 목요일 오전에 전화했었어요. 휴고는 사무실에 있었고, 로지가 전화를 받았어요."

"그럼 그때부터 이탈리아에 있는 집에서 나올 때까지는 서로 말씀을 나눈 적이 없었나요?"

"내가 집에 도착할 시간을 말해주려고 토요일에 통화하려고 했었어요. 이 집으로 전화했죠. 주말에 알렉사가 여기 와 있을 것 같아서요. 그런데 전화를 받지 않더라고요. 그래서 음성메시지를 남겼어요."

"그 전화는 이탈리아에 있는 집에서 한 것이고요?"

로라가 다시 고개를 끄덕였다. 그렇다면 톰이 굳이 베키에게 통화 기록을 확보해야 한다고 말할 필요는 없었다. 베키는 전에도 통화 기록 확인 문제로 이탈리아 전화국과 한바탕 일을 치른 적이 있었는데 그 일을 또 해야 한다고 생각하면 베키도 그리 달갑지는 않을 것이다.

"그럼 그 메시지는 아직 전화에 남아 있겠군요?"

"저는 분명 지우지 않았어요. 어제 오늘 전화를 제가 직접 받지 않았거든요. 이모젠이 받아서 제가 통화해야 할 것만 걸러줬어요. 이모젠이 나한테 물어보지도 않고 함부로 메시지를 지우지는 않았겠죠. 그럼 남아 있을 거예요."

"좋습니다. 그럼 그건 이따가 확인해 볼 수 있겠네요. 남편의 다이어리와 컴퓨터도 좀 살펴봤으면 하는데, 괜찮을까요?" 톰이 말했다.

로라가 미소를 지으며 말했다. "그러세요. 그런데 컴퓨터에 들어가기가 힘들 거예요. 암호가 걸려 있거든요. 지난 주에 비행 편을 예약하려는데 제 노트북이 말썽을 부려서 그 컴퓨터로 들어가 볼까 했더니, 암호를 묻는 화면이 뜨더라고요."

베키가 수첩에서 고개를 들며 물었다. "남편한테 암호 물어보시지 그러셨어요?"

로라는 피식 웃었지만 기분 좋은 웃음은 아니었다. "휴고가 자기 컴퓨터 암호를 제게 말해줄 리가 없어요. 그이는 아주 비밀이 많은 사람이에요. 그이는 인간은 누구나 자기만의 비밀을 간직할 권리가 있다고 믿었어요."

톰은 일이 순조롭게 진행되고 있다는 생각이 들었다. 하지만 어쩐지 로라가 일부러 작은 문을 열고 부부 사이가 어땠는지 보여주고 싶어 하는 것 같았다.

"로라, 당신도 그렇게 생각하시나요?"

로라가 어깨를 으쓱했다. "사람마다 각자 생각이 다른 법이죠, 톰. 알고 계시겠지만, 그이는 좋은 점이 많은 사람이었어요. 그래서 사소한 일들은 쉽게 용서할 수 있었죠. 어쨌거나 그이는 컴퓨터를 별로 사용하지 않았어요. 아마 켜는 법 말고는 컴퓨터에 대해 별로 아는 것도 없을 걸요?"

톰은 생각에 잠긴 채 로라를 바라보았다. 그는 휴고 경과 레이디 플레처의 관계에 대해서는 한참을 모르고 있었다. "괜찮으시면 컴퓨터 전문가를 한 사람 데려올까 합니다. 베키, 여기 마무리되는 대로 바로 좀 처리해 주겠어?"

톰이 다시 로라에게 고개를 돌리며 말했다. "로라, 당신도 에거튼 크레센트의 집을 이용해 본 적이 있습니까?"

톰은 이 질문의 대답을 자기가 알고 있다고 확신하고 있었다. 그 집에 여자용 개인 물품이 전혀 없었다는 사실로 유추해 보면 로라는 거기에 오랫동안 머물렀던 적이 없음을 알 수 있다. 하지만 그렇다면 거기에 남아 있던 로라의 지문에 대한 설명이 필요하다.

"몇 년 동안은 거기 오래 머물러 본 적이 없네요. 런던에 있을 때는 가끔씩 들르기는 했어요. 가면 응접실이나 부엌에 가보기는 했지만, 한 육 년 정도는 거기서 자고 나온 적이 없어요."

"연극을 보러 가거나 자선재단 행사에 참여하려고 런던에 가실 때는 그 집을 이용하면 편했을 텐데요?"

"자선재단 행사에 참가해 본 지도 꽤 됐어요. 휴고는 그런 행사들이 나한테는 따분할 거라고 생각했어요. 그 사람 일정도 정신없이 빡빡해서 연극을 보러 갈 기회도 별로 없었고요."

'하지만 과거에 자선 파티에는 참석했지 않은가? 파티에 참석한 사진을 봤었다. 그럼 대체 최근에 뭐가 바뀐 것일까?' 톰은 생각했다.

"마지막으로 그 집에 가셨던 것이 언제인가요?" 톰이 물었다.

"지난주에 이탈리아로 가기 전에 잠깐 들렀어요. 휴고가 야회복 정장이 필요하다고 해서 내가 가져다 놓겠다고 했어요. 그 옷은 침실 옷장에 걸어놨어요. 지문을 조사하고 계시다면 아마도 내가 거기서 다른 것은 아무것도 안 만졌던 거 같아요. 욕실은 썼어요. 그리고는 부엌 가서 차 한 잔을 타서 응접실로 가지고 나왔어요."

그럼 경찰에서 발견한 지문은 모두 설명된다. 특히 침실에서 발견한 지문들이 한 군데서만 발견되어 이상했던 점이 풀린다. 이 부분을 계속 붙잡고 있는 것은 의미가 없겠다 싶어 다음 질문으로 넘어갔다.

"경호원에 대해서는 뭐 해주실 말씀이 없습니까? 남편께서 경호업체 사람들을 고용한 것으로 알고 있습니다만, 그냥 가끔씩만 쓴 것으로 보여서요. 경호업체에 저희가 확인을 해 봤는데 휴고가 주말에는 경호원을 쓰지 않겠다고 공식적으로 못 박아 놨더군요."

"휴고는 이번 주말에 알렉사하고 집에 있을 생각이었어요. 집은 보안이 잘 되어 있고, 외출할 일도 별로 없고요. 대체 무슨 일로 시에 나갔는지 모르겠어요. 솔직히 말씀드리면 톰이 경호원을 쓴 지는 이 년 정도밖에 안 돼요. 일종의 쇼 같은 성격이었어요. 자선활동 때문에 자기가 위험해졌다고 과시하려고 한 거죠. 그이는 그렇게 하면 자기가 더 중요한 인물처럼 보인다고 생각했던 것 같아요." 로라가 잠시 말을 멈추었다.

로라의 목소리에 살짝 조롱하는 듯한 기운이 섞여 있는 것을 톰은 놓치지 않았다. 톰은 로라가 예전에 휴고를 알게 모르게 조롱하다가 지난 이틀 사이 일어난 일 때문에 지금에 와서는 그것을 후회하고 있을지 모른다는 가정을 해보았다. 하지만 어쩌면 지금 톰은 그저 자신의 전처가 자기에게 했던 가시돋힌 말투를 로라에게 투영하고 있는 것인지도 몰랐다. 로라는 남편의 기벽을 그저 호의적으로 대하고 있을 뿐인데 말이다.

어느 쪽이었든 톰은 이 주제를 그냥 흘려버릴 생각이 없었다.

"만약 휴고가 포주들의 장사를 망쳐놓고 있는 셈이었다면 아무래도 그들이 휴고에게 적대감을 느끼지 않았을까요? 휴고가 위험한 외줄타기를 하고 있다고 여기는 사람들이 많았던 것으로 압니다만."

로라가 후회스럽다는 표정을 지어 보였다. "죄송해요. 생각해 보니 제가 너무 삐딱하게 말했네요. 물론 자선활동 때문에 그이가 실제로 위험해진 것이 사실이에요. 그러고 보면 그이는 참 용감했던 거죠. 그냥 가끔은 우리가 무슨 삼류 미국 영화 속에서 살고 있는 것처럼 느껴질 때도 있었어요. 그이는 잘 알려진 행사에 참석할 때 경호원들을 부르는 경향이 있었어요. 그런 때가 가장 위험한 시간이라 여겼거든요."

그 순간 이모젠이 격식 같은 것은 신경 쓰지도 않고 발로 문을 차서 열었다. 그리고 커피와 비스킷을 담은 쟁반을 들고 들어왔다. 톰은 잠시 쉴 시간이 되었다고 생각했다.

"차를 따르기 전에 잠깐 전화에 남은 음성메시지를 좀 들어보면 어떨까요? 그냥 절차상 확인하는 겁니다만, 날짜, 시간 같은 것들을 확실히 확인할 수 있어서 도움이 되거든요."

"그러세요. 전화기 있는 곳으로 안내해 드릴게요."

이모젠은 잔에 차와 커피를 따르느라 남고, 세 사람은 복도를 가로질러 응접실 반대편에 있는 문으로 들어갔다.

"여기는 휴고의 서재예요. 이곳은 휴고의 개인 공간이라 저도 거의 안 들어와 봤어요. 어디든 편하게 둘러보세요. 아마 파일 캐비닛은 잠겨 있을 것 같네요. 죄송한데 열쇠가 어디 있는지는 저도 모르겠어요. 열쇠를 찾아 보셔도 괜찮아요. 필요하면 캐비닛을 부숴서 열어도 상관없고요. 원하시면 컴퓨터도 한번 켜보시고. 아마 두 분이 저보다는 암호를 잘 맞추실 것 같네요." 로라가 전화기를 가리켰다. "전화기도 편하게 살펴보세요."

톰이 음성메시지 표시등을 본 후에 다시 로라를 보며 말했다. "메시지가 네 개 와 있다는데 제가 모두 들어봐도 괜찮으시겠습니까?"

이 말에 로라는 살짝 놀라는 눈치였지만 다시금 문제 없다는 표정으로 고개를 끄덕였다. 톰이 전화기에 표시된 현재 시각이 맞게 설정되어 있는지 먼저 확인한 후에 '재생' 버튼을 눌렀다. 조작하지만 않았다면 메시지 수신 시간은 정확할 것이다.

첫 번째 메시지는 토요일에 로라가 남긴 것이었다. 로라가 말한 그대로 다.

"여보, 나예요. 오늘 아침에는 집에 있을 거죠? 알렉사가 오잖아요. 알렉사한테 내 비행기 편이 오후에 예약되어 있는데 내가 집에 갈 때 꼭 깨어 있으라고 말해주세요. 오늘 저녁 빨리 가서 두 사람 다 보고 싶어요. 여덟 시쯤 해서 들어가지 않을까 싶어요. 비행기가 제때 출발해야 할 텐데 걱정이에요. 이제 나는 공항으로 나가니까 여기로 전화할 필요는 없어요. 올리브 따놓았으니까 맛있는 올리브유 기대하세요. 사랑해요."

톰이 시간을 확인하니 정오가 막 지났을 때였다. 그러고 보니 로라가 이 전화를 했을 때 이미 휴고는 죽었겠다 싶었다.

"올리브요?" 이 메시지를 듣고 로라가 슬퍼졌을 거라는 생각이 들어서 분위기를 좀 가볍게 하려고 톰이 물었다.

"네. 이탈리아 집에 올리브 나무가 스무 그루 정도 있거든요. 많지는 않지만 올리브를 따고 있으면 마음이 평화로워져요. 올리브는 금요일 오후에 땄어요. 아, 맞다. 깜박하고 있었네요. 오늘 아침에 눌러서 기름을 짰어야 했는데. 하마터면 올리브가 다 상할 뻔했네요."

톰은 평생 올리브를 따본 적이 한 번도 없었지만 아주 기분 좋은 여가활동일 거라는 생각은 들었다. 이탈리아 중부 지역이니 거기는 분명 아직 햇볕이 따뜻할 것이다. 하지만 고작 몇 리터 정도의 올리브유가 뭐 그리 대단하다고 그럴까 싶기도 했다.

아직도 메시지 세 개가 남아 있었다. 최대 관심사인 메시지는 벌써 들었지만 나머지도 틀어보기로 마음먹었다. 전화기 스피커에서 어린 여자아이의 목소리가 흘러나왔다.

"아빠, 나 아빠한테 정말 화났어요. 우리 주말 약속 왜 취소했어요? 난 주말만 기다리고 있었는데. 새 조랑말 사주는 거 같이 이야기해 보기로 약속했잖아요. 그리고 로라 아줌마 돌아오기 전에 우리끼리 특별한 시간을 가지자고 했잖아요. 이 메시지 받으면 바로 나한테 전화 좀 해줄래요? 아빠 나 정말 화 많이 났어요. 나 화 풀어주려면 아빠가 나한테 좋은 거 많이 해줘야 할 거예요."

톰은 아빠가 약속을 지키지 않아 발언권이 커진 딸의 목소리라는 것을 눈치챘지만 확인을 위해 로라를 바라보았다.

"알렉사 맞나요?" 그가 물었다.

로라가 고개를 끄덕였다.

"휴고가 주말 약속을 왜 취소했는지 아세요?"

로라가 어깨를 으쓱했다. "모를 일이에요. 아까도 말씀드렸지만 저도 알렉사가 여기 와 있을 줄 알고 있었거든요."

톰이 다음 메시지를 들으려고 재생 버튼을 누르는데, 로라는 메시지 듣기에 흥미를 잃고 방을 등진 채 차갑고 우울한 10월의 날씨를 바라보았다.

"휴고 경, 저 피터 그렉슨입니다. 댁으로까지 연락드리지는 않으려 했는데, 전화해서 죄송합니다. 다니카 때문에요. 다니카가 행방불명됐습니다. 그 애가 지난 주 초에 휴고 경께 연락해 보겠다고 했었거든요. 휴고 경에 대해서 저한테 뭔가 말하고 싶은 것이 있는데 무슨 일인지 말을 안 하더군요. 그냥 휴고 경하고 꼭 이야기해 봐야 한다고만 했습니다. 그리고는 사라져 버렸어요. 이제 행방불명된 지 며칠 지났는데 걱정이 태산 같습니다. 저한테 전화 좀 주시겠어요? 다니카가 분명 무언가에 마음이 많이 상한 것 같습니다."

그렉슨이 자기 번호를 남기고 전화를 끊었다.

톰은 흥분을 느끼면서 로라를 돌아봤다. 로라는 아직도 방을 등지고 서 있었다.

"로라?"

로라가 돌아보지도 않고 조용히 대답했다. "사창가에서 구조한 소녀들 중 한 명일 거예요. 죄송해요. 그 아이들에 대해서는 제가 아는 게 없네요. 사무실 쪽에 연락해서 확인해 보세요."

톰은 그렉슨의 전화번호를 메모했다. 이 소녀가 오늘 아침에 가설을 세웠던 그 매춘부 출신의 행방불명 소녀일까? 타이밍이 딱 들어맞았다.

톰이 마지막 메시지를 들으려고 재생 버튼을 눌렀는데 갑자기 수화기 너머에서 뜻하지 않았던 고성이 들려왔다.

"휴고, 이 빌어먹을 인간아. 오늘 당신 변호사의 편지를 받아보고 당신이 어떤 수작을 부렸는지 똑똑히 알았어. 정말 비열하기 짝이 없는 인간이야. 내가 당신한테 복수 못 할 줄 알아? 돈 주고 내 입 막았었지? 하지만 이제 그 값을 좀 올려야겠어. 다시 한 번 유언장에서 내 이름 파내겠다고 협박하기만 해봐. 대문 나서기도 전에 내 손에 죽을 테니까. 내가 못할 줄 알고? 어디 두고 봐. 이 망할 놈아." 그리고는 거칠게 수화기 내려놓는 소리가 들렸다.

휴고의 전처라는 것이 너무도 분명했다. 톰이 고개를 들어 로라를 바라보았다. 여전히 등을 돌린 채 로라가 조용히 말했다.

"죄송한데 저는 이만 들어가 볼게요. 몸이 좀 안 좋네요."

12

"젠장, 빌어먹을, 이런 빌어먹을!"

로라가 두 손으로 머리를 감싸고 방안을 서성거렸다. 이모젠은 경비처럼 문 옆에 그냥 서 있었다.

"내가 그 생각을 왜 못했지? 내가 그걸 왜 몰랐을까? 맙소사. 나 어쩜 이렇게 멍청하니?"

"진정해, 로라. 그리고 목소리 좀 낮춰. 저 사람들 듣겠어. 네 잘못이 아니잖아. 그때 네가 뭘 할 수 있었겠어? 이젠 엎지러진 물이고."

"모르는 소리 하지 마, 이모젠. 내가 부족했던 거야. 그렇지 않아? 그래, 노력이야 했지. 내가 노력한 건 지나가는 개도 알아. 하지만 그럼 뭐해. 헛수고인데. 아무리 울부짖어 봤자 아무도 못 듣는데. 그래도 이젠 됐다 싶었었는데, 그랬는데…."

"그래, 네가 무슨 생각하는지는 알겠어. 하지만 그게 아냐. 넌 네가 할 수 있는 건 다 했어."

"내가 저 사람들한테 말하지 않으면? 그럼 어떻게 되는 거지? 그럼 내 남은 인생을 또 무슨 죄책감으로 살아야 해?"

로라가 침대 가장자리에 털썩 주저앉았다. 모든 것이 엉망진창이었다.

"대체 뭘 말한다는 거야?" 이모젠이 굽히지 않고 계속 말했다. "넌 아무것도 모르잖아. 우리의 작은 모험도 바로 그것 때문 아니었어? 그때 이후로 일어났던 일을 보면 나는 그저 네가 아무것도 모른다는 생각밖에 안 들어. 그런데 대체 무슨 말을 한다는 거야?"

"나도 모르겠어. 하지만 내 양심 때문에 무언가 하지 않고는 못 견디겠어."

이모젠이 침대 쪽으로 가 무릎을 꿇고 앉으며 로라의 손을 잡았다. "나 좀 봐봐. 휴고는 죽었어. 안타까운 일이지만 그건 사실이야. 그 사람은 죽었어. 네가 무슨 말을 하건, 무슨 행동을 하건 그 사실만큼은 변하지 않아. 그리고 알렉사는 어쩌고? 너 알렉사를 보호해주고 싶었던 거 아니었어?"

"물론 그랬지. 하지만 생각을 다시 좀 해야겠어. 논리적으로는 그렇지. 내가 무슨 말을 하고, 무슨 행동을 하더라도 변하는 것은 아무것도 없지. 이미 벌어진 일이니까. 하지만 감정이란 게 있잖아. 나는 나 자신보다는 다른 사람들한테 의무감을 느껴. 아, 이모젠. 차라리 네가 모든 사실을 알고 있었으면 좋았을 것을. 처음 시작부터 너한테 모든 것을 말해야 했어. 미안해. 정말 미안해."

★

5분 후에 이모젠은 로라가 차분해진 것을 보고 기뻤다. 자기가 여기 머무는 것이 천만다행이라고 생각했다. 아니었으면 아주 끔찍할 뻔했다. 이모젠은 윌도 있었으면 얼마나 좋았을까 바랐다. 솔직히 지금의 상황을 윌이 어떻게 생각할지는 알 수 없었지만.

로라의 침실 문에서 부드러운 노크소리가 들렸다. 예상치 못했던 자동응답기 음성메시지를 듣고 난 후에 로라는 이모젠을 이 침실로 데리고 들어왔다. 이모젠이 일어나서 가보니 베키가 문 바깥에 서 있었다.

"로라는 괜찮은가요?" 베키가 물었다. 분명 많이 걱정하는 얼굴이다.

"지금은 괜찮아졌어요. 지난 24시간이 꽤 힘든 시간이었잖아요. 가끔씩 힘든 기억이 한꺼번에 몰려들어서 그런가 봐요."

베키가 미안한 표정으로 말했다. "정말 죄송한데, 아직 몇 가지 더 질문해야 할 게 남아 있어서요. 그런데 그게 꽤 민감한 질문이에요."

로라가 이모젠 뒤에서 소리쳤다. "괜찮아요, 베키. 저 이제 괜찮아요. 어서 하고 끝내죠."

로라가 침실 문에 나타나서 계단을 가리켰다.

"이모젠이 저하고 같이 있어도 될까요?" 로라가 말했다. "아까는 괜찮았었는데, 지금은 조금 떨려서 이모젠이 옆에 있어주면 도움 될 것 같아요. 그래도 괜찮다면요."

"괜찮을 거예요. 다시 시작하기 전에 제가 뭐라도 좀 가져다 드릴까요?" 베키가 말했다.

로라가 갑자기 뭐가 생각난 듯 뜸을 들였다. "제가 필요한 건 없어요. 고마워요, 베키. 하지만 알렉사가 괜찮은지 좀 확인해야겠어요. 이모젠, 한나가 어디 있는지 찾아 줄래? 아마 지금쯤이면 산책 마치고 돌아왔을 거야. 알렉사가 한잠 자고 일어났을 테니까 이제 한나가 알렉사 데리고 가서 목욕이나 샤워를 시켜야 할 것 같아. 그 다음엔 거실에서 DVD를 틀어주든가. 알렉사한테 내가 최대한 빨리 간다고 말해줘. 나 정말 알렉사하고 같이 시간을 좀 더 보내고 싶어."

로라가 베키를 돌아보며 말했다. "혹시 알렉사하고도 얘기해 보시겠어요? 알렉사가 여기 왔다고 말하는 걸 깜빡했네요."

"지금 당장은 그럴 필요 없을 것 같네요. 하지만 아빠가 알렉사한테 다시 전화를 했었는지 알 수 있으면 도움이 되겠어요. 그리고 전화를 했었다면 혹시 누굴 만난다는 얘기나, 주말 약속을 취소한 이유에 대해 말한 것이 있는지도요. 로라, 당신은 응접실 가서 톰하고 얘기를 하고, 제가 케네디 부인하고 같이 가서 확인해 볼까요?"

이모젠은 로라와 떨어지고 싶지 않았다. 로라 입에서 무슨 말이 튀어나올지 몰라 자꾸만 불안했다. 결국 알렉사와 한나를 최대한 빨리 만나서 일을 수습하고 돌아오는 방법밖에 없었다.

★

톰이 고개를 들어 로라가 돌아오는 모습을 바라보았다. 로라가 아까보다는 나아 보여 다행스러웠다.

"음성메시지를 모두 들어보게 해주셔서 고맙습니다, 로라. 남편의 전처가 남긴 메시지에 언짢으셨다면 사과드립니다. 이만저만 화난 목소리 같지가 않더군요. 여기서 용무를 마치는 대로 최대한 빨리 전처를 찾아가서 확인을 해보도록 하겠습니다. 공식적으로 뭐 하나 여쭤보겠습니다. 전처가 남편의 사망과 어떤 식으로든 연관되었을 가능성이 있다고 생각하시나요?"

"그 질문엔 정말 뭐라고 대답해야 할지 모르겠네요. 그 여자는 분명 요구하는 것도 많고, 만족을 모르는 사람이죠. 알렉사를 그저 협상의 도구로만 이용하려 드는 성향도 있고요. 하지만 그 여자가 남편을 죽였을지는 모르겠어요."

톰은 로라가 어떤 식으로든 질문을 피하려 한다는 느낌이 강하게 들었지만 그냥 내버려 두었다.

"서재에서 남편분의 책상 위에 있던 다이어리를 찾아냈습니다. 남편분이 자기 사무실에도 다이어리를 하나 가지고 있던데, 이 다이어리들이 어떻게 최신 정보들로 업데이트 됐는지 아십니까?"

"그이가 일주일에 한 번은 사무실에서 다이어리를 집으로 가져 와서, 여기 있는 다이어리를 업데이트했어요. 로지는 남편이 아이패드나 스마트폰 같은 전자장치를 사용했으면 했는데, 그이는 가죽 제본된 종이 다이어리를 좋아했죠. 클수록 좋아했어요. 여기도 꼭 한 권은 놔두었기 때문에 나도 그이 일정을 항상 알 수 있었죠. 그이가 모든 일정을 스마트폰으로 관리했다면 그럴 수 없었을 거예요."

"그 사무실 다이어리는 우리가 가지고 왔습니다. 괜찮으시면 둘을 비교해 볼 수 있게 여기 있는 것도 가져가도 될까요?"

로라가 고개를 끄덕였다.

"그리고 한 가지 더요. 남편께서 휴대폰을 가지고 있었던 것으로 아는데, 아무도 어디 있는지 모르더라고요. 혹시 휴대폰이 어디 있을지 짚이는 데가 있으신가요?"

"휴대폰은 항상 몸에 가지고 다녔어요. 잃어버렸나 보죠." 로라가 어깨를 으쓱했다.

톰은 속으로 궁금해졌다. 휴고가 휴대폰을 항상 지니고 다녔다면 로라는 왜 하필 집전화로 전화를 해서 메시지를 남겼을까?

하지만 때마침 이모젠과 베키가 나타났다. 톰은 조금 실망했다. 로라와 둘만 있으면 로라가 마음이 더 열릴지도 모른다고 생각했다. 이제는 베키에게 다른 일을 시켜 자리를 뜨게 해도 이모젠이 자리를 비우지 않을 거라는 확신이 들었다.

"톰, 알렉사가 그러는데 토요일에 아빠가 전화를 안 했대요. 도움이 안 될 것 같아요."

톰이 고개를 끄덕이고서 보일듯 말듯 머리를 살짝 기울였다. 이것은 베키에게 심문을 넘겨받으라는 신호였다.

"다음 질문들은 좀 힘드실 수도 있어요, 로라. 톰 경감님이 우리는 살인자가 여자라고 믿고 있다고 말씀드렸죠. 그리고 이 죽음이 성적인 동기와 연관이 되어 있을지도 모른다는 말씀도요. 한 가지 말씀드리지 않은 것이 있는데 남편께서 발견 당시에 성적인 행동이 일어나기 직전이나, 이미 끝난 후임을 암시하는 자세로 발견되셨어요. 부인께서도 혹시 남편이 정사를 벌이고 있었던 것이라고 믿고 계신지 좀 알고 싶습니다. 누구하고 있던 일인지는 모른다고 해도요."

베키가 말하는 동안 톰은 로라를 지켜보고 있었다. 전에도 다른 여자에 대해 물어본 적이 있었지만, 사망 당시 휴고의 바지가 내려가 있었다는 사실을 이렇게 분명하게 말해준 적은 없었다. 물론 아예 홀딱 벗고 있었다고 하는 것이 더 정확한 표현이겠지만. 하지만 로라는 어떤 감정도 느끼지 않는 것 같았다. 그가 부정을 저지른 것을 알면 로라가 상처까지는 아니더라도 망신이라 여겨 화를 내는 기색은 있으리라 기대했는데 말이다.

"죄송해요. 휴고가 정사를 벌이고 있었던 것인지 저는 모르겠네요."

"어떤 기분이실지 이해가 가요." 베키가 말했다. "하지만 눈곱만큼이라도 의심스러운 부분을 말씀해 주시면 저희에게 정말 큰 도움이 되겠습니다."

로라는 마치 다음에 해야 할 말을 준비하기 위해 이를 악물고 있는 것처럼 보였다.

"제가 지난 몇 년간 요양시설에서 상당히 많은 시간을 보낸 것은 두 분 다 알고 계시겠죠? 하지만 어느 파파라치가 거기 있던 제 사진을 찍어서 배포하기 전까지만 해도, 제가 요양시설에 있다는 사실을 비밀에 부쳤어요. 한번은 제가 거기 거의 2년이나 들어가 있었음에도요. 휴고가 다른 여자를 만났다면 아마도 그때였겠죠. 그런 상황에서 그 사람을 어떻게 비난하겠어요?"

로라가 이것을 그냥 이해하고 넘어가려는 모습을 보이자 베키는 같은 여자로서 분한 마음을 간신히 억눌렀다. "휴고가 당신을 대하는 태도에서 어떤 변화를 눈치채신 적이 있나요? 여자들은 대부분 자기 남편이 다른 여자와 내연 관계에 놓이기 시작하면 바로 눈치챌 수 있다고 하거든요."

톰은 생각했다. '그와 달리, 대부분의 남자들은 자기 여자가 바람이 나도 눈치채지 못 하지. 빌어먹을 나처럼.'

로라가 대답하기도 전에 이모젠이 끼어들었다.

"죄송한데요, 그건 정말 말이 안 되는 질문이에요. 로라는 그때 대부분의 시간을 약에 절어 있어서 자기가 누구하고 얘기하고 있는지도 잘 알지 못했어요. 그런 로라가 어떻게 휴고에게 생긴 변화를 눈치챌 수 있었겠어요?"

톰이 생각에 잠겨 이모젠을 바라보았다. "케네디 부인. 그동안 로라를 한 번도 보지 못했다면서 로라가 약에 절어 있었다는 것은 대체 어떻게 아신 겁니까?"

그런데 생각지도 않게 출입문 쪽에서 대답이 날아들었다.

"당연히 알죠. 내가 말해줬으니까."

육십 대 중반쯤 되는 키 크고 체격 좋은 여자가 말쑥한 검정 바지와 베이지색 짧은 외투를 입고 응접실 바로 안쪽에 들어와 서 있었다.

이모젠이 의자에서 벌떡 일어나더니 달려가 그 여자를 안았다. 톰은 그 모습을 흥미롭게 지켜보았다. 이 여자가 로라의 엄마일 거라고 생각한 톰은 예전에 이모젠과 나눈 대화와 지금의 상황이 맞아떨어지지 않는다는 사실을 눈치챘다. 이혼하는 과정에서 가족 구성원 모두가 어쩔 수 없이 자기 가족 편만 들었던 것은 아니었나 보다.

로라는 그저 앉은 자리에서 고개를 들어 엄마에게 희미한 미소만을 지어 보였다. "와줘서 고마워요, 엄마. 하지만 정말 여기까지 올 필요 없었는데."

로라의 엄마는 딸이 앉아 있는 의자 옆으로 와서 로라의 어깨를 부드럽게 움켜쥐고 머리에 가볍게 입맞춤을 했다. "무슨 말이니, 로라. 당연히 내가 와 봐야지. 내가 뭘 만나러 벌써 가 버렸으면 어쩔 뻔했니? 다행이지. 너는 괜찮아?"

톰이 이모젠과 로라의 엄마 사이에서 오가는 시선을 가로챘다. 이모젠은 그냥 고개를 저었고, 로라는 반응이 없었다. 톰이 자리에서 일어나 손을 내밀며 말했다.

"톰 더글라스 경감이라고 합니다. 그리고 이쪽은 제 동료 베키 로빈슨 경사입니다. 사위분의 살인사건 수사를 제가 지휘하고 있습니다. 이렇게 어려운 상황에서 만나 뵙게 돼서 유감입니다."

스텔라가 가죽 장갑을 벗으며 그의 손을 꽉 움켜쥐었다.

"전 스텔라 케네디라고 해요. 연락도 없이 이렇게 불쑥 나타나서 죄송합니다. 제가 도착하는 것을 알렉사가 유리창 너머로 보고 들여보내 줬어요. 에구, 가엾은 것. 알렉사는 초조해하고 있더군요."

로라가 다시 입을 열었다. "정말 이렇게 빨리 오실 줄은 몰랐어요, 엄마. 이모젠한테 얘기한 지 세 시간밖에 안 됐잖아요. 어떻게 이렇게 빨리 오셨어요?"

스텔라는 스스로가 뿌듯한 듯 말했다. "내가 연금이나 받고 사는 노인네이기는 하지만, 너희 오빠가 바득바득 우기면서 나한테 휴대폰을 사주는 바람에 그래도 21세기 신식 할머니가 되지 않았겠니. 내가 아까 이모젠하고 통화할 때 기차 안이었어."

"그럼 차 한 잔 하실 때가 됐겠네요." 이모젠이 말했다. "앉아서 편히 쉬세요. 짐은 제가 가서 정리해 놓을게요."

톰은 어떻게 하면 무례하지 않게 다시 면담을 이어갈 수 있을까 고민하고 있었는데 스텔라가 그 수고를 덜어주었다.

“사실 뭐 좀 먹어야겠어. 일요일이라서 그런지 기차 식당 칸이 문을 안 열더라고. 로라, 괜찮다면 나는 부엌 가서 샌드위치라도 만들어 먹으마. 몇 시간 동안 앉아만 있어서 힘든 거 없었으니 걱정 마. 너는 여기서 경찰들하고 하던 얘기를 마무리하는 것이 낫겠다. 혹시 다른 사람들도 배고플 수 있으니까 샌드위치는 넉넉하게 만들어 놓을게. 로라, 그래도 괜찮지?”

로라가 엄마에게 대답하는 동안 톰은 그 모습을 눈여겨 보았다. 이렇게 중단되지 않고 계속 진행되는 것은 좋은데, 로라에게 조금 더 버거운 상황이 되어가는 듯 보였다. 그리고 톰도 이야기의 흐름을 놓쳐 버렸다.

스텔라가 응접실에서 사라지자 톰이 슬쩍 베키를 바라보았다. 베키가 그 눈빛의 의미를 즉각 알아차렸다.

“제가 가서 뭐 도와드릴 거 없나 볼게요.” 베키가 말했다.

톰은 다시 자기 앞에 앉아 있는 두 여자에게 집중했다. 이제 이모젠은 로라 옆에 자리를 잡았다. 두 사람은 거의 알아차리기 힘들게 살짝 손을 건들며 서로에게서 힘을 얻고 있는 듯 보였다.

“일단 남편의 외도 여부에 대해서는 모르고 계셨던 것으로 확인이 된 것 같습니다. 그래도 그 부분에 대해서는 생각을 좀 더 해보시고 혹시나 남편이 만나고 있었을지 모를 여자의 이름이 생각나면 알려주셨으면 합니다. 혹시라도 남편이 외도를 했을지도 모르니까요.”

그가 다음에 할 말을 어떻게 꺼내야 할까 고민하느라 잠시 뜸을 들였다.

“잠깐 다시 다이어리 얘기를 좀 해보죠, 로라. 두 개를 자세하게 비교해 볼 시간은 없었습니다만, 베키가 오늘 아침에 로지하고 얘기하다가 듣기로는 휴고가 몇몇 날짜 밑에 펜으로 ‘LMF’라는 글자를 적어놓았다고 하더군요. 그런데 집에 있던 이 다이어리에서는 그런 이니셜이 보이지를 않는군요. 혹시 이게 무슨 의미인지 감이 오십니까?”

로라가 살짝 화가 난 듯한 목소리로 말했다. “톰, 저는 남편의 다이어리를 꼼꼼히 뒤져보거나 그러지는 않아요. 그냥 그와 연락하고 싶을 때만 잠깐 들여다본 것뿐이에요. 그이를 방해해도 되나 확인해야 할 때만 한 번씩 봤어요."

"방해한다는 것이 무슨 뜻인가요?"

"그이는 행사에 가 있거나 다른 곳에서 밤을 보내야 할 때는 내가 연락하는 것을 싫어했어요. 정신이 산만해진다면서요."

"새벽 3시 같은 시간에 당신이 남편과 이야기를 하고 싶어지면 어떻게 되는 겁니까?"

로라가 살짝 미소를 지었다. 그러나 재미있다는 의미의 미소는 아니었다. "자정 이후로는 어느 시간이든 내가 전화하는 걸 좋아하지 않았어요."

"그럼 LMF가 무엇을 의미하는 이미셜인지 혹시 모르시겠습니까?" 톰이 다시 물었다.

로라가 그의 두 눈을 똑바로 바라보며 말했다. "죄송하지만, 전혀 감이 오지 않네요."

톰은 LMF의 뜻을 모르겠다는 로라의 말이 거짓말 같지는 않았다. 하지만 로라가 이 이니셜을 처음 듣는 것은 아닌 것 같다는 생각도 들었다.

★

베키는 운 좋게도 부엌에서 스텔라 케네디에게 정보를 얻고 있었다. 다만 흥미로운 그 정보들이 정말로 쓸모 있는 것인지 여부는 시간이 지나봐야 알 수 있을 것이었다.

"부인께서도 지금 무척 힘드실 테지만, 살인 사건에서는 희생자의 배경을 알면 수사에 큰 도움이 되거든요. 혹시 휴고에 대해 말씀해주실 것이 있으면 정말 고맙겠어요."

"부인은 무슨…, 그냥 편하게 스텔라라고 불러요. 난 그렇게 격식 차리는 사람 아니에요. 그런데 내 솔직히 얘기하자면 이번 일이 나는 그렇게 힘들지 않아요. 보아하니 로라는 많이 힘들어하는 것 같지만." 스텔라가 잠시 하던 말을 멈추고 살짝 코를 찡그렸다. "이 문제에 대해서는 차라리 지금 솔직하게 얘기하는 게 낫겠어요. 어차피 오래지 않아 그쪽도 눈치챌 테니까. 난 휴고가 마음에 들지 않았어요. 결혼식에서 처음 만나던 날부터 우리 딸한테 어울리는 남자가 아니란 생각이 들었지."

스텔라가 빵 덩어리 하나를 앞으로 가져와 썰기 시작했다.

"그렇게 생각하시는 것을 로라도 알았나요?"

"알죠. 내 생각을 곧이곧대로 딸한테 말한 것이 정말 큰 실수였어요. 그래서 딸하고 나 사이가 멀어진 게 아닌가 싶기도 하고. 딱 보니까 처음부터 뭐가 잘못됐다 싶더라니까. 그런데 내가 꼬치꼬치 캐묻는 바람에 딸애가 아예 입을 닫아 버렸어요. 결혼하고 이 년 정도 지난 다음에 내가 다시 딸애한테 말을 붙여 봤어요. 애가 너무 많이 변해 있어서 가슴이 찢어지는 것 같았거든. 아빠하고 나의 결혼생활에 대해 얘기해주면 애가 마음을 열고 듣지 않을까 싶었지."

스텔라는 고개를 숙이고 빵을 써는 일에 집중하고 있었지만 그 목소리에는 스텔라가 지금의 이 모든 것에 대해 슬퍼하고 있다는 것이 묻어났다.

"자기 아빠가 불륜을 저질렀다는 것은 로라도 잘 알고 있어요." 스텔라가 말을 다시 이었다. "뭐, 그건 비밀도 아니었지. 하지만 로라도 그건 몰랐어요. 내가 아빠에 대한 존경심이 모두 사라져 버렸다는 것을 말이지. 나는 내가 먼저 나의 불행에 대해 얘기하면 로라도 자기의 불행에 대해 쉽게 얘기를 꺼내지 않을까 생각했었는데, 그것도 실수였어요. 자식들은 부모가 행복한 사람들이었다고 생각할 권리가 있는 건가 봐요. 결국 나는 내가 허물지도 못할 벽을 만들어 버렸지."

스텔라가 슬프게 고개를 저었다. "물론 그이는 죽었지. 로라의 아빠 말이에요. 로라가 결혼하고 몇 년 지나서 죽었어요. 그이가 지금 여기 없어서 다행이에요. 데이비드가 다른 건 몰라도 아빠로서는 자식들을 끔찍이 아꼈으니까. 로라가 지난 4~5년간 어떻게 지냈는지 그이가 지켜보고 있었으면 그때 죽지 않았대도 지금쯤이면 죽지 않고는 못 견뎠을 거예요."

자책에 빠져 있는 스텔라를 현실로 되돌리기 위해 베키는 앞에서 나왔던 말을 다시 꺼냈다.

"결혼식 날까지 휴고를 못 만났다고 하셨잖아요. 그건 좀 특이하네요?"

스텔라가 피식 웃었다. 즐거워서 웃는 모습은 아니었다. 잘라놓은 빵 조각에 버터를 바르기 시작하면서 고개를 저었다. "우리야 만나려고 했지. 우리가 런던으로 찾아오겠다고도 했고. 아니면 맨체스터에 있는 우리 집에 왔다가라고 초대도 하고. 아니면 그 중간에서 만나도 좋다고 했고. 사실 휴고가 좋다는 방식이면 어떻게든 좋으니 만나자고 했어요. 그런데 끝없이 변명만 늘어놓더라고. 로라는 이 남자한테 빠져서 정신 못 차리고 있었지만 나는 모든 게 조금은 이상하단 생각이 들었어요. 결혼하기 전에는 이 집도 한 번 구경 못 했던 거 알아요? 휴고가 '깜짝 파티'라도 준비하는 것처럼 결혼식을 로라 대신 모두 자기가 계획했어요. 로라는 정말 아름다웠어요. 내 눈에는 정말 공주님 같았지. 휴고는 분명 운이 좋은 남자였어요. 하지만 휴고는 운이 좋은 쪽은 로라라고 생각하는 것 같더군요. 자기가 일등 신랑감이라 믿고 있는 것 같았지. 정말 거만한 남자였어요."

베키는 생각했다. '뭐지? 휴고를 정말로 싫어하는군.'

베키가 컵, 우유, 설탕, 커피 등을 준비하는 동안 스텔라는 결혼식, 로라가 꾸민 가정에 대한 자기의 생각, 휴고가 마음에 안 들었던 부분 등을 장황하게 설명했다. 하지만 그 중에서 로라와 휴고의 관계에 대한 내용은 전혀 없었다.

"로라가 변했다고 하셨잖아요. 그래도 로라가 휴고하고 나름대로 행복을 느꼈던 것 같으세요?"

"솔직히 말할까요? 아니에요. 전혀 행복하지 않았어요. 물론 로라는 인정하지 않겠지만. 로라는 자기의 패배를 깨끗하게 받아들이질 않아요. 인정한 적이 없지. 로라는 성취하고 싶은 것이 있으면 그것을 이룰 때까지 노력하고, 또 노력하는 아이예요. 로라가 행복했을 때는 정말 쾌활하고 명랑했어요. 여러모로 어린 소녀 같은 구석이 많은 애였지. 온몸에서 열정이 흘러넘쳤으니까."

스텔라가 말하면서 베키 쪽을 바라보았다. 자식을 자랑스러워하고 사랑하는 엄마의 미소가 얼굴을 환히 밝히고 있었다. 그녀에게서 듣는 로라의 이미지를 지금 응접실에 앉아 있는 로라와 연결시키기는 쉽지 않았다. 그리고 스텔라의 말이 계속 이어지면서 미소도 차츰 사라졌다.

"하지만 결혼하기 전에 로라가 자연스러운 욕구를 억누르는 것이 보였어요. 그때는 휴고를 아직 만나보지 못한 때라서 그것이 결혼식을 앞두고 초조해져서 그런지, 아니면 일 때문에 그런 건지 알 수가 없었지. 그런데 결혼식 날 교회 제단에 서서 로라를 기다리고 있는 휴고를 처음 보는 순간 저놈 때문이로구나, 확실히 느꼈어요. 하지만 내가 뭘 할 수 있겠어요? 이 결혼에 반대하는 사람 있느냐고 할 때 일어서서 '나 저 사람 생긴 꼴이 맘에 안 듭니다.' 이렇게 말해요?"

스텔라는 이제 정말 공격적으로 치즈를 썰고 있었다. 마치 그 치즈 덩어리가 휴고의 몸뚱이라도 되는 듯이 말이다. 스텔라의 입에서 끊이지 않고 이야기가 흘러나오고 있어서 베키는 그냥 내버려 두었다. 이미 차가 진하게 우러나왔지만 베키는 조용히 차를 따라 버리고 새로 끓였다.

"나는 결혼식에서 휴고가 한 말도 별로였어요. 자기 엄마가 얼마나 훌륭한 사람인지에 대해 계속 떠벌렸지. 또, 알렉사를 두고 자기 삶에 하나밖에 없는 사랑이라고 할 때도 부모로서는 자기 자식이 다 그럴 테지 하고 넘어갔어요. 하지만 그래도 결혼식 날인데, 세상에! 결혼식 날인데 로라에 대한 말이 그 사람 입에서 거의 나오지를 않았어요. 그게 말이 돼요? 어쨌거나 두 사람은 신혼여행을 갔고, 그 사람이 골라놓은 신혼여행지를 보고 로라가 무척 기뻐했지. 두 사람이 돌아왔을 때 나는 로라가 어떤지 살펴보러 와봐야겠다 마음먹었어요. 솔직히 말해서 결혼생활에 낭만이 전부는 아니잖아요. 가끔은 그 사실을 깨닫는 데 시간이 걸릴 때도 있죠. 로라의 목소리가 좀 풀이 죽어 있더라고요. 그래서 그 애한테 힘을 좀 불어줘야겠다 생각했어요. 그 때부터는 일을 그만둬서 직장 동료도 없는 상태이고 하니까."

스텔라가 칼을 허공에 휘저으며 말했다.

"그것도 좀 그랬지. 휴고 때문에 로라가 직장을 관뒀어요. 중요한 위치에 있는 남자니까 자기 아내가 일을 하게 놔두는 것은 어울리지 않는 일이라 생각했겠지. 나는 로라를 보고 솔직히 꽤 충격을 받았어요. 살이 빠졌더라구. 물론 많이 빠진 것은 아니겠지만 다른 사람도 아니고 내 딸인데, 살이 빠지면 금방 내 눈에 들어오지. 웃는 것도 좀 억지로 웃는 것 같고, 눈가도 어두워지고. 당장 물어봤지. 무슨 일이냐고. 애가 하는 대답이야 뻔하죠. 아무 일 없다고 그러지. 환상적인 신혼여행이었고, 이제 다시 정상적인 삶으로 되돌아온 것뿐이라고. 그리고는 뭐라고 또 그러는데, 그 얘기를 듣고 좀 이상하다 싶었어요."

스텔라가 칼을 내려놓고 팔짱을 낀 채 조리대에 등을 기대고 섰다.

"내가 사진은 좀 찍었느냐고 물어보니까 애가 그러더라고요. '당연히 찍었죠, 엄마. 가져다 보여줄게요. 내 침실에 놔둔 것 같아요.'라고요. 그런데 '우리 침실'이 아니라 '내 침실'이라고 말하길래 말실수를 했나보다 했지만 아니었어요. 그렇게 말해놓고 자기도 당황하는 게 분명히 보였거든. 결혼식 날에는 이 집 아래층밖에 못 봤으니까 집을 한번 둘러봐도 되겠느냐고 물었죠. 너무 대놓고 물었지. 하지만 내가 원래 돌려 말하는 성격이 아니라서 그렇게 했다우. 어쨌거나 로라가 안 된다고 하더라고. 도배업자를 불러서 손을 좀 봐야 한다나 뭐라나, 그때까지는 보여주고 싶지 않다고 변명을 하더군요. 그리고 그 날 이후로 지금까지 위층은 한 번도 못 올라가봤어요."

베키가 어리둥절한 표정으로 물었다. "그럼 여기 와 계실 때는 뭘 하세요?"

"베키, 솔직히 말하면 난 여기 별로 안 와봤어요. 가뭄에 콩 나듯이 가끔 내가 우겨서 찾아오면 바깥에 있는 손님용 별채로 보냅니다. 말로는 혼자 편하게 쓰라고 그런다지만, 사실상 휴고가 아침에 나를 다시 집

안에 들이기 전에는 문을 걸어 잠근 셈이었지. 뭔가 이건 아니다 싶어서 대놓고 로라한테 물어봤어요. '너 휴고하고 같이 사니까 행복해? 결혼식 날 보니까 그 사람 아무래도 호락호락한 성격이 아니겠다 싶던데.' 로라가 아주 화를 내면서 이렇게 쏘아붙이더군요. '그게 무슨 소리예요, 엄마? 그 사람은 정말 좋은 사람이에요. 그 사람이 엄마 마음에 안 든다면 정말 유감이네요. 그 사람은 엄마를 이렇게 환대해주는데 엄마 생각이 정 그렇다면 그이의 친절을 이렇게 이용하려 들어서는 안 되죠.' 자기 사람이라고 감싸고 들더라고. 그 애가 그러는 건 처음 봐서 더는 그 얘기를 안 꺼냈지."

스텔라가 휴고를 어떻게 생각하는지 좀 더 자세히 알아보고 싶은 마음에 베키는 주제를 바꿔야겠다 생각했다. "스텔라, 어려운 질문인 것은 아는데요, 혹시 로라가 요양시설에 두 번이나 가게 된 사정을 말씀해주실 수 있나요?"

"좋아요, 내 있었던 일 그대로 말해 드리지. 휴고 바로 그 인간이 한 짓이에요. 그 인간이 로라를 정신병원에 집어넣었다고." 스텔라의 눈이 분노로 이글거리고 있었다. 스텔라가 아까 휴고가 맘에 들지 않는다고 했던 말은 한참을 절제하고 또 절제해서 한 말이었나 보다.

"첫 번째에는 급성 우울증으로 입원했어요. 그리고 꼬박 2년을 거기 있었지. 그리고 두 번째는 휴고 말에 따르면, 로라가 망상적인 행동으로 스스로를 위험에 빠뜨린다고 했어요. 그 인간은 항상 자기 주장을 맞장구쳐줄 사람들을 끌어 들였지. 믿을지 모르겠지만, 로라를 두 번째로 정신병원에 넣을 때는 당신네 서장들 중 한 명이 관여했어요. 분명 휴고 그 인간은 로라를 거기서 절대로 못 나오게 만들 생각이었지. 하지만 로라는 1년 좀 넘어서 나왔죠."

그렇게 직급이 높은 경찰이 갑자기 언급돼서 깜짝 놀랐지만, 베키는 놀란 가슴을 진정시키고 이어서 질문했다.

"휴고가 항상 자기 주장을 맞장구쳐줄 사람들을 끌어들였다고 했잖아요. 그럼 첫 번째 경우에는 그게 누구였어요?"

"경찰서장처럼 이름 있는 사람은 아니었지만 그만큼이나 중요한 인물이었지. 바로 알렉사의 그 끔찍한 유모였어요. 한나라는 여자예요. 로라 말이 사람들이 와서 자기를 요양시설로 데려갈 때 그 여자가 우쭐대면서 웃고 있더래요. 어쩌면 로라를 끌어내렸으니 자기한테도 기회가 왔다고 생각했는지도 모르지."

13

"괜찮아, 로라. 이젠 긴장 좀 풀어도 돼. 그 멋진 경감님은 갔고, 그 여자 경사는 부엌에서 어머니한테 일장연설을 듣고 있는 중이고, 나는 산책을 좀 갈 생각이야. 신선한 공기가 마시고 싶어 미치겠어. 너도 같이 갈래?"

로라가 이모젠을 보고 고개를 저었다. "고마워, 이모젠. 괜찮다면 나 한 30분 정도 조용히 있고 싶어. 내가 준 건 다 읽어 봤어?"

이모젠이 로라에게 유감스러운 듯한 미소를 지었다. "응, 읽어봤어. 더 읽어보고 싶어. 하지만 네가 나한테 보여줄 준비가 됐을 경우에만. 나도 모든 것을 이해하고, 이가 빠졌던 부분들을 채워넣고 싶기는 하지만, 그것이 네 영혼을 발가벗기는 것이나 마찬가지라는 거 나도 알아. 분명 쉬운 일은 아니겠지."

"맞아. 솔직히 너한테 보여주고 싶어서 보여주는 건 아니야. 하지만 너한테 그걸 보여줄 의무가 있다는 생각이 들어. 산책 다녀와. 그동안 생각 좀 해볼게."

로라는 혼자만의 시간에 안도감을 느꼈다. 톰 더글라스 경감이 자기를 세심하게 대해주어 좋아지기 시작한 것도 사실이지만, 그가 떠나는 모습을 보고 기뻤던 것도 사실이었다. 톰은 로라를 돌봐주라며 베키를 두고 갔지만, 베키는 부엌에 아예 자리를 잡고 앉아서 엄마와 얘기를 나누고 있었다. 두 사람이 대체 무슨 대화를 나누고 있는지 로라로서는 알 길이 없었지만 분명 중요한 얘기일 것이다. 톰이 떠나기 전에 베키가 톰을 잠시 응접실에서 불러내어 짧은 대화를 나누는 것을 보았기 때문이다.

톰의 수사팀에서 마침내 아나벨이 있는 곳을 알아냈다. 그녀에게 지금 당장 집으로 가든가, 아니면 경찰서로 오든가 선택을 하라고 했다. 어느 경우를 택하든 한 시간 내로 톰 경감이 그곳으로 가 면담을 하게 될 거라고 전했다. 결국 아나벨은 전자를 선택했고, 톰은 친절하게도 아직 슬픔에 잠긴 알렉사를 가는 길에 데려다 주겠다고 했다. 비록 로라는 아나벨을 싫어하고, 그녀의 부모로서의 자격을 불신했지만, 알렉사가 지금 당장 필요로 하는 위안을 주기에 로라의 마음은 너무 어지러웠다.

로라와 알렉사는 계속 서로를 껴안고 입을 맞추며 눈물 속에 이별을 고했다. 로라는 매일 빼먹지 않고 알렉사 엄마에게 전화를 해서 알렉사와 금방 다시 볼 수 있게 하겠다고 약속했다. 로라는 알렉사의 계모일 뿐이지만, 생모인 아나벨이 아이를 자기에게 선뜻 넘기리라는 것을 알았다. 끝없이 쇼핑을 하고, 미용실에 다니고, 취미활동할 수 있는 자유로운 시간만 얻을 수 있다면 무슨 짓이라도 할 여자였다. 유언장을 고치겠다고 한 휴고의 말이 현실화되었다면 아나벨의 향후 활동이 심각하게 위축될 상황이었다.

로라는 휴고가 자기 재산을 가지고 무슨 짓을 했는지는 눈곱만큼도 신경 쓰지 않았다. 로라는 휴고의 유언장보다는 다른 것들을 걱정해야 했다. 그리고 로라는 벤처 투자를 통해 자기 앞으로 모아놓은 돈도 꽤 있었다. 휴고가 뽐내는 어마어마한 재산에 비하면 새발의 피였지만 그럴 듯한 집 한 채는 살 수 있을 정도의 돈은 됐다. 로라는 돈을 모으고 있다는 사실을 특별히 숨겨본 적은 없었다. 하지만 로라가 그 돈 애기를 꺼내자 휴고는 푼돈이라는 식으로 상처 주는 말을 하며 대수롭지 않게 생각했다.

지금 당장은 몇 가지 현실적인 문제를 처리할 필요가 있었다. 사람은 누구나 잠잘 곳이 필요한데, 이모젠은 소파에 웅크려 토막잠을 잤고 로라는 안락의자에서 밤을 지새웠다. 로라는 가정부 베넷 아줌마를 불러 엄마가 머물 별채에 잠자리를 봐달라고 해야겠다고 마음먹었다. 알렉사가 이곳에 오는 날에는 한나가 그 별채를 사용했기 때문에 별채는 항상 깨끗한 편이었다. 알렉사야 당연히 본채에서 잤지만, 휴고는 제아무리 충성스러운 한나라 해도 절대 본채의 위층 방에는 들이지 않았다.

이모젠은 당연히 그 별채에서 잘 마음이 없을 것이다. 이모젠에게는 그곳이 가장 끔찍한 기억으로 남아있는 장소이기 때문이다. 그럼 이모젠은 본채에 있는 방을 사용하면 된다. 당연한 얘기지만 지금은 그것을 막을 휴고도 없다.

경찰에서 이미 휴고의 방은 샅샅이 조사해 보았다. 아마 그가 만났을지 모를 다른 여자에 대한 단서를 찾으려고 했던 것 같은데 결국 아무것도 나오지 않았다. 로라가 휴고와 방을 같이 쓰지 않았다는 사실을 톰은 그냥 지나치지 않았다. 로라는 자기가 아팠던 이후로 방을 따로 쓰게 됐다고 설명했지만 별로 설득력이 없었다.

“휴고는 혼자 자는 데 익숙해졌어요. 그리고 물론 나도 자다 깨는 경우가 많았고요. 그래서 이렇게 각방을 쓰는 게 낫겠다 싶더군요.” 톰은 고개를 끄덕였지만 눈동자에서 연민이 묻어났었다. 로라는 차라리 그 눈빛을 못 본 것이 나을 뻔했다.

한숨과 함께 로라가 의자에 등을 기댔다. 그녀에게 필요한 것은 그저 잠깐 동안의 평화였다. 하지만 자꾸만 생각이 결혼하기 전 시절로 흘러들어가는 것을 막을 수 없었다. 그때 깨달았어야 했다. 세상 일이 원하는 방향으로만 흘러가지는 않는다는 것을.

로라는 이모젠에게 주려고 썼던 그 다음 편지를 이미 여러 번 읽어보았기 때문에, 그 편지를 본 사람은 아무리 바보라도 로라가 얼마나 잘 속아 넘어가는 사람인지 느껴진다는 것을 알고 있었다. 이모젠도 그 사실을 깨달을 텐데, 그 때 과연 어떤 표정을 지을지, 그 표정을 보고 수치심을 견딜 수 있을지 알 수 없었다.

결국 로라가 지금 할 일은 한 가지밖에 없었다. 당장 편지들을 모두 이모젠에게 줘버려야 했다. 그리고 이모젠이 편지를 어디까지 읽었는지 알고 싶지 않았다. 이모젠이 어떤 반응을 보일까 계속해서 눈치를 보고 싶지 않았다.

부끄러운 일을 혼자만 간직하고 있을 때는 힘들긴 해도 견딜 만하다. 하지만 다른 사람이 그것을 목격하고 나면, 그것은 견딜 수 없는 일이 된다.

14

1998년 8월 - 이제 겨우 이주일 남았어!

이모젠에게

너한테 편지를 쓴 지 만 년은 지난 것 같다. 이건 농담이야. 사실은 보내지 않을 뿐이지 너한테 이렇게 장문의 편지들을 쓰고 있으니까. 난 너한테 모든 것을 얘기하고 싶어. 하지만 아직은 아냐. 지난 몇 달 동안은 정말 눈코 뜰 새 없이 바빴어. 내가 배워야 할 게 정말 많다는 것을 갑자기 깨닫게 됐거든! 일단 우리가 사람들 앞에 나서기 시작한 후로 휴고가 나를 몇 번 쇼핑센터에 데려갔어. 정말 굉장한 경험이었지. 내가 취향이 뒤떨어지는 사람이 아닐까 걱정했는데, 정말 그랬지 뭐니. 내가 별로인 옷을 골랐더니 그 가게에 있는 여자들이 날 보고 웃는 것 같았어(그런데 그 옷이 그렇게 별로라면 대체 왜 가게에 갖다 놨대? 정말 별꼴이야).

그래도 휴고는 정말 친절했어. 그이가 나더러 좋아하는 색하고 스타일을 고르게 한 다음에 그 가게 여자한테 뭐라고 말하니까 그 여자가 창고에 가서 그와 비슷한 옷을 들고 나오더라. 솔직히 내가 말한 것보다 더 우아했지. 물론 이것은 그냥 기성복 가게 얘기야. 유명 디자이너샵에 가는 것은 완전히 또 다른 얘기더라고!

이제 나도 옷장 안에 아주 멋들어진 옷들이 생겼어. 망신을 좀 당하기는 했지만 이 정도면 그래도 보람이 있네. 난 뭐든 빨리 배우는 스타일이잖아. 똑같은 실수를 두 번 하지는 않으려고.

휴고하고 사람들 앞에 나서기 시작하니까 또 한 가지 사실이 드러났어. 휴고는 영화배우에서 정치인들까지 유명한 사람들을 엄청나게 많이 알아. 심지어는 수상과도 편하게 이름을 부르는 사이야! 화려한 자선 행사 만찬 자리에서 이런 고위층 사람들을 만나니까 흥분도 되고, 골치 아프기도 하더라. 격식을 차려야 할 게 너무 많아. 만찬 행사에서 휴고 옆에 자리를 잡고 앉았는데 왕실의 먼 친척들을 뭐라고 불러야 할지 모르겠는 거야. 그래서 휴고가 몇 번 도와줬어. 우리는 일종의 비밀 언어 같은 것도 만들었어. 내가 어떤 실수를 저지르면, 이를 테면 종업원이 해주기 전에 내가 냅킨을 무릎에 올려놓거나 하면 휴고가 입술을 다물면서 살짝 머리를 저어. 그럼 나는 이것을 보자마자 다른 여자들은 어떻게 하고 있나 보는 거야. 내가 내 손수건을 깔고 앉았을 때(좀 더 정확히는 그러려고 생각했을 때) 휴고를 봤더니 화가 나서 금방이라도 까무러칠 사람처럼 보이더라구. 그럼 손수건을 넣어둘 데가 없는데 대체 어쩌라는 건지! 옷에 주머니도 없고, 소매도 없어서 끼워둘 수도 없는데. 그리고 후추가 듬뿍 들어간 수프 때문에 콧물이 계속 나더라. 웃긴 게 뭔지 알아? 이런 만찬 자리에 나도 빠지지 않고 모두 참석해 봤는데 코 푸는 사람을 한 사람도 못 봤다는 거야! 어떻게 그럴 수가 있지? 휴고를 쫓아다니면서 배운 것이 아주 많아. 어쨌든 휴고가 나 때문에 부끄러워할 일이 없도록 에티켓 서적을 사다가 이것저것 많이 공부하고 있어.

그런데 한 가지 신경 쓰이는 것이 있어. 바로 섹스야. 더 구체적으로 말하자면 섹스가 없다는 거지. 7월 초였어. 우리가 마침내 대중 앞에 나가기 전이었고, 휴고가 모금 행사 때문에 잠시 여행을 다녀온 직후였지. 그이가 나가 있는 동안 나는 특별 시술을 정말 많이 받았어. 전신 각질제거 시술도 받고, 아프지만 제모도 여러 번 받고, 발톱 관리도 하고 말이지. 그를 위해 내 몸을 완벽한 상태로 만들어 놓으려고 할 수 있는 건 다 했어. 속옷도 예쁜 걸로 샀지. 너무 야해 보이지 않는 걸로. 그이가 나를 위해 골라준 것들을 보니 야한 것은 별로 좋아하지 않을 것 같았거든. 그래도 약간은 섹시한 걸 골랐어.

그 사람이 어서 빨리 돌아왔으면 싶어서 못 기다리겠더라고. 물론 여행을 마치고 돌아와서 이틀 정도는 피곤이 안 풀릴 거라고 생각했지. 그래서 며칠 지난 다음에 같이 저녁식사를 하러 갔는데 내가 에거튼 크레센트 집으로 가서 밤을 보내면 어떻겠느냐고 했지. 그런데 휴고는 생각이 다르더라고.

"로라, 그럼 나야 더 바랄 것이 없죠. 내가 당신을 얼마나 원하는지 당신도 알잖아요. 하지만 우리가 만나고 있다고 언론에 발표한 지 얼마 되지 않았잖아요. 당신이 그렇게 이른 시간에 집에서 나오는 것을 누가 보기라도 하면 좀 천박해 보이지 않겠어요?"

난 그 부분을 생각해 보지 못했었지만 그래도 난 내 주장을 펼쳤지.

"휴고, 요즘 연인들 중에 섹스 안 하는 사람이 어디 있어요? 뭐라고 할 사람 아무도 없다고요!"

그러니까 휴고가 이렇게 못을 박더라.

"로라, 우리 관계에는 섹스 이상의 무언가가 있어요. 적어도 나는 그렇게 생각해요. 나는 성적인 부분에만 너무 초점을 맞추면 굳건한 관계를 구축하는 일에 아무래도 소홀해지지 않을까 걱정돼요. 우리가 잘 어울린다는 것을 우리도 알잖아요. 우리가 섹스는 해보지 않았지만 우리만의 방식으로 사랑을 나눴잖아요."

대체 그 방식이 뭔데요, 휴고? 뭔지 몰라도 내가 아는 방식은 아니네요.

물론 정말로 그렇게 얘기했다는 건 아니고. 말다툼을 하고 싶지는 않았으니까. 그런데 그가 계속해서 이렇게 말하더라.

"우리는 키스를 나누죠. 아주 열정적으로요. 우리는 서로를 품에 안고, 서로를 쓰다듬어요. 정말 기가 막히게 좋아요. 우리 이제 두 달 후면 결혼해요. 그때까지는 계속 지금처럼 하는 것이 옳다고 생각해요. 서로에 대해 좀 더 알아가고, 서로를 더 이해하면서 말이죠. 그렇게 서로를 더욱 더 열렬하게 욕망하도록 만들어요. 그것이 우리를 얼마나 강한 부부애로 엮어줄지 상상해 봐요."

대체 이걸 어떻게 생각해야 할지 모르겠다. 너한테 물어보고 싶지만 부끄러워서 못 물어보겠어. 우리가 섹스를 하지 않는다는 사실이 부끄러운 게 아니고, 이게 옳은 건지, 그른 건지 모르겠다는 사실이 부끄러워. 나는 그 사람을 너무 원해. 하지만 그 사람은 이런 말로도 사람을 흥분시킬 줄 아는 거 있지? 어찌 보면 아주 긴 시간에 걸친 유혹처럼 느껴지기도 하고. 우리가 마침내 하나가 될 날에는…, 에휴, 생각을 말자! 그 사람은 계속 나를 설득하는데, 난 자꾸만 마음이 약해져.

"옛날에는 결혼 전에는 절대로 섹스를 하지 않았던 거 알 거예요. 그리고 나는 두 사람이 숫총각, 숫처녀로 만났을 때가 가장 성공적인 결혼으로 이어진다는 통계를 본 적 있어요." 휴고가 이렇게 말하는 거야, 글쎄.

우리 둘 중 한 사람은 분명 이미 거기에 해당하지 않는 거 아니냐고 따지려다가 참았어! 그리고 대체 그런 통계를 어디서 읽었는지 정말 알다가도 모르겠다니까. 하여간 자기 의도에 맞게 말 만드는 데는 선수야. 하지만 분명 나를 그렇게 원하면서도 나에 대한 존중을 보여주기 위해 그렇게 자제력을 발휘하는 모습을 보면 존경스러운 구석도 있기는 해. 그렇지 않니? 그래도 그렇지. 이제 결혼식 날까지 2주밖에 남지 않았는데 내 남편감의 몸이 아직도 내게 미스터리라니! 결혼에서 지켜야 할 형식이라면서 말이야.

휴고한테는 또 한 가지 놀라운 점이 있어. 바로 휴고의 가족 문제야. 결혼식에 손님이 무척 많을 거야. 자선재단 사람들하며, 지방 고위 공직자까지 얼굴이 알려진 온갖 사람들이 오겠지. 그런데 이제 그 사람 어머니가 돌아가시고 안 계셔서 그이는 가족이 없어. 이 부분은 정말 그이가 안됐다는 생각이 들더라. 어머니가 여러 해 동안 병상에만 누워 계셨지만 휴고는 어머니와 무척 가까웠던 것 같아. 휴고는 아직 어머니 사진을 내게 보여주지 않아. 아직은 감히 사진을 보며 어머니를 떠올릴 자신이 없대.

그런데 아마 아버지는 싫어했었나봐. 그 부분은 이해를 못하겠지만 어쩌면 아버지가 자살했다는 사실을 용서할 수가 없는 건지도 몰라. 내가 너한테 그 얘기 했던가? 기억이 안 나네. 하지만 어쨌거나 휴고에게는 그것이 정말 견디기 힘든 사건이었을 거야. 휴고의 누나는 가출해서 연락이 끊겼다니 그것도 딱하고. 사람한테는 가족이 필요한 법인데 말이야. 그렇지 않아? 난 가족이 없으면 대체 어떻게 살까 싶어. 어쨌거나 이제 그 사람한테는 알렉사밖에 없어. 그리고 물론 나도 있지만.

우리 집은 워낙에 대가족인데 그 사람한테는 가족이 없으니까 그이가 결혼식에서 우리 쪽 가족 숫자를 좀 줄였으면 하더라. 자기 쪽에는 가족이 없는데 내 쪽에만 사람이 많으면 이상해 보일 거라면서. 그 점은 이해가 돼(물론 우리 엄마는 안 좋아하시겠지. 장담하는데 그 얘기는 엄마가 너한테 벌써 했을 거라 믿는다). 직장 사람 중에는 시몬하고 시몬이 최근에 사귄 여자친구를 초대했는데, 거기까지야. 직장 사람들을 모두 초대할 수는 없는 일이니 누군 초대하고, 누군 초대하지 않는 건 경우가 아니라고 판단했어. 그래서 상사인 시몬만 초대하기로. 그리고 벤처 기업 투자자들 몇 명하고. 늘 도움을 주는 사람들이니까.

직장 얘기를 해볼까? 직장은 관두기로 했어. 그 점에 대해서는 내 기분을 사실 나도 모르겠다. 내 일이 시간을 많이 잡아먹잖아. 특히 촬영 스케줄이 빡빡하게 돌아갈 때는 더 그렇고. 내 경험상 이 일을 하려면 그 점은 피할 수 없어. 휴고의 위치나 모든 부분을 고려할 때 내가 이 일을 계속 해서는 서로 얼굴 볼 날이 없을 것 같더라. 그이가 참석해야 하는 중요한 만찬에 내가 빠지지 않고 참석할 수 있을지도 장담할 수 없고. 아마 집안일을 챙길 것도 많을 거라 생각해. 그리고 자선재단 일을 나도 자원봉사로 참여할 수 있지 않을까 하는 바람도 가지고 있고. 그 부분에 대해 얘기해 봤는데, 휴고는 내가 일단 새로운 생활에 적응하는 것이 좋지 않겠느냐고 했어. 우선은 그렇게 하고 나중에 결정하자고 말이지. 이렇게 보면 그 사람은 참 언제 봐도 배려심이 깊어. 사실 난 굳이 일할 필요가 없잖아. 이제 돈이 문제가 될 일은 없으니까. 그리고 최대한 알렉사와 시간을 많이 보내고 싶은 마음도 있고. 알렉사에 대해서 좀 더 알아야겠어. 혹시 아니? 운이 따라준다면 내년 이맘때쯤이면 돌봐야 할 꼬맹이가 하나 더 생길지!

그래도 회사에 지분은 계속 유지할 생각이야. 시몬이 우리 회사가 곧 더 큰 회사로 팔려나갈지도 모른다고 언질을 줬어. 만약 그렇게만 된다면 나도 꽤 큰 돈을 만질 수 있을 것 같아. 점점 더 흥분도 되고, 초조하고,

긴장도 된다. 그냥 결혼식을 앞둬서만이 아니고, 내가 과연 이렇게 저명한 사람의 아내가 될 자격이 있나 싶기도 해서. 공부도 하고 많이 배우기도 했지만, 그걸로 충분할까?

내 웨딩드레스는 정말 아름다워. 휴고가 최고로 화려한 웨딩드레스를 만드는 여자한테 나를 데려갔어. 나는 휴고한테 결혼식 날까지 드레스를 절대로 보여주지 않겠다고 했지만, 휴고는 말도 안 되는 소리라고 생각했나봐. 아무래도 너무 노출이 심한 드레스를 고를까봐 그랬던 것 같아. 그이는 내 몸의 어떤 부분들은 자기만 은밀하게 즐길 수 있게 남겨 두어야 한다고 생각한대. 아, 정말 너무 기다려진다.

♥사랑해♥

로라가

15

1998년 9월

이모젠에게

오늘은 결혼식 다음 날이야. 어쩜 내가 생각했던 대로 되는 것이 아무것도 없네.

우선 신혼여행이 끝날 때까지는 이 편지를 쓸 시간이 나지 않을 줄 알았어. 그런데 신혼여행이 시작되지도 않았어! 글로 적다보면 어쩌다 이렇게 된 것인지 이해될지도 모르겠어.

내 결혼식 날 아침은 잔뜩 흐린 하늘로 시작됐어. 그래, 그건 나도 알아. 하지만 적어도 비는 내리지 않았잖아? 그리고 나는 내 평생 이래본 적이 있나 싶을 정도로 흥분해 있었고. 너무 긴장해서 거의 몸을 떨다시피 했어. 내가 새로 살게 될 집을 보고 싶어 안달이 나 있었고. 그리고 무엇보다도 휴고를 너무도 보고 싶었지. 나는 그를 정말로 사랑해.

호텔 바깥 큰 도로에 결혼식 차량들이 와있던 거 기억해? 호텔 직원들 모두 줄 지어 서서 내가 아빠 팔을 잡고 떠나는 것을 지켜봤지. 정말 사랑스러운 모습 아니었니? 하지만 너한테 신부 들러리를 부탁하지 않아서 미안해. 난 그러고 싶었는데 휴고는 어른이 들러리를 서는 것은, 그것도 결혼한 사람이 그러는 거는 조금 이상하다고 생각했어. 너도 이해할 거라면서. 부디 그렇기를 바라.

교회는 정말 아름다웠어. 그렇지 않아? 꽃을 보고 정말 놀랐어. 나를 깜짝 놀라게 해주려고 휴고네 팀에서 와서 모두 장식한 거래. 나는 그이가 교회에 백합을 장식해 놓을까봐 정말 걱정이 많았어. 나 백합 싫어하는 거 너도 알잖아. 난 백합 냄새를 맡으면 속이 메스꺼워져. 그래도 그이한테 감히 말은 못했지. 혹시나 벌써 백합을 골라 놨을까봐. 하지만 감사하게도 모두 아이보리색 장미꽃하고 광택이 있는 짙은 초록색 엽란 이파리로 장식되어 있더라. 휴고는 정말 환상적인 모습이었어. 그렇지 않아? 그 검은색 연미복하며 회색 실크 조끼하며. 꼭 낭만적인 영화에 등장하는 늠름한 영웅 같아 보이더라.

나는 침착한 모습을 잃지 않아서 스스로가 자랑스러웠어. 내가 말 버벅대지 않는 거 봤지? 울지도 않았잖아(뭐, 몇 번은 눈물이 나려고 했지만). 심지어는 우리 엄마도 안 울었어. 우리 아빠는 내가 웨딩드레스 입은 모습을 보고 거의 울 뻔했지만. 그리고 그 다음엔 애시버리 파크 집으로 출발했지. 네가 그 집을 보고 무슨 생각을 했을지 모르겠어, 이모젠. 사실 나는 결혼식 그 자체만큼이나 내가 살 새 집을 보고 싶어서 안달이나 있었거든. 차가 정문을 지나 들어가는데도 아직 집이 보이지 않더라. 꼭 보이지 않게 꽁꽁 숨겨놓은 것 같더라니까. 나는 르 마누아 오 콰세종과 비슷한 아담한 집을 상상했었어. 그 왜 레이몽드 블랑이 운영하는 유명한 식당 있잖아.

그런데 내가 한참을 잘못 생각했더라. 좁은 차량 진입로는 양옆으로 웃자라 있는 관목과 나무에 완전히 파묻혀 있는 것 같았어. 그 진입로를 통과하는데 마치 밤인 것처럼 느껴지더라니까. 나는 그 진입로가 끝나는 곳에서 햇빛이 쏟아져 나올 줄 알았어. 그런데 굽은 길을 돌아서 그 집을 보는 순간, 정말 이런 말하기가 끔찍하지만, 정말 경악할 수밖에 없었어. 몸이 다 떨려오더라. 바람에 흔들리는 거대한 나무들이 가지로 2층 창문을 긁고 있었어. 그리고 빽빽한 관목숲이 살짝 벌어진 틈으로 앞마당이 연결되어 있고, 앞마당은 키 큰 나무들이 완전히 덮고 있었어. 회색 돌담하며, 옛날 성처럼 총안이 있는 지붕하며, 분명 이 집은 중세 시대의 대표적인 건축물이라고 생각해.

그런데 이상한 게 하나 있었어! 온통 검은 색으로 페인트칠을 해 놨어. 그리고 문설주를 달아놓은 유리창으로 시선이 갔는데, 유리창이 텅 비고 생명력이 없는 것처럼 느껴졌어.

나는 지금 그 집에 앉아서 이 편지를 쓰고 있어. 이 집은 너무 엄숙한 분위기야. 너무 엄숙해서 거의 적대적인 기운마저 느껴져. 너도 혹시 그런 걸 느꼈니?

뭐라고 말해야 할지 모르겠더라. 휴고가 주인 행세를 하면서 나타났어.

"당신이 살 새 집이에요, 로라. 정말 대단하지 않아요?"

말문이 막혀서 말이 안 나오더라. 다행히 휴고는 내가 아무 말을 못하는 걸 긍정적인 의미로 받아들였어. 그리고는 내가 이 집에 위압당하는 것도 당연하다는 식으로 뭐라고, 뭐라고 하더라. 전기톱을 사다가 숲을 통째로 베어내고 싶은 욕망에 사로잡힐 일이 있을 줄 누가 알았겠니? 집은 정말로 거대했어. 너도 봤으니 알겠지! 내가 한 번도 생각해 보지 못했던 크기야. 그 거대한 크기에 암울하고 엄숙한 분위기가 합쳐지니까 몸에서 기운이 빠져나가고 떨려오더라. 하지만 내가 누구니. 만년 낙천주의자 아니겠니. 난 내 잘생긴 남편을 보면서 미소를 지었지. 그 후로 이런저런 일들이 많았지만, 그래도 잘생긴 남편이라 말할 수 있어서 좋다.

하지만 내 낙천주의는 오래 가지 못했어. 집 안쪽은 바깥쪽보다 훨씬 더 심란했어. 넓은 복도 오른쪽 끝에 있는 웅장한 계단이 정말 멋진 것은 사실이야. 그 모습은 당연히 장관으로 여겨져야겠지. 크고 화려한 초록색 오뷰송 융단으로 덮여있는 대리석 바닥도 정말 아름답고(약간 지저분해 보이기는 하지만). 그렇지만 집 안 전체가 너무 어둡고, 오랫동안 방치되어 있던 것처럼 느껴져. 솔직히 말하면 무슨 공포영화에 나올 집 같아. 칙칙한 벽은 또 어떻고. 온통 지저분한 베이지색 벽하며, 거기 달려 있는 위압적인 조상들의 초상화라니! 그중에서도 최악은 벽에 걸린 수사슴 머리와 유리 상자에 담긴 박제 동물들이었어. 혐오스럽게 바라보는 그 담비 박제는 또 어떻고! 너도 그거 봤어?

나는 그냥 서서 주변을 둘러보았어. 휴고는 나를 바라보고 있었어. 얼굴에 무슨 생각을 하는지 알기 어려운 표정이 서려 있더라. 나는 초조하게 그를 바라보았어. 내가 열광해 주기를 바라고 있는 것을 알겠더라고. 그리고 그 순간 나는 용서받지 못할 짓을 하고 말았지. 아마도 그날 하루 종일 너무 긴장하고 있어서 그랬던 것 같아. 웃음을 터트리고 말았어.

나는 바로 정신을 차렸지만, 바로 더 끔찍한 실수를 해 버렸어.

"미안해요, 휴고. 정말 믿기 어려울 정도로 대단한 집이네요. 엄청난 잠재력이 있는 집이에요. 어머님께서 집을 이렇게 꾸미는 것을 좋아하셨나 봐요. 이제 우리에게 좀 더 어울리는 집으로 만들어 가면 정말 재미있을 거예요. 그렇죠? 정말 멋진 집이 될 거예요."

맙소사! 정말 삽질도 이런 삽질이 어디 있니? 그의 얼굴이 굳어지는 게 느껴지더라고.

그이가 조금은 쌀쌀맞게 얘기했어. "당신이 내 집을 어떻게 생각하는지에 대해서는 나중에 얘기하죠, 로라. 지금은 우선 손님들을 맞이해야 해요. 내가 꾸며놓은 나머지 부분들은 그랜드홀보다 마음에 들었으면 좋겠군요."

꼭 꾸중 들은 기분이었어. 휴고가 전에는 내게 그런 목소리로 말한 적이 없었거든. 하지만 내가 바보 같은 생각을 하고 있다는 생각이 들었어. 그렇게 흠 잡을 데 없는 취향을 갖고 있는 사람이 지금 이 그랜드홀의 모습을 설마 아름다운 모습이라고 생각할 리 없었거든.

"당신이 마련해 놓은 것들 모두 흠잡을 데 없이 완벽할 거라고 믿어요. 집 안을 어서 빨리 둘러보고 단장할 계획을 세우고 싶어 견딜 수가 없네요. 정말 재미있을 거예요." 나는 재미있다는 말을 다시 하면 그이에게 어떤 열정 같은 것을 불러일으킬 줄 알았는데, 안 그러더라.

그때 문간에 부모님이 와 계신 것이 보였어. 그때까지도 휴고에게 제대로 소개를 못 하고 있었거든. 그래서 아빠, 엄마한테로 고개를 돌렸어. 그리고 휴고한테 잃은 점수를 만회해 보려고 아주 죽을 둥 살 둥 애를 썼지.

"아빠, 엄마, 이쪽으로 오세요. 우리 이 집에 대해 얘기하고 있었던 중이에요. 정말 멋진 집이 될 것 같지 않아요? 난 정말 운이 좋은 사람이에요!"

엄마 표정을 보니까 엄마도 딱 나처럼 생각하고 있는 게 보이더라. 그래도 충격 받은 엄마 표정을 무시하고 나는 쉴 새 없이 떠들었어.

“시간을 내서 아빠, 엄마도 휴고와 얘기를 좀 나눴으면 해요. 그래야 서로를 좀 더 알게 되잖아요. 피로연 끝나고 댄스타임 전이면 괜찮을까요? 어때요, 휴고?”

휴고는 우리 부모님을 진심으로 대할 생각이 없었어. 이렇게 말하기는 조금 그렇지만 살짝 거만한 모습으로 다가왔지. 그리 좋은 첫 만남은 아니었어.

“저도 물론 당신의 부모님과 시간을 보내고 싶어요, 로라. 당신이 제안한 대로 결혼식 피로연이 끝나고 하죠. 하지만 댄스타임은 없을 거예요. 어머니가 이 집에서 돌아가신 지 1년도 안 됐는데 여기서 춤을 추는 것은 부적절해 보이는군요.”

이 말에 나는 조금 실망했어. 나 춤추는 거 좋아하잖아. 결혼식 계획에 대해서 얘기할 때 분명히 내가 그 점을 얘기했었고. 하지만 그 사람 말이 맞는 거 같기는 하더라고. 1년 정도는 애도기간을 갖는 게 도리니까.

어쨌거나 피로연은 정말 세련되게 치러졌어. 온갖 꽃들로 아름답게 장식되어 있어서 복도에서 느꼈던 꺼림칙한 기분은 완전히 잊어 버렸지. 휴고가 나를 위해 이 모든 것을 기획했다는 생각밖에 없었어.

하루가 정신없이 흘러갔어. 피로연이 끝나고 사람들은 모두 정중하게 인사를 하고 집을 나섰지. 나는 네가 조금 더 있다 갔으면 하고 바랐는데, 휴고는 생각이 달랐던 것 같아. 너와 윌 오빠가 마지막으로 떠났지. 네가 가방을 찾으러 간다고 사라졌을 때 윌 오빠가 나를 아주 꼭 끌어안아 줬어.

오빠는 휴고하고 대화할 시간이 별로 없었던 것이 아쉬워서 이렇게 제안했어.

“우리 조만간 다시 얼굴 한번 보는 게 어떨까요? 신혼여행 다녀온 다음에 어때요?”

“저희가 날짜를 한번 잡아보겠습니다. 나중에 알려드리지요.”

휴고의 대답이 조금은 무시하는 투였다는 거 알아. 꼭 입사 면접 끝나고 의례 하는 소리처럼 들리잖아. 하지만 들리기만 그랬지 본심은 그렇지 않았다고 믿어. 어쨌거나 그때 네가 내 뒤로 살짝 와서는 그이가 정말 멋지다고 속삭였지(네가 그렇게 생각해 줘서 정말 기뻤어). 그리곤 이렇게 말했어. "오늘 밤 어디 한번 질펀하게 뒹굴어 봐."

자꾸 피식 웃음이 나오는데 멈출 수가 없더라. 어제 아침에 마침내 우리의 혼전순결 서약에 대해 너한테 말할 용기가 나서 무척 기뻤어. 네가 내 면사포 씌워주고 있을 때 털어놓기는 좀 이상한 내용이었다는 거 알아. 그리고 내가 실제로 느꼈던 것보다는 좀 더 긍정적으로 포장해서 말했다는 생각도 들고. 하지만 그래도 너한테 털어놓았다는 사실이 기뻐.

둘이 떠나고 난 다음에 나는 휴고의 팔을 잡고 너무나 행복하다고 말했어. 모든 것이 놀라운 하루였다고 말이야. 그런데 그이가 갑자기 나를 쌀쌀맞게 대하더라.

"이모젠과 속삭인 내용은 그다지 감명 깊지가 못하군요. 아주 무례한 언사예요. 이모젠이 당신한테 별로 좋은 영향을 미치는 것 같지가 않아요, 로라. 그리고 당신과 오빠의 애정 표현도 조금 과하다는 생각이 드는군요."

내가 뭐라고 입을 열기도 전에 뒤에서 조용한 기침 소리가 나더라. 알렉사의 유모 한나였어. 난 도저히 이 여자를 좋아할 수가 없어. 너무 음흉해 보여. 여자 유라이어 힙(찰스 디킨스의 소설 『데이비드 카퍼필드』에 등장하는 위선적인 인물 - 옮긴이) 같아. 이 여자는 휴고를 볼 때 무슨 전지전능한 신을 보듯이 봐.

"휴고 경, 저는 이제 제 방으로 가볼게요. 알렉사는 씻고 이제 잠을 잘 준비를 마쳤어요. 지금 부엌에 있어요."

내가 알렉사를 정말 사랑하기는 하지만 그래도 이건 예상 못했거든. 나는 한나가 벌써 한참 전에 아이를 집으로 데리고 갔을 줄 알았어. 휴고가 설명해 줬어. 역시 품위가 있는 사람이야. 미리 얘기하지 못해 미안하다고 사과하더라고. 들어보니까, 전처 아나벨이 휴고더러 알렉사를 결혼식에 참석시키기 위해 당일치기로 데려갔다가 돌려 보낼 거라면, 알렉사를 보낼 수 없다고 했다네. 자기가 휴고의 일정에 맞춰서 살아줄 수는 없다나 뭐라나. 그래서 알렉사를 휴고가 데려갈 거면 하룻밤을 재우라고 했대. 그래서 신혼여행을 하루 뒤로 미뤄야 했어. 하지만 상관없어. 어쩌면 오히려 잘 됐다는 생각도 들었어. 피로연 끝나고 바로 떠났으면 급하게 옷도 갈아입었어야 할 테고, 바로 여정을 꾸려야 했을 테니 첫날밤을 치르기에는 많이 지쳐 버렸을 거야. 어쨌거나 그런 생각이 들더라고.

내가 말했어. "걱정하지 말아요. 알렉사는 곧 잠들겠죠. 우리 방이 보고 싶어 죽겠어요. 우리 알렉사를 위층으로 데리고 가서 당신이 아이를 재우는 동안 저는 이 웨딩드레스를 갈아입고 오면 어떨까요?" 사실 좀 도발을 해보려고 한 건데, 별로 효과가 없어 보이더라.

휴고가 나를 보면서 말했어. "내가 가서 알렉사를 데리고 올게요. 그 다음에 위층을 보여줄게요. 금방이면 될 거예요."

알렉사를 데리고 다시 돌아왔을 때 휴고는 내게 다시 말을 걸지 않았어. 아이를 깨울까봐 걱정했나봐. 그리고 우아하게 계단을 걸어 오르기 시작했어. 나는 웨딩드레스 치마를 쥐고 그이를 뒤따라갔어. 무서운 박제 동물들을 지나가면서 몸서리쳐지는 걸 참느라 혼났어.

계단 꼭대기에 가니까 휴고가 걸음을 멈추고 말했어.

"여기서 잠깐 기다려요, 로라. 금방 가서 알렉사를 재우고 올게요."

그이가 문 뒤로 사라졌어. 기다리면서 주변을 둘러보았지. 어둡고 음울한 초상화들이 벽을 뒤덮고 있었어. 이 집구석에 있는 것들은 모두 하나같이 죽음과 관련되어 있는 거 같아. 결혼 장식을 모두 벗겨내고 나면 아래층은 또 어떻게 보일까 궁금했지만 그걸 생각할 시간이 없었어. 휴고가 금방 돌아왔거든.

"이쪽으로." 그가 한 말은 이게 다였어. 내가 손을 내밀어 그의 손을 꽉 움켜쥐고 복도를 따라 걸었지. 그가 조심스레 손을 빼더니 내 팔꿈치를 가볍게 잡았어.

세 번째 방에서 걸음을 멈추더라.

"여기가 당신 방이에요, 로라. 마음에 들었으면 좋겠어요."

방 안을 들여다봤어. 라벤더 무늬 벽지로 새로 장식해 놓은 게 보이더라. 옅은 신록색 카펫하고 예쁜 가구들도 보였어. 누울 수도 있는 팔걸이 의자도 있고. 내가 늘 갖고 싶어하던 거야. 문이 열려 있어서 봤더니 타일을 깐 현대식 욕조가 언뜻 보이더라. 그런데 이 모든 것이 무의미했어. 휴고가 한 말이 충격으로 다가왔거든. 돌덩어리가 가슴을 짓누르는 것 같더라. 꼭 질식할 것만 같았어.

"내 방이라니 그게 무슨 말이에요, 휴고? 우리 방을 말하는 거죠?" 말은 그렇게 했지만 척 보면 알 수 있었지. 이 방은 절대로 남자가 사용할 방이 아니라는 거.

"방은 각자 쓰는 것이 좋겠어요, 로라. 밤새 다른 사람하고 같이 옆에 누워서 잔다는 게 나는 좀 불편해요. 꼭 침실을 같이 써야 행복하고 활발한 결혼 생활로 이어진다고는 생각하지 않아요."

그날 처음으로 내 낙관주의가 와르르 무너지더라. 내 가슴 속 돌덩어리가 점점 더 커지는 기분이었어. 돌덩어리가 가슴을 누르고, 목구멍까지 차오르는 것 같았어. 눈이 따끔거리면서 눈물이 나오려고 하더라고. 뭔가 대답해야 했어. 그리고 이번만큼은 나도 내 마음을 있는 그대로 말해줬지.

"저도 이 말은 꼭 해야겠어요, 휴고 경. 나는 개인적으로 이렇게 생각해요. 가깝고 친밀한 관계를 위해서는 침대를 함께 쓰는 것이 대단히 중요한 부분이라고 말이죠. 침실에서도 당신의 사생활은 기꺼이 존중하겠어요. 하지만 침대만큼은 같이 쓰고 싶어요."

"물론 밤에는 침대를 같이 쓸 시간이 있을 거예요. 이 방이 복도에서 세 번째 방이라는 것은 눈치챘겠죠? 우리 방 사이에 침실이 하나 더 있어요. 적절할 때 그 방 침대를 같이 쓰면 돼요."

"그 적절한 때가 언제인지는 대체 누가 결정하는 거예요? 내가 아침에 사랑을 나누고 싶어지면 어떻게 되는 거죠? 내가 당신 방으로 가서 노크하면서 '섹스실'로 가자고 부탁해야 하나요? 보아하니 그런가 보네요."

"애처럼 굴지 말아요, 로라. 우리 둘 다 아주 바쁘고 지친 하루였어요. 오늘은 적절한 때가 아니라고 생각해요. 어쨌거나 알렉사도 신경 써야 하니까."

"알렉사는 대체 어디서 자는 거예요?"

"알렉사는 신경 쓸 필요 없어요. 중간에 깨기라도 하면 내가 돌볼 테니까. 오늘 밤만큼은 아이에게 안전하다는 느낌을 줄 필요가 있어요. 당신도 가서 좀 자도록 해요. 내일은 신혼여행을 떠날 거니까, 그럼 우리 둘만 있게 될 거예요."

그리고는 가버렸어. 그냥 그게 끝이었어. 잘 자라는 키스도 없이.

분명 나한테 뭔가 화가 나 있었어. 그런데 그게 대체 뭔지 모르겠어. 내가 집에 대해서 조금 안 좋은 얘기를 해서 그럴까? 너하고 내가 속삭이던 얘기 때문에? 정말 모르겠다. 하지만 이유야 어쨌건, 난 정말 상실감이 엄청났어. 상실감이란 말, 내가 평소에 쓰는 말이 아니잖아. 그런데 지금은 그 의미가 어떤 것인지 아주 정확하게 이해할 것 같아.

내가 좀 충격을 받았었나봐. 충격 때문에 아무것도 못하겠더라고. 그의 방으로 쳐들어가서 내 침대로 당장 들어오라고 요구를 해야 할지, 아니면 그대로 짐을 싸서 집에서 나가 버려야 할지 모르겠더라. 하지만 결국 아무것도 안 했어.

나는 오랜 시간 동안 참을성 있게 첫날밤을 꿈꿔 왔어. 하지만 휴고의 말이 앞으로의 삶에서 무엇을 의미하는지 생각해 보니, 첫날밤이 무산돼서 생긴 이 지독한 실망도 오히려 별거 아닌 듯 싶더라. 잠을 같이 안 잔다고? 매일 밤 같은 침대를 쓰면서 잠들어 있는 상대방의 숨소리에 귀 기울이고, 서로의 몸에서 느껴지는 따뜻한 체온을 느낄 일이 없을 거라고? 잠이 오지 않을 때나, 악몽을 꿨을 때도 내 남편한테 돌아누워 꼭 끌어안을 수도 없고, 배가 아파와도 따뜻하게 살살 내 배를 달래줄 남편의 따뜻한 손길도 느낄 수 없다고?

내 아름다운 웨딩드레스에 생긴 눈물자국을 보고야 눈물이 흘러내리고 있는 것을 알았어. 전신 거울을 들여다보는데 절대로 봐선 안 될 것이 보였어. 혼자 외로이 첫날밤을 보내는 새신부의 모습이.

나는 내 웨딩드레스 끈을 천천히 풀어서 옷장에 조심스럽게 걸어놓았어. 그걸 갈기갈기 찢어놓으면 지금 당장은 불만을 삭힐 수 있을지 모르겠지만 결국에는 후회하리라는 것을 알았지.

나는 잠자리에 들 준비를 해야겠다 생각했어. 어쩌면 휴고도 자기가 너무 심했다고 생각하고 나중에라도 올지 모르니까. 하지만 내가 큰 기대를 가지고 사온 비싼 오일과 로션들은 뚜껑도 따지 않은 채 그대로 가방에 들어가 있었어. 그 향기가 있으면 오히려 슬픔만 더 크게 키워 놓으리라는 것을 알았으니까. 나는 이불 밑으로 기어들어가서 무릎을 꼭 끌어안고 슬픔을 꾹꾹 눌러 담았어. 그리고 기다렸어.

★

그렇게 아침에 깨어보니 나 혼자였어. 살짝 잠이 들었었던 거지. 나도 너무 피곤했었나 봐. 하지만 그 슬픔의 돌덩어리는 여전히 가슴을 세게 짓누르고 있었어.

다음 행동이 중요하다는 것을 알았지. 나는 정말 제대로 된 결혼생활을 하고 싶어. 어떻게 접근해야 가장 성공적일까 생각해야 했어. 나는 맨날 다 결정된 다음에 뒷북만 치면서 궁시렁대는 습관이 있는데 이번에는 내가 원하는 것을 정확하게 얘기해야 했어. 그이가 내 관점도 존중하게 만들어야 했어.

어쩌면 이거 웃기는 얘기일지도 몰라. 벌써 몇 달 동안 같은 일이 반복되어 왔는데, 왜 나는 이제 와서야 이런 위기의식을 느끼고 있는 것일까? 휴고가 내 의견이 뭔지 한 번이라도 생각해 본 적이 있을까? 그가 자기가 틀렸을지도 모른다는 생각을 단 한 순간이라도 해봤을까?

그가 하는 모든 행동은 나를 위한 것이라 생각했어. 하지만 혹시 그게 모두 나를 자기 맘대로 주무르기 위해 그랬던 것은 아닐까? 그 사람은 나를 데려가서 옷을 사줬어. 옷을 제일 잘 만드는 곳을 안다고 그랬지. 그리고 비용도 다 그이가 계산했어. 식당엘 가도 식사는 항상 그가 골라

줬지. 식당마다 제일 잘 하는 음식이 뭔지 안다고 했으니까. 심지어는 결혼식도 다 그 사람이 계획했어. 나한테 주는 특별 선물이라면서.

이제는 정말 모르겠어. 이 사람은 정말 어떤 사람일까? 다른 사람을 자기 뜻대로 휘두르지 않고는 못 배기는 사람일까(내 기억이 맞다면 우리 엄마가 이런 표현을 썼었지)? 아니면 친절하고, 배려심 많고, 사려 깊은 사람일까? 머리가 빙빙 도는 것 같아서 침대에 일어나 앉아 손으로 머리를 움켜쥐었어. 너무 절망적이어서 고함이 터져 나오는 것을 막을 수가 없더라.

"젠장, 뭐가 이렇게 다 엉망이야!"

그런데 어디선가 작은 소리가 나서 내가 혼자가 아니란 걸 깨달았지.

"괜찮아요, 로라 아줌마? 누구하고 얘기하는 거예요?"

손을 치워 보니까 바로 내 눈 앞에 사랑스러운 알렉사가 걱정스러운 얼굴로 서 있더라고. 자기가 좋아하는 분홍색깔의 옷들로만 차려 입고 있더라. 어떻게 이렇게 옷을 골라 입었나 싶어서 잠깐 멍하게 바라봤어. 분명 자기가 골라 입은 옷들이었지. 하지만 이 예쁜 아이를 보니까 다른 생각은 들지 않더라구.

"아빠가 가보라고 했어요. 아줌마 일어날 시간이 됐대요. 아줌마 괜찮아요?" 알렉사가 또 괜찮냐고 물었어.

난 눈물을 쏟지 않으려고 애쓰면서 고개를 끄덕였어.

"안아 줄까요? 아빠가 그러는데 안아주는 것은 언제나 도움이 된대요. 아빠도 내가 안아주는 거 좋아해요."

나는 팔을 뻗어서 알렉사의 작은 몸을 끌어안았어. 휴고가 나를 이렇게 안아주었으면 얼마나 좋았을까 진심으로 생각했어. 그것만으로도 큰 의미가 되어 주었을 텐데.

"고마워, 알렉사. 나 정말 그거 필요했어." 내가 살며시 알렉사를 놓아주면서 말했어. "아빠한테 아줌마는 샤워하고 30분 정도 후에 내려갈 거라고 해줘. 기억할 수 있지?"

알렉사가 살짝 가소롭다는 듯이 미소를 지었어. 아무리 복잡한 얘기라도 식은 죽 먹기라는 것처럼 말이야. 그리고는 나한테 몸을 기울이더니 빰에 뽀뽀를 해줬어.

"아줌마가 여기 와서 좋아요. 난 아줌마가 좋아요." 아이가 미소를 짓더니 행복한 얼굴로 깡충깡충 방에서 뛰어나가더라.

알렉사가 왔다가니 더 혼란스러워졌어. 나는 침대에서 일어나 욕실로 가서 견딜 수 있는 한도 내에서는 제일 뜨겁게 물을 틀어놓고 그 아래 서 있었어. 어떻게 해서든 이 상황을 합리화해야만 했지. 휴고와 나는 달라도 너무 달라. 우리는 완전히 다른 가치관 속에서 자랐고, 어쩌면 부부가 각 방을 쓰는 것이 그의 세계 사람들 사이에서는 정상적인 일인지도 몰라.

내 남편이 모든 결정을 자기 위주로만 내리고 있다는 생각에 빠져 있을 수는 없었어. 그이의 너그러움과 사려 깊음에 감사해야만 했어. 그건 분명 사실이었으니까.

내가 너무 예민하게 반응했던 거야. 맞아. 물론 내가 꿈꾸었던 것하고는 상황이 너무도 다른 것이 사실이야. 그럼 이제는 내가 그 상황을 바꿔야만 해. 내가 곁에 없으면 자기도 잠을 잘 수 없다는 것을 그이가 깨닫게 만들어야 해. 하지만 협박으로 그런 변화를 이끌어낼 수는 없겠지. 휴고에게 효과가 있으려면 고분고분해 보이는 방법밖에 없어. 말다툼을 해봐야 도움이 되지 않을 거야. 자기가 무엇을 놓치고 있는지 깨닫게 할 다른 방법을 찾아야 해.

★

여기까지가 내 결혼 첫날의 이야기야. 일단은 오늘 저녁에 신혼여행을 떠나기 전에 하루 쉬고 가는 셈 치고 있어. 우리 관계가 앞으로 어떻게 이어지려는지 아직도 캄캄해. 신혼여행은 휴고가 나를 또 한 번 놀라게 하려고 준비한 것인데 그이 말로는 내 맘에 들 거래. 난 그의 말을 믿어.

세상의 종말이 가까운 듯한 기분이 들 정도로 끔찍한 출발을 겪고 나니, 지금은 오히려 훨씬 더 긍정적인 기분이 들어. 가정부를 만났어. 베넷 아줌마라는 아주 유쾌한 분인데, 내가 그냥 편하게 로라로 불러달라고 해도 굳이 '레이디'로 부르네. 휴고는 집 안에 들여서 같이 사는 것만 아니면 내가 필요한 사람은 내가 직접 뽑아서 쓰래. 휴고는 집 안에 사람 들이는 것을 싫어해(방이 모자란 것은 분명 아닌데 말이지). 어쨌거나 내가 그를 위해 직접 요리를 하고 싶다는 말은 전부터 해놓았으니까 요리사를 쓸 필요는 없겠어. 요리로 그 사람을 구워삶아 보려고. 나한테 그저 시간만 달라고!

살짝 난처했던 순간이 딱 한 번 있었어. 휴고랑 알렉사하고 같이 있으면 가끔씩 내가 이방인이 된 것 같은 기분이 드는데 거기에 좀 익숙해져야겠어. 알렉사가 태어나던 날부터 두 사람은 항상 붙어 있었을 테니, 내가 그 사이에 끼어드는 것처럼 느껴지는 것도 어쩌면 당연한 일이지. 새엄마가 될 때는 당연히 거쳐야 할 부분이 아닌가 싶어. 어쨌거나 오늘 아침에 드디어 아래층으로 내려갔더니(물론 울었던 흔적은 다행히 모두 사라져 있었지) 두 사람이 거실에 나와 있더라. 알렉사가 킥킥거리면서 웃고 있었어. 휴고가 목소리를 낮춰서 얘기하고 있는 것을 보니 아이를 웃겨주려고 재미있는 이야기를 들려주고 있었나봐. 나는 최대한 밝은 얼굴로 애써 웃어 보였지.

알렉사가 소리쳤어. "아빠가 바보 같은 이야기를 해주고 있어요. 어서요, 아빠. 어서 이야기 마저 다 해주세요." 어린 아이가 어떻게 이렇게 문장을 깔끔하게 만들어서 말할 수 있는지 정말 볼 때마다 놀란다니까. 그런데 알고 보니까 아나벨이 일주일에 몇 번씩 말하기 과외를 돈 주고 시키나 봐. 분명 자기가 애하고 말하면서 놀아주기 귀찮으니까 돈으로 때우는 것이 더 편하겠다 싶었겠지.

그런데 휴고가 이야기를 다 마치지 않고 끝내 버렸어. 그러니까 꼭 내가 특별한 순간을 방해한 것 같은 기분이 들더라니까.

"나중에 해줄게, 알렉사. 로라 아줌마는 아빠가 하는 바보 같은 이야기가 재미없을 거야."

"재미있을 것 같아요, 휴고. 나도 듣고 싶어요." 내가 미소를 지으면서 그를 바라봤어. 지난밤에 자기가 내게 얼마나 큰 상처를 줬는지 알게 하고 싶지는 않았으니까.

하지만 휴고는 그냥 이렇게 잘라 버리더라. "이야기는 여기까지야, 알렉사. 이제 아침식사를 마쳐야지."

아침에 마음먹었던 결심이 잠시 흔들렸는데 휴고가 자리에서 일어나 미소를 지으면서, 그리고 살짝 과장된 동작으로 나를 위해 식탁에서 의자를 빼주는 것을 보고 깜짝 놀랐어. 그 모습을 보니까 정말 안도감이 확 몰려들더라. 모든 것이 좋아질 거란 생각이 들었어. 나는 남편을 사랑해. 그리고 그가 나를 사랑한다는 것을 확신해. 우리는 그냥 서로 익숙해질 시간이 필요할 뿐이야.

이제 두 시간 정도 후면 출발할 거야. 나 다시 짜릿한 기분을 느끼고 있어. 나는 지금 내 예쁜 침실에서 휴식 중이야. 방이 정말 예뻐. 방을 꾸미면서 휴고가 정말 신경을 많이 썼나봐. 그이가 말해준 다른 방들도 둘러보고 싶기는 했어. 내가 기분 나쁘게 '섹스실'이라고 불렀던 그 방 말이야. 하지만 열쇠가 지금 그이한테 없어서 다음 기회로 미뤄야겠어. 어쩌면 신혼여행을 마치고 돌아오면 그 방은 아예 필요가 없어질지도 몰라. 우린 그 말도 안 되는 생각들을 다 집어던지고 오게 될 테니까.

사랑해.

로라

16

톰은 휴고의 전처를 만나러 가는 길에 생각할 짬이 생겨 다행스러웠다. 톰은 알렉사를 데려다 주는 길에 얘기를 좀 해보려고 했었지만, 아이가 너무 충격을 받은 상태이고, 한나는 좀처럼 입을 열지 않아서 그냥 내버려 두었다. 스텔라가 베키에게 해준 얘기를 생각하면 한나와는 이야기를 나눠볼 필요가 있었다. 하지만 알렉사와 굳이 차 안에서까지 이야기를 할 필요는 없을 것 같았다.

그런데 로라의 집을 나서기 전에 베키가 로라에 대해서 하는 말이 재미있었다. "남편이 딴 여자를 만났나, 안 만났나보다는 그 망할 올리브가 더 걱정되는 모양이더군요." 베키가 거친 표현을 써가며 말했다. "경감님은 그 여자한테 친절하게 대해주고 계시는데, 그래봐야 다 헛수고 같아요. 건질 게 없어요. 분명 뭔가 이상한 게 있어요. 뭔지는 모르겠지만 분명 뭔가가 있다고요."

톰은 베키가 자기의 작업 방식을 이해하지 못하고 있다는 생각이 들었다. 톰은 이런 상황에서는 면담하는 사람들과 친밀한 관계를 이끌어 내는 편이 늘 결과가 좋았다. 수사관과 뚜렷한 갈등이 없는 경우, 수사가 이 단계까지 오면 사람들은 자기가 의도했던 것보다 훨씬 많은 것을 뱉어놓을 때가 많았다. 그가 이모젠을 조금 더 심하게 추궁했던 이유는 그녀가 무언가 불편해하고 있는 것을 감지했었기 때문이었다. 하지만 이모젠의 알리바이가 사실로 확인되리라는 것은 그도 알고 있었다. 똑똑한 사람이라 뻔히 들킬 거짓말을 할 리는 없었다.

하지만 자선재단 소녀들의 얘기는 다른 문제였다. 경찰들은 사건의 냄새를 맡는 코가 있다는 말처럼, 이 소녀들이 언급될 때마다 톰의 코가 벌름거렸다. 톰은 행방불명된 소녀 다니카 보진에 대한 소식을 그날 내로 꼭 들을 수 있었으면 싶었다.

마침내 톰의 운전사가 조지 왕조 풍의 멋진 저택 앞에 차를 세웠다.

이 운전사는 톰을 하루 종일 굴리려고 경찰서에서 붙여준 사람이었다. 이곳은 아나벨 플레처, 그리고 그 딸 알렉사와 유모 한나가 사는 집이었다. 듣자하니, 이 집에는 젊은 사내들이 바뀌어 가면서 정기적으로 드나든다고 한다. 시간이 갈수록 들락거리는 남자들이 점점 어려진다고 한다. 옅은 크림색 페인트칠이 돼 있고, 하얀색 창문이 달려 있는 이 저택은 잘 관리된 대지 위에 세워져 있었다. 진입로는 건물 정면에 차가 돌아 나오는 원형 로터리에서 끝났다. 그 로터리 한가운데는 작은 분수가 있었다. 애시버리 파크에 있는 저택과 비교하면 크기는 훨씬 작았지만, 톰이 보기에는 이쪽이 훨씬 더 아름다워 보였다.

톰이 차 문을 열어 알렉사와 한나를 차에서 내려 주었다. 알렉사는 이제는 한결 차분해져 있었다. 아이가 무척 딱해 보였다. 톰의 형이 죽은 지 이제 1년이 지났는데도 그는 아직 형의 죽음 때문에 괴로워하고 있었다. 톰이 지금처럼 호화로운 생활을 즐길 수 있는 것도 모두 형이 남긴 재산 덕분이었지만, 만약 그 재산으로 형을 다시 되살릴 수만 있다면 단칸방에 살아도 행복할 것만 같았다.

톰은 전임 레이디 플레처가 어떤 모습일지 전혀 예상하지 못하고 찾아왔지만, 설마 문간에 서서 자기와 마주하고 있는 이 여자일 줄은 상상도 못했었다. 그 여자가 쉰 살에 가깝다는 것을 알고 있었고, 잘 관리해서 나이보다 젊어 보이리라고는 예상했었지만, 이 여자는 대충 봐도 성형 괴물 같았다. 몸은 끔찍할 정도로 말랐는데 가슴은 걸맞지 않게 거대했다. 그리고 몸에 찰싹 달라붙는 분홍색 스키니진을 입고 있었다. 바지 색깔에 맞춰 분홍색 하이힐 샌들을 신고, 노출이 심한 검정색 나시티를 입고 있었다. 톰은 10월 말에 이런 옷들을 걸치고 있는 것을 보면 집 안이 아주 따뜻한가보다 싶었다.

아나벨은 화장을 두껍게 했고 가짜 속눈썹까지 붙였다. 머리 위에는 엄청 큰 선글라스가 자랑스럽게 걸쳐져 있었다. 톰은 이런 스타일을 보면 늘 재미있다는 생각이 들었다. 구름이 잔뜩 낀 옥스퍼드셔의 가을날에, 그것도 실내에서 그런 복장을 하고 있었다고 생각하니 더 어처구니가 없었다. 아나벨이 머리를 요염하게 한쪽으로 기울이며 반기는 미소를 지었지만, 그 미소는 입술을 벗어나지 못했다. 보톡스 시술 때문 같았다.

"레이디 플레처신가요? 저는 톰 더글라스 경감이라고 합니다. 이렇게 귀찮게 해서 죄송합니다만 전해드릴 말씀이 있어서 찾아왔습니다. 전남편과의 관계가 어떠셨는지 모르겠습니다만 이번에 있었던 안타까운 사건에 위로의 뜻을 전하고 싶습니다."

"만나서 반가워요, 경감님. 어서 들어오세요. 그리고 휴고가 죽어서 제가 안타까울 일은 전혀 없으니까 걱정 마세요. 사람들이 몰라서 그렇지 그 인간이 어떤 인간인지 제대로 알면 안타까워할 사람도 없을 걸요?"

톰은 계속 무표정한 얼굴을 하고 있었지만 어서 빨리 아나벨 플레처를 면담하고 싶은 기대감에 부풀었다. 아나벨이 톰을 집 뒤편으로 안내하더니, 거의 전체가 유리로 만들어진 방으로 들어갔다.

"정말 아름다운 비닐하우스로군요." 톰이 무성하게 자라고 있는 식물들을 바라보며 말했다.

"경감님, 온실이라고 해주세요. 비닐하우스라고 하면, 옹이가 튀어나온 것 마냥 혐오스럽게 삐죽삐죽한 플라스틱대에 비닐이 씌워진 모습이 떠오른단 말이죠. 그것도 코딱지만한 집 뒷구석에 있는 걸로요. 안 그래요?"

"제가 실수했군요." 이 전임 레이디 플레처는 정작 자신은 상류층도 아니면서 자기가 좋은 배경을 타고 났고, 그에 어울리는 취향을 가지고 있다는 인상을 주려고 노력했다. 그녀가 소파에 앉자 톰은 의자를 하나 가져다가 마주 보고 앉았다.

"알고 계시겠지만, 저희는 전남편께서 살해당한 것이라 확신하고 있습니다. 그리고 그 살인범은 여자인 것으로 의심하고 있지만, 저희가 아는 것은 거기까지입니다. 범인의 살해동기를 밝히기 위해 휴고 경의 삶에 대해 구석구석 조사하고 있습니다."

"뭐, 제가 죽이진 않았지만, 저라도 죽일 수만 있었다면 그 인간을 기꺼이 죽였을 거예요. 그 인간은 아주 거만하고, 독선적이고, 타락한 인간이었죠."

전처가 자기 남편을 거만하고 독선적이라고 표현하는 것은 그런대로 받아들일 만했지만, 타락했다는 말은 아무래도 조금은 강한 표현 같아 보였다. 아나벨이 탁자에 놓여 있던 담뱃갑에서 담배를 하나 빼서 물고 우아한 은색 라이터로 불을 붙였다.

"전남편을 기꺼이 죽였을 거라고 말씀하셨는데요, 좀 민망하긴 합니다만 절차상 꼭 여쭤봐야 할 질문이 있습니다. 토요일 오전 11시부터 오후 12시 반 사이에 어디에 계셨는지 여쭈어 봐도 될까요?"

아나벨은 담배 연기를 위쪽으로 길게 내뿜고는 미소를 지어 보이려 했다. 마비된 안면근육이 허용하는 한도 내에서는 말이다.

"그거 물어보실 줄 알았어요. 저야 당연히 이 집에 있었죠. 그리고 다음에 물어보실 질문도 뻔하니 답해 드리죠. 전 혼자 있었어요. 한나가 알렉사를 데리고 클럽에 수영을 시키러 갔었거든요. 이 집에 아직 실내 수영장이 없어요. 하나 만들어달라고 해도 휴고 그 인간이 쪼잔해서 해줘야 말이지."

"그럼 이 부분은 명확하게 정리해 두죠. 오전 내내 여기 계셨고, 그동안에는 아무도 만나거나 대화를 나눈 사람이 없다는 말씀이죠?"

"맞아요. 하지만 이거 하나는 분명히 말씀드릴 수 있어요, 경감님. 나는 휴고를 죽이고 싶었던 적이 여러 번 있었기 때문에, 그를 죽일 생각이었다면 아주 오래 전에 그랬을 거예요. 하지만 내 손을 더럽히고 싶지는 않았어요."

아나벨이 담뱃재를 털고는 도전적인 표정으로 톰을 바라보았다.

솔직히 톰이 보기에도, 휴고가 지금 자기 앞에 앉아 있는 이 여자 때문에 벌거벗은 채로 침대에 묶여 있고 싶지는 않았을 것 같았다. 아나벨은 노골적으로 그를 미워했고, 휴고가 이 여자와 성적인 관계를 꿈꾸었다고도 믿기 어려웠다. 하지만 세상일은 모를 일이다.

"레이디 플레처, 저희가 애시버리 파크 집에 있을 때 전화 음성메시지를 몇 개 들었는데 그 중에 레이디 플레처께서 남긴 메시지도 있었습니다. 휴고 경이 본인에게 수작을 부려서 유언장을 바꿀 계획이었다고 주장하시는 것 같던데요. 무슨 일인지 설명을 좀 해주실 수 있을까요?"

"맙소사. 그 인간이 죽을 줄 알았으면 그런 메시지는 남기지 않았을 텐데. 다행히 그 인간이 유언장을 고칠 시간은 없었겠네요. 오늘 아침 내 변호사의 말로는 그렇다고 해요. 변호사 말이 유언 보충서든 뭐든 유언장을 고치려면 그 내용을 타이핑해서 증인이 입회 하에 휴고가 거기에 자필서명을 해야 한다고 하더군요. 누군지는 몰라도 그가 우리한테 큰 호의를 베풀었군요. 그 인간이 유언장에 뭔 짓을 저지르기 전에 죽여줬으니까."

아나벨이 담배를 한 모금 깊숙이 빨아들였다. 그 바람에 뺨이 움푹 빨려 들어가서 사람이 더 여위어 보였다.

"그 인간이 벌써 나한테 사기 친 것이 있어요. 휴고와 내가 이혼했을 때, 나는 이 집을 갖기로 하고 포르투갈에도 집을 한 채 사달라고 했죠. 휴고는 싫어하는 스타일의 집이었지만 나는 수영장이 딸린 예쁜 집이 갖고 싶었고, 포르투갈이지만 다른 영국 사람들하고 같이 어울렸으면 좋겠다 싶었어요. 물론 격이 맞는 영국 사람들하고 말이죠. 그래서 골프를 좋아하지도 않는데 골프장이 있는 고급 리조트 내에 있는 집을 골랐어요."

톰은 아나벨이 제발 담배를 끄거나 적어도 창문을 하나라도 열어주었으면 싶었다. 그에게 담배 연기를 끌어들이는 자석이라도 붙어 있는 듯 담배 연기가 그한테만 빨려드는 것 같았다. 다행히도 그 순간 아나벨이 자리에서 일어나 부엌 쪽으로 걸어갔다.

"로라가 이탈리아에 있는 그 집을 대체 왜 원했는지 모를 일이에요. 알렉사가 거기서 찍어온 사진을 몇 장 봤는데, 주변에 이탈이라 사람들만 득실거리지 아무것도 없이 휑한 곳이던데." 아나벨이 숨을 고르려고 잠시 말을 멈추었다. "얘기 더 하기 전에 뭐 마실 거라도? 난 보드카에 토닉을 타서 마시던 중인데, 같은 거로 드릴까요?"

"감사합니다만 저는 됐습니다. 부인께서는 편하게 즐기세요. 저는 좀 있다 런던으로 다시 돌아가야 합니다. 그런데 그 전에 몇 가지 더 여쭤 볼 것이 있습니다."

톰은 아나벨이 하이힐을 신고 비틀거리면서 술을 타는 모습을 지켜보았다. 그는 휴고가 대체 왜 이런 여자와 결혼했었는지 이해가 안 됐다. 어쩌면 젊었을 때 대단한 미인이었는지도 모를 일이지만, 이 여자는 분명 사람들이 예상하는 그런 배경 좋은 가문 출신은 아니었다. 로라 역시 부유하거나 명망이 있는 가문 출신은 아니었지만, 그래도 로라를 보면 품격은 느껴졌다. 아나벨은 완전히 딴판이었다.

오래지 않아 아나벨이 길쭉한 잔에 술을 타왔다. 보드카와 토닉의 비율이 일반적으로 타서 마시는 비율은 아닌 것 같다는 의심이 들기는 했지만 그가 신경 쓸 일은 아니었다. 어쨌거나 알코올 덕분에 얘기를 쉽게 풀어놓을 것 같다는 생각은 들었다.

"휴고 경이 부인을 아주 화나게 만들었었다는 얘기부터 다시 해볼까요?"

"그러죠. 내가 포르투갈에 있는 집 얘기를 하고 있었죠? 우리가 이혼할 때 합의를 본 게 뭐냐면, 이 집을 내가 갖고, 포르투갈에 집을 하나 또 사주고, 알렉사가 열여덟 살이 될 때까지 일 년에 백만 파운드씩 주는 거였어요. 알렉사의 학비는 휴고가 직접 지불했고, 한나의 봉급도 휴고가 직접 지불해요. 그년도 아주 지독한 년이지. 그렇게 따분한 인간도 없다니까. 하여간 한나에 대해서는 나도 뭐, 할 말 없어요. 그리고 알렉사가 성인이 돼서 집을 나가면 내가 죽을 때까지 일 년에 칠십오만 파운드씩 지급하기로 했어요. 물론 물가 연동한 액수로 환산해서요. 내가 아직은 팔팔하게 젊으니까."

이 여자가 젊은 척하고는 있지만 사실 터무니 없는 소리였다. 하지만 지금 앉아 있는 이 집은 적어도 삼백만 파운드는 나갈 것이고, 포르투갈에 있는 집도 돈 깨나 나갈 테니 젊지는 않아도 돈이 많은 것은 분명했다.

"남들이 들으면 욕할지 모르겠지만 격에 맞춰서 살려고 하면 사실 1년에 백만 파운드도 그렇게 넉넉한 돈이 아니에요. 내게 현금성 재산이 많지 않다보니까 어느날 포르투갈에 있는 집을 저당 잡히고 돈을 좀 마련해야겠다는 계획을 세웠죠. 원래 그 집은 휴고의 부동산 회사를 통해서 구입했었어요. 그쪽이 아무래도 협상력이 나으니까. 그런데 나한테는 그 포르투갈 집의 소유권이 아니라 사용권만 있다는 것을 모르고 있었던 거죠. 이혼할 때 내가 고용했던 그 돌대가리 변호사가 일처리를 똑바로 못하는 바람에 이혼 합의문에 교묘하게 말장난을 한 것을 몰랐어요. 그러니까 '휴고는 아나벨이 선택한 장소에 최고 이백만 파운드 가치에 해당하는 별장을 제공한다' 뭐 이런 문구로 합의가 된 거죠. 물론 십 년 전이니까 이백만 파운드면 지금보다는 훨씬 큰 돈이었지. 그런데 '제공한다'는 표현은 그 집이 내 소유가 아니라는 말이잖아요. 내가 그 집을 저당 잡히고 돈을 대출 받으려고 했다가 그제야 그 인간이 무슨 짓을 해놓았는지 알게 된 거지. 내가 뭐랬어요? 아주 빌어먹을 인간이라니까."

그러면서 아나벨은 술을 크게 한 잔 들이켰다. 톰은 이것이 대체 유언장과 무슨 관련이 있는 것인지 이해가 되지 않아 물어보았다.

"그게 끝이 아니었거든요. 문제가 있다는 것을 깨닫고 당장 변호사를 다른 사람으로 갈아치웠어요. 그리고 유언장을 전체적으로 다시 검토해보라고 했지. 그랬더니 휴고가 죽고 나면 내가 생활비를 같은 수준으로 계속 받지 못할 수도 있게 유언장이 써져 있지 뭡니까? 나는 그 인간이 자기 재산을 모두 신탁 재산으로 설정해 놔서 휴고가 죽어도 내 권리가 보호될 줄 알고 있었는데, 내가 잘못 생각하고 있던 거지. 하긴 그 몹쓸 인간 믿고 있다가 뒤통수 맞은 게 어디 한두 번인가."

아나벨이 절반쯤 피우다 만 두 번째 담배를 커다란 유리 재떨이에 쓸데없이 힘을 주며 비벼 껐다. 재떨이에는 담뱃재와 립스틱이 번진 담배 필터가 넘치고 있었다.

톰은 기침이 나오는 것을 참았다. 그는 신탁 재산에 대해서는 자세히 몰랐지만 나중에 확인해 보려고 들은 내용을 꼼꼼하게 기재했다. 톰이 보기에는, 이 집 하나만 팔면 생활비가 따로 나오지는 않아도 그 매각대금으로 여생을 안락하게 살 수 있을 것 같았다. 하지만 아나벨 같은 귀부인이 말하는 안락하게 산다는 의미는 분명 그가 생각한 의미와는 완전히 다를 것이다. 톰의 머릿속에는 보톡스 치료가 중단되면 이 여자의 얼굴에 대체 어떤 일이 벌어질까, 하는 상상이 자꾸만 떠올랐다.

"그럼 전남편께서 유언장에서 부인 이름을 빼겠다고 협박한 것은 언제였습니까?"

"새 변호사가 나를 대신해서 이런 것들을 모두 처리하던 중이었는데, 진척이 영 없더군요. 그래서 어쩔 수 없이 내가 지난주에 휴고한테 전화를 해서 신상 문제에 관해서 몇 가지 협박을 좀 했죠. 그 인간이 전화를 끊어버리더군요. 이틀 후에 내 변호사를 통해서 휴고의 변호사가 보낸 편지를 받았어요. 휴고 그 인간이 하는 말이 관용을 보여줬는데도 고마워할 줄 모른다면서 유언장 내용을 재검토하겠다고 한다더군요. 신탁 재산과 관련해서 옵션 행사를 고려중이라면서요. 경감님이 들은 메시지가 바로 그때 남긴 거예요."

유언장이 말장난 같은 미묘한 구석이 있다는 점은 톰도 경험해 봐서 알고 있었다. 아나벨 플레처는 이것저것 불만이 많기는 해도 휴고가 죽어있을 때보다는 살아있을 때가 훨씬 조건이 유리해 보였다. 휴고가 유언장의 내용을 고쳐놓았다 하더라도 그는 이제 겨우 오십 대였기 때문에 아나벨은 아주 여러 해에 걸쳐 넉넉한 생활비를 지급받을 수 있었을 것이고, 휴고의 마음을 돌려 자기에게 유리하게 유언장을 바꾸어 놓을 수 있는 시간도 충분했을 것이다. 톰은 수첩을 다시 살펴보았다.

"레이디 플레처, 휴고 경에게 남긴 메시지를 들어보니 돈 주고 내 입을 막았지만, 이제 그 값을 좀 올려야겠다는 말이 있던데 무슨 의미인지 설명해 주실 수 있나요?"

아나벨이 처음으로 불편한 표정을 지었다. "아, 그거요…, 별 거 아니에요. 그냥 휴고와 나 사이의 개인적인 일이에요. 그 얘긴 그 정도로 해두죠."

"죄송합니다만, 그냥 넘길 수 있는 문제는 아닌 것 같습니다. 무슨 뜻으로 하신 말씀인지 좀 알아야겠네요."

아나벨이 한숨을 내쉬었다. 분명 꺼내고 싶은 이야기는 아닌 듯했다.

"우리가 만난 건 내가 휴고의 어머니 밑에서 일할 때였어요. 휴고의 성격을 보면 뭐랄까, 어떤 기벽 같은 것이 있어요. 내가 그걸 우연히 알게 된 거지. 휴고가 사람들한테 알리고 싶지 않은 부분이었죠. 처음에는 얼굴 살짝 고치는 값 정도만 불렀어요. 성형수술비 정도라 뭐 많은 액수도 아니었지. 그런데 생각해 보니까 레이디 플레처가 되는 것도 그리 나쁜 생각은 아니겠다 싶더라고요. 그래서 그 인간한테 나하고 결혼하자고 그랬지. 사실 그 인간은 내 말을 따르는 것 말고는 별 도리가 없었으니까."

이 여자에게는 사람을 짜증나게 만드는 거만함이 있었다. 누가 이런 여자와 결혼하고 싶을까? 휴고는 이 여자의 말을 고분고분 따라 결혼할 수밖에 없었나 보다. 대체 휴고는 무슨 짓을 저질렀길래 자신을 이런 궁지로 몰아넣었을까?

"물론 휴고와 같이 산다는 건 보통 차원의 문제는 아니더군요. 사실 견딜 수 없을 정도였지. 우리가 이혼하려 할 때 난 휴고의 마음을 읽었죠. 내가 비밀로 간직하기로 약속한 소름끼치는 사실들을 로라에게 알리고 싶지 않을 거라는 점을요. 그 대가로 이 집을 받은 거예요. 그리고 이상한 생각하실까봐 미리 말하는데, 그건 갈취나 공갈, 협박 같은 거하고는 상관없는 일이었어요. 나는 그냥 앞으로 어떤 일이 일어날지도 모른다는 얘기를 한 것뿐이고, 휴고가 알아서 긴 것이니까. 그런데 내가 지난주에 그 인간한테 전화를 해 보니까 로라 얘기를 꺼내봤자 씨가 안 먹히겠다는 생각이 들더군요. 이미 늦었지. 로라도 이제는 그 인간의 추잡한 비밀들을 이미 다 아는 것 같더라고. 그래서 삼류 잡지에 내용을 흘리겠다고 슬쩍 협박을 해 봤죠. 그럼 티끌 하나 없이 깨끗한 사람이라는 그 인간의 명성에 얼룩이 생길 테니까."

"그럼 휴고 경에게도 티끌이 있었다는 말씀이신가요?"

아나벨이 고개를 뒤로 젖히며 웃었다. 물론 유쾌한 웃음은 아니었다.

"아이고, 티끌이면 다행이지. 깨끗한 거하고는 한참 거리가 있는 인간이에요. 정말 이상한 사람이었어요, 경감님. 성적 취향이 이상해도 그렇게 이상할까 싶어요. 그 얘기는 정말 하고 싶지도 않네요. 그게 다 마녀 같은 그 인간의 엄마 때문이지."

"전남편께서 그렇게 성적 취향이 이상한 사람이었다면, 따님이 전남편과 그렇게 많은 시간을 보내게 놔두기가 불안하지는 않으셨나요?"

아나벨이 살짝 발끈하며 말했다. "알렉사는 그 인간 딸이기도 하잖아요. 생활비니 뭐니 다 그 인간이 내는데 내가 뭐 별 수 있어요? 어쨌거나 한나가 항상 같이 가니까. 그 여자 봉급도 휴고가 내죠. 그 여자는 꼭 발정난 암캐 같다니까. 그게 좋은 건지 나쁜 건지는 나도 모르겠지만."

아나벨이 남 얘기하듯 말하니, 딸을 둔 톰 입장에서는 아나벨의 태도를 받아들이기가 어려웠다. 하지만 사건 현장을 떠올려 보면 휴고의 이상한 성적 취향이라는 게 상황과 잘 맞아떨어지는 듯했다.

"송구스럽습니다만 불편하시더라도 전남편에 대해, 그리고 그 분의 성적 성향에 대해 조금 더 구체적으로 말씀해 주셨으면 합니다. 남의 사생활을 엿보고 싶어서 그런 것이 아니라 전남편께서 여자에게 살해당한 것이 거의 확실하고, 살인 방식이 성적인 활동과 관련이 있는 것으로 보여서요. 아시는 대로 자세히 좀 말씀해 주시지요."

아나벨 플레처는 의자에 등을 기대고 술을 쭉 들이키더니, 담뱃불을 붙였다. 그리고 역겹다는 듯이 얼굴을 찡그리며 대답했다. "알았어요. 말해 드리죠. 그 부분에 대해 나도 더 이상 감추고만 있기는 힘들 것 같으니까. 그런데 유쾌한 이야기는 아니에요. 맨 정신에 듣기는 좀 그럴 텐데, 정말 한 잔 안 해도 괜찮겠어요?"

★

톰은 권하는 술을 사양하고 그 이야기를 들었다. 하지만 일일 브리핑을 하기 위해 런던으로 돌아오는 길에 생각해보니, 한 잔 할 걸 괜히 사양했다 싶었다. 따로 운전사까지 있어 운전을 해야 할 상황도 아니었는데 말이다. 아나벨에게 들은 이야기로 충격을 받지는 않았다. 너무 오랫동안 경찰 생활을 해서 인간이 어디까지 추악해질 수 있는지 볼 꼴 못 볼 꼴 다 봤으므로. 그럼에도 놀라운 이야기인 것은 부정할 수 없었다.

톰은 아나벨의 이야기 중에서 어디까지가 과장 혹은 삐뚤어진 전처가 꾸며낸 가공의 이야기인지 판단할 수가 없었다. 지금 당장은 이 정보를 싱클레어 총경한테만 말해두는 것이 좋을 것 같았다. 그리고 로라 플레처를 정신병원에 가두는 일에 관여한 경찰서장이 누구고, 그의 역할이 무엇이었는지 수사하도록 싱클레어 총경에게 요청도 해야 했다. 베키가 스텔라 케네디에게서 그 정보를 캐낸 것이 무척 기특했다.

톰은 축축하고 어두운 가을 저녁 풍경을 물끄러미 바라보고 있었지만, 아무것도 눈에 들어오지 않았다. 그날에 일어났던 일들을 떠올리며 조각난 퍼즐을 이어 붙이려 애쓸 뿐이었다. 하루 동안 퍼즐은 거의 한 시간마다 더 복잡하고 어려운 수수께끼로 자라나는 듯 보였었다.

★

소녀는 침대에서 피곤한 몸을 일으켜 세워 매일 밤 바깥을 살피기 위해 창가로 갔다. 소녀는 그 남자가 무서웠지만, 그럼에도 그가 오기를, 그것도 빨리 오기를 간절히 바라고 있었다. 저 유리창을 열 수만 있다면, 혹시 지나가는 사람의 시선을 끌어볼 수도 있을 텐데. 하지만 사실 이 길을 지나다니는 사람은 아무도 없는 듯했다. 하지만 그래도 누군가 지나간다면 약간의 희망이라도 생겼을 것이다. 어쩌면 어둠을 무서워하지 않는 사람이 이 인적 없는 길을 따라 개를 산책시키러 나올지도 모른다는 생각이 들었다.

하지만 유리창은 모두 강화유리로 만들어져 꽁꽁 닫혀 있었다. 그리고 그도 그 점을 소녀에게 분명하게 확인시켜 놓았다. 유리 안쪽으로는 철망이 쳐져 있어서 설사 유리를 깰 수 있는 물건을 가지고 있다 해도 유리까지 손이 닿을 수도 없었다.

소녀는 바닥에 놓인 낡고 지저분한 매트리스와 그 옆에 놓인 플라스틱 탁자를 바라보았다. 소녀는 둘 다 탈출의 도구가 될 수 없다는 것을 알았다. 방 안에 있는 다른 가구들은 손길이 닿지 않는 곳에 떨어져 있었다. 그가 문을 열고 소녀를 이 방 안으로 밀어 넣자마자 소녀는 공포에 질렸었다. 자기가 무슨 잘못을 저질렀는지는 알 수 없었지만 이것이 그 벌이었다. 하지만 소녀를 가장 두렵게 만들었던 것은 이런 방이 이미 여기에 존재하고 있었다는 사실이었다. 마치 그녀를 기다리고 있었다는 듯이 준비된 상태로.

소녀는 자기 발목에 묶인 사슬을 내려다보았다. 그리고 그 사슬이 나사로 참나무 천장에 단단히 고정되어 있는 곳으로 시선을 옮겼다. 설사 저 나사를 풀 방법이 있다 한들, 절대로 저기까지는 손이 닿지 않을 것이다. 잠을 잘 때도 조심해야 했다. 다시 몸이 사슬에 얽히는 일이 발생해서는 안 됐다.

혹시나 다가오는 차의 흔적이 보이는지 시골 구석을 샅샅이 살펴보고 있다가 소녀는 이런 생각이 들었다. 자기가 토끼나 여우같은 동물이었다면 자기 발을 물어뜯어서라도 덫에서 빠져 나왔을 거라고. 하지만 소녀는 절대로 그런 일을 할 수 없었다.

어쨌거나 소녀는 그 자가 돌아오리라 확신하고 있었다. 그가 생각하기에 소녀가 충분히 고통 받았다고 여겨질 때면 말이다.

17

톰은 저녁 브리핑 시간이 끝나려는 찰나에 경찰서에 도착했다. 런던 경찰청 인신매매 전담수사팀인 맥심 수사대에서 나온 경찰 두 명이 브리핑을 진행하고 있었다. 톰이 자료를 한 장 건네받았는데 두 경찰의 이름이 적혀 있었다. 셰럴 랭글리 경위와 클라이브 호너 경장이었다. 톰은 두 사람의 콤비를 보며 미소를 지었다. 셰럴은 활짝 웃는 미소를 가진 키 작고 토실토실한 여자였고, 클라이브는 침울해 보이는 길쭉한 얼굴을 가진 키 크고 호리호리한 남자였기 때문이다. 셰럴이 휴고 경에 대한 의견을 요약해서 발표하고 있었다.

"휴고 경은 대단히 어려운 상황에서도 아주 훌륭한 일을 했습니다. 여러분 모두 아시다시피 인신매매는 아주 심각한 사회문제입니다. 일단 이곳으로 끌려온 소녀들은 탈출할 방법이 없다는 것을 알게 되죠. 소녀들은 몸값을 지불하는 것 말고는 나가는 방법이 없다는 말을 듣습니다. 하지만 인신매매조직이 수익의 팔십 퍼센트를 떼어가기 때문에 소녀들이 몸값을 지불하는 것은 사실상 불가능한 일입니다. 몸값으로 한 명 당 이만 파운드 이상을 요구하기 때문이죠. 경우에 따라서는 사만 파운드를 요구하는 경우도 있습니다."

톰은 재빨리 머리를 굴려 보았다. 그렇다면 알리움 재단은 자신의 의지와 상관없이 매춘부 생활을 하고 있는 소녀들의 몸값을 지불하는 데만 이백만 파운드 이상을 지출했다. 물론 그 외 재단을 운영하는 데 필요한 다른 비용들이 추가될 것이다.

셰럴이 자기 동료를 보며 고개를 끄덕이자 동료 클라이브가 브리핑을 이어나갔다. 살짝 하이톤인 목소리가 그의 외모와 어울리지 않았다.

"휴고 경은 그저 몸값을 지불하고 소녀들을 데려와 위탁가족을 연결해 주는 데서만 그치지 않았습니다. 자선재단은 인력이 제대로 갖춰진 센터를 갖추고 있고, 은신처까지 마련해 주었지요. 감금되어 있지 않았던 소녀들의 경우는 자발적으로 찾아와 도움을 요청할 수도 있었지요. 물론 그로 인한 후환이 두려워서 감히 그러지 못하는 경우는 많았지만요. 그리고 자선재단은, 효과는 미미했겠지만 이 소녀들을 대상으로 성매수 행위를 하는 것을 막아보려는 길거리 캠페인 활동도 했습니다."

브리핑 내용이 경찰서 사람들의 관심을 끌었고, 신참 경찰 하나가 클라이브에게 질문을 하나 던졌다. "아마도 이 경찰서에서 저만 모르고 있는 것 같은데요, 이 소녀들을 어떻게 동유럽에서 여기까지 데리고 온 건가요?"

클라이브가 자신감 넘치는 표정으로 책상 가장자리에 걸터앉아서 미소를 지어보였다. "좋은 질문입니다. 동유럽에서 영국까지 오는 도중에 그 소녀들의 유입을 차단할 수 있는 기회가 많았을 텐데 이상하다고 생각할 만도 하죠. 하지만 몇 해 전에 유럽 여러 국가들 사이에서 셴겐조약이라는 것이 체결됐습니다. 그 협정 때문에 조약 체결 국가들 사이에서 사실상 국경이 개방되었습니다. 여권을 보여줄 필요가 없어진 거죠. 국경에 대한 통제가 사라지다 보니 인신매매업자들은 소녀들을 자기네 나라에서 빼내기만 하면 프랑스, 이탈리아, 독일 등 유럽 각지로 자유롭게 데려갈 수 있게 되었죠. 배를 이용해 이탈리아로 데리고 가는 경우도 있고, 육상 경로를 이용하는 경우도 있습니다. 일단 그렇게 동유럽을 빠져나오고 나면 바다를 가로질러 영국으로 데려올 일만 걱정하면 됐죠. 국경을 철저하게 통제하려고 노력은 하고 있지만, 사실 영국으로 들어오는 모든 화물차와 컨테이너를 일일이 다 조사해 보기는 불가능한 것이 현실입니다. 이 소녀들이 영국에 들어오는 순간 바로 적발하려면 익명의 제보가 확보된 상태에서 운도 같이 따라줘야 합니다."

이런 내용들도 흥미롭기는 했지만 톰에게는 해결해야 할 살인사건이 있었다. "자네가 보기에는 이 인신매매조직이 휴고 플레처를 죽일만한 동기가 있을 것 같아?" 톰이 물었다.

대답은 셰럴 경위가 했다. "솔직히 그럴 가능성은 별로 없다고 생각합니다. 휴고 경이 자신을 위험에 처하게 만들었다는 말들을 많이 하지만,

우리는 그렇게 생각하지 않습니다. 지금 하는 말을 오해하지 않으셨으면 하는데요, 그가 한 일을 크게 존경하는 것은 사실이지만 그가 자선사업으로 인해 발생하는 위험 요소를 부각시켰던 것은 그저 홍보 효과를 노린 것이 아닌가 생각합니다. 그는 매춘부 소녀들의 몸값을 아주 후하게 쳐줬어요. 휴고는 포주들이 부르는 대로 몸값을 쳐줬습니다. 그래서 포주들로서는 휴고 경을 죽일 아무런 이유가 없었던 거죠. 길거리에서 남자들에게 이 소녀들을 대상으로 성매수를 하지 말라고 캠페인 활동도 했지만, 어떤 포주들은 그 덕에 자기네가 공짜로 광고를 한다고 생각하기도 했거든요. 악명이 무명보다는 낫다는 말이 있잖아요." 이 대답에 톰을 포함한 나머지 경찰들은 놀라고 말았다. 톰도 휴고의 허풍에 그대로 속아 휴고가 신변에 위협을 받으면서까지 소녀들을 위해 일하고 있다고 믿어왔기 때문이다.

톰은 시간을 더 내서 질의응답시간에 오가는 얘기를 듣고 싶었지만, 그럴 수가 없었다. 아나벨에게서 모은 정보를 싱클레어 총경에게 보고해야 했기 때문이다. 싱클레어 총경도 꽤나 놀랄 것 같았다.

★

톰은 휴고의 전처와 나누었던 얘기를 토시 하나 빼지 않고 총경에게 전했다. 싱클레어는 말없이, 하지만 귀담아 들었다.

"총경님 생각은 어떠십니까? 아나벨이 목격했다고 주장하는 장면과 살인사건 현장은 분명 무시할 수 없는 연관성이 있습니다. 그 여자가 현장을 두 눈으로 목격하지 않고서야 그 장면에 대해 알 수는 없었겠죠. 사건현장의 세부사항은 철저하게 비밀로 유지되고 있으니까요. 그리고 그 여자가 범인이라면, 살인범이 미쳤다고 그 장면을 그렇게 정확하게 묘사했겠습니까?"

톰은 싱클레어 총경의 대답을 기다리지도 않고 계속 말을 이어갔다.

"그 여자는 자기도 휴고를 죽이고 싶었지만, 매니큐어 바른 손을 피로 더럽히고 싶지는 않았다나, 뭐 그런 말을 했습니다. 솔직히 매니큐어가 예뻐 보이지는 않더군요. 물론 휴고의 성적 취향을 아나벨만 아는 것은 아닐 수도 있습니다. 다른 누군가도 그를 협박했을지 모르죠. 그리고 휴고의 특이한 성적 취향에 대해 아나벨 본인은 절대로 그런 적이 없다고 하지만 다른 사람에게 이야기했을 가능성도 있고 말입니다."

싱클레어 총경이 걱정스러운 듯 고개를 저으며 말했다. "아직 범인이 누구인지와 직결되는 얘기는 아니로군. 생각을 좀 더 해봐, 톰. 그리고 내일 다시 얘기하지. 자네는 머리를 좀 식혀야겠어."

"제 생각에는 일단 이 사실을 총경님과 저 둘만 알고 있는 게 어떨까 싶습니다. 사람들의 관심이 추문 쪽으로 쏠리면 좋을 게 없을 것 같으니까요. 저는 그냥 사실 관계만 발표하려고 합니다. 아나벨의 원래 이름은 티나 스티븐스였고, 휴고의 어머니를 돌보던 간호사였으며, 결혼할 때 이름을 바꿨다고 말이죠. 보아하니 티나라는 이름이 격이 없어 보여서 이름을 바꿨던 것 같습니다."

"자네 판단대로 하지, 톰." 싱클레어 총경이 특유의 찡그린 표정을 하며 말했다. "어쩐지 이제 필요한 퍼즐은 모두 모았다는 느낌이 들어. 그저 그 퍼즐 조각들을 어떻게 맞춰야 할지 모르고 있을 뿐이야."

톰이 고개를 끄덕였다. 그 조각들을 맞추는 것이 그가 해야 할 일이다. 지금 당장은 그 최종적인 그림이 대체 어떤 모습일지 감도 오지 않았다.

"마지막으로 한 가지만 더 말씀드리고 가보겠습니다. 오늘 한 가지 분명하게 느낀 것이 있습니다. 휴고가 정말로 위험에 처해 있었다고 생각하는 사람은 아무도 없었다는 것입니다. 심지어는 휴고의 아내도 그 부분에 대해서는 시큰둥하게 생각하더군요. 그렇다면 대체 왜 경호원을 뒀을까요? 정말 그저 홍보에 불과한 것이었을까요, 아니면 다른 그 누구도 모르는 위험을 휴고 본인만은 알고 있었던 것일까요?"

★

톰은 자기 아파트 문을 열고 안으로 들어서며 안도했다. 스위치 하나를 누르자 여기저기서 동시에 불이 들어왔고, 조광기로 조명을 절반 정도 밝기로 낮추었다. 차분한 분위기로 위로받고 싶었다. 오디오가 있는 곳으로 가서 나탈리 머천트의 노래를 골랐다. 음악이 아파트 전체에서 흘러나오도록 설정한 다음 샤워를 하려고 욕실로 들어갔다. 하루 종일 들었던 이야기로 더럽혀진 기분이었다. 몸만 살짝 헹구고 나오려 했던 것이 결국에는 10분 동안 뜨거운 물을 틀어놓고 몸을 푹 담갔다가 나오게 됐다. 오래 되어 낡기는 했지만 편안한 검정색 추리닝과 하얀 티셔츠를 입고, 간단한 저녁 거리를 마련하려고 부엌으로 갔다.

피노누아 와인을 한 병 딴 다음, 냄비에 물을 끓이고, 프라이팬에는 올리브유를 둘렀다. 그리고 베이컨을 꺼내 프라이팬 위에 올리고 익혔다. 잘 익은 방울토마토를 썰고, 바질도 조금 찢어 놓은 뒤, 끓는 물에 파스타를 집어넣었다.

과연 음식이 목구멍으로 넘어갈지 알 수는 없었지만 지금까지 살아온 경험으로 봐서는 뭐라도 먹지 않으면 자기가 쓸모없는 인간이 된다는 것쯤은 알고 있었다. 그나마 이것은 쉽고 빠른 요리였다. 파스타가 익기를 기다리는 동안 손에 와인잔을 쥐고 식탁에 앉아 깊은 생각에 잠겼다.

휴고 플레처는 어떤 사람이었을까? 정말로 모두가 믿어 의심치 않았던 도덕적 귀감이었을까? 아니면 아나벨이 말한 그런 인간이었을까? 휴고가 정말 그런 인간이었다면 그것이 로라와의 생활에는 어떤 영향을 미쳤을까? 무엇 하나 맞아떨어지는 것이 없었다. 마치 완전히 다른 두 사람을 바라보고 있는 것만 같았다.

타이머가 울리자 자리에서 일어나 토마토를 몇 분 더 익혔다. 그리고 후추를 그 위에 조금 뿌리고, 물기를 뺀 파스타를 프라이팬에 집어넣은 후에 올리브유를 조금 더 넣고, 찢어놓은 바질을 그 위에 뿌렸다. 다 익은 파스타를 접시에 바로 옮겨 담고 와인잔을 가득 채운 다음 자리에 앉았다. 집에 왔을 때보다 생각의 진전이 전혀 없었다.

맛은 있지만 소박하기 그지없는 음식을 포크 가득 찔러서 입으로 집어넣자마자 요란하게 인터폰이 울렸다. 부엌 자리에서도 스크린에 나온 비디오폰 영상이 보였다. 케이트였다. 톰은 당장 달려 나가 수화기를 집었다. 밥 생각은 이미 머리에서 싹 사라져 버렸다.

"케이트, 여기 무슨 일이야? 루시한테 무슨 일 생겼어?"

"아니요, 루시는 괜찮아요. 아이 봐주는 사람이 데리고 있어요. 들어가도 돼요? 꼭 해야 할 얘기가 있어요."

톰은 애한테 아무 일 없다는 말에 한숨을 놓기는 했지만, 루시와 관련된 일도 아닌데 전처가 찾아와 자기 저녁식사를 방해했다는 사실에 짜증이 밀려왔다. 톰은 버튼을 눌러 문을 연 다음 자리로 돌아와 식사를 하기 시작했다. 톰은 그 전날 통화할 때 케이트가 어떤 목소리로 얘기했는지 잊지 않고 있었다.

케이트가 톰을 찾아 부엌으로 들어오자 그는 케이트를 슬쩍 쳐다보고는 놀란 표정을 감추려고 애썼다. 케이트의 이국적인 예쁜 얼굴이 세심하게 화장을 한 덕분에 훨씬 더 예뻐 보였고, 평소처럼 편하게 묶고 다니던 말총머리 대신 검고 긴 머리카락이 어깨 바로 아래까지 윤기 있게 내려와 있었다. 예뻐졌다는 말이 목구멍까지 올라왔지만 참으면서 냉장고를 가리켰다.

"냉장고에 화이트와인 있어. 아직도 좋아하면 마셔. 잔은 저기 있고." 톰이 냉장고 옆 찬장을 가리켰다. "미안한데 먹던 거 마저 좀 먹을게. 집에 오는 동안 이거 먹을 생각만 하면서 왔거든."

"요리야 항상 당신이 나보다 나았죠. 당신 생각할 때마다 그리워하는 것 중에 하나가 그거예요."

톰은 고개를 들지 않았지만 아주 이상하다는 생각이 들었다. 케이트는 항상 톰의 단점만을 말했지, 그것을 만회해 줄 장점에 대해서는 한 번도 얘기를 꺼내 본 적이 없었기 때문이다. 적어도 루시가 태어난 이후로 몇 년 동안은 그런 적이 없었다.

케이트는 와인을 한 잔 따라서 식탁 맞은편에 앉았다. 그녀가 살짝 미소를 머금고 주위를 둘러보았다. "집 정말 좋네요, 톰. 요즘 벌이가 괜찮은가 봐요."

톰은 케이트의 눈빛을 상상할 수 있었다. 이 아파트는 호화로운 도시 생활의 절정이었다. 이 아파트에는 사람이 바랄만한 것이 모두 들어있었다. 딱 하나, 영혼만 빼고. 여기 있는 물건들 중 그가 손수 고른 것은 하나도 없었다. 그냥 아파트에 다 딸려 들어온 물건들이다. 짙은 갈색의 가죽 소파, 커다란 평면 텔레비전, 반짝이는 하얀 식탁 등 모두 최고의 제품들이라는 것은 사실이었다. 하지만 바닥에 쌓여 있는 책과 음반CD를 제외하면 그것들 중 톰을 표상하는 물건은 아무것도 없었다. 집에 빌트인된 책장이 아예 없는 걸 보면 현대인들이 분명 책을 안 읽기는 하나 보다.

케이트가 이렇게 늦은 시간에 찾아온 것이 아직도 의심스러워 쌀쌀맞게 대답했다. "경찰하면서 받는 쥐꼬리만한 봉급으로 이런 집에 살 형편이 안 되는 것은 우리 둘 다 아는 거 아냐? 이렇게 사람 놀라게 하면서까지 찾아온 이유는 뭔데? 어제 통화할 때는 그렇게 매정하게 굴더니?"

"미안해요. 내가 좀 정신이 없었어요. 동시에 여러 일이 벌어져서 딴데 정신이 팔려 있었어요. 그렇게 못되게 굴 생각은 없었어요."

톰은 이 말에 대답해 줄 것은 딱 하나밖에 없다고 생각했지만 입 밖으로 꺼내지는 않았다. 케이트가 조용히 한숨을 내쉬고 이어서 말했다. "당신한테 해야 할 말이 있어요."

톰이 계속 파스타를 포크로 찍어 입으로 가져가며 잠깐 고개를 들어서 케이트를 바라보았다.

"데클란하고 헤어지려고 해요. 이 말은 그래도 내 입으로 전해줘야 할 것 같았어요. 둘이 관계가 잘 안 풀렸고, 이제는 뭔가 결단을 내릴 때가 된 것 같아요. 어제 전화로 큰 소리 지른 건 미안하지만, 사실 그것도 이 문제랑 관련이 있어요."

톰은 정말로 놀라고 말았다. 두 사람 사이가 너무 좋아서 탈이라는 얘기만 들었지 뭔가 문제가 있다는 얘기는 이번이 처음이었다. 하긴 톰이 물어본 적도 없었지만. 루시는 항상 충분히 행복해 보였고, 톰이 제일 크게 신경 쓰는 부분도 그것이었다.

"무슨 일인데?"

케이트가 침을 삼켰다. 초조해 보였다. "난 여러 가지 이유로 당신을 떠났어요, 톰. 당신의 불규칙한 근무시간 때문에 내가 항상 힘들어했었던 거 당신도 알 거예요. 하지만 데클란은 항상 자상했죠. 당신은 항상 딴생각에 빠져 있었잖아요. 담당한 살인사건 같은 것이 항상 머리를 채우고 있었잖아요."

톰은 접시를 집어 들어 남은 음식을 쓰레기통에 버리기 시작했다. 어쩐지 식욕이 사라져 버렸다. 전에도 귀가 닳도록 들었던 얘기다. 그런데 왜 이제 와서 다시 이 이야기를 꺼내는 것일까?

"그런 눈으로 쳐다보지 말아요. 나한테는 정말 힘든 문제였어요. 데클란도 근무시간이 길기는 마찬가지죠. 하지만 일정했어요. 그래서 그가 언제 뭘 하고 있을지 나도 알고 있었다고요. 그이가 꼭두새벽에 일어나서 동 트자마자 출근한다 해도 나는 상관 안 해요. 어차피 나도 일찍 일어나서 루시를 준비시켜 줘야 하니까요. 그가 집에 늦게 들어오기는 하지만 적어도 일정한 시간에 들어오잖아요. 그리고 항상 집에는 들어오고."

케이트가 말을 멈췄다. 케이트가 지금 힘들어하는 것이 톰의 눈에도 보였지만, 그녀를 위로하고픈 마음은 눈곱만큼도 없었다.

"그런데 불행하게도 데클란의 자상한 마음씨가 내 눈에만 띈 것이 아니었나 봐요. 요즘 들어 그 사람 회사 팀에서 출장을 가는 일이 부쩍 늘었어요. 그런데 우연히 알게 됐는데 그 팀에 데클란 말고는 달랑 여자 하나가 더 있더라고요. 데클란 말로는 그 여자와의 관계를 정리했고, 그냥 하룻밤의 실수라고는 하는데 나는 알고 싶지 않아요. 데클란과 나는 결혼한 사이도 아니고, 또 그런 일이 다시 일어나지 말란 법도 없잖아요. 이제 그 사람하고 같이 있고 싶은 마음이 들지 않아요. 그래서 다른 곳으로 이사하려고 해요."

톰은 할 말을 잃었다. 케이트는 그동안 데클란을 성인군자처럼 묘사했었다. 톰은 루시를 데리러 갈 때나 데려다 주러 갈 때 만난 적은 있었지만, 그에 대해서 알고 싶지 않았었다. 솔직히 톰이 할 수 있는 것이라고는 얼굴을 후려갈기고 싶은 충동을 참는 것밖에 없었다. 하지만 지금은 그런 감정조차 사라진 지 오래다.

"그 사람한테 상처 받았다니 딱하게 됐네, 케이트. 자기 배우자가 나 말고 다른 누군가를 더 좋아하는구나 싶을 때의 심정은 나도 겪어봐서 너무 잘 알지."

자기가 옹졸하게 굴고 있다는 것을 톰도 알았다. 하지만 케이트가 데클란이 좋다며 매정하게 자기를 버리고 갔어도 톰은 그녀를 이해해보려고 애쓰던 중이었다.

"그렇게 삐딱하게 굴 것 없어요, 톰. 하지만 내가 생각이 너무 짧았던 것에 대해서는 정말 미안하게 생각해요. 당신이 가진 장점을 알고 고마워했어야 했는데 그러지 못했어요. 그리고 자상해 보이고 듣기 좋은 말만 해주는 사람한테 빠져든 것도 바보짓이었고요. 이제는 당신이 그 사람보다 훨씬 더 나은 사람이라는 걸 알아요."

톰은 이 말에 조금도 흔들리지 않았다. 케이트가 몇 십만 파운드나 되는 데클란의 봉급, 그리고 그만큼이나 두둑한 보너스에 특히 더 이끌렸다는 것을 그도 모르는 바가 아니었다. 톰은 케이트가 무슨 속셈으로 여기 온 것인지 알 수 없었지만, 분명 꼼수일 거라는 확신이 들었다. 톰에게는 다른 것들보다 특히 더 신경 쓰이는 문제가 한 가지 있었다.

"어디로 이사 가려고 하는데? 내가 여기 자리 잡은 건 순전히 루시 근처에 있으려고 자기 집 옆으로 온 거야. 내가 여기 온 지 얼마나 됐다고 벌써 이사 얘기가 나와? 어디로 가려고?"

"그런 말은 하지 말아요. 당신도 여기서 일하니까 좋잖아요. 당신이 꿈꾸던 직장 아니에요? 내가 이곳을 떠난다고 해서 당신이 이곳으로 이사 온 것에 대해 내가 미안해할 필요는 없다고 생각해요."

톰은 케이트의 말을 믿지 않았다. 케이트가 그를 떠난 이후로 많은 일들이 일어났고, 그 일들은 모두 하나같이 안 좋은 일들이었다. 이제 겨우 자신의 삶을 추스르기 시작했다. 톰을 떠날 때 케이트는 톰 걱정은 눈곱만큼도 하지 않고 루시를 영국 반대편으로 데리고 갔다. 톰의 입장에서는 주말마다 휴가를 내는 것이 쉬운 일도 아니었을 뿐더러, 당시에는 주머니 사정도 넉넉하지 않을 때라 런던까지 왔다가려면 교통비만 해도 허리가 부러질 지경이었다. 이혼에도 목돈이 들어갔었지만 루시를 뒷바라지하는 사람은 데클란이 아니라 친아빠인 톰이어야 한다는 생각만큼은 확고했다.

그러다가 갑자기 톰의 형 잭이 죽었다. 그래서 톰은 아내에 형까지 잃게 됐다. 만약 런던경찰청에 자리가 나지 않았다면 딸까지도 잃어버릴 뻔했다. 이제는 루시도 많이 커서 루시를 격주로 봐야 할 상황인데 그조차 받아들이기 힘들었다.

"대체 어디로 가려고, 케이트? 그리고 애초에 이사를 가겠다는 생각을 왜 하는 거야? 이제는 루시도 여기에 친구가 많이 생겼고, 당신도 이곳 생활을 즐기는 것 같더니."

"간단해요. 이젠 여기서 살 형편이 안 되니까요. 적어도 지금까지 살았던 수준으로 살기는 힘들다고요. 런던 물가가 장난이 아니잖아요. 루시의 생활수준까지 낮춰가면서 여기 눌러 있고 싶지는 않아요."

아하, 이제야 본색을 드러내시는군. 톰은 생각했다. 톰을 떠날 때 분명 케이트는 데클란의 봉급이 더 나은 선택이라 생각했을 것이다. 하지만 톰의 형 잭이 죽을 때 그 유언장에는 모든 재산을 톰에게 물려준다고 되어 있었다. 그리고 그때는 형이 잘 나가던 회사를 판 지 얼마 안 되었을 때라 유산의 액수가 만만치 않았다. 케이트가 무엇을 바라고 여기 왔는지 추측하는 데는 오랜 시간이 걸리지 않았다.

"내가 집을 하나 사주지, 케이트. 어때? 적당한 지역에 적당한 집을 사줄게. 당신은 분명 또 다른 남자를 만날 테니까 그때까지는 내가 생활비도 보내주지. 루시는 내가 돌봐야 하니까. 그 정도면 런던에 남겠어?"

"톰, 난 그것 때문에 온 거 아니에요."

톰은 웃음이 나올 뻔했다. 그런데 때마침 나탈리 머천트의 '내 사랑스런 아내(My Beloved Wife)'가 흘러나오자, 그 아이러니한 상황에 결국 실소가 터졌다. 톰은 오디오로 걸어가서 음악을 꺼버렸다. 그 순간 톰은 케이트가 등 뒤로 바짝 다가온 것을 느끼고 그 자리에 얼어붙었다. 케이트는 팔로 그의 허리를 감싸고, 얇은 티셔츠 한 장을 사이에 둔 채 가슴을 그의 등에 문지르고 있었다.

"톰, 나를 봐요." 톰이 불안한 기분을 느끼며 돌아섰다. 케이트가 팔을 올려 톰의 목을 감쌌다. 톰은 그녀의 갈색 눈동자를 들여다보았다. 오랫동안 그를 사로잡았던 눈이다. 톰은 그 두 눈 속에서 애원의 눈빛을 보았다. 그리고 케이트는 한시라도 남자를 곁에 두지 않으면 불안을 느끼는 여자임을 깨달았다. 지금 이 순간은 톰이 케이트의 유일한 선택은 아니어도 최고의 선택일 것이다.

"내가 2년 전에 했던 일 정말, 정말 미안해요. 내가 큰 실수를 저질렀어요. 지금까지 살면서 그렇게 후회해 본 일이 없어요."

"케이트, 당신은 바람을 폈어. 나를 떠났다고. 당신 때문에 나는 거의 만신창이가 됐었지. 하지만 이제는 괜찮아졌어. 이제 와서 그 일을 다시 겪고 싶지는 않아."

톰은 케이트가 바람을 피운 사실을 알고 난 후에 죄책감에 자학했다. 하지만 케이트가 자기를 떠난 가장 근본적인 원인이 자기가 아니라 새로운 흥분을 원하는 케이트의 욕망에 있었음을 깨닫기까지는 아주 오랜 시간이 걸렸다. 케이트는 톰의 단조로운 사랑만으로는 만족할 수 없는 여자였다. 톰의 사랑이 그녀에게는 지루한 사랑이었다. 하지만 케이트는 절대로 이 문제를 그렇게 바라보지 않았다.

"생각해 봐요, 톰. 그렇게 단순한 문제가 아니잖아요. 나는 그 사람을 거부할 수가 없었어요. 너무 외로웠을 때 그 사람이 정말 신경을 많이 써줬어요. 그게 어떤 건지 당신은 몰라요, 톰. 당신은 그래 본 적이 없으니까."

톰이 케이트의 팔을 떼어냈다. 그리고는 더 이상 자기 몸에 손을 댈 수 없도록 반대편으로 걸어갔다. 그렇게 오랜 시간이 흘렀음에도 톰은 아직 화가 풀리지 않았음을 깨달았다.

"나는 다른 여자하고 잘 기회도 없고, 그러고 싶은 욕망도 없었을 것 같아? 정말로 그런 일이 당신한테만 일어났었다고 생각하는 거야? 자기가 마음속으로 원하던 누군가가 방 안으로 들어올 때의 흥분과 설렘이 어떤 건지 나는 모를 것 같아?"

"말도 안 돼요, 톰. 당신은 경찰이잖아요. 당신이 동료 경찰하고 바람을 필 수는 없어요. 어떻게 그것이 당신의 일보다 더 가치 있을 수 있어요? 당신은 동료 경찰 말고 다른 사람은 만나는 일도 없으면서."

톰은 솟아오르는 분노와 좌절을 억눌렀다. 케이트는 항상 이런 일이 자기한테만 일어나고, 그 일들은 자신이 통제할 수 없는 일이라고 했다.

"두 가지만 짚고 넘어가지, 케이트. 우선, 나는 경찰 일 하면서 아주 많은 사람들을 만나. 아마 당신이 내 일에 조금이라도 관심이 있었다면 알 거야. 그리고 더 중요한 건 이건데, 나는 일이 소중하기 때문에 그런 유혹을 참은 것이 아니야. 아내가 있는 사람이었기 때문에 참은 거지. 당신은 내가 직장을 잃을까봐 두려워서 유혹을 참았다고 생각했다면 하나만 물어보자. 그럼 왜 당신은 남편을 잃을까 두려워서 유혹을 참지 않았어?"

그렇다고 단념할 케이트가 아니었다. 케이트는 톰에게로 다가갔다. 그리고 톰의 어깨 위에 손을 올렸다. 톰은 온몸이 쭈뼛 서는 것을 느꼈다. 케이트는 너무 아름다웠다. 그의 몸은 그녀에게 반응하고 있었지만, 머리는 안 된다고 소리치고 있었다. 그는 움직이지 않았다. 그녀를 밀어내지도, 반응하지도 않았다.

"실수였어요, 톰. 그것뿐이에요. 난 그냥 한낱 나약한 인간일 뿐이잖아요. 당신처럼 강한 사람이 아니에요. 아무리 좋은 동네, 좋은 집이라고 해도 루시하고 나 단 둘이서만 살고 싶지는 않아요. 맨체스터에 있을 때는 친구라도 있었지만, 여기는 친구도 없잖아요. 당신 말고는 아무도 없어요."

케이트가 톰에게 키스를 하려고 다가왔다. 2년 전이었다면 톰은 이 순간 자기 입술을 내주었을 것이다. 하지만 그는 두 손으로 케이트의 허리를 잡고 밀어냈다. 두 사람 다 말이 없었고, 이제 어떻게 해야 할지도 몰랐다. 톰은 케이트가 키스를 하게 놔둘 수 없었다. 하지만 그녀의 부드럽고 도톰한 입술이 눈에 들어오자 무너질 것만 같았다.

케이트가 침묵을 깼다. "왜 우리가 다시 가족이 될 수 없는 거죠? 당신하고 나, 그리고 루시가요. 루시는 엄청 좋아할 거예요. 나도 그렇고요. 난 내가 한 행동을 부끄러워하고 있고 두 번 다시는 그런 일이 없을 거라고 루시의 인생을 걸고 맹세해요. 우리도 한 때는 행복했었잖아요. 다시 노력할 수 있어요. 루시를 위해서라도."

물론 이 말은 케이트가 꺼낼 수 있는 비장의 카드였다. 매일 루시와 함께 살고, 매일 저녁마다 루시의 얼굴을 볼 수 있다는 것은 생각만 해도 강렬한 유혹이었다. 하지만 이번에는 달랐다. 톰은 이내 제정신으로 돌아왔고, 그녀가 노리는 것을 정확히 파악했다. 그리고 케이트의 아름다움이 기껏 껍질에 불과하다는 것을 깨달았다. 물론 케이트가 사악한 여자는 아니다. 하지만 깊이가 없었다. 톰은 케이트의 허리를 잡고 있던 손을 들어 자기 어깨에서 케이트의 팔을 떼어냈다.

"루시를 매일 볼 수 있다면 그보다 좋은 일은 없겠지. 하지만 당신과 나…, 우리 둘은 돌아올 수 없는 강을 건넜어. 당신이 데클란의 집에서 나올 수 있게 당장 살 집을 알아볼게. 그 다음 일은 그때 가서 생각하자고."

"우리가 다시 함께 한다는 거에 대해서는 분명하게 아니라고 못을 박는 건가요? 아니면 가능성을 열어둔 건가요?"

톰이 케이트의 두 손을 잡았다. 그녀가 다시 자기를 만지지 못하게 하고 싶은 목적도 있었지만, 자기 말이 케이트에게 상처를 주고 있다는 것을 알기 때문이기도 했다.

"일단 상황이 안정될 때까지는 두고 보자. 어떤 게 올바른 해결 방법인지는 그때 가서 얘기하고."

여기서 분명하게 아니라고 못을 박았다가는 내일 아침 첫 기차로 케이트가 맨체스터로 떠나 버릴 것을 알았다. 지금 당장은 현 상태를 유지해야 하므로, 케이트에게 약간의 여지를 남겨둘 필요는 있었다. 하지만 케이트가 톰의 돈에 가장 큰 매력을 느끼고 있음이 확실한 이상, 아무리 루시를 위해서라도 케이트에게 돌아갈 수는 없었다.

케이트는 자기 뜻이 관철되고 있다고 생각하는 듯 보였다. 그녀가 미소를 지으며 톰의 손을 꽉 쥐었다.

"여기서 가까운 곳을 알아볼까요? 내일부터 당장 알아볼 수 있어요. 그럼 당신도 항상 루시를 볼 수 있잖아요. 그리고 집을 사지 말고 그냥 월세로 얻는 건 어때요?"

"알아 봐. 세가 얼마인지 알려주고. 그런데 당신이 계약하지는 마. 어차피 임대계약서에는 내가 서명해야 할 테니까 그냥 알아보기만 한다고 약속해. 데클란의 집에서 당장 나와야 하는 상황이면 호텔을 예약해. 호텔비는 내가 계산할 테니까."

케이트가 톰을 보며 미소를 지었다. 그녀의 눈동자에서 승리를 만끽하는 듯한 기운이 느껴졌다. 톰은 아직은 그 꿈을 짓밟고 싶지 않았다.

"우리가 문제를 잘 해결할 수 있을 줄 알았어요. 내일 적당한 곳이 보이면 전화할게요."

수염을 깎지 않은 톰의 뺨에 부드럽게 입을 맞춘 후에 케이트는 미소를 짓고 의기양양한 걸음으로 문밖으로 나갔다.

이제 톰은 해결해야 할 것이 두 가지 생겼다. 하나는 살인 사건, 그리고 또 하나는 전처였다. 하룻밤 죽은 듯이 푹 자보자는 다짐을 지키지 못할 것 같았다.

18

세 사람은 각자 자기만의 생각에 빠져 가라앉은 분위기 속에서 식사를 마쳤다. 스텔라가 분위기를 좀 띄워 보려고 가벼운 대화를 시도했지만 로라와 이모젠의 귀에 들어오지 않았다. 스텔라가 커피를 타러 부엌에 가고 나서야 이모젠은 로라와 이야기를 할 수 있었다.

"내 말 들어봐, 로라. 네가 더 읽지 말라고 하면 편지 더 안 읽을게. 나더러 아무것도 모른다는 말에 내가 욱해서 너를 몰아붙이는 바람에 네가 이 편지들을 보여준 거잖아. 그런데 그땐 내가 정말 제정신이 아니었나봐. 네가 그만 읽으라고 하면 더는 읽지 않을게."

로라가 씁쓸한 미소를 지었다. "처음에는 너한테 그 편지들을 보여주기가 싫었지. 하지만 지금은 오히려 네가 꼭 계속해서 읽어야 한다는 생각이 들어. 나는 그저 세상에 단 한 사람이라도 나를 이해해줄 사람이 있었으면 좋겠는데 아무리 생각해도 너보다 나은 사람은 없는 것 같아. 한편으로는 그게 나한테도 큰 위안이야. 내가 이 편지를 쓴 이유도 너한테 모든 것을 털어놓고 싶었기 때문이었으니까. 하지만 털어놓을 수는 없었지. 한번은 거의 말할 뻔한 적도 있어. 기억나? 하지만 때를 놓쳐 버렸지. 편지를 쓸 때 너는 항상 내 마음속에 있었어. 네가 나랑 같은 방안에 있어서 모든 것을 털어놓을 수 있을 것 같은 기분이었거든. 하지만 사실 나는 내가 얼마나 어리석고 나약한 인간인지 부끄러웠던 거야. 단, 편지를 읽는 대로 바로 없애 줘. 그 내용들을 두 번 다시는 읽거나 생각하고 싶지는 않으니까."

"너 진심이야? 네 뜻이 정말 그렇다면 커피는 안 마시고 지금 바로 내 방으로 가서 모두 읽어볼게. 혹시 내가 편지를 그만 읽었으면 좋겠다 싶으면 언제라도 말해."

이모젠은 방으로 들어와 편지 더미와 휴고의 사무실에서 가져온 문서 파쇄기 옆에 앉았다. 파쇄기는 편지를 읽는 대로 바로 폐기하기 위한 것이었다.

이모젠은 커피보다는 차라리 술을 한 잔 하는 것이 낫겠다 싶어 위스키를 재빨리 한 모금 들이키고는 편지 더미에서 과감하게 몇 장을 꺼내 들었다.

★

1998년 9월

이모젠에게

오늘은 너에게 이 편지들을 절대로 보여주지 말아야겠다고 결심한 날이야. 그럼 편지를 왜 쓰는데? 넌 이렇게 묻겠지? 이모젠, 좀 엉뚱한 말인지도 모르겠지만 이 편지를 쓰면 마음의 위로가 되거든. 편지를 쓰면 마치 너하고 얘기를 나누는 듯한 기분이 들어. 네가 이 얘기에 어떤 반응을 보일지도 어느 정도 예상이 되고 말이지. 하지만 편지를 쓸 때는 너를 직접 보면서 이 모든 것을 털어놓아야 할 때 생기는 부끄러움이 없으니 좋아. 이 정도면 편지를 쓰는 이유가 설명이 되려나? 그리고 나 사실 많이 부끄러워. 부끄러움을 느껴야 하는 사람이 왜 나여야 하는지는 정말 모르겠지만. 어쨌거나 횡설수설하더라도 한번 말해볼게.

난 지금 이탈리아 소렌토에 있어. 지금 앉아서 나폴리 만을 내려다보고 있는데 정말 아름다워. 내가 정말 오래도록 보고 싶어했던 풍경이야. 하지만 이런 황홀한 풍경을 지금 같은 기분으로 바라보고 있게 될 줄은 정말 몰랐어. 이런 아름다운 광경도 마음의 고통을 지워주지는 못하는구나.

휴고는 지금 내 옆에 없어. 그 사람은 호텔에 있어. 난 혼자 있을 시간이 너무 간절했어. 생각할 시간이 말이야. 렌터카를 한 대 빌릴까 했는데 휴고가 운전사가 꼭 있어야 한다고 고집을 부렸어. 난 그게 참 불만스러웠어. 나 혼자 운전을 잘 하고 다닐 수 있는데 말이지. 물론 도로가 절벽에 아슬아슬하게 매달려서 구불구불 이어지는데다가, 앞이 전혀 보이지 않는 굽은 도로에서 이탈리아 운전자들이 막 추월하는 모습을 보고 나니까 휴고 말이 맞구나 싶은 생각이 들더라.

뭐, 늘 그랬지. 그 사람 말은 항상 옳아 보여.

근데 문제가 뭐냐면 말이지, 내가 지금 정말 바보 같이 굴고 있는 건지 나 자신도 모르겠다는 거야. 모든 것을 다시 생각하고, 또 생각해 봤는데 과연 내 낭만적인 꿈이 그렇게도 비현실적인 것이었는지 자꾸만 궁금해지는 거야. 하지만 일은 이렇게 벌어졌고, 너는 대체 어떻게 생각할지 들어보고 싶어. 물론 아마도 너한테 정말로 물어보는 일은 없을 테지만 말이야.

결혼식 다음 날 우리는 신혼여행을 떠났어. 모든 것을 휴고의 관점에서 바라보겠다고 결심은 하고 갔지만 불행을 감출 때 생기는 아픔이 여전히 느껴졌어. 일단 아픔은 잘 숨긴 것 같아. 내가 뭐라고 한마디라도 하면 또 다른 다툼이 계속 이어질 텐데, 그러고 싶지는 않았거든. 이런 부분은 내가 바로 잡을 수 있다고 믿어.

처음 공항에 도착했을 때는 조금 기분이 나아지기 시작했어. 운전기사가 우리를 런던 히드로 공항으로 데리고 갈 차를 몰고 도착했어. 나는 그때까지도 우리가 어디로 신혼여행을 갈 건지도 모르고 있었지. 그 전에 내가 신혼여행에 가서 입을 옷을 고를 때 휴고가 도와줬었는데, 새로 산 옷으로 판단하건대 어딘지는 몰라도 분명 영국보다는 조금 더 따뜻한 곳이고, 상당히 화려한 곳일 것 같더라. 그리고 결국 실망시키지 않았지.

히드로 공항에 도착해서 우리는 출국 절차를 눈 깜짝할 사이에 끝냈어. 그리고는 휴고가 내게 몸을 숙이더니 귀에 한 단어를 속삭였어. "베니스." 이번만큼은 내가 아는 그 휴고 같았어. 그가 미소를 지으면서 내 뺨에 부드럽게 키스해 줬어. 그 전날까지 그가 무엇에 씌어있었는지는 알 길이 없었지만 이제 그는 내가 꿈꾸던 그 낭만적인 사람으로 되돌아왔어. 그리고 그이는 베니스가 내가 세상에서 제일 좋아하는 장소라는 것을 알고 있었고. 나 거기는 딱 한 번 가본 적이 있었어. 휴가를 간 게 아니고 회의에 참석하러 갔었지. 기억나? 하지만 난 기어코 시간을 내서 베니스 대운하를 따라 수상 버스 바포레토를 탔었어. 그리고 조금은 실망스러웠던 해리스 바에서 벨리니 칵테일을 홀짝거렸지. 나는 항상 베니스로 다시 돌아가고 싶었어. 이왕이면 사랑하는 남자와 함께 말이야. 그래야 같이 곤돌라를 탈 수 있을 테니까. 닭살 돋는 얘기라는 거 나도 알아. 하지만 낭만적이잖아. 그런데 휴고가 나를 그곳으로 데리고 가고 있는 거야.

거기서 끝이 아니었어. 우리가 어디 머무느냐고 물어봤더니 그가 내가 바라는 완벽한 대답을 해줬어.

"치프리아니죠. 거기 말고 다른 데 갈 데가 있나요? 개인적으로 나는 별로 좋아하는 곳은 아니지만 당신이 좋아할 것 같았죠." 사실 그의 눈동자도 반짝거리고 있었어.

난 짜릿한 기분이 들었지. 그동안 내가 너무 심각하게 생각하고 있었던 거지. 그리고 이제 모든 게 좋아질 것 같았어.

"우리 거기 얼마나 있을 거죠?"

"닷새만 있을 거예요." 휴고가 미소를 지었어. "그리고 그 다음 닷새 동안은 비행기를 타고 나폴리로 갔다가 다시 포시타노로 가죠."

정말 믿기지가 않았어. 아름다운 코스티에라 아말피타나 해안에 가다니! 그이는 정말 모든 것을 완벽하게 생각해 놓았더라.

우리는 일등석으로 여행했는데 우리가 비행기에 타자마자 비행기 승무원이 나를 보고 웃으면서 시원한 샴페인 한 잔을 건네주더라. 당연히 인생에는 엄청난 부가 제공하는 호사스러움보다 중요한 무언가가 있는 법이지만, 그저 그런 호사스러운 삶에도 가치가 있다는 생각이 들었어.

호텔에 체크인하고 들어갔을 때는 정말 모든 것이 완벽하다 싶었어. 호텔 쪽에서 휴고에게 저녁식사 자리를 예약하고 싶냐고 물었더니, 휴고가 내가 듣고 싶어했던 대답을 했거든.

"고맙지만 우리 스위트룸에서 먹는 것이 나을 것 같군요. 메뉴에 대해서는 내가 셰프하고 얘기해 보지요. 그 전에 지금 바로 방으로 크리스탈 샴페인을 한 병 보내주면 고맙겠어요."

방에 갔는데 침실이 두 개 있는 것을 알고 조금은 실망했어. 나와 휴고가 방을 따로 쓸 것이 뻔히 예상됐으니까. 하지만 난 이미 그 부분을 추후에 해결해야겠다고 맘먹고 있는 상태였고, 여기서 짜증을 부려봤자 도움될 것은 없었지. 나한테는 이상해 보이는 것이 휴고에게는 전혀 이상해 보이지 않나봐.

"가서 목욕을 하고 편한 옷으로 갈아입는 게 어때요?" 휴고가 물었어.

나는 두 팔로 그의 허리를 감싸고 귀에 속삭였지.

"옷을 입으라구요? 정말 그걸 바라는 거예요?"

그가 부드럽게 내 팔을 떼어내고 나를 보며 미소를 지었어. 사랑스러운 미소가 눈에도 담겨 있더라.

"물론이에요. 이 아름다운 곳에서 당신이 속 비치는 가운보다는 아름다운 드레스를 입고 내 맞은편에 앉아 있는 모습을 보고 싶어요. 그래줄 수 있겠어요?"

그것도 괜찮아 보여서 준비할 시간을 좀 내야겠다 생각했지. 제대로 준비하고 싶었거든. 그래서 뜨거운 물로 사워를 하고 거품 욕조 안에 들어가 누웠어. 나머지 저녁 시간이 너무 기대되더라. 그리고 물론 그 뒤로 이어질 밤 시간도.

나는 예쁜 청록색의 실크 시프트 드레스로 조심스럽게 갈아입었어. 내 빨강 머리를 돋보이게 해줄 완벽한 옷이었지. 휴고가 내 빨강 머리를 좋아하는 걸 알거든. 드레스 앞쪽은 수수하지만 뒤쪽은 내 허리까지 깊이 V자로 파여 있었고, 드레스는 몸에 너무 달라붙지도, 그렇다고 너무 헐렁하지도 않게 아름답게 몸을 따라 흘러내렸어. 휴고가 이런 스타일을 좋아하는 걸 알았거든.

그가 선택한 저녁식사는 정말 뛰어났어. 부드럽고 맛있는 페코리노 소스를 바른 가지 뇨끼 요리와 생강에 절인 연어가 나왔고, 그 다음에는 내가 먹어본 것 중에 가장 부드러운 소고기 스테이크가 앙티부아즈 소스와 함께 나와 저녁식사 메뉴를 완성했어. 디저트를 먹을 생각은 하지도 못했는데 휴고가 셔벗을 한 입 가득 떠서 먹여줬어. 정말 천국에 와 있는 기분이었지. 나는 식탁 너머로 앉아 있는 내 우아하고 세련된 남자를 바라봤어. 너무 잘생겨 보였어. 클래식한 검정 바지에 하얀색 셔츠 위로 옅은 낙타색깔 리넨 재킷을 걸치고 있으니까 맵시가 나면서도 너무 편해 보이는 거 있지. 그의 옷깃 바로 아래로 가슴털이 몇 가닥 비치는데 당장 손을 뻗어 그의 셔츠를 풀고, 목에 키스를 퍼붓고 싶어서 정말 몸이 다 뜨거워지더라니까. 정말 그랬다는 건 아니고, 그냥 그러고 싶은 마음이 들었다고. 그런 기분이 들었어.

술을 너무 많이 마시면 안 되겠다 싶었어. 그래서 작은 잔으로 와인을 두 잔 정도만 마셨지. 저녁 식사를 하고 휴고는 그라파를 마셨지만, 나는 머리가 맑았으면 싶어서 마시지 않았어. 우리는 전용 테라스로 나가서 석호를 바라보았어. 정말 천국이 따로 없었지.

내가 휴고에게 먼저 손을 뻗으면 안 되겠다는 생각이 들었어. 그는 무엇이든 자기가 주도하는 것을 좋아하니까. 그래서 참았지. 우리가 바다를 바라보고 있는데 그가 팔로 내 어깨를 감싸더라. 나는 그의 행동을 느꼈다는 표시를 하려고 살짝 그에게 기댔지. 하지만 너무 세게 기대지는 않으려고 했어. 그때 그 사람이 내가 그렇게 듣고 싶어했던 말을 꺼내더라.

"어제 저녁은 결혼식 첫날로는 그리 좋은 출발이 아니었다는 거 나도 알고 있어요, 로라. 내가 침실 배치를 그렇게 해서 놀랐다면 미안해요. 당신도 그것이 얼마나 합리적인 방법인지 곧 이해하리라 믿지만, 당신이 있던 세상에서는 그것이 일반적인 일이 아니라는 점은 나도 충분히 이해해요. 내가 좀 더 당신 입장에서 그 부분을 처리해야 했어요. 하지만 지금 이 순간은 우리의 진정한 신혼 첫날밤이에요. 그럼 이제 우리 당신 방으로 갈까요?"

우리의 배경이 서로 다르다는 말은 살짝 무시해 버렸지만 사실 그의 말이 맞기는 하지. 사실 나는 아주 긴장하고 있었어. 어제 아침까지 나는 세상을 다 가진 것처럼 자신감에 차 있다가 그 자신감에 조금 타격을 입었었잖아. 이번에는 일을 망치지 않게 조심, 또 조심해야 한다는 생각이 들었어. 나는 그에게 내가 그를 얼마나 사랑하고, 그가 나에게 얼마나 중요한 사람인지 말하고 싶었어. 하지만 언제라도 쉽게 깨져 버릴 것만 같은 이 친밀한 순간을 깨뜨리지 않고 싶었지. 나는 그가 내 감정에 대한 얘기보다는 본인에 대한 칭찬의 말을 더 듣고 싶어 할 거라는 판단이 들었어.

"휴고, 이렇게 멋진 신혼여행을 만들어주어 얼마나 고마운지 몰라요. 당신은 모든 것을 정말 세심하게 준비했네요. 나도 당신을 더 없이 행복하게 만들어주고 싶어요."

나도 알아, 이모젠. 솔직히 나도 오글거려. 하지만 이렇게 말하기를 잘했어. 휴고가 기분 좋아하는 것 같았거든.

우리는 팔짱을 끼고 내 침실로 걸어 들어왔어. 내 침실은 금색과 은색으로 장식된 정말 멋진 방이었어.

심장이 너무 빨리 뛰고 있었어. 그것이 격정에 차올라서 그랬던 것인지, 또 다시 휴고한테 퇴짜를 맞을까봐 겁나서 그랬던 것인지는 지금도 모르겠어! 나는 휴고에게로 돌아서서 두 팔을 그의 허리에 감고 키스를 받고 싶어 고개를 들었어. 그의 눈동자를 들여다보았더니 눈빛에서 진정한 갈망이 보이더라. 그가 내게 키스했어. 처음에는 부드럽게, 그리고 그다음에는 점점 더 열정적으로. 나는 두 손으로 그의 셔츠 단추를 풀기 시작했지만, 그가 부드럽게 내 손을 막았어. 나는 서두르지 말자고 속으로 나를 다독였어. 그리고는 그이가 내 머리를 자기 어깨로 끌어당기고 내 머리를 쓰다듬기 시작하더라. 그리고 내 긴 머리칼을 들어 올리고 그 위로 키스를 했어. 나는 빨리 진도를 나가고 싶어 숨이 넘어갈 것 같았지만 그래도 꾹 참았지.

그러다 그가 나를 밀어냈어. 그냥 살짝. 그리고 내 어깨 위에 손을 올렸어.

"당신은 정말 아름답고, 난 정말 당신을 원해요. 하지만 지금 이 순간을 좀 더 즐기고 싶으니 우리 서두르지는 말아요. 저쪽으로 가서 서 봐요. 당신을 보고 싶어요."

그가 나와 떨어진 곳으로 가서 의자에 앉아 나를 바라보았어. 난 이건 싫더라. 난 그이 품에 안겨 있고 싶었거든.

"휴고, 당신이 뭘 원하는 건지 모르겠어요. 나보고 그냥 여기 서 있으라는 거예요?"

"잠깐 동안은요. 당신의 아름다운 빨강 머리가 조명에 반짝이고 있어요. 지금 당신의 완벽한 모습을 바라보면서 이 밤을 기억에 남기고 싶어요."

난 살짝 바보가 된 기분이었지만 그래도 그이가 나를 아름답다 생각한다니 그건 좋더라. 뭐, 적어도 내 머리카락은 아름답다잖아. 그래도 난 그이의 팔에 안겨 있고 싶었어. 이렇게 방 반대편에 서 있으니까 혼자만 뚝 떨어져서 있는 기분이 들더라.

그이가 의자에 등을 기대고 앉아서 그 멋진 미소를 다시 지었어.

"옷을 하나씩 벗어 봐요, 로라."

나는 얼굴을 찌푸렸어. 무슨 말인지 못 알아듣는 것은 아니었지만 그래도 대체 무슨 의미로 하는 말인지 물어봐야겠더라구.

"그냥 간단한 부탁이에요, 로라. 신발은 그냥 신고 있고, 옷만 벗어요. 당신을 바라보며 감탄하고 싶어요."

이 사람이 나더러 자기를 위해 스트립쇼를 해달라는 소리더라구. 아, 이건 정말 아니다 싶었어. 내 알몸을 처음으로 그이한테 보여주는 시간인데 이런 식으로 보여주고 싶은 마음은 정말 들지 않았어. 부부가 되고 시간이 좀 흐른 다음에야 그이가 좋다면 이렇게 못해줄 것도 없지. 하지만 오늘은 우리 첫날밤이잖아. 오늘만큼은 다정하고 열정으로 가득해야 하는 시간 아니야? 손과 입술로 서로의 몸을 발견해 나가는 그런 시간이어야 하는 거 아니냐고. 이렇게 무슨 단독공연처럼 쇼를 하고 싶지는 않았어. 나는 대드는 것처럼 보이지 않게 조심하면서 이런 부분을 설명하려고 했어.

"로라, 당신에게 창녀처럼 행동해 달라고 부탁하는 게 아니에요. 그냥 당신이 옷을 하나, 하나 벗는 모습을 보고 싶은 것뿐이에요. 완전히 알몸이 될 때까지 계속 해봐요. 남편이 아내의 몸을 보며 감탄하고 싶어 하는 것이 잘못된 건가요?"

여기에 대고 내가 뭐라고 할 수 있겠니? 이 사람 그런 재주가 있어. 똑같은 얘기를 꼭 칭찬처럼 들리게 한다니까. 하지만 아무리 생각해도 나한테는 너무 부자연스럽게 느껴지는 거야. 너무 냉담하고 따뜻함이란 게 느껴지지 않잖아. 그래서 다시 설득해 보려고 했지.

"휴고, 나 정말 이거 해야 돼요? 난 그냥 당신을 만지고, 안고 싶어요. 네?" 징징대는 것처럼 들리지 않으려고 애는 썼는데 그게 과연 성공적이었는지는 모르겠어.

"당신을 내게 주는 선물이라고 생각해 봐요. 나는 선물 포장을 아주 천천히 벗기면서 설렘을 느끼고 싶어요. 나는 당신이 내숭을 떠는 사람이라는 생각은 한 번도 해본 적이 없어요, 로라. 이런 간단한 부탁을 가지고 문제 삼지 말아요."

이 사람이 말하면 정말 뭐든지 그럴듯하게 들린다니까. 이 사람 말을 듣다보면 결국에는 내가 너무 까다롭게 구는 사람이 되어 버려. 글쎄, 어쩌면 그 사람 말이 맞을지도 모르지. 내가 까다롭게 구는 건가? 나는 내가 사랑하는 남자 앞에서 옷을 벗는 게 어려울 게 전혀 없어. 상황만 올바르다면 말이야. 하지만 이건 분명 자기만 즐거우면 된다는 얘기잖아. 나는 이거 하면서 전혀 즐거울 것 같지 않으니까.

그리고는 정신을 다시 바짝 차렸어. 내가 모든 것을 지나치게 부풀려 생각하고 있다는 판단이 들더라. 그이가 내게 스트립쇼를 바란다고 해서 뭐? 그게 죽을죄도 아니고. 나는 단단히 마음을 먹고 그가 하는 말을 글자 그대로 다 따랐어. 머릿속에서는 그냥 팬티스타킹을 안 입은 게 천만다행이라는 생각밖에 안 들더라. 그 상상을 하니까 거의 웃을 뻔했어. 그것도 잠깐이었지만.

제일 끔찍했던 게 뭔지 알아? 분위기가 정말 이게 아니다 싶었다는 거야. 우리가 서로의 몸에 익숙해져 있는 상태였다면 재미있는 스트립쇼를 벌일 수도 있었을 거야. 나는 끈적끈적한 음악에 맞추어 춤을 추고, 휴고는 웃고 있으면서도 욕망을 감출 수 없는 눈빛으로 나를 바라보고 말이야. 아니면 나중에는 내가 그에게 그냥 가만히 서서 나를 바라만 보고 있으라고 하고, 절대 내 몸에 손을 대지는 말라고 명령할 수도 있겠지. 그리고는 내가 그이를 유혹하는 야릇한 분위기를 연출하면서 말이야. 그런데 문제는 그런 느낌이 전혀 들지 않았다는 거지. 어쩌면 내 잘못인지도 몰라. 하지만 뭘 잘못한 것인지 모르겠어. 그걸 이해할 수 있으면 사정이 달라졌을지도 모르는데. 그래서 나는 우두커니 서서 섹시해 보이려고 애쓸 수밖에 없었어.

드레스 지퍼 내리는 것부터 시작했어. 다행히 간단한 지퍼라 드레스가 그냥 흘러 내려가더라. 드레스가 안 내려가서 머리 위로 올려서 벗어야 했으면 꼴이 얼마나 우스웠을까 싶어. 나는 잠시 드레스를 가슴에 안고 있다가 바닥에 내려놓았어. 내내 이게 무슨 바보 같은 짓인가 싶더라.

휴고가 나와 눈이 마주쳤어. 그리고는 그 눈으로 내 몸을 아래로 훑고 내려가더라. 마치 그의 눈길이 내 피부로 느껴지는 것 같았어.

나는 그 다음 단계로 넘어가려고 했지. 솔직히 드레스를 벗고 나니 별로 남은 것도 없었지만 말이야. 그런데 그때 휴고가 손을 들어 올렸어. 멈추라는 의미인 걸 알겠더라.

"평소에도 브라를 하지 않나요, 로라?"

"오늘 밤에는 브라를 안 해야 당신이 좋아할 줄 알았죠. 우리 둘만 있는 시간이니까요."

"나는 속옷을 좋아하는 취향이 좀 있어요. 하지만 그 문제는 나중에 얘기하죠. 계속 해봐요."

뭐라고 한마디 해주고 싶은 말이 목구멍까지 올라왔지만 그대로 참고 계속 옷을 벗었어. 저녁식사를 하고 느꼈던 짜릿한 흥분이 거의 분석하듯이 나를 바라보는 휴고의 차가운 눈길 앞에 서 있으니까 금방 식어버리더라. 이제 신발 말고는 벗을 것이 아주 짧은 속바지밖에 없어서 허리를 숙여서 천천히 속바지를 벗었지.

지금까지 이런 일들이 조금 이상하기는 해도 괜찮은 척 너한테 얘기했지만 이제부터는 솔직히 말해 볼게. 지금까지는 그 다음에 일어났던 일의 충격은 잠시 뒤로 미뤄둔 거였어. 그 충격을 받기 전까지 내가 느끼던 기분만 정확하게 설명하려고 한 거야.

속바지를 벗고 난 다음에 고개를 들어 휴고의 눈을 바라보며 최대한 유혹적으로 보이려고 애썼지. 그런데 휴고의 눈동자에서 어떤 흥분이나 욕망 같은 것이 느껴지지 않았어. 아주 차갑고 무언가 김이 빠진 듯한 눈빛이었어. 그가 자리에서 일어서더니 내 뒤쪽 창가로 걸어가서 바다를 바라보더라. 그가 뒤도 돌아보지 않고 내뱉은 그 다음 말은 정말 충격이었어.

"당신한테 정말 실망이로군, 로라. 옷 다시 입어요."

도대체 내가 뭘 잘못한 건지 알 수 없었어. 솟구쳐 오르는 온갖 감정들을 눌러 담느라 온몸이 떨리고 있었지만 나는 침착한 목소리를 유지하려고 애쓰면서 그에게 이유를 설명해달라고 했어. 그가 획 돌아서서 나를 쏘아보면서 이렇게 말하더라.

"당신은 사기꾼이야, 이 여자야. 아주 저질 사기꾼이라고. 당신이 이 정도로 사기를 잘 칠지는 생각을 못 했어."

갑자기 말투가 달라지고 그의 얼굴은 경멸의 표정 그 자체였어. 나는 우스꽝스러운 하이힐 샌들만 신고 벌거벗은 채 서 있으니까 마치 무방비 상태로 노출되어 있는 것 같은 기분이 들었어. 나는 마치 공격을 막으려는 것처럼 두 팔로 가슴을 감쌌어.

이 남자가 내 몸에 실망한 것이라고 생각할 수밖에 없었지. 내 몸이 완벽한 몸이 아니란 건 나도 알아. 조금은 통통한 편이지. 그래도 형편없는 몸매는 아니잖아! 그런데도 이 사람은 완전히 역겹다는 표정이 되어 있더라구. 가슴이 조여오더라. 아무것도 이해가 안 됐어. 그가 다음에 한 말이 마치 망치로 두드리는 것 같은 충격으로 다가왔어.

"당신은 날 갖고 놀았어. 다시 한 번 말하는데, 당신한테 정말 실망이야."

그이가 더 할 말이 없다는 듯 다시 유리창 쪽으로 돌아서더라.

지금 와서 다시 생각해 보니까 차라리 그때 내가 화를 냈다면 오히려 자연스러웠을 것 같아. 하지만 내가 사랑하는 사람이 나 때문에 실망했다는 기분이 들면 그렇게 되질 않아. 세상에 나 혼자밖에 없는 것 같은 외로운 기분이 들거든. 내 기분이 그랬어. 우리가 만난 날 이후로 그 사람은 한 번도 나한테 불친절해 본 적이 없었으니까. 난 그저 그의 발 앞에 무릎 꿇고 내가 뭘 잘못했는지 설명해 달라고 빌고 싶은 마음밖에 없었어.

그런데 갑자기 자존심이 상하더라. 감정이 롤러코스터처럼 계속 오르락내리락하는데 이번에는 자존심이 발동한 거야. 내가 왜 이런 기분을 느껴야 해? 그이도 자기가 나에게 상처를 주고 있다는 것을 분명 알고 있을 거 아냐? 내가 상처 받건 말건 중요하지 않다는 거야? 이런 생각들이 실망과 고통과 계속 엎치락뒤치락했어. 그렇게 롤러코스터가 정점에 올라갔다가 다시 한 번 아래로 고꾸라지기 시작하더라. 그러니까 갑자기 이성은 먼지처럼 흩어져 버리고 오로지 감정이 내 마음을 완전히 장악해 버렸어. 이제는 거의 울다시피 하면서 그에게 제발 뭣 때문에 그런 건지 설명해달라고 빌었지.

"휴고, 대체 뭐가 문제인지 모르겠어요. 내가 지금 당신 때문에 너무 속상한 거 알아요? 내가 대체 뭘 잘못했다는 거예요?"

그는 잠시 계속 등을 돌리고 서 있다가 결국에는 돌아서서 이렇게 말했어.

"그거!" 그가 내 사타구니를 가리키며 말했어.

잠깐 동안이었지만 다시 한 번 감정이 소용돌이치면서 화도 나고 빈정대고 싶은 마음도 들더라.

"뭘 기대했는데요? 고추가 달려있을 줄 알았나요?" 이 말은 하지 말았어야 했나봐.

"당신 머리카락은 빨간색이잖아."

난 정말 어리둥절했지. 이게 대체 무슨 말일까? 내 몸을 내려다 봤지. 그리고 갑자기 깨달았어. 이제 알몸이 되었으니 내 흑갈색의 음모가 드러나 있었는데 이유는 설명할 수 없지만 그것이 그에게는 문제였던 거야. 나는 완전히 당황스러웠지.

"맞아요. 지금 내 머리카락은 빨간색이죠. 하지만 어떤 사람들은 나를 금발머리로 알아요. 사실 원래 머리카락은 흑갈색이지만. 염색한 머리에요. 여자들 중에 절반은 머리를 염색해요. 아마 절반도 넘을 걸요? 그게 왜 문제가 되는데요?"

"내 말을 정말 이해 못하는군. 내가 당신하고 결혼한 이유 중에는 아름다운 머리카락도 있었어. 그런데 이제 보니 그게 다 가짜였잖아."

이건 너무 사소한 문제라서 그때까지 있었던 감정들은 모두 허공으로 증발해 버리고 그냥 황당한 기분만 흔적처럼 남았어. 그렇게도 사소한 문제가 그에게는 그렇게도 중요한 문제일 수 있나 싶어서 말이지.

"하지만 그게 무슨 문제가 되죠? 내가 당신과 결혼한 이유는 딴 거 없어요. 그냥 당신을 사랑하기 때문이에요. 휴고, 난 당신의 몸에 대해서는 아무것도 모르지만 그딴 거 전혀 중요하지 않아요. 그게 왜 중요해요? 나는 당신의 몸을 탐구하고, 알고 싶어요. 그 몸이 완벽하든, 완벽하지 않든 말이에요. 내가 사랑하는 건 당신 그 자체라구요!"

그 사람은 내 말은 아무런 의미도 없다는 듯 다시 돌아섰어.

또 한 번 버림받은 듯한 묵직한 아픔이 남았지만 나는 화가 나기 시작했어. 솔직히 말도 안 되는 행동을 하고 있는 것은 그이였으니까. 지금은 어떤 식으로든 언쟁이 일어날 수밖에 없을 것 같았는데 이렇게 벌거벗은 채로 서서 말싸움을 벌이고 싶은 마음은 없었어. 나는 하이힐을 벗어던지고 침대 끝에 곱게 접혀져 있던 가운을 걸쳤지. 그러고 나니까 무방비로 노출되어 있는 것 같은 기분이 훨씬 덜어지더라. 그래 어디 말로 붙어보고 싶다면 한번 붙어보자는 생각이 들었어.

"휴고, 우리 앞에는 몇 가지 선택이 기다리고 있어요. 첫째, 이대로 갈라서는 거예요. 나로서는 대단히 실망스러운 일이지만 우린 첫날밤도 제대로 치르지 않은 사이니까요. 둘째, 내가 빨간 염색약을 사오는 거예요. 하지만 가게가 문을 열어야 하니 이건 내일까지 기다려야 해요. 셋째, 당신이 잠자리에 들 때마다 항상 안대를 차는 거예요. 그리고 넷째, 당신이 그 빌어먹을 바보짓을 멈추는 거예요. 그 중에서 당신이 선택해요."

휴고의 바람대로 모든 것을 맞춰주려고 그렇게 애쓸 때는 아무런 소용도 없더니, 희한하게 화를 내니까 그건 오히려 효과가 있는 듯했어. 좀 차가운 말투이긴 했지만 그래도 휴고의 말투가 달라지면서 대답이 그이 입에서 나오더라고.

"로라, 당신의 말투도 마음에 안 들고, 그런 거친 말을 쓰는 것도 용납하기 어렵지만 어쨌든 내 반응이 당신이 보기에는 조금 과해 보였을지도 모른다는 생각이 드는군요."

이 말에 당연히 한마디 튀어나오려고 했지만 참았어. 그리고 그가 계속 말을 이어가게 놔뒀지.

"아무래도 당신은 이것이 내게 얼마나 중요한 부분인지 이해 못하는 것 같은데, 설명을 듣고 이해할 수 있었으면 좋겠어요. 내가 당신과 결혼한 이유는 당신이 내게 아주 소중했던 사람과 빼닮았기 때문이었어요. 사실 내가 알았던 사람들 중에 제일 완벽한 사람이었죠. 그녀는 아름다운 빨강 머리를 갖고 있었어요. 당신을 만나기 전에는 그녀와 정말로 닮았다 싶은 사람을 아무도 만나보지 못했어요. 우리는 서로에게 헌신을 다 했어요. 그리고 당신은 그녀와 정말 닮아 보였죠. 당신의 강인함, 몸, 그리고 특히나 그 머리카락이 닮았어요."

난 정말 그날 밤 더 이상의 상처는 없을 줄 알았었어. 그런데 이 말은 정말이지 내 가슴을 도려내더라. 나는 간신히 입을 열어서 그 여자가 그렇게 완벽한 사람이면 왜 그 여자하고 결혼하지 않았느냐고 물었어.

"불가능한 일이었으니까요. 지금은 이 세상 사람도 아니고. 나는 당신이 그녀를 대신할 수 있을 거라 생각했죠."

역겹더라. 지난 몇 달 동안 이 사람이 나와 함께 했던 이유가 나 때문이 아니라 내가 다른 누군가를 닮아서였다니. 아마도 어떤 유부녀를 만났었는데 자기 남편한테 되돌아갔나 싶었지. 하지만 난 알아야 했어.

"휴고, 당신 나를 사랑하기는 해요? 그 여자와 내가 닮은 점이 없더라도 나하고 결혼해서 살고 싶어요?"

"로라, 나는 두 번이나 결혼에 실패하는 망신을 당할 마음의 준비는 안 되어 있으니까 내 실망을 극복할 방법을 찾아내야 할 것 같군요. 그래서 당신의 질문에 대한 내 대답은 '그렇다'예요. 나는 당신과의 결혼을 유지하고 싶어요."

지금 이 글을 쓰는데 그냥 슬프기만 하다. 그 사람이 나를 사랑한다고 말하지 않았다는 것도 그렇고, 그이가 나와 결혼한 이유가 다른 여자를 대체하기 위해서였다는 것도 그렇고, 결혼하기 전에는 섹스를 하지 말아야 한다는 말에 설득 당했던 내가 바보스러워서도 그렇고. 내 머리 색깔에 대해 죄책감 같은 것은 전혀 없어. 그이가 아주 말도 안 되는 소리를 하고 있는 거라 생각해.

그래도 그때는 결혼이 파국을 맞이하지 않았고, 잘못된 것이 무엇이든 그것을 고칠 기회가 남아있다는 생각에 그냥 안도감만 들더라. 왜 그런 기분이 들었는지 정말 이해가 안 돼. 분한 감정도 들고 온갖 부정적인 감정이 가득 차오를 줄 알았는데 말이야. 하지만 난 그저 우리 결혼 생활을 바로 잡고 싶다는 생각밖에 안 들었어. 그래서 한숨을 길게 쉬고 난 후에 그가 서 있는 창가로 가서 두 팔로 그의 허리를 감쌌어. 그리고 그의 등에 머리를 기대며 속삭였지.

"이게 내 원래 머리 색깔이 아니라고 말하지 않아서 미안해요. 당신이 한 번이라도 우리 부모님네 집에 찾아왔었더라면 알았을 텐데. 거긴 내 사진이 정말 많이 걸려 있거든요. 하지만 문제될 것 없어요. 당신이 원한다면 언제까지나 빨강 머리로 남아있을 수 있어요. 침대로 올래요? 이 문제는 잘 넘어갈 수 있을 거예요."

휴고가 돌아서서 내 어깨에 손을 올렸어. "침대에 가 있어요. 금방 갈게요."

그의 옷을 내가 벗기는 즐거움은 맛보지 못하겠구나 싶었지만, 적어도 당장 이혼 법정에 서는 일은 없겠다 싶어 안도가 됐어. 그리고는 바보 같이 가라앉은 분위기를 좀 띄워야겠다는 생각이 들었지. 휴고가 돌아서서 가는데 내가 그 뒤에 대고 이렇게 농담을 했어.

"휴고, 혹시 알아요? 당신이 말한 그 여자도 머리카락을 염색한 건지도 모르잖아요."

휴고는 걸음을 멈추지 않았어. 그가 이렇게 반응할 것을 내가 예상했어야 했는데.

"절대로 아니에요."

그리고 휴고는 문을 닫고 나갔지.

★

그 다음에 있었던 일에 대해서는 사실 별로 얘기를 꺼내고 싶지도 않아. 우리 첫날밤 이야기야. 하지만 그래도 말해 볼게.

그가 내 침실로 돌아왔을 때 보니까 허리에 타월을 걸치고 있었어. 그이가 불을 끈 다음에 타월을 벗고 침대로 들어오더라. 나는 불을 켰으면 좋겠다고 했지. 그의 몸을 보고 싶었거든. 무릎 뒤쪽에 난 주름부터 튀어나온 목젖까지 모든 부분을 말이야. 내가 그이를 얼마나 흠모하고 있는지 그가 알아줬으면 좋겠단 생각이 들었어. 그리고 솔직히 말하면 내 남편의 알몸을 정말 보고 싶었지. 아내가 남편의 몸을 보고 싶어 하는 것이 그렇게 별난 생각도 아니잖아!

그런데 휴고는 생각이 다르더라구. 불을 켜달라는 내 부탁은 그냥 무시하고 나를 끌어당겨서 목에 키스를 했어. 그런데 내 입술에는 키스를 안 했어. 나한테는 키스가 항상 제일 에로틱한 행동이거든. 키스만큼 나를 흥분시키는 것이 없어. 하지만 내가 입술을 그의 입술로 가져가려고 할 때마다 그는 어떻게든 떨어지려고 했어. 내 손이 무의식적으로 그의 몸을 더듬기 시작하면 그이가 못 만지게 내 손을 꽉 움켜쥐더라구. 나는 이것이 혹시 일종의 전희 같은 것인가 생각했어. 어쩌면 내가 그의 몸을 만지는 것을 최대한 참고 있기를 바라고 있나 싶었지. 그래서 그렇게 했어. 휴고는 항상 무언가를 참고 절제하는 것이 제일 좋은 거라 생각하는 것 같았어.

그런데 갑자기 그이가 나를 돌려 눕히더니 말 그대로 내 위로 기어 올라갔어. 내 목에 키스를 시작한 지 얼마나 됐다고 말이야. 그 다음 얘기를 내가 쓸 수 있을지 모르겠다. 나 정말 너한테 이런 얘기까지 다 하는 게 맞을까?

그의 오른손이 우리 몸 사이로 들어오는 것이 느껴졌어. 그가 손으로 자기 물건을 잡더니 내게로 밀어 넣으려는 것이었어. 하지만 그건 무리였지. 솔직히 말하면 그가 충분히 단단해지지 않은 상태였거든. 나는 너무 서두르지 말자고 부드럽게 말했어. 잠시 서로를 더 느껴보자고 말이야. 그런데 그는 내 말은 싹 무시했어. 그 다음 일은 솔직히 너무 불쾌했어. 내 기분이 어떤지는 아랑곳하지도 않고 그이가 그냥 내 몸속으로 밀고 들어왔어. 분명 스스로를 자극하려는 행동이었지. 그러다가 낮은 신음소리를 한 번 내더니 몸을 빼서 침대에 드러눕더라.

아무 말도 나오지 않았어. 뺨에서 눈물이 흘러내리는데 불이 꺼져 있어서 얼마나 다행이었는지 몰라. 내가 그에게 얼마나 실망했는지 보여주고 싶지 않았거든. 우는 소리를 내지 않으려고 참고 있었는데 오래 참고 있을 필요가 없었어. 그가 몸을 움직이는 것이 느껴지더니 휴고가 정말로 침대에서 일어나고 있었어.

"잘 자요, 로라."

그걸로 끝이었어. 다른 한마디 말도 없이 그는 나가버렸어.

★

다음 날 아침, 이번에도 역시 나는 혼자 눈을 떴어. 아침 일찍 눈을 떠서 나누는 사랑도 없고, 서로 팔다리를 뒤엉킨 채 맞이하는 하루도 없었지. 완전히 공허한 기분이었어. 마치 잠들어 있는 동안 누가 와서 내 몸속을 다 파먹어 버린 느낌이었어. 내가 왜 그런 기분을 느껴야 하는지 이해가 안 되더라. 이상한 일이지. 보통은 무언가 나쁜 일이 일어난 다음 날 아침에 눈을 뜨면 처음에는 기분이 괜찮았다가 나중에야 현실을 깨닫고 기분이 다시 나빠진다고 하는데, 내 경우에는 정반대였어. 나는 고통을 느끼면서 잠에서 깼으니까. 하지만 나를 고통스럽게 만든 것이 무엇이었는지 기억하는 데는 도리어 시간이 걸리더라.

이제 결혼한 지 겨우 이틀 됐는데 벌써부터 나는 남편이 나와 결혼한 이유가 내가 다른 누군가와 닮아서였다는 것을 알게 됐어. 그리고 둘이 각방을 쓰게 될 것이고, 우리가 나누는 사랑이 내가 기대했던 대로 두 사람이 만나 하나가 되는 황홀한 경험이 아니라는 것을 알게 됐어. 적어도 지금은 말이지. 그 이후로도 다른 일들이 일어났어. 지금 쓰는 내용은 칠 일 전에 있었던 일들이거든. 그런데 더는 못 쓰겠다. 지금은 더 못 쓰겠어.

이 얘기를 너한테 할 수 있었으면 얼마나 좋을까. 정말로 너한테 직접 털어놓을 수 있다면 말이야. 나 어떻게 해야 할지 모르겠어, 이모젠. 너무나 혼란스럽고 불행해. 하지만 그래도 긍정적으로 생각해야겠지. 그래서 시원한 화이트와인을 한 잔 주문하려고 해. 건설적인 생각에 집중해 보려고. 그런 다음에 호텔로, 그리고 휴고에게 돌아가야지.

로라가

19

월요일 아침은 밝고 상쾌하게 시작됐다. 톰이 좋아하는 딱 그런 가을 아침이었다. 전날 저녁에 케이트가 떠났을 때만 해도 벽장에 보관해둔 고급 몰트 위스키나 한 병 따서 퍼마실까 하는 생각이 간절했었지만 지금 보니 참기를 잘했다는 생각이 들었다. 와인으로도 술은 적당히 즐긴 셈이었고, 그 덕에 맑은 머리로 하루를 시작할 수 있으니까. 적어도 과음으로 인한 숙취는 없었다. 하지만 오만 가지 잡생각이 아우성쳐서 머릿속은 혼란 그 자체였다.

"참 고맙기도 하군, 케이트." 톰이 혼잣말로 중얼거렸다. 지금은 개인적인 문제로 고민하고 있을 때가 아니었다. 눈앞에 닥친 사건에 집중해야 했다.

제일 먼저 들른 곳은 사건 본부였지만 최대한 빨리 옥스퍼드셔로 돌아가고 싶었다. 베키 말대로 로라로부터 분명 뭔가 수상한 면을 느꼈지만, 톰은 베키와 달리 그 근본적인 이유를 알아내고 싶었다.

일곱 시밖에 안 된 이른 시간이었지만 그의 수사팀 몇 명은 이미 분주하게 움직이고 있었다. 열정이 넘치는 경찰들이었다. 톰이 자리를 비우고 있던 11시간 동안 수사에 진척이 있었는지 확인하기 위해 사람들을 불러 모았다. 그는 사무실 끝에 있는 한 책상에 기대섰고, 다른 사람들은 의자를 끌어와서 앉거나 주변 책상에 걸터앉았다. 아자이는 항상 제일 먼저 입을 열고 싶어서 안달이 나 있었고, 오늘 아침도 예외가 아니었다.

"티나 스티본스, 그러니까 아나벨에 대한 정보를 좀 찾아냈습니다, 경감님. 기록이 남아 있더군요. 그 여자가 크로머 근처에 사는 어떤 노인의 간호사로 일한 적이 있습니다. 그런데 그 노인의 딸이 티나가 값나가는 우표를 몇 장 훔쳤다고 경찰에 고발했었습니다. 그 여자의 지문이 우표첩에 여기저기 찍혀 있었죠. 티나는 그 노인의 허락을 받고 우표 구경을 해서 그런 거라고 해명했습니다. 그런데 노인은 자기가 그것을 허락했었는지 기억을 못했다고 합니다. 그 딸은 티나가 감방에 들어가는 꼴을 꼭 보고 말겠다고 아주 단단히 벼르고 있었는데 검찰이 기소하기 이틀 전에 고소가 모두 취하됐습니다. 우표는 끝내 나오지 않았고, 티나는 크로머를 떠났으며, 그 이후로는 아무런 말이 나오지 않았죠. 검찰과 경찰 쪽에서는 헛수고를 한 셈이라 무척 화가 났지만, 그 노인이 죽을 날만 기다리고 있는 상태라 공무집행죄로 고소하기도 좀 그랬죠. 경찰 쪽에서는 모종의 협박이 있지 않았을까 하는 심증이 있었지만 증명할 방법이 없었습니다. 노인의 딸은 허겁지겁 모든 것을 숨기려 드는 것 같아 보였다고 하니까요. 티나가 무슨 짓을 했는지는 하늘만이 알겠죠."

티나, 그러니까 아나벨이 어제 들려준 이야기를 놓고 생각해 보니 톰은 어떤 패턴이 자리잡는 것이 보였다.

"잘 했어. 티나의 사진은 구했나?"

"당연히 구했죠. 그런데 정말 눈 버렸어요! 아니, 휴고 그 사람은 대체 무슨 생각으로 그런 여자하고 결혼했을까요?" 아자이가 말했다. 외모지상주의에 빠져 언제나 머리카락을 한 올 한 올 깔끔하게 빗어 넘기고 다니는 아자이의 입에서 튀어나올 법한 말이었다.

"겉모습이 전부는 아니지. 자기 어머니를 돌봐준 여자잖아. 그래서 어쩌면 그 여자의 다른 면을 보게 되었을지도 모르고. 사진은 어디 있나?"

"경감님 뒤쪽 화이트보드에 붙여놨습니다. 오른쪽 위요."

톰이 고개를 돌렸다. 하지만 그도 그 사진을 보고는 적잖이 놀랄 수밖에 없었다. 티나 스티븐스와 아나벨 플레처가 같은 사람이라고는 도저히 생각할 수 없었다. 어제 그 여자가 얼굴 살짝 고칠 돈 얘기를 꺼냈는데, 정말 농담이 아니었나 보다.

안 그래도 커피 한 잔 생각이 간절했는데 젊은 여자 경찰 한 사람이 커피를 건네주며 그 옆에 있는 사진을 가리켰다. "이 사진은 결혼식 직후에 레이디 아나벨을 찍은 사진이에요. 두 사람의 결혼은 정말 큰 뉴스였지만 휴고가 비공개로 진행하길 원했기 때문에 알려진 부분이 별로 없어요. 하지만 다른 사람도 아니고 휴고의 결혼식인지라 파파라치들이 달라붙었어요. 먼 곳에서 망원렌즈로 당겨서 잡은 사진이에요. 혹시 '렛 미인' 같은 성형 예능 프로그램 본 사람 있어요?"

수사팀 남자들은 멀뚱멀뚱한 표정이었지만, 여자들 몇 명은 웃음을 감추지 못하고 고개를 끄덕였다.

"그 프로그램 보면 정말 평범함이 뚝뚝 묻어나는 여자들을 데려다가 여기저기 다 뜯어 고쳐요. 미운 오리새끼를 백조로 탈바꿈시키는 거죠. 콧날 세우고, 턱 깎고, 쌍꺼풀 만들고, 복부 지방흡입술하고, 가슴 수술하고, 치아도 싹 다 갈아서 새로 끼우고, 피부도 사실상 한 꺼풀 완전히 벗겨낸 다음에 다시 자라나게 해요. 보기 싫은 곳에 난 머리카락은 레이저로 제모하고, 부족한 곳에는 모발이식을 하죠. 이렇게 얼굴하고 몸뚱이를 완전히 딴 사람으로 만들어 놓은 다음에는 헤어스타일 바꾸고 화장발로 또 한 번 딴 사람을 만들어 놔요. 그렇게 성형한 사람들이 다 똑같이 생겼다는 것만 빼면 정말 놀랍다니까요. 이 여자도 꼭 그런 프로그램에서 만들어 놓은 사람 같아 보이네요. 이 정도로 고쳐놓으려면 적어도 오십만 파운드 정도는 들었을 거예요."

역시나 이번에도 사람들 외모에 관심이 많은 아자이가 말했다. "휴고가 첫 번째 아내는 미운 오리 새끼에서 백조로 만들어 놓고, 두 번째 아내는 그 반대로 만들어 놓은 게 이상하다고 생각하는 사람은 나밖에 없나요?"

대부분은 고개를 끄덕였지만 톰은 이상한 죄책감이 들어서 로라를 옹호해 주어야 할 것 같았다.

"이 여자가 아팠었다는 것은 다들 알고 있겠지. 우울증인지 뭔지도 분명 영향을 미쳤을 거고. 아자이 자네는 이 여자가 많이 망가졌다고 생각하나 본데 나는 생각이 좀 달라. 그래도 이 여자는 몸매가 되잖아. 몸매가…."

톰은 부하들이 부는 휘파람소리와 야한 농담을 들으며 웃었다. 자기가 좀 망가지더라도 분위기가 밝아질 수 있다면 그것으로 좋았다.

"좋아. 뭐 또 없어?"

톰이 주위를 둘러보며 커피를 한 모금 마셨다. 그때 한 젊은 여자 순경이 손을 들었다. 다행히 때마침 그 순경의 이름이 기억났다. 앨리스였다.

"로라 플레처와 이모젠 케네디의 항공편도 확인을 해봤는데 모두 진술과 기록이 부합하는 것으로 나왔습니다. 근데 한 가지 확인이 안 된 것이 있었어요. 사건 전날 밤에 이모젠이 어디에 있었는지 분명하지 않았습니다. 그래서 런던발 파리행 비행편을 모두 확인해 보는 것이 좋을 것 같았어요. 혹시나 이모젠이 이곳으로 와서 범행을 저지르고 다시 비행기를 타고 돌아갔을 가능성이 있을까 해서요. 하지만 아직 아무것도 나오지 않았습니다."

"좋은 추리야, 앨리스. 아주 잘 했어. 현재로서는 이모젠 케네디를 의심할 만한 이유가 없고, 그 여자도 몇 년 째 휴고를 만난 적이 없었다고 주장하고 있어. 하지만 내가 이모젠한테 휴고에 대해 어떻게 생각하느냐고 물어봤더니 거짓말을 하는 게 느껴지더군. 대충 얼버무리더라고. 휴고가 별로 재미없는 사람이라나, 뭐 그런 식으로 말했어. 무관심한 척하는데, 무언가 계산된 행동이라는 게 보였어. 반면 로라는 이모젠을 보고 처음에는 무슨 철천지원수처럼 대하다가, 이모젠이 관련된 부분에서는 열성적으로 이모젠 편을 들더군. 알리바이가 있든 없든 이모젠 케네디를 용의선상에서 배제하지는 마. 앨리스, 이모젠에 대해서는 자네가 전부 다 좀 확인해 봐. 지난 몇 년 동안 영국에 방문한 적이 있었는지도 확인해 보고 여행 기록도 다 살펴봐. 그럼 휴고와 어떤 식으로든 얽힌 것이 있는지 나오겠지."

톰이 주위를 둘러보며 말했다. "좋아. 그 다음으로 넘어가자고. 실종소녀 다니카 보진에 대한 소식은 없어?"

"없습니다, 경감님. 흔적도 찾지 못했습니다. 그 소녀가 살았던 그렉슨 씨네 집도 찾아가 봤는데 자기네도 아무런 연락을 못 받았다고 하네요. 그 위탁가족들 말로는 다니카가 아주 유쾌한 애였고, 휴고 경에게도 감사하는 마음이 아주 컸다고 합니다. 그 가족들하고는 열여섯 살 때부터

2년 간 함께 살았습니다. 가족들은 다니카가 이번 사건과 관련이 있다고는 전혀 생각하지 않고 있었습니다."

"그 가족들한테 뭐 다른 얘기는 못 들었어?" 톰이 물었다.

"다시 사라진 소녀들이 꽤 많다고 하더군요. 인신매매조직이 소녀들을 추격해서 다시 붙잡아 간답니다. 물론 이미 몸값을 지불하고 나온 소녀들인데 말이죠. 이런 일이 일어나지 않게 하려고 일단 소녀들에게 위탁가족을 찾아준 다음에는 서로 연락을 금지하고 있습니다. 그렇게 소녀들 간의 연락을 차단하면 인신매매조직이 소녀들의 꼬리를 밟기도 힘들어지고, 소녀들이 새로운 가족들과의 생활에 동화하는 데도 도움이 된다는 거죠. 이 소녀들을 받아주는 위탁가족들끼리도 서로 모르기는 마찬가지니까요. 보아하니 소녀들의 안전 차원에서 그러는 것 같습니다. 그런데 그렉슨 씨는 이런 논리가 과연 맞는 논리인지 모르겠다고 하더군요. 자선재단 직원들 중에서도 의문을 가지는 사람들이 있고요. 하지만 휴고 경은 이 부분에 대해서는 입장이 아주 완고합니다. 어차피 비용을 부담하는 것은 그 사람이니까….

어쨌거나 피터 그렉슨의 말로는 다니카가 그 금기사항을 어겼다고 합니다. 2년 전에 처음 그 집에 왔을 때 다니카는 두 소녀하고 연락을 하고 있었습니다. 누구냐면…," 아자이가 수첩을 뒤졌다. "미렐라 티네시하고 알리나 코즈마입니다. 이 소녀들은 자기가 어디에 살고 있는지는 서로 말하지 않기로 했지만 매달 한 시간 정도 얼굴을 봤어요. 그런데 알리나 코즈마가 6개월이 지나기 전에 행방불명이 돼서 다니카가 그렉슨 씨에게 도와달라고 부탁을 하는 바람에 그렉슨 씨도 이 소녀들이 만나고 있었다는 것을 알게 되었다고 합니다."

처음에는 알리나라는 소녀가 행방불명이 됐고, 이제는 다니카 보진이 행방불명이 됐다. 휴고의 비서 제시카는 어떤 소녀들 중 일부가 새로운 삶의 기회를 제 발로 차 버린다며 경멸했었지만, 이 두 소녀는 전혀 그런 경우로 보이지 않았다. 톰은 자기 수첩에 이 두 동유럽 소녀의 이름을 대충 소리나는 대로 적어 넣었다.

"다니카는 왜 친구를 걱정하게 된 거지?"

"알리나가 모임에 두 번 빠졌다고 합니다. 두 소녀는 알리나와 연락이 두절되었는데, 만약 알리나가 어딘가로 사라질 계획이었다면 분명 자기들한테 먼저 알렸을 거라고 믿었던 거죠. 그런데 아무래도 애들이 제임스 본드 영화를 너무 많이 본 것 같아요. 비밀리에 편지를 교환할 수 있는 약속장소를 만들어 놨더라고요." 아자이가 씩 웃으며 계속 말했다.

"그 세 아이들은 무언가 상황에 변화가 있으면 쪽지를 써서 자기들이 만나는 곳 근처에 있는 공원 쓰레기통 밑에 찔러놓기로 했습니다. 그런데 아무 쪽지도 없었습니다. 물론 쪽지가 어디 다른 데 떨어졌을지도 모르죠. 하지만 다니카는 정말 걱정이 됐나 보더라고요. 거의 석 달 동안이나 친구 얼굴을 보지 못하니까 걱정이 돼서 자선재단과 직접 연락해 보기로 마음먹었습니다. 그래서 에거튼 크레센트에 있는 휴고의 집으로 찾아갔고, 친구 미렐라 티네시도 같이 갔죠. 두 애가 제시카 암스트롱을 만나서 알리나한테 무슨 일이 있는지 아느냐고 물어봤습니다. 하지만 제시카는 이 아이들을 도울 수도, 도울 마음도 없었죠. 그냥 규칙을 어겼으니까 이제 아주 골치 아플 줄 알라고만 소리쳤어요. 휴고는 그때 자리에 없었습니다."

이제 모든 사람의 시선이 아자이에게 쏠려 있었다. 그가 말을 이어가는 동안 사무실 안에 있는 그 누구도 꿈쩍하지 않았다.

"다니카는 자기가 곤란해지든 말든 신경 쓰지 않겠다고 마음먹었습니다. 여전히 없어진 그 친구 걱정만 했어요. 그래서 이틀 후에는 휴고 경을 찾아 옥스퍼드셔 본가로 갔습니다. 미렐라는 겁이 나서 같이 못 가고 다니카 혼자 갔어요. 그렇게 수고스럽게 찾아갔는데도 휴고는 없었죠. 그래서 로라를 만나서 모든 얘기를 털어놓았다고 합니다. 다니카 말로는 로라가 딱하게 여기더니 도와주려고 했다는군요. 로라가 자기가 알아보겠다고 말했답니다. 하지만 막상 로라한테서는 2주일 쯤 후에 한 번밖에 소식이 없어서 다니카의 실망이 컸습니다. 이때는 사실 로라가 다시 요양시설로 들어가기 얼마 전이었죠. 2년 전 크리스마스를 앞두고 있었을 때였을 겁니다."

톰은 잠시 말문이 막혔다. 만약 로라가 다니카를 만난 적이 있었다면, 어제 자기 집에서 그렉슨 씨의 음성메시지를 들었을 때 왜 아무 말도 하지 않았을까? 로라는 그 메시지에 별로 관심이 없어 보였고, 그 소녀들에 대해서도 아는 것이 없다고 말했었다. 왜 거짓말을 했지?

"아자이, 다니카가 아직 행방불명인데 이런 걸 다 어디서 알아낸 거야?" 톰이 물었다.

"다니카는 자기가 규칙을 어긴 것이 잘못한 일이라고 생각하고 모든 이야기를 그렉슨에게 털어놓았습니다. 그렉슨 말에 따르면, 그 이후로는 다니카가 규칙을 철저하게 지켰다고 확신하더군요. 그러니까 수요일에 행방불명되기 전까지는 말입니다."

톰은 로라가 아무런 반응을 보이지 않았던 점이 아직도 이상했다. 그런데 문득 어떤 생각이 떠올랐다. 어제 4개의 음성메시지들을 듣고 로라의 심기가 불편해 보였던 이유가 마지막 아나벨의 메시지 때문일 거라 생각했는데 어쩌면 틀린 생각인지도 몰랐다. 로라를 불편하게 만든 것은 3번째 음성메시지였던 다니카가 행방불명되었다는 소식이었는지도. 두 사람이 만난 지 2년이 지난 일이긴 했지만 설마 로라가 다니카의 이름을 못 알아들었을 거라고는 믿기 어려웠다.

"그거는 확인해 봤나? 그 누구야…," 톰이 수첩을 열어 보았다. "알리나 코즈마가 비서 제시카 암스트롱하고 접촉이 있었는지는 확인해 봤어? 베키 말로는 행방불명된 소녀들을 추적하는 일은 비서인 제시카가 담당한다면서."

"안 해봤습니다. 오늘 아침 자선재단 사무실이 열리는 시간에 다시 찾아가서 얘기해 보려고 합니다. 알리나한테 무슨 일이 일어났던 건지, 아니면 그냥 도망을 친 건지 알아봐야겠습니다. 그리고 미렐라 티네시라는 그 여자애도 만나서 다니카가 지금쯤 어디 있는지 힌트를 얻을 수 있을지 봐야겠습니다."

"좋아. 열두 달 이내에 행방불명된 소녀가 있으면 좀 구체적으로 알아봐. 그런 소녀들은 누구든 용의자가 될 수 있어. 이제 또 뭐 없나? 경호원에 대해서는 뭐 알아낸 거 없어?"

사무실 안은 점점 더 사람들로 붐비고 있었고, 톰은 싱클레어 총경이 벌써 도착해서 사무실 뒤쪽에 앉아 듣고 있는 것을 그제야 눈치챘다. 이번에는 앨리스 순경이 좀 더 소심하게 손을 들어올렸다. 앨리스가 어깨 너머로 사무실을 가득 채운 사람들을 슬쩍 바라보았고, 톰은 그 모습을 보며 저렇게 소심해서야 어떻게 경찰을 하려나 싶었다. 하지만 앨리스는 분명 밝은 얼굴이었고, 톰이 지금 필요로 하는 것도 바로 그것이었다. 하지만 앨리스는 말을 시작하자 얼굴이 살짝 붉어지기 시작했다.

"네, 있어요. 평소에 휴고 경을 경호하던 회사 사람들하고 어제 얘기해 봤어요. 그 사람들 말로는 이번 주에는 휴고 경이 경호를 설 필요 없다고 지시했대요. 개인적으로 볼 일이 좀 있고, 아무 행사에도 참석하지 않을 거라고 했다고 합니다. 경호회사 사람들도 레이디 플레처하고 같은 말을 했어요. 휴고 경이 주로 공공행사에 갈 때만 경호원을 대동했는데 경호하다가 문제가 생길 기미는 전혀 보이질 않아서 왜 굳이 경호원을 쓸까 싶었대요."

"경호업체에 그거는 물어봤어? 내연녀가 있는 눈치라거나, 혹시 딴 여자랑 같이 있는 것을 경호하면서 본 적은 없었대?"

"네, 그것도 물어봤어요. 휴고 경에게 배정된 사람은 세 사람 정도였는데 모두들 다른 여자가 있다는 생각은 한 번도 안 들었대요."

톰은 주머니에 손을 찔러 넣었다. 그렇다면 그쪽 수사는 막다른 골목에 부딪힌 셈이었다.

"좋아. 그 가발에서는 뭐 안 나왔어?" 톰이 별 기대 없이 물었다.

나이는 좀 있지만 제일 인기가 좋은 경장 한 사람이 일어섰다. "어제는 일요일이라 가발 가게들이 다 문을 닫아서 할 수 있는 것이 별로 없었지만, 오늘 다시 다녀볼 계획입니다. 그런데 다른 것을 하나 알아냈습니다. 레이디 플레처에게 무슨 문제가 있었는지 조사를 좀 해봤는데요, 의사들은 입을 다물고 있습니다만 레이디 플레처의 그 사진이 공개되고 난 후에 언론에서 이런저런 일들을 폭로하기 시작했습니다. 분명 언론에서 돈 주고 정보를 사들였겠죠. 그 중에는 레이디 플레처가 망상장애가 있다는 이야기도 있었는데요, 그 여자의 어머니가 베키에게 한 말과 일치합니다. 첫 번째는 몰라도 두 번째로 정신병원에 들어갔을 때는 망상장애로 들어간 것이 맞습니다. 망상장애가 어떤 건지 몰라서 위키피디아를 찾아봤는데요, 우리 무식쟁이 동료들을 위해 제가 그 내용을 몇 줄로 요약해 봤습니다." 그 경장이 과장된 헛기침을 하며 손에 든 종이를 읽었다.

"망상장애는 괴이하지 않은 망상이 주증상인 정신질환으로, 일상생활에는 큰 문제가 없을 때가 많고, 망상적 믿음의 직접적인 결과로 나타나는 행동 말고는 이상하고 괴이한 행동을 나타내지 않는다."

무식쟁이란 말에 몇 명이 짓궂게 야유를 보내기는 했지만 대부분은 망상장애의 정의를 묵묵히 듣기만 했다.

톰만 질문을 던졌다. "괴이하지 않은 망상이란 게 무슨 소리야?"

"분명 사실은 아니지만 그래도 있을 법한 망상을 말하는 것 같습니다. 반대로 괴이한 망상이란, 이 사무실에 있는 사람들이 사실은 모두 얼굴이 파랗다고 믿거나, 화성인들이 내 집에 쳐들어 왔다고 믿는 경우를 말하고요. 괴이하지 않은 망상의 예를 들어보자면, 내가 이 사무실을 나갈 때마다 자리에 남은 사람들이 모두 나를 비웃는다고 믿거나, 우리 집에 오는 우유배달부가 동성연애자라는 증거가 확실한데도 내 아내가 그 우유배달부와 바람을 피우고 있다고 믿는 경우 같은 겁니다. 망상장애가 있는 사람은 자기가 백 퍼센트 옳다고 믿기 때문에 논리적으로 설득하기가 불가능합니다." 우유배달부까지 등장시킨 망상장애에 대한 설명이 유머러스해서 듣고 있던 수사관들이 모두 자지러졌다.

톰이 화제를 바꿔, 부하들 앞에서 싱클레어 총경에게 예의를 갖춰 물었다. "어제 로라를 정신병원에 보내는 일에 경찰서장 한 명이 관여되어 있다는 말을 들었는데, 감사하게도 싱클레어 총경님께서 이 부분을 친히 조사해 주신다고 했습니다. 총경님, 혹시 뭐 알아내신 내용 없으십니까?"

사무실 뒤편에서 총경이 일어나면서 말했다. "있다면 있고, 없다면 없어. 그 문제의 경찰서장은 테오 호더로 밝혀졌네."

톰은 사무실을 채운 사람들의 얼굴에 스치는 표정을 놓치지 않았다. 톰이 맨체스터에서 일할 때도 테오 호더에 대해 들어본 적이 있었다. 그는 런던경찰청 사람은 아니지만 경찰 조직 내에서 떠도는 몇몇 근거 없는 소문의 주인공이었다. 하지만 그의 혐의를 입증할 만한 증거는 아무것도 나오지 않았었다. 싱클레어 총경이 말을 이었다.

"안타깝게도 테오 호더는 지금 휴가를 내고, 아마존 근처 어딘가에서 이색 스포츠를 즐기는 중이라 연락이 닿지 않아. 경찰 업무를 통해서도 충분히 짜릿한 경험을 했을 텐데, 듣자하니 미지의 식인부족을 찾아 나서는 모험을 하고 있다더군. 뭐, 그리 멀리 갈 것 없이 우리 관할 내 식인종 같은 범죄자나 찾으러 다닐 것이지. 아무래도 그 친구가 돌아올 때까지 기다리거나 아니면 레이디 플레처한테 물어보는 수밖에 없겠어. 아무튼 모두들 수고했어. 어제가 일요일이었는데도 정보를 많이 캐냈군." 싱클레어 총경은 언제나 분위기를 북돋는 말을 한다.

톰은 여전히 핵심 용의자가 아직까지도 대두되지 않았다는 생각에, 현재 용의선상에 있는 사람들을 종합 정리해 볼 필요성을 느꼈다.

"좋아. 앨리스. 자네가 나와서 서기 역할 좀 해주겠어?"

앨리스가 화이트보드 앞으로 나와 자석으로 고정해 둔 사진과 메모지를 밀어낸 후, 빨간색 마커펜을 집어 들었다.

"용의선상에 있는 사람들을 모두 나열해 보자고. 그럼 제일 확실한 용의자부터 하지. 레이디 플레처. 레이디 플레처를 정신병 요양시설에 감금시킨 사람이 휴고로 보인다는 점 말고는 아직 특별한 동기를 찾아내지 못했어. 그리고 그것조차 이제는 어느 정도 시간이 지난 일이고. 하지만 복수는 원래 잊을 만할 때 하는 게 제맛이라는 말이 있지. 두 사람의 관계에서 무언가 이상한 게 느껴지는데 아직 그게 뭔지 모르겠어. 혹시 뭐 아는 사람 있나?"

늘 그랬듯 아자이가 제일 먼저 대답했다. "네, 경감님. 아직 범인인지 확실치 않지만, 목격자 말이 사건 현장에서 목격된 여자가 섹시하다고 했습니다. 섹시하다는 말이 과연 로라 플레처에게도 해당되는 말일까요?"

"물론 베키도 우리가 처음 이 여자를 만났을 때 마치 인생을 포기한 여자처럼 보인다고 말했어. 하지만 칙칙한 옷도 갈아입고, 화장만 좀 하면…, 내 생각에는 아주 딴 사람이 될 것 같은데. 그런데 그 시간에 레이디 플레처가 비행기를 타고 있었다는 게 확인됐어. 그럼에도 이쪽으로 더 파 볼 필요가 있다고 생각하는 사람?"

톰의 예상대로 아무도 반응이 없었다.

"그럼 다음으로 전 부인인 아나벨이 있지. 동기는 분명 있어. 아나벨은 휴고가 유언장을 고치려 하고 있었다고 생각했으니까. 하지만 휴고가 죽은 것보다는 살아 있는 쪽이 아나벨 입장에서 경제적으로 유리해 보인단 말이지. 이 여자는 알리바이가 없어서 이론적으로는 범인일 가능성이 있어. 하지만 너무 마른 몸매라 과연 가죽치마를 입고도 태가 날까 싶어. 다리가 작대기처럼 보일 테니까. 그리고 범인이 휴고의 손발을 침대에 묶을 때까지 휴고가 방치했다는 점을 잊으면 안 되지. 묶는 걸 저항한 흔적이 없으니까. 게다가 이런 일을 저지르려면 어느 정도 머리도 있어야 할 것 같은데, 과연 아나벨이? 이 여자를 선불리 배제할 수는 없지만, 최소한 이 여자가 직접 일을 저지르지는 않았을 것 같아. 청부살인일 수도 있겠는데, 청부살인업자가 여자라는 얘기는 별로 못 들어봐서…"

아나벨의 이름이 목록에 추가되고, 이름과 사진을 화살표로 연결해 놓았다.

톰이 말을 이었다. "아나벨과 같은 집에 사는 한나 제이콥스가 있어. 유모야. 아나벨 말로는 휴고를 졸졸 따라다니는 발정난 암캐 같다고 하고, 스텔라 케네디의 말에 따르면 로라가 처음 정신병원에 들어갈 때 로라가 정신적으로 문제가 있다는 증언을 했다고 해. 하지만 사건 발생 당시 그 여자는 옥스퍼드셔에서 알렉사와 함께 수영장에 갔었다고 하더군. 그 부분도 확인해 볼 필요는 있어. 혹시 알렉사를 다른 유모에게 맡겨 놓고 자리를 비웠을지도 모를 일이니까."

톰은 지난 이틀 동안 알아낸 내용들을 하나하나 떠올려 보며, 고개를 숙인 채 사무실 내를 서성였다.

"그 다음엔 이모젠 케네디가 있지. 그 여자가 프랑스에 있었던 것은 분명한데, 몇 군데 시간이 비는 때가 있어. 하지만 범행동기와 관련해서는 아무런 단서가 없고, 에거튼 크레센트 집에 왔었다는 흔적도 없어. 하지만 뭔가 이상한 낌새가 있으니 잊지 말고 지켜보자고. 그리고 휴고의 열렬한 팬이라는 개인비서 제시카 암스트롱이 있지. 나이도 맞아 떨어지고, 몸매도 맞아 떨어져. 그리고 휴고의 집에 쉽게 접근할 수도 있고. 그리고 그 집에서 지문도 발견됐어. 다만 원래 사무실이 그 집 1층에 있으니 지문이 있는 거야 당연한 것인지도 모르고. 그런데 이 여자는 알리바이를 제시하지 못했어. 휴고에게 집착하고 있었을 가능성 말고는 특별한 범행 동기는 찾아내지 못했지만, 속마음을 읽기가 쉬운 여자는 아니야. 좀 더 파고들어가 볼 필요가 있겠지. 베키는 이 여자가 휴고의 내연녀일 가능성이 제일 크다고 생각해."

앨리스가 제시카의 이름을 화이트보드에 적었다.

"그리고 마지막으로 동유럽에서 온 매춘부들이 있지. 구조된 소녀들. 더 있는지는 모르겠지만 적어도 한 명은 지금 행방불명이야. 이 소녀들이 이 일을 함께 공모했을 수도 있지. 이 소녀들이 범인이라면 동기는 알 수 없지만 누군가에게 설득 당해서 했을 가능성도 있지. 하지만 맥심 수사대에서는 이쪽 가능성을 크게 보지는 않아. 다른 의견 있는 사람?"

경험이 많은 수사관 밥이 입을 열었다. "휴고가 전현직 매춘부들과 얽혀 있었는데 그 중 한 명이 행방불명이라면 그 행방불명된 소녀가 휴고의 내연녀일 가능성도 있지 않습니까? 로라가 정신병원에 갇혀 있는 상태였으니 휴고가 마음만 먹었으면 자기네 매춘부 소녀들을 애인으로 만들기는 식은 죽 먹기였을 테니까요. 어쩌면 휴고가 그때까지 거느리고 있던 소녀를 버리고 새로운 소녀를 들여왔는데, 버림받은 소녀가 원한이 생겼는지도 모르죠."

톰이 고개를 끄덕였다. "좋은 추리야, 밥. 오늘 재단 사무실 여는 대로 바로 그 부분을 확인해 봐야겠군. 그것이 사실이라면 그 내막을 알 사람은 비서 제시카밖에 없어. 자네가 가서 최대한 압박을 해봐. 뭐 건진 것이 있으면 바로 나한테 연락하고. 그리고 제시카 얘기가 나와서 말인데, 혹시 로지도 관여되었을 거라 생각하는 사람은 없나? 그 여자를 아직 못 만나본 사람들이 있으니 간단히 소개하자면, 그녀는 휴고의 업무담당 비서야. 우리가 로라를 찾을 수 있게 도와준 사람이지."

이번에도 역시 밥이 먼저 입을 열었다. "솔직히 그 쪽은 아닌 것 같습니다. 토요일에 제가 사건 현장에 있었는데요, 일단 휴고가 죽었다는 얘기에 반응하는 모습을 보니까 이 여자는 아니다 싶더군요. 그리고 살인사건이 있고 세 시간 후에 그 여자를 하비 니콜스 백화점에서 찾아냈습니다. 로지와 같이 있었던 친구 말에 따르면 두 사람이 거기 적어도 두 시간 정도는 있었다고 합니다. 어지간한 철면피가 아니고는 살인을 저지르고 한 시간 후에 쇼핑하러 가기는 힘들죠."

밥이 관찰한 내용과 베키가 했던 말을 종합해 보면, 로지를 용의자로 보기에는 무리가 따랐다.

톰이 요약했다. "좋아. 일단 지금까지 제일 유력한 용의자는 구조된 소녀들, 아니면 아직 정체를 알 수 없는 내연녀로군. 앨리스가 지금 이모젠 케네디의 지난 2년 간의 행적을 조사하고 있으니까 그녀가 휴고에 대해서 거짓말한 것이 있는지 보자고. 제시카도 못지않게 유력한 인물이니까 모든 각도에서 추적해 볼 필요가 있어. 금전적인 문제, 남자관계, 사회생활, 컴퓨터에 들어 있는 내용 등등. 그리고 대략 2년 전에 다니카 보진이 휴고에게 찾아갔던 것에 대해서 제시카가 뭘 알고 있는지도 확인해야 돼. 다니카의 위탁가족인 피터 그렉슨의 말로는 다니카가 지난주에도 다시 휴고를 찾아갔었다고 하니까 그것도 확인하고. 그리고 휴고의 회사 다이어리에는 있는데 집 다이어리에는 없는 이상한 글자가 있었는데…,

그게 뭐였지?"

아자이가 말했다. "LMF요, 경감님. 그게 무슨 이니셜인지는 아직도 오리무중입니다. 어떤 사람이나 장소를 말하는 것인지 확인하려고 컴퓨터하고 장부에 있는 사람 이름, 주소를 다 훑어봤는데 아무것도 나오지 않았습니다. 휴고의 컴퓨터가 지금 감식반에 있는데 아직 중요한 정보는 나온 것이 없습니다."

"좋아. 계속 찾아봐. 면담하는 사람마다 'LMF'하면 떠오르는 거 없는지 물어봐. 액체 니코틴에 대해서는 뭐 알아낸 거 없어?"

다시 밥이 손을 들었다. "유감스럽게도 뻔한 얘기만 나왔습니다. 인터넷 뒤져 보면 그거에 대한 제조법이 다 나와 있습니다. 만들기도 쉬워요. 물론 금연패치 만드는 회사에서 일하는 사람한테서 액체 니코틴을 구하는 방법도 있기는 한데, 가장 가능성도 크고 안전한 방법은 자기가 직접 만드는 겁니다."

"고마워, 밥. 요즘엔 인터넷 뒤지면 정말 없는 게 없어. 그지? 모두들 하던 수사를 계속해서 오늘 저녁에 모여 새로운 내용을 종합하자고. 나는 좀 있다가 옥스퍼드셔로 가서 휴고가 어떻게 살았었는지 조사해 볼 건데, 행방불명 소녀에 대해 알아낸 거 있으면 전화 줘. 다니카가 레이디 플레처한테 만나자고 했던 날에 무슨 일이 있었는지는 내가 확인해 볼게."

'그리고 레이디 플레처가 다니카를 알고 있다는 말을 하지 않은 이유도 물어봐야겠지.' 톰은 속으로 생각했다.

20

이모젠은 잠을 설치다가 일찍 눈을 떴다. 가엾은 로라가 휴고와 첫날 밤을 보낸 데까지 읽고 편지 읽기를 멈춘 상태였다. 더 읽고 싶은 마음이 굴뚝 같았지만 어쩐지 그때까지 읽은 내용들을 천천히 소화하고 넘어가야 할 것 같았다. 이모젠의 눈에는 로라의 고통과 실망뿐만 아니라 딜레마도 보였다.

아직은 아침이라 일어난 사람이 없을 것을 알기에, 이모젠은 침대에 엎드려 다시 편지를 읽기 시작했다.

★

아직도 1998년 9월이야!
사랑하는 친구에게

오늘은 신혼여행 마지막 날이야. 두 시간 후면 포시타노를 떠나. 휴고는 신문을 읽고 있고, 나는 해변으로 도망 나왔어. 사실 이 호텔에 있는 해변은 일반적인 해변은 아니야. 바닷가로 내려가는 계단이 있는 멋진 암벽이지. 그 계단까지 가려면 승강기를 타고 절벽을 내려가야 해. 여름이 거의 지나기는 했지만 아직은 햇살이 좋아. 드디어 선탠 좀 하고 갈 수 있겠구나 싶었어. 나는 아직은 아주 멋진 신혼여행을 하고 있다고 생각하고 싶어. 여러모로 완벽했던 신혼여행이었다는 것이 더 슬프네. 휴고는 매력적이고 나를 잘 배려해 줬고, 신혼여행지도 오직 나를 기쁘게 하려고 고른 곳이었어. 하지만 우리의 성생활에 대해서는 실망을 감출 수가 없네.

어쨌거나 여기 내려와 있으니 휴고한테 방해받을 일은 없어. 지금까지는 우리 스위트룸 테라스밖에 못 나가봤기 때문에, 내가 사람들이 있는 곳으로 가보면 좋을 것 같다고 하니까 휴고는 아주 끔찍해하더라고. 그걸로 봐서는 휴고가 나를 따라 여기까지 내려올 일은 없을 거 같아. 이 호텔은 모든 것이 호화스러워. 그 잘난 휴고가 이런 천한 곳까지 내려올 일은 없으니 이곳에서는 너에게 안전하게 편지를 쓸 수 있겠어. 쓸데없이 빈정대는 말을 해서 미안. 하지만 그이가 고상한 척하는 것은 사실이야. 어쨌든 다시 신혼여행 첫날로 돌아가서 이야기를 시작할게.

첫날밤을 그렇게 보내고 아침에 일어나보니 끔찍한 기분이 들었어. 그래서 억지로 일어나서 옷을 입었지. 그래도 그 실망과 고통이 완전히 사라지지는 않더라.

하지만 이곳은 사랑의 도시 베니스잖아. "라 세레니시마!" 고요한 도시란 뜻이지.

내게는 이곳이 세상에서 가장 낭만적인 도시야. 웅장한 풍경하며, 입이 딱 벌어지는 오래된 궁전들, 그리고 위대한 산 마르코 광장까지. 여기서 숱한 염문을 뿌린 유명한 연인들로도 많이 알려진 곳이지. 이곳은 모순의 도시야. 사람들이 북적거리는 관광명소가 있는가 하면, 조용한 수로를 따라 코너를 돌면 금세 사라지는 좁고 조용한 돌길도 있어. 사람들이 모여 있는 곳에서 벗어나면 열려 있는 창이나 닫힌 덧문 너머로 웃음소리, 고함 소리, 노래 소리가 들려와. 마늘, 허브, 토마토 같은 것들을 요리하는 냄새가 집에서 흘러나와 퀴퀴한 물 냄새와 뒤섞이지. 이곳에는 끊이지 않는 즐거움이 있어. 너 그거 알아? 베니스에서는 유부녀가 남편한테 허락 받고 자기 애인을 당당하게 공적인 행사에 데리고 나와. 심지어는 교회에도 같이 간다니까!

이곳은 성적인 사랑이 언제나 축복받는 곳이야. 그런데 휴고가 이곳을 골라서 나를 데려왔어. 이거 분명 무언가 의미가 담겨 있는 거 아니었겠어?

첫날밤에 있었던 일은 일시적인 거라 생각했지. 결혼식을 준비하고 치르느라 피곤해서 그랬을 수도 있고, 우리가 그 전에 살짝 말다툼을 했던 것 때문에 기분이 안 좋은 상태라 그랬을 수도 있고. 이유를 대자면 온갖 이유가 있겠지만, 내가 휴고에 대해 아직 잘 모르니 추측할 수가 없었어. 아내가 돼서 남편을 잘 모른다고 말하려니 참 민망하기는 하다. 하지만 그에게 어젯밤에 왜 그런 거냐고 물었다가는 자기를 힐난하는 소리로 들릴 수 있고, 남자의 성적 능력을 문제 삼는 것은 재앙으로 이어지는 지름길이라는 건 나도 잘 알지.

그래서 이런 완벽한 신혼여행을 꾸려준 사람이 바로 그이란 것을 떠올리려고 애썼어. 그래서 그에 대한 보답으로 그를 행복하게 만들어 줘야겠다고 마음먹었지. 어쩌면 그이는 진정 사랑하는 관계를 경험해 보지 못했는지도 몰라. 아나벨과는 분명 행복하지 않았어. 그리고 세상에 고치지 못할 것은 존재하지 않아. "문제는 존재하지 않는다. 오직 해결책만이 존재할 뿐." 내가 일할 때 늘 입에 달고 다니던 말이야. 베니스에 머무는 나머지 일정 동안 그를 기분 좋게 해주고, 그에게 내 사랑 속에서 안전하다는 느낌을 줄 수만 있다면 무슨 일이든 다 하리라고 마음먹었어. 내가 그이를 바꿔 놓을 수 있다고 확신했지.

그래서 맛있는 아침식사가 준비된 개인 테라스로 걸어 나가면서 나는 아주 환한 인사로 휴고를 맞이했어. 허리를 숙여 그의 머리 위에 부드럽게 키스를 했지.

"잘 잤어요? 편한 밤 보냈기를 바라요. 오늘 우리 뭐 할 건지 계획은 세워 놓았나요?"

휴고는 조금 경직되어 있기는 했지만 평소의 좋은 사람으로 되돌아온 것 같았어. 내가 너무 밝은 모습인 것을 보고 놀랐을지도 모르겠는데, 그랬다면 그 마음을 잘 감춘 거지.

"일정표를 짜 봤어요. 물론 나는 이곳에 여러 번 와 봤으니까 제일 좋은 곳만 골라서 당신한테 보여주고 싶군요. 일정표 한번 볼래요?"

나는 과일 접시를 한쪽으로 밀어놓고 페이지마다 표시를 해놓은 여행 안내책자를 내 앞으로 끌어왔어. 보니까 휴고가 베니스에 머무는 동안 매일 할 일들을 목록으로 직접 적어놓았더라. 그런데 그이가 목록으로 정리해 놓은 관광지들을 보니 가슴이 철렁 내려앉았어. 물론 나도 미술관은 좋아하지. 하지만 나는 카페 야외 의자에 앉아서 세상 돌아가는 모습도 구경하고 싶었거든. 산 마르코 광장에 앉아서 나른한 오후도 즐겨 보고 싶고, 사람들의 관심을 끌려고 서로 경쟁하듯 연주를 하는 작은 오케스트라들의 음악 소리에도 귀기울여보고 싶었어. 그리고 증기선에 올라타서, 관광객이 아니라 그 동네 사람들이 모여 있는 조용한 식당을 찾아 점심식사도 즐기고 싶었어.

하지만 내가 그동안 한 가지 터득한 것이 있다면, 휴고가 세운 계획에 대해 일절 토를 달지 않는 것이 상책이라는 거야. 그날은 우리의 첫날이라 스트레스 없이 보낼 필요가 있었어. 쉽게 쉽게 가려면 그가 하자는 대로 다 따라하면서 그가 좀 기분이 풀렸다 싶을 때 한두 가지 슬쩍 찔러보는 것이 낫겠다 싶었어.

"정말 멋진 계획이네요. 그래도 꽤 걷게 될 것 같으니까 굽이 낮은 신발을 신는 것이 나을 것 같네요."

휴고가 토스트에 버터를 바르던 나이프를 내려놓고 나를 보면서 물었어. "걷는 거 별로 안 좋아해요?"

"아니, 전혀요. 그냥 내가 가져온 신발이 뭐 있나 생각 중이에요. 밥 먹고 가서 확인해 봐야겠네요. 짐을 어떻게 꾸려야 할지 당신이 좀 도와줘요. 그럼 문제없을 거예요."

그렇게 해서 우리가 남은 날을 어떤 분위기에서 보낼지, 우리 관계가 어떤 분위기로 흘러갈지가 결정됐어. 매일 우리는 유명한 미술관에서 시작해서 덜 유명한 미술관으로 돌아다녔고, 난 그가 짠 여행일정표에서 살짝 벗어나 보려고 몇 가지 꾀를 부렸지. 그런데 별로 성공적이지는 않았어. 물론 그를 화나게 만들지 않으려다 보니 아주 조심스러워야 했지. 자칫 신혼여행을 망칠 수 있으니까.

한번은 증기선 정류장을 지나고 있는데 배가 들어오고 있더라고.

"우와! 휴고, 한 30분 정도만 이 배 타고 어디로 가나 볼까요?"

"로라, 저건 버스잖아요. 비록 물에 떠다니는 버스고, 이곳이 세상에서 가장 아름다운 도시라고 해도 나는 대중교통은 익숙하지 못해요. 꼭 배를 타보고 싶다면 점심 먹고 난 다음에 보트를 한 대 대여해서 둘러보고 와요. 그동안 나는 신문을 좀 보고 있을 테니까. 어때요?"

한숨이 절로 나오더라.

"그래요. 고마워요, 휴고. 아주 좋은 생각이네요."

휴고가 애정 어린 눈길로 나를 보면서 내 손을 잡아서 팔짱을 끼우더라. 그래도 내가 이렇게 훈훈한 순간을 이끌어냈다고 생각하니 뿌듯한 기분이 들었어.

네가 이걸 어떻게 생각할지 알아. 네가 나한테 무슨 말을 할지 충분히 상상할 수 있어. 하지만, 이모젠. 나는 신혼여행 와서 내내 말싸움만 하고 싶지는 않아. 분명 그보다는 더 나은 방법이 있지 않겠어?

휴고의 일정표에 없는 것을 딱 한 가지 더 시도해 본 게 있어. 다른 박물관에 가려고 산 마르코 광장을 걸어가는 도중이었어. 베니스에서의 마지막 날이었지.

"휴고, 카푸치노가 너무 마시고 싶어요. 저기 탁자들 나와 있는 데 가서 카푸치노 마시면서 오케스트라 음악을 좀 듣다 가는 건 어때요? 딱 5분 정도면 될 텐데."

휴고가 내게 미소를 지으면서 팔로 내 어깨를 감쌌어.

"당신이 커피를 마시고 싶다면, 당연히 마셔야죠. 하지만 여기서는 곤란해요. 여기 비둘기들은 아주 지저분해요. 병을 퍼뜨리고 다니는 놈들이라고요. 조금만 더 걸어가면 호텔에 다니엘리 레스토랑이 있으니까 거기 가서 좀 더 문명인다운 환경에서 커피를 마시도록 해요."

그런 호화로운 호텔에서 쉰다는 것은 누구에게나 특별한 일이 될 테지만 난 사람들 구경하는 것을 정말 좋아하거든. 다니엘리 레스토랑을 찾아오는 사람들이 우아하고 세련된 것은 사실이지. 하지만 내가 구경하고 싶은 사람들은 그런 사람들이 아니잖아. 물론 휴고가 나를 위해 기꺼이 자기가 세운 일정을 바꿔 준 것은 사실이었지. 어찌 보면 작은 발전이니까 긍정적으로 바라보기로 마음먹었어.

그래서 비교적 평온하게 시간이 지나갔어. 휴고의 계획에 따라 나는 베니스에서 중요한 명소는 빠지지 않고 다 둘러보았지. 그리고 아주 멋진 식사를 즐겼고, 서로 얘기도 많이 했어. 우리가 그전까지 나눈 것보다 더 많은 얘기를 나눴을 거야. 우리가 정말로 가까워지고 있다는 생각이 들었어.

그리고 그이는 다정했어. 애정이 담긴 말투도 그랬고, 호텔에서 산 마르코 광장으로 가는 배에 올라타면서 내 손을 잡아줄 때도 다정했어. 좁은 길을 따라 나를 안내해줄 때 내 팔꿈치를 잡아주는 손길도 다정했지. 길을 가다 보석상이나 예쁜 실크 스카프를 파는 곳이 보이면 들어가서 골라 보겠냐고 기꺼이 물어봐 줬고. 그리고 식당에서 나를 위해 의자를 빼줄 때도 항상 내 머리를 쓰다듬으며 내 뺨에 키스를 해줬어. 아주 많은 부분에서 완벽했지.

하지만 불행하게도 밤에는 너무도 실망스러웠어. 휴고가 내 침실로 오겠다는 말이 없더라. 그래서 둘째 날 밤에는 내가 말을 꺼내 봤지. 휴고한테 최대한 차분한 목소리로 물었어. "오늘 밤 내 침실로 올래요?"

그이는 그냥 미소를 지으면서 고개를 저었어. "오늘은 아니에요. 바쁜 하루였고, 우리 둘 다 너무 지쳤어요. 내가 적당한 때다 싶을 때 말해줄게요." 그리고는 나를 당겨서 잘 자라는 키스를 해주더라.

맙소사. 정말 실망스러웠지. 여기서 내가 난리를 쳐봤자 승산이 없다는 것을 알고 있었어. 그래봐야 그 다음 날은 엉망이 되어 버릴 테고. 내가 할 수 있는 일이라고는 최대한 즐겁게 시간을 보내는 것밖에 없다는 것을 깨달았지. 솔직히 박물관하고 미술관을 돌아다니는 것만 빼면 그리 어려운 부분도 없었으니까. 나는 그가 밤에 나와 함께 하고 싶은 마음이 들게 하려고 노력하고 있었어.

그리고 마지막 날 밤까지 기다렸지. 저녁식사를 하는 동안 나는 최대한 즐겁고 도발적인 분위기를 만들어 보려고 했어. 휴고를 웃게 만들고, 말을 할 때마다 가볍게 그를 만지면서 말이야. 우리는 호텔 식당에서 저녁을 먹었어. 그이가 자기의 아름다운 신부를 온 세상에 보여주고 싶다면서 그리로 데려갔거든. 내가 입을 옅은 회색 실크 드레스도 손수 골라줬어. 그 옷을 입으면 내 머리카락이 대단히 육감적으로 보인다면서 말이야. 머리카락에 대한 말이 나오니까 아무래도 내가 민감해지더라. 하지만 크게 심호흡을 하면서 마음을 진정시켰어.

스위트룸으로 다시 돌아오면서 내가 그이에게 팔짱을 끼고 머리를 어깨에 기댔어. 혹시나 실수하지 않을까 숨죽이면서 조심스럽게 그에게 듣기 좋은 말을 꺼냈지.

"요 며칠 정말로 좋았다는 말 꼭 해주고 싶어요, 휴고. 신혼여행에 이보다 더 완벽한 곳이 있을까 싶어요. 이런 특별한 신혼여행을 만들어줘서 정말로 고마워요."

휴고가 내 팔을 꼭 끌어당기면서 말했어. "정말 좋았어요. 그렇지 않아요? 내가 당신을 제일 먼저 생각하려고 애쓰고 있다는 것을 알아줬으면 좋겠어요. 당신은 좀 달리 생각할 때도 있겠지만 뭐가 제일 좋은지는 내가 잘 알아요. 당신이 포시타노에서 며칠 머무는 것이 꿈이라고 해서 그것도 들어줬잖아요. 신혼여행을 마치면 이제 우리는 집으로 돌아가서 함께 진정한 삶을 시작하게 될 거예요. 그때는 모든 것이 달라지겠죠."

이 말을 어떻게 이해해야 하는 건지 알 수 없었지만 그래도 지난 며칠간 애쓴 것이 있어서 이렇게 보상을 받는구나 싶더라고. 그래서 오늘 밤에는 내가 정말로 바라는 보상을 한번 노려봐야겠다고 마음먹었지.

스위트룸으로 들어가면서 나는 휴고를 끌어안고 내 몸을 그의 몸에 가볍게 기댔어. 그리고 최대한 다정하게 그의 입술에 키스했어. 휴고가 반응을 하기 시작하더라. 정말 열정적인 분위기가 만들어지기 시작했지. 나는 자제력을 잃지 않으려고 애써야 했지. 오늘은 제대로 일이 풀릴 거 같았어. 느낌이 왔거든.

나는 시험 삼아 그의 재킷 안으로 손을 넣어 두 팔로 그를 끌어안았어. 아주 천천히 그의 등을 어루만졌지. 그리고 내 가슴을 그의 가슴에 기댔어. 우리가 결혼하기 전에는 그가 이런 행동에 저항하려고 했었던 것이 기억났거든.

"휴고, 내 방으로 갈까요?" 내가 아주 부드럽게 물어봤어.

그 순간 그의 몸이 경직되는 게 느껴지더라. 그리고 이어져 나오는 그의 말이 너무 차가웠어.

"로라, 그렇지 않아도 내가 그렇게 제안하려던 참이에요. 하지만 여자가 먼저 그런 말을 꺼내다니, 숙녀답지 못한 행동이라고 생각하지 않아요?"

아니, 난 그렇게 생각 안 해. 눈곱만큼도. 너 그렇게 생각해?

하지만 얼마나 멍청한 실수였던지. 그렇게 애써놓고 어린 아이 같은 실수를 해 버린 거야. 그가 모든 것을 자기가 결정하고 싶어 하는 것을 잘 알면서 말이지. 나는 최대한 빨리 사과를 했지만 허둥대다가 또 다시 실수를 하고 말았지 뭐야.

"정말 미안해요, 휴고. 그렇게 생각하는지 몰랐어요. 하지만 예전에는 내가 먼저 그런 얘기 꺼냈다고 문제가 됐던 적은 없었거든요. 당신 생각이 다르다는 것을 알았으니까 앞으로는 그렇게 할게요. 용서해 주세요."

내가 일을 더 망쳐놓은 거지.

"지금의 태도는 마음에 들지만, 우리가 만나기 전에 당신이 다른 남자를 만나면서 창녀처럼 굴었다는 얘기는 듣고 싶지도, 생각하고 싶지도 않군요."

며칠 전까지만 해도 그가 이렇게 거들먹거리면서 나오면 짜증을 내거나 화를 냈을 거야. 그런데 이제는 내가 모든 것을 망쳐버렸다는 실망밖에 느껴지지 않더라. 그렇게 애써서 쌓아올린 친밀감이 하릴없이 모두 무너져 버린 것 같았어.

"창녀처럼 굴지 않았어요. 정말이에요. 우리 결혼하기 전에 모두 말했잖아요. 내 또래 다른 여자들처럼 나도 남자들을 몇 번 만났어요. 하지만 내 진정한 첫사랑은 당신이라는 거 당신도 알잖아요. 결혼해서 나머지 인생을 함께 보내고 싶은 남자는 당신이 처음이라고요."

내 목소리가 애원하듯 살짝 떨리는 것을 보고 나도 내가 왜 이러나 충격을 받았지. 하지만 어쩐 일인지 입에서는 계속 미안하단 소리만 나왔어.

"정말 미안해요, 휴고. 난 그저 사랑을 나누고 싶었어요. 그리고 내가 뭘 잘못했는지 정말 모르겠어요."

휴고의 표정이 부드러워지더니 내 팔을 부드럽게 붙잡았어.

"아무래도 당신은 결혼에 대해서, 그리고 남자들이 어떻게 생각하는지에 대해서 배워야 할 것이 아주 많은 것 같군요. 당신이 정말 창녀라는 뜻은 아니었어요. 그 말은 내가 사과할게요. 하지만 어쩌다 한 번 만난 남녀 사이와 평생을 배우자로 사는 관계는 아주 큰 차이가 있어요. 나는 당신을 존중해요, 로라. 하지만 당신이 섹스를 구걸하는 모습을 보면 품위가 떨어져 보여요. 이해하겠어요?"

큰 소리로 이렇게 외치고 싶었어. '아니요. 난 이해 못해요.' 하지만 그러지 않았지.

이를 악물고 울음을 참으면서 혼자 침실로 돌아갔어. 휴고가 마음을 바꿔서 내 침실로 찾아오지 않을까 바랐었지만, '혹시나'는 '역시나'로 끝났어. 아름다운 순간이 되어야 할 시간이 내 행동으로 망가져 버린 거지.

그날 밤은 한참을 뒤척이다 잠이 들었어. 그토록 동경했던 베니스에서의 목가적인 신혼여행 마지막 시간을 우리 두 사람의 관계에 대해 생각하면서 보냈지.

정말 혼란스럽더라. 아직도 그래. 그 사람이 나이가 있어서 그런 걸까? 아니면 그 사람의 사회적 신분 때문일까? 넌 어떻게 생각해, 이모젠?

그가 나를 위해 완벽한 결혼식과 신혼여행을 계획했다는 것을 내가 잊지 말아야 하는 거겠지? 그는 친절하고 배려심도 깊었고, 내게 작은 선물들도 아주 많이 사줬지. 내가 정말 별 것 아닌 것 가지고 호들갑을 떨고 있는 걸까?

하지만 그가 증기선을 타지 않으려 했고, 내가 타고 싶었던 곤돌라도 타지 못했지만(그에겐 곤돌라가 저속한 것으로 보였겠지), 그게 뭐 어때서? 어쩌면 내가 그를 억지로 침대로 끌어들이려고 한 것이 그의 눈에는 그이가 나를 만족시키지 못하고 있다고 시위하는 것으로 비쳤을지도 몰라. 겉모습과 달리 그이도 어떤 불안한 마음이 있어서 그런 걸까? 네 생각에는 어때?

어쩌면 내가 더 노력해야 할까봐.

다음 날 아침에 포시타노로 떠날 채비를 하는데, 전날 밤 있었던 일에 대해서는 아무런 말도 안 하더라. 예전에는 포시타노로 갈 날을 손꼽아 기다렸는데, 그냥 피곤하고 맥 빠진 기분만 들었어. 이제 결혼한 지 거의 일주일이 되어 가는데, 사랑을 나누려던 시도가 고작 그 허망했던 한 번이라니….

계속 슬프기는 했지만 포시타노 여행은 그래도 신혼여행에서 제일 좋았어. 이렇게 말하려니 휴고에게 조금 미안하기는 하지만. 사실 휴고는 포시타노 쪽에 별 관심이 없거든. 폼페이에는 아예 가볼 생각도 안 하더라. 그이는 그곳이 바가지나 씌우는 과대평가된 관광지라고 생각해. 베수비오 산에 가보고 싶다는 얘기는 꺼내지도 못했어. 하지만 그이는 나를 위해 운전사까지 붙여서 관광을 보내주었어. 자기는 호텔에서 신문도 읽고 전화통화도 받으면서 혼자 있었지. 그리고 내가 호텔로 돌아올 때면 늘 반가워했지. 내 생각에는 그이가 운전사한테 내가 호텔에 도착할 시간을 알려달라고 말해 놓은 것 같아. 내가 문 열고 들어갈 때에 딱 맞춰서 항상 시원한 와인을 따르고 있더라고.

그런데 혼자 다니니까 그이 비위를 맞춰줄 필요도 없고 오히려 좋기도 하더라. 혼자만의 시간을 즐길 수 있었어. 어쩌면 나는 결혼하고는 맞지 않나봐. 너도 처음 결혼 생활 시작할 때는 힘들었어? 내가 보기엔 그렇지 않았는데. 내 기억에 너는 행복에 겨워서 얼굴에서 광채가 났었어.

그래도 우리의 성생활에 약간의 진전은 있었어! 나도 조금씩 요령이 생기고 있어. 내가 먼저 나서지 않고 수동적으로 행동하리라는 점을 그이에게 분명하게 표현할 필요가 있었어. 어젯밤에 그렇게 시도해 봤지. 그랬더니 그이가 내 방으로 왔어. 일단 그이가 시도해 보려고 했다는 점이 그래도 진전이 아닌가 싶어. 하지만 유감스럽게도 사랑을 나누는 일 자체는 여전히 신통치 않았어. 아니, 점잖게 말해서 그렇고, 솔직히 말하면 정말 끔찍했어. 이번에도 역시 잠깐 동안 혼자 거칠게 밀어붙이고는 끝나버렸어. 난 아무런 느낌도 받지 못했고.

그이가 나를 만족시키지 못하고 있다는 기색을 보여서는 안 된다는 건 나도 알고 있지. 그런데 웬일인지 오늘 아침에는 그이가 자기 입으로 그 얘기를 꺼내더라.

"로라, 당신이 섹스를 즐기기 위해 애쓰고 있다는 것을 알아요. 당신이 어떤 심리적 억압으로 고통받고 있든지 간에 그건 우리가 옥스퍼드셔로 돌아가면 모두 사라질 거예요. 당신이 그 어떤 장애물도 극복할 수 있게 내가 모든 조치를 취할 테니까요." 그이가 이렇게 말하면서 내 손을 잡고 입을 맞췄어.

그때까지 난 정말 생각도 안 해봤지 뭐니. 설령 우리한테 문제가 있다고 해도, 설마 휴고가 나한테 그 문제가 있을 거라고 생각할 줄은 꿈에도 몰랐어. 정말 내가 문제인 거야? 그런 거야? 거의 펄쩍 뛰다시피 나를 방어하게 되더라. 자동적으로 반응이 튀어나왔어. 하지만 휴고가 하도 걱정스러운 표정을 해서 그냥 고개만 끄덕이면서 시간이 지나면 문제를 바로잡을 수 있을 거라고 말했지.

이렇게 우리 신혼여행은 끝났어. 나는 휴고에 대해서도, 나 자신에 대해서도 아주 많은 것을 알게 됐어. 나는 스스로를 오만하다고 생각해 본 적이 한 번도 없었는데 돌이켜보니 내가 모든 것을 휴고의 잘못으로 몰아가고 있다는 생각이 들더라. 사실 그는 항상 나를 기쁘게 하려고 애쓰고 있을 뿐인데 말이야. 그리고 휴고는 비판을 좀처럼 견디지 못해. 대놓고 비판하는 것도 그렇지만, 그런 암시만 있어도 못 견뎌. 어린 시절의 영향 때문에 그런 거 아닐까 싶기도 하고. 보통은 그렇잖아.

조금은 슬픈 날
사랑하는 로X가

21

스텔라는 부엌에 들어와 앉았다. 이 집구석에서 그녀가 조금이라도 편안하게 있을 곳은 이곳뿐이었다. 조명이 별로 없어 어두웠지만 그래도 별채에서 본채로 넘어와 뒷문을 열쇠로 열고 들어올 수는 있었다. 이 집에서 본채를 맘대로 드나들어 본 것은 이번이 처음이었다. 스텔라는 로라가 깼을 때 딸을 위해 이곳에 있고 싶었다. 스텔라는 아들과 딸이 모두 결혼생활에서 문제를 겪은 것이 자기가 애들을 잘못 키워서 그런 것 같은 죄책감이 들었다. 본인이 결혼생활에서 느꼈던 고통을 잘 숨기지 못한 것이 후회됐다. 남편 데이비드 역시 좀 더 분별력 있게 행동했어야 했다. 하는 짓이라고는 한숨 나오는 일만 하는 남편이 다 무슨 소용이란 말인가?

이 집의 나머지 방들은 춥고 칙칙한데, 그래도 부엌은 예스러운 것들이 있어 사람을 편하게 만들어주는 구석이 있었다. 전기 기구들은 비교적 새것이었지만 찬장은 2차 세계대전 이전에 만들어진 것처럼 보였고, 오랜 세월을 거치면서 페인트를 여러 겹 덧칠해 놓은 흔적이 보였다. 이곳은 아주 오랜 시간 동안 거의 변한 것이 없는 부엌 같았다. 스텔라는 문득 이 커다란 식탁에서 식사가 몇 번이나 차려졌을까, 그리고 이 식탁은 그 오랜 세월 동안 얼마나 많은 희노애락을 지켜보았을까 하는 생각이 들었다.

스텔라는 전날 밤 잠을 설쳤다. 그래서 이모젠 역시 피곤한 얼굴로 문을 열고 들어오는 모습을 보고도 그리 놀라지 않았다.

"잘 잤니? 뭐 하러 이렇게 빨리 일어났어?"

스텔라가 주전자를 가리키고는 이모젠 앞으로 하얀 도자기 잔을 밀었다. 이모젠이 커피를 좋아한다는 것은 알았지만 자리에서 일어나 커피까지 탈 힘은 없었다.

이모젠은 그냥 어깨를 으쓱하고 "잘 주무셨어요?"라고 인사를 하고는 다른 데 정신이 팔린 얼굴로 자리에 앉았다. 이모젠이 딴생각을 하고 있는 것이 느껴졌지만 스텔라는 그래도 이모젠과 얘기를 해봐야겠다 싶었다. 이모젠은 어쩌면 지난 10년 동안 로라에게 대체 무슨 일이 있었는지 알고 있을지도 모를 일이었다. 스텔라는 자기 딸과 솔직한 얘기를 해보려고 무던히도 애를 썼었지만, 늘 휴고가 그것을 가로막고 있다고 생각했었다. 이제 휴고는 더 이상 장애물이 될 수 없었다.

로라는 너무 고집이 세서 절대로 자신의 실패를 인정하는 일이 없었다. 로라는 언제나 그랬다. 스텔라는 로라가 10살 쯤에 오빠가 나무에 묶어 놓은 로프를 타고 나무 꼭대기에 오르려고 했던 것이 떠올랐다. 로라에게는 가당치도 않은 일이었지만, 그래도 로라는 포기하지 않고 매일 로프를 잡았다. 번번이 5분도 못 가서 로프에서 떨어지고, 로프를 잡은 손이 미끄러져 화상을 입고, 다리도 다쳤지만. 스텔라가 무슨 말을 해도 로라는 멈추지 않았다. 로라의 얼굴은 투지로 가득했고, 결국 일주일 후에는 성공했다. 로라는 로프를 타고 나무 꼭대기까지 올라갔다. 로라는 역경을 무릅쓰고 성공했다.

이모젠이라면, 혹시 황소고집인 스텔라의 딸이 세상을 등진 채 살고 있는 이유를 알고 있지 않을까?

"이모젠, 네가 윌하고 갈라선 이후로 로라를 보지 못하고 산 건 안다만, 너도 로라가 휴고와 행복하게 살지 못했다는 것은 잘 알잖니. 결혼한 후로 로라는 계속 내리막길이었어. 로라가 나한테는 얘기를 도통 안 해. 그리고 너하고도 연락이 끊겼으니 로라 곁에는 아무도 없었던 셈이야. 로라는 네가 없으면 길 잃은 아이가 돼."

"알아요. 저도 로라가 없으니까 길을 잃은 것 같았어요."

그 말은 사실이었다. 스텔라는 둘 모두를 돕고 싶은 마음이 간절했다. 이모젠도 딸이나 다름없었기 때문이다. 그리고 딱하기는 아들 윌도 마찬가지였다. 로라는 결혼 생활을 유지라도 했지만 윌은 이혼까지 했다. 이혼은 항상 힘든 법이다.

로라가 계속해서 비참한 상태로 빠져드는 모습을 지켜보며 스텔라는 억장이 무너졌다. 둘도 없는 단짝인 로라와 이모젠은 그 어느 때보다 서로를 필요로 했고, 그렇게 말싸움으로 멀어져서는 안 됐을 일이었다. 스텔라는 로라와 이모젠이 항상 사실을 제대로 말하지 않고 얼렁뚱땅 넘어가 버려 진절머리가 났다. 그 점은 윌도 마찬가지였다.

"이젠 그동안 정말로 무슨 일이 있었는지 나한테 얘기해줄 때도 되지 않았니? 도대체 뭐가 얼마나 안 좋은 일이 있었길래, 너하고 윌이 이혼한 것도 모자라서 로라는 아예 너하고 말도 하지 않게 된 거야? 그리고 왜 아무도 나한테 말을 안 해? 나한테 말 못할 정도로 심각한 이야기야?"

이모젠이 눈을 감고 아랫입술을 물었다. 어릴 때부터 스트레스를 받으면 나오는 습관이었다. 이모젠이 식탁에 몸을 기대며 건너편에 있는 스텔라의 손을 붙잡았다.

"정말 죄송해요. 맞아요. 저희가 있는 그대로 말씀드리지 않았어요. 윌은 내가 얼마나 끔찍한 인간인지 어머니한테 알리고 싶지 않았을 거예요. 나는 어머니한테 계속 사랑을 받고 싶었고요."

눈물을 참는 이모젠을 보았지만, 스텔라는 다가가서 안아주지 않았다. 그랬다가는 또 진실을 알아내지 못할 것이다. 스텔라는 이모젠의 손을 지긋이 잡고 이모젠이 말을 이을 준비가 될 때까지 조용히 기다렸다.

"제 생각에는 로라가 저의 이혼이 자기 탓이라 느꼈던 것 같아요. 그때는 로라가 모든 것이 다 자기 책임이라고 생각하는 것 같았거든요. 진작 어머니한테 사실을 있는 그대로 말씀드렸어야 했는데, 저는 윌이 다시 돌아오지 않을까 하는 희망이 계속 남아 있어서…. 이제 전부 다 말씀드릴게요. 그런데 먼저 커피 한 잔 타서 마셔야 할 것 같아요. 카페인이 좀 필요해요."

스텔라는 드디어 여러 해 동안 자신을 심란하게 했던 일들의 전모를 알 수 있게 되었다. 그래서 이모젠이 다른 것에 정신을 파는 것이 싫었다. 아무리 피곤해도 몸뚱이를 일으켜 세울 만한 가치가 충분하다고 생각했다.

"이모젠, 너는 그냥 얘기 계속해. 내가 커피 타고, 토스트 좀 구울게."

이모젠이 몸을 떨면서 깊숙이 한숨을 쉬는 소리가 들렸다. 이모젠은 그 세월 동안 쌓여 있었던 수치심이 한꺼번에 떠올라 덮치기라도 하는 듯 조용히 말을 이었다.

"저희가 이혼하기 전에 윌이 아일랜드에 있는 복지재단에서 일자리를 구하고 있었던 거 기억하세요? 윌은 거기서 꼭 일을 하고 싶었고, 나도 그이가 하는 거라면 뭐든 찬성이었어요. 사실 윌은 그곳이 너무 마음에 들어서, 로라한테 그 복지재단에 휴고가 기부를 좀 하도록 찔러봐 달라는 부탁까지 했었어요. 윌 생각에는 휴고의 기부금을 끌어올 수만 있으면 자신이 그 복지재단에 들어가기가 더 쉬워지지 않을까 생각했던 거죠.

우리는 계속 로라의 연락을 기다리고 있었는데 휴고가 직접 연락을 줘서 깜짝 놀랐죠. 휴고가 주말에 우리를 초대하면서, 자기의 오랜 학교 친구가 마침 자기 동네에 와 있는데 우리와 함께 자리를 하고 싶어 한다고 했어요. 정말 이게 웬일인가 싶었어요. 결혼하고 몇 달이 지나도록 휴고는 우리를 초대할 기미가 눈곱만큼도 없었거든요. 내가 로라를 만난 것도 고작 두 번 정도 잠깐 얼굴 본 것이 전부였고요. 그 두 번도 여기가 아니라 런던에 있는 집에서 만났고, 로라와 단 둘이 만나는 것은 생각도 못했어요."

스텔라가 이모젠 앞에 커피잔을 내려놓았다. 이모젠은 골똘히 생각에 잠긴 표정이었다. 분명 그 당시를 한 순간도 빠짐없이 머릿속에 떠올리고 있는 것 같았다.

"전혀 생각지도 못했던 초대라 우리는 즐거운 마음으로 받아들였죠. 우리는 이제 휴고가 로라의 삶에서 중요한 일부가 되어 우리에게 돌아오고 있는 거라 생각했어요. 그런데 우리가 여기 초대받아 오기로 한 전날에 윌이 아일랜드에 있는 한 회사에서 전화를 받았어요. 그 복지재단이었는데 지원자를 찾고 있다면서, 윌한테 토요일 아침에 회의가 있으니 참석해서 면접을 볼 수 있느냐고 묻더군요. 토요일에 회의를 하는 것이 이상하다는 생각을 둘 다 못했어요. 그냥 이런 기회는 무슨 수를 써서라도 잡아야 한다는 생각밖에 없었으니까요. 윌은 혹시 휴고가 미리 손을 써서 기부금이라도 낸 것이 아닌가, 그런 생각까지 했어요. 지금 생각해 보면 정말 꿈도 야무진 생각이었죠.

윌은 당연히 가야 했어요. 하지만 저녁식사 초대를 취소하기에는 너무 늦은 시간이었죠. 특히나 그 면접이 휴고가 힘을 써준 덕분에 성사된 것이라면 휴고와의 약속을 취소하기는 더욱 어려웠죠. 그래서 나는 혼자라도 이곳에 와야겠다 마음먹었죠. 그 아일랜드 복지재단에서는 윌이 어렵지 않게 회사로 찾아올 수 있도록 미리 다 손을 써 놨더라고요. 금요일 밤에 히드로 공항으로 오면 비행기표가 마련되어 있을 거라고 했어요. 그래서 윌이 나를 여기 데려다주고 자기는 공항으로 갔죠.

휴고는 아주 멋진 출장 뷔페를 주문해 놓고 이브닝드레스도 의무적으로 입게 했어요. 휴고의 학교 친구라는 세바스찬은 매력적이기는 했는데 좀 느끼해서 내 취향은 아니더군요. 어쨌거나 휴고는 계속해서 우리에게 술을 대접했고, 깜짝 놀랄 정도로 즐거운 저녁시간을 보냈어요.

휴고가 출장 뷔페 사람들을 돌려보낸 다음에 브랜디를 꺼냈어요. 나는 더는 못 마시겠다고 했고, 로라도 사양했죠. 하지만 휴고는 브랜디 맛을 꼭 봐야 한다면서 고집을 부렸어요. 나는 거절하려고 했는데 휴고가 화를 내면서 오늘을 위해 특별히 사온 술을 사양하면 너무 섭섭하다고 하더군요. 휴고가 그날처럼 친근하게 구는 모습은 본 적이 없어서 로라처럼 나도 그 사람 말대로 했죠. 로라하고 나는 둘 다 살짝 취하기는 했지만 분명 만취 상태는 아니었어요. 그때는 이미 꽤 늦은 시간이었어요. 그리고 자정이 한참 지났을 때였을 거예요. 우리는 적어도 9시 반이나 돼서 저녁식사를 시작했으니까요. 휴고가 직접 술을 타주었는데 적은 양이 아니었어요. 아마 로라나 나나 똑같은 생각을 했을 거예요. 휴고의 심기를 불편하게 만드느니 차라리 술을 빨리 비워 버리자 싶었던 거죠."

이모젠이 커피 잔을 밀어내고 두 손으로 머리를 감싸 쥐었다. 이모젠은 스텔라와 시선을 마주치지 않고 그냥 식탁만 내려다보며 말했다. 스텔라는 가슴 속에서 큰 두려움이 차오르는 것을 느꼈다. 자기가 상상했던 것보다 훨씬 안 좋은 일이 있었다는 느낌이 들면서 괜히 벌집을 쑤셔 놓았다는 생각까지 들었다. 이모젠이 흐느끼기 시작하자 그 말을 알아듣기도 어려워졌다.

"그 이후로는 다음 날 아침까지 전혀 기억이 없어요. 눈을 떠 보니 제가 별채 침대 위에 누워 있더군요. 그런데 내가 혼자가 아니더군요. 세바스찬이 침대 위에 알몸으로 누워 있었어요. 나도 알몸이었고요."

이모젠이 일그러진 얼굴로 고개를 들어 스텔라를 바라보았다. 스텔라는 가슴을 찌르는 듯한 통탄을 느꼈다.

"어머니, 저를 믿어주세요. 그건 정말 제 인생 최악의 순간이었어요. 그리고 저는 갑자기 앞문이 쾅하고 열리고 계단을 따라 누군가 달려 올라오는 발소리에 깼어요. 고개를 돌려 침실 문을 바라보니 윌이 서 있더군요. 그이의 표정을 절대로 잊지 못할 거예요, 어머니. 차라리 화가 난 표정이었으면 나았을 거예요, 하지만 그게 아니라 절망의 표정이었어요. 그 표정에 내 마음은 갈기갈기 찢어지는 것 같았어요. 나는 기어서 그이에게 갔어요. 일어설 힘도 없었죠. 하지만 그이는 그대로 돌아서 나가버렸어요."

이모젠은 얼굴을 팔 속에 파묻고 조용히 흐느껴 울었다. 스텔라는 끔찍한 기분이 들었다. 아들이 그 모습을 보고 어땠을까 생각하니 가슴이 무너져 내리는 것 같았다. 아내를 그렇게도 사랑하던 아들이었는데 말이다. 스텔라는 남편 데이비드가 바람을 피운 것을 처음 알았을 때의 고통이 떠올랐다. 그 감정이 다시 솟구쳐 오르자, 아들의 고통이 마치 자기의 고통처럼 느껴졌다. 윌은 왜 그걸 엄마한테 말하지 않았을까? 하지만 스텔라는 그 대답을 알고 있었다. 수치심이었다. 가엾은 것. 지금 이 순간 스텔라는 이모젠을 보며 역겨운 마음밖에 들지 않았다.

"너 지금 술 먹고 뻗어서 생전 처음 보는 사내를 침대로 끌어들였다는 얘기냐? 네가 어떻게 그럴 수 있어, 이모젠? 다른 사람도 아니고 어떻게 네가?"

"아니, 아니에요, 어머니! 제 말을 믿으셔야 해요. 저는 그러지 않았어요. 처음엔 저도 제가 실수를 한 줄 알았어요. 그런데 술기운을 느꼈던 것은 맞지만 제가 만취한 것은 아니었거든요. 로라나 나나 조금 술기운을 느꼈던 건데 그 다음 순간부터 갑자기 아무런 기억이 없어진 거예요. 결국 로라하고도 얘기해 봤는데, 로라도 똑같이 그랬대요. 그래서 휴고가 자기를 침대에 데려다 줬다면서요. 로라 말이 휴고가 우리 때문에 부끄러워한다면서."

이모젠이 자리에서 일어나 키친타월로 눈물을 닦고, 코를 풀었다. 이제는 흐느껴 울지는 않았지만, 눈물은 계속 얼굴 위로 흘러내리고 있었다. 스텔라는 여전히 의심의 눈초리로 이모젠을 보고 있었고, 끓어오르는 화를 참기 위해 애쓰고 있었다.

"그럼 윌은 대체 거기서 뭐하고 있었던 거야? 넌 그 다음 날까지는 윌이 아일랜드에 가 있을 거라고 생각했던 거 같은데. 그게 아니고서야 네가 어떻게 그런 행실머리를 해? 차라리 아일랜드에 있었다면 우리 아들 가슴도 그렇게 찢어질 일 없었겠지."

"어머니는 제가 정말로 원해서 그랬다고 생각하세요? 윌 말로는 비행기를 타고 금요일 밤에 더블린으로 갔더니 메시지가 와 있더래요. 회의가 취소됐다면서 아침 일찍 되돌아가는 비행기편을 예약해 두었다고요. 윌은 찾을 수하물이 없어서 아침 여덟 시 전에 이곳에 도착했어요. 내가 회사에서 회의가 취소된 이유가 뭐라더냐고 물었지만, 윌은 확인해 보지도 않았더군요. 지금 그게 중요한 문제가 아니라면서.

세바스찬은 바로 떠났고, 나는 그 사람하고는 두 번 다시 얘기도 해보지 않았어요. 보아하니, 로라도 그날 밤까지 휴고한테 그런 친구가 있는지도 몰랐었대요. 그리고 그 이후로도 그 사람에 대한 얘기는 들어본 것이 없다고 했고요. 로라가 휴고한테 물어보니까 휴고 말이 이제는 민망해서 그 친구를 다시는 초대 못하겠다고만 하더래요."

이모젠이 다시 스텔라 반대편 자리로 돌아와 키친타월로 얼굴을 닦았다. 스텔라는 여전히 이글거리는 눈빛으로 이모젠을 바라보고 있었다.

이모젠이 다시 입을 열었다. "무슨 생각하시는지 알아요. 하지만 제발 제 얘기를 끝까지 다 듣고 판단해 주세요. 그 날 이후로 휴고가 로라더러 나를 자기 오빠의 마음을 갈가리 찢어놓은 술주정뱅이라고 말했대요. 세바스찬 앞에서 제가 휴고를 모욕한 거나 마찬가지라면서요. 도대체 그 친구라는 인간보다 왜 제가 더 비난 받아야 하는 것인지도 모르겠지만요. 하지만 휴고가 이제 두 번 다시는 저를 자기 집에 들여놓지 않겠다고 했다더군요. 물론 윌은 괜찮고요. 휴고가 로라에게 다시는 저를 보지 않겠다고 약속하라고 했대요.

대체 어찌된 영문인지 알 수 없었지만, 이건 아니다 싶었어요. 나는 윌을 사랑해요.

어쨌거나 그로부터 여섯 달 정도 후에 회사일로 인터넷을 하다가 우연히 BBC 웹사이트에서 로히피놀Rohypnol이라는 약에 대한 기사를 봤어요. 요즘에는 '데이트 강간약'이라는 말을 다들 들어봤겠지만, 그때만 해도 생소한 용어였죠. 미국에서는 강간 사건에 몇 번 사용된 경우가 있었지만 영국에서는 이것이 처음이었어요. 나는 그날 밤 로라와 내가 마신 브랜디에 로히피놀 성분이 들어가 있었다고 백퍼센트 확신하게 됐죠."

스텔라는 이모젠의 부탁대로 잠자코 듣고는 있었지만 확신이 들지 않았다. "휴고가 뭐 하러 너하고 로라한테 약을 먹여? 그리고 휴고가 그걸 대체 어디서 구해?"

"내가 세바스찬이 미국인이라고 말 안했나요? 미국에서는 쉽게 구할 수 있는 약물이에요. 멕시코에서는 그 약이 불법이 아니거든요. 그래서 저는 세바스찬이 그 약을 가지고 입국했을 거라고 생각했죠. 휴고가 미리 세바스찬하고 다 합의를 봐 두었을 거예요. 나를 망신시킨 다음에 로라가 두 번 다시는 나를 보지 못하게 막으려는 계획이었던 거죠."

"글쎄다. 휴고가 뭣 때문에 그런 일을 했다는 건지는 이해를 못하겠다만 일단은 그렇다고 쳐보자. 하지만 윌은 어떻게 그렇게 딱 시간 맞춰 도착한 거야?"

“처음에는 저도 지독히 운이 없었구나 싶었어요. 하지만 암만 봐도 나를 궁지에 몰아넣으려고 철저하게 계획을 짜놓은 것 같은 생각이 드는 거예요. 그래서 아일랜드에 있는 그 회사로 전화를 해봤죠. 그런데 윌한테 전화했다는 남자 이름을 말하니까 그런 사람은 모른다는 거예요. 그래서 공항에 전화를 해서 그 비행기 티켓값을 지불한 사람이 누군지 알아보려고 했는데, 알려주지 않더군요. 휴고는 그 기회가 윌에게 어떤 의미인지 잘 알고 있었어요. 타이밍이 모두 완벽하게 들어맞았던 거죠.”

스텔라는 아예 터무니없는 얘기는 아니라는 생각이 들기 시작했다. 하지만 이게 사실이라면 죽은 사위가 자기가 생각했던 것보다 훨씬 더 사악한 인간이라는 말이 되어버린다. 스텔라가 토스트를 한 장 집어서 잼을 듬뿍 바르기 시작했다. 하지만 먹지도 않고 접시를 한쪽 구석으로 치워 버렸다.

“이모젠, 미안한 말이다만 너무 억지 같다. 휴고가 왜 그런 짓을 해? 이런 이상한 얘기를 듣고 로라는 뭐래?”

“로라는 휴고한테 홀려 있어서 내가 로히피놀 얘기를 해도 믿질 않았어요. 다시는 자기한테 전화하지 말라고 하더라고요. 나도 그 말을 듣고 화가 나서 전화를 안 했죠. 윌을 이해시키려고 정말 애쓰고, 또 애썼는데 윌도 어머니처럼 내 말을 못 믿더라고요. 그렇게 되고 보니 일을 이 지경으로 만든 발단이 무엇이었는지 짐작이 가더군요. 휴고한테 저녁식사 초대를 받기 며칠 전에 로라하고 통화를 한 적이 있었어요. 로라가 울고 있더군요. 정말 흐느껴 울고 있었어요. 나한테 정말 너무너무 하고 싶은 얘기가 있다고 했어요. 그래서 문제가 뭐냐고, 말해보라고 계속 했는데 전화로는 말할 수 없다고 했어요. 나는 당장이라도 달려가려고 했는데, 로라가 휴고가 자리를 비울 때까지 제발 기다려 달라고 빌더라고요. 휴고가 몇 주 후면 파리로 간다면서요. 그때 가서 모든 것을 다 말해주겠다고 했어요. 게다가 내가 봐야 할 것도 있으니 꼭 옥스퍼드셔에서 만나야 한다고 했어요. 그래서 만날 계획을 구체적으로 마무리하고 있는데 로라가 당황하는 소리가 들렸어요. ‘이런, 나 지금 끊어야 돼. 맙소사.

그이가 들었으면 안 되는데.' 로라가 이렇게 속삭이고는 전화를 끊었어요. 그 저녁식사 파티는 로라와 내가 만날 기회를 잡기도 전에 열렸어요. 그리고 그 주말에 내가 도착한 후로도 로라와 내가 단 둘이 있을 시간은 1분도 나지 않았죠."

스텔라는 아직도 의심스럽다는 목소리로 물었다. "그럼 너는 휴고가 너희 통화 내용을 엿듣고 로라가 너에게 무언가를 털어놓으려는 것이 못마땅했거나, 로라가 누군가 가까이 두고 얘기를 나누는 게 못마땅해서 그랬다는 말이냐? 너희 두 사람의 우정을 갈라놓으려고 휴고가 이 모든 일을 꾸며낸 거라고?"

"네, 어머니. 전 그렇게 생각해요. 결국 휴고의 뜻대로 됐고요."

"로라는 이제 어떻게 생각하는데?"

로라가 부엌으로 들어오는 소리를 두 사람 다 듣지 못했다. 사실 로라는 안에 들어와서 몇 분 정도 이모젠이 하는 말을 듣고 있었다.

"모두 사실이에요, 엄마. 휴고가 어떤 짓을 저지를 수 있는 인간인지 엄마는 꿈에도 모를 거예요. 그가 저지른 다른 일에 비하면 이건 새 발의 피예요."

★

로라의 집에 도착한 베키는 우연히 이 말을 듣고 그 자리에서 돌처럼 굳어 버렸다. 베키가 도착 직후에 보니 현관홀에서 집 뒤편으로 이어지는 부엌문이 열려 있었고, 로라가 그 앞에서 서서 그런 놀라운 말을 하고 있었던 것이다.

이내 부엌문은 닫혀 버렸다. 그러고 나니 사람들의 목소리가 잘 들리지 않았다. 베키는 남의 말을 엿듣고 싶지 않았지만 경찰의 본분이 떠올랐다. 어쩔 수 없이 조용히 문 쪽으로 다가갔다. 목소리가 살짝 높아져 있어서 말을 알아듣기는 크게 어렵지 않았다. 전날 얘기를 나눠본 터라서 누구 목소리인지도 쉽게 구별되었다. 스텔라의 목소리가 제일 먼저 들렸다.

"로라, 너도 알겠지만 나는 네가 결혼한 후로 한시도 마음이 편해본 적이 없었어. 그런데도 넌 나한테 뭐가 어떻게 돌아가는지 입도 벙긋 안 했어. 그동안 휴고에 대해 나쁘게 말한 적도 한 번 없었고. 이제는 대체 뭐가 어떻게 돌아갔던 것인지 나도 좀 알아야겠다. 그게 무슨 말이냐. 이것도 새 발의 피라니?"

"엄마, 제발 부탁이에요. 지금은 이 문제를 너무 파고들지 마세요. 휴고가 엄마 맘에 안 들었던 건 나도 알아요. 그렇지만 제가 지금 세상 다른 사람들 앞에서는 슬픈 과부 연기를 해도 엄마 앞에서까지 그러고 싶지는 않아요."

베키는 누군가가 말을 시작하는 것을 들었다. 하지만 로라가 계속 말을 이었다.

"아니야, 이모젠. 내 말 막지 마. 우리 엄마야. 휴고가 죽어서 내가 무척 기뻐한다는 것을 엄마도 알아야 돼. 과거의 일을 들춰낼 필요는 없고, 그러고 싶은 마음도 없어. 하지만 이 문제만큼은 짚고 넘어가자고."

스텔라의 목소리가 문 너머로 크고 분명하게 들렸다. 스텔라가 베키 쪽을 향한 채 말하고 있어서 베키로서는 불안했다. "너 할 말이 그거밖에 없어? 휴고가 왜 그런 짓을 했는지 이모젠한테 어떻게 설명할 참인데? 휴고가 무슨 짓을 했는지 너도 알고 있었던 거야? 그럼 윌한테는 왜 사실대로 말 안했는데? 로라, 난 대체 이 상황을 어떻게 받아들여야 하는 건지 모르겠다."

"내가 이모젠한테 무슨 말을 하려고 했든 그건 중요한 게 아니에요. 다 지난 일이고, 그 얘기를 다시 꺼내고 싶은 마음은 없어요. 이모젠이 나한테 전화해서 로히피놀 얘기를 했을 때는 믿고 싶지 않았어요. 믿을 수가 없었어요. 그럼 내 남편이 뭐가 돼요? 하지만 지금은 그 후로 그이가 나한테 몇 번 그 약을 쓰지 않았나 의심하고 있어요. 그 약 아니면 다른 약을요. 아, 물론 그 뜻은 아니에요. 그이가 나를 강간하려고 그런 건 아니란 뜻이에요. 다른 일로 내가 고분고분 말을 듣게 하고 싶을 때 그랬어요. 이모젠의 말이 옳다는 것을 깨닫기까지는 오랜 시간이 걸렸어요. 내가 그 일로 얼마나 죄책감을 느끼는지는 이모젠도 알아요. 하지만 그땐 이미 너무 늦어버렸죠."

"그런데 그날 이후로 둘이 얼굴도 못 보고, 얘기도 안 했다면서 네가 어떤 기분인지 이모젠이 대체 어떻게 알고 있는 거냐? 어제도 계속 사람들 찾아와서 둘이 따로 얘기할 시간도 없었잖아? 내가 모르는 게 있어?"

잠시 침묵이 흘렀다. 베키는 들킬까봐 조마조마했다. 그 순간 이모젠이 대답했다. "죄송해요, 어머니. 사실 우리가 거짓말을 했어요. 로라하고 저는 1년 반 정도는 연락하면서 지냈어요. 로라가 그 끔찍한 곳에 두 번째로 끌려들어간 이후로요. 그 사실을 누구한테도 알리지 않았어요. 그랬다가는 또 그 얘기가 휴고한테 흘러 들어갈까봐서요. 우린 인터넷으로 연락했어요. 요양시설에서 인터넷은 쓸 수 있게 해줬거든요. 이메일 계정은 모두 차단해 놓았는데, SNS로 연락할 수 있다는 생각은 못했나 보더라고요."

스텔라가 알아듣는 듯하자, 이모젠은 다음 이야기로 넘어갔다. "제가 보기에 로라는 정신적으로 아무런 문제가 없었어요. 다만 그냥 모든 걸 포기해 버린 것 같아 보이더군요. 나는 로라한테 다시 투지를 불어넣고 싶었어요. 그 개자식이 망쳐놓은 로라의 원래 모습으로 되돌려 놓고 싶었어요."

이모젠의 말에서 진심어린 원한이 느껴져서 잠시 쥐죽은 듯한 정적이 흘렀다. 그 순간 스텔라가 돌직구를 날렸다. "이모젠, 너 솔직히 대답해. 네가 휴고를 죽였니?"

이모젠이 펄쩍 뛰며 대답했다. "아니에요, 어머니. 하늘에 맹세코 말씀드릴 수 있어요. 죽여 마땅한 사람이라 생각했지만, 제가 죽이지는 않았어요."

그 순간 베키는 뒤에서 인기척을 느끼고 복도를 돌아보았다. 베넷 아줌마가 이쪽으로 오고 있었다. 다행히도 아직 베키를 보지 못했지만 이제 곧 들킬 것이 뻔했다. 그래서 살짝 노래를 흥얼거리기 시작하며 문을 열고 부엌으로 들어갔다. 그리고는 부엌에 사람들이 모두 나와 있는 것을 보고 놀라는 척했다.

"어머나, 다들 일찍 일어나셨네요? 여기 나와 계신 줄도 모르고. 베넷 아주머니가 들여보내주셨어요. 모두 잘 주무셨어요?"

베키가 허풍을 떠는 동안 셋의 시선이 일제히 그녀에게 쏠렸다. 세 사람 모두 살짝 놀라는 눈치였지만 베키는 모르는 척했다. 베넷 아줌마도 곧 이어 부엌으로 들어왔다.

"레이디 플레처, 스텔라 여사님, 이모젠 여사님, 모두 안녕히 주무셨어요? 어, 베키 경사님도 와 계셨네요? 차 준비해 드릴게요. 이제 아침식사를 준비하려고 하는데 혹시 차 더 필요한 분 계세요?"

★

사람들은 별 말이 없이 오물오물 토스트를 먹었다. 그리고는 이런저런 이유를 들며 한 사람씩 부엌에서 나갔다. 베키는 모두들 숨 막히는 분위기에서 벗어나려고 핑계를 대는 것이라 판단했다. 스텔라는 자기 딸과 며느리에게 분명 물어볼 것이 남아있었겠지만 이모젠은 씻으러 가야겠다고 했다. 베키는 이모젠이 최대한 목욕을 오래 할 거라 생각했다. 스텔라가 욕실까지 이모젠을 따라가지는 않을 테니까.

스텔라는 어두운 표정으로 옷을 갈아입기 위해 별채로 돌아갔다. 스텔라가 로라와 단 둘이 있을 시간을 만들려고 로라더러 같이 가자고 했지만, 로라는 베키와 할 얘기가 있다며 정중하게 사양하고 부엌에 남았다.

스텔라가 문을 닫고 나가자 로라가 베키에게 미안한 듯 미소를 지으며 말했다. "미안해요, 베키 경사님. 정말 할 얘기가 있었던 것은 아니고, 엄마가 지난 10년 동안 내가 어떻게 살았는지 하도 캐물어서 핑계를 좀 댔어요. 수사에 도움이 될 내용은 아니에요. 엄마는 그냥 호기심 때문에 저러시는 거예요. 괜찮으시면 저는 가서 신문을 좀 읽을게요. 저한테 하실 말씀이 있었으면 지금쯤 벌써 말씀하셨겠죠?"

베키는 얼떨떨한 표정으로 로라가 물러나는 모습을 보았다. 로라가 수사관들을 우롱하고 있다고 느껴졌다. 베키는 톰이 이 여자들한테는 부드럽게 대해야 한다고 한 것을 이해하려고 노력하던 참이었다. 확실한 물증 없이 거칠게 심문하면 마음에 벽을 치고 진실을 말하지 않을 거라 했다. 톰은 작은 정보들을 모아두었다가 나중에 빵 터트리고 싶어했다. 반면 베키는 앞을 미리 내다보고 선제적으로 행동하고 싶었다. 톰이 나중에 옥스퍼드셔로 오면 뭔가 건져갈 만한 것이 있을 수 있겠다는 생각이 들었다.

베키는 가방에서 휴대폰을 꺼내 아무도 없는 곳으로 갔다.

"톰, 오늘 아침에 아주 흥미로운 대화 내용을 엿듣게 됐어요. 보고해야 할 것이 아주 많은데, 문득 생각이 난 것이 좀 있어요. 이모젠 케네디가 파리에서 비행기 타고 온 것은 알고 있고, 이모젠이 같은 날 런던에서 비행기를 타고 나간 일이 없다는 것도 확인했잖아요. 하지만 유로스타 특급열차 승객 명단은 확인 안 해봤죠? 열차를 이용해도 한두 시간밖에 안 걸려요. 그 정도면 이모젠이 충분히 시간을 벌 수 있는 시간이에요."

톰이 감탄하는 목소리로 대답하자 베키는 기분이 좋아졌다. 하지만 톰은 베키가 이런 생각을 하게 된 데는 이유가 있을 거라 생각하는 듯했다.

"네? 아니요. 특별히 이모젠을 의심할 만한 이유는 없었어요. 이모젠이 범행을 인정하는 말을 들은 것도 아니고요. 사실은 정반대예요. 스텔라가 이모젠에게 대놓고 네가 죽였느냐고 물었는데 이모젠은 아니라고 잘라 말했어요. 하지만 제가 들은 건 대화 뒷부분밖에 없어서 스텔라가 무슨 말을 듣고 이모젠이 그 일을 저질렀을지 모른다고 생각하게 된 건지는 모르겠어요. 경감님이 유로스타 승객 명단만 구해주시면 제가 여기서 기쁜 마음으로 확인해 볼 수 있겠네요. 솔직히 지금 저 사람들 다 내 앞에서 연기를 하고 있어서 제대로 심문해 보기도 힘들어요. 그냥 혼자 조사해봐야 할 것 같아요. 노트북도 가져왔고 무선 인터넷 연결도 되니까 시간 날 때마다 추가적으로 조사를 좀 해볼게요. 로히피놀에 대해서 알아봐야겠어요. 10년 전쯤에 그 약을 구하기 쉬웠는지도 알아볼게요."

톰이 필연적으로 나올 수밖에 없는 질문을 던지자 베키는 잠시 말이 없어졌다.

"그건 뵙고 모두 설명 드릴게요. 하지만 이거 하나는 알아두세요. 이모젠과 로라가 1년 반 정도 비밀리에 서로 연락을 하고 있었대요. 경감님이 로라하고 얘기할 때 그 부분은 확인해 보셔야 할 것 같아요. 조심하세요. 이 여자들 생각만큼 호락호락하지가 않아요, 톰."

★

소녀는 몸이 약해졌다. 너무도 약해져 있었다. 그리고 점점 미쳐가고 있었다. 생각할 시간이 너무 많다는 것이 문제였다. 소녀는 자기가 파악하고 있는 현실이 과연 정말로 현실일까 의문이 들기 시작했다. 이것이 정말로 자기에게 일어나고 있는 일인지, 아니면 그저 끔찍한 악몽을 꾸고 있는 것인지 분간이 되지 않았다. 이것이 악몽이라면 소름끼칠 정도로 생생한 악몽이라 이제 곧 잠에서 깰 거라는 생각이 들었다. 아마도 갑자기 눈을 뜨게 될 것이다. 절벽에서 떨어지는 꿈을 꾸고 쿵쾅거리는 심장 소리에 놀라 눈을 뜰 때처럼 말이다. 어쩌면 두려움이 점차 쌓이다가 정점에 오르는 순간 잠에서 깰지도 모른다. 소녀는 제발 그렇게 되기를 바랐다.

소녀는 제정신을 유지할 방법을 생각해 내려고 했다. 독방에 갇힌 사람이 매일 그 안에서 운동을 하던 영화를 예전에 본 적이 있다. 하지만 소녀는 그럴 수가 없었다. 소녀의 몸은 너무 약해져 있었고, 운동을 하면 갈증이 더 심해질 것이다. 그건 끔찍한 재앙이었다. 소녀는 자기 눈물을 핥아보려고도 했었지만 마신 물이 없는데 나올 눈물은 있을지 알 수 없었다.

그리고 정신이 계속 방황을 하고 있었다. 집중해야 했다. 그는 분명 찾아올 것이다. 정신을 차리고 있지 않으면 그가 찾아왔을 때 더 이상 자기를 원하지 않을지도 몰랐다. 그가 자기를 원치 않으면 무슨 짓을 할지 소녀는 알 수 없었다.

결국 소녀가 할 수 있는 최선의 일은 좋았던 옛날을 생각하는 것밖에 없었다. 행복했던 시절을.

소녀는 살면서 좋았던 시절이 하루라도 있었나 머릿속을 뒤져 보았다. 그래도 하루 정도는 있지 않았을까? 소녀에게도 꿈이 있었다. 지긋지긋한 가난에서 벗어나는 꿈, 유명한 모델이 되는 꿈, 사랑과 웃음으로 가득한 삶을 사는 꿈. 하지만 소녀가 꾸었던 꿈들은 모두 산산이 부서지고 말았다.

22

이모젠은 욕실에 들어가 문을 걸어 잠그고 뜨거운 물에 몸을 담갔다. 편지도 같이 가지고 들어왔지만 잠시 그냥 물속에 몸을 담그기로 했다. 먼저 마음을 다잡을 필요가 있었다. 편지를 읽는 것은 너무도 고통스러운 일이었기 때문이다.

로라는 그날 늦게 유언 집행인을 만날 예정이었다. 이모젠은 로라가 유언에 대해 전혀 신경 쓰지 않는 것 같아 다행이라는 생각이 들었다. 휴고가 유언장에서 로라에게 친절을 베풀었을 리는 없다. 휴고는 로라를 단 한 번도 진심으로 대한 적이 없었다.

로라가 휴고를 만나던 날부터 그런 낌새는 계속 있었다. 하지만 휴고는 교묘하게 사람의 마음을 조종할 줄 아는 인간이었고, 로라는 모든 것을 휴고의 뜻대로 맞춰주려 했기 때문에 그런 패턴이 굳어져 버렸다. 로라는 휴고가 거미처럼 자기를 천천히 옭아매고 있었다는 사실을 알아차리지 못했다며 자책했을 것이다. 로라가 수치스러워하는 그 어두운 이야기를 목도하는 것은 정말 견디기 힘든 일이었다.

이모젠은 그 다음 편지를 집어 들고 읽기 시작한다.

★

1999년 6월

이모젠에게

이 무의미한 바보 같은 편지를 쓴 지도 몇 달이 지났구나. 신혼여행 마지막 날 이후로는 이번이 처음이네. 사실 나 이런 편지를 쓴다는 것이 얼마나 웃기는 일인지 깨달았어. 하지만 누군가에게 내 속마음을 털어놓지 않고는 못 살 것 같아. 그냥 털어놓는 흉내만 내는 것이지만.

내 생활이 많이 변했어. 난 일을 안 나가. 휴고는 내가 자선재단 일을 돕기를 원하지 않더라고. 난 집이라도 다시 꾸미고 싶었는데 그것 역시 허사가 되고 말았네.

그리고 이제 내 곁에는 너도 없지. 내 가장 소중한 친구를 잃어버렸어. 정말 네가 미칠 듯이 보고 싶다. 딜레마 같은 내 상황이 나를 찢어놓고 말았어, 이모젠. 내가 남편을 택해야 해, 아니면 가장 소중한 친구를 택해야 해? 이런 말도 안 되는 선택을 해야 하다니 너무 잔인해.

내가 지난 번 편지를 썼을 때 우리는 신혼여행을 마치고 영국으로 돌아가려는 참이었지. 휴고는 영국에 돌아가면 더 나은 삶이, 적어도 더 나은 섹스가 기다리고 있을 거라 약속했었지. 그이는 남자들이 침실에서 원하는 것이 무엇인지 내가 좀 더 이해할 필요가 있다고 생각하는 듯했어. 내게 더 큰 즐거움을 줄 방법을 자기가 찾아낼 수 있을 거라 생각하는 것 같았지.

아니었어. 절대로 아니었어. 그리고 난 너한테 다 털어놓고 싶었어. 너한테 다 말하려고 했었지.

살기는 그리 나쁘지 않아. 우리는 함께 행사에도 많이 가고 휴고는 나를 잘 배려해 줘. 그이는 내가 행사 때마다 새로운 옷을 사 입어야 한다고 아직도 고집이야. 사람들 앞에서 내가 완벽하게 처신할 수 있게 계속 도와주고 있고. 그래도 난 자주 실수를 해. 특히나 내가 직접 가서 옷을 골라 왔을 때는 실수가 더 많아. 내가 부적절한 옷을 골라 와도 휴고는 좀처럼 화내는 법이 없어. 내가 외출 준비를 하고 그 옷을 입고 나오면 살짝 얼굴만 찡그려. 그럼 나는 그이가 이 옷이 맘에 들지 않는구나 눈치를 채지. 마음에 들 때는 항상 무언가 아주 좋은 것을 해줘. 며칠 전 밤에는 외출 준비를 하고 방으로 들어갔더니 나를 보고 정말 화사한 미소를 지으면서 소파에서 벌떡 일어나 내 손에 키스를 해주더라. 내가 가장 돋보이는 여자가 될 거라고 말해줬어. 또 어떤 날 밤에는 어디론가 사라지더니 상자를 하나 들고 방으로 돌아왔어. 그 안에는 아름다운 에메랄드 귀걸이 한 쌍이 들어 있었지. 내가 가질 수 있는 귀걸이는 아니래. 가보라서 후대에 전해 주어야 하거든. 하지만 그이가 나를 위해 이런 생각을 했다는 것 자체가 너무 좋았어.

하지만 내가 얼마나 고집이 센 사람인지는 너도 잘 알지? 몇 번은 그이가 별로 안 좋아하는 게 보이는데도 무시하고 내가 고른 옷을 입은 적이 있어. 그런데 괜한 짓을 했다 싶더라. 그이가 탐탁지 않게 여기고 쌀쌀맞게 구는 것이 보여서 바로 후회했어. 그이는 언성을 높이지도 않고, 잔소리도 하지 않아. 노골적으로 무례하게 대하는 일도 없이 그냥 최대한 말수만 줄이지. 하지만 그것만으로도 내 저녁시간은 엉망이 되고 말아. 그이의 저녁시간도 분명 그랬을 거고. 그래서 전체적으로 보면 그냥 물 흐르듯 좋게 좋게 가는 것이 제일 나아 보여. 요즘엔 이런 행사에 참석하는 것이 점점 무서워지기 시작했어. 내가 무언가 실수를 할 게 뻔하거든. 그이가 차라리 자기 생각을 대놓고 말해줬으면 좋겠어. 그럼 최소한 나도 내 생각을 분명하게 표현할 기회라도 있을 거 아냐. 하지만 저렇게 입을 완전히 닫고 있으면 벽에 대고 얘기하는 기분이야.

우리는 말다툼이 없어. 이건 분명 좋은 일 아니니? 몇 번은 내가 좀 불만이 생겨서 목소리를 높인 적이 있어. 하지만 내가 짜증을 내거나 목소리를 높이기라도 하면 휴고는 그대로 돌아서서 방을 나가버려. 처음 그랬을 때는 이틀 동안 나하고 아예 말도 안 하더라. 결국은 내가 대체 왜 그러냐고 물어봐야 했지. 그럼 뻔한 대답이 나와.

"사과를 기다리는 중이에요, 로라. 며칠 전 밤에 당신이 한 행동은 정말로 용납이 안 되는 것이었어요. 당신이 나한테 소리 지르는 것을 견딜 수가 없군요."

그래서 나는 이런 식으로 대답했지. "정말 기가 막히네요, 휴고. 독재자처럼 굴지 말아요! 나도 사람이에요. 나도 내 의견을 표현할 권리가 있어요!"

그럼 그이는 아예 짐을 싸서 에거튼 크레센트 집으로 가버려. 그리고 내가 못 견딜 때까지 거기서 버티는 거지. 물론 내가 전화를 해서 사과했어.

결혼생활을 하다보면 이렇게 옥신각신하는 일은 당연히 있는 거겠지.

우리는 아직도 서로를 알아가는 중이니까.

요즘 내 가장 큰 기쁨은 알렉사야. 알렉사가 오는 주말이 되면 너무 좋아. 알렉사는 금요일에 와서 일요일까지 있다가 가. 방학 때는 더 자주 오고. 알렉사는 부엌에서 나하고 같이 보내는 시간이 많아. 그럼 나는 알렉사한테 조금씩 할 일을 주지. 피자를 만들 때는 알렉사가 직접 피자에 토핑도 얹고, 초콜릿으로 고슴도치 케이크도 만들어. 우리도 어릴 때 그거 만들었잖아. 기억나? 물론 휴고가 집에 없을 때만 알렉사와 내가 이렇게 요리를 하면서 놀 수 있어. 알렉사가 피자 먹는 것을 휴고가 허락할 것 같지 않거든. 알렉사가 초콜릿을 뒤집어 쓴 모습을 좋아할 리도 없고!

나는 그 끔찍한 유모를 집에서 내보내려고 별의별 핑계거리를 다 만들고 있어. 이런 여자를 곁에 두고 아나벨은 대체 어떻게 견디는지 모르겠어. 이 여자를 보면 항상 나를 감시해서 휴고에게 보고하는 것처럼 느껴지거든. 그래서 휴가를 주거나, 최대한 여러 가지 바깥심부름을 시키려고 하는데 늘 성공적이지는 않네.

미안. 사실 지금까지 계속 딴 소리만 했어. 사실 진짜 하고 싶은 얘기는 이거야. 우리가 집에 돌아오고 일주일 정도 지났을 때 시작된 일이야. 나는 무덤 속처럼 무시무시한 이 집 분위기부터 좀 밝게 만들어야겠다고 마음먹었지. 그래서 카펫 샘플, 직물 견본, 페인트 컬러북을 보내달라고 주문했어. 여러 가지 조합으로 샘플을 보여주면서 휴고가 직접 고를 수 있게 하려고. 그리고 예산이 얼마나 들지도 계산하기 시작했어. 예산 따위는 문제가 안 된다는 것은 나중에야 깨달았지만. 그 얘기는 나중에 더 자세히 하기로 하고, 어쨌거나 낮에는 그 일을 하느라 바쁘게 보냈어.

하지만 밤에는? 우리는 여전히 침실을 따로 쓰고 있었고, 언제 부서질지 모르는 이 평화를 깨뜨리고 싶지 않아서 아무런 요구도 하지 않았어. 그런데 어느 날 저녁에 휴고가 나를 놀라게 해주려고 특별한 것을 준비했다고 하는 거야.

"로라, 신혼여행 때 얘기했듯이 당신이 결혼생활에서 섹스에 어려움을 겪고 있는 것을 잘 알고 있어요. 하지만 오늘 밤은 다를 거예요." 그가 나를 보면서 미소를 지었어. 그의 눈동자가 흥분을 억누르느라 반짝이고 있었지. "가서 샤워를 좀 할래요? 당신을 위해 침대 위에 몇 가지 물품을 올려놓았어요. 당신이 그걸 입었으면 해요. 그리고 준비가 되면 나한테 와요. 한 시간 정도면 충분하겠죠?"

휴고는 이게 재미있을지 모르겠지만 분명 나는 아냐. 나는 시간표에 맞춰 섹스를 하고 싶지는 않았어. 내가 원한 건 함께 있다가 자연스럽게 흘러나오는 사랑이었어. 내가 원한 건 섹스가 아니라 사랑을 나누는 것이었다고. 하지만 내가 어떻게 그의 말에 토를 달겠니.

나는 조금 실망하면서 내 방으로 갔지. 휴고가 나더러 입으라는 것이 뭔지 알 수 없었지. 그런데 속옷 한 벌하고 속이 비치는 가운 하나밖에 없는 걸 보고 그래도 끔찍한 것은 아니다 싶어 살짝 안심이 되더라.

브라는 꽤 예뻤어. 크림색 실크에 그것보다 살짝 더 짙은 색깔의 레이스가 가장자리에 달려 있는 거였어. 그런데 그 속옷 세트에 가터벨트하고 속바지가 들어 있더라. 그 속바지가 어떻게 생겼다고 해야 할지 모르겠네. 아주 통이 큰 프렌치 니커즈(아주 크고 통이 넓은 여성용 구식 속바지)라고 해야 할 것 같아. 그 옷도 아주 부드러운 실크로 만들어져 있었는데 거의 내 허리까지 올라왔어. 아래로는 내 허벅지 위로 몇 센티미터 정도 내려와 있었고. 내가 좋아하는 스타일은 아니었지만 이게 대체 어떻게 사람을 흥분시킨다는 것인지 한번 지켜보자 싶었지. 스트립쇼도 그렇지만, 이런 옷을 입으라면 뭐 못 입을 것도 없지. 하지만 나를 슬프게 만든 게 뭔지 알아? 미리 다 사전에 계획하고 하는 것이라 너무 냉정해 보인다는 거야. 하지만 이만한 게 다행인지도 모르지. 그이가 나한테 검정색 캣우먼 옷을 입히려고 했으면 난 정말 난처했을 거야.

옅은 크림색 스타킹까지 다 챙겨 입은 다음 거울을 봤어. 살짝 우스꽝스러운 기분도 들고, 이상하게 좀 슬퍼지더라. 그가 나를 이렇게 입혀놓고 다시 벗기고 싶어 할 거라 생각했지. 그런데도 기쁘다는 생각이 안 들었어. 그래도 이렇게 해야 그이가 사랑을 나누고 싶은 마음이 든다면….

나는 그가 준비해 놓은 가운을 걸치고 조금 불안한 마음으로 중간 침실로 갔어. 내가 대체 뭘 해야 하는 건지 몰라서 조금 망설이면서 문을 노크했지. 마침내 그이가 부르는 소리가 들려서 안으로 들어갔는데 나를 기다리고 있는 그이의 모습에 난 정말이지 너무나 놀라고 말았어. 그가 기둥이 있는 캐노피 침대에 팔다리를 대자로 벌리고 누워 있었어. 얇은 침대 시트가 배꼽 바로 아래서 허벅지 위쪽까지 덮고 있는 것을 빼면 완전히 벌거벗고 있었지. 휴고의 몸을 자세히 들여다볼 수 있었던 것은 이때가 처음이었어. 그 전에는 항상 불을 다 끈 상태에서 만났으니까. 오늘 밤은 방 안이 아주 환하게 밝혀져 있었어. 침대 시트가 솟아있는 것을 보니 휴고는 이미 완전히 흥분해 있는 상태였고(너한테 이런 얘기하니까 민망하다).

나는 침대를 향해 걸었어.

"잠깐. 아직 나를 만지지는 말고. 아직 준비가 안 됐으니까." 이상하게 조명이 아주 밝은데도 휴고의 동공이 아주 커져 있었어. 눈동자 전체가 시커멓게 보였어.

그가 침대 옆을 가리켰는데 밝은 색깔의 실크 스카프처럼 보이는 것이 쌓여 있더라.

"저걸로 나를 묶어요. 손하고 팔 모두 저기 침대기둥에. 아니, 아니. 아직 가운은 벗지 말고. 아직은 보고 싶지 않으니까."

뭐 하나라도 좀 평범하게 가면 어디가 덧나니? 좋아, 좋다구. 다른 사람들도 이런 거 하니까. 그건 나도 알아. 나만 이렇게 하는 거 아니지? 모르지. 나만 그러는 건지도. 나를 보고 싶지 않다면서 왜 이런 옷을 입혔느냐고 물어보지도 못했어. 이 모든 것에 말문이 막혀 버렸거든. 너도 알다시피 내가 솔직히 내숭 떠는 여자는 아니잖아. 내숭하고는 거리가 먼 사람이지. 그런데 그 다음에 그이의 입에서 튀어나오는 말을 들어보니까 그동안 내가 그이를 많이 실망시켰었나보다 싶더라고.

"로라, 오늘 밤에 내가 남자를 기쁘게 하는 법을 가르쳐 줄게요."

나는 한 마디도 안 하고 그냥 그에게 가까이 다가가서 스카프로 손을 뻗었어.

"침대에 앉지 말아요. 나를 건드리지도 말고. 내가 손발을 준비해 놓은 매듭에 집어넣을 테니까, 그럼 당신이 나를 침대에 묶어요."

나는 계속 아무 말도 안 했어. 할 수가 없었지. 그냥 그가 시키는 대로만 했어. 좀비처럼.

"더 세게. 너무 느슨하잖아요. 이거 봐요, 이거. 내가 움직일 수 있잖아. 내가 못 움직이게 해야지. 그게 아주 중요한 부분이라니까."

그래서 더 세게 묶었어. 살짝 역겨운 기분이 들기 시작하더라.

휴고가 눈을 감았어. 깊이를 알 수 없는 그 검은 눈동자를 더 이상 보지 않아도 된다 생각하니까 안도감이 들더라.

"이제 가운을 벗어요. 다른 것은 그대로 입고 있고." 그이가 가운이 바닥에 떨어지는 소리를 들었나봐. 바로 이렇게 다시 말하더라고.

"이제 시트를 걷고 나를 즐겨 봐요!"

내가 그 상황을 어떻게 즐길 수 있겠니? 이건 우리가 함께 즐기는 것이 아니잖아. 나에겐 조금도 즐겁지 않은 일이었어. 이건 휴고의 규칙에 맞춰 고안된 게임에 불과했어. 내가 사랑하는 아내가 아니라 꼭 창녀가 된 기분이더라.

"뭘 기다리고 있어요, 로라? 말했잖아요. 시트를 벗기고 나를 즐기라니까! 당신은 이런 상황을 주도하는 법을 좀 배워야 돼. 어서 하라고!"

물론 나는 그 전부터 그이 옆에 나란히 누워서 그의 몸을 보고, 어루만지고, 느끼고 싶어 안달이 났었지. 그래서 어쩌면 그가 하라는 대로 할 수 있을지도 모른다는 생각이 들었어. 결국 주저하며 시트를 걷어냈고, 마침내 완전히 벌거벗은 남편의 몸을 처음으로 봤어. 그이가 그런 강력한 흥분을 느끼고 있다는 것이 믿어지지 않았어. 나는 그이의 온 몸에 키스한 다음 내 입으로 그이를 정점에 오르게 하고 싶었어. 그이가 나에게 반응하게 만들고 싶었어. 하지만 이런 식으로는 아니야.

나는 조심스럽게 침대에 무릎을 꿇고 앉아서 손으로 그의 허벅지 안쪽을 부드럽게 애무하기 시작했어. 내 계획은 그에게로 몸을 숙여 배에 키스를 하다가 손과 입을 점점 더 그곳에 가까이 가져가는 것이었지.

하지만 휴고가 원한 것은 이것이 아니었나봐.

"그만! 나를 즐겁게 만들라는 얘기가 아니잖아요. 당신이 나를 즐기라고."

그가 내게 바라는 것이 무엇인지는 분명했어. 난 생각했지. '그냥 하자. 생각보다는 나을지도 몰라.'

아니었어.

나는 조심스럽게 천천히 몸을 움직여 다리를 벌리고 그이 위로 올라탔어. 또 다시 그런 생각이 들었지. 그를 유혹해서 마음을 바꿔놓을 수 있을지도 모른다고. 그래서 그를 내 몸 안으로 들이는 대신 앞으로 몸을 숙였지. 내 가슴으로 그의 가슴을 쓸어내리고, 내 골반을 그의 골반에 비볐지. 그가 꿈틀거렸어.

"그렇게 말고. 당신이 즐거워해야 내가 즐겁다니까."

"휴고 난 이렇게 하는 게 즐거워요. 당신을 만지고, 키스하는 거요."

"어서 하라니까, 로라. 그냥 하라고!"

어쩌면 그때 그냥 돌아서 나와 버려야 했는지도 몰라. 왜 그러지 않았는지 그 이유를 설명하기가 쉽지 않네. 결혼한 지 3주도 지나지 않았고, 제대로 된 결혼 생활을 해보고 싶다는 생각밖에 없었다는 말밖에는. 너같아도 3주만에 포기하지는 않았을 거 아냐? 이쯤 되니까 나도 휴고에 대해 어느 정도는 알게 됐어. 모든 것은 그가 원하는 방식대로 이루어져야지, 안 그랬다가는 견디기 어려운 삶이 될 거라고 말이야. 나는 시간적 여유를 두고 휴고를 천천히 바꿔나갈 생각이었어. 내 의견을 주장했다가 생길 결과를 감당할 준비가 안 되어 있었으니까. 그래서 그가 요구하는 대로 해줬어.

아무튼 휴고가 준 속바지 품이 넉넉해서 벗을 필요도 없겠더라. 그래서 그를 향해 몸을 낮췄어. 내 오르가슴에 대한 기대는 아예 접어야 한다는 걸 알고 있었지만, 휴고가 내 오르가슴을 기대하고 있는 건지, 아닌지 확신이 안 섰어. 하지만 그이는 눈을 질끈 감고 있었으니까 흉내만 내도 문제가 될 건 없겠더라. 한창 때는 나도 그거 느낄 만큼 느껴봤으니까 어떤 건지 알잖아. 그런데 한 가지 문제는 그가 내 오르가슴이 얼마나 길기를 바라는지 알 수 없다는 거였어. 나는 최대한 빨리 해치워버려야겠다 마음먹었어. 너무 오랫동안 바라던 것이라서 빨리 끝나 버렸다고 변명할 수 있었으니까. 내가 어떻게 흉내 냈는지 더 자세히는 얘기 안 할게. 하지만 꽤 그럴 듯했어. 그런데 내가 다음에는 뭘 해야 할지 모르겠더라고.

"제기랄, 나 빨리 풀어. 빨리, 빨리 풀라고!"

내가 오르가슴을 흉내 내고 있었다는 것을 그이가 알았을 리가 없어. 내 목숨을 걸고 장담해. 대체 뭐가 문제인지 짐작도 할 수도 없었지. 하지만 침대를 돌면서 최대한 빨리 풀었어. 제일 먼저 다리를 풀고, 그 다음엔 손을 풀었어. 그러니까 그이가 눈을 뜨더라. 나는 남편의 눈에서 나를 원하는 눈빛을 보고 싶었는데, 그건 그냥 야만적인 욕정이었어. 그이가 내게 달려들길래 나를 때리려는 줄 알았어. 차라리 그게 더 나았을지도 모르겠다.

그이가 내 팔을 움켜쥐더니 얼굴이 침대 아래쪽으로 가게 나를 시트 위로 내던졌어. 그 다음에 그이가 나를 어떻게 덮쳤는지는 차마 말을 못 하겠다. 그냥 야만적이었다고만 할게.

나 울었어. 울지 않을 수가 없더라. 하지만 그는 내 울음소리를 듣지 못했어. 아니면 무시했거나. 딱 한 가지 다행스러웠던 것은 그가 1분도 안 돼서 사정했다는 거. 그의 흥분이 유지되는 시간이 딱 그 정도인가 싶더라구. 그리고 다른 말은 한 마디도 안 했어. 나는 얼굴을 계속 침대에 묻고 흐느끼고 있었지. 하지만 그가 문을 닫고 나가는 소리밖에 들리지 않았어.

내가 거기 얼마나 오래 있었는지 모르겠어. 몇 분이었던 것도 같고, 한 시간이었던 것도 같아. 나는 정신을 차리자마자 가운을 단단히 둘러 입었어. 마치 나를 지키려는 것처럼. 그리고는 안전한 내 침실로 돌아가서 그 역겨운 속옷들을 모두 벗고는 가위로 잘라버렸지. 그리고는 욕실로 가서 참을 수 있는 한도 내에서 가장 뜨겁게 샤워기를 틀어놓고 그 아래서 있었어. 아주 오랫동안 서 있었어. 쑤시는 몸을 말리고 봤더니 휴고가 뒤에서 내 가슴을 움켜쥐었던 손자국이 아직 그대로 남아 있더라.

다음 날 아침에 나는 무슨 일이 있어도 그이하고 이 문제에 대해 꼭 결판을 내고 가야겠다고 마음먹었지. 아침식사 시간이 돼서 내려가 보니 그이는 신문을 읽고 있었어. 베넷 아주머니가 부지런히 일을 하고 있어서, 내가 자리를 좀 비켜달라고 했지. 휴고가 나를 보더니 아주 기쁜 얼굴로 활짝 웃었어. 그는 자리에서 일어나 내가 앉을 의자를 빼주고는 몸을 숙여 내 뺨에 키스를 했어.

"잘 잤어요?"

"휴고, 우리 얘기 좀 해요. 어젯밤 일에 대해서요." 내 목소리가 떨리고 있었어. 내 귀에도 느껴지더라.

"좋죠." 그가 대답했어. 계속 미소를 지으면서. "하지만 아침식사 자리에서는 좀 아닌 것 같군요. 괜찮다면 나중에 얘기해요. 그런데 한 가지 당신에게 꼭 해주고 싶었던 말이 있어요, 로라. 알렉사를 예뻐해 줘서 정말 고맙다는 말을 하고 싶어요. 알렉사가 엄마하고 나하고 같이 사는 게 그동안 쉽지는 않았어요. 어른들의 일을 이해하기에는 너무 어린 나이죠. 알렉사가 더 크면 우리가 안정적인 가정환경을 만들어줄 수 있을 것 같아 무척 기쁘군요. 적어도 알렉사가 우리와 함께 하는 시간 동안에는 말이죠. 알렉사의 새엄마로는 당신이 최고예요."

그리고는 그걸로 끝나버렸어. 그이가 나를 더할 나위 없이 훌륭한 알렉사의 새엄마라 생각한다고 하니 너무 기분이 좋아졌거든. 그래서 정작 그 전날 밤의 이야기는 흐지부지되고 말았어. 하지만 이제 나는 내 침실로 돌아갈 때마다 대체 뭐가 기다리고 있을지 몰라 너무 무서워.

내 침대 위에 휴고의 선물이 놓여 있으면 그것이 예고하는 것이 무엇인지 아니까, 낮에는 불길한 예감에 시달리고, 저녁이면 두려움에 시달리지.

그런데 이 얘기를 누구한테 할 수 있겠어. 내가 뭘 어떻게 해야 하는지 모르겠는데. 이제는 너도 내 곁에 없잖아. 하지만 난 이 결혼 포기하지 않을 거야. 상황을 나아지게 만들 방법을 어떻게든 찾아낼 거야. 아직은 포기할 마음 없어. 모든 것이 실패로 돌아가면 알렉사가 어떻게 될지 상상해봐.

사실 내가 너한테 물어보고 싶은 것은 이거야. 나 너한테 전화했었지. 처음 몇 번 이런 일이 있었을 때는 전화하지 않았어. 너무 수치스러웠으니까. 하지만 몇 달째 계속 이런 식으로 흘러가고 상황이 더 나아질 기미가 보이지 않으니까 너한테 전화를 해봐야겠다 싶더라. 휴고는 스스로 아주 만족해하고 있어. 내가 몇 번 이 문제에 대해 같이 얘기해 보려고 했는데, 그이는 나도 이런 방식을 즐기고 있다고 생각하는 것 같아! 나는 좀 더 다양한 방식으로 사랑을 나누고 싶다고 그에게 설명했는데, 그럼 그이는 자기가 남자 구실을 못해서 비난하는 거냐고 묻더라. 그렇다는 얘기를 어떻게 해. 못하지. 그래서 그냥 나도 배워야 할 것들이 있겠지만, 한두 가지 정도는 다른 방식을 시도해 볼 수도 있지 않겠느냐고 했지. 그랬더니 그이는 그냥 한숨을 쉬며 신문을 덮더니 이런 식으로 얘기했어. "로라, 이 부분에 있어서는 당신이 나를 믿어야 해요. 우린 십 대가 아니잖아요. 당신도 이제 어른 단계로 올라와야죠. 성인의 섹스가 어떤 것인지 당신도 좀 알아야 해요. 당신도 시간이 지나면 이런 방식이 얼마나 좋은 것인지 이해할 거예요. 내가 약속할게요."

그럴 리 없거든!

하지만 이 사람은 정말 그럴듯하게 말해. 듣다 보면 그런가 싶어진다니까. 그래서 내가 너하고 얘기해 보고 싶어 하는 거야. 나는 휴고가 서재에서 바빠질 때까지 기다렸어. 그리고는 내 침실에서 너한테 전화를 걸었지. 내가 두서없이 얘기했다는 거 알아. 아무리 너한테라고 해도 그 얘기를 어떻게 쉽게 꺼내겠니. 나는 너를 직접 만나서 그 속옷을 보여주고 싶었어.

그리고 한번은 휴고가 우리 통화내용을 엿들은 게 아닌가 생각이 들었지. 그땐 정말 무서웠어. 나중에 보니까 그렇지는 않았던 것 같아. 만약 그랬다면 그이가 오빠하고 너를 저녁식사 파티에 초대했을 리가 없으니까. 우리 통화에 대한 말도 전혀 나오지 않았고.

파티 당일에 저녁식사 전에는 너하고 이야기를 나눌 시간이 없었지만, 그 다음 날 아침에 한두 시간 정도는 시간을 내서 우리끼리 대화를 할 수 있을 줄 알았어.

그런데 너하고 세바스찬 사이에서 그 끔찍한 일이 일어나고 만 거야. 정말 너 어떻게 그럴 수 있니, 이모젠? 우리 오빠가 가엾어서 어떡해. 분명 마음이 갈기갈기 찢어졌을 거야. 휴고가 너를 다시는 이 집에 들이지 않겠다고 하는데 난 정말 할 말이 없더라. 그건 내게는 너무 큰 상실이야. 윌 오빠도 제정신 아니고 너무 비참해하고 있을 거야.

그리고 네가 다시 전화해서 휴고가 너한테 약을 먹인 것 같다고 했지? 이모젠, 그건 말이 안 돼. 휴고가 대체 뭣 때문에 그런 짓을 하겠어? 휴고가 너하고 윌 오빠를 갈라서게 만들고 싶어 할 이유가 대체 뭐야? 안 그래? 그리고 네가 내 가장 소중한 친구인 것을 휴고도 너무 잘 아는데. 나는 내 남편이 그런 짓을 했다고는 믿기지도 않고, 믿지도 않을 거야. 그건 미친 소리지.

그 끔찍했던 날 밤 이후로 난 정말 너무 외롭다. 이 비참함 속에서 그나마 내게 딱 한 가지 남은 위안이 있다면 집을 재단장하는 계획밖에 없었지. 나는 오랜 시간 동안 계획을 잡아서 휴고에게 보여줬어. 4가지 중에 하나를 선택할 수 있게 준비했어. 하지만 그이는 그것을 보는 둥 마는 둥 하더니 이 집은 어머니의 집이라 아무것도 바꿀 수 없다고 하더라.

하지만 이대로 포기할 내가 아니지. 그럼 에거튼 크레센트에 있는 집을 재단장해서 그이를 깜짝 놀라게 해야겠다고 마음먹었어. 나 예전에 다니던 회사가 팔렸어. 너도 아마 이 얘기는 모르고 있었을 거야. 내가 갖고 있던 지분 덕분에 거기서 수입이 좀 생겼지. 그래서 그 돈을 조금 끌어다가 휴고를 위한 선물로 집을 재단장해야겠다 생각했어. 에거튼 크레센트 집을 재단장해서 나도 무언가 할 수 있다는 것을 보여주고 싶었어. 그래서 그이가 자리를 비울 때까지 기다렸어. 모든 것을 준비했지. 무겁고 오래된 가구들은 들어내고, 현대적인 감각의 가구들을 채워 넣었지. 집 여기저기에 깔려 있는 흉측한 초록색 무늬 카펫도 모두 걷어내고 살구색 카펫으로 새로 깔았어. 벽은 크림색으로 새로 칠하고. 싹 다 바꿔 놓으니까 정말 멋지더라. 휴고한테 보여주고 싶어 견딜 수가 없었지.

그런데 그이는 좋아하지 않았어.

"로라, 무슨 생각으로 한 건지는 알겠어요. 하지만 몇 달을 같이 지냈으니 이제는 당신의 취향도 좀 발전이 있을 줄 알았는데, 아직 많이 부족하다는 생각이 드는군요. 여기 있던 가구들은 지금 다 어디에 있죠?"

옥스퍼드셔의 애시버리 파크 저택에 있는 창고 건물에 보관해 놨다고 솔직히 말해야 했어. 하지만 그 흉측한 카펫은 태워버리고 없었지.

휴고가 한숨을 쉬면서 제시카에게 새 가구들은 다시 모두 가구점으로 반품하고 옛날 가구들을 다시 옥스퍼드셔에서 가지고 오라고 지시했어. 그 여자는 내가 망신당하는 꼴을 다 지켜봤지. 그래도 카펫 하나는 그대로 남았어.

나 정말 바보가 된 기분이야. 네가 너무 보고싶어.

로X가

23

"이모젠, 너 지금 울고 있는 거야? 정말 미안해. 그 편지 보여주지 말걸 그랬어. 그냥 내가 다 말해줄 걸 그랬어."

로라는 이모젠을 찾으러 갔다가 이모젠이 침대 곁에서 수건으로 눈물을 닦고 있는 모습을 보았다. 로라는 이모젠을 이런 어둡고 칙칙한 방에서 재우는 것이 너무 부끄러웠다. 하지만 이 대저택에 있는 손님방 중에서 그나마 이 방이 제일 나은 방이었다.

"괜찮아, 로라. 이 편지를 보여줘서 마음이 풀렸어. 미안해. 내가 미안해. 나 때문에 네가 정말 끔찍했을 거야. 그런데 너 정말 강하구나! 네가 어떻게 이런 일을 다 견뎌냈는지 모르겠어."

로라가 씁쓸한 웃음을 지으며 말했다. "그걸 어떻게 설명해야 할지 모르겠어, 이모젠. 그때는 결혼을 어떻게든 유지하고 싶다는 생각밖에 없었거든." 로라가 이모젠의 어깨에 머리를 기댔다. "모든 것을 지배하려 드는 사람과 함께 산다는 것이 어떤 건지 너는 몰라. 그런 사람들은 아주 비상해. 행동을 미리 다 계산해놓고 움직이는 건지, 아니면 그냥 본능적으로 그런 행동이 흘러나오는 건지는 나도 모르겠어. 휴고를 보면 절대로 언성을 높이지도, 욕설을 하지도, 나를 때리지도 않았어. 누군가 독방에 가둬놓고, 물도 안주고, 눈에 멍이 들도록 때린다면, 학대당하고 있다는 사실을 금방 알아차리겠지. 하지만 배려도 잘 해주고, 언성을 높이지도 않고, 너의 모든 관심사를 꼼꼼히 챙기는 것처럼 보이면, 그걸 학대라고 생각할 수 있겠어?"

이모젠이 로라의 어깨를 팔로 감싸 안으며 말했다. "하지만 넌 너무 불행했잖아. 그건 이상하다고 생각했을 거 아냐."

"불행했지. 그런데 내가 불행한 이유를 도대체 모르겠는 거야. 그의 성적 취향이 다소 이상한 것을 제외하면 꼬집어 지적할 수 있는 게 하나도 없었거든. 내가 어떤 기분이었는지 너한테 설명할 수 있었으면 좋겠다."

로라는 잠시 말을 멈추고 화장대 옆에 걸려 있는 그림을 보았다. 숫사슴을 죽이는 그림이었다. 로라는 마음이 어지러웠다. 세상에 침실에 저런 그림을 걸어놓을 생각을 하는 사람이 누가 있을까? 하지만 지금 로라의 심정이 딱 저 그림 같았다.

로라는 다시 정신을 차리고 이모젠의 질문으로 돌아왔다. 하지만 말문이 막혔다. 막연한 이미지가 떠오를 뿐이었다. 말 한마디 없어도 그가 화가 나 있다는 것을 알 수 있을 때 느꼈던 공허감, 약간의 애정을 담아 그가 미소를 지었을 때 느꼈던 터무니없는 기쁨이 떠올랐다. 보통의 남녀 관계에서는 평범한 것에 불과한 행동과 태도가 대단한 일로 다가와 로라를 부푼 희망으로 채웠다. 휴고는 사람을 꼭두각시로 만드는 일에 대가였다. 그는 로라가 자포자기하는 시점을 정확하게 알고 있었고, 그때가 되면 친절한 말 한마디나 부드러운 키스 같은 사소한 것으로도 로라의 마음을 완전히 장악할 수 있었다. 물론 시간이 지나면서 이런 달콤한 순간조차 드물어졌고, 드문 만큼 그것은 더 귀한 것으로 변해갔다.

"아무리 너한테라고 해도 내 기분이 어땠는지 설명하기가 힘들어. 내가 고집이 센 사람이라는 것은 알지만 그래도 난 강한 사람이었어. 강하다고 생각했어. 1년도 버텨보지 않고 물러서서 내가 꿈꾸던 낭만적인 결혼 생활이 실패로 끝났다고 인정할 생각은 없었어. 그렇게 쉽게 포기할 사람이 어디 있겠어. 여유를 가지고 참을성 있게 기다릴 필요가 있었지. 문제는 그 처음 몇 달 동안 내가 더 약해지고, 나에 대한 믿음도 점점 갉아 먹히고 말았다는 거야. 사람의 행실이 어때야 한다는 것에 대해서는 아무래도 그이가 더 알지 않겠나 싶었고, 완전히 정상적인 것을 두고 내 방식이 아니라는 이유만으로 내가 과잉반응을 하고 있는 것은 아닌가 자꾸 나한테 의심이 들었지. 특히 문제점을 구체적으로 꼬집어서 말할 수 없다는 것도 문제였어. 휴고는 항상 나를 제일 먼저 생각하는 척했지만 사실은 은연 중에 내 생각을 약화시키고 있었던 거야. 주변에 내 모습을 객관적으로 바라봐 줄 사람도 없었지. 일도 안 나가고, 너하고도 대화가 끊겼고, 윌 오빠는 먼 곳에 있고, 엄마한테는 도저히 이런 얘기를 못 하겠고 하니까. 사방이 차단되고 말았어. 그래서 결국 나는 휴고의 눈을 통해서만 내 모습을 보게 된 거야. 그이의 눈을 통해서 바라본 내 모습은 완전한 낙오자에 불과했지."

로라는 이런 느낌을 겉으로 표현한 적이 한 번도 없었기에 깊은 수치심이 올라왔다. 웃자란 나뭇가지들이 창문을 긁는 소리가 들렸다. 그 소리가 들리니 그동안 뜬 눈으로 지새웠던 수많은 밤이 떠올랐다. 그 즈음 로라는 모든 문제가 다 자기 탓이라 믿도록 세뇌당했다.

"하지만 섹스는? 로라, 그 얘기를 또 꺼내서 정말 미안하다만, 중간 침실에서 보냈다는 첫날밤 이야기를 방금 읽었어. 그게 강간이 아니고 뭐야!"

로라는 잠시 침대에 누워 정교하게 장식된 장미 무늬 천장을 물끄러미 응시했다. 로라는 섹스에 대해서 편하게 이야기하던 사람이었다. 결혼 전 즐거운 섹스였을 때는. 하지만 지금은 섹스 얘기를 꺼내기가 믿기 어려울 정도로 힘들었다.

"알아. 내가 딱 한 가지 학대라고 부를 수 있는 게 그거였지. 하지만 그것마저 의심스러워졌어. 정말 그게 학대였을까? 물론 그 섹스는 내가 원한 방식은 아니었지. 하지만 그렇다고 그게 잘못된 것일까? 그는 침대 기둥에 손발을 묶는 것을 좋아했지. 그게 정말 이상한 일이었을까? 아니면 내가 그저 내숭을 떨고 있었던 것은 아닐까? 그리고 그는 나를 거칠게 다루는 걸 좋아했지. 하지만 내가 야만적이라 생각했던 행동이 그에게는 정열적인 행동이었어. 나는 그동안 내가 로맨틱한 사랑에 대한 부질없는 환상을 가지고 있었던 거라고 스스로를 설득했어. 그 주제에 관한 여러 가지 글도 찾아봤는데, 결박 섹스가 얼마나 흔한지, 그리고 섹스를 하는 동안 힘과 통제력을 행사하기 좋아하는 사람이 얼마나 많은지 알고 정말 충격 받았어. 내가 너무 순진해서 결혼한 부부들은 모두 로맨틱한 분위기에서 사랑을 나누면서 친밀감과 기쁨을 누리고 있을 거라고 착각하고 있었다고 생각한 거지. 그것을 과연 사랑이라 할 수 있을지는 모르겠지만, 사랑을 나누면서 만족하지 못하는 사람이 나만이 아니라는 걸 알고 나서 스스로 위안했지. 어쩌면 그이가 그런 방법밖에 몰라서 그럴지도 모른다고 말이야. 좀 더 사랑이 넘치는 섹스도 있다는 것을 그이가 이해할 수 있게 도와주어야겠다고 말이야. 끊임없이 스스로에게 핑계를 대면서 그를 이해하려고만 했어. 그리고 내가 그를 바꿔 놓을 수 있다고 스스로를 속였지. 내가 상황을 바로 잡을 수 있다고 생각했던 것은 내가 강한 사람이라는 믿음이 강해서였는지도 몰라. 여자들은 보통 자기가 상황을 바꿀 수 있다고 믿잖아. 안 그래?"

"너 한 번도 반항해보지 않은 거야? 조금이라도?"

"결혼한 지 2년이 됐을 때 한 번. 휴고가 일 때문에 자리를 비운 사이에 기회를 봐서 옛날 상사 시몬하고 밖에서 점심을 먹었지. 그렇게 겨우 2시간 숨 돌린 것뿐인데도 내 자존감이 조금은 되살아나더라. 그 날 밤에 우리는 도체스터에서 자선재단 행사에 참석하기로 되어 있었어. 휴고는 거기서 만나기로 했고. 지렁이도 밟으면 꿈틀한다는 걸 보여줘야겠다 싶었어. 내게 남은 마지막 한 조각의 기백이었을 거야. 그가 골라준 옷을 입지 않기로 했어. 그이가 사랑에 빠졌을 때의 당당한 내 모습으로 돌아가야겠다고 생각했지. 그래서 혼자 쇼핑을 갔어. 그리고 정말 멋진 드레스를 찾아냈어. 짙은 군청색에 촉감이 너무 부드러운 벨벳 드레스였어. 상의는 어깨끈이 없는 스타일이었는데, 내 몸에도 딱 맞고, 엉덩이 바로 위에 딱 맞춰서 내려오더라. 그때만 해도 엉덩이가 제법 탄력이 있었거든. 스커트도 같은 재질로 만들어져 있었지만 아랫단까지 직선으로 내려오고 무릎 높이까지 찢어져 있었어. 목에는 무늬 없는 은목걸이를 하고, 내 머리카락은 빨간 색을 빼고 원래의 흑갈색 머리로 다시 염색했지. 그냥 평범한 흑갈색 머리였는데 그 드레스랑 같이 입으니까 너무 괜찮은 거야. 갑자기 예전의 나로 돌아온 기분이 들더라.

나는 행사장에서 휴고를 만나기로 되어 있었어. 택시를 불러 일부러 몇 분 늦게 도착하도록 계획을 잡았지. 그럼 그대로 입장할 수 있을 테니까. 그리고 휴고가 고위층 인사들과 함께 앉아 있는 곳으로 곧장 갔어. 남자들 모두 일어나서 인사를 하더라. 여자들까지도 나를 보면서 미소를 지었어. 내가 예쁘게 보인다는 건 나도 알고 있었지."

로라는 휴고도 감탄하는지 살폈던 것이 기억났다. 하지만 그런 눈치가 전혀 느껴지지 않자 갑자기 불안해졌다. 그 때만 해도 로라는 휴고가 다시 사랑에 빠질 거라고 확신하고 있었기 때문이다.

"늘 그랬듯 휴고와 나는 나란히 앉지 않았어. 그런데 휴고가 바로 자리에서 일어나서 내 쪽으로 오더니 의자를 빼주더라. 그래서 앉았는데, 그이가 내 귀에 대고 뭐라 속삭였어. 탁자에 있는 사람들은 모두 그이가 나한테 뭐라 칭찬하고 있다 생각했을 거야. 모두들 미소를 짓고 있었거든. 그런데 사실은 뭐라고 했는지 알아? '아주 씹창녀 같아 보이는군.' 이거였어. 휴고가 욕하는 건 그때가 처음이자 마지막이었어. 식사를 하는 내내 난 미소를 지으며 공손하게 앉아 있었지만, 사실은 금방이라도 숨이 멎을 거 같았어."

이모젠은 경악한 표정으로 로라를 바라보고 있었다. "왜? 너 도대체 왜 아무한테도 말을 안 한 거야?"

"그때는 너무 수치스러워서 차마 말할 수가 없었어. 내가 뭘 잘못했는지도 알 수 없었고. 그 날이 바로 내가 다시는 빠져나올 수 없는 구렁텅이 속으로 완전히 빠져든 날이야. 나는 모든 게 내 잘못이었다고 진심으로 믿게 됐지. 나는 내 판단이 틀렸었다고 휴고에게 사과했어. 그는 나를 용서해 줬고. 나는 착한 아내이자 알렉사의 좋은 새엄마로 남기로 했지. 물론 알렉사의 새엄마 역할은 전혀 힘든 것이 아니었지만. 그 후로 다시는 머리를 빨간색으로 염색하지 않았어. 섹시하게 보이려고도 하지 않았고. 그렇게 하면 그가 다시 나를 혼자 내버려둘지도 모른다고 생각해서."

로라는 침대에서 일어나 창가로 걸어갔다. 더 이상은 동정 어린 이모젠의 눈길조차 바라볼 수 없었다. 그날 이후로 침대 위에 올라오는 선물에 새로운 물품이 추가되었고, 그것들은 이전보다 훨씬 더 두려운 것들이었다는 사실은 차마 전할 수 없었다.

24

톰은 옥스퍼드셔로 돌아가려고 했지만 여러 가지 일들이 겹치면서 수포로 돌아가고 말았다. 하나 같이 수사의 돌파구가 될 중요한 것들이었기 때문이다.

휴고 플레처의 집을 떠난 것으로 목격된 여자의 몽타주가 몇몇 신문에 올라오고 나서 벌써 몇 통의 신고 전화가 걸려왔다. 그 중 가장 신빙성이 커 보이는 것은 인상착의가 비슷한 여자가 에거튼 크레센트 방향으로 걸어가는 것을 보았다는 제보였다. 그 여자는 사우스켄싱턴 지하철역으로 가고 있었다. 안타깝게도 그 역은 3개 노선이 만나는 곳이라 어느 노선으로 갔는지 알 길이 없었다. 하지만 시간대는 일치했기 때문에 경찰에서는 다른 제보나 CCTV 영상과 비교해 그 여자가 어디로 갔는지 알아내려 했다. 물론 이 여자가 지하철을 몇 번 갈아탔을 수도 있지만, 운만 따라준다면 행선지가 밝혀질지도 모를 일이었다.

수사팀 중 두 명이 휴고의 자선재단에 대해 샅샅이 조사할 계획이었는데, 톰은 그 보고서를 빨리 받아보고 싶어 안달이 났다. 수사팀은 무언가를 놓치고 있었다. 톰은 직감적으로 알 수 있었다.

그동안 아자이는 행방불명 소녀 다니카 보진을 추적하는 일을 맡았었고, 다니카의 친구 미렐라 티네시의 주소를 알아냈다. 그런데 긴급한 소식이 들려왔다. 아자이는 로라의 전화기에 음성메시지를 남겼던 다니카의 위탁가족 피터 그렉슨과도 이야기를 해보았었는데, 그 그렉슨이 갑자기 나타나서 수사관들과 얘기를 해야 한다며, 프런트 데스크에서 기다리고 있다는 것이었다.

톰은 아자이에게 그렉슨씨를 취조실로 데리고 오라고 하면서, 자기도 바로 가겠다고 했다. 톰은 아직 다니카가 휴고의 집에 방문했던 일에 대해 로라와 얘기를 나눠볼 기회가 없었고, 처음 행방불명된 소녀인 알리나 코즈마가 나타났는지도 확인해 보지 못한 상태였다. 그래서 지금 일단 그렉슨의 말을 들어 봐야할 때였다. 다니카는 꽤 유력한 용의자이기 때문이다.

톰은 취조실 문을 열었다가 피터 그렉슨이 혼자가 아닌 것을 보고 깜짝 놀랐다. 한 어린 소녀가 함께 있었다. 체구가 하도 작아서 열네 살 정도밖에 되어 보이지 않았다. 그렉슨이 일어나서 톰과 악수를 했다.

"톰 경감님. 이렇게 불쑥 찾아와서 죄송합니다. 하지만 보시다시피 다니카가 집으로 돌아왔지 뭡니까? 아무래도 경감님이 다니카의 말을 듣고 싶어하실 것 같아서요."

톰은 피트 그렉슨과 같이 온 소녀가 다니카 보진이란 말을 듣고 적잖이 놀랐다. 다니카는 열아홉 쯤으로 생각했었기 때문이다.

톰이 말했다. "무사해서 다행이다, 다니카. 너 때문에 사람들이 걱정했어."

피터 그렉슨이 말했다. "아무래도 제가 기본적인 정황을 먼저 설명하는 것이 좋을 것 같군요. 제가 며칠 전에 경감님 동료들하고 얘기할 때 소녀들이 서로 연락을 하지 못하게 휴고 경이 조금 심해 보이는 규칙을 정해 놓았다고 설명했었는데, 동료 분한테서 그 말은 들으셨나요?" 그렉슨이 물었다. 톰은 고개를 끄덕였다.

"다니카가 예전에 그 규칙을 깼었습니다. 그 때문에 다니카하고 미렐라 티네시가 알리나 코즈마의 행방불명 사실을 알게 된 거죠. 이 아이들이 정기적으로 만나고 있었는데 알리나가 나타나지 않은 겁니다. 이 아이들이 접촉하고 있었던 것을 알자 휴고 경이 불같이 화를 냈습니다. 이 두 아이는 알리나한테 무슨 일이 일어난 것인지 여전히 알아내지 못했지만, 다니카는 일단 휴고 경에게 다시는 휴고 경의 지시를 어기지 않겠다고 약속했죠. 그리고 그 약속을 지켰습니다. 지금까지는요. 그런데 안타깝게도 최근에 미렐라도 행방불명이 되었다는 것을 다니카가 알게 됐습니다. 그 부분은 다니카가 직접 설명하는 것이 낫겠네요."

다니카가 이야기를 이어 받았고, 톰은 몸속에서 아드레날린이 솟구치는 것을 느꼈다.

약속한 대로 다니카와 미렐라는 연락을 하지 않고 있었다. 다니카는 휴고 경에게 자기 목숨을 빚지고 있다고 믿었기 때문에 그 규칙이 아무리 고통스러운 것이라 해도 모두 따라야 한다고 생각했다. 하지만 이제 모든 것이 바뀌어 있었다.

"지난 주 목요일…, 나 공원에 갔어요…, 어떤 여자애가 꼬마 남자아이한테 루마니아 말로 말하는 거 들었어요…, 그 여자애하고 얘기했어요…, 그 여자애, 자기가 알리움 재단 아이라고 했어요…, 그 여자애 좋은 집에 살아요…, 그런데 먼저 있던 알리움 재단 여자애가 집을 나가서 다시 매춘부가 되는 바람에 자기가 그 집에 들어갔다고 했어요…, 그 여자애가 이렇게 말했어요…, 루마니아 말로 이렇게 말했어요…, '고마워, 미렐라. 너 때문에 땡잡았어.' 그래서 내가 더 물어봤어요…, 그 미렐라가 우리 미렐라 맞아요…, 그 여자애가 미렐라가 8주 전에 집 나갔다고 했어요…, 그러면서 미렐라가 쪽지 남겼대요…, 부자들하고 일해서 돈 많이 벌 기회가 생겼다고 했대요…, 내가 피터 아저씨한테 말도 안 하고 미렐라 찾으러 간 건 나빠요…, 하지만 아저씨한테 말하면…, 아저씨가 못 가게 할 거 같았어요. 나 오늘 돌아왔어요…, 피터 아저씨가 여기 와서 경찰 아저씨한테 말해야 한다고 했어요….

미렐라가 그럴 리 없어요…, 미렐라는…, 그런 걸 뭐라고 해요? '역겹다'라고 하나? 네, 미렐라는 매춘부 하는 거 역겹다는 거 알아요…."

다니카의 말투는 어설펐지만, 그 의미는 분명했다.

"미렐라 매일 울어요…, 그리고 남자들 나쁘다고 했어요…, 다시는 절대 안 한다고 했어요…, 남편이나 자기 잘 해주는 좋은 남자한테만 사랑 준다고 했어요…, 미렐라 이런 식으로 다시 그 일 절대 안 해요…, 그래서 나 미렐라 찾으려고 했어요. 어쩔 수 없었어요, 피터 아저씨…."

다니카가 고통스러운 얼굴로 피터를 바라보았다. 자기가 피터 그렉슨의 신뢰를 다시 져버렸다 생각해서 무척 걱정하는 것 같았다.

톰이 다니카에게 부드럽게 말을 꺼냈다. 이 소녀는 결국 머릿속에 친구 걱정밖에 없었던 것이다.

"어디 갔었지, 다니카? 미렐라를 어떻게 찾으려고 했어?"

"처음에는 휴고 경 찾으려고 했어요…, 사무실은 못 가요…, 지난 번 갔을 때 거기 여자 무서웠어요…. 그래서 휴고 경 올 때까지 기다렸어요…, 하지만 못 봤어요…, 그래서 다른 방법을 생각했어요…, 미렐라가 그랬다는 것처럼 나도 부자들의 매춘부 돼서 찾아볼까 했어요…, 나 못생겼다고 생각 안 해요… 남자들이 항상 내 몸 예쁘다고 했어요…, 나 영어도 할 줄 알아요…, 잘은 못 해도 할 줄 알아요…."

불편한 진실이지만 어떤 남자들은 다니카처럼 빼빼 마른 아이 몸매에 흥분한다는 것쯤은 톰도 알았다.

"그런데 포주들이 안 된다고 했어요…, 나 부자들의 매춘부 절대 못 된다고 했어요…, 모두가 우리 더러운 거 안다고 했어요…, 아무도 우리 안 만진다고 했어요…, 동유럽 여자한테는 돈 안 쓴다고 했어요…."

"다니카, 왜 너한테 더럽다고 하는 거지?"

다니카가 고개를 숙이고 얼굴을 붉혔다. "남자들 우리한테는 콘돔 안 써요…, 그게 더 좋다고 했어요…, 우린 싫은데 어쩔 수 없어요…, 하지만 나 검사 다 받았어요…. 피터 아저씨가 검사 시켜 줬어요…, 나 안 더러워요…, 정말이에요."

톰은 남자들이 이런 여린 소녀를 그렇게 지독하게 다루었다고 생각하니 같은 남자로서 너무 부끄럽고 실망스러웠다. 어쩌면 그런 남자들 중에는 자기가 아는 사람도 있을지 몰랐다.

다니카를 만나기 몇 분 전까지만 해도 다니카를 몇 명 안 되는 용의자 목록에서도 가장 유력하다고 보았다. 휴고는 죽었고, 휴고를 찾아간 소녀가 행방불명되었다. 이것을 순전히 우연이라 보기는 힘들었기 때문이다.

"너 더럽지 않은 거 알아, 다니카. 그럼 네 말은 미렐라가 어디 갔는지 전혀 알아내지 못했다는 말이야?"

"못 찾았어요…, 우리가 옛날에 있던 곳에도 가봤어요…, 다시 잡혀갈까봐 겁 났어요…, 하지만 그레이스 아줌마가 사준 옷이 좋은 옷이었으니까…, 내가 전에 매춘부였던 거 아무도 못 알아봤어요…." 톰은 그레이스 아줌마가 피터 그렉슨의 아내일 거라 생각했다. 이 어린 소녀의 삶에 적어도 한 가지 좋은 일은 있었구나 싶었다.

휴고의 런던 집 근처에서 목격됐던 그 여자가 범인이라면, 다니카가 그 여자일 가능성은 없어 보였다. 다니카는 화장을 진하게 해도 절대 성인 여성처럼 보일 수 없었다. 작대기처럼 팔도 가늘고, 체중도 다섯 살인 자기 딸 루시 정도밖에 안 될 것 같았다.

결국 톰은 다니카의 면담을 다른 동료에게 맡기고 나왔다. 다니카는 인상착의가 맞지 않았다. 하지만 다른 소녀 미렐라는 맞아떨어질지도 모른다.

지금은 옥스퍼드셔로 돌아갈 필요성이 있었다. 로라에게 물어봐야 할 질문이 점점 더 많아지고 있었다. 그리고 휴고의 부동산 회사 최고재무책임자이자 휴고의 유언 집행인 중 한 명인 브라이언 스메들리도 런던의 애시버리 파크 집에서 만나기로 예정되어 있었다. 톰은 유언장의 내용을 구체적으로 알고 싶어 조급했고, 휴고가 마지막 남긴 유언 내용에 로라가 어떤 반응을 보일지도 궁금했다.

★

톰이 마침내 애시버리 파크 집의 그늘진 앞마당에 차를 대고 보니 두 시 반 정도였다. 그는 웅장한 정문에서 이어진 계단으로 올라갔다. 오는 길에 베키에게 연락을 해두었더니, 톰이 초인종을 누르기도 전에 베키가 문을 열어 주었다.

"유로스타 승객 명단 가져오셨어요? 여기 있으니까 아주 심심해서 미치는 줄 알았어요."

"내가 그렇게 보고 싶었어?" 톰이 베키를 놀렸다. "명단은 당연히 가져왔지. 그 기간 동안 이용한 승객들의 숫자를 보아하니, 곧 더 지루해질 것 같은데? 여기서는 별 일 없었고?"

"아침 이후로는 별 일 없었어요. 같이 모여서 점심식사를 하기는 했는데 스텔라만 주로 얘기했어요. 이모젠은 어디서 울다가 온 것 같더라고요. 아무도 나한테는 말을 안 붙여요. 이 사람들 각자 자기 방에 문을 걸어 잠그고 있거나, 짝을 지어 나를 감시하고 있어요. 무언가 의미 있는 눈빛을 계속 주고받고 있는데 내가 이해할 수 있는 것은 없더군요. 경감님은 뭐 없어요?"

톰은 경찰본부에서 있었던 일들을 알려주었다. 설명하는 내내 별로 도움 되는 내용은 없었다는 생각이 머릿속을 맴돌았다.

"다니카가 이 사건과 어떻게든 관련이 있다고 생각하세요?" 베키가 물었다.

"다나카의 소행이 아닌 것은 확실해 보여. 하지만 미렐라 티네시는 행방불명이니 가능성이 있지. 그 소녀들도 모두 면담해 봐야 할 것 같아. 적어도 지난 열두 달 안으로 휴고의 도움을 받았던 소녀들은 만나 봐야 해. 그리고 자선재단 직원들도 모두 면담해서 원한을 가질 만한 사람이 있었는지 확인해 보고. 소녀들은 모두 휴고를 존경하고 있다고 말하지만, 아주 힘든 형편에 살아온 애들이야. 그 중 한 명이 큰 돈을 쥐어주겠다는 누군가의 말에 혹했을 가능성이 있지. 그 면담을 담당할 팀은 꾸려놨어. 미렐라 티네시에 대해서 알아보는 일은 아자이한테 맡겼고."

"휴고가 자기가 구한 매춘부 중 한 명과 잤을 거라고 생각하세요?"

"뭐, 그런 남자들이야 많으니까. 참고로 말하자면, 개인적으로 나는 그런 거 좋아하지 않아. 또 모를 일이지. 어쩌면 휴고는 그것을 자기 일에 딸려오는 특전이라 생각했을지도."

"톰, 어떻게 그런 역겨운 생각을 하세요? 경감님이 그렇게 냉소적인 생각을 하실 줄은 몰랐어요." 베키는 얼굴을 찡그렸다. 아나벨에게서 들은 휴고의 비정상적인 취향에 대해 베키가 알게 되면 어떻게 생각할까? 휴고가 자선재단 매춘부 소녀들과 잤을 거라고 추정해보는 것이 오히려 당연해 보였을 것이다.

베키는 톰을 식당으로 안내했다. 베키가 로라에게 허락을 받아 식당을 임시 사무실로 꾸려놨다. 식당 중앙에 엄청나게 큰 식탁이 놓여 있었다. 적어도 서른 명 정도는 불편 없이 앉아서 식사할 수 있을 것 같았다. 아주 커다란 석조난로와 무거운 벨벳 커튼 말고 다른 가구는 보이지 않았다. 여기도 손님 접대용 방인가 보다.

"이런, 베키. 좀 좋은 곳을 찾아보지 그랬어? 그리고 왜 하필 문에서 먼 쪽에 자리를 잡은 거야? 나가려면 반나절은 걸리겠네."

"그래서 여기를 택한 거예요. 그래야 그 사람들이 오기 전에 노트북에 뜬 화면을 감출 시간이 생기거든요. 난 이 사람들을 믿지 않아요, 톰. 휴고의 살인사건에 이 사람들이 결백하다고 해도 무언가 숨기고 있는 것은 분명해요. 특히 이모젠이 그래요. 털어놓는 내용 이상으로 많은 것을 알고 있어요. 눈을 보면 감이 와요."

물론 베키의 말이 옳았다. 베키의 예쁜 얼굴에서 불독 같은 투지와 열정이 묻어 났다. 톰은 베키가 무슨 생각을 하는지 알고 있었다. 톰의 일 진행이 너무 지지부진하다 생각하고 있을 것이다. 솔직히 뭘 해야 할지도 모르는 상태였다. 로라나 이모젠을 의심할 만한 구체적인 증거나 정황증거도 없는 상태였다.

"솔직히 나는 잘 모르겠어. 내가 이 사람들을 좀 더 괴롭혀서 알아봐야겠지. 그런데 여기 왜 이렇게 추워? 난방시설도 없나?"

"익숙해지실 거예요. 북쪽에서 오신 분이라 추위에는 더 강하실 줄 알았는데 그렇지도 않은가 보네요." 베키가 씩 웃으며 말했다. "어쨌든 여기 앉아있는 동안에 너무 심심해서 로히피놀이라는 성분에 대해 조사해 봤어요. 이 약이 당연히 아주 오래 전부터 있었던 줄 알았는데, 인터넷에 처음 등장한 시기가 1999년이었네요. 물론 그보다 훨씬 전부터 처방약으로는 사용되고 있었지만 데이트 강간약으로 처음 알려진 것은 그때부터예요. 영국에서 처음 기록으로 남은 데이트 강간약 사용자는 연쇄 강간범 리처드 베이커였어요. 어쨌거나 로히피놀은 플루니트라제팜의 상품명이고, 효능이 바리움보다 열 배나 강해요. 로히피놀보다는 루피라는 이름으로 더 많이 불리죠. 인터넷을 조사해 보니까 이 약물은 진정작용, 불안 완화 작용이 강한 수면제라고 하네요. 이런 약 있는 줄 알았으면 내가 쓸 걸 그랬어요. 그리고 건망증을 유발하고 골격근 이완 작용도 한대요. 로라는 휴고가 자기한테도 이 약물을 쓴 것 같은데, 강간하려는 목적은 아니었다고 말했어요. 그 부분은 경감님이 추적해 봐야 할 것 같아요."

"알았어. 그 여자가 솔직하게 나올 것 같다 싶으면 물어보도록 하지. 그 여자는 질문을 아주 교묘하게 잘 빠져나가. 질문을 퍼붓는 방식으로는 효과 못 볼 거야."

베키가 톰을 쏘아보았다. 베키는 마치 막히는 길에서 곡예 운전하듯이 전투적으로 이 문제를 해결하려 들었다. 톰은 로라에게는 그런 방법이 먹히지 않을 거라 확신하고 있었다. 말로 쉽게 요리할 수 있는 여자가 아니었다. 톰은 로라의 신뢰를 얻을 필요가 있었다.

"오늘 아침에 대체 무슨 얘기를 들은 건지 좀 말해봐. 이 사람들한테 물어볼 내용들을 확실한 것으로 간추려 보자고."

베키가 탁자 끝에서 수첩을 집어 들고 자리에 앉았다. "수첩에 정리해 놨어요. 최대한 들은 그대로 옮겼어요. 경감님이 직접 그 얘기를 들었어야 했는데. 그럼 분위기가 파악됐을 거예요." 베키는 휘갈겨 적어놓은 쪽지를 보면서 들은 내용을 전했다. "톰, 여기 적힌 말만 읽어서는 분위기 전달이 안 돼요. 로라 목소리를 직접 들었어야 했어요. 정말 냉랭했어요. 로라가 휴고를 정말 끔찍이 미워하더라고요. 이모젠 못지않게요."

★

약물과 증오에 대한 온갖 이야기가 오가다가 초인종 소리에 갑자기 대화가 중단되고 말았다. 브라이언 스메들리와 변호사의 도착을 알리는 소리였다. 베키는 승객 명단을 탁자 끝 임시 책상으로 치웠고, 톰은 홀로 나가보았다. 홀에서 로라가 도착한 손님들을 맞고 있었다. 로라의 낯빛이 갈수록 좋아지는 것 같았다. 블랙진과 빨간 점퍼를 입고 있는 화사한 로라의 모습이 홀의 칙칙한 벽과 대비되어 도드라져 보였다.

로라가 톰을 향해 돌아섰다. 그가 거기 서 있는 것을 보고 놀라는 눈치였다.

"톰? 죄송해요. 오신 줄 모르고 있었네요. 누가 차나 커피를 내오던가요?"

이 집은 뜨거운 마실 거리는 끊이지 않고 공급되는 것 같았다. 상갓집에서는 이것이 오히려 정상이 아닐까 싶었다. 슬픈 일을 당한 가족들을 손님 접대로 바쁘게 만들어 슬픈 생각을 잊게 해주니까 말이다.

"미안합니다, 로라. 먼저 인사부터 했어야 했는데. 베키가 들여보내줬는데, 괜히 쉬시는 데 방해할 것 같아 말았습니다. 저도 같이 앉아 유언장 내용을 들어도 괜찮을까요? 수사에 도움이 될 것 같습니다."

톰은 로라를 구석구석 살폈다. 머리를 다시 느슨하게 풀어헤치고 있었다. 모근 쪽에 짙은 흑갈색 머리카락이 자라 나오기 시작한 것이 보였다. 쥐색으로 자기 머리를 염색하는 사람이 로라 말고 또 있을까 싶었다. 혈색도 나아 보였고, 자신감도 묻어나는 것 같았다. 하지만 안절부절 못하는 모습이었다. 분명 유언장에 어떤 깜짝 놀랄 내용을 있을지 몰라 불안해하는 것이리라. 톰은 지난 몇 시간 동안 들은 내용이 있는지라 로라를 비난하고픈 마음은 들지 않았다.

톰이 지켜보고 있는 것을 모르는지, 로라는 사람들을 응접실로 안내하며 베넷 아주머니에게 차나, 원하는 분이 있으면 술을 준비해 달라고 부탁했다. 변호사만 술을 주문했다. 얼굴을 보니 그게 필요할 것 같은 표정이었다.

모두들 자리를 잡고 앉았고 마실 거리가 도착하자, 브라이언이 조금 긴장된 모습으로 헛기침을 했다. 유언 집행인이다 보니 어쩔 수 없이 유언장의 내용을 전달해야 하는 입장이었다. 로라가 내키지 않는 미소를 지어보였다.

"너무 긴장하지 마세요, 브라이언. 나는 휴고를 잘 알아요. 그이가 유언장에 어떤 내용을 담았다고 해도 저는 놀라지 않을 거예요. 그냥 대략적인 내용만 알려주세요. 저는 그걸로 족해요."

"감사합니다, 로라." 브라이언이 대답했다. "아시다시피 휴고 경은 엄청난 부자였습니다. 하지만 선견지명이 있으셔서 대부분의 재산을 다양한 신탁회사에 맡겨 놓으셨어요. 신탁회사에서는 그의 생활비로 일 년에 백만 파운드 정도를 지불했습니다. 물론 그 중 상당한 액수는 세금으로 나갔지만요. 그리고 애시버리 파크에 있는 저택과 에거튼 크레센트에 있는 집은 모두 신탁회사의 소유로 되어있기 때문에 그것들의 유지와 인력 채용에서 발생하는 모든 비용은 생활비와 별개로 신탁회사에서 지불합니다. 따라서 세금을 제한 나머지 생활비는 말 그대로 생활비로 사용되었습니다."

톰은 매년 수십만 파운드라는 그 큰돈을 다 어디에 썼을까 궁금해졌다. 지불해야 할 다른 경비도 없다면 말이다. 로라도 비슷한 생각인 것 같았다.

"매년 지출되었다는 그 돈 말이에요, 그 중 일부는 저축한 건가요?"

"생활비는 한 달에 대략 삼만 파운드 정도였고, 의복비, 식비, 여행 경비, 이탈리아 저택의 관리비 등으로 사용됐습니다. 그리고 물론 휴고 경도 매달 현금으로 이만 파운드 정도를 인출하셨고요."

"매달 이만 파운드를 현금으로요? 정말 이만 파운드가 맞아요?" 로라가 물었다.

톰이 왜 그러나 싶어 로라를 바라보았지만, 로라는 어리둥절한 얼굴로 스메들리와 변호사를 바라보고 있었다.

"그럼 알렉사와 아나벨을 위한 유지비는요? 그 돈이 거기 쓰인 건가요?"

"아닙니다. 휴고 경이 아나벨과 이혼할 때 신탁계좌를 따로 두 개 만들어서 알렉사의 평생 뒷바라지용으로 하나, 그리고 아나벨 앞으로 하나를 설정해 놨습니다."

로라는 여전히 당황스런 표정이었지만, 가만히 있었다.

"이제 유언장의 내용으로 다시 돌아가겠습니다. 휴고 경이 레이디 플레처 앞으로도 조항을 만들어 놓았습니다. 그런데 그게…, 조금 복잡합니다. 기본적으로 알렉사가 스물한 살이 될 때까지는 이 집에 살 수 있습니다. 그리고 그때가 되면 알렉사는 애시버리 파크 집의 법적 거주인 자격을 얻습니다. 만약 당신이 그때까지 여기 남아 있으면 이탈리아에 있는 저택은 당신 소유로 넘어옵니다. 그 집은 현재 휴고의 명의로 되어 있지만, 지금부터 그때까지는 신탁회사의 명의가 됩니다. 그때가 되면 당신은 그 집을 팔아서 영국에 직접 집을 구해 살 수도 있고, 그 집에 들어가서 살 수도 있습니다. 만약 알렉사가 스물한 살이 되기 전에 이 집에서 나가기로 결정하면 이탈리아의 저택은 몰수당하고 그 이후로 알렉사와의 접촉도 금지됩니다. 만약 그런 일이 일어날 경우, 아나벨은 그런 경우에 대비해 작성된 휴고의 요청을 엄격하게 따라야 합니다. 그렇게 하지 않을 경우에는 아나벨도 물려받은 유산에서 상당 부분을 몰수당하게 됩니다. 제가 아는 아나벨의 성향으로 봐서는 분명 이런 요청을 엄격하게 따르지 않을까 생각합니다. 당신이 이 집에 머문다는 말의 의미는 1년에 적어도 열 달 이상을 이 집에서 보낸다는 뜻이고, 적절한 시기가 됐을 때 알렉사가 들어올 수 있도록 이 집을 적당한 환경으로 만들어 놓을 의무도 있습니다."

톰은 일부러 한쪽 구석에 앉아 로라의 표정을 찬찬히 뜯어봤다. 매달 현금을 인출했다는 사실에 좀 당황했던 것을 빼면, 유언장에 나와 있는 가혹한 조건에는 별로 놀라지도, 화난 것 같지도 않았다. 이것은 분명 아내를 사랑하는 남편이 배려하는 마음으로 남긴 유언장이 아니었다. 방 안에 있는 모든 사람이 그렇게 느꼈을 것이다.

"집 안이나 정원을 다시 꾸미는 데 필요한 돈도 나오나요?" 로라가 물었다. 분명 앞으로 10년 동안 이 무덤 같은 집에서 살아야 한다는 점이 고민이었을 것이다.

"거기에 필요한 비용은 신탁회사에서 지불할 겁니다. 다만 어떤 공사든 저택을 지금과 똑같은 모습으로 유지하기 위한 공사여야 한다는 조건이 붙었습니다."

로라는 끔찍하다는 표정을 지었다. 톰은 그녀가 이해됐다. 이 집을 모던한 풍으로 바꾸어 놓으려면 대규모 리노베이션이 필요할 것이다.

"내 돈을 써서 집을 재단장 하는 것을 막는 조항도 있나요?" 로라가 몸을 앞으로 기울이며 간절한 표정으로 물었다.

브라이언 스메들리가 더 불편한 표정으로 바뀌었다. "로라, 당신 앞으로 나오는 돈은 신탁회사에서 매년 지급하는 돈밖에 없습니다. 그리고 그 돈은 휴고가 지정한 항목에 대해서만 사용가능합니다."

"아니, 내 개인 돈이 있다면요? 내가 휴고와 결혼하기 전부터 가지고 있었던 돈이라면 상관없는 거 아닌가요?"

로라의 얼굴이 희망으로 반짝이며 어두웠던 표정이 밝아지고 있었다. 톰은 로라가 부검 이후 일부러 그런 어두운 표정을 짓고 있다는 확신이 들었다. 지금 보니 로라가 참 사랑스러운 여자라는 생각을 피할 수 없었다.

브라이언이 변호사를 쳐다보았다. 그 변호사는 도착해서 위스키를 부탁할 때 말고는 사실 입도 벙긋하지 않고 있었다.

"레이디 플레처, 휴고 경이 그 돈에 대해 알고 있었나요?" 그가 물었다.

"내가 일하던 회사의 주식을 팔 때 얘기했어요. 그런데 그 돈이 얼마인지는 전혀 관심이 없더라고요. 그이한테는 푼돈이었을 테니까요. 그 이후로는 그 돈 얘기는 하지 않았어요. 그리고 그 돈을 계속 투자했죠. 마땅히 다른 할 일도 없어서 주식 매매에 재미를 붙였어요. 아마 지금 있는 돈이면 이 집을 몇 번은 재단장할 수 있을 걸요? 그건 허용되는 건가요?"

변호사가 수첩을 확인했다. "이 유언장은 아주 길고 복잡합니다, 레이디 플레처. 유언장을 꼼꼼히 확인하고, 이 집을 소유한 신탁회사의 계약 조건도 살펴보겠습니다. 휴고 경이 이 집에 절대로 손을 대지 못하게 할 생각이었던 것은 분명합니다. 그 점은 제가 확실히 말씀드릴 수 있어요. 하지만 휴고 경도 레이디 플레처께서 따로 돈을 갖고 있다는 생각은 못해 보신 것 같습니다. 어쩌면 경우의 수를 놓친 건지도 모르겠습니다. 그리고 이 점도 말씀드려야 할 것 같네요. 재혼을 하시거나 동거를 하는 경우에도 똑같은 효력이 발생합니다. 이 집을 비워야 하고, 이탈리아에 있는 집은 몰수당하고, 앞으로 알렉사와의 접촉도 일절 금지됩니다."

휴고가 태생적으로 잔인한 사람이라는 점을 톰뿐만 아니라 이 방에 있는 모든 사람이 깨달았을 것이다. 로라가 너무 가엾다는 생각이 들었다. 하지만 로라는 쓴웃음만 짓고 있었다. 변호사의 말이 이어졌다.

"휴고 경의 요청에 따를 생각이십니까, 레이디 플레처?"

"선택의 여지가 없잖아요." 로라가 대답했다.

"제가 보기에 휴고 경은 이탈리아 저택을 얻는 것을 조건으로 걸면 레이디 플레처가 요청을 따를 것으로 생각하신 듯합니다."

"그렇다면 그이가 이 자리에 없는 것이 좀 아쉽군요." 로라가 이렇게 말하며 의자에 등을 기댔다. "휴고한테 그 집이야 어찌됐든 상관없다고 단호하게 말해줄 수 있었을 텐데. 저는 그 집 때문에 여기 남는 것이 아니에요. 알렉사를 위해 남는 거지."

★

톰은 로라의 침착한 모습에 놀랐다. 이 휴고라는 인간이 대체 얼마나 몹쓸 인간이었길래 저럴 수 있을까 싶은 생각이 들었다. 온 세상 사람들이 사랑하고 존경했던 모습은 가면에 불과했다. 로라의 표정은 나머지 조항들을 듣는 동안 원래대로 되돌아왔다.

이미 아나벨을 만나본 톰은 알렉사를 보호하고 싶어 하는 로라의 마음을 십분 이해할 수 있었다. 하지만 앞으로 적어도 10년 동안 로라에게 남자와 재혼도, 동거도 하지 말라는 조건은 지나치게 가혹한 것이었다. 10년 후면 로라는 임신도 할 수 없는 나이가 된다.

변호사는 유언장의 다른 내용들을 이야기하기 시작했다. 그는 얼마 안 되는 유산에 대해서는 얼버무리고 지나가고 싶어 하는 눈치였고, 로라가 자세한 내용을 다그치지 않자 안도의 한숨을 내쉬면서 아나벨과 관련된 조항으로 넘어갔다. 거기에 무언가 변호사가 말하기 민망해하는 조항이 들어있다는 것을 톰은 눈치챘다. 톰은 유언장의 복사본을 확인해야겠다는 생각이 들었다. 어쨌든 유언장을 들어보니, 만에 하나 로라가 범인이더라도 돈 때문에 휴고를 죽인 것이 아님은 분명했다.

아나벨 역시 만족할 상황은 아니었다. 넉넉한 생활비를 계속해서 받으려면 아나벨은 알렉사가 매년 최소 석 달은 애시버리 파크 집에서 로라와 함께 지내는 데 동의를 해야 했다. 알렉사는 옥스퍼드셔에서 기숙사 생활을 하고 있었기 때문에 이 말은 알렉사가 사실상 아나벨과 지내는 시간이 거의 없게 됨을 의미했다. 아나벨은 돈만 꼬박꼬박 챙길 수 있다면 그 점에 대해서는 눈썹 하나 까딱하지 않을 거라 생각하니 톰은 마음이 불편해졌다.

유언장에 명시된 조건에 따라야만 알렉사가 스물한 살이 될 때 포르투갈 집의 명의가 아나벨에게 이전된다는 조항도 들어 있었다.

유언장에서 가장 흥미로운 부분은 마지막 내용이었다. 휴고 플레처는 죽기 전날 변호사를 찾아가 유언보충서를 작성해 놓았다. 휴고는 유언보충서가 준비될 때까지 일부러 기다렸다가 직접 서명을 한 후에야 사무실을 떠났다고 한다. 유언보충서에는 아나벨을 통해 휴고나 그의 가문의 명예를 훼손하는 내용이 언론에 공개될 경우 아나벨은 모든 유산을 잃게 될 거라 명시되어 있었다.

톰은 안도의 한숨을 내쉬었다. 어제 아나벨이 휴고에 대한 비밀을 털어놓았었는데, 분명 휴고의 명예를 훼손하는 것이었기 때문이다. 톰은 그것을 싱클레어 총경에게만 보고했다. 수사팀을 신뢰하지만 삼류 언론에서 가십거리를 매수하려 들 수 있었다. 그랬다가는 아나벨의 유산이 연기처럼 사라질지도 모른다.

★

변호사와 브라이언 스메들리는 아나벨에게 가기 위해 곧바로 자리를 떴다. 톰은 원래 그들을 따라가 아나벨의 반응을 살펴볼 계획이었지만 어떤 결론이 나올지는 뻔해 베키를 대신 보냈다. 톰은 로라와 따로 이야기를 나눠 볼 시간이 없었고, 풀어야 할 수수께끼가 점점 더 늘어나고 있었다.

로라는 두 사람을 배웅하러 나갔다. 톰은 로라가 지금까지 들은 내용 때문에 난처할 거라 생각했다. 만약 로라가 휴고의 사랑이 진심이라고 믿고 살아왔다면 그 믿음이 내동댕이쳐진 셈이니, 로라의 심정이 걱정될 수밖에 없었다. 하지만 이 가족이 수면 밑으로 숨기고 있는 비밀을 파헤치는 것이 그의 임무였다. 휴고 주변 인물의 감정적 동요를 파악해야 휴고라는 사람의 면면을 알 수 있다. 그래야 살인범을 찾을 가능성도 높아진다. 로라가 감정적으로 힘든 시점에서 연민으로 대하면 방어벽을 허물 수 있을지도 모른다.

"괜찮으세요, 로라? 제가 주제넘게 할 말은 아닙니다만, 아주 힘든 시간이었을 것 같습니다."

그런데 맞은편에 앉은 로라의 얼굴에 진심어린 미소가 피어나는 것을 보고 톰은 깜짝 놀랐다. 거의 즐거워하는 듯한 표정이었다. 도저히 이해할 수 없는 모습이었다.

"걱정해 주셔서 고마워요, 톰. 전 괜찮아요. 휴고가 철두철미하게 대비를 해놓은 것 같네요. 그렇지 않아요? 아시겠지만 아나벨은 친딸한테도 너무 무심해요. 저는 도저히 아나벨에게 알렉사를 맡겨둘 수는 없어요. 그 가엾은 아이가 힘든 일을 너무 많이 겪고 있어요."

"하지만 휴고가 한 가지 실수를 했네요." 로라가 눈빛을 번뜩이며 말했다. "신탁회사의 계약 조건만 확인되면 당장에 이 집을 완전히 갈아엎을 거예요. 저한텐 그렇게 기쁜 일이 또 없을 거예요. 수년간 이 집을 어떻게 고칠지 상상해 왔어요. 결국은 내 집이 될 것도 아닌데 왜 쓸데없이 돈을 쓰나 생각하시겠지만, 이런 집에서 또 다시 10년을 살고 싶지는 않아요. 알렉사도 지금보다 나은 환경에서 살 자격이 있고요."

정말로 즐거워 보이는 로라를 보면서 톰은 놀랐다. 유언장의 조건은 사실상의 가택연금이나 다름없고, 그 외의 조건도 잔인했기 때문이다.

"재혼도 안 되고, 동거도 안 된다는 것은 어쩌시려구요? 그건 좀 심한 거 아닌가요?"

로라가 웃으며 말했다. "걱정해주시는 것은 고맙지만, 다시 남자를 만날 생각은 눈곱만큼도 없어요. 내게는 이것이 전혀 문제가 안 돼요."

"하지만 알렉사를 아끼시는 것을 보면 아이를 좋아하시지 않나요? 아이를 갖고 싶다는 마음은 안 들었어요?"

로라가 고개를 떨구는 것을 보니 미안한 마음이 들었다.

"네, 저도 아이를 갖고 싶은 마음이야 있죠. 하지만 그건 제가 어찌할 수 있는 부분이 아니잖아요."

그 순간 톰의 휴대폰이 울렸다. 톰은 속으로 욕이 나왔다. 로라의 속마음을 엿볼 수 있는 절호의 기회였는데. 발신자가 케이트인 것을 보고 어쩔 수 없이 전화를 받아 대충 끊었다.

"죄송합니다. 꼭 받아야 할 전화라서."

기껏 잡아놓은 분위기가 깨져버려 실망스러웠다. 하여간 케이트의 타이밍은 늘 정확하다! 로라가 궁금한 표정으로 톰을 바라보았다. 사건에 대해 새로운 소식이 궁금한데, 규정상 자기가 그 내용을 물어봐도 되는 것인지 알 수 없어 망설이는 것이리라.

"사적으로 좀 골치 아픈 전화예요. 범인을 잡는 데에 진척이 있다는 소식은 아닙니다."

로라가 왠지 안도하는 표정이라 톰은 의아했다. 자기뿐 아니라 모두의 인생이 고달픈 것이라 느껴져 안도한 것일까?

"제 남편이 저한테 어떤 감정이었는지 세상에 다 까발려진 셈이니, 경감님도 사적으로 힘든 일 있으시면 마음 편히 털어놔 보세요. 제 인생도 이미 엉망이 된 것 같은데 그런 얘기 같이 나누면 저도 시름을 잠시나마 잊을 수 있을지도 모르겠네요."

톰이 자리를 고쳐 앉는데 불쑥 외롭다는 생각이 덮쳐 왔다. 이런 느낌은 처음이었다. 혼자라는 사실에 신경 쓸 겨를이 없었다. 하지만 런던으로 이사온 후 사람들과 함께 어울려 본 적이 거의 없었다. 근무시간은 길었고, 겨우 틈이 나면 루시를 만났다. 나머지는 모두 호화롭지만 삭막한 아파트에서 보냈다. 진짜 친구들은 삼백 킬로미터나 떨어져 있었고,

지난 2년 동안 아내와 형을 잃었다.

그런데 지금 로라가 진심 어린 눈빛으로 그를 바라보고 있었다. 톰이 최근 만났던 무심한 사람들과는 다르다는 것이 느껴졌다. 톰은 로라의 호의를 무시할 수 없었다.

"전처 케이트의 전화였습니다. 우린 이혼했어요. 저한테는 참 힘든 시간이었습니다. 케이트가 떠나면서 우리 딸도 같이 데려갔거든요. 그런데 전처가 새로 만난 사람과 상황이 그리 좋지 않더군요. 그래서 전처가 다시 내게 돌아오고 싶다고 합니다." 최대한 말을 아껴 설명하고 벽난로를 바라보았다. 마치 해법이 그 불꽃 속에 들어 있다는 듯이.

"아직도 사랑하세요?" 부드러운 목소리로 묻는 로라의 질문에 뭐라 꼬집어 말할 수 없는 감정이 드러나 있었다. 로라를 보니, 눈을 가늘게 뜨고 톰을 바라보고 있었다. 톰은 이것이 무슨 의미인지 파악을 할 수 없어 그냥 로라의 질문에 대답했다.

"아니요. 물론 예전에는 사랑했었죠. 하지만 케이트가 내게 다시 돌아오려는 이유는 사랑 때문이 아닙니다. 케이트는 돈을 사랑하죠. 돈 쓰는 것을 좋아해요. 휴고의 유언장에 무덤덤하게 반응하는 당신과 이야기하는 도중에 케이트 전화를 받다니 아이러니하네요. 케이트였으면 아마 지금쯤 유언이 모두 부당하다면서 고래고래 소리를 지르고 난리가 났을 겁니다."

"휴고가 나를 부당하게 대한다고 외쳐봤자 아무 소용없다는 것은 아주 오래 전에 깨달았어요. 아마 그랬으면 지금쯤 제 목청이 나갔을 거예요." 로라가 자기 말에 돋힌 가시를 지우려고 미소를 지었다. "그럼 케이트 입장에서 보면 이제 당신이 돈 많은 남자인가 보죠?"

"그런 셈이죠. 하지만 제가 노력해서 번 돈은 아닙니다. 경감 자리도 수입이 나쁜 편은 아니지만, 사실 제 형이 아주 많은 돈을 물려줬거든요…, 유언장으로요." 마지막 문장에서는 힘들게 입을 열었다.

로라는 정말로 가슴 아파하는 것 같았다. "정말 유감이에요, 톰. 저는 오빠 얼굴을 자주 보지는 못하지만 그래도 오빠한테 무슨 큰일이 일어난다면 충격 때문에 무너져 버렸을 것 같아요. 실례지만 형은 어쩌다 그렇게 되셨어요?"

톰은 잠시 말이 없었다. 여러 달이 지난 일이었지만 아직도 쉽게 나오지 않았다. "우리 형은 아주 똑똑했습니다. 하지만 일반적으로 말하는 그런 똑똑함은 아니었죠. 형은 대학에 진학하는 일에는 전혀 관심이 없었고, 14살 정도부터 전자장치 같은 것을 가지고 놀았죠. 저는 공부만 열심히 하는 현실적인 아이였고요. 형이 처음 만든 컴퓨터는 'ZX 스펙트럼'이라는 작은 컴퓨터였습니다. 아마 들어본 적 없으실 겁니다. 형은 그 컴퓨터로 놀라운 것들을 해냈죠. 18살 정도가 되었을 때 형은 온갖 사람들한테 프로그램을 만들어 주며 돈을 벌었습니다. 그리고 25살이 되었을 때는 처음으로 백만 파운드를 벌었죠. 형은 수백만 파운드의 가치가 있는 인터넷 보안 회사를 만들었고, 죽기 몇 달 전에 그 회사를 팔았습니다."

톰은 잠시 멈추고 너무 쓸데없는 얘기까지 했나 싶어 로라를 바라보았다. 하지만 로라는 턱을 괴고 열심히 듣고 있었다.

"그런데 형이 형답지 않게 돈을 물 쓰듯이 쓰기 시작했어요. 자기 돈으로 살 수 있는 가장 빠른 쾌속정을 샀죠. 그게 화근이었습니다. 사고가 났어요. 그 일로 시신도 찾지 못하고 형은 죽었습니다."

톰은 목이 메어 잠시 뜸을 들였고, 로라는 말없이 기다려 주었다.

"그래서 상황이 이 지경이 되었습니다. 케이트는 제게 다시 돌아오고 싶어 합니다. 제가 동의하지 않으면 루시를 데리고 다시 맨체스터로 돌아가겠다고 협박하고 있어요. 루시하고 가까이 있으려고 여기로 이사온 지 얼마 되지도 않았는데, 다시 루시를 인질 삼아 몸값을 요구하고 있는 셈이죠. 루시를 위해 제가 양보해야 할까요? 로라, 당신은 자기 자식도 아닌 아이를 위해 기꺼이 희생을 하고 있으니, 저도 루시를 위해서라면 케이트와 다시 함께 사는 것이 당연한 것이겠죠?"

톰은 로라의 반응을 살폈다. 로라는 잠시 말이 없다가 입을 열었다.

"톰, 아시다시피 제가 남녀관계에 대해 충고할 만한 자격은 없는 사람이지만 어릴 때를 떠올려 보면 저는 아빠와 엄마를 모두 사랑하면서 자랐어요. 그런데 문제가 뭐였느냐면 두 부모님이 서로를 진정으로 사랑하지 않으셨다는 거예요. 아, 물론 노력은 하셨죠. 두 분은 몇 번 말다툼을 하기도 했지만 분명 서로에게 못되게 굴지는 않으셨어요. 하지만 둘 사이에 사랑은 없었죠. 윌 오빠와 저는 안정적인 생활을 했지만 우리 집을 한 마디로 요약하면 즐거움이 없는 집이었어요. 그런데 아이들의 삶에는 바로 그런 즐거움이 필요하거든요. 두 부모가 다투지만 않을 뿐 서로 보이지 않는 유리벽을 치고 사는 모습을 지켜보며 자란 아이는 남녀관계에 대해 잘못된 가치관을 갖게 돼요. 보이지 않게 날을 세우고 사는 두 부모님과 함께 사느니, 차라리 행복하게 혼자 사는 한쪽 부모님하고 사는 편이 나아요."

톰은 로라의 통찰에 감동했다. 그는 유복하지는 않았지만 서로 사랑하는 부모 밑에서 자랐다. 톰이 갈망하는 부부 관계도 바로 그런 것이었다.

대화가 쓸데없이 너무 길어지고 말았다. 톰은 사적인 이야기를 할 시간이 없었다. 망할 케이트 같으니라고. 이미 오래 전에 케이트를 머릿속에서 지웠다고 생각했는데. 톰은 다시 마음을 추스렸다.

"죄송합니다. 제 사적인 이야기를 나누는 자리도 아닌데, 사과드립니다. 괜히 이야기를 꺼냈습니다."

★

로라는 이야기가 금세 끝난 것이 아쉬웠다. 다른 사람들도 문제없이 살고 있는 것만은 아니었다. 물론 문제의 깊이는 다를 테지만. 톰이 전처 이야기를 꺼내는 순간, 로라는 조금 무뚝뚝하긴 해도 세심한 면이 있는 이런 남자와 결혼한다는 것이 대체 어떤 것일까 상상하며, 잠시 격렬한 질투심이 느껴졌다. 하지만 톰은 이내 수사관의 모습으로 돌아왔고, 로라는 정신을 차릴 필요가 있었다.

톰이 말했다. "몇 가지 얘기를 나누고 싶은 것이 있습니다만, 유언장

소식을 듣고 난 직후에 이런 얘기를 꺼내는 게 맞는지 모르겠군요. 괜찮으시겠습니까?"

"전 아무 문제없어요. 편하게 물어보세요." 로라는 연민에 빠진 친구의 모습을 던지고 다시 남편과 사별한 아내로 돌아올 필요가 있었다. "와인이나 한 병 딸까 해요. 지금은 저도 한 잔 할 자격이 있지 않나 싶어서요. 다행히 휴고 경이 와인을 마시지 말라는 조항은 달지 않은 것 같네요. 한 잔 같이 하실래요?"

"원래는 마시면 안 되지만, 작은 잔으로 한 잔 정도는 괜찮지 않을까 싶습니다. 고맙습니다."

로라는 수첩을 뒤적거리는 톰을 남겨두고 응접실을 나왔다. 톰에게서 여러 질문이 나올 것은 불가피했다. 톰은 로라가 유언장 내용에 무관심한 태도를 보이는 이유를 알고 싶어 할 것이다. 휴고가 자기에게 친절한 유언을 남겼을 리 없음을 미리 알고 있었던 것을 어떻게 설명해야 할까?

로라가 와인 한 병과 빈 잔 두 개를 가지고 돌아왔다. 톰은 수첩을 뒤적이게 그냥 놔두고 와인을 따랐다. 톰에게 한 잔 건넨 후에, 조금 아이러니하긴 하지만 휴고의 추모를 위해 짧은 건배를 제안했다. 로라는 톰이 와인에 거의 입을 대지 않는 것을 보고 약간 미안했다.

"죄송해요, 톰. 근무 중인 걸 깜박했네요. 생각이 짧았어요."

톰이 온화한 미소를 지으며 말했다. "미안해하실 것 없습니다. 와인을 혼자 마시게 할 수야 있나요."

서로 말은 없었지만 두 사람은 다시 자리에 앉았고, 로라는 질문에 대비해 마음을 다잡았다. 톰 더글라스가 배려심이 많기는 하지만 그래도 경찰이라는 사실을 다시금 상기했다.

"휴고의 가족에 대해 말씀을 해주시겠어요? 두 분이 결혼하기 1년 전에 어머니가 돌아가셨다는 사실은 들었는데, 휴고와 어머니의 관계가 어땠는지 좀 아시나요?"

로라는 생각했다. '참 이상한 질문이네. 그게 휴고의 살인사건과 무슨 상관이 있지?' 로라는 최대한 간략하게 대답했다.

"사실, 아는 게 별로 없어요. 이 집은 아주 오래 전 조상들의 초상화가 잔뜩 걸려있지만 전 그이 부모님에 대해 아는 것이 별로 없어요. 그이가 어머니와 아주 가까웠다는 것은 알고 있는데, 어머니 사진을 내게 한 번도 보여준 적이 없어요. 어머니는 내가 그이를 만나고 얼마 안 있어서 암으로 돌아가셨는데, 돌아가시기 직전에는 아주 힘드셨을 것 같아요. 꽤 여러 해 동안 침대에만 누워계셨거든요. 휴고의 아버지가 돌아가시자 어머니도 몸져누워서 침대에서 거의 나오지 않으신 것 같아요. 한동안은 아나벨이 어머니의 간호사로 일했지만 아나벨 말로는 어머니가 사실은 몸에 아무런 이상이 없었다고 하더군요. 아마 어머니가 다른 계층 사람이었다면 그냥 훌훌 털고 일어나서 잘 지냈을 거라고 말이죠. 그냥 아나벨 말이 그런 것인지, 정말로 그런 것인지는 모르겠어요. 어쨌거나 결국 어머니는 정말로 몸이 아파졌고, 방사선 치료를 받느라 크게 고생하셨던 것 같아요."

"휴고의 아버지가 돌아가셨다고 하셨는데, 어떻게 돌아가셨는지 아십니까?"

휴고는 결혼하기 전 딱 한 번 그 부분에 대해 언급한 적이 있었다. 그때 그의 목소리에는 강한 혐오감이 담겨 있었다. 휴고가 공감능력에 문제가 있다는 것을 그때 깨달았어야 했다. 하지만 로라는 아버지의 사망에 대한 괴로움 때문에 그런 것이려니 생각하고 넘겨 버렸다. 늘 그랬듯 휴고의 이상한 모습에는 눈을 감아 버렸다.

"자살하셨어요. 숲속에 들어가 목을 매셨죠. 휴고는 누나 베아트리체 때문이라고 생각했어요. 듣자하니 누나가 겨우 열다섯 살에 가출했는데, 그 때문에 아버지가 엄청난 충격을 받았다고 하더군요. 그래서 몇 달 후에 아버지가 로프를 가지고 숲속으로 들어간 거죠."

"경찰은 베아트리체의 행방에 대해서는 아무것도 알아내지 못했는데, 그녀가 어디선가 다시 나타난 적이 있는지 혹시 아십니까?"

"그 부분에 대한 이야기는 그 후로 없었어요. 이 이야기는 다시 꺼내지 않았으면 한다더군요. 그 날 이후로 베아트리체에 대한 이야기는 한 번도 못 들었어요. 아주 오래 전 일이라 그녀를 과연 찾을 수 있을까 싶어요. 본인이 제 발로 나타난다면 모르겠지만요."

톰이 수첩을 읽는 척하고 있을 뿐, 실제로는 읽지 않고 있다는 것을 로라는 눈치챘다. 눈길은 수첩에 가 있었지만 다음 질문을 어떤 식으로 물어봐야 할지 고민하는 것이 보였다. 로라는 등줄기를 따라 식은땀이 흘렀다.

"좀 더 개인적인 부분으로 넘어가야 할 것 같습니다, 로라. 별로 관련이 없어 보이실 수도 있겠지만 당신이 앓았던 병에 대해 좀 더 알았으면 합니다. 너무 고통스러운 질문이 아니었으면 좋겠군요."

질문이 분명하지 않아서 로라는 어떻게 대답해야 할지 알 수 없었다. 톰의 말은 아직 끝난 것이 아니었고, 그 다음 말에 로라는 거의 숨이 멎는 것 같았다.

"베키가 오늘 아침 부엌에서 대화 나누시는 것을 조금 들었다고 했습니다. 일부러 엿들을 생각은 아니었는데 당신이 휴고의 사망에 대해 그다지 슬퍼하지 않는다는 인상을 받았다고 하더군요. 그리고 로히피놀에 대해 언급하는 것도 들었다고 했습니다. 좀 민감한 부분일지 모르겠습니다만 그 부분에 대해 얘기를 좀 해봐야겠습니다."

로라는 침착하라고 스스로 다독이며 표정을 관리했다. 그런데 그 순간 뜻하지 않은 구원의 손길이 다가왔다. 톰의 휴대폰이 다시 울린 것이다. 톰이 낮은 목소리로 욕을 내뱉었지만, 이내 발신자를 확인하더니 양해를 구하고 전화를 받았다. 수화기 너머의 말은 들을 수 없었지만, 갑자기 톰의 목소리에 생기가 도는 것이 느껴졌다.

"고마워, 아자이. 그거 흥미롭군. 나중에 다시 얘기해. 새로운 내용 있으면 계속 알려주고." 톰이 전화를 끊고 로라에게 고개를 돌렸다. 그의 눈빛이 흥분으로 반짝이고 있었다. "죄송한데 괜찮으시면 아까 그 부분은 나중에 다시 얘기했으면 합니다."

톰이 좋은 소식이라도 전하려는 것처럼 미소를 지어보였다.

"조사 결과가 하나 나왔습니다. 에거튼 크레센트에서 빨간 머리카락

하나를 발견했었는데요, 사람의 머리카락은 맞지만 가발에서 나온 것이었습니다. 그런데 한 가발 제작자가 나타나, 휴고의 어머니가 죽기 전 몇 년 동안 자기 고객이었다고 하는군요. 방사선 치료로 머리가 빠져서 가발을 만들어 썼다고 합니다. 그 가발제작자가 새 가발을 만들 때 어머니의 머리 모양을 재러 그 집에 몇 번 왔고, 모두 합쳐서 다섯 개를 만들어줬었다고 합니다."

톰이 잠시 말을 멈추었지만 그가 무슨 말을 하려는지 로라는 정확히 알고 있었고, 온신경이 날카롭게 곤두섰다.

"그 사람 말이 가발은 모두 빨간 머리카락을 이용해서 만들었다고 합니다."

25

로라는 톰에게 그 가발 상자가 어디 있는지 알 것 같다고 말한 후에 다락방으로 왔다. 숨돌릴 공간이 필요했다. 미친 듯이 두근거리는 심장도 진정시킬 시간이 필요했다.

빨리 머리를 굴려야 했다. 가발뿐 아니라 자기의 정신건강에 관한 질문에 어떻게 대답해야 할지도 생각해야 했다. 로히피놀에 대해서는 말할 것도 없다. 어쩜 그렇게 부주의했을까? 우울증 얘기가 나올 줄 알고 있었고, 거기에 준비도 하고 있었다. 하지만 베키가 너무 많은 것을 들은 것 같다. 유언장의 내용을 들어서 톰도 휴고가 결코 완벽한 인간이 아니란 것은 알고 있을 것이다. 하지만 휴고의 본모습을 완전히 까발려 보여줄 수는 없는 노릇이었다. 결코 그럴 수는 없었다.

계단 바닥에서 고함소리가 들렸다.

"로라? 너 그 위에 있어?"

"어, 나야. 뭐 좀 찾는 척하고 있어." 계단참에서 이모젠의 얼굴이 나타나고 뒤이어 몸이 나타났다. 때마침 이모젠이 나타나 줘서 너무 반가웠다.

"변호사하고 만난 일은 어떻게 됐어? 이제 너도 돈 많은 과부 사모님 된 거야?"

로라가 피식 웃으며 말했다. "말도 안 되는 소리 좀 그만해. 딴 사람도 아니고 휴고야, 휴고. 그건 나중에 설명하고 지금은 다른 걱정거리가 생겼어."

"여기서 대체 뭘 뒤지고 있어?"

"가발. 그런데 사실 뒤지고 있는 것은 아니야. 어디 있는지 알거든. 하지만 그냥 뒤지고 있는 척하고 있지."

"뭐라고? 맙소사. 널 혼자 두는 게 아닌데. 대체 무슨 일인데? 너 형사랑 무슨 얘기한 거야?"

가끔 이모젠은 로라를 뇌세포가 하나도 없는 여자 취급할 때가 있었다. 로라는 톰이 가발에 대해 한 얘기를 전했다. 그리고 바닥에 놓인 크고 둥근 상자를 가리켰다.

"저기 있어. 그 가발 상자."

로라는 그 상자를 물끄러미 바라보기만 할 뿐 건드리고 싶지 않았다. 그것이 판도라의 상자라는 것을 알고 있었다. 로라가 그 상자를 여는 순간 악마, 그러니까 그 상자와 관련된 모든 기억들이 쏟아져 나와 로라를 집어삼킬 것이다. 하지만 로라에게는 선택의 여지가 없었다. 몸서리 치며 숨을 크게 한 번 들이쉬고는 뚜껑을 열고 그 안의 내용물을 꺼냈다. 로라는 머리카락이 엉켜있는 여러 개의 가발을 떼어내면서 하나씩 세봤다. 이상했다. 아무래도 잘못 센 것 같았다. 잘못 센 것이어야 했다. 로라는 놀란 가슴을 진정시키며 뒤엉킨 가발들을 떼어서 다시 개수를 확인했다. 로라가 이모젠을 올려다보며 말했다.

"젠장, 이모젠. 가발이 세 개밖에 없어."

로라가 낡은 트렁크 위에 앉았다. 머리가 멍한 것 같았다. 이것을 설명할 길이 없었다. 경찰에게는 뭐라 해야 할지도 몰랐다. 이모젠이 로라 옆으로 가서 로라의 어깨를 감쌌다.

"뭐가 걱정인데? 이성적으로 바라봐. 이런 사소한 것 때문에 흔들리면 안 되지. 누가 언제 와서 여기 있던 가발을 꺼내갔을지 알게 뭐야? 베넷 아줌마가 하나를 가져다가 중고 매매장터에서 팔았을지도 모를 일이잖아. 그리고 그 마녀 같은 여자가 계속 가발을 만들어 썼다면 몇 개는 아예 망가지거나 해서 쓰레기통에 버렸을지도 모를 일이고. 가발 두 개가 안 보인다고 해서 거기에 꼭 무슨 의미가 있다고는 못해."

"그렇기는 하지. 하지만 경찰도 그렇게 생각할까?"

로라는 가발이 왜 세 개밖에 없는지 정말 알 수 없었고, 그 사실만으로도 큰 충격을 받았다.

로라가 마음을 진정시키려는 동안 두 사람은 말없이 앉아 있었다. 잠시 후 로라가 무언가 결심한 듯 단호한 모습으로 트렁크에서 일어났다.

"좋아. 이렇게 하자. 부디 톰이 내 말을 믿기를 바랄 수밖에. 가발 하나는, 알렉사가 아주 어렸을 때 옷 입혀주기 놀이를 했었는데 그때 가발을 하나 사용했었다고 해야겠어. 물론 알렉사는 너무 어렸을 때여서 기억을 못하는 거고. 그 후 가발이 어떻게 됐는지는 모르겠다고 말할 거야. 그리고 다른 가발 하나는, 지금 생각해 보니 휴고의 어머니가 묘지에 묻힐 때 그 가발 중 하나를 쓰고 있었다고 휴고가 말했던 것 같다고 말하려고. 그럼 두 개가 사라지고 나머지 세 개는 여기 있는 이유를 설명할 수 있지. 네가 듣기엔 어때? 그럴 듯해?" 로라가 기대하는 눈빛으로 이모젠을 바라보았다.

"괜찮은 설명이네. 대체 왜 가발 숫자를 맞춰 놓아야 한다고 생각하는지는 모르겠지만, 그렇게 설명하면 톰 경감을 맥 빠지게 만들 수는 있을 것 같아." 이모젠이 벌떡 일어서며 말했다.

하지만 로라가 경찰 앞에서 이야기를 꾸며낸다고 해서 의문점이 근본적으로 사라지는 것은 아니었다. 가발은 네 개 이상이어야 했다. 세 개밖에 없는 것은 말이 안 됐다. 로라는 친구에게 나머지 나쁜 소식도 알리는 편이 낫겠다고 생각했다.

"잠깐만, 이모젠. 아래층으로 내려가기 전에 한 가지 문제가 더 남아 있어. 톰이 내 병에 대해 설명을 듣길 원해. 나한테 무슨 일이 있었고, 왜 그렇게 오랫동안 요양시설에 갇혀 있었는지 말이야. 내가 뭐라고 해야 할까?"

이모젠이 로라를 보며 어깨를 으쓱했다. "그쪽에서 이미 가지고 있는 증거만 줘야지. 거기 가게 된 진짜 이유를 알려줄 필요는 없어."

"하지만 그 사람도 바보는 아니잖아? 나한테 무슨 일이 일어나서 그렇게 됐던 것인지 알고 싶어 할 텐데." 로라는 이런 질문에 대비를 했다고 생각했었지만, 톰은 달랐다. 그에게는 교묘하게 파고드는 능력이 있었다.

"그럼 그냥 있는 대로 말하면 될 거 아냐."

로라는 두 손으로 머리를 감싸 쥐었다. 이 얘기는 지금까지 이모젠한테 들었던 얘기 중에서 가장 바보 같은 얘기였다.

"뭐? 너 완전 미쳤구나? 그럼 이렇게 말할까? 저기요, 톰. 제 남편이 몰래 제 와인에 로히피놀을 탔지만, 나는 똑똑해서 그날 밤에 와인을 마시지 않았어요. 그래서 그 덕에 그이가 그 역겨운 놀이를 하는 모습을 두 눈으로 똑똑히 지켜보고는 역겨움과 혐오를 토해냈죠. 그리고 그 벌로 정신병자들을 가두는 요양시설에 2년 동안 감금되어 있었어요. 이렇게?"

"로라, 너 대체 무슨 얘기하는 거야? 로히피놀이라니? 넌 그럼 다 알고 있었던 거야?"

"휴고가 너에게 약을 먹인 것은 오래 전에 눈치챘어, 이모젠. 그런데도 그이가 나한테도 똑같은 짓을 하고 있었다는 것을 깨닫는 데는 아주 긴 세월이 걸렸지." 거꾸로 로라가 어리둥절한 표정으로 물었다. "뭐야, 너 아직 내 편지들 다 안 읽은 거야?"

이모젠이 고개를 숙이며 말했다. "미안. 천천히 읽는 중이야. 어서 그 편지들을 읽었으면 하는 거 알아. 하지만 어쩐지 남의 은밀한 사생활을 내가 훔쳐보고 있는 기분이 들어서."

"그래. 내가 너한테 너무 부담을 줬지. 나도 처음에는 너한테 그 편지들 보여주고 싶지 않았어. 하지만 지금은 네가 꼭 읽어줬으면 해. 가봐, 이모젠. 어서 가서 읽어봐. 너한테도 얼굴 마주 보면서 털어놓기 힘든 얘기를 어떻게 톰 앞에서 하니. 난 못 해. 가서 그 다음 편지만 읽어봐. 여기서 기다리고 있을게."

로라가 다시 앉아서 손으로 머리를 괴었다. 그 순간 오늘 아침에 경찰이 자기네 대화를 엿들었다는 사실을 이모젠한테 말해야 하는데 깜박했음을 깨달았다. 하지만 옛 기억이 다시 되살아나면서, 그 일의 중요성도 희미해져 갔다.

★

2004년 3월

이모젠에게

너를 만날 수도 없고, 너하고 얘기도 할 수 없지만 그래도 나 다시 너한테 편지 쓰기를 시작하려고. 그럼 정상적인 삶을 살고 있는 척할 수 있을 것 같아. 편지를 쓰다가 몇 년 전에 관뒀어. 솔직히 할 말이 아무것도 없었거든. 낮도 항상 똑같고, 저녁도 항상 똑같았어. 내게 그나마 기쁨을 가져다주는 존재는 알렉사밖에 없어. 난 이 애를 너무도 사랑해. 하지만 내가 어떻게 해야 이 아이를 도울 수 있을지 모르겠어. 물론 그 아이의 엄마는 아무 짝에도 쓸모없는 인간이야. 내가 또 횡설수설하는구나. 내가 정말 미쳤는지도 모르겠어. 사람들 말이 맞을지도 몰라.

너도 알겠지만 나 정신병원에 있어. 사람들은 이곳을 아주 듣기 좋은 말로 꾸며놨지. 결국 미친 사람들 가두는 요양시설인데 말이지. 물론 사람들은 그렇게 적나라한 표현을 안 쓰지만. 휴고가 나를 이곳으로 보냈어. 그는 모든 것을 감추는 방법은 이것밖에 없다고 믿으니까. 내가 지금 쓰는 내용들도 모두 내가 미쳐서 하는 소리로 취급받겠지. 빌어먹을 인간.

내가 이곳에 오게 된 경위를 과연 편지로 쓸 수 있을지 모르겠어. 어쨌든 노력해 볼게. 내가 이곳에 온 지 이제 몇 달이 지났는데도 아직 적응이 잘 안 돼. 그래서 너한테 다시 편지를 쓰기 시작한 거야. 이것이 어쩌면 도움이 되겠다 싶어서.

물론 처음에 있었던 일부터 시작해서 내가 글을 도저히 더 쓸 수 없는 시점이 올 때까지 써나가는 게 맞겠지. 그런 시점이 분명 올 거라고 믿어. 하지만 내가 마지막으로 편지를 썼던 시점에서 지금까지 몇 년 동안 일어났던 일들에 대해서는 따로 말하지 않을게. 그냥 거의 비슷한 나날이었다고만 알아두면 충분할 거야. 겉으로는 모든 것이 괜찮아 보였어. 그 속을 들여다보면 전혀 괜찮지 않았지만. 화가 난다고 말대꾸한 적이 한 번도 없었어. 그때만 해도 항상 휴고가 시키는 대로 행동했었거든.

하지만 휴고가 한 가지 실수를 했어. 그는 나를 이곳으로 보내면 내가 더 고분고분해질 줄 알았지. 그런데 그이가 틀렸어.

내가 이곳에 오게 된 것은 내가 무언가를 목격했기 때문이야. 그 모든 것이 한 잔의 와인에서 시작됐지. 내가 어느 날 그 와인을 마시지 않은 덕분에 일어난 일이었어. 나는 눈꺼풀이 무거운 것을 느끼며 깨어 있었지. 몸도 너무 무거운 것 같았고. 와인을 너무 많이 마셔서 그런가 보다 생각했는데 휴고가 내가 평소에 쓰는 큰 잔에 와인을 따라 줘서 거절할 수가 없었어. 거절하면 자기의 선택에 대한 모욕이라 받아들일 테니까. 그리고 저녁식사 시간 동안에 간신히 붙잡아놓은 아슬아슬한 평화도 깨져버릴 테고. 그이는 분명 미묘한 방법을 찾아내서 그 모욕을 벌하려 했을 거야. 그래서 마시는 척 와인을 입에 갖다 대기만 했지. 내가 일어서서 접시를 들고 부엌으로 가는데 그이가 눈치챘어.

"당신 와인을 마시지 않았군요, 로라. 뭐 문제라도 있나요? 내가 고른 와인이 별로예요?"

"아니에요, 휴고. 늘 그렇지만 이번 와인도 너무 맛있어요. 부엌으로 가져가서 생선을 손질하면서 마시려고요. 잠깐이면 될 거예요."

그때는 늘 이렇게 아첨하듯이 대답했어. 그럼 휴고가 좋아했으니까.

나는 사실 와인을 더 마시고 싶은 생각이 없어서 싱크에 쏟아 붓고는 사과주스하고 물을 섞어서 색깔만 화이트 와인처럼 그럴듯하게 만들어서 채웠어. 맛은 끔찍했지만 그래도 와인을 마시는 것보다는 낫겠다 싶었지.

저녁식사를 마친 다음에 보니까 휴고가 나를 좀 조심스럽게 바라보고 있더라고. 조금은 너무 조심스러워 보였어. 그 순간 깨달았지. 내가 평소에 와인을 마셨던 경우처럼 행동하고 있지 않다는 것을 말이야. 밤중에 와인을 마시면, 그 시간에 나는 졸려서 정신 못 차리고 있었거든. 그럼 휴고는 나더러 일찍 잠자리에 들라고 했고, 그럼 나는 베개에 머리가 닿자마자 곯아떨어졌어. 그 순간 갑자기 모든 것이 분명해졌지. 와인 한 잔을 더 마셨다고 그렇게 갑자기 졸릴 리가 없거든. 그이가 나한테 약을 먹이고 있었던 거야! 그동안 이 망할 놈이 내 와인에 무언가를 타고 있었던 거지! 하지만 대체 왜? 말이 안 되잖아. 그렇게 졸릴 때는 내가 그가 원하는 게임을 받아줄 수도 없어지잖아. 그리고 다행히 그런 게임은 점점 줄어들고 있었고. 내가 내켜하지 않아서 그런지 그도 점점 시들해져 있었어.

그래서 내가 한두 번 정도 하품이 나는 척했지.

"아무래도 자야 할 것 같아요. 괜찮다면 저는 먼저 올라갈게요."

"괜찮다마다요. 잘 자요." 휴고가 미소를 지었어. 하지만 그 미소 속에 따뜻함이 전혀 느껴지지 않았지.

물론 나는 잘 수 없었어. 한두 시간 정도 침대에 누워 뒤척이고 있었지. 그런데 그 순간 어떤 소리가 들렸어. 이 집에서 평소에 들리는 소리가 아니었어. 옆방에서 나는 소리 같았지. 작은 소리였지만 분명 웃음 소리였어. 나는 귀 기울였지. 웃음소리일까? 아니면 휴고가 그 방에서 라디오라도 듣고 있는 것일까? 이 집은 벽이 무척 두껍지만, 낭랑하게 울리는 남자의 깊은 목소리와 높은 음의 웃음소리를 구분할 수 있었어.

나는 목욕가운을 입고 끈을 허리에 단단히 둘러맨 다음 문을 열고 복도로 나갔어. 이때쯤 되니까 차라리 그 와인을 마시고 세상모르고 잤으면 좋았겠다는 생각이 들었어. 끔찍한 순간과 직면하게 될 걸 알았으니까. 솔직히 저 문 뒤쪽에서 벌어지고 있는 일을 두 눈으로 보기가 무서웠어. 그것을 목격하는 순간 필연적으로 벌어지게 될 일을 알고 있었으니까. 하지만 그 소리를 듣고도 모른 척 넘어갈 수는 결코 없었지.

나는 문손잡이를 돌리고 살며시 문을 열었지.

그 다음 순간의 일은 너무 끔찍해서 차마 입에 담을 수가 없어. 충격으로 헉 소리가 절로 났어. 물론 휴고도 내 소리를 들었지. 그가 알몸으로 발기된 상태에서 나를 돌아보는데 민망해하는 기색은 눈 씻고 찾아봐도 없더라. 대신 이렇게 나를 조롱했어.

"아하, 로라. 당신이로군요. 언제나처럼 재미를 망치러 온 건가요? 아니면 우리하고 같이 할래요?"

내가 뭘 봤는지 차마 말을 못하겠어, 이모젠. 아직은 말 못해. 하지만 내 앞에 펼쳐진 광경을 보니 지난 몇 년 동안 내가 겪었던 그 모든 끔찍한 일들이 아무것도 아닌 것처럼 느껴지더라. 온몸이 떨려왔어. 구토가 올라왔지. 그런 감정은 한 번도 느껴본 적이 없었어. 그리고 그 감정은 바로 불타는 증오였지. 순수한 증오 그 자체였어. 사랑은 강력한 감정이지. 하지만 온몸의 반발로 느껴지는 증오에 비하면 그건 아무것도 아니야.

나는 터져나오려는 비명을 참기 어려웠지만 그래도 간신히 내 원래 목소리를 찾았어. 침착한 목소리를 유지해야 했어. 아직은 그 이유를 말 못 하지만, 그래야만 했어.

"휴고, 얘기 좀 나눌 수 있을까요? 제 방에서요. 지난 5년 동안 모든 것을 당신한테 양보하면서 살아왔지만, 이번 일은 절대로 그렇게는 안 되겠어요, 휴고. 이번은 절대 그냥 못 넘어가요."

"로라, 보시다시피 지금 내가 좀 바빠요. 꼭 얘기를 나눠야겠다면 나중에 내가 찾아가지요."

분노와 역겨움에 몸을 떨면서 나는 그냥 그를 뚫어지게 쳐다봤어. 그이가 내 마음을 읽었지. 그 다음에 나한테서 어떤 행동이 나올지 그도 정확하게 알고 있었어. 내가 까딱만 하면 그가 평생 쌓아올린 세상을 한 방에 무너뜨릴 수 있음을 그도 알았을 테니까. 그리고 난 정말 그렇게 할 생각이었어. 하지만 먼저 그이를 그 방에서 빼내야 했지.

그이가 과장된 한숨을 내쉬며 말하더라. "당신은 정말 따분하고 생각이 좁은 사람이라니까, 로라. 내가 협박한다고 고분고분 물러서는 사람은 아니지만 이번만큼은 선택의 여지가 없어 보이는군요. 10분만 기다려요. 그리로 갈 테니까."

나는 다른 말은 하지 않고 돌아서서 그 방을 나왔어. 몸이 어찌나 심하게 떨리는지 다리에 힘이 풀려 주저앉을 것 같더라. 휴고를 기다리는 동안에 분노와 역겨움이 점점 더 커졌어. 여러 해 동안 휴고는 내 모든 생각에 의문을 품게 만들었었지. 하지만 딱 한 번, 이번만큼은 내가 옳다는 것이 분명했어. 그냥 집을 나가버릴까 생각도 했지. 하지만 그럴 수가 없었어. 그날 밤에 나갈 수는 없었어. 그날 밤엔 내가 해야 할 일이 있었지. 하지만 잠을 더 잘 일은 없을 것 같아서 손에 잡히는 옷을 아무것이나 재빨리 입었어.

나는 휴고의 본모습을 그대로 세상에 드러낼 생각이었어. 그리고 휴고도 그것을 눈치챘지.

마침내 휴고가 내 방문을 확 열고 들어왔어. 이제 그이는 검정 바지와 놀랄 정도로 새하얀 셔츠를 입고 있었고, 분명 공격이 최선의 수비라 맘먹고 있는 것 같았어. 사과를 기대했던 내가 바보였지. 그 정도는 내가 벌써 예상하고 있었어야 했어.

"대체 무슨 생각을 하는 거지요, 로라? 부르지도 않은 곳에 불쑥 쳐들어와요? 그런 모습은 절대로 용납할 수 없어요."

난 정말 머리끝까지 분노가 차올랐어. 이번만큼은 물러설 생각이 없었지. 나는 그를 향해 걸어갔지. 뺨을 한 대 후려갈기고 싶었어. 손에 칼이 들려 있었다면 칼로 얼굴을 그어버렸을지도 몰라. 하지만 내가 가진 거라고는 터진 입 밖에 없었어.

"지금까지 살면서 이렇게 역겹고 혐오스러운 일은 없었어요. 당신은 정말 역겨운 인간이에요, 휴고 플레처. 당신이 성적 취향에 심각한 문제가 있는 건 알고 있었지만 당신이 하고 있던 그 짓은 정말…, 뭐라고 표현해야 할지도 모르겠네요."

나는 그이에게 등을 돌렸지. 너무 화가 나서 내가 느낀 끔찍한 기분을 적절히 표현할 말을 찾을 수가 없었어. 그리고는 다시 그를 향해 휙 돌아섰지.

"아니, 표현할 말을 찾아냈어요. 적당한 말이 있었네요. 당신은 변태예요. 맞아, 그 말이 딱이군요. 당신 정말 역겨운 변태예요." 침을 뱉듯이 이 말을 그에게 내뱉었어.

그이가 나를 향해 다가오더라. 그 사람이 태평한 척, 모든 것을 통제하고 있는 척 보이려고 주머니에 손을 넣고 있지 않았더라면, 나는 처음으로 그이가 나를 때릴지도 모르겠다는 걱정을 했을 거야. 하지만 난 상관 안 했어. 그럼 나도 되받아쳤을 테니까. 물론 싸움은 내가 졌겠지만 끝까지 싸웠을 것이고, 그때까지 억눌려 있었던 감정을 배출할 수는 있었겠지. 하지만 그이가 양심의 가책 따위는 없는 사람이란 걸 내가 알았어야 했어.

"그게 무슨 소리야, 로라? 내가 성적 취향에 문제가 있다고? 이 바보 같은 여자야. 문제가 있는 사람은 내가 아니라 너야, 이 촌년아. 네가 불감증이라고! 너는 긴장을 푸는 방법도 모르고, 남자도 몰라. 왜 그런지 알아? 적절한 교육을 한 번도 받아보지 못해서 그래. 아마 첫 경험은 학교에서 만난 애송이하고 했겠지. 아마 한 열여섯 살쯤에? 그래, 내 말이 맞나 보군. 둘이 서투르게 손으로 더듬기나 했겠지. 아무 짝에도 쓸모없는 행동이지만, 당신은 뭣도 모르고 계속 그 짓만 했겠지. 그러다 어른이 돼서 섹스에 익숙해졌어도 당신은 섹스에 담긴 예술을 전혀 이해하지 못해. 나를 못 만났으면 어떻게 사랑을 나누는지 안다고 착각하면서 평생을 허비했을 거야. 사실은 섹스가 뭔지 눈곱만큼도 모르면서 말이지. 포옹하고, 키스하고, 몸이나 더듬는 게 사랑인 줄 알고 살았겠지." 그이가 날 조롱했어.

난 웃었지. 그의 거만한 면전에 대고 말이야. 그 잘난 척하는 표정을 얼굴에서 지워 버리고 싶었어.

"휴고, 당신이 내 성생활에 대해 어떻게 생각하든 내가 눈 하나 까딱할 것 같아요? 지금 내 눈으로 똑똑하게 목격한 것이 있는데도? 덕분에 이제 난 두 번 다시는 당신과의 섹스를 즐기는 척할 필요 없게 됐네요. 그리고 잘난 휴고 씨, 그거 알아요? 이제 다른 사람들은 당신 곁에 얼씬도 하지 않을 거예요. 당신은 이제 그 방에 못 들어가요. 전화를 하겠어요. 내 힘이 닿는 한 무슨 짓을 해서든지 당신이 오늘 한 일에 대해서는 대가를 치르게 하겠어요, 휴고. 그래서…."

그 다음에 있었던 일은 잘 기억이 안 나. 그이가 나한테 달려들어서 왼손으로 내 오른쪽 팔을 움켜쥔 것이 기억나. 그리고는 주머니에서 무언가를 꺼냈지. 주사기였어.

★

마침내 의식이 돌아왔을 때는 끔찍한 기분이 들었어. 눈이 잘 떠지지 않았고, 온몸이 쑤셨어. 시간이 얼마나 지났는지도 알 수 없었고, 어디에 있는 건지도 모르겠더라. 처음 보는 방에 와 있었어. 완전히 텅 빈 방이었지. 가구도 없고, 카펫도 없고, 바닥과 창문은 오래 전부터 쌓인 먼지로 지저분했어. 힘이 없어서 일어설 수가 없더라. 내 몸에서 모든 기운이 빠져나간 기분이었어. 그 순간 내가 알몸이라는 것을 깨달았지. 내가 어떻게 이곳에 오게 되었는지, 내 옷은 어디로 갔는지 알 수 없었어.

처음에는 어떤 일이 일어났는지 기억이 나지 않았어. 그냥 희미한 기억만 있었지. 하지만 그 기억만으로도 내가 모든 것을 망쳐버렸다는 사실을 깨닫기에는 충분했어. 울기 시작했지. 온몸이 흔들릴 정도로 서럽게 흐느껴 울었어. 이제부터는 내가 완전히 무기력해지리라는 것을 알았으니까. 짧은 순간이나마 내가 그이보다 유리한 위치를 차지했었는데 바보같이 그것을 놓쳐 버린 거야. 내가 그 기회를 날리고 만 거지. 좀 더 장기적으로 생각하지 못하고 그냥 당장의 일에만 정신이 팔려 있었던 거야. 그날 내가 얼마나 오랫동안 울었는지 모르겠어. 하지만 그것이 마지막 눈물은 아니었지.

그나마 남아있던 힘도 우느라 다 써버리는 바람에, 손하고 무릎으로 문까지 기어가 두드리면서 도와달라고 소리쳤어. 문은 당연히 잠겨 있었지. 이 집에서 그동안 쓰지 않던 어느 방 하나에 들어와 있는 것이 분명했지. 한번은 휴고가 집을 비운 사이에 애시버리 파크 집 전체를 탐색해 봤다가 완전히 겁에 질린 적이 있어. 방들이 모두 비어 있었거든. 그 방들이 어떤 과거의 이야기를 숨기고 있는지는 신만이 알겠지.

내가 내는 소리를 아무도 듣지 못할 거란 걸 알았어. 그래서 다시 구석진 곳으로 기어갔어. 휴고는 내가 어디에 있는지 분명 알고 있을 테고, 자기가 준비가 되면 그때야 오겠지. 나는 옆으로 누워서 몸을 공처럼 둥글게 말았어. 떨리는 몸을 진정시킬 수 없었지만, 나를 떨게 만든 것은 추위가 아니라 공포였어.

얼마나 기다렸는지 모르겠어. 몇 시간쯤 기다린 것 같아. 어느 순간 문이 열리더라. 휴고라는 것은 알 수 있었지. 감히 그를 바라볼 수가 없었어. 그냥 그의 시선으로부터 내 알몸을 가리고, 그곳에서, 그의 삶에서 벗어나고만 싶었어. 하지만 그 전날 밤에 내가 목격한 일이 두 번 다시는 일어나지 않을 것을 확실히 하기 전에는 그럴 수 없는 일이었지.

"안녕, 로라?"

나를 향해 위협적으로 걸어오는 발자국 소리를 들었지만 나는 고개를 들지 않았어.

"로라, 이 멍청하고 쓸모없는 여자 같으니. 물 주러 왔어. 목마를 테니까. 어서 이 잔 받아."

나는 그냥 고개를 돌렸어. 그가 주는 그 무엇도 받고 싶지 않았어. 그가 내 머리카락을 움켜쥐더니 머리를 거칠게 잡아당기더라. 그리고는 전에는 한 번도 들어본 적 없는 목소리로 으르렁거리듯이 말했어.

"마셔, 이 년아. 이 방에서 살아서 기어나가고 싶으면 당장 마시라고. 네가 여기 있는 거는 세상 아무도 몰라. 알 필요도 없고."

그 말은 사실이었겠지. 내가 얼마나 멍청했는지. 그가 나를 편안하게 놓아줄 리는 만무한 일이었어. 그걸 깨달았어야 했는데 내가 너무 위험한 짓을 한 거지. 그에게는 계획이 있었어. 그는 언제나 계획을 갖고 있지.

그가 준 것이 그냥 물이 아니라는 사실을 눈치챘어야 했어. 나는 물을 마시자마자 다시 잠들고 말았지. 다음에 잠에서 깼을 때 그가 다시 와서 한 번 더 억지로 물을 먹였어. 몸이 축 늘어지면서 다시 나는 차츰 무의식으로 빠져 들어갔지. 그러다 한 번은 내가 그 물을 마시고 희미하게 의식이 남아 있는 상태였는데 그가 가슴을 가리고 있던 내 팔을 떼어내고 내 다리를 곧게 펴더라. 그리고 내 다리를 벌리고는 그냥 서서 나를 바라보고 있었어. 나는 그가 무슨 짓을 하고 있는지 알았지만 몸에 힘이 없어서 움직일 수가 없었어. 그러더니 그가 웃더라. 그 이후로 그는 찾아올 때마다 무방비 상태인 내 몸을 마치 인형을 가지고 놀듯 서로 다른 포즈로 비틀어 놓았어. 그는 먼지가 묻고 더러워진 내 팔다리를 자기가 생각할 수 있는 온갖 모욕적인 포즈로 만들어 놓고, 그 타락한 눈빛에 나를 그대로 노출시켰지. 가끔은 손으로 만지기도 했어. 하지만 다행히 그게 전부였어. 그는 나한테 흥미가 없었어. 그냥 내가 굴욕당하는 모습을 보기만 원했지. 그리고 내 두려움도. 내가 의식을 잃고 있는 동안에 그가 나에게 대체 무슨 짓을 할까 하는 두려움 말이야.

가끔씩 살짝 정신이 돌아올 때면 방광이 꽉 찬 것을 알고 끔찍한 기분이 들었어. 아마 그래서 깼을 거야. 그럼 나는 최대한 멀리 떨어진 구석으로 기어갔어. 최대한 문에서 멀리 떨어진 곳으로 갔지. 그리고 지저분한 빰 위로 눈물을 흘리며 거기 쭈그려 앉았어. 이미 내 수치스러운 모습을 보며 낄낄거리고 있는 휴고에게 그 이상의 수치스러운 모습을 또 보여준다는 것을 견딜 수가 없더라.

마치 몇 주가 지난 것 같았는데 갑자기 고함소리가 들리더라. 휴고의 목소리가 아니었어.

"휴고 경, 찾았어요. 여기 있어요!" 문이 열리더니 한나가 뛰어 들어왔어. 내가 정말 경멸하는 여자지만, 그래도 그때는 반가웠어. 그 여자가 들어오다 그 자리에 그냥 멈춰섰어. 얼굴에 역겹다는 표정이 퍼졌지. 아마 구석에서 올라오는 냄새 때문이었을 거야. 휴고가 한나 뒤로 문간에 와서 섰어. 그의 입가에 승리의 미소가 번졌어. 하지만 한나가 그를 돌아보는 순간 그의 표정은 바로 걱정하는 표정으로 바뀌었지.

"맙소사. 우리가 얼마나 걱정했는지 알아요? 무슨 일이에요? 이곳은 아무도 찾아오지 않는 곳인데. 당신도 알잖아요. 여기를 찾아볼 생각은 아예 못해 봤네요. 옷은 대체 어디 간 거예요? 당신 거의 이틀 정도는 여기에 있었나 봐요. 안 찾아본 곳 없이 다 찾아봤어요. 한나, 어서 의사를 불러요. 데이비드슨 선생님을 불러요. 책상 위에 내 주소록 보면 전화번호가 있을 거예요. 서둘러서 오라고 해요."

마지막으로 끔찍하고 혐오스럽다는 표정을 지은 후에 한나는 돌아서서 방을 나갔어.

휴고가 다시 나를 돌아보면서 잔인한 미소를 지었지.

"이제 이 문손잡이에 조금 할 일이 남아 있지." 그가 사악하게 웃으면서 주머니에서 작은 스크루드라이버를 꺼냈어. 나는 흐릿해진 눈으로 그 모습을 바라보고 있었는데 이 장면이 지금 내가 실제로 보고 있는 장면인지, 아니면 약 때문에 꾸는 꿈의 일부인지 확신이 서지 않았어. 나는 다시 망각 상태로 빠져들었고, 의사가 도착한 것도 알지 못했어.

그 의사는 나를 보자마자 내가 만성 우울증을 앓고 있다고 잘라 말했어. 그리고는 내가 가운을 입게 도와준 다음 들것을 준비해서 나를 대기 중이던 전용 구급차에 태웠어. 나는 갇혀 있었던 거라고 항의했지만 휴고가 슬픈 표정으로 의사에게 문에 아예 자물쇠 자체가 없어서 양쪽에서 쉽게 열리는 상황이었다는 것을 보여주고 있더라. 한나는 우쭐한 모습을 보이지 않으려고 애쓰면서 고개를 끄덕이며 구경하고 있었고. 휴고가 손잡이의 잠금 장치를 안쪽에서 분리했다는 것을 알고 있었지만, 내게는 그것을 입증할 방법이 없었지.

그래서 지금 여기 들어와 있는 거야. 휴고가 왜 이곳을 택했는지는 분명하게 알아. 내가 행방불명되어 있는 동안 그는 자금 지원이 절실한 도산 직전의 요양시설을 찾아본 것이 분명해. 이 요양시설은 사실상 나 덕분에 계속 존재하게 된 거지.

물론 나를 이 정신병원에 가두는 데는 한나가 아주 큰 역할을 했어. 그 여자가 나를 발견했을 당시의 모습을 그림 그리듯 자세히 설명한 것을 알아. 내가 알몸으로 얼마나 지저분했었는지 말이야. 그리고 내가 마음만 먹으면 그 방에서 언제든지 나올 수 있는 상황이었고, 문 바로 바깥에 여러 해 동안 사용하지 않은 것이지만 화장실이 있는데도 불구하고 그냥 바닥을 화장실로 사용했다고 증언했겠지. 의사가 내게 질문을 했었는데 이런 부분들을 미리 알고 있어야만 할 수 있는 질문인 것을 보고, 한나가 그렇게 증언했다는 것을 알았어.

한 가지가 더 있어. 바로 약이야. 휴고는 사람들이 병문안 오는 것을 모두 막으려고 했지만, 아무리 휴고라도 우리 엄마가 찾아오는 것까지 막을 수는 없었나봐. 엄마가 막는다고 막을 수 있는 사람은 아니지. 그래서 엄마가 찾아올 때마다 의사가 내게 약을 먹였어. 장담하는데 엄마는 분명 내가 정말 아프다고 믿고 있을 거야. 난 내가 아는 내용들을 엄마한테 말할 수 없었어. 약을 먹으면 거의 좀비가 되고 말거든. 내가 생각이란 것을 할 수 있을 때는 약을 먹지 않고 혼자 있을 때뿐이야.

나를 이곳에 얼마나 오래 붙잡아두려는지 모르겠어. 휴고는 이 병원 사람들을 매수해서 맘만 먹으면 얼마든지 나를 이곳에 붙잡아둘 수 있어. 나는 이곳에서 집단 치료, 개인 치료를 비롯해서 온갖 수모를 겪어야 하는 상황이지만, 그래도 이곳에 있으면 안전하다는 기분이 들어. 집에 있는 것보다는 안전해. 딱 한 가지 마음에 걸리는 문제가 없었다면 기꺼이 여기 머물고 싶은 마음이 들었을지도 몰라. 하지만 시간이 흐르고 있어. 계획을 짜야 해.

너 로히피놀에 대해 얘기한 적 있지? 이제 나는 네 말이 맞았다는 것을 백퍼센트 믿고 있어, 이모젠. 진작 네 말을 믿었더라면 지금 우리는 어떻게 됐을까?

너한테는 정말 너무 너무 미안하다는 말밖에 할 수 없어.

언제나 사랑해.

로라가.

★

톰은 로라가 가발을 찾으러 간 사이에 생각을 정리할 시간을 벌 수 있어 다행스러웠다. 물론 그 점은 로라도 마찬가지였을 테지만. 로라가 응접실을 나가자마자 톰은 아나벨로부터 전화를 받았다. 아나벨은 거의 반쯤 미친 상태가 되어 그 전날 톰에게 말했던 모든 것을 후회하고 있었다. 그 내용이 조금이라도 공개되었을 때 처하게 될 경제적 재앙 때문이었다. 톰은 대화 내용을 최대한 비밀리에 취급하겠다고 안심시켜주었지만, 어떤 보장을 해줄 수는 없었다.

통화가 끝난 후, 톰은 식당 끝 베키 자리에 앉았다. 베키로부터는 이미 유로스타의 승객 명단에서 별 다른 것이 나오지 않았다는 보고를 받은 상태였다. 실망스럽기는 했지만, 예상 못했던 바는 아니었다. 빨강 머리 여인의 목격담에도 별 진척이 없었다. 그 여자가 웨스트 루이슬립 역에서 루이셤 역으로 가는 것을 봤다고 주장하는 사람들이 있었다. 하지만 베키의 유로스타 가설이 맞다면 그 여자는 그린파크 역에서 지하철을 갈아타서 세인트 판크라스 역으로 갔을 확률이 크다. 물론 다른 경로도 가능하긴 하지만. 톰은 그저 지푸라기라도 붙잡고 싶은 심정으로 여기에 매달리고 있었다.

베키가 이곳에 두고 간 노트북이 열려 있었다. 톰은 화면에 뜬 스크린 세이버를 바라보며 생각을 정리하려 했다. 그는 옥스퍼드셔에서 괜한 시간을 낭비하고 있다는 생각도 들었다. 베키는 이모젠 케네디를 유력한 용의자로 보고 거기에 집착하고 있지만, 가장 최근에 사라진 자선재단 소녀인 미렐라 티네시에게 무슨 일이 일어난 것인지 알아내기 전에는 아무것도 확신할 수 없었다. 그는 그쪽을 담당하고 있는 수사팀에서 진척이 있기를 바랐다. 그리고 휴고의 내연녀로 가장 유력한 후보인 제시카 암스트롱에 대해서도.

하지만 사건 피해자의 삶에 대해 충분히 파악할 필요는 있었고, 그 정보를 줄 수 있는 사람은 로라밖에 없었다. 다만 그 정보에는 채워 넣어야 할 구멍이 많았다. 휴고는 알면 알수록 싫어졌다. 로라 같은 사람이 왜 그런 사람과 함께 살았던 것일까? 그로서는 전혀 이해가 가지 않았다.

톰은 이런저런 생각으로 머리가 어지러웠지만 휴고의 가족에 대해 좀 더 알아보고 싶어 검색을 해보기로 했다. 베키의 노트북으로 인터넷에 접속한 그는 '휴고 플레처'라는 전체 이름을 입력해 보았다. 물론 지난 며칠 간 일어난 사건들 때문에 어마어마한 검색결과가 쏟아져 나왔다. 검색 결과와 가설들에 대해 생각하면서 웹서핑을 하고 있었는데, 헤드라인 제목 하나가 그의 눈길을 끌었다.

톰은 화면 가까이 얼굴을 가져갔다. 가발, 동유럽 소녀들, 그리로 로라의 정신병에 대한 생각들은 모두 한편으로 밀려났다. 휴고 플레처 경의 전기라고 할 만한 내용을 찾아낸 것이다. 놀랍게도 여기에는 휴고 아버지의 사망에 대한 내용도 포함되어 있었다. 로라에게 들은 내용과 비슷하긴 했지만 몇 가지 이상한 점이 보였다. 그의 죽음은 사인 불명으로 판결이 나 있었다. 그가 남긴 쪽지가 발견되기는 했지만 그의 죽음에는 설명하기 어려운 부분이 있었기 때문이었다. 요즘의 법의학 전문가를 투입했다면 좀 더 명확한 결론을 이끌어낼 수 있었을 거라는 생각이 들었지만, 그 내용들은 무척 흥미로웠다.

레이디 다프네 플레처라는 이름에 하이퍼링크로 밑줄이 쳐 있는 것을 보고 톰은 마우스를 클릭했다. 그는 언젠가 휴고의 어머니는 백작의 딸이라서 레이디라는 경칭을 갖고 있는 반면, 휴고의 아버지는 부자이기는 했지만 그냥 일반인이라 경칭이 없었다는 이야기를 들은 기억이 났다. 어쩌면 휴고가 그렇게도 작위에 집착한 이유를 이것으로 설명할 수 있을지도 모르겠다. 톰은 계속해서 링크를 따라가다가 사진이 함께 들어 있는 사이트를 찾아냈다. 그 사진들 중에는 이브닝드레스를 입은 다프네 플레처의 칼라사진도 있었다.

톰은 그 사진을 클릭해서 확대해 보았다. 그리고 노트북 화면을 물끄러미 바라보았다. 그순간 혹시 자기가 헷갈린 건가 싶어 베키의 서류철 속에서 사진 하나를 꺼내 노트북 화면 옆에 갖다 대 보았다.

"맙소사." 톰의 입에서 큰 소리로 혼잣말이 흘러나왔다. 톰은 대체 이것을 어떻게 생각해야 할지 알 수 없었지만, 어떻게 바라보아도 자기가 발견한 것을 다르게 해석할 방법이 떠오르지 않았다.

★

스텔라는 부엌에서 모두가 먹을 저녁식사를 바삐 준비하고 있었다. 야채를 썰고 있으니 마음이 평화로워졌다. 베키가 아나벨의 집에서 돌아왔을 때 스텔라는 자기만의 세상에 푹 빠져 있었다.

"우와, 정말 맛있는 냄새가 나요, 스텔라!"

스텔라가 고개를 들어 미소를 지었다. 그것은 베키의 내숭이 아니라 그녀의 원래 성향이었다. 다만 경찰로서 업무 중일 뿐이었다.

"저녁 식사 같이 할래요, 베키?"

"어머, 친절하셔라. 하지만 괜히 방해하고 싶지는 않아서 샌드위치를 사왔어요. 저는 근처에 있는 까페 B&B에 있으려고 해요. 상황이 바뀌면 한밤중에라도 다시 여기 돌아올 수 있게요."

"방해는 무슨 방해. 함께 자리해 주면 우리가 좋지요."

"고마워요, 아주머니. 하지만 그래서는 안 될 것 같아요. 로라한테는 아주머니하고 이모젠이 곁에 있잖아요. 안 그랬다면 물론 저라도 로라 옆에 있어 줬겠죠."

"톰은 뭐 해요? 아직 여기 있나요?"

"아니요. 전화를 받고 돌아갔어요. 저도 몇 분 전에야 경감님을 봤어요. 뭐 일이 좀 생겼나 봐요. 저는 여기 잠시 있다가 경감님이 떠난 이유를 로라에게 간단하게 설명해 주고 자리를 뜨려고요. 제가 듣기로는 로라가 경감님의 질문에 답하는 중이었는데, 그 답은 나중에 해도 되나봐요. 아주머니가 계셔서 다행이에요. 로라를 돌봐주시고 식사도 이렇게 제대로 챙겨 주시니."

"로라가 요리를 잘 해요. 그러니 어디 내가 그냥 계란하고 감자칩만 달랑 내놓을 수 있어야 말이지. 어쨌거나 로라는 체력을 좀 회복해야 돼요. 원래 저렇게 마른 애가 아니었거든요. 한때는 통통하게 예쁜 애였는데. 로라 케네디하고 이모젠 드보이스 모두 한때는 사내아이들이 꿈꾸는 이상형이었던 적이 있었지. 그냥 마음에 들면 아무 남자애나 골라잡을 수 있을 정도였어요. 하지만 우리 이모젠한테는 평생 월박에 없었어요."

스텔라는 계속해서 수다를 떨다가 베키의 얼굴을 보니 딴생각을 하는 것 같아 그냥 하던 요리나 계속 했다. 스텔라는 자기가 한 말 때문에 베키가 딴생각에 빠져든 줄은 꿈에도 몰랐다.

★

소녀는 더 이상 창문에서 망을 보지 않았다. 빠른 속도로 기운이 빠지고 있었다. 며칠 전부터 물을 아껴서 먹기 시작했지만 지금은 물이 거의 다 떨어져 가고 있었다. 마지막으로 무언가를 먹었던 때가 언제였는지 기억도 나지 않았다. 그리고 소녀의 여윈 몸에는 끌어다 쓸 비축된 열량도 별로 없었다.

그가 이렇게 오랫동안 자기를 방치하고 있다는 사실이 소녀는 믿기지 않았다. 그가 자기를 혼내 줄 거라고는 했지만 비스킷 몇 조각과 물만 남겨놓고 가는 것을 보고 이틀이나 사흘 정도면 돌아오겠거니 생각했었다. 이렇게 오래도록 오지 않을 줄은 몰랐다.

소녀는 너무 추워서 뼈만 앙상한 몸뚱이 주위로 얇은 비단천을 돌돌 말고 침대 커버 아래로 파고들었다. 스타킹을 벗고 싶었다. 스타킹 가터가 살을 파고들어 아팠다. 하지만 스타킹을 벗으면 더 추워질까 두려웠다. 그리고 잠에 드는 것이 무서웠다. 꿈을 꿀까 무서웠다. 소녀는 의식이 희미해지는 것을 느꼈다.

이것은 무척 무서운 느낌이었다. 그리고 점점 그 빈도가 늘어나고 있었다. 깨어있기는 했지만 이상하게도 주변의 자극에 반응을 할 수 없었다. 소녀는 누군가 자기와 함께 이 방에 있다는 확신이 들었다. 그의 존재를 느낄 수 있었다. 하지만 소녀는 눈을 뜰 수도, 몸을 가눌 수도 없었다. 그 순간 소녀는 그가 자기가 누워 있는 매트리스 끝에 서 있다는 것을 확실히 알 수 있었다. 그가 천천히, 천천히 그녀를 향해 다가왔다. 소녀는 팔을 들어 그를 밀어내려 했지만 팔이 말을 듣지 않았다. 소녀는 소리를 지르려 했지만 목소리가 나오지 않았다. 그리고 마침내 소녀는 온통 식은땀에 젖은 채 잠에서 깼다. 자기 눈앞에서 기다리고 있는 것이 무엇인지는 몰라도 그것을 바라보기가 두려웠다.

아주 가끔 정신이 돌아올 때면 소녀는 자신의 두려움이 어디서 오는지 깨달았다. 그것은 그다지 무서울 것도 없는, 멀리 떨어진 서랍장 위 스탠드에 걸린 빨강 머리 가발이었다.

그리고 다시 의식이 희미해지기 시작하자, 소녀는 다시 공포의 심연 속으로 가라앉았다.

26

톰은 로라와의 대화를 마무리짓지 못해 실망스러웠다. 다니카에 대해서는 물어볼 기회조차 없었다. 대화를 방해하는 것이 너무 많았다. 그래도 몇 가지 흥미로운 소식이 들어왔다. 미렐라 티네시와 함께 살던 가족들을 만나 면담해 보았는데 다니카가 한 얘기를 뒷받침해 주는 내용들이었다. 미렐라가 떠나면서 큰 '기회'를 얻었다고 말하는 쪽지를 남긴 것은 분명했다. 하지만 다니카가 한 가지 중요한 부분에서 오해가 있었던 것으로 보였다. 미렐라의 쪽지에서는 중요한 기회라고만 했지 어떤 종류의 기회라는 말은 전혀 없었다.

톰은 다니카가 이 모든 얘기를 미렐라 다음에 들어온 알리움 재단 소녀에게서 들었다고 했던 것이 기억났다. 그렇다면 이 새로 온 소녀가 그 기회는 분명 매춘 활동과 관련된 것일 거라 지레짐작으로 결론 내린 것이 분명했다. 하지만 이 기회가 그와는 완전히 다른 기회라면? 그 큰 기회라는 것이 휴고 플레처를 죽이고 그 대가로 큰 현금 뭉치를 받는 것이었다면?

그럴듯한 가설이기는 했지만 톰이 경찰서로 서둘러 돌아온 이유는 그것 때문이 아니었다. 톰은 사람들을 시켜서 지난 몇 시간 동안 휴고의 유언장을 샅샅이 검토해 보도록 했다. 그리고 그 결과 뜻하지 않았던 흥미로운 부분이 밝혀진 것이다.

그가 문 안으로 들어서자마자 고함 소리가 들려왔다.

"경감님, 이것 좀 보셔야겠습니다. 제시카 암스트롱을 당장 이곳으로 데려와야 할 것 같습니다. 휴고가 유언장에서 그 여자 앞으로 남긴 것 좀 보세요. 그 여자 그냥 개인비서일 리가 없습니다."

톰은 부하가 흔드는 종이를 받아들고 표시해 놓은 단락을 읽어보았다. 그리고는 놀라서 눈이 휘둥그레졌다.

"이거 뭐야? 비서가 아내보다 유산을 더 많이 받아? 브라이언 스메들리가 그렇게 불편한 표정을 지은 것도 당연하지. 좋아. 핵심을 잘 짚었어. 그 여자를 만나봐야겠군. 하지만 그 여자를 불러들이기 전에 좀 더 확인을 해봤으면 좋겠어. 배경조사를 좀 해봐. 은행계좌, 신용카드, 생활방식 같은 거. 무슨 말인지 알지? 그런 정보들을 다 취합해서 내일 아침까지 확인한 다음에 불러들이자고. 그 여자가 어디 도망갈 것 같지는 않아. 도망갈 거면 벌써 도망갔겠지. 누구 이의 있나?"

분명 못마땅해하는 사람이 있어 보였다. 당장 어떤 결과가 나올 것 같아 모두들 들떠 있었던 참이기 때문이었다. 톰은 부하들의 들뜬 기분을 망친 것 같아 미안하기는 했지만, 일은 제대로 차근차근 진행해야만 했다.

"그리고 한 가지 더." 톰이 말했다. "베키한테서 전화가 왔는데 로라가 가발 상자를 확인해 봤는데 가발이 총 다섯 개 중 세 개밖에 나오지 않았어. 나머지 두 개의 행방에 대해서는 로라가 그럴 듯한 이유를 대기는 했대. 물론 가발을 버렸거나 누구한테 주었을 가능성도 있지. 또, 그 집에 접근할 수 있는 누군가가 가지고 갔을 수도 있고, 그 누군가가 우리가 찾는 범인일 수도 있어. 하지만 한때는 빨강 머리 가발이 다섯 개 있었는데 지금은 세 개밖에 없다는 사실을 우연으로 보기엔 무리가 있지. 다들 머리 좀 굴려보고 생각나는 것 있으면 같이 얘기해 보자고. 뭐 다른 질문 있나?"

질문은 나오지 않았고, 톰은 그날의 뜻하지 않은 발견이 무엇을 의미하는지 생각해 볼 여유가 생겼다.

★

"그 여자 라운즈 광장에 살아요! 거기 아파트가 보통 얼마씩 하는지 아세요? 수백만 파운드예요, 수백만 파운드!"

이것이 아침 브리핑을 들으러 간 톰을 반긴 소식이었다. 분명 제시카 암스트롱에 관한 이야기였다.

"이봐, 진정들 해. 그 여자는 원래 돈 많은 집안 출신이야. 다른 거 뭐 알아낸 거 없어?"

톰이 진한 블랙커피를 한 모금 마시면서 말했다. 일찍 잠자리에 들었지만 잠을 제대로 자지 못했다. 깜빡 잠이 들 때마다 애원하던 케이트의 얼굴이 머릿속에 떠올랐다가, 다시 잠으로 빠져들면서는 이상하게도 케이트의 얼굴이 휴고의 비굴한 잔인함을 비웃는 로라의 모습으로 바뀌었다. 그는 무언가 정신을 차리게 해 줄 것이 필요했고, 커피가 그 역할을 해주기를 바랐다.

"그 여자가 사는 아파트 가격은 구십만 파운드예요. 2년 전에 구입한 집입니다. 그리고 주택담보대출이 무려 칠십만 파운드예요. 이거 어디 상상이나 할 수 있는 일입니까?"

아자이는 제시카 같은 여자가 그런 호화로운 집에서 산다는 사실에 격분한 듯 보였다.

"그 여자 얼마나 버는지 알아봤어?" 톰이 물었다.

"그럼요. 라운즈 광장에 살 정도는 아니지만 그래도 넉넉하게 법니다. 칠만 파운드예요. 고작 비서 일 하면서 칠만 파운드라니요!"

"좋아. 너무 앞서 가지는 말자고. 그 여자 주머니 사정만 보고 그 여자를 살인범으로 단정 지을 수는 없잖아. 주택담보대출을 어떻게 상환하고 있는지 알아봐야겠군. 그럴듯한 설명이 나올지도 모를 일이니까. 그리고 휴고가 유언장에 그 여자 앞으로 그렇게 많은 돈을 남긴 이유도 좀 알아봐야겠어. 유언장 작성할 때 휴고가 그냥 왠지 기분이 좋아져서 그랬을지 누가 알아?" 톰은 수사팀원들이 투덜거리는 소리를 무시하며 말을 이어갔다. "제일 재미있는 부분은 유언장에 제시된 조건이 아나벨의 경우와 마찬가지로 제시카의 입을 틀어막고 있다는 점이야. 휴고를 모욕하는 얘기를 한 마디라도 꺼냈다가는 제시카도 자기 몫의 유산을 모두 잃게 돼. 대체 제시카가 뭘 알고 있는 거지? 대체 오십만 파운드가 넘는 돈을 들여서 입막음할 얘기가 뭔데?"

톰이 사람들을 둘러보았지만 그 해답을 알고 있는 사람은 없는 듯했다.

"좋아. 그 여자를 데려와."

★

티끌 하나 없이 깨끗하면서도 고급스러운 옷을 입은 제시카가 취조실로 들어왔다. 밝은 갈색 머리는 깔끔하게 뒤로 묶어서 넘겼고, 강하고 각진 인상의 얼굴에 콧날은 오똑하고, 입술은 얇았다. 톰은 심문을 시작하기도 전에 이 여자의 고압적인 태도에 불쾌한 기분이 들었지만, 물론 정중히 행동해야 했다.

"제시카, 이렇게 심문에 응해주셔서 대단히 감사합니다. 변호사는 필요 없다고 하신 것으로 아는데 혹시 언제라도 마음이 바뀌시면 알려주시기 바랍니다."

제시카는 이 제안에 살짝 놀라는 눈치였다. "대체 내가 왜 변호사가 필요하죠? 그냥 휴고 경에 대해서 묻고 싶은 것이 있어서 부른 것으로 아는데요?"

이런 경우 웬만하면 안심시키는 말을 해주지만 제시카한테만큼은 그럴 마음이 들지 않았다. "아니요, 그래서 부른 것이 아닙니다. 우리가 지금까지 당신의 생활 방식을 조사하고, 수입도 조사해 봤는데, 유감스럽게도 그 둘이 서로 맞아떨어지지가 않더군요. 지금 받는 봉급으로 어떻게 라운즈 광장에 살 형편이 되는지 좀 알고 싶군요."

제시카가 과장된 한숨을 내쉬었다. 분명 이런 질문은 이제 지겹다는 의미를 전달하려는 뜻이리라. 제시카는 자기가 들어본 질문 중에 이것이 제일 멍청한 질문이라는 듯 꼼꼼하게 화장한 두 눈을 감았다.

"경위님, 저희 부모님이 굉장히 부자라는 점을 모르시나 보군요. 돈은 문제가 안 되는 분들이에요."

톰은 자신의 직급에 대해서는 별 신경을 안 쓰는 사람이었지만, 이번만큼은 짚고 넘어갔다. 다분히 의도가 담긴 것이 보였기 때문이다. "경위가 아니라 경감입니다. 그리고 물론 저희도 당신의 부모님에 대해서는 잘 알고 있습니다. 하지만 우리 쪽에서 당신의 은행계좌를 조사해 봤더니 부모님 쪽에서 돈이 흘러들어왔다는 증거는 보이지 않더군요. 당신 계좌로 들어오는 돈은 봉급밖에 없어요. 그 돈에서 세금을 공제하고 나면 대부분은 주택담보대출을 갚는 데 나가고 있고."

"그게 경찰이 찾아낸 정답인가 보죠? 내 봉급이 주택담보대출 갚는 데 쓰인다는 거." 제시카가 거만하게 웃으며 대답했다.

"그렇습니다. 그런데도 벤츠를 새로 뽑아서 몰고 있더군요. 그것뿐인가요? 밥도 먹고 다녀야 할 테고, 그 비싸 보이는 명품 옷도 입고 다녀야 할 것 아닙니까? 어떻게 이런 생활수준을 유지하는 겁니까?"

"간단해요. 우리 아빠가 정기적으로 돈을 부쳐줘요. 필요한 게 있으면 그냥 아빠한테 전화만 하면 되고." 제시카는 의자에 편안하게 등을 기대고 앉아 있었다. 그녀가 체크무늬 스커트에서 보이지도 않는 보풀을 떼어내는 척했다.

"그럼 내가 아버지한테 찾아가서 물어보면 아버지도 당신이 기대하는 그런 대답을 해 줄까요?"

"물론이죠. 아빠는 돈과 관련된 문제에서는 한 번도 인색하게 군 적이 없으세요."

톰도 이대로 물러서고 싶은 마음이 없었다. "제가 계산해 본 바로는 기본 생활비, 식비, 주유비, 열두 달로 나눠서 내고 있는 자동차 할부금, 거기에 옷값이나 유흥비 같은 것까지도 다 지불하려면 한 달에 몇 천 파운드가 필요하겠더군요. 만약 우리가 아버지한테 찾아가서 대략 한 달에 오천 파운드 정도씩 딸한테 보내주고 있느냐고 물어봐도 아버지가 그렇다고 말씀하실까요?"

톰은 제시카가 처음으로 불편한 표정으로 바뀌는 것을 눈치챘다. 그는 이 순간을 놓치지 않았다.

"예를 들면 작년에 모리셔스에 있는 생제랑 호텔에서 휴가를 보내는 데 든 돈도 아버지가 주셨나요? 그 호텔이 모리셔스에서 제일 비싼 호텔 아닌가요?"

"그렇지도 않아요. 그 호텔이 제일 등급이 높은 줄 아는 사람이 많은

데, 지금은 거기에 좋은 호텔들이 몇 개 더 생겼어요." 제시카가 타고난 오만함 뒤로 숨으며 이렇게 대답했다.

"제 질문을 피하시는군요. 그 휴가비를 무슨 돈으로 썼습니까?"

"사실 제 보너스로 썼어요."

"보너스라니요? 보너스라면 봉급하고 같은 계좌로 입금되었을 거 아닙니까?"

톰도 보너스를 받아본 적이 없는 것은 아니었지만, 이 여자의 거만한 목소리와 잘난 체하는 태도가 그를 짜증나게 만들고 있었다.

제시카가 득의양양한 미소를 지으며 대답했다. "휴고 경이 가끔 보너스를 현찰로 주셨어요."

톰이 손바닥으로 탁자를 내려쳤다. 그리고 일부러 못 믿겠다는 표정을 지으며 의자에 등을 기대며 말했다. "휴고 플레처 경은 사회의 대들보 같은 모범시민이었는데 그런 분이 자기 직원한테 비자금을 줬다는 겁니까? 그건 좀 아닌 것 같군요, 제시카, 좀 더 그럴 듯한 핑계를 대봐요."

제시카가 고집스럽게 더 이상은 입을 열지 않자 톰이 주제를 바꿨다. 물론 금방 이 주제로 돌아올 테지만.

"에거튼 크레센트 집 위층에 올라가 본 적이 있나요, 제시카?"

제시카는 살짝 안도하는 표정으로 평소의 거만한 모습으로 돌아왔다. "당연히 가봤죠. 휴고 경은 에거튼 크레센트 집에서 주무시고 가는 날이 많아서 휴고 경이 저녁 시간을 보내시기 좋게 응접실을 준비해 두면 좋아하실 거라는 생각을 늘 했어요. 왜 그런 장면이 딱 떠오르잖아요. 전등불을 켜고 손에는 신문이 들려 있고, 술병에는 와인이 들어있고, 얼음통도 가득 채워져 있고요. 모두 휴고 경이 편하게 지내실 수 있게 하기 위한 것들이죠. 나는 보통 응접실하고 부엌에만 들어갔어요. 하지만 가끔은 세탁물을 가지고 휴고 경의 방으로 올라가기도 했죠. 옷가지들을 옷장에 넣지는 않았어요. 휴고 경이 그래도 좋아하실지 몰라서요."

'이건 뭐지? 휴고의 마음을 다 꿰뚫어 보는 듯 자신만만한 태도는 다 어디로 가고?' 톰은 생각했다.

그녀의 긴장이 조금 풀린 것이 엿보이자 톰은 다시 틈을 노려 앞서 했던 질문으로 돌아갔다.

"제시카, 휴고 경이 당신한테 선물을 준 적이 있습니까? 그냥 현금만 줬어요? 그 보너스 말입니다."

제시카는 다시 어리둥절한 표정이 되었다. "그 분은 제게 선물을 주신 적이 한 번도 없어요. 그건 왜요?"

"제 동료 두 사람이 당신 아파트로 동행해서 좀 둘러봐도 괜찮겠습니까? 수색영장을 받아올 수도 있습니다만 당신이 협조하겠다면 영장은 필요 없습니다."

톰은 솔직히 수색영장 발부의 근거가 있다고는 생각하지 않았지만 제시카가 그 사실을 모르기를 바랐다. 하지만 그가 제시카를 너무 얕잡아 봤다.

"과연 수색영장 발부가 가능할까요, 경감님? 하지만 전 숨길 게 없어요. 좋을 대로 하세요." 제시카가 핸드백을 열어 열쇠 꾸러미를 꺼냈다. 그리고는 톰의 얼굴 앞에서 달랑거렸다. "여기요. 가져가세요."

"함께 가주셨으면 합니다."

"그럴 필요 없어요. 제 가정부한테 전화해서 가 있으라고 할게요. 깨끗한 집이니까 그 상태는 좀 유지해 주셨으면 하네요. 저는 여기 계속 남아서 이 따분한 심문을 다 마쳤으면 해요. 그래야 다시 직장으로 돌아가죠."

톰은 아자이에게 그 집에 가서 수색을 해보라고 지시했다. 그리고 차라도 몇 잔 가져다 달라고 했다. 수색이 마무리될 때까지는 제시카의 심기를 심하게 건드리고 싶지는 않았다. 가택 수색을 허락한 것을 철회할지도 모르기 때문이다. 하지만 제시카가 수색 요구에 순순히 응한 것을 보면 어떤 단서를 찾을 가능성은 그리 커 보이지 않았다. 그녀가 빨간 가발이나 액체 니코틴이 든 병을 그곳에 놔두었을 가능성은 별로 없었다.

잠깐 쉰 후에 톰은 이 여자의 면상에서 웃음기를 지워줘야겠다 마음먹었다. 잠깐 동안은 신중하게 진행했지만 그것이 오래 가지는 않았다.

"좋습니다, 제시카. 앞에서 휴고 경이 가끔씩 돈을 줬다고 했는데요. 얼마나 많이, 얼마나 자주 줬는지 알고 싶군요."

"그건 그쪽에서 상관할 바가 아닌 것 같은데요."

톰의 인내심도 한계에 가까워지고 있었다. 그도 일하면서 별의별 희한한 인간들을 많이 만나봤지만, 이 빌어먹을 제시카 암스트롱처럼 사람을 열 받게 만드는 인간이 있었나 싶었다. 그가 몸을 앞으로 기대며 말했다.

"지금 대답을 거부하시는 겁니까?"

"네, 말씀드렸다시피 경감님이 상관할 문제가 아니잖아요?"

"그럼 대체 휴고 경이 뭣 때문에 보너스를 지급한 겁니까? 당신이 몸을 대줘서? 입막음의 대가로?"

제시카는 할 말을 잃은 표정이 됐다. 분명 아픈 데를 건드린 것이다.

"둘 다 아니에요. 어떻게 감히 그런 말을!"

톰도 인내심이 한계를 넘었다. 그가 벌떡 일어나는 바람에 의자가 뒤로 밀리며 바닥을 긁는 소리가 크게 났다. 그가 문으로 성큼성큼 걸어가서는 돌아서며 마지막 말을 내뱉었다.

"어처구니가 없어서 말이 안 나오는군. 아자이, 자네가 이어서 취조 좀 해줘. 아무래도 나는 못 해먹겠어."

★

결국 제시카는 다음 날에 다시 오라고 단단히 일러주고 집으로 돌려보내기로 했다. 톰은 이것으로 제시카가 이것저것 생각할 시간을 갖게 되었을 거라 짐작했다. 아니면 걱정할 시간을 갖거나.

다음 날이 되니 짜증은 어느 정도 풀렸지만 아직 필요한 대답을 듣지 못한 상태였다.

예상했던 대로 제시카의 아파트에서는 이렇다 할 것이 나오지 않았지만, 그렇다고 제시카의 무혐의가 확정된 것은 아니었다. 제시카는 아주 똑똑한 여자였고, 이 여자에 대해 조금 더 잘 알게 된 톰은 그녀가 집 안에 증거가 될 만한 것을 남겼을 리는 만무하다고 확신하고 있었다.

결국 모든 것은 돈이었다. 남자가 여자에게 돈을 주는 이유가 무엇일까? 톰이 아는 한 그것은 딱 하나밖에 없다. 제시카는 휴고의 정부가 틀림없었다. 하지만 그것이 제시카가 휴고를 살해했다는 의미일까? 제시카에게는 아주 쉬운 일이었을 것이다. 집에도 쉽게 들어갈 수 있고, 지문이 집 안 여기저기에 남아 있어도 된다. 제시카가 세탁물을 가지고 그의 침실에 들어간 적이 있다고는 했지만 침실에는 지문이 없었다. 하지만 그것 역시 아무런 의미가 없다. 제시카는 아무것도 건드리지 않고도 그 방에 들어가서 침대 위에 모든 것을 올려놓고 나올 수도 있기 때문이다.

톰은 제시카를 상대할 준비가 되어 있었다. 빌어먹을 제시카 암스트롱에게 지고 싶은 마음은 없었다.

"좋습니다, 제시카. 처음부터 시작해 보죠. 지금 대화는 녹음이 되고 있고, 나중에 우리에게 거짓말을 한 것이 드러나면 위증죄로 고소하겠습니다. 무슨 말인지 아시겠습니까?"

제시카는 순간 불안한 듯했지만, 이내 고개를 끄덕였다.

"육성으로 대답을 하셔야 합니다, 제시카. 다시 한 번 말하지만 녹음되고 있어요. 무슨 말인지 아시겠습니까?"

"네."

"좋습니다. 집은 언제 사셨습니까?"

"2년 전에요."

"주택담보대출 액수와 집값이 이십만 파운드 차이가 나는데 그 돈은 어디서 구하셨습니까?"

"아빠가 줬어요. 그런 눈으로 보지 말아요. 사실이니까. 못 믿겠으면 우리 아빠한테 물어봐요."

"아버지께서는 당신이 주택담보대출을 어떻게 갚을 수 있을 거라 생각하신 건가요?"

"경감님, 실례지만 혹시 아빠가 부자예요? 우리 아빠는 정말 부자예요. 사실 돈 버는 것 말고 다른 것에는 아무 관심도 없는 분이죠. 아버지한테는 휴고 경이 내가 너무 중요한 사람이란 판단을 하셔서 봉급을 두 배로 올려줬다고 말씀드렸어요. 아빠는 내가 하는 일에 별로 관심이 없으셔서 자세히 물어보지도 않았어요. 그냥 '잘 됐다' 이 말 한 마디 하시고는 계속 〈이코노미스트〉를 읽으셨어요."

톰은 그 장면이 머릿속에 생생하게 그려졌지만 아직 원하는 대답을 듣지 못했다. "그럼 당신은 주택담보대출을 어떻게 계속 갚아나갈 생각이었습니까?"

"휴고 경이 저한테 아주 감명 받았다고 하셨어요. 그래서 자기를 위해 개인적이고 대단히 비밀스러운 일을 해달라고 하셨죠. 그럼 매달 보너스로 조금 더 지급해 주겠다고 하셨어요. 현금으로요."

"그 '조금 더'가 얼마인가요?"

"몇 천 파운드 정도요."

아이의 젖니를 뽑으려고 실랑이를 벌이고 있는 상황과 비슷했다. 지금쯤이면 제시카도 톰이 그 액수를 알아낼 작정이라는 것을 깨달았을 것이다. 시간이 얼마나 걸리든 말이다.

"그 '몇 천'에서 '몇'이 대체 얼마인가요, 제시카?"

제시카가 예의를 차리듯 살짝 멋쩍은 표정을 짓고는 반항적으로 턱을 치켜들었다. "휴고 경이 팔천이면 되겠느냐고 물으시더군요."

"네? 팔천 파운드요? 한 달에?"

"네."

제시카는 아직도 턱을 치켜들고 있었지만 뺨이 살짝 붉어져 있었다. 톰은 민망함 때문이라 추측할 수밖에 없었다.

'좋았어.' 톰은 생각했다. "대체 무슨 일을 하면 그렇게 많은 돈을 받죠, 제시카? 이 부분은 분명히 대답하고 넘어가야 합니다. 당신은 휴고 경의 정부였나요?"

"아니라고 이미 말씀 드린 것으로 아는데요? 솔직히 말해서, 만약 그

분이 제게 그런 제안을 하셨다면 나는 기꺼이 그러겠다고 했을 거예요. 특히 초기 시절이었다면 말이죠. 그리고 한 가지 확실하게 말씀드릴 수 있는 것은 내가 그 분의 정부였다고 해도 그런 일로 돈을 받지는 않았을 거라는 거죠. 하지만 안타깝게도 휴고 경은 절대로 그런 제안은 하지 않으셨어요."

"그럼 대체 무슨 일을 한 겁니까, 제시카?"

"그건 말할 수 없어요. 죄송하지만 비밀이라서요." 제시카의 고집스러운 표정이 톰을 짜증나게 만들고 있었다.

"제시카, 휴고 경은 죽었습니다. 당신이 그를 위해 한 일이 무엇이었든, 그 일은 그만한 돈 가치가 있는 일이었겠죠. 그 일이 이 죽음과 관련이 있을지도 모릅니다."

"관련 없어요."

"어떻게 그렇게 확신하십니까?"

"그냥 없으니까 없는 거죠."

어떤 경찰들은 취조하다가 꼭지가 돌 때가 있다는데 지금 톰도 그게 무슨 말인지 이해할 것 같았다. 그 순간 번쩍하고 그 생각이 떠올랐다. 남자가 여자에게 정기적으로 많은 돈을 주는 또 다른 그럴 듯한 이유가 있었다.

"좋습니다. 무슨 일을 했는지는 말하지 않겠다, 이거죠? 유언장 조항 때문입니까?"

"그게 무슨 말이에요?" 제시카가 얼굴을 찡그리며 말했다.

"휴고 경이 당신에게 유산을 남긴 것은 알고 있겠죠?"

"브라이언이 말하더군요. 네, 알아요. 아직 구체적인 내용은 못 들었지만 브라이언 말이 내가 아주 기뻐할 거라고 하더군요."

제시카가 다시 우쭐해질 것 같아 위험해졌다.

"브라이언이 거기에 조건이 붙었다는 얘기도 하던가요?"

톰은 이 말에 제시카의 얼굴에서 미소가 사라지는 것을 보며 즐거웠다.

"조건이라뇨?"

"일정 기간 동안 돈을 계속해서 지불하게 되어 있더군요. 아주 후한 액수였습니다. 그리고 그 기간 동안 당신은 휴고 경의 이름을 불명예스럽게 할 수 있는 그 어떤 말도 할 수 없습니다."

아자이가 놀라서 톰 쪽으로 고개를 돌렸다. 톰이 왜 제시카에게 이런 이야기를 꺼내는지 의아했을 것이다. 그 조건을 알면 제시카가 입을 아예 닫아버릴 수 있기 때문이다. 하지만 톰에게는 계획이 있었다. 톰은 이제야 제시카라는 사람을 좀 알 것 같은 기분이 들기 시작했다. 그는 흥분이 솟구치는 것을 느꼈다.

"뭐, 그런 조건이라면 전혀 문제 될 것 없어요. 휴고 경께서 한 일 중에 그 이름을 불명예스럽게 만들 것은 없었으니까요."

톰이 앉은 자리에서 몸을 앞으로 숙였다. 드디어 걸렸다 싶었다. 감이 왔다.

"당신은 휴고 경에 대해 뭘 알고 있나요, 제시카? 당신이 밝히지 않기로 약속한 내용이 뭡니까?" 톰이 부드러운 목소리로 물었다.

"그런 거 없었어요. 대체 몇 번이나 말해야 돼요?"

제시카의 얼굴은 여전히 고집스러웠고, 톰은 솟구치던 흥분이 가라앉는 것이 느껴졌다.

"그렇다면 그 돈이 무슨 돈인지 왜 말을 안 하는 겁니까? 유언장에 나온 조건 때문이 아니라면 그게 왜 비밀로 남아야 하는데요?"

"경감님이 신경 쓸 필요 없는 개인적인 일이니까요. 이 수사하고도 아무런 관련 없고요. 휴고 경은 이런 일을 누구에게도 알리고 싶어 하지 않으셨어요. 아시다시피 그분은 겸손하셔서 후한 인심을 생색내지 않으셨으니까요."

톰은 애써 무표정한 얼굴을 유지했다. "그럼 보너스를 받기 시작된 것은 언제부터였습니까? 그리고 휴고 경이 그렇게 인심이 후해지게 된 특별한 계기라도 있습니까?"

"언제부터 시작했는지는 말씀드리죠. 하지만 내가 무엇을 했는지는 말하지 않겠어요. 전 테러리스트가 아니니까 묵비권이 있다고 생각해요."

톰이 한숨을 내쉬며 생각했다. '신이여, 우리를 머리에 든 것 많은 용의자로부터 구원하소서.'

"그럼 거기부터 시작해 보죠. 언제부터 시작했는지, 그리고 뭣 때문에 시작했는지 말해보세요."

제시카는 무릎 위에 올려놓은 초록색 핸드백을 꽉 움켜쥐고 가방 손잡이를 손가락으로 계속 만지작거리고 있었다. 그리고 미간에 깊은 주름 두 개가 생겨 있었다. 톰은 자기가 제시카를 당황하게 만들었다는 생각이 들었다. 하지만 과연 충분히 당황하게 만든 것인지는 확신이 서지 않았다.

"2년 전 쯤 비슷한 시기에 몇 가지 일이 일어났어요. 구조된 소녀 두 명이 무단이탈한 것으로 보이는 자기 친구 한 명을 찾겠다며 사무실에 나타났을 때 시작됐죠. 물론 저는 두 아이를 쫓아버렸죠. 휴고 경은 소녀들이 서로 연락하는 것을 아주 엄격하게 금지했거든요. 그래서 저는 두 소녀에게 아주 화가 나 있었어요."

"그 규칙이 좀 이상하다는 생각은 안 했습니까?"

"전혀요. 휴고 경은 소녀들을 위하는 마음밖에 없으셨죠. 휴고 경이 그것이 소녀들을 위한 최선의 일이라고 생각하셨다면 저는 당연히 그 판단을 따라야죠. 어쨌거나 하루인가 이틀 만에 초인종이 다시 울렸어요. 휴고 경 말고는 사무실에 저밖에 없었죠. 로지가 외출 중이었거든요. 말로는 볼펜인가 뭔가가 다 떨어져서 사러 갔다는데, 제 기억이 맞다면 시간이 말도 안 되게 오래 걸렸어요. 그래서 할 수 없이 제가 문을 열었죠. 그런데 한 여자애가 나를 밀치고 들어왔어요. '휴고'를 만나고 싶다고 하더군요. 건방지게 '휴고 경'도 아니고 '휴고'라고 했어요. 저는 아주 이상하다 싶었죠. 그 순간 그 소녀를 알아보겠더군요. 마침 그 날 그 소녀에 대한 파일을 보고 있던 중이었거든요. 하지만 그날은 아주 말끔하게 차려 입고 있어서 여차하면 몰라볼 뻔했어요. 내가 그 아이를 막으려고 했지만 그 여자애가 나를 밀치고는 곧장 휴고 경의 사무실로 뛰어 들어가더군요. 그리고는 쾅하고 문을 닫았어요. 물론 나는 그 여자애를 따라 들어갔지만 휴고 경이 괜찮으니 가서 일을 보라고 하시더군요."

제시카가 잠시 말을 멈추고 물을 한 모금 마셨다. 아무도 말을 하지 않았다. 톰은 제시카가 그 당시를 생생하게 떠올리고 있는 것을 알 수 있었다.

톰은 지금 머릿속을 맴돌고 있는 질문을 던지고 싶은 마음이 굴뚝같았지만 제시카가 하던 말을 모두 마무리짓게 해야 할 참이었다. 제시카는 톰을 바라보고 있지 않았다. 그녀는 잔을 움켜쥔 채 그날의 장면들을 머릿속에 떠올리면서 먼 곳을 물끄러미 바라보고 있었다.

"사무실에서 고함 소리가 들렸어요. 분명 고함 소리였어요. 휴고 경은 절대로 고함을 지르시는 분이 아니거든요. 하지만 무언가에 엄청나게 화가 나 있으셨어요. 하지만 오래 가지는 않았죠. 몇 분 후에 그 여자애가 웃으면서 나오더니 그대로 떠났어요. 그리고 몇 분 후에는 휴고 경이 사무실에서 나와 저하고 이야기를 나눴어요. 그 여자애가 왔었다는 말을 절대로 하지 말라고 하시면서 내가 뭐 엿들은 내용이 있는지 묻더군요."

말을 중간에서 끊고 싶지는 않았지만, 톰은 알아야만 했다. "엿들은 것이 있었습니까?"

"그렇지는 않아요. 중요한 내용은 못 들었어요. 그 여자애가 꺼낸 얘기 중에 수영장 얘기가 있는 것 같았어요. 그 얘기가 두 번 나오더군요. 그런데 무슨 말인지는 알 수가 없었어요. 아나벨이 아주 오래전부터 실내 수영장을 만들어 달라고 휴고 경을 졸랐던 것은 아는데 그 두 가지가 무슨 관련이라도 있는 건지. 어쨌거나 휴고 경은 옥스퍼드셔 집으로 간다면서 며칠은 이곳 자리를 비울 거라고 말하더군요. 그동안은 아무 연락도 하지 말라고 하셨어요. 저는 그것으로 이 일은 마무리되었나 보다 했어요. 하지만 로지가 마침내 사무실로 들어오면서 그러더군요. 휴고 경이 차를 몰고 가는 것을 봤는데 그 차에 한 여자애가 같이 타고 있었대요. 아주 무례하기 짝이 없는 여자애였지만 휴고 경께서 그래도 차를 태워주기로 하셨던 것이겠죠. 그때부터 시작됐어요."

"그 소녀가 누구였습니까, 제시카?"

"알리나 코즈마였던 것 같네요."

다니카 보진이 처음에 찾으러 갔었던 바로 그 소녀다. 톰은 우연이란 것을 믿지 않았다.

"휴고 경이 뭐라고 하던가요? 따로 설명한 적이 있습니까?"

"경감님, 휴고 경은 저한테 그 무엇도 설명하실 필요가 없어요."

'이 여자는 그냥 '예, 아니오'로 답하면 되지, 왜 꼭 이렇게 돌려서 말해야 할까?' 톰은 생각했다. 그런데 그 순간 제시카가 처음이자 마지막으로 묻지도 않은 정보를 털어놓았다.

"관련이 있는지는 모르겠지만 휴고 경께서 저에게 경호원 회사를 알아봐 달라고 부탁하신 것이 이 일이 있고 얼마 지나지 않아서였어요. 아시다시피 그 후로도 경호원을 늘 대동하지는 않으셨죠. 그리고 며칠 후에는 정말 생각지도 못했던 또 다른 방문객이 있었어요. 레이디 플레처가 사무실로 온 거죠. 정말 보기 드문 일이었지만 휴고 경께서는 제가 그 건을 처리한 것을 보고 아주 기뻐하셨어요. 그 분 말씀이 제가 충성심, 헌신, 신중함을 잘 보여주었다고 하시더군요."

톰은 이것이 다니카가 로라의 집으로 찾아갔던 일 이후에 일어난 일이 틀림없다는 생각이 들었다.

"레이디 플레처가 찾아온 목적이 무엇이었습니까?"

"자선재단의 기록을 보고 싶다고 하더군요. 지난 5년 동안 소녀들을 보낸 모든 가정의 명단을 요구했어요. 연락처, 전화번호 같은 것도 원했고요. 그리고 나한테 길거리나 자기 고향으로 다시 돌아간 소녀들에 대한 기록을 갖고 있는지도 물어봤어요. 저는 휴고 경께서 무엇을 원하실지는 훤히 알고 있었죠. 휴고 경은 레이디 플레처가 그런 파일을 살펴보기를 원하지 않으실 거라 생각했죠. 그래서 거절했어요."

"그랬더니 레이디 플레처가 어떻게 반응하던가요?"

"남편의 부탁으로 하는 일이니 기록을 보여 달라고 잘라서 말하더군요. 저는 휴고 경께서 저한테 아무 말씀도 안 하셨고, 레이디 플레처에게 그런 일을 부탁하실 리가 없다는 것을 잘 알았기 때문에 아무것도 보여주지 않았어요. 그랬더니 레이디 플레처가 그냥 가버리더군요."

"휴고 경한테는 로라가 왔었다고 말했습니까?" 톰은 이미 그 대답을 알고 있었지만 그래도 확인은 해 봐야 한다는 생각이 들었다.

"당연하죠. 레이디 플레처가 왔었다고 하니 아주 화를 내셨어요. 하지만 저한테는 크게 기뻐하셨죠. 이때가 휴고 경이 저에게 추가로 일거리를 제안하신 지 이틀 후였어요. 물론 보너스도 같이 제안하셨고요. 그분이 개인비서에게는 비밀 유지가 생명이라고 하시면서 자기의 가장 어두운 비밀도 믿고 내게 보여줄 수 있는지도 알아야겠다고 하셨죠. 사실 재미있는 말이었어요. 전 아무런 대가 없이도 그 일을 했을 테니까요. 하지만 그 분 말씀이 내 충성심은 한 달에 팔천 파운드를 받을 가치가 있다고 하시더군요." 제시카가 잠시 뜸을 들였다. "그래서 그때부터 라운즈 광장에 집을 알아보러 다니기 시작했죠."

"제시카, 당신이 이 점에 대해 아주 신중하게 생각해 봤으면 합니다. 당신은 바보가 아니에요. 분명 비밀을 지키는 대가 치고는 엄청난 돈을 받는다는 생각이 들었을 텐데요? 그리고 지금 보니 휴고 경은 당신이 계속해서 침묵을 지키는 대가로 큰 유산을 남긴 것으로 보입니다. 이거 좀 이상하지 않아요?"

"정말 말이 안 통하네요, 경감님. 그 분은 정말 놀라운 분이셨어요. 그 깊은 마음속을 경감님은 털끝만큼도 이해하지 못할 거예요."

제시카의 생각과 달리 톰은 이제 자기가 휴고의 깊은 마음속을 아주 잘 이해하기 시작했다는 생각이 들었다. 그리고 그 속은 제시카가 알고 있는 것보다도 훨씬 더 어두웠다. 하지만 그 무엇도 제시카가 쏟아내는 찬사를 막을 수는 없었다.

"제가 세상에 알리지 않겠다고 맹세한 비밀도 이 분이 하신 거대한 자선사업의 일부에 불과해요. 그리고 그 내용에 대해서는 절대로 말하지 않을 겁니다. 엄숙한 약속이었으니까요."

적어도 지금으로서는 막다른 골목에 부딪혔다는 생각이 들자 톰은 다음 주제로 넘어갔다. "그럼 유언장에 대해 얘기해 볼까요, 제시카. 계속해서 침묵을 지키는 대가로 당신은 휴고가 죽은 지 1년 만에 주택담보대출을 완전히 청산하게 됩니다. 알고 계셨나요?"

제시카는 말없이 고개만 끄덕였다. 유언장에 나온 구체적인 조항에 대해서는 모를지 몰라도 그 액수에 대해서는 알고 있었던 것이다.

"그것이 당신에게는 아주 분명한 살해동기가 될 수 있습니다. 휴고 경이 살해당할 당시에 어디에 있었는지 우리한테 말씀하지 않으셨죠. 아마도 자신의 행적을 설명할 필요는 없다고 생각했을 테니까요. 맞습니까? 당신이 무슨 일을 해서 돈을 받았는지 우리는 모릅니다. 그런데 당신은 그게 무슨 일인지 말하지 않겠다고 합니다. 그럼 저로서는 당신이 그를 협박해서 돈을 뜯어낸 것이라고 추측할 수밖에 없군요. 그럼 앞뒤가 맞으니까요. 안 그렇습니까? 일단 집으로 돌아가셔도 좋습니다. 제가 한 말에 대해 생각을 좀 해보셨으면 좋겠군요. 그리고 내일 아침에 다시 이곳으로 오시기 바랍니다. 아자이, 약속 시간을 좀 잡아주겠어?"

톰은 제시카를 내버려두고 갑자기 자리에서 일어나 취조실을 나갔다. 제시카는 살짝 겁을 먹은 듯 아무 말도 하지 못했다.

★

톰이 보기에도 제시카가 휴고 플레처를 정말로 숭배했었다는 것은 분명했다. 물론 그것도 살인동기가 될 수 있다. 하지만 이번 경우에는 그런 것 같지 않았다. 제시카는 자기가 왜 그렇게 많은 돈을 받았는지 밝히지 않겠다는 의지가 아주 확고했지만, 톰 역시 그 이유를 알아내기로 단단히 마음먹고 있었다. 문제는 제시카가 좀처럼 당황하지 않고, 취조실에 24시간 동안 가둬 둔다고 한들 무엇 하나 건질 것이 없어 보인다는 점이었다.

하지만 알리나 코즈마에 대한 이야기는 대단히 흥미로웠다. 톰은 머릿속에서 모든 내용을 종합해 보았다. 알리나가 어느 순간 행방불명이 된다. 그래서 다니카와 미렐라가 제시카를 만나러 갔지만 제시카는 두 소녀를 쫓아낸다. 쫓겨난 다니카가 이 날 알리나에 대해 묻기 위해 옥스퍼드셔로 로라를 만나러 간다. 그러던 차에 알리나가 휴고 앞에 다시 나타났고 알리나와 휴고 사이에 말싸움이 일어난다. 알리나는 휴고에게 무언가를 빌미로 협박을 했을 수 있다. 물론 그것 자체로 대단히 이상한 가정이었다.

그 다음에는 로라가 그 소녀들에 대해 알아내려고 사무실에 찾아가지만 로라도 제시카에게 그리 후한 대접을 받지 못한다. 휴고는 경호원을 고용하고, 제시카에게 무언가 할 일을 준다. 그 일이 무엇인지는 몰라도 한 달에 팔천 파운드를 현금으로 지불할 만큼의 가치가 있는 일이다. 그리고 지금은 미렐라가 행방불명이다. 톰은 내일 제시카로부터 이 행방불명 소녀들에 대해 알아낼 생각이었다. 그것이 제일 먼저 알아내야 할 일이었다.

톰이 짐을 싸서 집으로 가려는 찰나에 옥스퍼드셔에 있는 베키가 전화를 걸어왔다. 베키는 조금 망설이는 목소리였다.

"톰, 말씀드리고 싶은 것이 있어요. 관련이 있는 것인지 자신은 없지만, 자꾸만 신경이 쓰여서요. 그래서 적어도 경감님한테는 말해봐야겠다 생각했어요."

"말해봐, 베키. 헛소리라도 상관없어. 자네도 알잖아. 수사와 관련된 의견이라면 언제나 환영이야."

"그게…, 부엌에서 스텔라하고 얘기를 나누고 있었는데요, 스텔라가 로라와 이모젠이 학교 다닐 때 아주 예뻤었다는 얘기를 하면서 두 사람의 결혼하기 전 이름을 언급했어요. 로라 케네디하고 이모젠 드보이스예요. 이 이름이 왠지 자꾸만 마음에 걸렸는데 그러다 무언가 기억이 났어요. 좀 늦기는 했지만, 사진기처럼 선명한 저의 기억력이 발동한 거죠. 런던 발 파리 행 유로스타 기차 탑승객 명단의 이름을 훑어볼 때, 이모젠 케네디라는 이름은 없었지만 이모젠 드보이스라는 이름이 있었던 것 같았어요. 그래서 다시 확인해 봤더니, 정말 있더라고요. 이모젠의 여권에는 분명 이모젠 케네디라는 이름으로 되어 있으니까, 이모젠 드보이스가 탑

승객 명단에 있다는 건 순전이 우연일 수 있다는 거 알아요. 하지만 그래도 좀 희한한 우연이 아닌가 싶었어요."

"엄청난 우연이로군, 베키. 아주 잘 했어. 베키가 이모젠의 여권을 실제로 보고 이름을 확인한 거야?"

"네, 제일 먼저 한 일이 그거죠. 티켓에 있는 이름이 여권 이름하고 항상 같아야 하잖아요. 이모젠의 여권에는 확실히 이모젠 케네디로 나와 있어요. 혹시나 해서 여권 담당 기관에 연락을 해봤는데 이모젠 드보이스라는 이름으로 된 영국 여권은 없다고 하더라고요. 티켓도 확인해 보고 있는 중이에요. 그 티켓이 언제 구입한 것이고, 신용카드에 어떤 이름이 적혀 있었는지 확인해 보려고요. 그쪽에서 결과를 줄 때까지 기다리고 있어요."

"좋아. 아주 잘 짚었어, 베키. 여권에 대한 내용은 좀 아쉽지만 계속 조사해 보라고. 난 우연을 믿지 않아. 난 여기서 몇 가지 일을 진행하는 중인데, 내일 거기 갈 수 있게 시간 한번 내볼게."

"오실 때는 놀랄 준비하고 오세요."

"그게 무슨 소리야?"

"와 보시면 알아요!"

사건과 관련된 것은 아닐 거라는 생각이 들자 톰은 흥미가 떨어졌다. 하지만 다음에 옥스퍼드셔를 방문할 때는 놀라고 말고 할 겨를도 없을 거라는 것을 그는 아직 알 턱이 없었다.

★

다음 날 아침 톰은 질문의 방향을 완전히 틀어서 다시 한 번 제시카를 당황하게 만들어야겠다고 생각했다.

"아무래도 레이디 플레처가 관심을 보였던 그 기록을 보여주셔야 할 때가 온 것 같습니다. 자선재단 소녀들과 관련된 기록 말입니다. 레이디 플레처에게 보여주기를 거절했던 그 자료요."

의외로 제시카가 미소를 짓자 오히려 톰이 살짝 놀랐다. "안타깝게도 그건 불가능하겠네요."

톰이 몸을 앞으로 기댔다. 허를 찔린 기분이 들었다.

"제시카, 그게 무슨 뜻이죠?"

"레이디 플레처와 그 일이 있고 난 후에 얼마 지나지 않아 휴고 경께서 그 기록들을 삭제할 필요가 있다고 판단하셨어요. 그래서 새로 얻게 된 가정을 떠나 행방불명된 소녀들에 대한 구체적인 기록물들을 모두 파쇄기로 폐기하라고 지시하셨어요. 지금은 자선재단에서 아직 관리 중인 소녀들의 기록만 보관되어 있어요."

"그럼 자선재단에서는 업무파악을 어떻게 합니까?"

"신원에 대한 정보는 없지만 수치들은 남아 있어요. 제가 로지에게 파일을 모두 주면서 파쇄기로 폐기하라고 했어요. 제가 괜히 까다롭게 구는 것이 아니라는 점을 이해해 주셨으면 좋겠네요. 저도 도울 수가 없어서 못 돕는 거예요."

실망스러웠다. 로라는 다니카에 대해 침묵하고 있고, 알리나와 미렐라는 둘 다 행방불명이다. 제시카는 로라에게 정보를 주지 않으려 하고 있고, 그 정보가 담긴 기록을 휴고는 굳이 폐기하려 들었다. 톰은 이런 사실들을 모두 조합해 보면서 이것이 중요한 정보라는 확신이 들었다.

"제시카, 우리가 얘기 나누었던 것에 대해 생각을 좀 해봤으면 좋겠군요. 그리고 비밀을 지키겠다는 맹세에 대해서도 다시 한 번 생각해 보시기를 바랍니다. 당신은 자기가 알고 있는 내용이 별로 중요하지 않다 생각할지 모르지만 저는 생각이 다릅니다. 그리고 당신이 휴고 경을 협박하지 않았다는 점도 제게 설득하셔야 합니다."

"그런 것들을 입증해야 할 책임은 제게 있는 게 아니라 경찰한테 있는 게 아닐까요, 경감님?"

톰은 무엇보다도 이 여자의 얼굴에서 저 거만한 미소를 지워버리고 싶었다. 하지만 그 순간 한동안 자꾸 신경 쓰이던 것이 무엇인지 떠올랐다. 휴고가 현금으로 이만 파운드를 인출하고 있었다는 말에 놀라던 로라의 반응이었다. 분명 로라도 어느 정도의 액수는 예상하고 있었지만,

그 정도는 아니었다. 하지만 제시카에게 돌아간 보너스는 그 액수의 절반이 안 된다. 휴고는 이만 파운드를 '정기적'으로 인출해서 팔천 파운드를 '정기적'으로 제시카에게 지급했다. 그럼 나머지 만이천 파운드로는 '정기적'으로 뭘 했을까? 로라가 여기에 대해 무언가 알고 있었던 것일까?

"예전에 휴고 경이 인심이 대단히 후한 사람이라고 했었죠. 그 사람이 당신에게 해준 것을 보면 아무래도 그런 것 같습니다. 그럼 한번 말해 봐요, 제시카. 당신이 숨기는 비밀이 혹시 휴고 경이 정기적으로 누군가에게 돈을 주고 있다는 것 아니었습니까? 그를 협박하고 있었을지 모를 사람들 말입니다."

제시카가 입을 굳게 다물었다. 말하지 않겠다는 신호다. 하지만 톰은 제시카의 눈빛에 스치는 놀라는 기색을 놓치지 않았다.

★

톰은 제시카에 대한 생각은 잠시 제쳐 두고 싱클레어 총경을 찾아갔다. 톰이 싱클레어의 사무실 문을 두드린 다음 머리를 내밀었다. 싱클레어 총경은 전화를 받고 있었지만 톰을 보자 손짓을 하며 안으로 불러들인 뒤 전화를 끊었다.

"총경님, 잠시 시간 좀 내주시겠습니까?"

"물론이지. 진척 상황 보고를 좀 듣고 싶군. 어떻게 진행되고 있지?"

톰이 의자를 책상 앞으로 끌어와 편하게 앉았다. 톰에게는 싱클레어 총경처럼 경험이 많은 사람과 사건에 대해 함께 고민해 보는 것만큼 즐거운 일이 없었다.

톰이 불만족스러웠던 제시카와의 면담에 대해 총경에게 보고했다.

"자네는 제시카가 휴고를 협박하고 있었다고 생각하는 건가?" 싱클레어 총경이 물었다.

"그랬으면 얼마나 좋았겠습니까! 하지만 솔직히 그건 아닌 것 같습니다. 제시카는 분명 휴고를 거의 신적인 존재로 생각하는 것 같습니다. 그리고 보통은 자기를 협박하는 사람한테 유언으로 그런 거액을 물려주지는 않죠. 아무리 입막음하는 조건이라고 해도 말이죠. 결국 모든 것이 이 구조되었다가 사라진 소녀들에게 귀결되는 것 같습니다. 그래도 계속 추궁하고는 있습니다. 답이 나오면 바로 알려드리죠."

싱클레어는 회전의자에서 몸을 흔들고 있었지만 그래도 톰이 하는 말에 온전히 귀를 기울이고 있었다.

"총경님과 긴히 얘기해야 할 것이 있습니다. 전에 말씀 드렸던 아나벨과의 대화 내용입니다. 먼저 이 사진을 좀 보시죠."

톰이 사진을 책상 위에 올렸다. 총경이 흔들던 몸을 멈추고 의자에 다시 똑바로 앉았다. 그리고 이마에 걸쳐 놓았던 돋보기안경을 내려서 톰이 펼쳐놓은 사진을 바라보았다.

"이게 누구지? 흠. 아주 매력적인 여자로군."

"사실 지금은 이 세상 사람이 아닙니다. 휴고의 어머니인 레이디 다프네 플레처입니다."

톰은 말없이 두 번째 사진을 내려놓았다. 싱클레어가 그 사진을 보더니 다시 고개를 들어 톰을 바라보았다. 그가 진지하면서도 조금은 슬픈 목소리로 물었다. "언제 찍은 사진이지?"

"10년 정도 됐습니다. 로라가 휴고와 만났을 즈음이죠. 그리고 로라가 정신병을 앓기 한참 전입니다."

"좀 섬뜩하군. 우리가 알고 있는 다른 내용들을 놓고 보면, 특히 아나벨이 해 준 이야기하고 같이 생각해보면 조금 역겹다는 생각도 드는군."

"동감입니다. 로라는 자기 시어머니의 사진을 한 번도 본 적이 없다는 것을 명심하셔야 합니다. 로라 말로는 휴고에게 몇 장이 있기는 하지만 보여주려고 하지 않았다고 합니다. 휴고가 하지 말라고 해서 로라도 사진을 찾아보려고 하지 않았다고 하더군요. 로라는 이런 것을 까맣게 모르고 있습니다."

싱클레어 총경이 고개를 절레절레 흔들었다. "가엾은 여인이로군. 내 생각에는 이 사진으로 휴고가 오이디푸스 콤플렉스가 있었다는 것이 확인된 것 같은데. 자네 생각은 어때?"

"흥미로운 지적이네요. 오이디푸스 콤플렉스는 어머니에 대한 집착만이 아니고, 아버지를 죽이려는 욕망하고도 관련이 있는 것으로 압니다. 지금까지 알아낸 바로는 휴고 아버지의 죽음이 자살이 아닐 가능성이 보입니다. 그렇다면 오이디푸스 콤플렉스는 더욱더 날카로운 통찰이로군요."

"이것으로 뭔가 결론을 이끌어낼 수 있을 것 같아?"

"그렇지는 않습니다. 하지만 휴고 플레처가 세상 사람들이 믿는 성인군자의 모습과는 한참 거리가 있다는 사실은 확인되었다고 생각합니다. 만약 휴고가 로라와 결혼한 이유가 사실은 자기 어머니와 똑같이 생겼기 때문이라면 그 가엾은 여인은 분명 지옥 같은 삶을 살았을 겁니다."

"그것이 휴고를 죽일 충분한 이유가 된다고 생각하나?"

"로라는 정신병을 앓았던 경력이 있고, 그 정신병에 대해서는 아직 더 조사를 해볼 필요가 있습니다만, 그래도 대단히 이성적인 여자라는 생각이 듭니다. 그 여자가 분명 휴고와 아주 끔찍하게 살았을 것 같습니다. 휴고는 알면 알수록 역겨워지더군요. 만약 로라가 살인을 저지를 유형의 사람이라면 휴고를 죽일 이유는 충분하다 못해 넘쳤으리라는 생각이 드네요."

톰은 잠시 말을 멈추고 유언장 대독 이후에 함께 시간을 보냈던 로라의 모습에 대해 생각해 보았다.

"로라는 돈 때문에 그 집에 머무는 것은 분명 아니었습니다. 유언장에 대한 반응만 봐도 알 수 있어요. 하지만 모든 경우의 수를 대비해 살인사건이 일어나기 전 24시간 동안 로라의 행적을 확인했습니다. 이탈리아 태생인 마시 순경한테 지시해서 지역 사람들하고 얘기를 좀 해보라고 했습니다. 그 이탈리아 저택은 한 작은 마을 외곽에 있는데, 사람들이 서로의 일을 손바닥 보듯이 훤히 알고 지내는 마을이라고 합니다. 로라가 올리브를 따고 있는 모습을 목격한 사람이 있고, 그 지역 경찰 한 사람이 토요일에 공항으로 가는 로라의 차를 지나치며 손을 흔들어 인사했다고 합니다. 그래도 혹시나 해서 옥스퍼드셔 전화기에 녹음된 음성메시지도 확인해 봤습니다. 분명 토요일 오전에 온 메시지더군요. 그리고 틀림없는 로라의 목소리였습니다."

"이모젠 케네디라는 그 친구는 어때? 그 여자는 범행동기가 없나?"

"베키가 그 여자한테 관심이 많습니다. 그렇다고 로라를 용의선상에서 배제하는 건 아닙니다만. 베키 말로는 뭔가 수상한 일이 진행되고 있다고 하는군요. 저희는 이모젠의 결혼이 파탄난 것에 휴고가 어떤 식으로든 관련이 있다고 생각하고 있습니다만, 그건 오래 전 이야기입니다. 한편으로는 두 여자가 여러 해 동안 연락이 없었던 것으로 생각하고 있었는데, 실제로는 연락을 하고 있었다는 것을 베키가 알아냈습니다. 또 한 가지 흥미로운 것이 있는데, 이모젠의 결혼 전 성이 드보이스였고, 토요일 오후 이른 시간에 파리로 가는 유로스타 기차에서 이모젠 드보이스라는 이름을 한 사람이 탔던 것을 발견했습니다. 하지만 이모젠의 여권을 확인해 봤더니 이름이 이모젠 케네디로 되어 있었습니다. 이모젠은 이혼 후에도 결혼 전 성으로 되돌아가지 않았어요."

싱클레어 총경이 몸을 앞으로 숙이며 말했다. "하지만 어떤 사람은 합법적으로 두 개의 여권을 가질 수 있지. 이스라엘과 그 적국들을 양쪽으로 오가는 사람들이 그렇고, 해외를 자주 들락거려야 해서 여권을 하나 더 구비해야 하는 사람들도 그렇고. 그런 사람들은 비자를 신청하느라 여권을 관공서에 제출해 놓은 상태에서, 다른 곳으로 또 여행을 가야 하는 경우가 종종 생기거든. 이거 조사해 보면 뭔가 나올 거 같은데?"

"유감스럽게도 그렇지가 않습니다. 영국 여권 관리국에 확인을 해 봤는데 그런 이름의 여권은 없다고 합니다. 이쪽 수사도 역시 막다른 골목에 부딪힌 것 같습니다."

"맨체스터 출신 사람 중에 드보이스라는 성은 좀 드물지 않나?"

톰이 웃었다. "그건 그 여자가 원래 맨체스터 출신이 아니라서 그렇습니다. 그 여자는…, 이런 젠장. 내가 왜 그 생각을 못했지?"

톰이 벌떡 일어나 문밖으로 달려 나가면서 주머니에서 휴대폰을 꺼내

들었다.

“베키? 이모젠 케네디가 금요일에 프랑스 깐느를 떠나 파리로 간 거 맞지?”

베키는 그렇다고 했다.

“하지만 이모젠이 파리에서 런던을 경유해 캐나다로 갈 예정인 비행기를 탔다고 주장한 시점은 토요일 오후 늦은 시각이고?”

이번에도 역시 베키가 그렇다고 확인해 주었다. 휴대폰으로 베키가 다그치는 소리가 들렸다. “왜요? 무슨 일인데요, 톰?” 하지만 톰은 다른 데 정신을 팔 시간이 없었다.

“우선 이모젠이 깐느에서 파리까지 운전해서 오는 데 시간이 얼마나 걸릴지 계산해봐. 그 다음엔 파리에서 런던으로 가는 유로스타 탑승자 명단에 ‘이모젠 드보이스’라는 사람이 있는지 확인해 봐. 우리는 지금 ‘이모젠 드보이스’라는 사람이 유로스타를 타고 런던에서 파리까지 갔다는 것은 알고 있어. 그 시간대에 런던에서 유로스타를 탔으면, 토요일 오후 늦게 파리공항에 도착해서 비행기를 간신히 잡아탈 수 있는 시간에 도착하지. 그런데 그 얘기는 그 사람이 애초에 런던에 있었다는 뜻이잖아. 그러니까 이모젠 드보이스라는 사람이 전날인 금요일 밤이나 토요일 아침 시간대의 유로스타로 파리에서 런던으로 갈 수 있었는지 확인해 봐. 그렇지 않으면 파리에서 런던으로 가는 그 시간대 비행기편들을 모조리 확인해 봐야 해.”

톰이 문밖으로 나왔다. 그리고 차가 주차된 곳으로 향했다. 베키는 마침내 무언가 일이 터졌구나 싶은 흥분에 계속 톰의 귀에 대고 소리를 지르고 있었다.

“뭐라고? 미안, 못 들었어. 그렇지. 가능한 얘기야. 우리가 아는 이모젠이 ‘이모젠 드보이스’라는 이름의 캐나다 여권도 가지고 있다는 데 내 손모가지를 걸지. 범행동기가 뭔지는 나도 몰라. 하지만 한 번에 하나씩 차근차근 알아내자고. 한 시간 정도 후에 봐.”

27

이모젠은 로라의 표정이 훨씬 밝아져 다행스러웠다. 경직되었던 어깨도 풀리고, 전체적으로 긴장감이 덜해진 것 같았다. 초인종이 다시 울리기 전까지는 그랬다. 초인종이 울릴 때마다 마치 훨씬 더 나쁜 소식을 미리 기다리고 있었던 것처럼 로라는 깜짝 깜짝 놀랐다. 어쩌면 경찰이 다시 돌아왔다고 생각한 것인지도 모른다. 톰 더글라스가 다녀간 지도 사흘이 지났다. 베키는 수사와 관련된 말을 별로 하지 않았지만, 그것은 곧 무언가 활발한 수사가 진행 중이라는 의미로 받아들였다.

로라의 표정이 좋아진 것은 어쩌면 휴고가 로라의 개인 돈을 간과하고 넘어갔음을 알게 된 것이 한 몫 했는지도 모르겠다. 이제 로라가 여러 해 동안 꿈꿔온 인테리어 재단장을 막는 것은 없었다. 로라는 벌써부터 정원사들을 고용해 정원수와 관목을 베어내기 시작했다. 그 덕에 집이나 로라 모두 훨씬 발랄한 기운이 돌았다. 담비 박제를 비롯한 여러 동물 박제들도 사라지기 시작했다.

어제는 알렉사가 와서 머물렀다. 이모젠은 로라의 알렉사에 대한 사랑과 애정에 경탄했다. 알렉사는 열두 살인데도 여러 면에서 그보다 어려 보였다. 무척 여리여리했고, 2차 성징도 나타나지 않은 것 같았다. 로라는 집을 어떻게 바꿀 것인지 알렉사와 몇 시간 동안 얘기했다. 아무래도 아빠의 죽음을 잊게 하려는 생각인 듯 보였다.

이모젠은 다시 로라의 편지를 읽기로 했다. 마음 편한 일은 아니었다. 불행에 빠진 친구의 모습을 보는 것이 싫었고, 그 불행의 무게가 자기 어깨를 무겁게 짓누르는 것이 느껴졌다. 로라가 자기에게 모든 것을 털어놓지 않은 이유도 수긍할 수 있었다. 하지만 아직 설명되지 않은 것들이 너무도 많이 남아 있었다.

★

2005년 6월
이모젠에게

내 모든 말과 행동이 미친 사람의 발광으로 취급당하는 기분이야. 나는 미친 여자로 열여덟 달을 보냈어. 이젠 사람들 모두 나를 그렇게 봐.

매일 매일이 똑같은 방식으로 시작해. 여기 간호사들은 아주 열심히 일하고, 잔인할 정도로 명랑한 모습이야. 아침마다 간호사들은 쾌활한 목소리로 "좋은 아침! 우리 오늘 아침 기분은 어때요?"라며 춤추듯이 내 방으로 들어와.

대체 여기에 왜 뜬금없이 '우리'라는 표현이 들어가는지 모르겠어. 내가 모르는 뭐가 있나?

어쨌거나 아침식사는 방에서 먹어. 난 판에 박힌 듯이 매일 똑같은 것만 먹어. 사람들은 이것 역시 내가 미쳤다는 징조라고 생각하는지도 모르겠어. 이제 나는 아무 결정도 내리지 않는 것이 안전하다고 느끼는 것일까? 아니, 전혀 그렇지 않아. 그저 이곳 요리 중에 스크램블드 에그가 제일 맛있어서 그런 것뿐이라고!

이 요양시설은 상류층 전용이야. 부유층 집안에서 정신적으로 이상이 있는 가족을 숨겨놓는 장소지. 하지만 그런 사람의 수를 가늠하기가 어려우니까 병원 입장에서는 수요예측에 실패했나봐. 그것 때문에 병원 재정이 곤란에 빠진 것일 테고. 내 생각에 휴고가 여기에 큰 자금을 지원하고 있는 것 같아. 그 모두가 내 입막음용이지.

매일 나는 개인 면담을 하고, 집단 심리치료도 받아야 해. 그리고 수업도 있어. 여기서는 작업치료라고 불러. 나 이제 꽃꽂이는 제법 잘해. 요가도 잘하고. 정신병 환자들 때문에 명상 치료가 잘 진행되지 않는 것이 아쉽기는 하지만. 침묵과 자기성찰의 시간이 너무 많아지면 그 사람들한테는 오히려 역효과가 나는 것 같아.

점심식사와 저녁식사는 식당에서 해. 우리는 비교적 안정적인 환자들끼리 모여 식사해. 폭력성이 심해서 방에서 못나오는 환자도 있거든. 나는 그냥 속마음을 내비치지 않고 잠자코 있어. 직원들이 계속해서 밝은 분위기를 유지하려고는 하지만 여긴 행복한 곳이 아니야. 정신병은 정말 사람 마음을 찢어놓는 병이야. 정신분열증에서 인격장애에 이르기까지 여기 있는 모든 사람은 삶의 시련기를 겪고 있지. 어떤 사람은 이것이 계속 이어질 테고.

치매 같은 것이 있어 아예 소통이 안 되는 사람들과 매일 조금이라도 이야기를 나누고 있어. 아침마다 이 사람들한테 신문을 읽어주고 세상 돌아가는 이야기도 들려줘. 하지만 행복한 이야기들만 전해줘. 전쟁이나 살인 같은 얘기는 빼고. 이미 짊어져야 할 짐이 충분히 많은 사람들이니까. 이 사람들이 내 말을 알아들을 수 있는지는 모르겠지만, 그렇지 않다고 해서 이 사람들한테 아무 말도 걸지 않는 것을 정당화할 수는 없지. 아무도 자기한테 말을 걸지 않는다는 게 얼마나 끔찍하겠니?

그리고…, 휴고가 매 주 찾아와. 간호사들은 이것이 내 일주일 중에서 최고의 시간이라고 생각해. 물론 이 간호사들 눈에 휴고는 절대로 아내의 병문안을 빼먹지 않는 헌신적인 남편이지. 그가 찾아올 때는 나한테 약을 먹이지 않아. 그가 내 상태를 평가하기 원하니까. 그는 내가 회한에 차 있는지 알고 싶어 해. 내가 잘 길들여지고 있는지 확인하고 싶어 하지.

물론 나는 길들여지지 않았어. 이곳에 처음 왔을 때보다 오히려 더 길들여지지 않았지. 하지만 그가 그 사실을 알아서 좋을 것은 없겠지.

그가 알렉사를 자주 데려와. 알렉사는 쑥쑥 자라고 있어. 하지만 사랑이 듬뿍 필요한 시기에 내가 이곳에 있으니 죄책감이 들어. 그가 알렉사를 데리고 오는 이유는 나를 조롱하려는 거야. 휴고는 알렉사가 정신이상자들과 함께 있는 나를 보면 등을 돌릴 거라고 생각하지. 아니면 내가 알렉사를 이용해 바깥 일들을 알아내려 할 거라 생각해. 아니야. 난 절대로 그런 짓 안 해. 나는 알렉사에게 아빠에 대한 그 어떤 부정적인 말도 꺼내지 않아. 그건 오히려 내 신념에 어긋나는 일이니까. 진실이야 어떻든 알렉사는 자기 아빠가 정말 좋은 사람이라고 믿게 해주고 싶어.

그가 어제 나를 보러 왔는데 이번에는 상황이 좀 달랐어. 알렉사를 나하고 둘이서만 오래 놔두더라고. 그가 왜 그랬는지는 나도 확실히 모르겠어. 또 다른 테스트가 아니었나 싶어.

난 알렉사를 아주 꼭 끌어안아 주었지. 그런데 알렉사가 좀 경직되어 있는 게 느껴졌어. 평소처럼 사랑스러운 모습이 아니었어. 나는 조금씩 경직된 분위기를 깨려고 했지.

"알렉사, 이렇게 또 봐서 정말 반갑구나. 학교는 어때?"

"학교는 좋아요. 관심 가져주셔서 감사합니다, 로라 아줌마."

알렉사는 아홉 살밖에 안 됐지만 내가 만나본 아이들 중에서 제일 예의가 바른 애야. 하지만 그렇다고는 해도 이런 대답은 좀 너무 노숙한 것 같더라.

"우리 귀염둥이 괜찮아? 아줌마 때문에 화났어?"

알렉사가 아주 침울한 눈빛으로 나를 바라봤어.

"왜 아직도 여기 있어요, 로라 아줌마? 왜 우리하고 같이 집에 가지 않아요?"

"그건 아줌마가 아직 건강하지 못해서 그래. 아줌마가 건강해지면 아빠하고 의사 선생님들이 내가 언제 집에 가도 될지 결정해 주실 거야."

"아줌마도 집에 오고 싶죠? 그렇죠?"

"물론이지. 아줌마도 매일 알렉사가 너무 보고 싶어서 견딜 수가 없어."

"아빠가 그러는데 아줌마가 여기 있는 걸 더 좋아한대요. 그리고 아줌마가 사람들에 대해서 나쁜 얘기를 꾸며내서 여기 있는 거라고 했어요."

이 말에 어떻게 대답해 줘야 할지 모르겠더라. 휴고에 대해 안 좋게 얘기할 수도 없고.

"아줌마는 남을 화나게 하는 말은 조금도 안 해. 그러고 싶었던 적도 없고. 만약 내가 그런 적이 있었다면 그건 정말 미안한 일이고."

"우리 다른 얘기하면 안 돼요? 몇 분 정도 우리 둘만 있었을 때는 아빠가 항상 물어봐요. 우리가 무슨 얘기를 나눴는지, 그리고 아줌마가 내게 어떤 비밀을 얘기한 것이 있는지도요."

"네가 좋아하는 거라면 뭐든 얘기하자. 그리고 아빠한테 들은 비밀은 절대로 너한테 얘기하지 않을게."

"음, 아빠하고 나는 아주 비밀이 많아요. 그런데 아빠는 다 괜찮은 거래요. 아빠 말이 아빠와 딸은 누구나 비밀이 있는 법이래요."

그 말에 갑자기 피가 얼어붙는 것 같더라.

"알렉사, 아빠와의 비밀은 엄마나 나한테 털어놔도 괜찮아. 아빠가 나한테는 비밀을 숨기려고 하지 않을 거야."

알렉사가 수줍은 미소를 짓더라.

"아빠가 아줌마는 환자니까 아줌마한테는 절대, 절대 말하면 안 된다고 했어요. 하지만 난 아줌마가 좋아요. 항상 나한테 잘 해주시잖아요. 근데 우리 진짜 더 재밌는 다른 얘기 해요."

그래서 더 안전한 주제로 대화를 바꿨지만 나는 정말 걱정되기 시작했어. 휴고가 다시 삼십 분 정도 돌아오지 않는 것을 보니 그가 의사와 또 다시 무언가를 작당하고 있다는 생각이 들었어. 그가 다시 방으로 돌아올 때 거만한 표정을 짓는 것을 보면서 분명 내가 좋아할 일을 꾸민 것은 아니라는 생각이 들었지.

"알렉사, 간호사 아줌마하고 잠시 나가 있을래? 아빠가 로라 아줌마하고 둘이 할 얘기가 있어. 아줌마하고는 지금 작별 인사를 하렴. 아빠는 금방 따라갈게."

알렉사가 나를 꼭 끌어안아 주었는데, 정말 가슴이 미어지는 것 같더라. 그리고 알렉사는 간호사와 함께 방을 나갔어.

"로라, 훨씬 좋아 보이는군. 의사하고 얘기를 했어. 당신이 여기 조금 더 머물 필요가 있다는 데 동의했어. 한 육 개월 정도. 그동안에 당신이 다시 바깥세상으로 되돌아올 수 있도록 내가 당신을 좀 준비시켜 놔야겠어."

내 투지가 새로 살아났다는 것을 보여주어서는 안 된다는 생각이 들었지만, 그래도 그 말이 정확히 무슨 뜻인지는 확인할 필요가 있었지.

"여기서 나간다니 기쁘기는 하지만 내가 뭘 준비해야 한다는 말인지 이해가 안 되네요."

예전의 생활로 돌아가야 한다는 의미라면 사실 기쁘다고만은 할 수 없는 일이었지. 또 다시 예전의 생활로 돌아갈 생각은 없었어.

"잘 듣고 이해해 둬. 나는 이미 한 번 이혼했고, 두 번이나 이혼할 생각은 없어. 한 번 정도는 실수라고 생각할 수 있지만, 두 번이나 그러는 것은 판단력에 문제가 있다는 얘기로 비칠 테니까. 당신은 나하고 이혼 못 해. 우리가 함께 살면서 있었던 일들을 폭로해서 나를 망신시키겠다고 위협할 생각도 하지 말고. 내가 원하는 한 당신은 내 충실한 아내로 남아 있게 될 거야. 우리 집 지붕 밑에서 일어나는 일들은 우리 집 지붕 밑을 절대로 벗어나는 일이 없을 거야. 무슨 말인지 이해하겠어?"

나는 자제력을 잃지 않으려고 애써야 했어. 지난번처럼 내가 가진 패를 한 번에 다 보여 주는 실수를 저질러서는 안 됐지. 나는 창밖을 내다보며 태연한 척 보이려고 했어. 하지만 이 말에 아무 대꾸도 하지 않을 수는 없었어.

"그럴 수 없다면요? 그럼 어떻게 되는 거죠?"

"아하, 그 대답은 아주 간단하지, 로라." 그가 잠시 멈추었다가 말했어. "넌 죽어."

머리가 핑 돌더라. 나는 너무 충격을 받아서 바로 입을 열지 못하고 그냥 물끄러미 휴고만 바라봤어. 그리고는 다시 내 목소리를 되찾았지.

"당신이 방금 한 말을 믿을 수가 없네요. 지금 살인을 저지르겠다고 협박한 거 알아요?"

그가 웃었어. 정말로 웃었어.

"그건 살인이 아니지, 로라. 나를 보호하는 행동일 뿐이야. 난 당신 때문에 망신당할 준비가 안 되어 있거든. 당신은 극단적인 우울증을 앓은 것으로 되어 있어. 당신이 여기를 나가면서 받은 약을 과다 복용해서 죽었다고 하면 설명하기도 쉽지. 내 장담하는데 아무도 의문을 제기하지 않을 거야. 당신의 의료기록에 자살을 시도했었다는 기록이 남아 있을 테니까. 의사하고 내가 다 말을 맞춰놨어. 이제 선택은 전적으로 당신의 몫이야."

별의별 것을 다 예상하고 있었지만, 정말 이건 예상 못했던 거야. 그가 진심이었지.

"휴고, 당신하고 같이 산다는 것이 정확히 뭘 의미하는 거죠?"

그가 차디찬 미소를 지으며 말했어.

"아하, 걱정 마, 로라. 당신의 그 지겨운 침대 서비스를 다시 시작하라고는 안 할 테니까. 기꺼이 당신을 대체할 사람이 있거든."

이 부분은 도저히 그냥 넘길 수가 없더라. 그가 생각하는 것이 바로 내가 생각하는 그것이라면.

"휴고, 나를 이곳에 들어오게 만들었던 그 사건은-"

그 순간 휴고의 눈동자에 비친 살기어린 분노를 보고 그대로 얼어붙고 말았어.

"그게 뭔지 나도 기억하지, 로라. 지극히 정상적인 일인데 당신이 터무니없이 과도한 반응을 보여서 그랬지. 당신의 행동 때문에 내 삶이 정말 골치 아파지고 말았어. 당신의 그 반응은 결코 잊을 수도, 용서할 수도 없는 일이지. 하지만 딱 한 번만 용서해 주려고 해."

그리고 우리는 조건을 협상했어. 꼭 중고차 거래를 협상하는 것 같더라. 이것에 대해 오랫동안 생각해 봤어. 난 여기서 생각할 시간은 넘치잖아! 나는 앞으로 그를 떠날 수 없고 그냥 내가 아는 모든 것을 무시해야 해. 그러지 않으면 감당할 수 없는 결과가 찾아올 테니까. 내 정신병 병력 때문에 휴고의 변태적인 취향에 대해 폭로해도 아무도 믿지 않을 거야. 하지만 난 이 모든 것을 그냥 외면해 버릴 수 없어. 무언가 긍정적인 것을 이끌어내야만 했지. 그래서 나도 그에게 내 조건을 걸었어. 나는 악마와 거래했어. 내가 그의 뜻을 따르는 대신 몇 가지 양보를 얻어냈지. 그 중 하나가 이탈리아에 집을 사는 거야. 내가 몸을 피해 숨을 수 있는 곳, 안전하다 느낄 수 있는 곳. 그래서 그가 싫어하는 이탈리아를 택했지. 우리는 겉으로는 정상적인 부부 행세를 하지만, 알렉사가 기숙사로 간 주중에는 결혼 생활의 억압적인 분위기에서 벗어날 수 있게 된 거지. 이 조건은 그도 쉽게 응했어. 하지만 정말 중요한 조건은 따로 있었지.

★

로라가 위층에 있는 이모젠을 소리쳐 불렀다. 편지를 읽고 있는 이모젠을 방해해서는 안 된다는 것을 알고 있었지만 누군가가 현관 초인종을 누르고 있었다. 어떻게 저택 정문을 그냥 들어왔는지 모를 일이었다. 어쩌면 정원사들이 정문을 열어놓고 갔는지도 몰랐다. 어쨌든 혹시나 기자가 찾아왔을까 싶어 이모젠이 옆에 있었으면 했다.

베키가 임시 사무실에서 나왔지만, 로라는 이모젠이 서둘러 계단을 내려오는 모습을 보자 미소를 지으며 베키를 향해 살짝 고갯짓을 하고 방문객을 맞으러 갔다. 로라는 문간에 서 있는 사람을 알아보는 데 조금 시간이 걸렸다.

로라는 멍하니 입을 벌리고 서서, 햇빛에 그을린 얼굴과 파란 눈동자의 남자를 바라보았다. 정말로 보고 싶은 사람 중 한 명이 눈앞에 서 있었다. 로라는 그 눈동자 속에서 슬픔을 보았다. 하지만 그 슬픔이 로라를 향한 연민 때문인지, 로라가 알지 못하는 삶의 또 다른 슬픔 때문인지는 알 수 없었다. 그가 가볍게 던진 말 한 마디에 로라는 다시 정신을 차렸다.

"야, 입 좀 다물어라. 꼴사납게 그게 뭐냐."

"맙소사! 정말 왔구나. 이모젠한테 올 거란 얘기는 들었지만, 이렇게 빨리 올 줄은 꿈에도 몰랐어. 윌 오빠! 너무 반갑다."

로라가 오빠의 허리를 꼭 끌어안았다. 그리고 필사적으로 오빠에게 매달렸다. 친근한 넓은 등에서 전해지는 따뜻한 온기가 좋았다. 오직 가까운 사람의 포옹만이 전해줄 수 있는 안전한 느낌이 너무도 반가웠다. 하지만 그 느낌은 오래 가지 못했다. 머리 위에서 오빠가 조용한 목소리로 말했다.

"오랜만이네, 이모젠."

침묵.

로라는 오빠의 가슴에 얼굴을 묻고 있는 것이 다행스러웠다. 두 사람 사이에 오가는 눈빛을 보고 싶지 않았기 때문이다. 두 사람 모두 다른 사람을 만난 적이 없다. 상황을 이렇게 만들어 놓은 사람이 휴고라는 것을 로라는 알고 있었다. 로라는 휴고가 깨뜨려 놓은 두 사람의 관계를 원래대로 되돌려 놓을 구체적인 방법은 떠오르지 않았지만, 자기가 노력해야 할 일이라는 것은 알고 있었다.

로라는 뒤로 물러서며 오빠에게 응접실로 들어가자고 했다. 로라는 윌 오빠에게서 눈을 뗄 수가 없었다. 오빠의 금발머리는 햇빛에 탈색이 돼 옅어졌고, 다부진 이목구비는 햇빛에 그을려 있었다. 오빠가 190cm의 큰 키로 내려다보고 있으니 우람하고 듬직한 어깨가 거인의 어깨처럼 보였다. 오빠는 그 어떤 폭풍우에도 배를 안전하게 지켜줄 항구처럼 보였다.

이모젠과 윌은 어떻게 인사를 나눠야 할지 결정을 못 내린 듯했다. 분명 둘 다 포옹을 하고 싶어 하는 것 같으나, 서로 포옹을 하는 것이 맞을까? 아니면 그냥 서먹하게 있어야 할까? 둘 다 후자가 더 낫다고 판단한 듯했다.

로라는 방 안에 감도는 긴장감을 느꼈고, 세 사람 모두 살짝 불편해했다. 마치 여기 있어서는 안 될 한 사람이 있는데 그게 누구인지 분명치 않은 듯한 상황이었다. 세 사람은 서로 눈치를 보며 윌이 하는 일, 이모젠의 캐나다 생활, 로라가 계획 중인 인테리어 재단장에 대해 잡담을 나누며 시간을 흘려보냈다. 그러다 드디어 윌이 본론을 꺼냈다.

"좋아, 한가한 얘기는 그 정도면 됐어. 뭐가 어떻게 돌아가는 건지 좀 말해봐. 솔직히 말하자면 난 네 남편이 마음에 들지 않았다만, 대체 누가 휴고를 죽인 것인지 이해가 안 돼."

"아주 긴 얘기야, 오빠. 지난 며칠은 정말 지옥이었어. 그 얘기 하기 전에 가서 엄마한테 오빠 왔다고 할께. 아마 부엌에 계실 거야. 엄마는 우리 모두 살찌는 게 급선무고, 초콜릿 케이크면 모든 것이 해결된다고 생각하시는 거 같아."

로라는 자리에서 일어서다가 창밖을 보고 깜짝 놀랐다. 톰 더글라스 경감이 경찰차 옆에 서 있었다. 그리고 제복을 입은 경찰관 두 사람이 차에서 내리고 있었다. 로라는 가슴이 답답해지는 것을 느꼈다.

"무슨 일이지? 톰이 이리로 오고 있어. 제복을 입은 경찰관도 두 명 데리고 왔고. 이모젠, 이게 무슨 뜻일까?" 로라가 불안한 눈빛으로 이모젠을 바라봤다.

"진정해, 로라. 아무것도 아닐 거야. 가서 저 사람들 들여보내. 네가 부담스러우면 내가 나가볼게."

이모젠이 자리에서 일어나기도 전에 로라는 성큼성큼 문 밖으로 가고 있었다. 베키가 벌써 정문을 열고 있었다. 베키는 로라와 잠깐 시선이 마주치자 눈길을 피했다.

톰이 문간에 서서 로라를 바라보았다.

"불쑥 나타나서 죄송합니다, 레이디 플레처. 좀 들어가도 괜찮을까요?" 톰이 누구냐는 듯한 눈빛으로 윌을 바라보았다. 윌은 로라를 좇아 복도로 나와 있었고, 이모젠도 그 뒤에 바짝 붙어 있었다.

로라는 딱딱해진 분위기와 톰의 얼굴에 서린 엄숙함을 놓치지 않았다. 그래서 분위기를 가볍게 하려고 밝은 목소리로 대답했다.

"물론이죠, 경감님. 제 오빠를 소개할게요. 윌 케네디라고 해요. 방금 도착했어요. 뭐 마실 거라도 좀 드릴까요? 다들 마시는 차로 준비할까요?"

톰이 두 발자국 더 복도로 들어왔지만 더 이상은 들어오지 않았다. "감사하지만, 저는 괜찮습니다. 죄송합니다만 이모젠 케네디 부인에게 좀 물어볼 것이 있어서요." 톰이 이모젠을 향해 돌아섰다. 이모젠은 여전히 응접실로 이어지는 문 쪽에서 서성이고 있었다. "케네디 부인, 여기 함께 온 두 경찰관이 부인을 심문하기 위해 런던 경시청으로 모시고 갈 겁니다. 휴고가 사망하던 날 밤에 잠깐 만났던 싱클레어 총경님이 먼저 면담을 진행하실 겁니다. 진술과 관련된 주의사항은 도착해서 말씀드릴 겁니다. 저는 이곳에서 레이디 플레처에게 몇 가지 질문을 더 하고 따라가도록 하겠습니다."

이모젠은 꿈쩍도 하지 않았다. 표정도 바뀌지 않았다.

윌이 복도로 더 깊숙이 들어와 있었다. 처음에는 톰과 악수를 하려고 들어온 것이었지만 지금은 공격적인 자세를 취하고 있었다.

"경감님, 제 아내를 데려가서 심문하겠다는 이유가 뭔가요? 그리고 진술과 관련된 주의사항이라니 이게 대체 무슨 말인가요? 제 아내를 체포하겠다는 말입니까?"

"새로운 증거가 나왔습니다. 그리고 그 증거가 선생님의 전처와 관련되어 있습니다. 전처분과 대화를 나누기 전에는 제가 그 내용에 대해서 말할 수 있는 입장이 안 됩니다."

톰은 이모젠이 전처라는 점을 분명하게 강조하고 있었다.

윌이 걱정스럽게 얼굴을 찌푸리며 이모젠을 돌아보았다.

"이모젠, 대체 무슨 일이야? 내가 변호사를 불러줄까?"

윌이 변호사 얘기를 꺼내자 이모젠이 정신을 차리고 과장된 한숨을 내쉬었다.

"윌, 그냥 입 닥치고 있어요. 당신은 이 일에 대해 아무것도 모르니까, 그냥 상관하지 말아요."

로라는 고통스러웠다. 목소리는 조용했지만 떨리고 있었다. "이모젠, 네가 이런 일까지 겪을 필요는 없어. 그래서는 안 돼. 옳지 않은 일이야. 내가 톰 경감님한테 말할게. 내가 알아서 할게. 알았어?"

이모젠의 재킷은 계단 밑 의자 위에 걸쳐져 있었다. 이모젠이 한 손으로 재킷을 집어들고 재빨리 로라를 바라보며 말했다.

"로라, 너도 그냥 입 닥치고 가만히 좀 있어줄래? 나는 휴고 안 죽였어. 너도 알잖아. 나도 알고. 그리고 윌, 당신도 알고 있었으면 좋겠어요. 그냥 놔둬요. 그냥 심문만 한다는데 왜 이 난리야? 경찰이 나를 체포해서 기소하면 경찰만 더 골치 아파지겠지. 내가 휴고를 죽이지 않았다면 아무런 증거도 찾아내지 못할 테니까. 안 그래요? 이제 좀 진정하고, 모두 술이나 한 잔 하고 있어요. 나중에 봐요. 변호사는 필요 없어요. 난 정말 괜찮으니까."

이모젠이 톰을 돌아봤다. 톰은 이 대화를 주의 깊게 듣고 있었던 것 같았다.

"준비됐으니 가요, 경감님."

★

이 대화 속에는 분명 톰이 포착할 수 없는 무언가가 담겨 있었다. 이모젠과 경찰관이 문을 닫고 나간 후에 톰은 로라를 돌아보며 연민의 미소를 지었다.

"미안합니다, 로라. 아까는 공적으로 대할 수밖에 없었어요. 이해해 주시리라 믿습니다."

로라가 미처 대답하기도 전에 윌이 끼어들었다.

"나는 이해가 안 되는군요. 증거도 없이 이렇게 사람을 데려가서 심문해도 되는 겁니까? 그냥 한두 가지 물어볼 것이 있으면 여기서 물어보면 되는 거 아닌가요?"

손을 바지 주머니에 넣은 채 다리를 벌리고 서 있는 윌의 공격적인 자세를 보자, 폭력적으로 나올 수도 있으니 무시해서는 안 되겠다는 생각이 들었다.

"윌 케네디 선생님, 우리는 당신의 전처가 살인사건이 일어났던 날 오전에 런던에 있었음을 암시하는 증거를 확보했습니다. 괜찮으시다면 여동생분과 더 얘기를 좀 나누고 싶군요."

"저도 같이 있겠습니다. 동생한테는 제가 필요할 것 같군요." 윌이 대답했다.

톰은 로라가 눈에 띌 정도로 심하게 떠는 것이 보였다. 하지만 톰의 말에서 어떤 부분 때문에 저렇게 떠는 것인지는 알 수 없었다.

"윌 오빠, 톰 경감님하고 나는 사이가 나쁘지 않아. 오빠가 좋은 뜻으로 그러는 것은 알겠지만 가서 엄마 좀 찾아줬으면 좋겠어. 엄마가 오빠 보면 좋아할 거야. 그리고 이모젠에 대해서도 누군가 엄마한테 말해줘야 하잖아. 톰 경감님하고는 둘이서 얘기해도 불편하지 않아. 응? 부탁이야."

윌은 이런 부탁이 맘에 들지 않았지만, 결국에는 마지못해 홀을 떠났다. 로라는 톰을 응접실로 안내했고, 톰은 두 사람 모두 자리에 앉을 때까지 기다리다가 입을 열었다.

"고맙습니다, 로라. 물어보고 싶은 것이 좀 있는데, 몇 가지는 좀 예민한 질문입니다."

톰은 로라가 불안해하는 것을 느꼈다. 하지만 로라로부터 유용한 정보를 얻어내려면 그녀의 긴장을 풀어줄 필요가 있었다.

"그동안은 어떻게 지내셨어요? 보아하니 변화가 좀 있었던 것 같네요. 훨씬 좋아 보입니다."

톰은 집과 정원의 재단장을 말하는 척 얘기했지만, 사실 집뿐만 아니라 로라도 부쩍 좋아 보였다. 오늘은 뺨에도 혈색이 돌고, 밝은 색깔의 점퍼를 입고 있었다. 이번에는 녹청색 점퍼였는데, 처음 만났을 때 입고 있었던 빛 바랜 베이지색 옷보다는 훨씬 나았다. 며칠 전 처음 보았던 그 사람과 같은 사람이라는 것을 믿기 어려울 정도였다.

하지만 심문을 하기 위해 이모젠을 데려간 점에 대해서는 심기가 불편해져 있었다. 오빠를 안심시키려고 괜찮다고는 했지만, 로라의 목소리를 들어보면 오늘은 톰이 로라에게 반가운 손님이 아니란 생각이 들었다.

"정원 이야기는 나중에 하고요, 도대체 무슨 증거를 발견했길래 이모젠이 휴고의 살인사건과 관련이 있다는 것인지나 말씀해 보세요."

"죄송합니다만 지금은 아무것도 말씀드릴 수 없습니다. 하지만 최대한 빨리 설명 드리겠다고 약속하겠습니다." 톰은 로라가 이 대답에 만족하지 않으리란 것을 알았기 때문에 어서 빨리 다음 주제로 넘어가자 싶었다. "지금 하려는 얘기가 껄끄러운 얘기라는 것은 저도 압니다만 로라, 당신이 앓았던 정신병에 대해 좀 얘기해주실 수 있겠습니까? 일전에도 여쭤봤었는데 다른 일이 터져서 제대로 못 들었군요. 그게 이번 사건하고 무슨 상관이 있느냐 싶겠지만 그냥 전체적인 그림을 파악하고 싶어서 그렇습니다. 괜찮으시겠어요?"

로라의 목소리가 조금 누그러지기는 했지만 여전히 긴장되어 있었다.

"처음 정신병원에 격리됐을 때는 심각한 우울증으로 진단이 나왔어요. 알렉사의 유모 한나와 휴고가 집에서 사용하지 않는 외딴 방에 웅크리고 있던 저를 발견했죠."

"그 우울증이 뭣 때문에 시작됐는지 아십니까? 뭐 특별한 사건이라도 있었나요?"

"제가 우울증에 대해 들은 바로는 특별한 이유 없이 누구라도 불시에 우울증이 생길 수 있다더군요."

제대로 된 대답이 아니라 톰은 조금 더 추궁해 들어갔다.

"발견되었을 당시 방 안에 감금되어 있던 건가요?" 그가 부드럽게 물었다.

"듣자하니 문이 안쪽에서도 열 수 있는 상황이었다고 하더군요. 그럼 감금되었던 거라고 보기는 힘들죠."

로라는 거짓말은 하지 않으면서 제대로 된 답을 하지 않는 데 아주 능숙했다. 톰은 로라의 시선을 자기 쪽으로 끌어들여야 했다. 이모젠에 대해 물어본 이후 로라는 톰을 쳐다보고 있지 않았다.

"로라, 우리가 서로 알고 지낸 지는 얼마 안 됐지만 그래도 서로를 존중하는 사이가 되었다고 생각합니다. 그리고 무언가 당신이 내게 얘기하지 않는 것이 있다는 생각이 듭니다. 당신 남편의 전처는 내게 흘린 정보 때문에 지금 거의 공황상태에 빠져 있어요. 또, 유언장은 휴고의 본모습을 보여주었습니다. 저로서는 그에게 대중적 이미지와는 또 다른 얼굴이 있었다는 결론을 내릴 수밖에 없습니다. 한편, 베키는 당신이 로히피놀에 대해 얘기하는 것도 들었어요. 이런 것들은 모두 어떤 식으로든 연결되어 있습니다. 당신한테 설명을 좀 들었으면 합니다."

마침내 로라의 시선이 그를 향했다. 그 누구라도 그 순간 그녀의 두 눈동자에 비친 고통을 외면할 수 없었으리라. 로라가 침을 삼키는 것을 보니 톰은 그녀의 아픈 곳을 건드렸다는 것을 깨달았다. 가슴을 베이는 듯한 죄책감을 느꼈지만, 묻지 않고 넘어갈 수도 없는 질문이었다. 로라와 어떤 유대감도 없는 다른 수사관한테 넘기느니 차라리 자기가 직접 물어보는 것이 더 나을 것 같았다.

"톰, 이것은 저에게는 정말 어렵고 아픈 과거예요. 내 남편은 죽었고, 우리의 결혼생활은 모든 사람이 믿고 있는 그런 꿈같은 결혼생활이 아니었어요. 하지만 지금 그 음울한 속사정을 들여다본다고 해도 아무것도 얻을 것은 없을 것 같네요. 그렇지 않아요?"

톰은 로라에게 시간이 필요하다는 판단이 들었다. 그리고 일단 그녀의 결혼생활이 남긴 앙금을 조사하는 것보다는 다른 퍼즐 조각들을 파악하는 것이 더 도움이 될지도 모른다는 판단이 섰다.

"저는 생각이 좀 다릅니다만, 지금 당장은 다른 주제로 넘어가고, 그 문제는 나중에 다시 다루기로 하죠. 다니카 보진에 대해 얘기해 보고 싶습니다."

주제를 바꾸자 로라가 훨씬 더 불편해하는 것이 보였다. 하지만 톰은 그리 놀라지 않았다.

"얼마 전에 자동응답기 음성메시지에 남은 다니카 보진에 대한 이야기를 들으셨었죠. 그때 왜 다니카 보진을 안다는 말을 하지 않으셨습니까? 다행히도 다니카는 무사히 다시 나타났습니다만, 다니카가 2년 전쯤에 당신을 만나러 갔었다는 얘기를 들었습니다. 그 얘기를 좀 해보면 어떨까요?"

짧은 대화가 이루어지는 동안 로라의 얼굴에 스친 표정은 그 의미를 헤아릴 수 없었다. 톰은 자기가 본 표정이 안도의 표정인지, 두려움의 표정인지 판단이 서지 않았다. 로라의 표정 변화는 없었지만, 눈동자는 많은 것을 내포하고 있었다.

"다니카가 안전하다니 다행이네요. 그 메시지 듣고 걱정했었어요. 하지만 나는 자선재단 활동하고는 거의 관련이 없는 사람이라 도와줄 수 있는 입장이란 생각이 들지 않았죠. 다니카가 휴고를 보러 왔었지만, 다행히도 휴고가 자리에 없었어요. 아마 자리에 있었으면 엄청나게 화를 냈을 거예요. 당시에 다니카 말이 자기 친구 하나가 행방불명됐다고 해서 내가 한번 알아보겠다고 했죠."

톰은 로라가 이 문제를 너무 쉽게 넘어가려 한다는 생각이 들었다. 로라가 이어 말했다.

"하지만 유감스럽게도, 그 후로 얼마 지나지 않아 내 증세가 심해졌어요. 그래서 다니카를 전혀 도울 수가 없었죠. 그 음성메시지를 들었을 때 그래서 속이 상했던 거예요."

"휴고한테 도와달라는 부탁은 안 하셨습니까?"

톰은 다시 한 번 로라가 시선을 피하는 것을 느꼈다. 로라가 본인의 생각을 숨기고 싶어 할 때마다 나타나는 습관이다.

"물론 부탁해 봤죠. 그랬더니 자기가 알아서 할 테니까 자선재단 일에는 쓸데없이 참견하지 말라고 하더군요."

"그래서 더 이상은 참견하지 않았나요?"

로라가 도전적으로 턱을 치켜들고 톰의 눈을 똑바로 바라보며 말했다.

"당연히 참견하지 않았죠."

하지만 톰은 로라의 말을 눈곱만큼도 믿을 수 없었다.

28

이모젠은 취조실로 안내를 받으면서 불안했다. 죄가 있든 없든 모두 이런 기분을 느낄 것 같았다. 하지만 그 감정을 숨겨야 했다. 그런 감정의 표출은 곧 유죄라는 의미로 통했기 때문이다. 이모젠이 변호사를 거절한 이유는 두 가지 때문이었다. 우선 자신의 결백을 자신하는 모습을 보여주고 싶었고, 나아가 최근의 행적을 또 다른 사람이 알게 되는 것이 싫었기 때문이다.

이모젠은 자신이 연행되던 자리에 윌이 없었으면 얼마나 좋았을까 싶었다. 몇 년 동안이나 못 보고 살았는데 갑자기 그가 거기에 나타났다. 하필 그 순간에 이모젠은 심문을 받기 위해 경찰서로 임의동행되는 수모를 겪어야 했다. 이모젠이 원하는 것은 딱 하나, 한 번만이라도 다시 그의 가까이에 있는 것이었다.

이모젠은 한 시간 가량 차를 타고 오는 동안 심문에 어떻게 대응할지 결정을 내렸다. 속이 허하고 구토가 올라올 것 같은 기분도 들었지만 당당한 모습을 보여주어야겠다고 결심했다. 경찰이 갖고 있는 증거는 정황증거밖에 없다. 이모젠은 로라가 크게 걱정됐다. 톰 더글라스는 로라를 집중적으로 추궁하고 있었고, 그가 절대로 알아서는 안 될 일들이 있었다.

이모젠은 싱클레어 총경과 그의 수하 경찰관 한 사람의 맞은편에 자리를 잡고 앉았다. 그리고 자기가 살인사건과 관련해서 공식적으로 심문을 받고 있으며, 심지어 용의자로서 진술 상의 주의사항까지 들었다는 사실을 받아들였다. 그러면서도 최대한 침착해 보이려고 했다. 이모젠은 용의주도한 싱클레어 총경을 바라보면서 선해 보이는 겉모습에 넘어가지 않으려 했다. 그의 표정을 읽기란 무척 어려웠다. 얼굴 반쪽은 찡그리고 있는데, 나머지 반쪽은 미소를 짓고 있는 것처럼 보였기 때문이다. 미소 짓는 쪽을 보면서 섣불리 긴장의 끈을 놓지 않기 위해 차라리 찡그린 쪽에 초점을 맞추기로 했다.

"총경님, 무슨 생각이신지는 알겠어요. 파리에서 런던으로, 그리고 그 다음엔 런던에서 파리로 가는 유로스타 기차에 이모젠 드보이스라는 사람이 있었다고 말씀하신다면, 저로서는 그것을 부정할 도리가 없죠. 하지만 신용카드 지불 내역이나 온라인 예약, 아니면 유로스타 티켓을 구입하는 다른 방법 등을 확인해 보시면, 이 이모젠 드보이스가 저와 다른 사람이었다고 확인하실 수 있지 않겠어요?"

제임스 싱클레어가 마치 현명한 지적이라는 듯 점잖게 고개를 끄덕였다.

"케네디 부인, 당연히 그 부분을 제일 먼저 확인해 봤습니다. 하지만 공교롭게도 그 티켓은 리전트 거리 매표소에서 현금으로 구입되었더군요. 아시다시피 요즘에는 현금으로 티켓을 구매하는 것은 참 드문 경우죠. 사실 엄청나게 드문 일입니다. 왜 굳이 현금을 썼을까 의문이 생길 수밖에 없더군요."

싱클레어의 목소리에 살짝 빈정대는 기운이 느껴졌다. 이모젠은 톰 더글라스와 얘기할 때는 이런 말투를 들어본 적이 없었다. 아무래도 더 조심해야 할 것 같았다.

"누가 알아요? 경마에서 운 좋게 딴 현금이 있어서 그랬는지. 그리고 만약 그 이모젠이 저라고 믿으신다면 티켓을 현금으로 살 당시에는 제가 런던에 있었다는 말이 되잖아요. 안 그래요? 제가 그 시기에는 영국에 없었을 텐데요. 그 정도는 확인해 보셨을 거 같은데요?"

이모젠은 이렇게 말하고 스스로가 대견했다. 하지만 옆에 있던 수사관이 갑자기 주제를 바꾸는 바람에 다시 평정심을 잃고 말았다.

"옥스퍼드셔 저택에 평소 쓰던 노트북을 가지고 오신 것으로 압니다. 허락하신다면 그 노트북을 좀 살펴보고 싶습니다. 물론 수색영장을 정식으로 발부받아 진행할 수도 있겠습니다만, 본인이 걱정할 것이 없다면 우리가 들여다본다고 해도 문제 될 것이 없지 않겠습니까?"

이모젠은 갑자기 덮쳐오는 공포를 억눌렀다. 하지만 그 수사관이 눈을 치켜뜨는 것을 보니 자기 반응을 눈치챈 것 같았다. 이모젠은 최대한 차분하게 대답했다. “물론 문제될 것 없어요. 로라한테 가져다 달라고 하세요. 제 침실에 있어요. 어디 있는지 로라가 알 거예요.”

총경이 문 옆에 서 있던 수사관에게 신호를 보내자 그가 바로 취조실을 나갔다. 싱클레어 총경이 웃자 이번에는 양쪽 얼굴이 모두 올라갔다. 그는 아주 사근사근한 사람이었다.

“괜찮으시다면 그 노트북은 베키 경사한테 지금 가져오라고 하겠습니다. 괜히 증거가 오염되었을지 모른다는 의심을 받을 필요는 없으니까요. 무슨 말인지 이해하실 거라 믿습니다. 제가 정말로 알고 싶은 것이 있습니다. 아, 물론 진술상의 주의사항은 기억하고 계시겠죠? 당신이 휴고 플레처를 마지막으로 본 것이 언제입니까?”

“1998년 12월이었어요. 정확한 날짜와 시간까지도 말씀 드릴 수 있어요.”

“왜 그렇게 정확하게 기억하고 계신 거죠, 케네디 부인?”

“그때 방문 당시, 마지막에 로라와 내가 말다툼을 했고, 그 후로 그 집에는 한 번도 초대받지 못했으니까요.”

싱클레어 총경이 머리를 앞으로 쑥 내밀고 이모젠의 두 눈을 똑바로 쳐다보며 말했다. “로라와 말싸움은 왜 하신 건가요? 혹시 로라의 남편을 유혹할 기회를 노리셨나요? 로라의 남편과 관계를 가졌습니까?”

이모젠은 당시를 떠올리기만 해도 역겨웠다. 그리고 그 감정을 숨기려고도 하지 않았다. “나는 그 사람하고는 아무런 관계도 없어요. 저한테는 눈곱만큼도 매력이 없는 사람이에요. 그리고 무엇보다도 그 사람은 로라의 남편이잖아요.”

“아하, 그럼 휴고 쪽에서 당신에게 매력을 느낀 건가요? 문제가 뭐였습니까? 휴고가 당신에게 치근대면서 로라와 당신 남편을 난처한 상황으로 밀어 넣었나요?”

“아니, 아니에요.”

이모젠은 싱클레어가 책상 너머에서 큰 머리를 불쑥 내밀고 심문하는 것이 싫었다. 이모젠은 의자를 뒤로 밀어 최대한 그에게서 떨어지고 싶었다. 제임스 싱클레어 앞에서는 어떤 범인도 꼼짝 못하고 다 자백할 것 같았다. 그 순간 싱클레어가 뒤로 살짝 물러났고, 이모젠은 겨우 안도했다. 이후로 더 이상은 이모젠 앞으로 머리를 내밀지 않았다.

"한 가지 질문이 더 있습니다, 케네디 부인. 레이디 플레처를 휴고 경이 죽던 날 밤에 만난 것 말고, 그 전에 마지막으로 본 것은 언제입니까?"

이모젠은 막바지에 왔음을 느꼈다. 이번만 잘 넘기면 괜찮아질 것이다. 하지만 여기서 일이 틀어지면…, 그 이후에 일어날 일들은 생각하기도 싫었다. 이모젠은 자기가 너무 오버하지 않았기를 바라며, 보라는 듯 깊은 한숨을 내쉬었다.

"좋아요. 이 부분에 대해서는 우리가 좀 솔직하지 못했어요. 계속 숨겨왔던 얘기라 습관이 돼서 그런 게 아닌가 싶어요. 그날 말다툼을 한 후로 서로 연락을 안 하다가 로라가 두 번째로 병원에 들어가게 됐어요. 우리는 내가 영국에 갈 때마다 다른 사람들 몰래 만날 방법을 찾아냈죠. 휴고가 알면 절대로 허락하지 않았을 테니까요. 그리고 로라가 집으로 다시 돌아온 후로도 계속 연락하고 지냈어요."

싱클레어 총경이 눈썹을 치켜뜨며 천천히 고개를 저었다. "제가 묻는 질문에 대한 대답은 아니군요. 휴고가 죽던 날 밤 이전에 마지막으로 로라를 본 것이 언제였느냐고 물었습니다."

이모젠은 고심해야했다. 똑같은 질문을 로라에게 했다면 로라는 뭐라고 대답했을까? 두 사람의 진술은 지금까지 아귀가 잘 맞아 떨어졌었다. 이모젠은 자기가 뜸을 들이고 있는 것을 싱클레어가 놓쳤을 리 없다고 생각했다. 물론 그것은 충분히 변명이 가능했다. 옛날 일을 떠올리느라 그랬다고 하면 되니까.

"아마 여름이었을 거예요. 로라가 이탈리아에 있었는데 휴고는 절대로 거기에 따라 가지 않았죠. 그래서 집 전화를 받거나 하지만 않으면 제가 거기 로라하고 같이 있어도 안전했죠. 이틀 정도 로라하고 같이 있으려고 거기 갔었어요."

"그리고 그 이후로는 본 적이 없었습니까?"

"없어요."

사람들이 거짓말할 때 어떤 버릇이 나온다고 했더라? 눈동자가 어떻다는 얘기가 있었는데. 시선이 왼쪽 아래로 간다고 했던가? 기억이 나지 않았다. 그래서 이모젠은 싱클레어의 눈동자를 똑바로 쳐다보려고 했다.

"그럼 당신이 문간에 나타났을 때 레이디 플레처가 그렇게 놀란 이유가 대체 뭡니까?"

"그것도 습관 때문이었겠죠. 로라는 마음이 딴 데 가 있었을 거예요. 그런데 생각지도 않았던 내가 나타났으니, 그런 식이라면 휴고도 난데없이 서재에서 뛰쳐나와 자기를 쓰러뜨릴지도 모른다고 생각했겠죠. 사실 저도 모르겠어요."

이모젠은 계속해서 싱클레어의 두 눈을 애써 바라보았다. 싱클레어가 자기 말을 믿지 않는 것이 느껴졌다.

"한 가지만 더 물어보겠습니다, 케네디 부인. 거기까지 하고 좀 쉬죠. 레이디 플레처가 이렇게 말했습니다. '휴고가 어떤 짓을 저지를 수 있는 인간인지 엄마는 꿈에도 모를 거예요. 그가 저지른 다른 일에 비하면 이건 새 발의 피예요.' '휴고가 죽어서 내가 무척 기뻐한다는 것을 엄마도 알 필요가 있어.' 대체 왜 이렇게 말한 건가요?"

이모젠은 한동안 말문이 막혔다. 대체 경찰이 이걸 어떻게 알고 있을까?

"총경님, 로라가 그런 말을 한 것을 대체 어떻게 알고 계신건지 모르겠네요. 하지만 전후 상황을 뚝 떼어놓고, 그 말만 가지고 뭐라 하기는 힘들어요."

싱클레어가 입을 굳게 다물고 고개를 저었다. 이모젠은 말도 안 되는 거짓말을 하다가 들킨 아이가 된 듯했다.

"말도 안 되는 소리는 그만 하시죠. 로라가 무슨 뜻으로 한 얘기인지 아주 잘 아시지 않습니까? 결국 저한테 털어놓게 되실 겁니다."

"좋아요, 그럼 제일 먼저 로라한테 물어보는 것이 순서 아닌가 싶네요. 제가 하는 말은 다 추측에 불과하니까요. 그리고 더 중요한 것은 제가 휴고를 좋아하지 않는다는 거예요. 그래서 제가 하는 말은 뭐든 색안경을 끼고 바라본 모습일 수밖에 없어요. 제가 보기에 그 사람은 아주 까다롭고, 불쾌하고, 사람의 마음을 교묘하게 조작하는 데 능한 인간이었어요. 로라는 사실 정신병이 아니었어요. 그 인간이 그렇게 보이게 만들어놓았을 뿐이죠. 휴고가 죽어서 로라가 기뻐한 이유는 그동안 그 인간에게 삶을 계속 조종당하며 살아왔기 때문일 거예요. 하지만 이것 역시 추정에 불과해요, 총경님. 무의미한 얘기일 수도 있죠."

이모젠은 꿀리지 않고 씩씩하게 말했다. 당황한 것처럼 보이고 싶지 않았다. 하지만 경찰이 이걸 어떻게 알았을까? 그 순간 취조실 문이 열리면서 문간에 젊은 수사관이 나타나 싱클레어 총경에게 손짓을 했다. 총경은 양해를 구하고 취조실을 나갔다.

이모젠은 안도의 한숨을 내쉬었다. 잘 대처했다 싶기는 했지만 정말 잘 했는지는 시간이 말해줄 것이다.

★

복도에 나가보니 한 형사가 희색이 만연한 눈빛으로 총경을 기다리고 있었다. 그가 찾아낸 것이 무엇이건, 아주 흥분하고 있는 것이 분명했다.

"뭔가, 아자이?"

"경호 회사에서 방금 전화가 한 통 왔습니다. 휴고 경의 경호를 담당했던 사람 중 한 사람이 휴가 중이었던 모양입니다. 수사 초기에 그 사람하고도 접촉해서 몇 가지 물어보았었는데 그때는 휴가를 즐기느라 별로 생각해 보지 않고 대답했었던 것 같습니다. 듣자하니 그 사람이 오늘 다시 우리 쪽으로 전화를 해서 정보를 전해줬다고 합니다. 우리가 흥미를 가질만한 사건이 한 번 있었대요. 2년 전 어느 날 밤, 그 사람이 옥스퍼드에서 런던으로 휴고를 태운 채 차를 몰고 있었는데, 뒤따라오는 차가 있는 것을 눈치챘다고 합니다. 그래서 아직 고속도로에 진입 전이라인적이 없는 곳에서 다른 도로로 방향을 틀었답니다. 그런데 그 차가 아주 끈질지게 쫓아왔다고 하더군요. 그래서 그 경호원이 휴고의 승낙을 받고 한 가지 계책을 썼다고 합니다. 속도를 올려서 앞으로 치고 나간 다음에 전조등을 끄고 차를 백팔십도 돌려 세웠다고 합니다. 그렇게 한 뒤, 그 쫓아오던 차가 코너를 돌아 나오는 순간 그 차 정면으로 전조등을 비췄다고 합니다. 그러자 쫓아오던 차가 급하게 방향을 틀면서 도로 한 편에 멈춰 섰다고 하네요.

그 경호원이 순식간에 차에서 나와 눈 깜짝할 사이에 그 뒤쫓아 오던 사람의 목덜미를 낚아챘대요. 어떻게 한 건지는 물어보지 않았는데 그 놈한테 사실을 다 불게 만들었다더군요. 그놈 말이 돈을 받고 밤낮으로 휴고 경의 행적을 추적하고 있었다고 합니다. 그래서 그 돈을 누가 댔느냐고 물어봤대요."

아자이가 뜸을 들였다. 싱클레어 총경은 아자이가 질문을 기다리고 있음을 눈치챘다.

"그래서 그 사람이 대답했다던가?"

"물론입니다. 휴고 경의 아내였다고 합니다. 로라 플레처요."

29

톰은 로라와 비공식적인 대화를 나누다가 걸려온 전화 때문에 몇 번 대화가 끊겼다. 좋은 소식과 나쁜 소식이 섞여 있었다.

첫 번째는 케이트로부터 걸려온 전화였다. 평소라면 이런 경우에 사적인 전화는 받지 않았을 테지만 이번 것은 너무 중요한 것이었다. 톰은 지난 번 로라가 해준 지혜로운 얘기를 귀담아 들었다. 딸을 너무나 사랑하기는 하지만 그렇다고 그 엄마와 다시 사는 것은 죽기보다 싫었다. 지난밤에 두 사람이 이 문제를 두고 다시 대화를 나누기는 했었지만 톰의 생각은 확고했다. 그러자 케이트가 주말에 맨체스터로 돌아가서 생각을 좀 해보겠다는 말을 하려고 전화를 한 것이다. 결국 톰은 이후 일어날 일을 두고 볼 수밖에 없게 되었다. 톰은 이 문제에 대해 로라와 상의해 보고 싶은 마음이 굴뚝같았지만 자기가 이미 도를 넘었었다는 것을 알고 있었다.

그 다음은 싱클레어 총경으로부터 온 전화여서, 나가서 전화를 받았다. 이제 톰은 로라가 겉보기보다 훨씬 많은 것을 알고 있다는 확신이 들었고, 자기가 로라에게 몇 가지 어려운 질문을 던져야 할 거라는 생각에 마음이 아팠다.

하지만 정말로 그를 흥분하게 만든 것은 세 번째 전화였다.

★

다시 응접실로 돌아온 톰의 얼굴을 보며 로라는 톰이 새로운 소식을 갖고 왔음을 알 수 있었다. 그러자 마음이 아주 불편해지기 시작했다. 로라는 침착함을 잃지 않으려 했지만 점점 더 이 사람에게 거짓말을 하고 싶지도 않았다. 그는 로라에게 연민과 배려를 보여주었고, 톰 자신도 그리 행복한 사람이 아니란 것을 알 수 있었다. 로라는 톰이 케이트와 대화를 할 때 표정을 유심히 지켜보았다. 세상은 왜 이리 슬픔으로 가득

해야 할까 하는 생각밖에 들지 않았다.

톰이 평소처럼 마주 보며 앉았다.

"로라, 제가 몇 가지 더 물어봐야 할 것이 있는데, 혹시 그동안 같이 있어줬으면 하는 사람이 있나요?"

"아니요, 전 괜찮아요. 필요한 건 뭐든 물어보세요." 로라가 대답했다. 최대한 빨리 이 시간을 끝마치고 싶은 마음이었다.

"아까 당신이 앓았던 정신병에 대해 이야기했었죠. 그리고 처음 요양 시설에 들어가게 된 이유가 무엇인지 설명해 주셨습니다. 그런데 두 번째로 들어갔을 때는 상황이 조금 달랐던 것 같습니다. 보고서를 보니 일종의 망상장애로 나와 있더군요. 물론 잘못된 내용일 수도 있습니다만. 그리고 경찰서장 테오 호더가 어떤 식으로든 관여되어 있다는 것도 알게 됐습니다. 그가 어떻게 관여되었는지 조사 중이기는 합니다만 당신한테서 직접 들어보면 좋을 것 같군요."

로라는 이 얘기가 나올까봐 줄곧 두려워하고 있었다. 그럴 듯한 대답을 내놓아야 했다. 지난 번 마지막으로 톰을 봤을 때 그가 이 문제를 제기한 이후로 로라는 계속 이 대답을 연습해 왔다. 로라는 톰에게 사실을 전해 주되, 감정은 드러내지 않으려고 했다. 하지만 목소리가 살짝 떨리고 있었다.

"병원에 처음 들어갔다가 나온 이후로 제 입지가 예전과는 달라진 것은 느낄 수 있었지만 그래도 휴고와 저 사이의 관계는 조금 더 안정적으로 바뀌었어요. 나는 그에게 내연녀가 생긴 것이라 추측했죠. 그리고 내가 2년 동안이나 자리를 비우고 있었으니 이해할 만도 하다 싶었어요. 그런데 그때 다니카가 실종된 친구 알리나 문제 때문에 저를 보러 왔어요. 그리고 저는 이 소녀들에게 무슨 일이 일어나고 있을지도 모른다는 확신을 갖게 됐죠. 휴고가 관여되어 있을지 모른다고 믿었어요. 그래서 내가 이 모든 음모론을 제기하게 된 거죠. 나는 휴고가 소녀들을 다시 꾀어내고 있을지도 모른다고 생각했어요. 어쩌면 그 소녀들과 섹스를 하려고 했거나, 아니면 다시 되팔려고 하는지도 모른다고 생각했죠. 내가 대체 왜 그런 생각을 했는지 모르겠어요."

로라는 이 모든 것을 말하면서 자기가 절제된 표현의 대가인 듯했다.

"어쨌거나 자선재단 만찬회에서 호더를 만난 적이 있어요. 그 사람한테 내가 의심하는 내용들을 말했어요. 분명 그 사람의 눈에는 내가 망상에 빠진 걸로 보였을 거예요. 나는 내가 스스로를 속이고 있다는 것을 깨달았죠. 또 내 정신 병력을 아는 사람이 몇 있는데 호더도 그 중 한 명이었어요. 그 사람한텐 이것이 정신병의 재발로 보였겠죠. 그래서 그 사람이 휴고를 불렀어요. 당시에 나는 그런 이상한 생각들이 좀처럼 머릿속에서 지워지지 않더군요. 그래서 망상장애 진단을 받은 거예요. 호더가 그 진단을 뒷받침하는 증거를 일부 제시했고요. 그게 전부예요."

평소의 로라였다면 톰의 시선을 피했겠지만 이번에는 로라도 위험을 무릅쓰고 톰을 응시했다. 그 안에는 염려의 눈빛도 있었지만 무언가 다른 눈빛이 함께 있었다. 톰의 눈동자가 흥분으로 반짝이고 있었다. 로라는 자기의 말이 설득력이 부족했음을 깨달았다.

"저기요, 톰. 지금 생각하면 완전 터무니없이 들릴 거 알아요. 내가 정말 바보짓을 했어요. 듣자하니 호더 씨 가족은 직접 알리움 재단 소녀 한 명을 입양한 적도 있었대요. 그 사람은 그저 휴고라면 칭찬밖에 할 줄 모르는 사람이었어요. 이 문제는 제가 너무 민망해서 그러니까 그냥 잊고 넘어가면 안 될까요?"

"휴고가 제시카 암스트롱에게 행방불명된 소녀들과 관계된 모든 문서를 파쇄기로 폐기하라고 지시했던 것을 알고 계십니까?"

로라는 깜짝 놀랐다. 이 사실은 로라도 모르고 있었다. 하지만 어쩐지 완벽하게 말이 맞아떨어졌다. 휴고는 몹쓸 인간이었지만 그러면서도 아주 영리했다. 톰도 분명 로라의 얼굴에 스친 표정을 놓치지 않은 것 같았다.

"모르고 계셨군요? 그리고 휴고는 자기를 위해 무언가를 하는 대가로 한 달에 팔천 파운드씩 제시카에게 보너스도 지급했습니다. 그 일이 무엇이었는지 제시카는 입을 열지 않고 있어요. 휴고는 그 돈을 현금으로 지급했습니다. 그럼 한 달에 이만 파운드씩 현금으로 인출한 돈 중에서 꽤 많은 양의 행방이 파악된 셈이죠. 그리고 당신은 사립 탐정을 고용해서 휴고를 미행했습니다. 그 사실을 휴고가 알아냈고, 그럼 분명 휴고가 당신을 협박했겠죠. 그래서 당신은 지서장 테오 호더를 찾아갔고요. 제가 지금까지는 정확하게 가고 있나요?"

'정확하고 말고, 너무 정확해서 탈이지.' 로라는 생각했다. 로라는 행방을 알 수 없었던 만 파운드가 대부분 어디로 갔는지 알게 되어 깜짝 놀랐지만 아무 말도 하지 않고 차분하게 톰만 바라보았다.

"좋은 소식도 있습니다. 알리움 재단 사무실에 나가있는 동료로부터 지금 막 전화를 받았는데요, 그 쾌활한 로지 양이 아무래도 조금은 게으른 비서였나 봅니다. 방금 전에 고백하기를 그 소녀들의 세부자료를 모두 파쇄기로 폐기하려니 너무 많아서 그냥 상자에 담아 숨겨놨다고 합니다. 사람을 시켜서 그 자료들을 검토하게 했습니다. 5년 전 자료부터 시작하고 있어요."

로라가 보니 톰은 이것만 검토하면 모든 해답이 나오리라 생각하고 있는 것 같았다. 로라는 그 모습을 보며 안타까운 생각이 들었지만 톰의 말이 끝난 것이 아니었다.

"로라, 말씀을 좀 해주셔야겠습니다. 아직도 그것이 망상이었다고 생각하십니까? 아니죠? 당신은 그걸 망상이라 생각해 본 적이 없습니다. 그런데 한 가지 이해 안 가는 것이 있습니다. 소녀들한테 무슨 일이 일어나고 있었다고 생각했다면, 다니카가 행방불명되었다는 얘기를 들었을 때 왜 제게 아무 말씀도 하지 않으셨습니까?"

로라는 이 남자한테 얼마나 더 거짓말로 버틸 수 있을지 자신이 없었다. 다만 이 사람도 딸이 있는 사람이니 어쩌면 자기의 마음을 어느 정도 이해해줄지 모른다.

"말해서 뭐하나 싶었어요. 그래봤자 오히려 일만 더 꼬일 것 같았어요. 휴고는 죽었잖아요. 그러니 사라져 버린 소녀들의 경우는 이미 늦어버린 셈이지만, 적어도 이제 더 이상은 그도 그 짓을 못할 거 아니에요?

경감님이 그쪽을 수사하지 않는 편이 더 낫겠다 싶더군요. 저는 알렉사를 보호해야 했어요. 알렉사를 위해 입을 다문 거죠. 자기 아빠의 본모습을 보여줄 수는 없었으니까요. 그리고 이제 그 소녀들은 분명 안전할 테고요."

로라는 갑자기 죄책감으로 가슴이 무거워졌다. 다니카가 행방불명이라는 소리를 들었을 때 자기가 의심하고 있던 내용을 모두 경찰에 털어놓을 수도 있었지만, 로라는 그 일 또한 이미 너무 늦었다고 치부해 버렸다. 그게 아니면 이제 휴고가 죽었으니 소녀도 안전할 거라고 자위했다. 로라는 차라리 알렉사를 아빠의 진실로부터 보호하기 위해 입을 다무는 쪽을 택했다. 이전에 경찰에 알렸다가 다시 정신병원에 감금되는 일도 겪은 터였다.

예리한 톰이 로라의 거짓말을 그대로 흘려보낼 리 없었다.

"잠깐만요, 로라. 망상 속에서 그 소녀들한테 무슨 일이 벌어지고 있을지 모른다고, 휴고가 관여되어 있을지 모른다고 상상했다 하셨죠. 하지만 지금 하신 말씀은 무슨 일이 벌어지고 있었다는 것을 당신이 정확히 알고 있었다는 얘기로 들립니다. 다니카가 다시 나타났을 때 자기가 사라졌었던 이유를 설명해 줬습니다. 아주 최근에 또 다른 친구가 행방불명이 됐다고 합니다. 미렐라 티네시라는 친구예요. 그리고 그 소녀가 쪽지를 하나 남겼습니다. 그 소녀는 아직 행방불명 중입니다, 로라. 만약 휴고가 그 소녀를 데리고 간 것이라면 휴고가 그 애한테 무슨 짓을 했을 거라고 생각하십니까?"

"당신은 제가 옳았다고 생각하고 있군요. 그렇죠? 그게 한낱 망상이 아니었다고 말이에요. 당신은 내가 미친 게 아니었다고 믿는군요. 그렇죠?"

톰이 너무나 공감 어린 눈길로 자기를 바라보아서 로라는 울고 싶었다. 톰의 눈빛에는 연민이 가득했고, 로라가 휴고와 살았던 삶, 그리고 요양시설에 보내져야 했던 로라의 삶을 그리고 있다는 것이 느껴졌다. 톰이 자리에서 일어나 로라 옆자리에 와서 앉았다. 그리고 로라를 향해 몸을 돌렸다.

"로라, 싱클레어 총경님이 베키에게 이모젠의 침실에서 노트북을 가지고 오라고 지시했습니다. 그런데 그 노트북 옆에 편지가 한 통 있었어요. 당신이 쓴 편지였습니다."

톰이 로라의 손을 잡았다. 그리고 연민 어린 시선을 거두지 않았다.

"그리고 저도 그 편지 내용을 알고 있습니다."

30

2006년 12월

이모젠에게

오늘은 정말 하루 종일 이상한 날이었어. 갑자기 폭풍우가 치더니, 또 언제 그랬냐는 듯이 해가 비쳤어. 아무래도 썩 좋은 날씨가 아니라서 겨울 대비 정원 단장을 마무리하지는 못하겠더라. 정원사가 따로 있기는 하지만 뭐라도 하지 않으면 정말 미쳐버릴 것 같아!

그래서 이탈리아로 가면 얼마나 좋을까 생각하면서 하루 종일 창밖만 바라봤어. 그곳에 가면 그래도 악마들은 보지 않아도 되니까. 이곳에서는 어디서나 악마들이 나를 노려보고 있는 것 같아. 그럼 나는 너를 생각해. 이제는 잃어버린 내 오랜 친구를.

이제 다시 애시버리 파크에 돌아온 지도 1년이 지났지만 난 아직도 조심해야 할 것이 많아. 내 나름대로 규칙을 세웠어. 절대로 어겨서는 안 될 규칙이지. 항상 주눅이 든 척해야 하고, 완전히 휴고의 통제에 놓여 있는 척해야 하지. 내가 여기 남아 있는 이유는 딱 하나야. 아직 너한테 얘기하지 않은 이유지. 도저히 그 이유는 글로는 적을 수 없을 것 같아. 네가 아무리 솔직한 진실을 원한다 해도 말이야.

나 정말 이번 주에 이탈리아로 갈 걸 그랬나봐. 휴고가 크리스마스 준비를 도와달라고 할 줄 알고 이번 주에 여기 머문 거였거든. 알렉사의 선물을 고르는 걸 도와달라고 할 줄 알았어. 그런데 막상 내가 여기 있어서 짜증이 나 있는 것 같더라고.

우리는 이제 서로 볼 일이 거의 없어. 나야 뭐 좋지. 휴고는 정기적으로 외출을 하고 멀리 떨어져 있을 때도 많아. 가끔은 그가 다가올 밤에 대한 기대로 들떠 있는 것처럼 보일 때도 있어. 그래서 아무래도 여자가 생겼나 싶어. 난 그 여자가 가여워.

그가 나한테 쇼핑할 것들을 정리하라고 해놓고는 오늘 일찍 전화가 와서 하루나 이틀 정도 자리를 더 비울 거라고 했어. 그리고 그동안은 연락하지 말래. 뭔가에 아주 화가 나 있는 듯싶더라. 하지만 난 오늘 저녁에 오스카상을 줘도 아깝지 않을 연기를 할 필요가 없어졌으니 다행이지, 뭐.

그래서 난 와인 한 잔과 책 한 권을 들고 벽난로 옆에 자리잡았어. 그런데 갑자기 정문 인터폰이 울리는 거야. 난 잠시 어리둥절했지. 초대도 받지 않고 여기 찾아온 사람은 지금까지 없었거든. 애초에 이곳에 사람을 초대하는 일도 굉장히 드문 일이고. 그래서 혹시 네가 아닐까 생각도 했어!

내가 인터폰을 받아보니 모르는 목소리였어.

"여보세요. 휴고 플레처 경을 만나고 싶습니다…, 제 이름은 다니카 보진입니다…."

"남편은 지금 여기 없어요. 미안하지만 남편은 집에서 사무 보는 걸 좋아하지 않아요. 사무실로 한번 찾아가 볼래요?"

"이틀 전에 벌써 사무실 다녀왔어요…, 아무도 안 도와줘요…, 부인이신가요? 저 좀 도와주실 수 있나요?"

이게 대체 무슨 일인가 싶었지. 비도 오는 추운 날씨였고, 바깥도 이미 어두워진 상태였는데, 그 여자애 목소리가 아주 힘들어하는 것 같았어. 비디오 모니터로 보니까 아주 어려 보이더라고. 너무 딱해 보여서 들어오라고 했지.

들어보니 자기 친구 하나가 행방불명이 돼서 휴고와 얘기를 하고 싶어 찾아왔더라고. 친구가 사라져 버렸는데 다니카는 친구가 한마디 말도 없이 사라졌을 리가 없다고 하더라고. 그래서 친구한테 무슨 일이 일어났다고 생각하고 있었어. 정말 걱정하고 있는 게 딱 보이더라.

어쩜 친구 생각을 이렇게 끔찍이 할까 싶어 솔직히 좀 감동받았어. 그저 휴고하고 얘기해 보겠다고 그 먼 길을 달려오다니. 비가 쏟아 붓고 있는데 적어도 5킬로미터는 그 비를 다 맞으면서 걸어왔을 거 아냐. 외국인인데도 영어 실력이 제법이었어. 학생 때 공부를 잘 했었다는 얘기를 들으니까 고개가 끄덕여지더라. 그런 애가 이런 데로 끌려와 매춘부로 살고 있다는 게 얼마나 큰 비극인지. 내 삶도 슬프기는 하지만 이 여자애가 들려준 이야기에 비하면 아무것도 아니었어. 이 애가 너무 걱정이 많더라.

"여기 절대로 오지 말라고 한 거 알아요…, 정말 미안해요…, 하지만 뭘 어떻게 해야 할지 몰랐어요…, 알리나가 아무 말 없이 사라질 리가 없어요…, 알리나는 그 집에서 행복하게 살고 있었어요…, 분명 무슨 일이 생겼어요."

"알리나가 왜 떠났을지 짐작가는 것 없어?"

다니카가 잠시 생각에 잠기더라. 아주 걱정되는 표정이었어.

"몰라요…, 마지막으로 우리가 알리나 봤을 때 너무너무 행복해 보였어요…, 활짝 웃고 눈도 반짝였어요…, 미렐라도 봤어요…, 그래서 우리가 무슨 일인지 물어봤어요…, 알리나가 비밀이 있는데 우리한테 말 못한다고 했어요…, 나는 알리나가 그 집 남편과 사랑에 빠진 줄 알았어요…, 그래서 물어봤어요…, 알리나가 막 웃더니 오해라고 했어요…, 그 가족은 정말 좋은 사람들이고 가족이 자기한테 화나게 하고 싶지 않다고 했어요…, 자기를 올바르게 돌봐줄 남자를 만날 때까지 그 가족하고 같이 살고 싶다고 했어요…, 무슨 의미인지 아시겠어요? 물론 알리나가 혹시 그 남자를 찾았을지도 몰라요…, 하지만 알리나는 가족한테 설명도 하지 않고 떠날 리 없어요."

난 정말 이 아이를 돕고 싶었는데, 어떻게 해야 할지 모르겠더라. 그저 그 아이한테 먹을 것을 좀 주고 차를 불러서 집에다 데려다 주는 것밖에 생각나지 않았어. 하지만 친구한테 무슨 일이 일어났는지 내가 최선을 다해서 알아보겠다고 약속했지. 내가 알리움 재단에 대해 아는 게 너무 없어서 정말 민망했어.

"내 남편, 그러니까 휴고 경을 만나본 적이 있어?"

"네. 우리 모두 만나 봤어요…, 우리가 알리움 재단에 갈 때 휴고 경이 와서 우리하고 얘기해요. 우리가 줄서 있으면 휴고 경이 누구하고 얘기할지 골라요."

"그이가 너하고도 얘기했어?"

"아니요. 나한테 말 안 걸어서 속상해요…, 하지만 알리나하고 얘기 오래 해요…, 미렐라하고도 조금 얘기해요. 하지만 나하고는 안 해요…, 나 너무 못생겼나봐요."

"무슨 소리야. 넌 못생기지 않았어, 다니카. 혹시 친구들 사진은 가지고 있어?"

"아니요…, 하지만 사진 찍은 적 있어요. 알리움 재단 사무실에 있을 거예요."

다니카가 떠난 후로 나는 자리에 앉아서 내가 무엇을 할 수 있을까 오랫동안 생각해 봤어. 그리고 결심했지. 이제 드디어 누군가를 도울 기회가 찾아왔다고 말이야. 무언가 유용한 일을 할 수 있는 기회가 생겼다고. 제시카가 귀찮아서 다니카를 돕지 않겠다면 내가 하지 뭐. 휴고한테는 말하지 않을 생각이야. 무슨 핑계를 대서라도 내가 소녀들 돕는 일을 못하게 막을 테니까. 하지만 그가 이 일에 언짢아할 이유가 있나 싶기도 해. 어쨌거나 그도 이 소녀들이 그냥 사라지기를 바라지는 않을 테니까 말이야.

이 편지는 여기서 끝맺지 않고 나중에 이어서 쓸게. 내가 알아보고 나서 무슨 일 있으면 이어서 말해줄게!

★

다니카가 다녀간 후로 엿새가 지났어. 휴고가 다시 자리를 비우고 있어서 그냥 내가 알리움 재단 사무실에 가서 다니카의 친구 알리나에 대해 알아볼 것이 있나 싶었지. 사실 휴고가 사무실에 있을 때는 난 거기 못 가. 그래서 오늘이 내게는 처음 찾아온 기회였어.

에거튼 크레센트 집에 도착한 다음 곧장 올라갔는데 로지와 마주쳤어. 로지는 종종 휴고의 책상 위에 서류를 갖다 놓으러 올라가거든. 그럼 그이는 스탠드를 켜고, 옆에 위스키 잔을 둔 채 그 서류들을 읽어 내려가지. 한때는 그냥 앉아서 그 모습을 지켜보는 것만으로도 너무도 행복했던 시절이 있었는데…, 참 오래 전 얘기다.

난 로지한테 커피 한 잔을 부탁했어. 참 친절한 아가씨야. 쇼핑을 너무 좋아해서 탈이긴 하지만. 내가 거기 온 이유를 설명했더니 로지가 그러는데, 다니카하고 미렐라가 일주일 전쯤에 사무실에 다녀갔었다고 하더라. 물론 나는 알고 있는 일이었지. 로지 말로는 매년 소녀들이 몇 명씩 행방불명이 되는데 쪽지를 남기고 간 경우에는 수사에 들어가지 않는대. 휴고가 말하기를, 제 발로 나간 것이 확실한 경우에는 굳이 수고스럽게 찾으러 다닐 필요가 없다고 말한다네. 그런데 다니카의 친구는 쪽지를 남기고 갔잖아. 그럼 수사고 뭐고 끝인 거지.

내가 로지한테 알리나가 사라진 날짜를 아느냐고 물어봤어. 로지는 그날 휴고가 자리를 비웠던 것만 기억난대. 그이는 일주일에도 몇 번씩 자리를 비우니 별로 도움이 안 되는 얘기였지. 그런데 그 순간 로지한테 뭔가 떠올랐나봐. 다이어리를 가져오더니 날짜를 하나 가리키더라.

"맞아요. 이 날이에요. BBC에서 인신매매에 대한 특집 방송을 만드는데 휴고 경이 인터뷰에 응해줄 수 있는지 묻는 전화가 왔었어요. 그날 그 애가 행방불명됐다는 얘기도 같이 들었거든요. 그런데 휴고 경한테 전화해서 물어볼 수가 없잖아요."

나는 그렇게 중요한 일이 두 가지나 있는데 왜 그이한테 연락을 안 했느냐고 물어봤지. 그랬더니 로지가 다이어리에 있는 글자를 가리키더라. 'LMF.' 로지가 그러는데 다이어리에 LMF라고 나와 있을 때는 그이한테 전화를 할 수도 없고, 다른 약속도 잡을 수 없대. 무슨 일이 있어도 말이지. 로지는 내가 그 의미를 알 줄 알더라고. 하지만 나도 금시초문이었지. 'L'은 내 이름 로라(Laura)를 의미하는 것일지 모른다는 생각이 들었지만, 나는 가운데 이름이 없잖아. 그이가 달력에 우리 기념일까지 챙길 리도 만무하고.

로지하고 이런저런 얘기를 나누고 있는데 아래층에서 제시카가 소리쳤어. 제시카는 내가 거기 있는 것을 모르고 있었지. 내가 이런 걸 묻고 다니는 줄 알았으면 분명 좋아하지는 않았을 거야.

"애가 또 한 명 무단이탈을 했어, 로지. 그 애가 쪽지를 남기기는 했는데 아무래도 내가 가족들을 찾아가서 만나봐야겠어. 여기 내려와서 나 대신 전화 좀 받아. 그런데 도대체 거기서 뭐하고 있는 거야!"

그 말과 함께 쾅하고 현관문이 닫히더라. 로지가 미안하다는 표정으로 나를 바라보고는 아래층으로 내려갔어. 나는 내가 직접 그이의 다이어리를 살펴봐야겠다고 마음먹었지. 다이어리를 보니까 오늘 날짜에도 역시나 'LMF'라고 적혀 있으니, 오늘은 '연락금지'상태였지. 석 달 전 알리나가 행방불명되던 날처럼 말이야.

그 글자가 나를 의미하는 것인지는 모르겠어. 하지만 L로 시작하는 건 그냥 우연인 것 같아. 알리나가 행방불명되던 날 그이는 연락이 끊겼었어. 그리고 오늘 또 다른 소녀가 행방불명되었는데 역시나 연락이 끊겼어. 만약 휴고에 대해 잘 몰랐더라면, 그러니까 그이가 그냥 평범한 사람이었다면 이런 일들을 전혀 신경 쓰지 않았을 거야. 하지만 그렇지가 않잖아.

그이의 다이어리를 훑어봐야겠다고 맘먹었지. 이상했어. 몇 달마다 한 번씩 잉크로 LMF라고 적어놓고 밑줄을 쳐놓았더라고. 심지어는 석 달 후 날짜에도 하나 적혀 있었어. 하지만 지난 다이어리를 살펴보니까 LMF라고 연필로 적어놓은 날짜들도 있더라. 그래서 다이어리를 들고 아래층으로 내려가서 로지에게 그건 뭐냐고 물어봤지. 로지 말이 그냥 대중없이 불쑥 불쑥 적어놓는대. 보통은 하루나 이틀 앞서서 적어 놓는다고 하더라. 그리고 연필로 써놓은 경우에는 다른 약속이 생기면 기꺼이 다른 날로 옮기기도 한대. 날짜를 확실하게 못 박아 놓는 경우는 잉크로 적어놓았을 때뿐이라고. 잉크로 적어놓은 것은 어떤 경우에도 변경이 불가능하다네. 하지만 연필로 적은 날이든 잉크로 적은 날이든, 둘 다 일단 당일이 되면 연락이 불가능하대.

그런데 그때 그 망할 제시카가 돌아왔어. 서류를 챙기고 가는 것을 깜빡했다나 뭐라나. 나한테 대놓고 여기서 뭐하는 거냐고 묻지는 않았지만 얼굴을 보니 딱 그런 눈빛이더라. 그래서 행방불명된 소녀들에 대한 파일을 좀 보고 싶다고 했지. 제시카가 거절하더라. 휴고가 나한테 부탁한 일이라고 했지만, 분명 내 말을 믿지 않는 눈치였어.

이 소녀들이 사라지는 것하고 휴고가 이틀씩 사라지는 것하고 무슨 관련이 있는지 알아내야겠어. 만약 그이가 이 소녀들을 한 번씩 내연녀로 삼고 있는 것이라면 꼭 알아내고 싶어. 사실 그러거나 말거나 나는 상관없어. 적어도 내 관점에서는 말이지(그 소녀들은 불쌍하지만). 하지만 정말로 그이가 그런 짓을 하고 있다면 내게는 아주 소중한 정보가 될 수 있지.

제시카는 도저히 당해낼 수가 없어서 포기해야 했어. 그 여자가 분명 휴고한테 일러바칠 테니까, 뭔가 변명거리를 좀 만들어 놔야겠어. 난 그이한테 다니카에 대해 먼저 말한 다음에, 로지가 그러는데 그 다니카 친구가 쪽지를 남기고 사라진 거라 문제가 없다고 설명 들었다고 하려고. 그리고 아무런 관심 없는 척해야지.

그렇지만 그 이니셜이 무슨 의미인지는 알아내고 싶어.

조심해야겠어. 휴고한테 들키면 난 죽은 목숨이니까(정말 말 그대로).

★

어쩜 좋아. 내가 정말 멍청한 실수를 저질렀어, 나 지금 너무 너무 무서워. 이건 텔레비전 프로그램을 제작하면서 조사하던 거와는 차원이 달라. 이건 현실이야. 내 진짜 인생이 걸린 일이라고. 그리고 내 인생만 생각해서 될 일도 아니야. 내가 똑똑하다는 생각에 취해서 멍청한 짓을 저지르고 말았어. 이제 무슨 일이 일어날지 나도 모르겠어.

사무실에 방문한 다음에 아무래도 사립탐정을 고용하는 것 말고는 답이 없겠다 싶었어. 그래서 휴고의 행적을 뒤쫓아 보려 했지. 난 항상 그이에게 내연녀가 있다고 믿고 있었으니까. 하지만 그보다 좀 더 사악한 일이 벌어지고 있다면? 난 알아야 했어. 나는 사립탐정들에 대해 아주 철저하게 알아 봤다고 생각했지.

그래서 평판이 좋은 사람을 찾아냈다고 생각했어. 좀 더 알아봤어야 했는데.

어디에 있다 왔는지는 모르겠지만 휴고가 집으로 돌아왔고, 왜 사무실에 왔었느냐는 질문을 당연히 받았지. 제시카가 바로 일러바쳤을 테니까. 내가 적당히 잘 둘러댔다고 생각해. 물론 결국 자선재단 일은 내가 신경쓸 일이 아니고, 일에는 절차라는 게 있다는 말을 들어야 했지만. 하지만 절차에 대해서 내가 뭘 아나.

그런데 더 안 좋은 상황이 벌어졌어. 휴고가 경호원을 고용했었던 거야. 그이가 경호원을 동행한 채로 이상한 짓을 벌일 리가 없다는 생각을 내가 왜 못 했을까? 그런데도 나는 멍청하게 그 사립탐정한테 그이를 추적하라고 한 거야. 그런데 그 사람이 붙잡히고 말았어. 거기서 끝이 아니야. 그 사람이 휴고한테 자기를 고용한 사람이 나라고 말해 버린 거지. 물론 어떤 설득이나 협박에 넘어간 것이었겠지만.

휴고가 얼마나 불 같이 화를 냈는지 설명할 수가 없어. 그럴듯한 변명이 떠오르지 않았어. 내연녀가 있을까봐 의심스러워서 그랬다고 할 수는 없었지. 내연녀가 생기면 내가 더 기뻐했으면 기뻐했지, 사립탐정까지 붙이면서까지 뒤를 캐려 들지는 않았을 것을 그이도 알고 있으니까. 한마디도 할 말이 떠오르지 않더라. 난 그냥 자리에 서서 그이의 언어폭력을 그대로 받아들일 수밖에. 그이가 그렇게 화난 모습은 처음 봤어. 그이가 나를 방에 가두어 놓았을 때보다도 훨씬 더 화가 나 있었어.

그이는 지금 나를 어떻게 할까 고민하고 있는 것 같아. 나 뭔가 행동에 나서야 해. 그것도 서둘러서. 나를 위한 것이 아니야. 나야 어찌 되든 더 이상 상관 안 해. 하지만 내 목숨 이상의 것이 여기에 달려 있어.

누군가에게 말해야 해. 누군가에게 이해시켜야 해. 너한테 얘기하는 것은 소용이 없어. 네가 할 수 있는 게 없으니까. 그렇다고 다른 친구가 있는 것도 아니고. 우리 엄마나 윌 오빠한테 말한다면 휴고가 두 사람한테 무슨 짓을 할지 몰라. 그이는 아마 사람들이 엄마나 윌 오빠의 말을 믿지 않게 만들 계략을 만들어낼 거야. 분명 무언가 끔찍한 짓을 하겠지. 그래서 어떤 권력이 있는 사람을 만나야 해. 나를 보호해 줄 수 있는 사람이어야 해. 물론 나만이 아니지. 휴고가 무슨 말을 할지 뻔해. 내가 우울증이 있었던 것을 언급하면서 내가 하는 말을 지나친 망상에서 나온 거라 설명하고 넘어가려 하겠지. 내가 아는 내용을 설득력 있게 전달해야 하는데, 나한테는 증거가 하나도 없어.

그래서 이렇게 하려고. 경찰서로 갈 거야. 이곳에서는 매춘 자체는 합법이지. 하지만 매춘부들이 사라지고 있다면 경찰도 수사를 하지 않을 수 없을 거야. 내가 자선재단 만찬회에서 몇 번 만났던 경찰서장이 있어. 테오 호더라는 사람이야. 그 사람을 만나보려고.

그 사람한테 전부 말할 거야. 그 다음엔 행동에 나서야지.

그리고 이 편지는 너만 찾아낼 수 있는 장소에 놔둘게, 이모젠. 혹시나 나한테 무슨 일이 생길지 모르니까. 휴고는 절대로 찾아볼 생각을 안 하겠지만, 너라면 분명 찾아볼 장소가 하나 있어. 아주, 아주 오래 전에 내가 일기장을 숨기려고, 낡은 『비밀의 화원』 책에 구멍을 파놓은 적이 있지? 그것을 다시 사용하게 될 줄 누가 생각이나 했겠어!

사실 너한테 보내는 편지들은 모두 거기에 숨겨져 있어. 만약 네가 지금 이 편지를 읽고 있다면…, 이미 나한테 무슨 일이 일어나 버린 것은 아닐까?

너한테 이 말을 충분히 못 해준 것 같아, 이모젠. 난 너를 정말 사랑해. 그리고 너무 너무 미안해.

XX가

31

크레타의 한 작은 마을

삼천 킬로미터 조금 안 되는 곳에 있는 그리스의 크레타섬.

중년의 관광객 두 커플이 인적이 드문 기슭의 작은 바에 앉아 점심 식사 전에 한잔을 걸치고 있었다. 한 해의 끝자락이었지만 그래도 햇빛이 아직 따뜻해서 정오에는 바깥에 나와 앉아있을 만했고, 주변의 시골 풍경은 겨울비를 애타게 기다리는 듯 아직 가물었다.

"꽤 괜찮은 곳을 찾아냈네요. 저기 경치 좀 봐요!" 한 여자가 말했다.

"여기 요리도 분명 맛있을 거 같아요. 봐요. 현지 사람들도 들어오잖아요. 보통 현지인들이 찾는 곳이 진짜 맛집이라고 하더라고요." 또 다른 여자가 말했다.

"삼 일 후면 우리도 다시 비 내리는 칙칙한 영국으로 돌아가야 하는군."

"자, 모두들 건배!"

두 쌍의 부부는 휴가에 대해, 그리고 휴가 중에 만났던 사람들에 대해 들떠 계속 이야기를 나누었다. 두 아내는 남편 뒷담화도 늘어놓았다.

옆에 앉아 있던 현지인 남녀에게는 맛있는 음식이 바로 나왔다. 현지인들은 외지인과 어울리지 않고 그리스 말인가 싶은 언어로 조용히 대화를 나누고 있었다. 반면 영국 관광객들은 자기네가 하는 말을 누가 알아듣겠나 싶어 큰 목소리로 떠들고 있었다.

"뉴스 딱 끊고 지내니까 정말 좋지 않아? 온통 우울한 뉴스뿐이잖아. 파키스탄에 폭탄 테러가 일어났다는 둥, 은행이 파산했다는 둥 말이지. 표리부동한 정치인들 얘기도 들을 필요 없고. 여기서는 세상사 모두 잊고 쉴 수 있잖아."

그들 부부 중 한 명의 아내가 잔을 내려놓으며 말했다. "그래도 휴고 플레처의 살인 사건은 어떻게 돌아가는지 궁금해요. 그 뉴스를 하나도 못 들었잖아요. 공항에서 그 뉴스 속보 보고 정말 깜짝 놀랐다니까요. 아니, 대체 누가 휴고 경 같은 사람을 죽이려고 할까? 분명 여자하고 관련이 있을 거예요. 휴고 경이 꽤 섹시했잖아요. 안 그래요?"

다른 여자가 동의한다는 듯 고개를 끄덕였다. "그 사람한테는 어린 딸도 있대요. 열한 살인가, 열두 살인가 그렇다는데. 에구, 가엽기도 하지."

남편 중 하나가 화제를 바꿨다. "자, 자. 지금은 영국 소식은 다 잊고, 이 멋진 곳을 즐기기로 하지 않았나요? 점심 주문이나 하자고요. 난 저기 저 사람들 먹는 것으로 먹을래요." 그가 무례하게도 현지인들이 앉아 있는 식탁을 손가락으로 가리키며 말했다.

테이블에 앉아 있던 현지인 남녀는 갑자기 아무 말도 하지 않았다. 현지인 남녀의 눈길이 서로 마주치자, 남자가 여자를 위로하려는 듯 여자의 팔을 부드럽게 어루만졌다. 남자는 식탁 위에 이십 유로를 던져 놓고, 두 사람은 조용히 사라졌다. 두 사람의 접시 위에는 아직 먹지 않은 음식이 절반이나 남아 있었다.

32

소재가 파악되었거나 행방불명인 알리움 재단 소녀들의 파일을 검토하는 데는 오랜 시간이 걸리지 않았다. 태풍의 전야인 듯 긴박한 분위기가 감돌았다. 톰은 아직 옥스퍼드셔에 있다가 중요한 전화를 받았다. 이제 그는 무엇을 해야 할지 알고 있었지만, 영 내키지 않았다.

“로라, 당신이 이 소식에 어떻게 반응할지 모르겠네요. 자리에 앉는 것이 좋겠습니다. 누가 옆에 있어주었으면 싶은데, 어머니나 오빠를 불러드릴까요?”

“아니요, 괜찮아요. 무슨 소식인지 모르지만 그냥 저 혼자 듣는 것이 낫겠어요.”

톰이 다시 로라 옆에 가서 앉았다. 톰은 정말로 다시 로라의 손을 잡아주고 싶었지만, 적절치 않은 일인 걸 그도 알고 있었다. 그 대신 톰은 따뜻한 목소리를 내려고 최선을 다했다.

“유감입니다, 로라. 수사를 하다보면 제 추측이 부디 틀렸으면 싶은데 맞는 경우가 가끔 있어요. 이번이 아무래도 그런 경우가 될 것 같네요. 휴고에 대한 당신의 추측이 맞았던 것 같습니다. 우연일 가능성도 완전히 배제할 수는 없지만, 그럴 가능성은 희박합니다. 지난 5년 동안 휴고가 다이어리에 LMF를 써놓은 날에는 그 날이나 그 주변으로 소녀가 한 명씩 사라졌습니다. 그때마다 소녀들이 쪽지를 남겨서 수사는 이루어지지 않았고요.”

로라는 고개를 숙이고 있었다. 마치 휴고라는 남자, 그리고 그가 저지른 알 수 없는 일에 엮여 있다는 것이 부끄럽다는 듯이. 로라가 말이 없자, 톰이 말을 이었다.

“사실상 이런 연결 고리를 눈치챌 입장에 있는 사람은 로지 딕슨밖에 없었습니다. 그리고 초기에는 사건과 사건 사이에 시간 간격도 컸습니다. 그리고 물론 그 날짜들 사이에 다른 소녀들이 행방불명된 경우도 있었습니다. 하지만 아무래도 그것은 우연 같군요. 소녀들이 행방불명되어도 항상 바로바로 보고되지는 않았던 점을 감안하면 로지가 그 중요성을 깨닫지 못했던 것도 이해할 만합니다. 하긴 로지로서는 애초에 휴고가 이 일과 관련이 있다는 생각을 할 이유가 없었겠죠."

톰은 로라에게 생각을 정리할 시간을 주려고 잠시 말을 멈추었다. 마침내 로라가 고개를 들었다. 이 소식에도 로라의 얼굴에 놀라는 기색은 보이지 않았다. 로라는 모든 사건의 전말을 오래 전부터 알고 있었던 것이 분명했다. 그렇지 않고서야 남편 얘기를 경찰서장에게까지 가서 신고할 이유가 무엇이었겠는가?

그렇다면 테오 호더는 왜 행동에 나서지 않은 것일까? 톰은 로라에게 그 질문을 던져 보았다.

로라가 어깨를 으쓱하며 말했다. "들으려고 하지 않더군요. 휴고는 성인군자라면서요. 아무리 얘기해 봐도 그 사람을 설득할 수가 없더라고요. 그 사람과 휴고가 얼마나 가까운 사이인지 내가 모르고 있었던 거죠."

톰은 이 말에 살짝 당황했다. "가까운 사이라고요? 두 사람이 친구 사이인 것까지는 저도 몰랐습니다. 로라, 이 점은 알아두세요. 호더는 원래 그리 평판이 좋은 사람은 아닙니다. 어떤 지역 경찰들은 그 사람을 아주 대놓고 싫어해요."

"제 생각에는 그 사람이 휴고한테 신세를 진 것이 있지 않았나 싶어요. 하지만 저도 그 이상은 잘 몰라요."

톰에게는 아직 더 밝혀야 할 내용이 남아 있었다. 이제 모든 것이 공개되었으니 로라도 기꺼이 수사에 협조할 거라 톰은 확신했다.

"우리는 LMF가 어떤 장소를 나타낸다고 생각하고 있습니다. 잉크로 써서 밑줄을 쳐놓은 날짜는 소녀들이 실종된 날짜와 일치합니다. 연필로 표시된 날짜들은 혹시 후속 만남이 있었던 때가 아닌가 생각하고 있습니다만 확실히는 모르겠습니다. 브라이언 스메들리를 통해서 신탁회사가 소유한 모든 부동산 목록을 뽑아보게 했습니다. 혹시 연결고리가 나올까 해서요. 그리고 이니셜이 LMF인 호텔도 알아보는 중입니다."

로라가 고개를 젓는 것을 보고 톰은 실망했다. "아니에요, 톰. 휴고는 호텔에 가지는 않았을 거예요. 그럼 사람들 눈에 띄었을 테니까요."

톰이 혀를 차며 마지막으로 애원하듯 물었다. "휴고 살인 사건의 진상을 밝히려면 이 미스터리를 먼저 풀어야 합니다. 로라, 만약 당신이 알고 있는 다른 사실이 있다면 저한테 말씀해 주셔야 해요."

"전 아무것도 몰라요. 제가 아는 것들은 모두 추정뿐이에요. 다만 외딴 곳을 찾아봐야 한다는 생각은 들어요. 그가 들락거리는 것이 사람들 눈에 띄지 않을 곳이요."

"만약 그 소녀들이 자발적으로 그를 따라갔다면, 휴고가 그 소녀들에게 싫증이 났을 때 어떤 일이 일어났을 거라 생각하세요? 거의 석 달마다 새로운 소녀를 데려간 것으로 보이는데, 그렇다면 휴고가 싫증이 난 소녀들을 어떻게든 처리했을 것 아닙니까? 그것이 휴고 살인 사건의 동기가 될 수 있지 않을까요? 멸시당한 여자의 손에 남자가 죽은 사건이 처음 있는 일은 아니니까요."

33

로라는 경찰이 이모젠을 경찰서로 데려간 것이 1년도 더 된 듯한 기분이 들었다. 그러다가 경찰차가 진입로로 들어와 서고, 이모젠이 피곤한 얼굴로 뒷좌석에서 나오자 크게 안도했다. 로라는 현관문을 열고 달려 나갔다.

"이모젠! 너 괜찮아? 정말 걱정했어. 너한테 뭐 물어보든? 넌 뭐라고 했는데?"

로라는 친구를 꼭 끌어안았다. 톰은 따뜻하고 이해심 많은 사람이기는 했지만 이모젠이 언제쯤 돌아오느냐는 질문에는 그냥 기다려 보라는 말만 남기고 베키와 함께 런던 경시청으로 떠나버렸었다.

이모젠이 로라의 팔을 풀며 걱정스러운 눈빛으로 바라보는 바람에, 수면 아래 도사리고 있던 두려움이 다시 로라를 집어삼키려 했다.

"난 괜찮아, 로라. 하지만 그 편지는? 그 망할 편지들은 어떡한 거야? 맙소사. 정말 미안해, 로라. 내 침대 위에 편지가 한 장 있었어! 경찰이 노트북을 가지러 올 때 그 편지 본 거 아니야?"

로라가 살짝 안도하면서 답했다. "베키가 그 편지를 발견했어. 괜찮아. 다니카에 관한 편지였어. 그 편지에 대해서는 톰한테 이미 얘기했어. 그 얘기는 나중에 해줄게."

이모젠이 크게 한숨을 내쉬었다. "정말 다행이다. 읽은 것은 다 파쇄기로 처리하길 백 번 잘했지! 그런데 그 나머지는? 네가 그 후로 쓴 편지들은 어떻게 했어?"

"그 편지들은 서랍에 들어 있었는데, 경찰이 네 방을 수색하겠다는 얘기는 없더라. 그래서 그것들은 파쇄기로 모두 없애 버렸어. 네가 대부분 아는 내용들이야. 모두 내가 요양시설에 있을 때 너한테 말해준 내용들이니까."

이모젠이 간절한 눈빛으로 로라를 보며 말했다. "그 뒤에 나오는 편지들이 모자란 부분을 채워줄 줄 알았는데. 몇 군데 이가 빠진 부분이 있거든. 나머지는 언제 말해줄 건데? 꼭 나한테 퍼즐 조각을 줘 놓고 그림을 이해하는 데 결정적인 조각은 빼돌린 것 같단 말이지."

"솔직히 말하자면, 일이 모두 마무리될 때까지는 네가 모르고 있는 게 나아."

로라는 이모젠이 이대로 넘어갈 생각이 없다는 느낌이 들어 재빨리 주제를 바꿨다.

"어쨌거나, 이모젠. 넌 괜찮아? 힘들지는 않았어?"

"뭐, 절제해서 표현하자면 조금 충격을 받기는 했지." 이모젠은 대화에 집중하고 있지 않았다. 주변을 둘러보고 있었다. 두 사람은 아직 홀을 벗어나지 않았고, 이모젠은 로라의 어깨 너머를 살피고 있었다. 그리고 결국 이모젠의 입에서 예상한 질문이 흘러나왔다.

"윌은?"

이모젠의 머릿속에는 아직도 윌이 제일 먼저였다. 로라의 대답을 들으면 이모젠은 실망할 것이 분명했다.

"우리 모두 속상하고 불안해해서 윌 오빠가 엄마를 데리고 먹을 것을 좀 사러 갔어. 우리 엄마가 뭐 좋아하는지 너도 잘 알잖아. 우리 엄마는 자식들한테 뜨끈하게 한 상 차려서 먹이기만 하면 걱정이 다 사라져. 내가 오빠한테 전화해서 너 돌아왔다고 해줘야겠다."

로라가 전화기로 향하려는데 이모젠이 로라를 잡아 세웠다.

"그냥 놔둬. 지금 나한테 정말 필요한 게 뭔지 알아? 독한 술 한 잔하고, 몸에 배인 취조실 냄새를 지울 뜨거운 목욕물이야. 거기 퀴퀴한 땀 냄새가 정말 장난 아니더라. 아주 큰 죄를 지은 사람들이 많이 다녀갔었나 봐." 이모젠이 웃음을 지어보려 했다. "그 땀 냄새가 벽에도 배어 있어. 욕실로 와서 경찰서에서 어땠느냐고 좀 물어봐줘. 다 털어놓고 싶으니까. 누구하고 달리 난 그래야 속이 시원해지거든."

로라는 이모젠의 가시 돋힌 말을 무시하고 술을 가지러 갔고, 그동안 이모젠은 목욕물을 받았다. 로라가 위층에 올라간 이모젠에게 소리쳤다.

"내 욕실을 써, 이모젠. 거기 완전 좋은 조 말론 향수 있어. 라임 향, 바질 향, 만다린 향. 목욕하고 남은 냄새는 그 향수가 지워줄 거야. 막 써도 돼!"

로라는 이모젠에게 몇 분 정도 따뜻한 물에 몸을 담글 시간을 줘야겠다고 마음먹었다. 십 대와 이십 대를 거치는 동안에 두 사람은 욕실에 들어가서 누워 있으면 골치 아픈 일들이 모두 정리되는 듯했다. 두 사람 다 그런 습관이 있었다.

로라는 이모젠이 좋아하는 라임을 썰어서 이모젠의 술잔에 넣었다. 그리고 자기 잔에는 레몬을 넣었다. 로라는 술잔에 봄베이 사파이어 진을 따르고 토닉을 살짝 섞은 다음 쟁반 위에 잔을 올렸다. 경찰서에서 무슨 일이 있었는지 너무도 궁금했지만 성화를 부린다고 통할 이모젠도 아니었다.

로라가 노크를 하고 들어가니 자기 말대로 해서 욕실 안에 향이 가득한 것을 보고 반가웠다. 이모젠은 혹시나 머리카락에 땀 냄새가 배었을까 싶어 머리까지 완전히 물에 담갔던 것 같다. 얼굴도 북북 문질러 깨끗하게 닦아낸 듯했다. 평소처럼 세심하게 가꾼 모습이 아니라 이렇게 벌거벗고 있는 이모젠의 모습을 보니, 이모젠의 눈동자에서 그녀가 겪어야 했던 풍파가 보였다. 지금 이모젠의 모습은 윌을 잃은 이후 참고 견뎌야 했던 고통의 흔적일지도 모른다. 이것은 분명 일차적으로 휴고의 잘못이기는 했지만, 그렇다고 로라의 마음이 편안할 수는 없었다. 로라는 이모젠의 말을 믿지 않았던 것을 후회하지 않은 날이 단 하루도 없었다.

로라는 애써 미소 지으며 술잔을 욕조 옆 쉽게 손이 닿는 곳에 내려놓고, 자기는 욕실 의자에 걸터앉았다.

이모젠이 침묵을 깨고 입을 열었다. "숨 돌릴 시간을 줘서 고마워. 나 없는 동안 너 분명 아주 미칠 지경이었을 거야. 하지만 괜찮아. 정말 괜찮아. 문제가 하나 있기는 해. 이모젠 드보이스라는 사람이 파리 발 런던 행 기차에 탔었다가 한두 시간 만에 다시 파리로 돌아왔다는 것을 경찰이 알아냈어. 경찰은 그게 내가 맞다고 확신은 하고 있지만 입증하지는 못했어. 그리고 설사 그것을 입증하더라도 휴고가 죽던 시기에 내가 런던에 있었다는 것만 입증되는 셈이지. 내가 해러즈 백화점에 정말 급한 일이 있어서 갔었다고 하면 경찰에서 알 게 뭐야? 나하고 휴고를 엮어 넣을 증거는 없어. 경찰에서는 그저 내가 자백하기만을 바랐겠지."

로라는 이모젠이 말을 잇기를 바라면서 조용히 술을 홀짝거렸다.

"당연한 얘기지만 사건 현장에는 아무런 증거가 있을 수 없지. 내가 휴고와 대화했던 흔적을 찾아낼 리도 없고. 그럼 경찰이 뭘 어쩔 거야? 아, 물론 CCTV로 목격된 사람의 모습을 확인할 수는 있었지. 그리고 그 사람이 나와 비슷해 보일 수도 있고. 하지만 CCTV 화면은 선명하지 않잖아. 다른 CCTV에는 흔적이 남았을 리 없고. 그래서 전부 다 내가 아니라고 딱 잡아뗐지, 뭐."

이모젠이 부리는 허세가 대단하긴 했지만, 로라는 이모젠을 너무 잘 알았다.

"이모젠, 그래도 정말 끔찍했지? 너한테 이런 일을 겪게 하다니 정말 미안해. 내가 미리 막을 수도 있었을 텐데. 할 수만 있었다면 조금도 망설이지 않고 그랬을 거야. 너도 알지?"

이모젠이 비누거품이 묻은 손을 뻗어 로라의 무릎을 두드렸다. "바보 같은 소리 좀 그만해, 이것아. 원래 계획대로였다면, 난 이미 비행기 잡아타고 캐나다로 날아갔을 거야. 그럼 이런 일도 생기지 않았을 거야. 그러니 이건 내 잘못이지. 그 정도는 나도 알아. 그래서 미안하고. 그리고 내가 나만 위험에 빠뜨린 것도 아닌 것 같은데? 안 그래?"

로라가 대답하기도 전에 아래층에서 고함소리가 들렸다.

"로라? 어디 있어? 이모젠한테서 뭐 소식 없어?"

윌 오빠가 돌아왔다. 분명 그 어느 때보다 초조하고 걱정된 목소리였다. 두 사람은 윌이 쿵쾅거리며 계단을 올라오는 소리를 들었다. 로라의 침실로 이어지는 문이 휙하고 열렸다. 로라가 욕실 문을 닫아놓지 않아서 누군가가 욕조 안에 들어가 있는 것을 윌도 바로 알아볼 수 있었다.

"아, 미안해, 로라. 나 여기 바깥에 서 있을 테니까. 그냥 큰 소리로 말해줘. 이모젠은 어떻게 됐어?"

"나 로라 아니에요. 바보 같기는. 나라고요. 자기 마누라도 못 알아봐요? 들어와도 괜찮아요. 거품 때문에 보이는 것도 없으니까."

"미안. 머리를 그렇게 뒤로 묶어놓으니까 꼭 로라 같아서."

윌은 이모젠이 무사히 돌아온 것을 보고 기쁜 마음을 감추지 못했다. 이모젠의 얼굴에서도 빛이 났다. 이 빛이 욕조의 온기 때문에 나오는 것은 아니었다. 이모젠이 아직도 자기를 아내라 칭하고, 윌 오빠도 그런 말에 별로 신경 쓰지 않는 것 같아 놀라웠다. 로라는 두 사람이 함께 있게 놔두는 것이 좋겠다 싶어 윌에게 의자를 내주었다.

"두 사람이야 뭐 서로 볼 꼴, 못 볼 꼴 다 보고 살았던 사이인 것은 알지만, 그래도 내 제일 친한 친구가 홀딱 벗고 욕조에 누워서 우리 오빠하고 얘기하는 모습을 보고 있으려니 왠지 어색하네. 뭐 이것도 내가 불감증이라 그런 것이겠지만, 난 자리 좀 피할게."

로라는 혹시나 비꼬는 말로 들릴까 싶어 미소를 지으며 욕실을 나왔다. 뒤에서 윌이 놀라는 목소리가 들렸다.

"불감증이라니? 이게 대체 무슨 소리야?"

"알면 다쳐요. 관심 꺼요, 윌."

로라는 부엌으로 내려갔다. 분명 엄마가 부엌에서 우리 모두를 사로잡을 요리를 준비하고 있을 것 같았다.

하지만 로라의 마음은 사실 전전긍긍이었고, 다음에는 또 무슨 일이 터지려나 불안했다. 그리고 그 다음 일까지는 그리 오랜 시간이 걸리지 않았다.

엄마에게 이모젠이 무사히 돌아왔다고 안심시킨 지 얼마 지나지도 않았는데, 인터폰이 울리는 소리에 간신히 되찾은 평화가 다시 깨지고 말았다. 로라가 부엌 벽에 있는 수화기를 들며 비디오 스크린을 보았다. 그런데 머리가 살짝 희끗희끗하고 조금 단정치 못한 중년 여성이 화면에 나와서 놀랐다.

"안녕하세요, 무슨 일로 오셨어요?"

그 여자가 카메라를 뚫어지게 바라보고 있었다. 이런 문명의 이기에 전혀 익숙하지 않은 사람 같았다. 완전히 캄캄해진 바깥을 배경으로 새하얀 얼굴이 화면에 잡히자 섬뜩한 기분이 들었다. 그 여자가 얼굴을 카메라 렌즈에 바짝 갖다 대고 있어서 코가 두 배로 커져 보였다.

"레이디 플레처를 만나러 왔는데요."

목소리에는 분명히 상류층 사람들의 말투가 배어 있었다. 목소리가 화면에 나온 이미지와 어울리지 않았다. 로라는 조심해야겠다는 생각이 들었다.

"무슨 일로 오셨는지 여쭤 봐도 될까요?"

"지금은 말할 수 없어요. 레이디 플레처하고 둘이서만 얘기하고 싶어요."

스텔라가 로라를 바라보며 눈썹을 치켜떴다. 그 여자가 하도 마이크에 입을 바짝 대고 말해서 말소리가 쩌렁쩌렁하게 울렸다.

"죄송하지만, 레이디 플레처는 지금 조문객을 받지 않아요." 스텔라가 말했다.

"난 조문객이 아니라 친척이에요."

로라가 이게 무슨 말인가 싶어 엄마를 바라보았지만, 엄마는 그냥 어깨만 으쓱했다. 분명 로라 쪽 친척은 아니었다. 하지만 로라는 이 여자를 무례하게 대하고 싶지는 않았다.

"실례지만 성함을 여쭈어도 괜찮을까요?"

"급하게 얘기할 게 있다고만 전해주세요. 제 이름은 베아트리체라고 해요."

로라는 도대체 이런 희한한 날이 또 올까 생각하며, 벨을 눌러 정문을 열어 주었다. 그리고 엄마를 돌아보며 말했다.

"휴고의 누나예요."

"휴고한테 누나가 있었어? 결혼식에 보이지도 않았잖아?"

"나도 만난 적 없어요. 열다섯 살 정도에 가출했거든요. 그리고 지난 사십 년 동안 행방불명이었다고요!"

로라는 진입로를 따라 내려가 정문까지 가서 베아트리체를 맞았다. 본채를 향해 걸어오는 베아트리체의 모습을 보고 로라는 놀라고 말았다. 고급 옷이 아니라 꾀죄죄해 보이는 늘어진 검정 바지에 하얀색 긴팔 점퍼를 입고, 그 위에 방한 파카를 걸치고 있었다. 발에는 낡은 운동화를 신고 있었고, 어깨에는 초록색 배낭을 걸치고 있었다. 말투에는 영국 상류층 사람의 흔적이 남아 있을지 모르겠지만 행색은 목소리와 조화되지 않았다.

"이런 망할, 영국이 얼마나 추운 곳인지 깜박했네. 이 집은 예나 지금이나 음침하기는 마찬가지고. 이런 집에서 대체 어떻게 살았어요? 들어가도 돼요?"

로라는 말문이 막혀서 문을 열며 뒤로 물러섰다.

로라는 아직 입을 열지 않았다. 뭐라 말해야 할지 알 수 없었다. 하지만 이 이상한 여자한테는 무언가 맘에 드는 구석이 있었다. 어쩌면 이 집에 대한 생각이 자기와 같아서 그런지도 몰랐다.

"물론이죠. 들어오세요. 응접실로 가 계시면 제가 뭐 좀 준비해서 내올게요. 뭐 좀 드실래요?"

"아까 나하고 통화한 사람 맞죠? 조문객을 받지 않는 거는 나도 충분히 이해해요. 나라도 그랬을 테니까. 남편을 잃었으니 유감이라고 말해야겠지만, 상식이 있는 사람 같으니까 말을 아낄게요. 그리고 응접실은 가고 싶지 않아요. 내가 제대로 기억하는 게 맞다면 그곳은 귀신이 안 튀어나오는 게 이상할 정도로 음침한 곳이었어요. 나하고 같은 생각이면 차라리 부엌으로 가는 게 어떨까요?"

"물론 괜찮죠. 그런데 저희 엄마가 부엌에 계신데, 괜찮으시겠어요?"

"위로해 주러 오셨군요? 맞죠?" 베아트리체가 갑자기 웃음을 터트렸다.

로라는 도대체 이 반응을 어떻게 받아들여야 할지 알 수 없었지만, 그래도 부엌에 가면 엄마가 도와줄 수 있을 거라 생각하니 다행스러웠다.

서로 인사가 오고갔고, 스텔라는 분주하게 마실 것을 따랐다. 그리고 잠시 침묵이 흘렀다. 며칠 전에 남동생이 세상을 떠났지만, 몇 십 년 동안 연락 한 번 없었던 것으로 아는데, 그런 사람하고는 어떻게 말문을 터야 할까? 베아트리체는 안절부절 못하는 로라와 스텔라의 마음을 모두 읽고 있는 것 같았다. 모두들 불편한 이야기를 차마 꺼내지 못해 긴장하고 있는 듯했다. 결국 베아트리체가 긴장된 침묵을 깨고 입을 열었다.

"오늘 아침에 휴고에 대해 들었어요. 정확히 말하자면 나한테는 점심시간이었지만, 여기는 아침시간이었겠죠. 그리고는 곧장 공항으로 가서 오늘 오후 비행기를 잡아탔어요. 그래야 할 것 같더군요."

베아트리체가 반응을 살피듯 두 여자를 바라보았다. 로라가 엄마를 보며 무슨 말이라도 해보라는 듯 얼굴을 찡그렸다. 하지만 스텔라가 입을 열기도 전에 베아트리체가 말을 이었다.

"아무래도 나에 대해 궁금하시겠죠? 분명 휴고가 이렇게 말했을 거예요. 내가 아주 오래 전에 말도 없이 달아난 이후로 코빼기 한 번 안 비쳤다고 말이죠. 정확히 맞는 얘기예요. 나는 이 끔찍한 집과 끔찍한 부모로부터 벗어나야 했어요. 나한테 대체 무슨 일이 있었는지 알고 싶죠? 네?"

베아트리체가 높은 부엌 의자에 위태위태하게 걸쳐 앉았다. 짧은 다리가 의자 아래로 달랑거렸고, 머리를 까딱거리면서 처음엔 로라를, 그 다음에는 스텔라를 쳐다보았다.

로라가 말없이 고개를 끄덕였다. 베아트리체가 무례하게 굴고 있다는 것은 알았지만 대체 이런 손님한테 무슨 말을 해야 할지 알 수 없었다.

"처음에는 뉴키로 달아났었어요. 여름이었거든요. 사람들도 아주 많고, 같이 어울리기도 쉽더라고요. 그리고 몇 달 후에는 그리스 로도스로 갔어요. 정확히 말하면 린도스죠. 육십 년대에는 사람들이 그곳 해안에서 야영 생활을 했어요. 아주 편한 삶이었죠. 나는 술집에서도 일하고, 감당할 수 있는 일이면 닥치는 대로 했어요. 그러다가 지금의 남편을 만났죠. 그이는 그리스 사람이에요. 그리고 크레타로 이사했죠. 그 후로 지금까지 그곳에서 살았어요. 이제는 대부분 나를 현지인처럼 생각해요. 나도 내가 영국 사람이라고 안 하고요. 나는 어떻게 해서든 영국 사람들을 피하고 살아요."

베아트리체가 뒤쪽 벽에 등을 기대고 풍만한 가슴 위로 팔짱을 꼈다. 그녀의 둥근 얼굴은 화장을 한 흔적이 보이지 않았고, 희끗희끗한 컷트 머리였다. 스타일이나 장식 같은 것을 전혀 찾아볼 수가 없었지만 이상하게도 로라는 이 여자한테 끌렸다. 이 여자는 자기 생각을 숨김없이 솔직하게 말하는 것을 자랑스럽게 생각하는 사람 같았다. 이 집과 이곳에 살던 사람들에게서 보이던 기만적인 모습과 비교하면 청량제 같은 사람이었다.

"이 일은 어떻게 아셨어요? 그러니까, 휴고에 대해서요." 로라가 물었다.

"나는 영국 신문은 절대로 안 읽어요. 영국 텔레비전도 보지 않고. 그래서 여기서 일어나는 일은 보통 까맣게 모르고 살아요. 하지만 크레타에도 소문이란 게 돌아요. 보통 꼴 보기 싫은 관광객들이 퍼뜨리고 다니죠. 휴고의 자선재단에 대해서 들었어요. 역시나 내가 예상했던 그대로더군요. 그럼 그렇지. 우리 아버지의 취향을 생각해 보면 그게 딱이겠다 싶더라고요."

마치 코밑에 고약한 냄새라도 들이민 것처럼 베아트리체의 얼굴에 역겹다는 표정이 스쳤다.

"하지만 휴고가 죽었다는 얘기는 오늘에야 들었어요. 어떤 목소리 큰 영국 사람들이 휴고에 대해 이러쿵저러쿵 떠들고 있더군요. 모두들 걱정하는 척 떠들고 있었지만, 그 속마음은 뻔하죠. 무슨 스캔들이 숨어 있을까 궁금했던 거지."

로라는 끔찍한 생각이 들었다. 베아트리체에게 연락할 방법이 있는지 확인해 봤어야 했다. 어쩌면 변호사들이 알고 있었을지도 모르는데. 휴고의 마지막 남은 친척들을 찾아볼 생각은 꿈에도 못하고 있었다.

"소식을 그렇게 접하셨다니 정말 죄송해요. 충격이 크셨겠네요. 연락할 방법을 알았으면 제가 직접 연락 드렸을 텐데, 휴고와 연락하고 계시는지는 몰랐어요. 휴고가 누나 얘기는 한 번도 꺼내본 적이 없었거든요."

베아트리체가 또 한 번 웃음을 터트렸다. 그녀가 로라를 보며 손사레를 쳤다.

"내가 우리 남동생 잘 가라고 작별 인사하러 온 것 같아요? 내가 떠난 이후로 한 번도 연락한 적 없어요. 솔직히 까놓고 말하면 죽은 휴고가 내가 알던 그 휴고 그대로라면, 차라리 잔을 들고 축배를 들겠어요. 나 그 인간 때문에 온 게 아니에요."

베아트리체가 뚫어지게 로라를 바라보았다. 그리고 부드러워진 목소리로 말했다.

"휴고한테 딸이 있는 걸 오늘에야 알았어요. 듣기로는 열한 살인가, 열두 살인가 됐다던데. 그 애가 걱정이 됐어요. 일이 어떻게 돌아가고 있는지, 그 아이가 잘 지내고 있는 게 맞는지 좀 알아야겠어요. 만약 휴고가 지 애비하고 비슷한 인간이라면…."

로라의 눈이 휘둥그레졌다. 베아트리체가 무슨 말을 하려는지는 알 수 없었지만 엄마를 옆에 두고 그 얘기를 꺼내고 싶지는 않았다. 다행히도 스텔라는 로라의 표정을 못 보고 지나쳤지만, 베아트리체는 놓치지 않았다. 무슨 뜻인지 알았다는 듯 고개를 끄덕이며 베아트리체가 말을 이었다.

"그 아이도 내 혈육이니까요. 내가 어떻게 그 아이를 도울 수 있을지 알고 싶어요."

베아트리체가 시끄럽게 진을 한 모금 마시고는 의자에서 뛰어내렸다.

"로라, 이 낡은 집을 오랜만에 다시 구경해보고 싶은데 괜찮겠어요? 그리고 이 술 잔 같이 가지고 가도 괜찮겠죠?"

잠시 후 두 사람은 부엌을 나와 복도로 갔다. 그리고 계단 앞에 가서 잠시 걸음을 멈추고 로라가 물었다. "위층을 먼저 보실래요? 아니면 아래층부터 둘러볼까요?"

"실없는 소리 하지 말아요. 이 집에 관심 따위는 개뿔도 없으니까. 아까 보아하니 엄마 앞에서 남편 얘기 꺼내고 싶어 하지 않는 눈치라서 그랬어요. 그 아이는 어디 있어요? 뭐 문제는 없나요?"

"아이는 괜찮아요. 엄마하고 같이 있어요. 정말 사람을 기분 좋게 만들어주는 애예요. 여기 계시는 동안 꼭 한번 만나보세요. 그리고 아무것도 걱정하실 것 없어요. 모두 잘 알아서 하고 있어요."

베아트리체가 천천히 고개를 끄덕였다. 두 사람 다 더 이상 설명할 필요를 느끼지 못해 잠시 말이 없었다.

베아트리체가 다시 걸걸한 목소리로 입을 열었다. "우리 아버지, 어머니는 개만도 못한 인간들이었어요. 좋게 말하면 '이상한' 사람들이었지. 그런데 어린 시절에 휴고를 보니 제 아빠를 똑 닮아가고 있더라고요. 정말 이상한 일이었죠. 휴고가 아빠를 그렇게 미워했거든요. 난 그게 정말 이해가 안 돼요. 둘이 그렇게 똑 닮았으면서 왜 그렇게 미워했는지. 나는 우리 가족 전체가 너무 미워서 그 증오심에 눈이 멀었어요. 그래서 휴고가 어떤 일을 겪게 될지는 솔직히 신경 쓰지도 않았죠. 휴고는 엄마의 총애를 받아서 자기가 특별한 줄 아는 아이였어요. 자기밖에 몰랐지. 난 그 재수 없는 놈을 1초도 그리워해 본 적이 없으니까. 하지만 나도 그게 전적으로 그 애의 잘못이었다고는 생각하지 않아요."

베아트리체가 고개를 돌려 로라를 뚫어지게 쳐다보았다.

"그 딸아이는 옳고 그른 게 뭔지 가릴 줄 아나요?"

"아직 완전하지는 않아요. 하지만 우리가 가르칠 수 있다고 생각해요. 그냥 지금은 시간이 좀 필요할 뿐이에요."

"이해해요. 그런데 당신 같은 사람이 대체 휴고 같은 인간말종하고는 왜 결혼한 거예요? 보아하니 욕심이 많은 사람 같지는 않은데? 얼굴도 그만하면 반반하고, 머리가 둔한 사람 같지도 않고. 물론 겉모습만 봐서야 모를 일이지만."

로라는 웃을 수밖에 없었다. 베아트리체는 진실을 알 자격이 있다는 생각이 들었다. 로라는 여성 인권의 향상을 천명한 자선재단의 수장이었던 한 남자가 자신의 삶을 어떻게 철저히 짓밟았는지 설명했다. 로라는 자기가 휴고를 맹목적으로 숭배했었고, 그의 결점을 알아차리지 못하고 모두 덮어주려고만 했었음을 깨달았다. 휴고는 로라가 그때까지 만나봤던 어느 사람과도 달랐다. 그는 세련되고, 매력이 넘치는 인물이었고, 로라 같은 사람은 꿈에서나 봤을 법한 삶을 살아온 사람이었다. 로라는 자기가 그의 돈과 권력에 끌린 것은 아니었을까도 궁금했다. 그 때문에 휴고에게 매달리게 됐을지도 모른다는 생각은 정말 끔찍했다. 그리고 배려와 통제는 종이 한 장 차이라는 것을 오랫동안 눈치채지 못하고 살았다.

베아트리체는 한 팔을 난간에 기댄 채 로라의 말에 귀를 기울였다. 두 사람은 여전히 홀에 남아 있었다.

"나는 내가 그이를 사랑한다고 믿었어요, 베아트리체. 정말로 그랬어요."

"하지만 그건 틀린 생각이었겠지. 안 그래요?" 베아트리체가 연민이 담긴 말투로 대답했다.

"맞아요. 제가 틀렸었어요. 하지만 그것을 깨닫는 데는 오랜 시간이 걸렸죠. 그리고 깨달았을 때는 이미 늦어 버렸어요."

"그게 무슨 말이에요? 너무 늦다니? 너무 늦는 게 어디 있어? 도대체 왜 떠나지 않은 건데요?"

하지만 또다시 초인종이 크게 울리는 바람에 로라는 이 질문에 답하지 못했다. 정문이 잠겨있었는데 들어온 것을 보면 경찰이 분명했다. 아니나 다를까, 현관문을 열었더니 톰 더글라스가 불길한 표정으로 베키 로빈슨과 함께 서 있었다. 톰이 정말 미안한 표정으로 로라를 보며 어색한 미소를 지었지만, 로라는 이상하게도 그가 반가웠다.

"이렇게 늦은 시간에 방해해서 정말 죄송합니다, 로라. 하지만 다시 이야기를 해야 할 상황이 됐어요. 들어가도 괜찮겠습니까?" 톰이 홀로 들어서다가 베아트리체를 보고 멈춰섰다. "죄송합니다. 손님이 와 계신 것을 몰랐네요."

"괜찮아요, 톰. 이쪽은 휴고의 누나 베아트리체라고 해요. 베아트리체,

이분은 톰 더글라스 경감님이세요."

톰이 흥미로운 표정으로 물었다. "입국하신 지는 얼마나 되셨습니까…? 그런데 성을 어떻게 불러야 할지…?"

"레카스예요. 그리고 저는 오늘 방금 도착했어요. 혹시나 내가 휴고를 죽인 것이 아닐까 생각하고 계시다면 그 대답은 '아니오'예요. 누군지는 몰라도 그 인간을 죽인 사람을 만나면 뽀뽀라도 해주고 싶은 심정이지만!"

톰의 놀란 얼굴을 보면서 로라는 웃음이 났다. 베아트리체의 노골적이고 거침없는 언사에 적응하려니 시간이 좀 걸리기는 했지만, 시간이 지날수록 이 여자가 좋아졌다. 톰이 정신을 차리고 물었다.

"수사에 도움이 되실지도 모르는 분이겠군요. 저기…, 우리 어디 앉아서 얘기하는 것이 어떨까요? 여러분의 도움이 절실히 필요합니다." 톰이 로라를 보며 또 한 번 미안한 듯 미소를 지었다.

"도움이 된다면야 나로서는 기쁜 일이죠." 베아트리체가 대답했다. "어디로 갈까요, 로라? 끔찍하긴 해도 응접실로?"

대답을 기다리지도 않고 베아트리체가 응접실로 성큼성큼 걸어갔다. 싸구려 운동화에서 나는 이상한 쩍쩍 소리가 났다. 톰이 로라를 보며 의아하다는 듯 눈썹을 치켜떴다. 로라가 살짝 미소를 짓고는 베아트리체를 따라갔다. 베아트리체 덕분에 분명 분위기가 훨씬 가벼워졌다.

★

톰은 응접실에 자리를 잡으면서 레카스 부인이 휴고의 살인에 대해 뭐라고 말했을지 생각해 보았다. 겉으로 보기에 이 둘 중 하나가 그를 살해했을 가능성은 없는 것처럼 보였다. 그리고 알렉사를 제외하면 휴고와 가까운 사람들은 모두 그의 사망에 기뻐하는 듯 보였다.

휴고의 누나가 이곳에 도착한 것은 톰이 필요로 했던 뜻밖의 행운이 되어줄지도 모를 일이었다. 하지만 이 여자를 아주 조심스럽게 다룰 필요가 있다는 생각이 들었다. 휴고의 살인 사건을 수사하다가 알아낸 내용을 알려주면 충격을 받을지도 모를 일이었다.

"레카스 부인, 저는…."

"그냥 편하게 베아트리체라고 불러요. 격식하고는 담쌓은 지 오래니까."

"베아트리체, 불필요하게 당신을 놀라게 하고 싶지는 않습니다만 경찰에서는 당신 남동생의 행적에 대해 의혹을 좀 가지고 있습니다. 하지만 수사에 진척이 별로 없군요. 로라, 이 얘기를 베아트리체하고 함께 해도 괜찮겠습니까?"

대답은 베아트리체가 했다. 격식하고는 오래 전에 담을 쌓았는지 모르지만 상류층 특유의 특권의식은 아직도 머릿속에 각인되어 있는 것 같았다.

"문제 될 것 있겠어요? 안 그래요, 로라? 이름이 톰이라고 하셨던가? 아까 로라가 그렇게 부르는 것 같던데?" 톰에게 가타부타 대답을 기다리지도 않고 베아트리체가 계속 말을 이어갔다. "내 남동생의 행동에 대해 무슨 말을 듣든 나는 눈곱만큼도 놀라지 않을 거예요. 보나마나 자기 아빠하고 판박이였을 테니까. 그 녀석이 자기가 그렇게 싫어하는 사람을 어쩜 그렇게 똑같이 따라하는지는 정말 알다가도 모를 일이에요. 하지만 세상이 그런 걸 우리가 어째? 뭘 알고 싶으세요, 경감님?"

톰이 로라를 흘깃 바라보았다. 로라가 살짝 고개를 까딱했다.

"네, 톰이라고 합니다. 그런데 진행하기 전에 방금 하셨던 말에 대해 좀 여쭈어도 될까요? 휴고가 아버지를 싫어했었다고요? 저희가 아버님의 사망에 대한 정보를 검토해 봤는데, 자살로 바라보는 시각이 많기는 했지만, 살인을 암시하는 증거들도 상당히 많아서 사인 불명으로 판결이 나와 있더군요. 휴고가 아버지를 살해했을 가능성도 있다고 보십니까?"

"아니요, 휴고가 죽이지 않았어요. 휴고는 아버지를 미워했지만, 죽이지는 않았어요. 다음 질문요."

"확신하십니까?" 톰이 끈질기게 물었다.

"확실해요. 제 협조를 원하시면 다음 질문으로 좀 넘어갔으면 좋겠네요."

흥미로운 대답이기는 했지만 톰은 과거의 일은 나중에 더 물어봐도 된다는 생각이 들었다.

"좋습니다. 저희는 남동생의 살인사건만 수사하는 것이 아니라, 그가 자선재단에서 구조한 일부 매춘부들을 자신의 목적을 위해 이용했을 가능성도 조사 중입니다. 몇몇은 행방불명인데, 분명 이 사건과 연결고리가 있을 겁니다. 어쩌면 이 살인사건의 뿌리에는 휴고에게 멸시당한 여자가 자리잡고 있을지도 모르죠."

베아트리체가 차가운 미소를 지으며 말했다. "내가 당신이었다면 휴고가 관련된 문제에서는 무조건 최악의 경우를 가정했을 거예요. 분명 휴고가 그 매춘부들을 어떤 방식으로든 이용한 거예요. 아마 자선재단을 운영하는 내내 계속 그랬겠지. 우리 아버지도 비슷한 활동을 했었어요. 그냥 규모가 훨씬 작고, 그 지역 소녀들만 대상으로 해서 그랬지. 하지만 그 모든 활동은 전적으로 자신의 쾌락을 위한 것이었죠." 베아트리체가 잠시 말을 멈췄다. 그리고 과거의 사건들을 떠올리는 듯 눈을 게슴츠레하게 떴다. 분명 즐거운 기억은 아닌 듯했다.

베아트리체가 다시 말을 이어갔다. "아버지는 구조한 소녀들을 신체검사할 때마다 자기도 굳이 그 자리에 있어야 한다고 고집을 부렸어요. 아주 오래 전 일이었는데, 그 당시만 해도 대체 무슨 이유인지는 몰랐는데, 그런 것이 전반적으로 용납되던 시절이었어요. 선생님들이 꼬마 아이의 엉덩이를 까서 매를 때리는 것과 비슷한 행동이라 본 거죠. 아버지는 자기를 의사로 생각해야 하고, 자기가 신체검사 현장에 있는 것에 대해 아무 문제도 없다고 했어요. 사실 아버지는 변태에 불과했는데 말이죠. 그러니 휴고가 그런 비슷한 짓을 하고 있었다고 해도 털끝만큼도 놀랄 일이 아니죠. 그런 짓을 하고도 그동안 들키지 않았다는 게 놀랍지."

베아트리체가 톰을 바라보았다. 톰은 그녀의 눈빛 속에서 부끄러움의 흔적을 느낄 수 있었다. 마치 아비의 죄는 그 자식의 책임이라는 듯이.

톰이 입을 열었다. "만약 휴고가 그 매춘부들을 자기 내연녀로 삼은 것이라면 몇 달에 한 번씩 새로운 사람으로 바꿀 정도로 자주 교체했던 것으로 보입니다. 휴고가 기존의 매춘부들과 볼 일이 끝난 다음에는 그들을 어떻게 했을 것 같나요?"

베아트리체가 잠시 생각에 잠겼다. "추측해 보라는 소리죠? 휴고가 돈을 주고 쫓아냈을 거라고 봐요. 아마 최대한 먼 곳으로 보냈겠죠. 그 소녀들이 옛날 친구들과 마주치는 일이 없게 하려고. 만약 휴고가 아버지를 닮았다면 스캔들을 피하려고 무슨 일이든 서슴지 않았을 거예요." 베아트리체가 고개를 저었다. 톰은 그녀가 이 문제에 얽혀 들어온 것을 후회하고 있는 것 같다는 생각이 들었다. 톰이 맞은편에 앉아 있는 두 여인을 바라보았다. 정답에 아주 가까워져 있었지만, 마지막 퍼즐 조각이 아직 나타나지 않고 있었다.

"문제가 있습니다. 이런 부분들을 입증하는 데 어려움을 겪고 있고, 소녀들의 행방도 추적이 안 된다는 겁니다. 휴고가 그 소녀들을 어디로 데려갔는지 알아내야 합니다. 그럼 우리를 올바른 방향으로 이끌어줄 증거를 찾아낼 수 있을지도 모르니까요. 베아트리체, 어린 시절을 생각해 보면 혹시 그가 소녀들을 데리고 갔을 만한 장소가 떠오르지 않을까요? 다른 곳은 다 조사해 봤는데 모두 허탕이었습니다."

톰은 어떤 단서라도 나오지 않을까 해서 초조하고 간절한 마음으로 의자 끝에 아슬아슬하게 걸터앉아 있었다. 다급한 마음이 방 안에 있는 모든 사람에게 전달되기를 바라는 마음이었다.

하지만 베아트리체도 별다른 중요한 단서는 없는 듯 보였다.

"나는 휴고가 열 살쯤 됐을 때까지의 모습밖에 몰라요. 하지만 그 녀석이 아빠, 엄마하고 닮은 구석이 있다면 명성과 평판을 중요하게 여겼을 겁니다." 베아트리체가 로라 쪽을 바라보았다. 로라도 고개를 끄덕여 동의했다. "사람들에게 들킬 위험이 있는 곳은 절대로 선택하지 않았을 거예요." 베아트리체가 고개를 저었다. "하지만 유감스럽게도 머릿속에 당장 떠오르는 장소는 없네요."

톰이 다시 의자에 등을 기대고 앉았다. 한 발 전진하고 나면, 그 다음엔 꼭 다시 두 발 후퇴하는 기분이었다. 실망스러웠다.

"행방불명된 매춘부들이 그의 살인사건에 연루되었을지 모른다는 가설 때문에 어쩌면 우리가 엉뚱한 방향으로 가고 있는지도 모릅니다만, 현재로서는 다른 마땅한 가설이 없습니다." 톰이 말했다.

그가 로라를 바라보며 말했다. "로라, 베키가 나중에 따로 설명하겠지만, 우리가 제시카 암스트롱을 심문해 봤습니다. 하지만 그 여자의 통화기록을 확인해 보았더니 휴고가 살해되던 시간에 통화를 하고 있었다는 것이 입증이 됐습니다. 그때 제시카는 자기 이모하고 통화중이었어요. 이모한테도 이 사실을 확인 받았고요. 제시카는 자기 알리바이를 설명해야 할 이유를 알 수 없어서 우리한테 이 얘기를 하지 않았었다고 하더군요. 워낙 오만한 여자라 그럴 만도 합니다…. 그리고 이모젠에 대해서도 추가적인 정보를 얻는 데 실패했습니다."

로라가 재빨리 대답했다. "톰, 제 말을 못 믿으시겠지만, 저는 이모젠이 휴고를 죽이지 않았다고 백 퍼센트 확신해요. 당신이 이 사건은 섹스와 상관이 있다고 했잖아요. 하지만 두 사람은 서로를 미워했어요. 만약 이모젠이 휴고에게 섹스를 제안했다고 해도 휴고가 거절했을 거예요. 이모젠한테 남자라고는 윌 오빠밖에 없어요."

베아트리체가 끼어들었다. "미안한데, 이모젠은 누구고, 윌은 또 누구예요?"

"미안해요, 베아트리체. 윌은 제 오빠예요. 이모젠은 제 오래된 친구고, 윌 오빠의 전처예요. 휴고가 죽고 나서 이곳으로 저를 도와주러 왔어요."

"고마워요, 로라." 베아트리체가 잠시 말이 없어지더니 무언가 얼떨떨한 듯 얼굴을 찡그렸다. "이모젠이라. 그 이름이 왜 귀에 익지? 조금만 조용히 해 줄래요? 생각을 좀 해야겠어요."

톰과 로라가 또 다시 시선을 교환했다. 대화 내내 베키는 말없이 메모만 하고 있었지만, 이 말에는 베키도 눈썹을 치켜뜨고 고개를 들어 톰과 로라를 번갈아 바라보았다. 그렇게 이삼 분 정도가 흘렀다. 톰은 초조해지기 시작했다. 그에게는 이렇게 기다릴 시간이 없었다. 그리고 그가 입을 열려는 찰나, 베아트리체가 다시 말을 시작했다.

"알았다! 그래, 생각날 줄 알았어. 내가 어렸을 적에 이모젠이라는 친구가 있었어요. 맙소사, 까맣게 잊고 있었네. 휴일이면 그 친구가 나를 죽음보다 끔찍한 내 운명에서 나를 구원해주고는 했었지."

베아트리체는 너무나 즐거운 표정을 지었지만, 응접실에 있는 나머지 사람들은 완전히 실망하고 말았다. 베아트리체가 한 사람, 한 사람 눈을 맞추더니 이렇게 말했다.

"내 참, 무슨 말인지 모르겠어요? 휴고가 소녀들을 데리고 간 곳이 거기라니까! 이모젠하고 내가 휴일에 자주 찾아갔었던 그곳. 여기서 기껏해야 두 시간 거리밖에 안 돼요. 사람들 눈을 피하기에는 딱인 곳이지."

톰은 이것이 중요한 이야기라 확신했지만, 지금 당장은 베아트리체를 탈탈 털어서라도 한 시라도 바삐 정보를 빼내고 싶은 심정이었다. 짜증이 난 목소리로 들릴 것을 알았지만, 톰은 결국 참지 못하고 말을 내뱉었다.

"그래서 거기가 어디예요? 어딘지 말을 해주셔야 알 것 아닙니까?"

베아트리체가 톰을 향해 고개를 돌리고는 부끄러운 표정이 됐다. "아이쿠, 미안해요. 내가 생각에 취해서 혼자만 떠들고 있었네. 우리 이모가 이모부하고 함께 가다 교통사고로 돌아가신 후에 어머니가 그 부동산을 물려받았어요. 이모네가 살아계실 때는 거기에 한 번도 찾아간 적이 없었죠. 이모부가 농부여서 우리보다 못한 사람이라 생각했으니까."

톰은 베아트리체의 한가한 얘기를 모두 듣고 있다가는 폭발할 것만 같아서 속으로 천천히 열을 셌다. 하지만 베아트리체는 아직도 이야기의 클라이맥스에 도달하지 않았고, 서두를 마음도 없어 보였다.

"우리는 어머니가 그 농장을 물려받은 후에 가족 휴가로 몇 번 그곳을 방문했어요. 아주 끔찍했죠. 거기서 이모젠을 만났어요. 그래, 어쩐지 중요한 이름 같더라니까."

베아트리체는 혼자 즐거워하면서 의자에 기대앉았다. 반면 톰은 안달이 나 미칠 지경이었다.

"베아트리체, 무례하게 굴어서 죄송하지만, 대체 우리가 지금 얘기하고 있는 그곳이 어디 있는 건가요? 그 농장이 어디 있습니까?"

베아트리체가 가장 결정적인 부분을 또다시 빼먹었다는 것을 깨달았다는 듯 아랫입술을 깨물며 고개를 끄덕였다.

"아, 그렇지. 그걸 말해줘야 도움이 되겠군요. 도싯의 리쳇트 민스터 근처에 있어요. 그 농장의 진짜 이름은 모르겠는데 우린 항상 그곳을 리쳇트 민스터 농장(Lytchett Minster Farm)이라고 불렀죠."

순간 정적이 흘렀다. 톰의 심장은 방망이질 쳤고, 베아트리체를 빼면 응접실에 있는 그 누구도 그것이 중요한 이름이란 사실을 놓치지 않았다. 드디어 'LMF'의 수수께끼가 풀렸다.

하지만 윌과 이모젠, 그리고 그 뒤로 바짝 붙어서 스텔라가 열린 문간으로 나타나자 정적이 깨졌다. 달아오른 분위기가 집 안 전체로 스며들어 마치 불나방을 끌어들이는 모닥불처럼 그 사람들을 응접실로 끌어들인 것 같았다. 톰은 실례인 줄 알면서도 새로 나타난 세 사람을 무시하고 의자에서 몸을 앞으로 빼 앉으며, 베아트리체에게 구체적인 장소에 대해 애원하기 시작했다.

"베아트리체, 농장에 대해서 알고 있는 부분은 모두 다 말해주세요. 혹시 주소는 모르십니까?" 그가 물었다.

"모르죠. 주소까지 외울 일이 있었겠어요?"

"좋습니다. 그 농장의 모습을 좀 설명하실 수 있나요? 그 지역 사람들한테 설명할 수 있는 어떤 특징이 필요합니다. 동네 사람들이 찾아줄지도 모르니까요. 플레처라는 이름으로 주민들한테 물어 볼 수도 있겠지만, 왠지 그래봤자 시간 낭비라는 생각이 드는군요."

"아이고, 그게 언제 적 얘긴데. 잠깐만요. 생각 좀 해볼게요."

실망스럽게도 베아트리체가 또 다시 침묵에 빠졌다. 하지만 감사하게도 이번에는 몇 초밖에 걸리지 않았다.

“내 기억으로는 그 농장이 인적 없는 외딴 곳에 있었어요. 적어도 그 때는 그랬어요. 분명 지금쯤은 그 농장 주위로 성냥갑처럼 똑같이 생긴 빨간 벽돌집들이 다닥다닥 둘러싸고 있겠죠.”

특별히 도움이 될 정보는 아니었지만 들떠서 웅성거리는 소리가 응접실 안에 퍼졌다. 사건의 심각성에 비추어 보면 안 어울리는 장면이었다. 톰이 의자에서 벌떡 일어났다.

“좋습니다. 지금 당장 도싯으로 가야겠어요. 베키, 그 지역 경찰서에 연락해서 우리하고 같이 그 농장을 찾아보자고 해봐. 그리고 베아트리체, 오늘 먼 길 오셔서 피곤하신 거 아는데 정말 죄송합니다만 저희하고 좀 같이 가주실 수 있을까요? 정말 큰 도움이 될 겁니다. 거기에 도착하면 그냥 차에 앉아계시면 됩니다. 혹시 농장의 위치가 확실치 않으면 그 때 도움을 요청하겠습니다. 가능할까요?”

“아, 물론이죠.” 그녀가 대답했다. “내가 산전수전 다 겪고 살아서 이래 봬도 꽤 강한 사람이에요. 그리고 이번 일이 흥미로운 것도 사실이고. 그 애비에 그 아들이라고, 내 남동생도 아버지처럼 분명 인간말종이라고 확신하지만, 내 생각이 틀렸으면 하는 마음도 있어요. 다른 건 몰라도 그 딸내미를 생각해서 말이죠.”

톰이 슬쩍 로라를 바라보았다. 베아트리체의 말에 로라가 어떤 반응을 보이는지 확인하고 싶었다. 자기 남편이 인간말종이라는 것을 안다고 해도, 그것을 다른 사람의 입을 통해 듣는 것은 다른 문제다.

로라가 말했다. “그렇게 걱정스런 표정으로 보지 말아요, 톰. 이제는 휴고가 어떤 사람이었는지 우리 모두가 대충은 알지 않나요? 모두들 그이가 얼마나 잔인한 사람이었는지 확인하고픈 병적인 기대감들이 있는 것도 사실이고요. 사람들이 끔찍한 교통사고 현장을 지날 때 안타까워하면서도 호기심 때문에 한 번은 눈길을 주고 가잖아요. 이것도 마찬가지죠. 미렐라는 그냥 어느 이름 모를 술집에서 일하고 있는 것으로 밝혀지고, 그 LMF라는 농장에는 휴고가 힘들 때 찾아와 쉬던 안식처밖에 없기를 바라는 사람은 아마도 이 방에서 나밖에 없을 거예요.” 로라가 잠시 뜸을 들였다. “솔직히 나도 바보가 아닌 이상 그렇게 믿지는 않지만 말이에요.”

잠시 정적이 흘렀다. 사건에 돌파구가 마련됐다 싶어 짜릿한 흥분을 느꼈던 것에 모두들 죄책감이 느껴졌다. 톰이 로라를 돌아보며 말했다.

“로라, 일의 진척 상황은 베키를 통해 계속 알려드리겠습니다. 그리고 지금이 분명 힘든 시간이겠지만 그래도 곁에서 위로해주실 가족들이 있으니 안심이 됩니다.” 톰이 마지막 문장에 꽤 힘을 주어 말했다. 마치 로라의 가족들에게 로라를 잘 돌보고, 쓸데없는 추측이나 짐작 같은 것은 하지 말라고 경고하는 것처럼 들리기도 했다.

“가시죠, 베아트리체.” 그가 말했다. “베키, 다른 정보가 나오면 우리한테 바로 연락하고.”

톰은 베아트리체가 파카를 다시 입는 것을 도우며 마지막으로 로라에게 연민 어린 시선을 보냈다. 나머지 가족들에게는 고개를 한 번 까딱하고 밖으로 나가 차에 올라탔다.

34

"이런 젠장할. 베키, 별로 도움 안 되겠는데? 그거 말고 뭐 다른 건 없고?" 톰이 잠시 말을 멈추고 자동차 소음을 차단하려고 수화기를 귀에 바짝 붙였다.

"빌어먹을. 좋아. 그건 나한테 맡겨. 나중에 다시 연락할게."

톰이 전화를 끊고 혀를 찼다. 톰은 베아트리체가 호기심 어린 표정으로 그를 돌아보는 것을 느꼈다.

"죄송합니다. 베아트리체. 제가 좀 무례했군요."

"욕이 좀 튀어나온 것 때문에요? 그거라면 괜찮아요. 난 그런 거 신경 안 쓰니까. 입이 걸기로는 나도 어디 가서 뒤지지 않지. 지금쯤 눈치챘겠지만 나도 욱할 때는 막 내뱉잖아요. 무슨 문제 때문에 그런데요?"

"그 지역에 플레처나 휴고의 회사 이름으로 된 부동산이 없다는군요. 베아트리체 당신 어머니의 결혼 전 성으로 조사해 봐도 없고, 삼촌 이름으로도 조사해 봤는데 아무것도 안 나온답니다. 그래도 딱 한 가지 다행스러운 점은 리첫트 민스터가 그리 큰 동네가 아니라는 사실입니다. 당신 눈에 익은 건물이 나올 때까지 그냥 주변을 계속 돌아봐야겠어요."

"그거 쉽지 않겠는데요." 베아트리체가 말하며 얼굴을 찌푸렸다. "우리가 그 농장을 리첫트 민스터 농장이라고 불렀던 이유는 그 농장에 가기 전에 마지막으로 지나친 마을이 리첫트 민스터였기 때문이었어요. 거기서 몇 킬로미터 떨어진 곳에 있었는데 어느 방향으로 갔었는지는 나도 알 수가 없네요. 그 마을에 드나드는 도로가 하나만 있는 것이 아닐 텐데."

두 사람 다 잠시 생각에 잠겼다. 베아트리체가 침묵을 깼다.

"휴고는 유명한 사람이라 사람들이 쉽게 알아봤을 거예요. 그러니 다른 건물하고 가까운 건물에 드나들고 있었다면 본 사람이 있었을 거예요. 만약 그 건물 근처에 이웃이 있었다면 지루한 칵테일파티에 초대했을지도 모를 일이고. 지금은 농장인지, 아닌지 알 길이 없지만 어쨌거나 그 농장은 분명 한적한 곳에 있을 거예요. 옛날에는 비포장도로에 있었어요. 정확히 말하면 그냥 흙길이었지. 나 같으면 동네 경찰들한테 사람들이 드나들지 않는 한적한 곳이 어딘지 물어보겠어요. 그 곳 사람들은 그런 곳을 잘 알 테니까."

톰은 베아트리체의 말을 벌써 간파하고, 그녀가 말을 끝맺기도 전에 베키에게 전화를 걸고 있었다.

★

톰이 제한속도 따위는 무시하고 액셀레이터를 밟아댄 덕분에 두 사람은 기록적인 시간 안에 리췟트 민스터로 이어지는 갈림길에 도착했다. 톰이 술집 주차장에서 그 지역 경찰을 만나 가능성 있는 장소를 물어보려고 약속을 잡아놓았다.

"베아트리체, 우리가 농장에 도착하면 여자 경찰 한 사람이 이 차로 들어와서 당신 곁을 지켜줄 겁니다. 혹시라도 불미스러운 일이나 안전에 위협을 당할 일은 없을 겁니다. 물론 거기에 어떤 위험이 도사리고 있다고 생각할 특별한 이유는 없습니다만."

"바보 같은 소리 하지 말아요, 톰. 나도 당신하고 같이 갈 거니까. 당신보다는 내가 그 농장은 잘 알죠. 내가 쓸모가 있을 거예요. 걱정은 하지 말아요. 방해하지 않을 테니까. 적당히 거리를 두고 따라갈게요. 난 이래봬도 담력이 강한 사람이에요. 내가 필요할 거예요."

톰은 베아트리체의 얼굴에서 단호한 결의를 읽었다. 그곳에서 무엇을 발견하게 될지는 두 사람 다 알 수 없었지만, 톰은 제발 미렐라 티네시를 무사한 모습으로 발견하기를 빌고 있었다. 주차장이 바로 코앞이라 베아트리체와 옥신각신하고 있을 시간은 없었다. 주차장에는 경찰차 두 대와 위장 순찰차 한 대가 기다리고 있었다. 이렇게 무더기로 나온 것을 보니 아무래도 오늘 밤은 풀(Poole, 잉글랜드 남부 도싯에 있는 도시 - 옮긴이)이 사건 없이 조용했었나 보다.

그들은 서로 인사를 나누었다. 베아트리체가 자기는 핵심 정보를 가지고 있어 수사에서 빠져서는 안 된다며 나서는 바람에 그곳 경찰들이 어리둥절했다. 하지만 지역 경찰들은 곧 세 후보지에 대해 최대한 간결하게 설명하기 시작했다.

"거긴 아니에요."

"베아트리체, 왜 아니죠?" 톰은 서두르고 싶은 마음이었지만 중요한 것을 무시하고 넘어갔다가 시간을 더 크게 낭비하고 싶지는 않았다.

"휴고가 좋아하는 스타일이 아니에요. 나는 애시버리 파크 집을 꾸며놓은 것을 볼 때마다 욕이 나오지만, 휴고는 그런 흉물스러운 스타일을 좋아해요. 도로에서 오십 미터 떨어져 있다면 충분한 거리도 아니고. 비밀을 지키기에는 도로와 너무 가까워요. 다음."

경찰이 톰의 승인을 바라는 눈치로 톰을 바라보았다. 그리고 톰이 고개를 끄덕이자 다음 후보지에 대해 설명하기 시작했다.

"담장을 기준으로 판단하면 그 다음 후보지는 아주 잘 수리되어 있는 상태입니다. 도로에서도 멀리 떨어져 있어요. 사람이 살고 있는 것 같지는 않지만 그 주변에 온통 담벼락이 쳐져 있어요. 그리고 전기로 작동하는 대문도 설치되어 있습니다. 도로에서는 집이 보이지 않고, 우리도 그 집에 가볼 이유가 없었습니다. 그동안 그곳을 이용하는 사람이 있었는지도 모르겠어요."

"가능성 있어 보이네요. 다음."

경찰이 재빨리 마지막 집의 생김새에 대해 설명했다.

"이 집은 아주 큽니다. 가끔씩 이용하는 사람은 있는 것 같습니다. 문으로 차가 드나드는 것을 본 적이 있거든요. 마을 가장자리에 자리 잡고 있는 집이기는 한데 도로 옆에 있어요. 동네 아이들이 그 정원에 몰래 들어가 나무에서 과일을 서리하기도 했었습니다. 하지만 집주인이 데리고 온 개 때문에 아이들이 겁을 먹어서 이제는 거기 가지 않습니다."

"그 집은 아니에요. 아이들이 들어갈 수 있는 곳이라면 휴고가 좋아하지 않았을 거예요. 그리고 휴고는 항상 개를 싫어했어요. 자기가 싼 똥을 먹는 더러운 것들이라면서. 우리 어머니가 하던 말을 따라하는 거예요. 어머니가 항상 그렇게 말했거든. 개들은…."

톰이 베아트리체의 말을 끊었다. 베아트리체의 어린 시절 이야기나 들어주고 있을 한가한 시간이 없었다. "그러니까 두 번째 집이라는 거죠?"

"그렇죠. 눈에도 잘 안 띄고, 담도 쳐있고, 전기로 작동하는 대문도 있고, 세 집 중에는 그 집이 제일 그럴듯해요."

"좋습니다, 베아트리체." 톰이 말했다. "우리 그럼 이렇게 하지. 사람이 많으니까 경사 자네는 같이 온 여자순경하고 같이 우리를 그 두 번째 집으로 안내하고, 경장 자네는 우리를 뒤에서 따라와." 톰이 나머지 두 경찰에게 돌아서며 말했다. "자네 둘은 다른 차로 그 세 번째 집에 가봐. 그냥 그 집을 바깥에서만 확인해 보도록 해. 두 번째 집에서 건질 게 없으면 우리가 그곳으로 갈 테니까. 모두들 이의 없나?"

아무도 이의를 제기하지 않았다. 이곳은 톰의 관할지역이 아니었지만 그가 직급이 높기도 했고, 사건 자체가 워낙 중한 것이다 보니 경찰들 모두 그의 지시에 고분고분 따랐다.

10분 후에 톰의 차는 한적한 비포장길을 덜컹거리며 달려가고 있었다. 눈에 띄는 다른 집은 없었고, 큰 도로를 빠져나온 이후로는 지나가는 차를 한 대도 못 봤다. 앞서 가던 경찰차가 마침내 전기로 작동하는 금속 미닫이 문 옆에 섰다. 톰도 그 뒤에 차를 댔다. 경사가 자기 차로 걸어오는 모습을 보고 톰이 차창을 내렸다. 도로는 캄캄했고, 낙엽을 휘날리는 바람 소리를 빼면 아무런 소리도 들리지 않았다.

"경감님, 대문을 열어야겠습니다. 여기서는 집이 보이지 않으니까 혹시 장비가 필요해질 경우를 대비해서 최대한 차를 대문에 가깝게 대는 것이 좋겠습니다. 제가 문을 뛰어넘어가서 열겠습니다. 몇 분이면 될 겁니다."

"문을 어떻게 연다는 거예요? 전기로 작동한다면서?" 베아트리체가 물었다.

"공구함에 앨런 렌치가 있을 겁니다. 옛날식 전기 대문은 정전에 대비해서 그 렌치로 열 수 있게 만들어놓은 경우가 많습니다. 정전이 됐을 때 나올 방법이 있어야 하니까요."

"아하! 그럼 생각만큼 보안이 철저한 것이 아니로군요. 휴고가 분명 그걸 몰랐던 게지."

잠시 후 경사가 문을 잠그고 있던 모터를 해체하고 손으로 밀어 문을 열었다. 톰은 구덩이와 돌출되어 나온 나뭇가지들을 피하면서 구불구불한 진입로를 따라 천천히 차를 몰기 시작했다. 이곳은 버려진 듯 쓸쓸한 분위기가 풍겼다. 진입로 양쪽으로 풀이 높게 웃자라 있었고, 이미 자기 자리를 확실히 자리잡은 나무들 사이로는 수많은 어린 나무들이 공간과 햇빛을 쟁취하기 위해 싸우며 자라고 있었다.

"베아트리체, 눈에 익은 것이 보이시나요?"

"아직은 모르겠어요. 와 본 곳 같기는 한데, 그냥 그랬으면 싶어서 그리 보이는 건지." 베아트리체가 앞유리 너머를 뚫어지게 바라보고 있었다. "잠깐만요. 저기 다 쓰러져 가는 건물 보여요? 저 건물이 여름별장이었어요. 여기가 맞네요."

톰은 아드레날린이 솟구치는 것을 느꼈다. 순간 차가 덜컹거렸다. 빌어먹을 구덩이 같으니.

두 사람이 진입로 굽이를 돌자 집 한 채가 나왔다. 밤하늘을 배경으로 서 있으니 섬뜩할 정도로 조용하고 어두웠다. 톰은 현관 가까이 차를 대고 건물을 올려다보았다. 삼층 건물이 위협적으로 솟아 있었고, 고딕 아치 유리창에서는 생명력이 느껴지지 않았다. 이곳을 비추는 빛은 빠르게 지나가는 구름 사이로 드러나는 희미한 달빛밖에 없었다.

톰이 베아트리체를 돌아보며 말했다.

"차 안에서 기다리세요, 베아트리체."

"싫어요."

베아트리체가 차문을 열려고 했다. 톰이 못 말리겠다는 표정으로 그녀를 보았지만, 이미 베아트리체는 차 밖으로 나가려고 단단히 벼르고 있는 모습이었다.

"베아트리체, 제발 부탁입니다. 차 안에서 기다리세요."

"제가 싫다고 했죠?" 베아트리체가 차에서 내려 쾅하고 차문을 닫았다. "집의 구조는 내가 알아요. 방해하지 않을 테니까 걱정 마시고."

톰은 여기서 아웅다웅하고 있을 시간이 없었다. 베아트리체의 손에 수갑을 채워 운전대에 묶어놓을까도 생각했지만 그래봐야 소용 없을 것 같았다. 다른 경찰들은 현관문 앞에서 이 모습을 지켜보며 서 있었다. 경찰 한 명이 문으로 걸어가서 초인종을 눌렀다. 폐가 같은 건물 안으로 초인종 소리가 기분 나쁘게 울려 퍼졌다. 사실 안에서 사람이 나오리라 기대하는 사람은 없었다. 톰이 입을 열자 모두들 그를 바라보았다. 톰의 목소리에는 긴장감이 배어 있었다. 톰은 경찰들에게 지시사항을 전달하면서 두려움이 차올랐다. 만약 미렐라가 이 집 안에 있다고 해도 문까지 나올 수는 없을 것이다.

"모두들 잘 듣도록. 한 어린 소녀가 납치되었다고 믿을 만한 정황이 포착되었고, 지금까지 나온 증거로 보면 그 소녀가 이 집에 납치되어 있을 가능성이 있다. 위험에 처해 있을지 모르는 상태이기 때문에 수색영장이 나올 때까지 기다릴 이유는 없어 보여. 모두 이의 없나?" 모두들 고개를 끄덕였다.

"집 안으로 들어가야겠는데, 어떻게 진입하는 것이 좋을까?"

"경감님, 현관문은 단단한 목재로 만들어져 있고, 잠금장치도 되어 있습니다. 창으로 들어가는 것이 어떨까요?"

경사가 창 너머로 아래층 실내를 들여다보려 애쓰고 있었다.

"앞쪽에 있는 창은 유리가 아주 두텁습니다. 안쪽으로 금속 철망이 쳐져 있고요. 여기도 장비 없이는 힘들겠는데요?"

톰은 속이 뒤집히는 것 같았다. 초조함과 불안함이 엄습했다. 이렇게 보안이 철저하다는 것은 이 집이 그저 한가하게 쉬러 오는 집이 아니라는 의미였다. 이 집은 요새였다. 누군가 톰의 어깨를 두드렸다.

"이 집에 석탄을 들여놓을 때 쓰는 낡은 활송장치가 하나 있는데 그게 도움이 되려나요?"

'베아트리체, 만세!' 톰은 생각했다.

"그거 잘 됐군요! 어디 있습니까?"

"어릴 때 그걸로 미끄럼을 타고 놀았거든요. 숨어야 할 때도 썼고. 아주 더럽긴 할 테지만 부엌 밑 지하 창고로 연결되어 있을 거예요. 거기 계단이 있어요. 그 계단 타고 가면 홀 뒤쪽으로 이어지는 문이 나와요. 아마 잠겨있을 텐데 새것으로 교체하지 않았다면 조잡한 거라 열기 어렵지는 않을 거예요. 그 구멍이 이쪽 돌아가면 있었던 거 같군요."

톰은 희망이 솟구치는 것을 느꼈다. 휴고는 사람이 그 집에서 탈출하지 못하게 하는 것에만 신경을 썼을 것이다. 가파르고 미끄러운 석탄 활송장치를 타고 올라가기는 불가능했을 테니까.

그 활송장치의 입구는 땅바닥에 있었고, 목재 덧문으로 덮여 있었다. 그 위로 잡초가 무성한 것을 보면 여러 해 동안 사용하지 않았던 것 같았다. 톰이 덧문을 열자 삐걱거리는 소리가 심하게 났다. 톰이 열린 문 너머 안쪽을 손전등 불빛을 비추어 뚫어지게 봐도 활송장치가 얼마나 깊이 내려가는지, 얼마나 위험한지 알 수 없었다. 그리고 그 바닥에 대체 무엇이 기다리고 있는지도 알 수 없는 노릇이었다. 그리고 활송장치는 아주 좁고 더러웠다. 아무래도 톰의 몸은 거기 들어갈 것 같지가 않았다.

뒤에서 조용한 목소리가 들렸다.

"제가 내려갈 수 있습니다, 경감님." 여자 순경은 몸이 아주 날씬해서 그 정도면 충분히 활송장치를 타고 내려갈 수 있을 것 같았다. 하지만 들어가는 데 성공한다고 쳐도 반대편으로 나가서 문을 여는 일이 어려울지도 모른다.

"브루스가 쇠막대를 가지고 있어요. 사용법은 저도 압니다."

젊은 경사 브루스는 벌써 자기 차로 달려가고 있었고, 여자 순경은 재킷과 모자를 벗고 있었다. 바닥에 오래된 석탄이 산더미처럼 쌓여 있을지, 다른 무엇이 쌓여 있을지 모를 일이었지만 그 위에 무사히 내리려면 신발이 꼭 있어야 할 것 같아 신발은 벗지 않았다. 여자순경이 브루스가 헐떡이며 가져온 쇠막대와 손전등을 손에 쥐고 활송장치 가장자리에 앉았다. 그리고 마치 미끄럼틀을 타듯이 주저 없이 활송장치를 타고 아래로 미끄러져 내려갔다.

무엇인지는 모르지만 바닥에서 무언가와 부딪히는 소리가 들리더니 침묵이 흘렀다. 위에 있는 경찰들은 감히 서로의 얼굴을 바라보지도 못하고, 숨죽이고 기다렸다. 그 순간 시커먼 아래쪽에서 목소리가 울렸다. 지금은 집 안에 자기 혼자 있는 상태라 살짝 자신감이 떨어지는 목소리였지만, 여자 순경이 위쪽을 향해 소리쳤다.

"저는 괜찮아요. 뜸 들여서 죄송합니다. 내려올 때 손전등을 떨어뜨려서 더듬어서 찾느라 늦었어요. 지금은 찾았습니다. 계단이 보여요. 이제 가서 밖에서 들어올 길을 찾아보겠습니다. 부엌부터 시작할게요."

베아트리체가 움직이자 경찰들도 발길이 끊긴 자갈길 위로 자라난 잡초들을 밟으며 그 뒤를 따라 어둡고 조용한 집 뒤쪽으로 움직이기 시작했다.

잠시 후 어두운 창문 너머로 여자 순경의 손전등 불빛이 보이고, 볼트를 몇 개 뽑아내는 소리가 들렸다. 안쪽에서 희미하게 목소리가 들려왔다.

"뭐가 걸렸는지 모르겠어요. 문이 꼼짝도 안 하네요."

톰이 손전등으로 문을 비추자 위아래로 금속막대 빗장이 쳐져 있는 것이 보였다. 그는 자기네가 바깥쪽에 있는 것이 얼마나 다행스러운 일인지 바로 깨달았다. 뭘 하라고 지시도 하지 않았는데 브루스는 다시 한번 집 뒤편으로 사라졌다.

"잠깐만 기다리고 있어. 브루스가 장비를 가지러 갔으니까. 우리도 금방 들어갈 거야."

"저는 괜찮습니다, 경감님. 이곳은 꼭 무덤처럼 조용하네요."

톰은 무덤이라는 표현이 맘에 들지 않았다.

잠시 후 브루스가 큰 망치로 빗장을 치자 문이 열렸다.

"괜찮아?"

자기도 소녀티를 갓 벗은 이 여자 순경이 씩씩하게 고개를 끄덕였다. 하지만 이곳은 마음 편히 있을 만한 곳이 아니었다. 어둠 속에서 혼자 있고 싶은 장소는 분명 아니었다.

톰이 전등 스위치를 켜보았지만 아무 변화도 일어나지 않았다. 휴고가 두꺼비집의 전력을 차단해 놓은 것이 분명했다. 그럼 이 집에는 아무도 없다는 의미였다. 하지만 확신할 수는 없는 일이었다. 이제는 톰도 이런 곳에서 미렐라를 찾아낸다는 것이 오히려 끔찍하게 여겨졌다. 로라처럼 그도 차라리 미렐라가 완전히 다른 곳에서 발견되었다는 전화가 왔으면 하는 심정이 됐다.

"베아트리체, 두꺼비집이 어디 있는지 알아요?"

"모르죠."

"좋습니다. 그걸 찾느라 시간을 낭비하느니, 손전등으로 찾아보죠. 모두들 이의 없나?" 모두 고개를 끄덕였고, 두 무리로 나뉘어 수색을 시작했다. 톰과 그 여자 순경은 베아트리체를 데리고 아래층을 수색하기 시작했고, 브루스와 경사는 위층으로 올라가 침실들을 수색했다. 모두들 이 집에서 밝혀지기를 바라는 비밀에 겁이라도 먹은 듯 밤손님처럼 조심스럽게 움직였다. 발걸음을 옮길 때마다 마치 집 안 전체가 텅 비어 있는 듯 소리가 울렸다.

집 안은 오싹할 정도로 조용했다. 달이 가끔씩 구름을 벗어날 때마다 현관문 위쪽 높은 곳에 자리잡은 커다란 스테인드글라스 유리창으로 불길한 그림자가 집 안쪽에 드리워졌다.

톰이 처음으로 연 문은 식당으로 이어져 있었다. 이어서 어두운 방 안을 손전등으로 비추었다. 가구들은 낡았지만 상태가 나쁘지 않았다. 먼지가 얇게 덮여 있기는 했지만 사람이 아예 드나들지 않은 곳이었다면 이보다는 더 두텁게 쌓여있었을 것이다. 휴고가 손수 청소를 했을 리는 없으니 다른 누군가가 그 일을 했을 것이다. 어쩌면 그저 청소를 시키려고 소녀들을 데리고 온 것인지도. 하지만 톰은 그 생각을 밀어냈다. 지금까지 알아낸 내용으로 판단하건대 그렇게 간단한 상황은 아니라는 확신이 들었다.

그는 일단은 들어가는 방들을 흘끗흘끗 둘러보기만 했다. 나중에 이 집에 아무도 없는 것이 확인되면 제대로 수색해 볼 것이다. 휴고는 이미 죽었고 이 집에 더 이상 자신들을 위협할 것이 있을 리 없다는 것을 알고 있었지만 쥐 죽은 듯 고요한 어둠 때문에 등에 식은땀이 흐르는 것은 어쩔 수 없었다.

이제 마지막 방문을 열어 보려는데 잠겨 있었다. 그때 위층에서 고함 소리가 들려왔다.

"톰 경감님! 여깁니다! 여기 좀 와보세요. 어서요!"

톰이 여자 순경을 돌아보며 베아트리체를 가리키며 말했다.

"이 분하고 여기 아래층에 같이 있어. 알겠지?"

그리고는 한 번에 두 계단씩 뛰어올라갔다. 달빛에 드리운 그의 그림자가 달려가는 그의 뒤를 쫓아오는 것 같았고, 쿵쾅거리는 발자국 소리가 황량한 벽을 타고 쓸쓸하게 울려 퍼졌다. 그가 목소리를 쫓아가 보니 집 앞쪽에 있는 한 침실이 나왔다.

문을 열고 들어가자 바닥에 떨어진 손전등들이 텅 빈 벽을 비추고 있는 것이 보였다. 그리고 눈 앞에 무언가가 들어오기는 하는데 무엇을 보고 있는지 알 수 없었다. 방 안에는 끔찍한 악취가 가득했지만, 아무것도 보이지 않았다. 그가 손전등을 비추자 바닥에 놓인 매트리스 옆에 주저앉아 있는 경찰들이 보였다.

그 순간 갑자기 방 안에 환하게 불이 들어왔다. 아래층에서 여자 순경의 목소리가 올라왔다. 두꺼비집을 찾아냈다는 이야기 같았다. 하지만 톰은 그 말이 귀에 들어오지 않았다. 그에게는 백열전구의 강한 조명 아래 있는 매트리스만 보였다. 아니 그 위에 누워 있는 한 소녀만 눈에 들어왔다.

35

로라는 불길한 예감에 휩싸였다. 무엇이 발견될지는 알 수 없었지만, 좋은 것일 리 없다는 느낌이 들었다. 휴고를 그녀처럼 잘 아는 사람은 없었다. 가슴에 무거운 돌덩이가 얹혀진 기분이었다. 로라는 드러날 진실에 준비가 되어있지 않았다.

베키가 모두들 말없이 기다리고 있는 응접실로 들어왔다. 침울한 얼굴이었다.

"로라, 톰 경감님이랑 방금 통화했어요. 둘이 따로 얘기 좀 할 수 있을까요?"

"베키, 무슨 내용이든 여기 모두에게 말해줘도 돼요. 무언가를 비밀로 숨기기엔 벌써 너무 늦었어요."

베키가 침을 삼키면서 자리에 앉아도 괜찮겠느냐고 물었다. 모두가 베키만 바라보고 있었다.

"말해줘요, 베키."

"톰 경감님이 돌아와서 자세한 내용은 말씀해주실 테지만 그 농장에 도착해서 소녀를 찾아냈나 봐요. 미렐라 티네시예요."

로라가 고개를 떨궜다. 숨이 턱 막혔다. 윌이 입을 열면서 이모젠의 손을 잡았다. 너무나 당연하다는 듯.

"맙소사! 그 애는 괜찮아요?"

"살아 있어요. 제가 말씀드릴 수 있는 부분은 여기까지예요. 침실에서 발목에 사슬이 묶여 있었다고 해요. 마실 물이 바닥 났는데, 언제 바닥난 건지는 우리도 몰라요."

사슬에 묶여 있었다는 말에 로라는 몸이 떨려왔다. 온몸에 소름이 돋았다. 로라는 한 가지 더 물어봐야 할 것이 있었다.

"그런데 한 명밖에 없어요? 다른 소녀들은 못 찾았대요?"

베키가 고개를 저으며 말했다. "자세한 것은 톰 경감님께 들어야 할 것 같아요. 톰 경감님은 아무리 빨라도 내일 오전까지는 여기에 돌아오기가 힘들 거예요. 경감님이 정말 미안하다고 전해달라고 했어요, 로라. 지금의 상황이 얼마나 끔찍하실지 알아요. 베아트리체를 돌려보내려고 차 한 대를 불렀대요."

세 사람은 멍한 표정으로 베키를 바라보다가 다시 로라에게 시선을 돌렸다. 로라는 의자에 털썩 앉았다. 로라는 다른 사람들과 시선을 맞출 수 없어 천장만 바라보았다.

윌이 침묵을 깼다.

"맙소사, 로라. 너 대체 어떤 인간하고 결혼한 거냐?"

이모젠이 전남편을 째려보았다. 둘 사이에 훈훈해졌던 분위기는 어느새 사라져 버렸다.

"좀 조용히 있어요, 윌. 지금이 그런 얘기할 때예요? 로라를 좀 내버려 둬요. 어머니, 아무래도 지금 분위기에 차로는 안 되겠어요. 브랜디나 꺼내서 같이 한 잔 해요, 네?"

로라는 허공을 응시했다. 그러다 갑자기 뺨 위로 눈물이 흘러내리고 있음을 깨달았다. 응접실에는 베키와 윌만 남아 있었다.

베키가 침묵을 깨고 말했다. "정말 유감이에요, 로라. 분명 너무 힘드실 거예요. 저도 정말 뭐라고 위로해야 할지 모르겠네요."

로라가 눈물을 닦으며 미소를 지어보려 했다. "괜찮아요, 베키. 나 때문에 우는 게 아니에요. 그 소녀들 때문에 우는 거예요. 그이가 소녀들을 그렇게 끔찍하게 다뤘다면, 과연 위험을 무릅쓰고 그 소녀들을 풀어주었을까 의심스러워서요. 휴고는 절대로 소녀들을 그냥 풀어주지 않았을 거예요. 자기의 본모습을 들키게 될 테니까요. 그게 무슨 의미인지…, 이해하시겠어요?"

아무도 입을 열지 않았다.

"그리고 나…, 알고 있었어요. 휴고가 소녀들을 데려가고 있었다는 거."

충격으로 모두들 말문이 막혔다.

윌이 놀란 눈으로 동생을 바라보고 있었다.

"그게 무슨 소리야, 로라? 휴고가 소녀들을 납치하고 있는 것을 알았었다고? 그런데 왜 아무것도 하지 않은 거야?"

그것을 어떻게 설명할 수 있을까?

"내가 아무것도 하지 않았을 거 같아, 오빠? 오빠는 몰라. 아무것도 몰라. 나는 경찰서를 찾아가서 이런 의혹들을 말했어. 심지어 경찰서장까지 직접 찾아갔어. 그런데 그 사람들이 나를 어떻게 했는지 봐. 사실상 나를 감옥에 처넣은 것이나 다름없어. 오빠가 이해 못할 게 너무 많아. 나조차 이해가 안 되니까."

로라는 애원하고 싶었다. 자기가 어떤 삶을 살아왔고, 왜 자기의 선택이 그것일 수밖에 없었는지 이해해줄 사람이 단 한 명이라도 있었으면 싶었다.

"난 그냥 그이가 소녀들을 데리고 장난만 치는 줄 알았어. 정말이야. 그이도 그런 암시를 풍겼고. 물론 휴고의 성향을 아니까 소녀들을 친절하게 대하지는 않을 거라 생각했지, 하지만 사슬로 묶어놨을 줄은 정말 꿈에도 몰랐어. 난 그저 휴고가 소녀들을 이용해서 이상한 게임을 즐긴 다음에 그 아이들이 상상도 못할 큰돈을 쥐어주고 멀리 보내버린 줄 알았어. 난 요양시설에서 집으로 돌아온 뒤로 그이가 말하는 대로만 따라야 했고. 내가 평지풍파를 일으킬 수는 없었지. 너무 위험한 일이었으니까."

자기도 모르게 너무 많은 것을 털어놓을 뻔했다. 로라는 마음을 좀 진정시킨 다음 다시 설명을 이어나갔다.

"일단 휴고가 죽고 나니까 난 그 소녀들도 모두 무사할 거라 생각했어. 그런 생각이 들지 않겠어? 그래서 굳이 지난 과거를 들추어낼 필요가 없을 것 같았지. 무엇보다 알렉사에게 자기 아빠의 본모습을 알리고 싶지 않았어. 지금도 감당해야 할 것이 너무 많은 아이야."

로라가 베키를 바라보았다. 여자라면 자기가 무슨 말을 하고 있는지, 왜 자기가 이 일을 혼자만 알고 있어야 했는지 이해해줄 것 같았다. 베키는 동정어린 눈빛을 하고 있었지만 로라는 부질없는 짓이라는 생각이 들었다. 톰이 여기 있었으면 얼마나 좋았을까 생각이 들었다. 그라면 이해해 줄 것 같았다. 톰은 이미 이것을 어느 정도는 알고 있었고, 자기를 믿어주고 있었다. 그 점만큼은 로라도 확신하고 있었다.

로라가 말했다. "윌 오빠, 오빠한테는 이해되지 않는 부분이 많을 거야. 하지만 휴고가 죽은 다음 날, 우리는 소녀 한 명이 행방불명되었다는 얘기를 들었어. 다니카라는 소녀야. 그 말을 듣고는 정말 뭘 어떻게 해야 할지 난감하더라. 내가 도울 수 있을 거란 생각이 들었다면 당연히 톰 경감님한테 말했겠지. 하지만 톰 경감님이 대체 어디 가서 소녀들을 데리고 올 수 있었겠어? 그리고 이건 진심인데, 솔직히 휴고가 소녀들을 해칠 거란 생각은 하지 않았어. 적어도 신체적으로 해치지는 않을 거라고 말이야. 그리고 톰 경감님한테 미렐라가 행방불명됐다는 얘기를 들은 것은 불과 몇 시간 전이었어. 마찬가지로 내가 할 수 있는 일은 없었고."

로라는 울고 있었다. 로라는 나머지 모든 것을, 오랜 시간 동안 혼자만 간직하고 있던 온갖 이야기를, 심지어는 이모젠도 모르고 있던 이야기들을 다 털어놓고 싶은 마음이 들었지만, 입술 안쪽을 깨물며 참았다. 그래서는 안 된다는 것을 알고 있었다.

"하지만 헛수고였어, 윌 오빠." 로라가 흐느끼며 말했다. "내가 더 노력해야 했어. 그래서 누군가가 내 말을 믿게 만들어야 했어. 이런 일이 벌어지기 전에 휴고를 막아야 했어. 하지만 그럴 수가 없었어. 내가 자기를 뒷조사하고 있다는 것을 휴고가 알아 버렸고, 모든 패는 휴고가 쥐고 있었으니까. 여기 있는 사람들이 알고 있는 것보다 상황이 훨씬 복잡해."

로라가 베키와 윌을 바라보았다. 하지만 두 사람은 그냥 어리둥절한 표정이었다. 두 사람은 로라가 지금 무슨 얘기를 하는 건지 알 수 없었다.

"가여워. 그 소녀들이 너무 가여워. 그렇게 고통 받고도 모자랐던 거야? 그 아이들은 희망에 들떠서 영국으로 왔다가 매일매일 셀 수도 없이 많은 역겨운 남자들을 상대하며 살아야 했어. 그러다 구조돼서 모두

들 한동안은 잘 살았지. 이 정도면 살만하다 싶었겠지. 그런데 가면을 쓴 악마가 찾아와 그 아이들한테 미소를 지었어. 소녀들은 그 악마가 어떤 존재인지 까맣게 몰랐지. 셰익스피어가 소설에서 뭐라고 했었지? '오, 악마여, 악마여, 미소 짓는 저 저주 받을 악마여.' 그래, 그 악마가 내 남편이었어. 그 악마가 바로 휴고였다고."

36

미렐라는 비록 쇠약해졌지만 분명 살아있었다. 구급차가 와서 미렐라를 데리고 가자마자 톰은 다시 베아트리체를 옥스퍼드셔로 돌려보낼 차를 마련했다.

“베아트리체, 여기까지 같이 와 도와주지 않으셨으면 정말 큰 일 날 뻔했습니다. 이제 관할 경찰서에서 사람들이 나왔습니다. 지금부터는 그쪽에서 나머지 일들을 처리할 텐데, 저는 여기 남아서 마무리를 하고 가려고 합니다. 당신 도움이 정말 컸습니다. 부디 이 일이 당신한테 충격으로 남지 않았으면 좋겠군요.”

베아트리체는 마치 엄마처럼 톰의 팔을 두드려 주었다. 아까의 태도와는 좀 어울리지 않는 듯 보였다. 베아트리체도 분명 다른 사람들만큼이나 충격을 받았을 것이다. 아무리 그래도 휴고는 자기의 남동생이었으니까.

“나도 산전수전 다 겪으면서 살았어요, 톰. 그동안 사람들이 고통 받고 괴로워하는 모습을 참 많이도 봤지. 내 가족이 다른 사람을 이렇게 비참하게 다루었다는 것을 알고 나니 심란한 것이 사실이지만 그래도 당신이 정말로 걱정해야 할 사람은 내가 아닌 것 같군요.” 베아트리체가 진심으로 걱정스러운 표정으로 말을 이었다. “로라가 이 사실을 어떻게 받아들일 것 같아요? 로라가 어디까지 예상하고 있었는지는 모르겠지만, 이 사실을 받아들이기가 분명 쉽지는 않을 거예요.”

톰은 로라가 어떤 기분일지 생각하고 싶지도 않았다. 그녀는 여러 해 동안 이 남자의 아내로 살아왔다. 그러니 무엇보다도 엄청난 수치심을 느끼고 있을 것이 분명했다. 괴물과 함께 살았다는 부끄러움, 혹시나 자기 때문에 소녀들이 이렇게 된 것이 아닐까 하는 죄책감. 톰은 로라의 고통을 줄여줄 방법을 생각해 보려 했다.

“베아트리체, 당신이 도울 수 있을지도 모르겠군요. 지금 로라는 당장

드러난 사실들밖에 모르고 있어요. 하지만 이곳이 어떤 상태였는지 당신도 봤잖아요. 이 동네 사람이 그러는데 이곳의 담장과 대문이 만들어진 것은 적어도 12년 정도 됐다고 합니다. 그러니 휴고가 무슨 짓을 하고 있었든 간에 아주 오랫동안 그 일을 했다는 뜻이죠. 그가 로라를 만나기도 전부터 시작된 일입니다. 여기서 벌어진 일들이 자기 잘못이 아니란 것을 로라한테 이해시킬 필요가 있습니다. 그 점을 로라에게 설득하는 데는 아무래도 베아트리체 당신이 적격이 아닐까 생각되는군요. 특히 여기까지 오는 동안 당신한테 들은 내용을 놓고 보면 더 그래요. 그 일을 좀 부탁드려도 되겠습니까?"

베아트리체가 톰의 팔을 잡으며 말했다. "아주 친절하고 속 깊은 양반이로군요. 기쁜 마음으로 그렇게 하겠노라 해야겠지만, 솔직히 기쁘게 할 수 있는 일은 아닌 것 같군요. 하지만 로라는 내가 최선을 다해서 이해시켜 볼게요. 죄 없는 사람이 그렇게 고통받고 있는 모습을 보고 싶지는 않으니까."

톰은 감사의 미소를 지은 후, 베아트리체가 대기 중인 차를 타고 집으로 돌아갈 수 있게 도왔다.

"때 마침 잘 왔어요, 톰." 도싯 경찰서에서 나온 선임수사관 사라 찰스가 톰에게 말했다. "한 십 분 전에 서재 문을 열었어요. 그 문을 아주 철통같이 잠가 놓은 것을 보면 휴고는 분명 거기에 아무도 들이지 않으려고 했던 것 같아요. 가서 휴고가 숨겨놓은 것이 무엇인지 한번 볼까요?"

조용한 목소리가 두 사람 사이로 끼어들었다. 위층 수색을 맡겼던 경사 브루스였다. 톰이 보니 브루스는 아직도 얼굴이 조금 창백했다. 미렐라를 처음 발견한 사람이 브루스였으니 그 상황을 감당하기가 쉽지는 않았을 것이다. 아무리 이런 일을 자주 접해 둔감해진 경찰이라고 해도 인간의 잔인함에는 좀처럼 적응하기가 쉽지 않다.

"선임수사관님, 위층 다락에서 여자 옷이 다량으로 발견됐습니다. 그중 일부는 싸구려 여행 가방에 들어 있었고, 일부는 쓰레기봉투에 들어 있었습니다. 하지만 모두들 그냥 처박아 놓은 것들이라 여행 가려고 꾸린 짐은 아닌 것 같습니다."

"모두 다 한 여자의 옷이라는 거야?" 사라 찰스가 물었다.

"그렇지는 않은 것 같습니다. 사이즈가 다릅니다. 큰 옷은 보이지 않습니다. 6호 사이즈에서 10호 사이즈까지 나왔다고 합니다."

"알려줘서 고마워. 어떻게 처리해야 하는지는 알고 있지?"

"네, 알고 있습니다."

톰이 처음으로 입을 열었다. "사라, 어떻게 생각하세요?"

그녀가 고개를 저으면서 어깨를 살짝 으쓱했다. "좋은 느낌은 아니네요. 솔직히 말하면 등줄기가 찌릿찌릿한 것이 감잡히는 부분은 있어요. 당신은 어때요?"

"저도 그렇습니다."

별 말 없이 두 사람은 서재를 향했다. 범죄현장감식반 사람 두 명이 바쁘게 움직이고 있다가 손짓으로 두 사람을 불렀다.

"뭐 좀 나왔어?"

"지금 막 시작했습니다. 그런데 조사할 것이 많아 보이지는 않네요. 계산서 더미하고, 거래 장부 하나밖에 없습니다. 날짜, 이름, 번호, 주소가 들어있기는 한데 모두 꽤 오래 된 것들입니다. 제일 최근 것도 최소 2년은 넘은 날짜입니다."

톰은 범죄현장감식반에서 장부 확인을 마무리했는지 확인한 후에 그 장부를 탁자 위에 펼쳤다. 그리고 사라와 함께 장부를 열심히 살폈다. 톰은 이 장부의 중요성을 바로 알아차렸다.

"잠깐만 기다려 주세요, 사라. 제 차에서 뭐 좀 가져와야겠습니다." 톰이 이렇게 말하고 뛰어서 방을 나갔다.

톰이 차문을 획 열어젖히고 뒷좌석에서 서류가방을 꺼냈다. 장부에 적혀 있는 이름이 그 이름이 맞다는 확신은 들었지만 확인해 봐야 했다. 그 명단에는 특히나 마음을 불편하게 만드는 것이 한 가지 있었다.

사라는 톰이 탁자 위에 서류가방을 올려놓고 서류들을 뒤지기 시작하는 모습을 지켜보고 있었다.

"여기 있네요. 두 명단이 거의 복사본처럼 같습니다." 톰이 만족스러우면서도 씁쓸한 표정으로 말했다. 톰이 가져온 것은 지난 5년 동안 행방불명이 된 소녀들의 명단이었다.

장부는 그보다 훨씬 오래 전으로 거슬러 올라가고 있었지만 톰은 여기서 발견한 장부에 있는 날짜와 이름을 자선재단에서 받아온 명단과 비교해 보았다. 이름은 일치했지만 날짜는 몇 달씩 차이가 났다. 그리고 각각의 항목 옆에는 두 개의 숫자가 적혀 있었다. 첫 번째 숫자는 천 파운드로 꽤 일정했지만, 두 번째 숫자는 백 파운드에서 오백 파운드까지 다양한 숫자가 적혀 있었다.

톰이 탁자를 손으로 치며 말했다.

"알았다! 날짜가 차이가 나는 이유는 이 날짜가 소녀들을 데리고 온 날짜가 아니라 여기서 데리고 나간 날짜라서 그렇습니다. 보세요. 여기 장부에 있는 날짜가 거의 항상 그 다음 소녀가 행방불명되기 이 주일 전으로 되어 있습니다. 오래 된 소녀를 내보내고 새로운 소녀를 데리고 온 거죠. 그 옆에 나온 숫자는 뭐 같습니까, 사라?"

사라는 얼굴을 찡그리고 집중해서 장부를 들여다보았다. "휴고가 소녀들의 주소도 가지고 있었군요. 분명 중요한 부분이에요. 그가 소녀들에게 돈을 주었을까요?"

"가능한 얘기입니다만 2년 전부터는 왜 더 이상 기입하지 않았을까요? 그가 계속해서 소녀들을 데리고 왔었는데 말입니다." 톰이 차에서 가지고 온 행방불명 소녀의 목록을 다시 한 번 확인했다. 미렐라를 포함한 여섯 명의 이름이 그 목록에는 들어 있었지만, 휴고의 장부에는 들어 있지 않았다. 이해가 되지 않았다.

톰이 여기서 발견한 장부를 다시 뚫어지게 쳐다보았다. 마지막 항목은 줄이 그어져 있었다. 아주 힘주어 그어놓은 것 같아 보였다. 거의 페이지 전체에 줄을 그어 지워놓았다. 그래도 몇 글자는 간신히 읽을 만했다. 젠장. 톰이 그 날짜를 자기가 갖고 온 목록과 비교해 보았다. 톰은 사실 무엇이 발견될지 예견하고 있었다. 그가 옳았다. 그 마지막 이름 이후로는 더 이상 이름도, 주소도, 돈 액수도 나와 있지 않았다.

톰은 식은땀이 흘렀다. 어쩌면 여기에 과도한 의미를 부여하고 있는 것일지도 몰랐다. 어쩌면 휴고의 다른 장부가 아직 발견되지 않은 것인지도 몰랐다. 하지만 솔직히 그건 희망사항에 불과한 것도 알고 있었다.

문이 열리면서 브루스가 얼굴을 내밀었다.

"옷가방들을 뒤져보니 신분 확인에 도움될 만한 것이 두 개 나왔습니다. 가방 안에 내용물이 많지는 않았습니다. 한 가방에는 오래된 편지가 한 통 들어 있는데 외국어로 쓰여 있어서 무슨 말인지는 모르겠습니다만, 그 편지봉투에 적힌 이름이 도움이 될지도 모르겠습니다. 다른 가방 하나에서는 청소부용 병원 출입증이 들어 있었습니다. 증거물로 봉투에 담아오기는 했는데 쓸모가 있는 것인지 모르겠네요. 다른 것은 들어 있지 않았습니다."

브루스가 사라에게 소지품과 옷가지가 든 봉투 두 개를 전하고는 다시 조사를 계속하러 갔다. 사라가 그 안에 들어 있는 두 명의 이름을 읽었다. 톰은 굳이 확인하지 않아도 두 이름 모두 행방불명 소녀의 명단에는 들어 있겠지만, 휴고의 장부에는 없으리란 것을 알고 있었다.

"사라, 지금까지 일어났던 사건들과 알려진 사실들을 시간대 별로 정리해서 말씀 드리겠습니다. 어떤 상황인지 거의 감은 잡힙니다만 혹시 잘못된 결론에 도달할지도 모르니 그 전에 당신의 의견을 들어보고 싶군요."

톰이 의자를 가리키자, 사라가 거기에 앉았다. 톰은 자리에 앉아 있을 수가 없었다. 그는 주머니 깊숙이 두 손을 찔러 넣고 계속 서성거리며 말했다.

"우리가 알고 있는 내용들을 정리해 보죠. 휴고가 소녀들을 납치하고 있었습니다. 그리고 그가 소녀들을 언제 데리고 갔는지도 알고 있죠. 그리고 장부를 보면 그 소녀들을 언제 풀어주었는지도 나와 있습니다. 아마도 휴고가 소녀들에게 돈을 준 것 같군요. 하지만 장부의 명단에 마지막으로 나온 소녀, 휴고가 줄을 그어서 이름을 지운 그 소녀의 이름은 휴고의 살인사건을 수사하는 중에 몇 번 불쑥 불쑥 튀어나왔던 이름입니다. 그 소녀의 이름은 알리나 코즈마입니다. 톰이 그 소녀를 언제 데려갔는지는 알고 있습니다."

톰은 사라가 잘 따라오고 있는지 확인하려고 잠시 말을 멈추고 사라를 바라봤다. 그리고는 다시 바닥을 바라보며 서성거리기 시작했다.

"알리나 코즈마가 휴고의 사무실에 갔었습니다. 휴고가 알리나를 데려갔던 때로부터 몇 달이 지났을 때의 일이었죠. 휴고의 비서가 말하기를 알리나가 아주 말끔하게 옷을 차려 입고 왔었다고 합니다. 그럼 휴고가 알리나에게 돈을 주었거나 옷을 사줬다는 말이죠. 하지만 제가 추측하기로는 돈을 준 것이 아니었나 싶습니다. 알리나가 휴고와 언성을 높였고, 나중에 알리나가 휴고의 차를 타고 사무실을 떠나는 것이 목격되었습니다. 그 비서는 두 사람의 대화 중에 '풀(pool)'이라는 말밖에 못 들었다고 합니다. 그 비서는 알리나가 수영장 얘기를 꺼낸 것이라고 생각하고 있었어요. 하지만 그 풀이 수영장이 아니라 도시 이름인 풀(Poole)을 의미하는 것이었다면요? 여기서 제일 가까운 큰 도시가 풀 아닌가요?"

사라가 눈길로 톰의 움직임을 쫓으며 고개를 끄덕였다. 사라는 톰이 헛소리를 하고 있다고 생각할지도 모르지만 톰은 무언가 윤곽이 드러났다는 것을 느꼈다. 분명 알리나는 휴고가 자기를 어디로 데리고 갔었는지 알아낸 것이다. 톰의 직감으로는 휴고가 그 점을 편히 생각했을 리가 없었다.

톰은 돌이켜 생각해 보았다. 다른 무언가가 있었다. 그것은 그가 읽은 편지, 로라가 이모젠에게 쓴 다니카 보진에 대한 편지와 관련이 있는 것이 분명했다.

"알리나의 친구들이 알리나를 찾고 있었습니다. 그 친구들이 런던의 사무실로 찾아갔어요. 그리고 이틀 후에 그 중 한 명이 휴고를 만나러 옥스퍼드셔의 집으로 찾아갔습니다. 휴고의 개인비서의 말로는 알리나 코즈마가 런던 사무실에 나타났다가 휴고의 차를 타고 사라진 것도 그 친구들이 런던 사무실을 방문하고 이틀 후였었다고 합니다. 그럼 분명 같은 날이었을 겁니다. 그런데 휴고의 아내가 말하기를 휴고가 그날 밤에 예정에도 없이 집에 들어오지 않았다고 하더군요. 그리고 휴고가 무언가에 대단히 화가 나 있었다고 말했습니다. 그리고 이틀 정도는 집에 들어오지 않았다고요."

톰이 탁자로 가서 행방불명된 소녀들의 이름과 날짜가 적힌 목록을 집어 들었다.

"그리고 불과 며칠 만에 그 다음 소녀가 사라졌습니다. 그럼 알리나에게 무슨 일이 일어났을까요? 왜 그 이후로는 주소가 나와 있지 않은 걸까요?"

사라는 이 이름들과 전체적인 이야기를 처음 듣는 것이라 톰이 말하는 내용들을 따라잡기가 분명 버거웠을 것이다. 하지만 톰은 사실 이 이야기를 사라에게 들려주기 위해서라기보다는 머릿속에서 정리하기 위해 하고 있었다. 사라의 표정을 보아하니 그녀 역시 이 이야기의 맥락적 의미는 깨닫고 있는 듯했다. 휴고는 계속해서 소녀들을 납치하고 있었는데, 왜 그 소녀들의 옷이 그대로 그 집에 있으며, 왜 더 이상은 주소가 적혀 있지 않을까?

"한 가지 더 있어요, 사라. 제 부하 경사가 휴고의 아내 로라와 이야기해 보았는데, 로라는 만약 휴고가 소녀들을 그렇게 끔찍하게 다루었다면 절대로 그냥 놓아주지는 않았을 거라고 보더군요. 알리나 이후로 모든 상황이 악화되고 말았다는 것이 저의 추측입니다."

사라의 표정을 보니 그녀 역시 톰과 생각이 같다는 것을 알 수 있었다.

이곳으로 조사반을 불러야 했다. 땅, 지하저장소, 별채들까지 모두 샅샅이 조사해 볼 필요가 있었다. 그리고 전문적인 장비들도 필요했다. 어쩌면 여섯 구의 시신이 발견될지도 모를 일이었다.

37

톰은 더 이상 리첫트 민스터 농장에 있을 필요가 없다는 생각이 들었다. 소름 끼치는 가설을 세운 지 한두 시간밖에 지나지 않았지만 지금 벌써 수색반이 현장에 도착했고, 사라 찰스가 모든 것을 지휘하고 있었다. 결국 이곳은 그녀의 관할 구역이었기 때문이다. 그래도 병원에서 미렐라가 치료에 잘 반응하고 있다는 전화를 받아 조금은 안심이 됐다. 수분을 다시 공급해 준 덕에 아직 쇠약하기는 했지만 대화는 가능한 상태라고 했다.

톰은 도싯 경찰서 사람들이 미렐라에게 질문을 제대로 하지 못할 것을 알았다. 그들은 이번 사건에 대해 잘 모른다. 반면, 톰은 절실하게 꼭 물어보아야 할 질문도 있었다. 그래서 사라에게 진행 상황을 전화로 바로바로 알려달라고 부탁한 후에 병원으로 출발했다. 언론들 역시 오래지 않아 무언가 낌새를 채고 농장 앞에 와 있었기 때문에 그는 좁은 도로에 줄 지어 서 있는 보도차량과 방송차량을 비집고 나와야만 했다. 기자들은 한 소녀가 발견되었고, 그 소녀가 살아있다는 사실밖에 알지 못했지만, 범죄현장에는 가볼 만큼 가본 사람들이라 흰색 전신작업복을 입고 일하는 사람들을 보며 무언가 중요한 사건이라는 냄새를 맡았다. 이들이 냄새를 맡고 들어오면 사라도 뭐라 입장을 발표해야만 할 상황이었다. 좀 더 확실한 증거가 나올 때까지 사라가 두 시간 정도만 더 시간을 벌어주길 바랐다.

톰이 큰 도로로 들어선 순간 휴대폰이 울렸다.

"톰 더글라스입니다." 톰이 전화를 받았다.

"경감님, 제가 방금 누구한테 전화를 받았게요?" 아자이가 우쭐거리며 말했다. "제시카 암스트롱한테서 전화가 왔어요. 그 망할 제시카 암스트롱이요! 방금 텔레비전에서 뉴스속보를 봤답니다. 마침내 자기 우상이 허상이었음을 깨달은 거죠. 그리고 드디어 입을 열었어요."

톰이 만족스러운 듯 손으로 운전대를 쳤다. "좋았어! 드디어 그 여자도 양심이 발동했나 보군. 그런데 도움될 만한 게 나왔어?"

"경감님의 가설을 뒷받침해줄 이야기 같습니다. 휴고가 알리나 코즈마를 뒤쫓아 나갔던 그날, 책상 서랍을 잠그는 것을 깜빡했는지 살짝 열어놓고 나갔대요. 그래서 호기심 많은 우리 제시카 여사께서 열어보지 않았겠어요? 그 안에 편지봉투가 엄청나게 들어있었대요. 그리고 편지들은 그동안 행방불명되었던 소녀들 앞으로 주소가 적혀 있었답니다. 물론 제시카도 아는 이름들이었죠. 그리고 그 안에는 돈이 들어 있었다고 합니다. 휴고는 제시카가 자기를 의심하는 것을 눈치채고 그 소녀들에게 특별 장학금을 지급해야 하는데 이 모든 것이 철저하게 비밀로 유지되어야 한다는 이야기를 엉터리로 지어냈죠."

"아하, 참 그럴듯하게 둘러댔군! 그럼 휴고가 제시카한테 뭘 시키고 보너스를 준 거래?" 톰이 물었다.

"휴고가 제시카더러 자기 대신 장학금 지불을 맡아달라고 했답니다. 그럼 그 대가로 보너스를 주겠다고 말이죠. 제가 생각하기에는 제시카도 처음부터 장학금 얘기는 믿지 않았던 것 같습니다. 제시카도 그 돈이 어떤 입막음의 대가란 것은 알았던 것 같아요. 제시카는 휴고가 이 소녀들을 데려가 내연녀로 삼고 그 대가로 돈을 지불하고 있는 것이 아닌가 의심했지만, 휴고는 불행한 결혼생활을 하고 있었으니 휴고에게도 그럴 권리가 있다고 생각했나 봅니다."

톰은 병원으로 가는 길을 놓치지 않으려고 집중하며, 아자이의 말을 귀담아 들었다.

"휴고가 소녀들한테 계속 돈을 지불했대?" 톰이 물었다.

"제시카 말로는 그 후에 명단에 새로 추가된 이름은 없었다고 합니다. 제시카가 처음에 편지봉투를 봤을 때는 알리나 앞으로 주소가 적힌 편지도 한 통 있었는데 휴고한테 편지봉투를 인계받고 보니 알리나 앞으로 가는 편지가 없었대요. 제시카는 휴고가 알리나한테 직접 현금으로 돈을 주었겠거니 했대요. 그 후로도 휴고가 다른 소녀들한테는 계속해서 돈을 부쳤지만 알리나의 이름은 아예 명단에 올라오지 않았다고 해요. 그래서 제시카는 휴고가 알리나를 아예 내연녀로 계속 옆에 끼고 살기로 했거나, 휴고 스스로도 자기가 너무 위험한 짓을 하고 있다는 판단을 해 더 이상은 일을 키우지 않기로 결심했나보다 싶었답니다."

톰은 제시카와 대화한 사람이 아자이라서 다행이란 생각이 들었다. 만약 자기였다면 성질을 못 죽이고 폭발했을 것 같았다. 그리고 그 여자를 다시 봐야 할 상황이 오면 목을 조르고 싶은 충동을 느낄 것만 같았다. 그런데 아자이의 말이 끝난 것이 아니었다.

"제시카 말로는 휴고가 흥분을 억누르고 있는 듯한 표정을 하고 있었던 것이나, 휴고가 제시카에게 자기 밑에 남아있는 한은 계속해서 충성심에 대한 보답을 받게 될 거라 약속했던 것도 이런 정황으로 설명할 수 있다고 했습니다. 제시카는 이것이 이타적 행동이라 믿고 싶었나 봐요. 그 여자가 그러더군요. 이타적 행동이라고." 아자이가 조롱하듯 코웃음을 쳤다. 톰 역시 아자이의 속마음에 전적으로 동감했다.

모든 조각이 완벽하게 자리를 찾아가고 있었다. 그럼에도 불구하고 이 중 휴고 플레처를 죽인 사람이 누구인지를 말해주는 단서는 전혀 없었다. 그저 그 살인범 덕분에 미렐라 티네시, 적어도 이 한 사람의 목숨을 구했다는 점은 확실했다.

톰이 병원 주차장에 차를 대면서 통화가 끝났다. 톰은 미렐라의 병실을 찾아갔다. 미렐라가 받았을 정신적 충격을 생각하니 과연 자기가 알고 싶은 내용들을 미렐라가 제대로 말해줄 수 있을지 걱정이 됐다.

미렐라에게 1인용 병실이 배정된 것을 보고 무척 다행스러웠다. 미렐라의 얼굴은 무척이나 창백했고, 두 뺨도 움푹 들어가 있었다. 원래부터 대단히 마른 소녀였지만 며칠을 음식과 물 없이 지내다 보니 어쩔 수 없이 이런 모습이 되었겠거니 싶었다. 이불을 덮고 있어서 미렐라의 몸 상태는 제대로 확인하기가 어려웠다. 톰은 배가 고파서 꼬르륵 소리가 났지만 지금은 무시할 수밖에 없었다. 톰은 병실로 들어가 조용히 의자에 앉아 미렐라가 자기의 도착을 알아차렸는지 살폈다. 미렐라가 눈을 감고 있어서 깨우고 싶지 않았지만 어쩔 수 없었다.

"미렐라." 그가 조용히 말했다. 미렐라의 눈은 그대로 감겨 있었지만 머리가 살짝 그를 향해 돌아가는 것을 보니 자기 말을 들은 것 같았다. "나는 톰 더글라스라고 해. 경찰이야. 너하고 얘기를 하고 싶어서 왔어. 힘든 거 알면서 이러기는 정말 미안하지만, 어떤 식으로든 대답해줄 수 있으면 정말 고맙겠어."

미렐라가 눈을 떴다. 마치 한밤중에 자동차 헤드라이트에 놀란 아기 사슴 같은 눈망울이었다. 여자 경찰과 같이 왔었어야 한다는 생각이 들었다. 멍청한 실수를 하고 말았다.

"간호사도 한 명 같이 불러줄까? 그게 편하겠지?"

미렐라가 잠시 생각하더니 살짝 고개를 저으며 말했다. "괜찮아요…, 아저씬 좋은 사람 같아요." 이렇게 말하며 미렐라가 미소를 지어보려 했다.

"미렐라, 무슨 일이 있었는지 나한테 말해줄 수 있겠어? 어쩌다 너 혼자 휴고 경의 집에 있게 된 거지?" 톰은 미렐라가 사슬에 묶여 있었다는 사실은 언급하지 않았다. 그 얘기는 나중에 물어볼 것이다.

미렐라의 목소리가 작아서 모두 알아들을 수는 없었지만, 그래도 필요한 내용은 파악할 수 있었다. 자선재단에서는 모든 소녀들을 후속방문해서 어떻게 적응하고 있는지, 무슨 문제는 없는지 확인했다고 설명했다.

"한 육 개월 전에 휴고 경이 직접 찾아왔어요…, 그래서 깜짝 놀라긴 했지만, 기뻤어요…, 휴고 경이 나는 특별하다고 했어요…, 나를 돕고 싶다고 했어요…, 내가 더 잘 살 수 있게 돌봐준다고 했어요…, 하지만 기다려야 한다고 했어요."

"더 잘 산다는 게 어떤 건지 휴고 경이 설명해 줬어?" 톰이 물었다.

"아니요. 휴고 경이 휴대폰을 주면서 매주 자기한테 문자를 보내야 한다고 했어요…, 내가 혼자 있을 때만 하라고 했어요…, 가능한 경우에는 자기가 전화한다고 했어요…, 몇 주 동안 그렇게 했어요…, 하지만 더 잘 살지 않았어요…, 나는 이거 비밀로 지켜야 했어요…, 다른 사람한테 이야기하면 알리움 재단에서 쫓겨난다고 했어요…, 그래서 아무한테도 말 안했어요…, 그러다가 어느날 우리 만날 수 있다고 했어요…, 하지만 둘이만 만날 수는 없으니까…, 박물관에서 만나자고 했어요."

'아주 영악하군, 휴고.' 톰은 생각했다. 휴고 경이 어린 소녀를 친절하게 대하는 것을 봐도 아무도 이상하다고는 생각하지 않았을 것이다.

"미렐라, 왜 휴고하고 같이 갔지?"

"우린 여러 번 만났어요…, 아내하고 행복하지 않다고 했어요…, 아내가 아프다고 했어요…, 나 휴고 경이 불쌍했어요…, 휴고 경이 나한테 친절하니까 나도 휴고 경한테 잘 해주고 싶었어요…, 휴고 경이 루마니아에 있는 가족한테 보내주라고 돈도 줬어요…, 그런데 어느 날 휴고 경이 자기한테 좋은 생각이 있다고 했어요…, 좋은 기회가 올 때까지 기다리는 동안 자기 집 가정부를 해도 좋다고 했어요…, 하지만 아무한테도 말하면 안 된다고 했어요…, 여러 소녀들 중에 자기가 한 사람만 예뻐하는 것이 알려지면 안 돼서 그렇다고 했어요…, 나한테 가족들한테 남길 쪽지를 써야 한다고 했어요…, 뭐라고 쓸지는 휴고 경이 말해줬어요…, 그리고 우리는 같이 갔어요."

톰이 침대 옆에 있는 물잔을 들어서 루시에게 해줄 때처럼 미렐라의 입에 가져다 주었다. 미렐라도 누군가의 자식이었고, 만약 이 소녀가 집에 돈을 부쳤다면, 그 가족은 몇 주 째 미렐라로부터 소식이 없어 걱정으로 제정신이 아닐 것이다.

미렐라가 고맙다는 뜻으로 살짝 미소를 지은 후에 말을 이었다. "휴고 경이 내 눈을 가렸어요…, 이 집이 자기의 비밀 아지트라서 어디에 있는지 아무도 알면 안 된다고 했어요…, 휴고 경 없이 나 혼자는 그 집을 나올 수 없었어요. 휴고 경은 항상 큰 차를 끌고 밤에만 왔어요. 농장에 도착해서는 농장에 세워둔 작은 차에 날 태우고 어떤 가게로 갔어요…."

톰도 농장에서 작은 차 한 대를 봤다. 그 차를 보고 도대체 무슨 용도인가 궁금했었다. 휴고가 거기 가 있는 동안에는 다른 사람이 알아보기를 원치 않았던 것이 분명하다. 이런 작은 차에 그렇게 짙은 선팅을 해 놓은 것이 이상해 보였었다. 지금은 그 모든 것이 이해된다.

"가게에 도착할 때까지는 눈을 가려야 했어요…, 항상 다른 가게에 갔어요…, 우리가 어디에 있는지 알 수 없었어요…, 하지만 갈매기 소리가 들려서 바다와 가깝다고 생각했어요…, 저도 거기까지밖에 몰라요…, 하지만 휴고 경이 잘 해줘서 나는 그냥 집 안 청소 깨끗이 했어요."

미렐라가 말을 멈추고 눈을 감았다. 그 다음 얘기를 꺼내기가 쉽지 않은 것 같았다. 톰은 미렐라가 마음의 준비가 될 때까지 기다렸다. 그리고 드디어 미렐라가 다시 이야기를 시작했다.

"그런데 휴고 경이 나를 조금씩 건드리기 시작했어요…, 심하지는 않았지만, 나는 어떤 일이 일어날지 알았어요. 그러다 휴고 경이 내게 키스를 했어요…, 친절하지도 않고 냄새도 나는 여러 명 상대하는 것보다는 친절한 한 사람 상대하는 것이 나아요…, 휴고 경이 섹스를 하자고 해서 나는 괜찮다고 생각했어요. 나는 그 사람이 좋았어요…, 우리 함께해서 행복했어요…, 처음엔 그랬어요…, 하지만 휴고 경이 원하는 섹스, 나는 좋아하지 않았어요…, 휴고 경은 자기 손발을 묶는 걸 좋아했어요…, 나는 그거 별로였지만…, 더한 것도 해 봤어요."

'맙소사.' 톰은 생각했다. 이렇게 어린 여자애가 얼마나 끔찍했느냐에 따라 섹스에 등급을 매기고 있다니 이 얼마나 슬픈 일인가?

"휴고 경이 너를 항상 사슬로 묶어놨어, 미렐라?" 톰이 최대한 부드럽게 물어봤다.

"아니요…, 안 그랬어요…, 마지막에만 그랬어요…, 몇 주만 그랬어요…, 그래서 내가 행복하지 않다고 했어요…, 밖에 나가고 싶다고 했어요…, 정원이라도…, 하지만 휴고 경은 늘 안 된다고만 했어요…, 나는 항상 집 안에만 있었어요…, 바람 쐬고 싶었어요…, 내가 휴고 경한테 소리 지르기 시작했어요…, 이건 큰 기회도 아니라고 했어요…, 난 거기 있기 싫었어요…, 휴고 경은 아무 말도 안 했어요…, 그냥 내가 아무것도 아닌 것처럼 바라보기만 했어요…, 그래서 내가 섹스하기 싫다고 했어요…, 난 휴고 경이 정상적인 사람인 줄 알았어요…, 아니었어요…, 내가 그거 좋은 섹스 아니라고 했어요…, 휴고 경이 나한테 씌우는 가발 싫었어요…, 섹스할 때 휴고 경 눈이 아주 검게 변해요…, 악마 같았어요….”

굳이 통역사가 없어도 무슨 의미인지 알 수 있었다. 다이아볼은 루마니아 악마였다.

“그런데 휴고 경이 내 머리카락을 쥐고 위층으로 끌고 올라갔어요…, 그리고 방으로 데려갔어요…, 늘 잠겨 있어서 전에는 한 번도 본 적 없는 방이었어요…, 거긴 아무것도 없었어요…, 매트리스하고 사슬이 달린 고리만 있었어요. … 그리고 양동이 하나…, 뭐에 쓰라는 건지는 아저씨도 알 거예요…, 나를 매트리스 위로 던졌어요…, 나는 싸우려고 했어요…, 하지만 휴고 경은 힘이 셌어요.”

모든 순간이 머릿속에 생생하게 그려지는 듯 미렐라의 얼굴에 두려움이 서렸다. 톰이 다시 미렐라의 입으로 물잔을 가져갔다.

“천천히 해, 미렐라. 나는 얼마든지 기다릴 수 있으니까, 걱정 말고.”

“아니에요…, 지금 다 말하고 싶어요…, 다 말하고 잊을래요…, 휴고 경이 사슬을 채웠어요…, 그리고 방을 나갔어요…, 그리고 비스킷하고 물을 조금씩 가지고 돌아왔어요…, 다른 음식 없었어요…, 그리고 휴고 경이 무서운 말 했어요…, 이렇게 말했어요…, ‘네 친구 알리나 기억해?’ 나는 물론 안다고 했어요. 휴고 경이 이렇게 말했어요. ‘이 방은 그 애의…, 너를 그리는 방이야?’ 이런 식으로 말했는데…, 내가 모르는 말이었어요.”

톰은 뭐라고 했는지 알 것 같았다. “이렇게 말하지 않았어? ‘이 방은 그 애의 넋을 기리는 방이야.’”

“그런 거 같긴 한데, 내가 모르는 말이었어요. 휴고 경이 알리나는 아주 멍청한 애라고 했어요…, 알리나가 비밀을 너무 많이 알고 있어서 돈을 더 달라고 했대요…, 그래서 알리나를 위해 그 방 만들었다고 했어요…, 그리고 이제 나도 남들처럼 될 거라고 했어요…, 아무도 매춘부 따위 신경쓰지 않는다고 했어요…, 아무도 우릴 기억하지 않는대요…, 그리고는 방을 나갔어요…, 휴고 경이 웃고 있었던 거 같아요…, 하지만 휴고 경을 다시는 못 봤어요…, 더는 찾아오지 않았어요."

톰은 갑자기 깨달았다. 미렐라는 휴고가 죽었다는 사실을 까맣게 모르고 있을 것이다. 톰은 이 사실을 말해줘야 할지, 말아야 할지 판단이 서지 않았지만, 두려워하는 모습을 보니 말해주는 것이 옳겠다는 생각이 들었다.

"미렐라, 휴고 경이 너를 아주 심하게 대했어. 휴고 경이 분명 나빴어. 그리고 우리가 늦기 전에 너를 찾아내서 정말 기뻐. 하지만 휴고가 돌아오지 않은 이유는 따로 있어, 미렐라. 휴고는 죽었어. 누군가가 그를 죽였어."

미렐라가 톰을 향해 고개를 돌렸다. 그리고 처음으로 제대로 된 미소를 지으며 말했다.

"그거…, 잘 됐네요."

38

식당에 마련한 임시 사무실은 춥기는 했지만 베키에게는 안식처처럼 느껴졌다. 베키는 딱딱한 식당 의자에 앉아 식탁 위에 팔을 대고 엎드렸다. 지난 몇 시간 동안에 일어났던 일은 베키가 접했던 가족 사건 중에서 가장 참혹한 것이었다. 누군가에게 사랑하는 가족이 죽었다는 말을 전하기도 쉽지 않은데, 이런 경우는 전혀 경험해 보지 못한 것이었다. 이제 톰이 로라에게 전하러 오는 소식이 최악의 소식이 될 것이다. 로라가 대체 어떤 기분일지 상상조차 가지 않았다.

톰은 베키에게 미렐라와 나눈 대화에 대해 얘기해주고, 도싯 경찰이 리췟트 민스터 농장에서 무엇을 수색 중인지도 알려주었다. 하지만 로라에게는 아직 얘기하지 말라고 했다. 그 얘기는 톰이 직접 전하고 싶다고 했다. 베키로서는 톰이 이런 소식을 직접 전하겠다고 나서는 것을 보며 사서 고생하는 성격인가 싶었다.

베키는 스텔라가 텔레비전을 켜지 못하게 막아야만 하는 상황이었다. 혹시나 텔레비전에서 어떤 뉴스가 나올지 모르기 때문이다. 그리고 처음에 로라를 의심했던 것에 대해 끔찍한 죄책감을 느꼈다. 이제는 톰이 말했던 것처럼 알리움 재단 소녀들이 이 사건의 열쇠를 쥐고 있다는 것이 분명해 보였다. 그런데도 자기가 한 일이라고는 로라를 더 캐봐야 한다고 톰을 닦달한 것밖에 없었다. 이모젠은 아직 용의선상에서 완전히 벗어났다고 할 수는 없었지만, 톰이 말해준 것이 모두 사실이라면 휴고를 죽인 사람이 누구이든, 인류를 위해 봉사를 한 셈이라는 생각을 떨칠 수 없었다.

이런 생각에 잠겨 있다가 갑자기 휴대폰이 울렸다. 톰이었다.

"여보세요?" 베키가 조용히 말했다. "괜찮으세요?" 오늘은 분명 톰에게도 역대 최악의 날임이 분명했다.

전화로 들리는 톰의 목소리가 모든 것을 체념한 듯 피곤하게 들렸다.

지금 이쪽으로 오는 길이고, 곧 도착할 거라고 했다.

"곧 도착할 거라고 로라한테 말해도 될까요?" 베키가 말했다.

"물론이지. 그런데 그쪽 사람들은 내가 좀 떠나줬으면 할 것 같아. 내가 어떻게 하는 게 좋을까? 그 사람들이 나를 어떻게 대해야 할지 난감해하는 것 같아. 내가 부엌에서 계속 같이 앉아 있었지만 불편해하는 것 같더라고. 로라도 옆에서 지켜주는 가족들이 있으니, 나한테 이제 가도 좋다는 말을 적어도 다섯 번은 한 것 같고. 우선 당장은 그냥 식당에 차린 임시 사무실에 박혀 있는 것이 나을 것 같아."

베키는 톰의 얘기를 듣다가 안전 운행하라고 하고는 끊었다. 톰은 탈진한 것처럼 보였다. 처음에는 소녀 한 명을 안전하게 구했다는 생각에 들뜬 목소리였지만, 지금은 그 집에서 무엇이 나올지 예상이 되는 상황이라 다시 무겁게 가라앉아 있었다.

베키는 모두들 모여 있기로 한 부엌으로 가보았다. 말소리는 들리지 않았지만 모두들 모여 있다는 것을 알 수 있었다. 베키가 문을 부드럽게 노크했다. 그러자 베아트리체가 마치 이 집이 아직도 자기 집이라는 듯 큰 목소리로 "들어와요!"라고 소리쳤다. 하지만 아무도 신경쓰는 사람은 없는 듯했다.

"로라, 방금 톰 경감님하고 통화했어요. 여기로 오는 중이고 15분 정도면 도착할 것 같대요. 차가 밀릴까봐 미리 전화 안 했대요. 일이 어떻게 진행됐는지는 오셔서 직접 말씀하시겠대요."

로라가 창백한 표정으로 고개를 들어 미소를 지어보려 했다. "고마워요, 베키. 이제 까페 B&B로 가보셔도 될 것 같아요. 톰 경감님도 금방 도착하신다니 우리는 괜찮을 거예요. 베키 당신도 많이 피곤할 텐데."

베키는 이곳에 있어야 할 것 같았지만, 아까 톰이 로라 입에서 이제 가보는 것이 어떠냐는 말이 다시 나오면 그렇게 하라고 했다.

"가기 전에 혹시 뭐 필요한 거 있으시면 갖다드릴까요?" 베키가 물었다.

"괜찮아요. 신경써줘서 고마워요. 이렇게 오랫동안 같이 있어줘서 정말 힘이 됐어요." 로라가 대답했다.

베키는 할 일을 했을 뿐이라고 대답하려다 참았다. 분명 마음이 엄청나게 어지러울 텐데도 고맙다는 말까지 잊지 않고 챙기는 것을 보면 로라는 참 품위가 있는 사람이라는 생각이 들었다. 로라는 베키가 처음에 생각했던 그런 사람이 아니었다. 베키는 어떻게든 연민의 감정을 표현하고 싶었지만, 그냥 모두에게 고개 숙여 인사만 하고 조용히 문을 닫고 나왔다.

베키는 차로 걸어가다가 뺨에 눈물이 흐르는 것을 알고 깜짝 놀랐다. 베키는 절대 눈물을 흘리는 사람이 아니었지만, 오늘은 베키에게도 평생 지워지지 않을 하루가 될 것 같았다.

★

마침내 톰이 도착하자 로라가 직접 문을 열어주었다. 두 사람은 오랫동안 서로를 바라보았다. 이유를 설명할 수는 없었지만 로라는 부끄러워졌다. 마치 지금 톰의 입을 통해 흘러나올 추악한 진실이 마치 자기의 책임인양 느껴졌다. 하지만 톰의 눈동자 속에서 보이는 것은 연민과 피곤함뿐이었다. 로라는 문을 더 크게 열어 그를 안으로 들였다.

"너무 늦어서 죄송합니다. 아주 오래 기다리셨겠네요. 유감스럽게도 좋은 소식을 갖고 오지 못했습니다. 아무래도 자리에 앉아서 듣는 것이 좋을 것 같습니다, 로라." 톰이 응접실 쪽을 가리켰다.

로라는 소파 가장자리에 앉아 양손으로 소파 천을 꽉 움켜쥐었다. 그리고 톰의 피곤한 두 눈을 바라보며 기다렸다. 톰이 입을 열기도 전에 문간에서 스텔라가 나타났다.

"톰, 아무래도 지금은 커피 한 잔이 필요하실 것 같군요. 뭐 먹을 것도 같이 준비해 드릴까요?"

"커피 한 잔이 좋겠군요, 스텔라. 지금 당장은 먹을 것은 됐습니다. 고맙습니다."

톰이 아직 말이 없는 로라를 마주보며 자리에 앉았다.

"몇 시간 째 아무것도 마시거나 먹질 못해서 커피 한 잔은 마셔야 할 것 같습니다. 그래야 몸이 버틸 것 같아요."

로라는 몸이 떨려오는 것이 느껴졌지만, 통제력을 잃지 않는 모습을 보여주고 싶었다. "편하게 생각하세요. 먹을 것도 같이 좀 달라고 하지 그러셨어요. 엄마는 그게 지금 당장의 문제를 풀어줄 해결책이라고 생각하실 거예요. 엄마도 할 일이 생겨서 반가우실 거고요."

누군가 문을 가볍게 두드리더니, 윌이 머리를 내밀었다. "엄마가 경찰이 돌아왔다고 하셔서. 로라, 아무래도 누가 옆에 같이 있어줘야 하지 않겠어? 내가 같이 있어줄까?"

로라가 톰을 바라보자, 톰은 간단히 고개를 끄덕였다. 이모젠을 심문한 일 때문에 이 두 남자 사이에서는 약간의 전운이 감돌고 있었지만, 로라는 이제 듣게 될 이야기가 두려워 정신적으로 도와줄 사람이 필요했다.

"들어와, 오빠. 그게 좋겠어. 지금은 가족 전체가 다 들어올 필요는 없을 것 같아. 톰 경감님이 하시는 말씀을 오빠가 들어두었다가 나중에 나머지 가족들한테 좀 말해줘. 아무래도 그 얘기는 내가 못 꺼낼 것 같으니까. 들어와서 앉아."

윌이 로라 옆에 앉아서 손을 잡아 주었다. 로라는 자기 손을 꽉 잡아주는 오빠의 손길이 고마웠다.

"제가 농장에서 미렐라를 찾아냈다는 소식은 베키한테 들으셨을 겁니다. 지금 병원에서 미렐라를 만나고 오는 중인데, 다행히도 미렐라는 곧 회복될 것 같습니다."

스텔라가 조용히 안으로 들어와 커피 잔을 톰 앞에 내려놓았다. 스텔라가 기대에 찬 눈빛으로 로라를 바라보았지만, 윌이 스텔라를 보며 고개를 젓자 스텔라도 눈치를 채고 응접실을 나갔다.

톰이 미렐라와 나눈 대화를 이야기하는 동안 로라는 조용히 귀를 기울였다. 휴고가 미렐라에게 접근해서 특별한 사람이라며 설득했던 일, 그리고 '큰 기회'가 찾아오기를 기다리는 동안 고향 집에 부칠 돈을 준

일 등.

톰이 커피를 한 모금 마셨다. 로라는 잔 너머로 자기를 바라보는 톰의 눈길을 놓치지 않았다. 배려하는 마음이 담긴 눈빛이었다. 톰이 무슨 생각을 하는지 알 수 있었다. 어디까지 얘기해야 할지 고민하고 있는 것이다. 로라의 몸은 얼음장처럼 차가워졌다. 로라가 몸을 떨고 있다는 것을 윌도 맞잡은 손을 통해 느끼고 있었다.

"제 기분 생각하셔서 조심스러운 거 알아요, 톰. 하지만 그러실 필요 없어요. 결국 언젠가는 모두 드러날 일이에요. 다른 사람한테 듣느니 이 자리에서 경감님한테 듣고 싶어요."

로라는 톰이 진실을 말해줄 것을 알았다. 하지만 그는 언어의 선택에 조심스러울 것이다. 얼마나 끔찍한 진실이든 간에 그것이 로라가 바랄 수 있는 최선이었다.

톰이 고개를 끄덕이면서 컵을 내려놓았다. "휴고가 쪽지를 남기고 사라진 소녀들은 추적하지 않는다는 방침을 세운 이유가 이제야 이해됩니다. 자기를 향할지 모를 수사의 칼끝을 피하는 방법이었습니다. 하지만 로라, 그는 이런 행동을 아주 오랫동안 해왔습니다. 베아트리체가 말해주지 않던가요? 당신을 만나기 전부터 시작된 일이에요."

"하지만 베키 말이 미렐라가 사슬에 묶여 있었다면서요? 그게 정말인가요? 왜 그런 거죠? 그이가 왜 그런 짓을 했는지 이해가 안 돼요. 너무 야만적인 짓이잖아요."

"미렐라는 벌을 받는 중이었습니다. 미렐라에게 주어진 것은 약간의 물, 비스킷, 그리고 구석에서 내용물이 흘러넘치고 있는 양동이밖에 없었어요. 가엾은 것."

로라의 얼굴이 창백해졌다. 하지만 충격을 받아서 그런 것이 아니었다. 자기가 휴고와 함께 했던 삶의 기억, 그리고 이 어린 소녀에 대한 안타까움 때문이었다.

"맙소사. 정말 끔찍했을 거예요. 하지만…," 로라는 목소리가 갈라졌지만 계속 말을 이어야 했다. 모든 것을 알 필요가 있었다. "그이가 왜 미렐라에게 벌을 준 거죠? 그 이유를 아세요?"

"미렐라가 집 안에만 갇혀 있는 것에 대해 불평을 했습니다. 그리고…," 무어라 말해야 할지 갈등이라도 하는 듯 톰이 잠시 말을 멈추었다.

"그리고 뭐요?"

"그리고 미렐라는 휴고가 원하는 섹스를 좋아하지 않았습니다. 미렐라 말이 휴고는 손발이 묶이는 것을 좋아했다고 합니다. 그리고 항상 빨강 머리 가발을 써야 했고요."

로라는 이 가엾은 소녀가 겪어야 했던 고통이 머릿속에 생생하게 떠올랐다. 다락방에서 가발 상자를 열어보았을 때부터 혹시나 하는 생각이 들어도, 아니라고, 아니라고 고개를 저었었건만…. 이제야 가발이 세 개밖에 없었던 이유가 분명해졌다.

"톰, 이 부분은 짚고 넘어가야겠어요. 미렐라에 대해서 얘기하기 전에 그냥 '소녀'가 아니라 '소녀들'이라고 하셨어요. 그리고 그이가 이런 짓을 아주 오랫동안 해왔다고 했고요. 그럼 이런 일을 당한 사람이 미렐라만이 아니라는 건가요? 얼마나 많은 소녀가 거기 있었고, 그 애들은 모두 어떻게 된 거죠?"

톰은 로라의 눈을 마주볼 수 없었다. 그리고 그것만으로도 로라는 많은 것을 눈치챌 수 있었다.

"여러 해 동안의 기록이 남아 있는 장부를 찾아냈습니다. 한동안 휴고는 소녀들에게 돈을 지급했던 것 같습니다. 소녀들이 떠날 때 아주 큰 목돈을 쥐어주고, 침묵을 유지하는 대가로 따로 매달 돈을 지급했던 것으로 보입니다."

"한동안이라니요? 그게 무슨 말이죠? 그 한동안 이후로는 뭐가 달라졌는데요? 휴고가 돈을 주다가 멈춘 이유가 뭔데요?" 로라가 물었다. 질문을 하나씩 던질 때마다 언성이 높아졌다. 하지만 톰의 입에서 무슨 말이 나올지 로라도 알고 있었다. 미렐라에 대한 이야기를 듣는 순간부터 알고 있었다. 다만 직접 귀로 듣고 확인하고 싶었을 뿐이다.

그래서 톰도 입을 열었다. 톰은 장부에 올라가 있던 알리나의 이름에 대해 말했다. 그리고 휴고가 미렐라에게 했던 얘기를 들려주고, 경찰에서 추측하고 있는 내용도 말해주었다. 그리고 도싯 경찰서에서 파견된 수색팀이 농장의 뜰과 별채를 파헤칠 준비를 하고 있다는 얘기도 했다.

로라가 자리에서 벌떡 일어나 응접실에서 뛰쳐나갔다.

★

로라는 몇 분 후에 돌아왔다. 그리고 그동안 스텔라가 톰에게 샌드위치를 가져다주었다. 톰은 로라가 저렇게 괴로워하는 모습을 보면서 뭔가를 먹는다는 것이 좀 그랬다. 하지만 버티려면 먹어야 했다. 공복에 머리가 안 돌아가면 도움이 될 것이 없다. 모두 침묵을 깨뜨리지 않고 각자의 생각에 빠져 있었다.

로라는 여전히 안색이 안 좋았지만 그래도 조금 차분해진 것 같았다.

"정말 죄송해요. 잠시 여기서 나가있고 싶었어요. 소녀들을 어떻게 찾고 있는 건가요?"

"특수 장비를 가지고 와서 집 주변의 땅을 조사하고 있습니다. 집터가 넓어서 시간이 꽤 오래 걸릴 겁니다. 물론 휴고가 차를 이용해 다른 곳으로 가져갔을 가능성도 있죠."

로라가 몸을 떨며 깊숙이 숨을 들이마셨다. 죽은 사람처럼 창백한 얼굴이었는데도 침착함을 잃지 않는 것을 보니 놀라웠다.

"이런 말을 꺼내기 쉽지는 않지만, 어쩌면 시간을 아낄 수 있겠다 싶어서 말씀드릴게요. 그이는 소녀들을 목 졸라 죽였을 것 같아요. 아니면 입과 코를 막아 질식시켰을 수도 있고요. 아마 저항하지 못하게 약을 먼저 먹였을 거예요. 그이는 사악한 인간이지만 깔끔하지 못한 것에 질색해요. 어떤 식으로든 피를 보는 짓은 안 했을 거예요."

로라가 몸을 부르르 떨면서 다시 한 번 윌의 손을 잡았다. "그이가 시신을 밖으로 빼돌리지는 않았을 거예요. 그건 분명해요. 너무 위험한 일이니까요. 경찰이 시신을 묻은 장소를 찾고 있다면 그건 시간 낭비일 거라 생각해요."

톰이 로라의 얼굴을 바라보며 힘을 내라는 듯 살짝 고개를 끄덕였다.

"휴고는 절대로 손수 땅을 파거나 힘쓰는 일을 하지는 않았을 거예요. 만약 휴고가 소녀들을 죽인 게 맞다면 그 시신을 땅 위 어딘가에 갖다 놨을 거예요. 품을 들일 필요가 없는 곳에다가요."

톰은 당황스러워했지만 로라는 확신하고 있는 듯했다.

"로라, 당신이 어째서 그런 추론을 하는지는 이해됩니다만, 과연 땅을 파지 않고 농장 어딘가에 시신을 숨길 수 있을까요?"

톰이 윌을 바라보았다. 윌은 여전히 로라의 손을 잡고, 입을 굳게 다물고 있었다. 둘 다 불굴의 의지 같은 것이 느껴졌다.

"그 농장은 어떤 곳이었습니까? 아직도 사용 중인 농장인가요? 대략 얼마나 오래된 농장인가요?" 윌이 물었다.

"뭘 알고 싶은 거야, 윌 오빠?" 로라가 당황스러운 듯 윌을 바라보았다.

"아직도 사용 중인 농장이라면 지하 저장소 같은 것이 있을지도 몰라. 물론 그렇다면 지금은 덮어 놨겠지만. 만약 오래된 농장이라면 우물이 있었을지도 모르고."

"빅토리아 여왕시대 고딕양식의 농장 건물입니다." 톰이 대답했다. "사실 아주 꼴사납고 어두운 겁나는 곳이었습니다. 아마 십구 세기 중반이나 후반 정도에 만들어진 곳 같으니 우물이 있을 가능성도 있겠네요. 양을 키우던 농장이었으니까요. 도싯 지역이 양 축산업으로 꽤 유명한 곳이라고 합니다. 원래는 농장터가 굉장히 넓었는데 지금은 본채 주변 땅만 남기고 다 팔렸더라고요. 차고로 쓰는 듯한 낡은 헛간하고 다 쓰러져 가는 여름용 별장 빼고는 별채가 남아있지 않아요. 우선은 땅을 파서 뭐가 나오나 찾아보려고 합니다."

윌이 소파 가장자리에 걸터앉았다. "그 지역 지도를 혹시 갖고 계신가요? 그 지도에서 농장의 위치를 짚어주실 수 있겠습니까?"

톰은 윌의 목소리에 담긴 흥분을 놓치지 않았다. "지도는 없지만 인터넷 지도에서 찾아볼 수 있을 겁니다. 노트북이 있으니까요. 지도는 왜요? 어쩌시려구요?"

"깜빡하고 있었는데 방금 그 농장이 도싯에 있다고 말씀하셔서 기억이 났습니다. 거기 혹시 연못 같은 것이 있나요?"

톰은 잠시 생각해 보았다. 시신을 수색하기 위해 파견된 수사팀과 농장을 한 바퀴 돌아보기는 했었다.

"제 기억으로 휴고의 땅에는 없었습니다. 휴고가 집 가까이에 보안용 담장을 둘렀습니다. 집하고 한 백 미터 정도 떨어진 거리에다가요. 담장 밖으로 나가면 휴고의 땅과 인접한 들판을 경계 짓는 돌담 말고는 별 것 없는 그냥 허허벌판입니다. 사실 그 경계 근처에서 연못을 하나 발견하긴 했었죠. 바로 옆 들판에서요. 하지만 별 볼 것 없는 연못입니다. 호수나 그런 것이 아니라서 아무래도 휴고가 그런 목적으로 사용하기에는…, 너무 얕아 보였죠. 한번 조사해 볼까 하는 얘기는 나왔었습니다만 다른 데를 찾아봐서 나오는 것이 없으면 그때 가서 하기로 했습니다. 그런데 거긴 왜요?"

"볼 클레이라고 들어보셨습니까?" 윌이 무언가 이해가 된다는 듯 천천히 고개를 끄덕이며 물었다.

하지만 톰은 처음 들어보는 이야기라 고개를 저었다. 윌이 설명했다.

"도자기 제조에 사용되는 점토입니다. 도싯이 볼 클레이 생산지로 유명하죠. 제가 대학 다닐 때 거기서 여름에 아르바이트를 좀 한 적이 있습니다. 볼 클레이 광산은 몇 가지 유형으로 나뉩니다. 어떤 광산은 탁 트인 평지이고, 어떤 광산은 석탄 광산처럼 갱도를 파고 들어가기도 합니다. 뭐 너무 자세한 이야기는 집어치우죠. 우리가 관심을 가질 부분은 오래된 광산이 여러 개 버려졌고, 시간이 흐르면서 그 광산이 물로 찼다는 겁니다. 일부 광산은 자연보호구역으로 지정됐지만, 작은 광산들은 그냥 물이 찬 상태로 방치됐죠. 그래서 겉으로 보기에는 별 것 아닌 듯 보이지만, 실제로 들어가 보면 아주 깊을 수도 있어요."

★

그 다음 몇 시간은 안절부절 못하고 긴장되는 시간이었다. 로라는 그 동안에 일어났던 일들이 주마등처럼 지나갔다. 로라가 그 일보다 더 한 일도 할 수 있었을까? 만약 로라가 그때 조금만 더 노력해서 휴고에 대한 자신의 생각이 맞다는 것을 누군가에게 설득할 수 있었다면 얼마나 많은 목숨을 구할 수 있었을까? 하지만 휴고가 소녀들을 죽이고 있었을 줄은 꿈에도 몰랐다. 그리고 로라에게는 더 중요한 우선순위가 있었다.

톰은 오랫동안 식당에 틀어박혀 컴퓨터와 전화로 조사를 하고 있었다. 윌은 톰과 함께 조사를 돕고 있었다. 공동의 사명 앞에 두 남자 사이에 흐르던 경계심도 눈 녹은 듯 사라져 있었다.

마침내 두 사람이 응접실로 돌아와 서로의 옆에 자리잡고 앉았다.

베아트리체, 이모젠, 스텔라는 로라를 지켜주기 위해 그 자리에 함께 와 있었고, 로라는 세 사람에게 감사한 마음이 들었다. 하지만 지금 들어온 두 남자를 보니 무언가 새로운 소식이 있다는 것을 한눈에 알아차릴 수 있었다.

톰이 말했다. "아무래도 윌의 말이 맞는 것 같습니다. 열쇠만 있으면 담장에 있는 문 중 하나를 통해서 농장에서 나갈 수 있어요. 거기로 나가면 들판이 하나 나옵니다. 농장에 속한 들판인데 그냥 돌담으로 경계만 표시되어 있어요. 한동안 여기서 가축을 키운 적이 없어서 담은 모두 무너졌고, 수리도 되어있지 않습니다. 그 무너진 돌담 바로 바깥쪽으로 연못이 있습니다. 그 동네 사람들 얘기로는 그 담이 누가 일부러 허문 것처럼 보인다고 합니다. 그냥 무너져 내린 돌담하고는 좀 달라 보인대요."

그 다음 이야기는 윌이 이어갔다. "그 연못이 작아 보이지만 사실은 깊은 광산에 물이 차 있는 거라는 걸 톰이 알아냈어. 손수레만 있었다면 그 망할 휴고가 소녀들의 시신을 그 연못으로 가지고 와서 추를 달아 버리는 일이 그리 수고스럽지는 않았을 거야. 소녀들은 어려서 체구도 작고 영양 상태도 그리 좋지 않아 가벼웠을 테고."

로라는 숨이 턱 막혔다. 얼굴에서 핏기가 빠져나가는 것이 느껴졌다. 그리고 눈앞이 캄캄해지면서 눈동자 주위로 검은 연기가 빙글빙글 도는 것 같았다. 바로 곁에 있는 사람들의 말소리도 멀게 들렸다.

윌이 외치는 소리가 희미하게 들려왔다. "이모젠, 로라를 잡아. 기절하려고 하잖아."

로라는 누군가의 손이 자기 뒤통수를 받쳐주는 것을 느꼈다. 누군가가 로라의 등을 문질러주고 있었다. 로라는 잠시 고개를 숙인 채 몇 번 숨을 크게 들이쉬었다. 사람들이 걱정하는 말소리가 들렸다. 하지만 차츰 어지러움은 사라지고, 시각과 청각이 모두 정상으로 돌아왔다. 로라가 천천히 고개를 들었다.

"엄마 나 위스키 한 잔만 좀 줄래요? 엄마 바로 옆 쟁반 위에 있어요."

스텔라가 벌떡 일어났다. "모두들 뭐라도 좀 마시면서 이야기하는 게 낫겠다." 스텔라가 이렇게 말하며 술장으로 갔다.

"이제 어떻게 되는 건가요, 톰?"

"유감스럽게도 오늘은 뭘 해 보기에는 너무 늦었습니다. 장비 같은 것을 준비하기 전에 어두워질 겁니다. 내일 거기로 사람을 보내려고 합니다. 베키나 제가 진행상황을 계속 알려드리겠습니다."

로라는 거기서 무엇이 나올지 알고 있었지만, 차마 그것을 입 밖에 낼 수는 없었다. 또 다시 기다려야 한다. 로라는 그저 이 순간이 빨리 지나가기만을 바랐다.

잠시 톰의 시선이 로라의 얼굴에 머물렀다. 로라는 톰의 시선에 담긴 따뜻함을 느낄 수 있었다. 몸소 이곳까지 찾아와 이야기를 들려준 것에 감사한 마음이 들었다. 그도 분명 주저앉고 싶을 정도로 지쳐 있을 것이다.

로라의 마음을 읽기라도 한 듯이 톰이 피곤한 듯 소파에서 일어났다.

"이런 충격적인 일을 당하셔서 정말 유감입니다, 로라. 죄송하지만 저도 이만 물러나야 할 것 같군요. 싱클레어 총경님께 가서 보고도 하고, 밀린 잠도 좀 자야 할 것 같습니다. 제가 여기서 자리를 좀 비워도 괜찮겠죠?"

로라가 애써 미소를 지으며 일어나 그를 배웅하려 했다.

"아닙니다. 일어나실 필요 없어요, 로라. 이제는 여기도 자주 와 봐서, 혼자서도 나갈 수 있습니다."

마지막으로 측은한 눈빛을 보인 후에 톰은 응접실을 나갔다.

★

로라의 생각대로 톰은 완전히 녹초가 되어 버렸다. 그저 몸만 피곤해서 그런 것은 아니었다. 지금까지 밝혀진 그 모든 끔찍한 일들 때문이기도 했다. 사라진 소녀들이 살인사건의 수사와 어떻게 연결되어 있는지 아직도 미스터리였다. 하지만 지금 당장은 리첫트 민스터 농장에서의 휴고의 행적에 대해 가능한 한 모든 것을 밝혀내는 것이 중요했다. 당장 보기에는 빨간색 가발이 연결고리인 것 같았지만, 미렐라의 방에 있던 그 가발은 아니었다. 그 가발은 몇 년까지는 아니어도 몇 달은 거기에 있었던 것이 분명하다. 그렇다면 살인 사건 현장에서 발견된 여인의 가발은 아니다. 톰은 깊은 생각에 잠긴 채 홀을 가로질러 갔다. 그는 이 집이 싫고, 이 집에 살았던 괴물도 싫었지만 로라를 여기 남겨두고 가려니 미안한 마음이 들었다. 그는 현관문을 열었다가 갑자기 그 자리에 다시 멈춰 섰다. 욕이 올라왔다.

"맞다, 노트북! 이런 빌어먹을."

문을 다시 닫는데 순간 짜증으로 본의 아니게 쾅 하고 닫아 버렸다. 그리고 깜박했던 컴퓨터를 가지러 조용히 식당으로 향했다.

39

정문이 닫히는 소리를 듣고 이모젠이 로라를 두 팔로 꼭 끌어안았다. 윌은 잔에 술을 따르느라 바빴다. 이 잔이 이날 저녁의 첫 잔은 아니었다. 스텔라도 로라 옆으로 가서 손을 잡고 부드럽게 어루만졌다.

로라는 베아트리체에게 미안한 기분이 들었다. 자기는 곁을 지켜주는 가족들이 있었지만 결국 휴고는 베아트리체의 남동생이기도 했기 때문이다. 로라가 이런 생각을 입 밖에 내려고 하는데 갑자기 윌이 손에 들고 있던 술병을 탁자에 쾅하고 내려놓았다.

"맞다. 로라, 이모젠, 두 사람 나하고 얘기 좀 해. 엄마하고 베아트리체 두 분은 잠깐만 좀 나가 계시겠어요?"

"윌! 어머니한테 그게 할 소리예요? 그리고 베아트리체는 우리 손님이라구요!" 이모젠이 말했다.

"이모젠, 내가 당신을 사랑하기는 하지만, 그래 맞아. 지금까지 당신을 사랑하지 않은 적이 없었지만, 지금은 당신이 나설 때가 아니야. 뭔가 이상해. 이상하다고. 그게 뭔지 좀 알아야겠어. 베아트리체, 이해 좀 해주세요. 엄마, 아무래도 모두를 생각해서 지금 이 이야기는 엄마가 듣지 않는 것이 나을 것 같아요."

로라는 연극 무대에 들어와 있는 기분이 들었다. 모든 사람이 연극의 등장인물처럼 한마디씩은 할 말이 있는 것 같았다. 하지만 로라가 하는 말을 듣는 것은 윌 오빠의 배역이었다. 로라는 배우가 대본을 따라야 하듯 자기도 이제 어쩔 수 없이 대본을 따라야 한다는 생각이 들었다. 이제 자기가 연기할 장면이 나오기만을 기다리고 있었다. 로라는 자기가 맡은 배역이 무엇인지 알고 있었고, 자기가 그 배역을 연기해야만 한다는 것도 알았다. 하지만 엄마는 그 대본을 따르지 않고 있었기 때문에 설득해서 무대에서 내려 보내야만 했다.

로라는 무심한 눈빛으로 눈앞에 펼쳐지는 장면을 바라보고 있었다.

"윌, 내가 네 엄마기는 하지만, 유리처럼 약한 사람은 아니다. 듣기 싫은 얘기를 듣는다고 부서지지 않아. 오늘 생각지도 못할 일들을 다 겪어서 이젠 무슨 얘기를 들어도 놀랄 일 없을 거 같다. 나도 여기 있어야겠어."

베아트리체가 일어섰다. "같이 나가요, 스텔라. 세 사람한테 맡겨두자고요. 그동안 무슨 일이 있었는지 다 알아낼 수는 없겠지만, 이제는 나도 사정을 들을 만큼 들었어요. 역시나 내가 늘 생각했던 대로 휴고는 완전 사이코 또라이가 맞았네요."

베아트리체가 사용한 표현에 놀란 사람이 분명 있을 텐데도, 아무도 티를 내지는 않았다.

로라는 이제 자기가 입을 열어야 할 때임을 깨달았다. "사실 이모젠도 자리를 좀 비켜줬으면 좋겠어. 미안해, 이모젠. 이건 네가 아니라 내가 판단해야 할 문제야. 너도 엄마하고, 베아트리체하고 같이 좀 나가 있어."

스텔라와 베아트리체는 그냥 방을 나갔지만 이모젠은 문 앞에서 다시 한 번 돌아보았다. 로라는 이모젠의 눈에 담긴 두려움을 읽을 수 있었다.

"이모젠, 오빠도 알아야 해. 미안해."

"알아, 나도 안다고. 젠장. 윌, 내가 뭐라고 해야 할지는 모르겠지만, 내가 당신을 사랑한다는 것은 알아줬으면 해요. 다른 사람을 사랑해 본 적은 한 번도 없어요. 지금까지 벌써 나를 많이 미워했겠지만 이제 더 이상은 나를 미워하지 말아요."

이모젠이 한숨을 쉬며 방에서 나갔다. 문이 완전히 닫히지 않은 것을 윌도, 로라도 눈치채지 못했다.

"로라, 대답을 좀 들어보자." 윌의 얼굴이 돌덩이처럼 굳어졌다. 얼굴에 주름살이 더 깊어진 것 같고, 여기 온 이후로 벌써 십 년은 늙어버린 듯한 모습이었다. 윌이 솟구치는 화를 간신히 억누르는 듯한 목소리로 말했다.

"휴고가 완전히 비도덕적이고 타락한 인간이었다는 사실은 이제 모두

들 알고 있어. 하지만 아마도 너는 그 사실을 애초에 알고 있었을 거야. 그래서 이모젠이 너를 대신해서 휴고를 죽인 거냐? 분명 범인은 이모젠이야. 경찰도 알고 있어. 증거가 없을 뿐이지. 맙소사. 이모젠이 네 친구고, 너를 아끼는 건 나도 알지만, 그런 부탁을 하는 건 너무 심한 거 아니냐? 로라, 뭐라고 말 좀 해봐!"

로라는 스산하면서도 이상하게 침착해졌다. 너무도 많은 일이 일어났다. 너무도 많은 일에 너무도 많은 사람이 상처를 입었다. 그래서 지금 이 순간이 오히려 더 편하게 느껴졌다. 지난 며칠 동안 이 방에서 얼마나 많은 대화가 오고갔던가? 얼마나 많은 삶이 고통 받았던가? 이제 윌 오빠는 그 진실을 알 자격이 있었다.

"윌 오빠. 그런 소리 그만 해. 이모젠이 아니야. 이모젠은 휴고를 죽이지 않았어."

"이모젠이 아니면 누구라는 거야? 너는 알 거 아냐!"

로라가 한숨을 크게 들이쉬고는 윌의 눈을 똑바로 쳐다보며 말했다.
"오빠 말이 맞아. 내가 알아."

"그래서 누군데?"

"나야. 내가 휴고를 죽였어."

★

방 안에 침묵이 감돌았다. 로라는 두 사람의 숨소리조차 들을 수 없었다. 그리고 윌 오빠는 몰라도 자기는 숨을 참고 있다는 것을 깨달았다. 드디어 진실이 입 밖으로 나왔고, 마법은 풀렸다. 자기가 한 일을 고백하는 것도 쉽지 않은 일이었지만, 그 이유를 설명하려면 과거의 모든 순간을 생생하게 머릿속에 다시 떠올려야 하니 훨씬 어려운 일이 될 것이었다.

윌은 머릿속이 텅 비어버린 듯한 눈빛으로 로라를 바라보고 있었다. 로라는 윌의 시선을 마주할 수 없었다.

"아주 긴 얘기야. 어쩌면 오빠한테 털어놓으면 오히려 마음이 편해질 것도 같아. 하지만 그냥 듣기만 해. 아니면 내가 이야기를 끌고 나갈 수가 없으니까. 말 중간에 끊지 말고 제발 듣기만 해, 오빠." 로라가 몸을 추스르며 말했다. 몸이 금방이라도 무너져 내릴 것 같았다.

윌은 계속해서 동생을 바라보며 보일듯 말듯 고개를 끄덕였다. 로라가 위스키 잔을 손에 들고 소파에서 일어섰다. 그리고 벽난로 앞에 가서 불꽃의 온기를 몸 안에 끌어들였다. 그리고 침착한 목소리로 이야기를 시작했다.

"모두 세심하게 계획해 놓은 거야. 세세한 것 하나 하나까지 모두. 휴고가 죽기 전 목요일 오후부터 카운트다운이 시작됐어. 나는 물론 이탈리아 집에 있었지. 목록에 체크 표시를 해가면서 적어놓은 물품을 빠지지 않고 담았는지 가방을 열두 번도 더 확인한 것 같아. 확인하고 또 확인했지. 거기에 너무도 많은 것이 달려 있었으니까. 이탈리아 집 부엌 식탁에 또 다른 목록을 남겨 놨어. 작은 녹음기하고, 내 여권, 비행기 탑승권, 벤츠 차 열쇠, 스탠스테드 공항 주차권도 같이. 식탁 옆 마룻바닥에는 여행 가방하고 휴대 가방도 남겨 놓았고. 이모젠한테 남긴 것들이었어."

이모젠의 이름이 나오자 윌은 깜짝 놀랐지만, 약속대로 윌은 로라의 말을 끊지 않았다.

"결국 모든 준비가 마무리됐어. 그리고 이탈리아 집에서 나와 차로 갔지. 그리고 운전석에 한참을 그냥 앉아 있었어. 처음에는 손이 너무 떨려서 열쇠로 자동차에 시동을 걸 수도 없었어." 그 순간의 기억이 떠오르자 로라는 잔을 더 세게 움켜쥐었다.

"이모젠은 정말 믿기 어려울 정도로 강해. 바위처럼 강한 사람이야. 그 힘이 어디서 나오는지 모르겠어. 내가 이모젠도 모르는 사이에 공범으로 만들고 있는 것은 알고 있었지만 이모젠한테는 절대로 문제가 되지 않을 줄 알았어. 휴고의 시체가 발견되기도 전에 이모젠은 캐나다로 돌아가 있을 테니까. 이모젠이 이 문제에 얽혀들 일은 결코 없었지. 이모젠의 이름은 아예 등장할 이유가 없었어. 이론상으로는 내가 이모젠과 오랫동안 연락도 없었던 것으로 되어 있었으니까. 이모젠은 내 삶에서 완전히 지워져 있었지. 그런데 이모젠이 이 집에 떡하니 와 버린 거야. 정말 엄청난 실수였어. 이모젠이 이 집에 도착한 것을 보고 난 정말 피가 거꾸로 솟는 줄 알았어. 오빠도 보다시피 이모젠은 아직도 자기가 실수했다는 사실을 몰라.

휴고가 나를 두 번째로 요양시설에 가두었을 때 이모젠이 나를 찾아오기 시작했어. 영국에 올 일이 있을 때마다 찾아왔지. 우린 방법을 찾아냈어. 이모젠은 요양시설에 있는 말 못하는 한 가엾은 늙은이를 찾아오는 척했지. 그렇게 들어온 다음에는 몰래 나를 만난 거야. 휴고가 알면 절대로 이모젠이 나와 같이 있는 것을 용납하지 않았을 테니까."

로라는 술을 한 모금 마신 후에 술잔을 벽난로 위에 올려놓았다. 하지만 손이 허전해지자 어쩐지 자기를 보호해 주는 것이 사라져 버린 기분이 들어 다시 술잔을 두 손으로 쥐었다.

"내가 망상장애를 앓고 있다는 얘기는 이모젠도 알고 있었지. 그리고 그 망상이란 것이 무엇인지도 알고 있었어. 나는 휴고가 소녀들을 납치하고 있다고 확신하고 있었고, 그래서 이모젠한테 내가 이 결혼에서 탈출할 방법은 그가 얼마나 타락한 인간인지 세상에 입증해 보이는 것밖에 없다고 말했어. 그리고 내게 그럴 계획이 있다고 했지. 나는 휴고에 대한 증거를 확보해서 언론에 흘려야 한다고 했어. 하지만 그것을 폭로한 사람이 나라는 것을 눈치채지 못하게 할 필요가 있었지. 그걸 들키면 어떤 결과가 찾아올지 알았으니까. 그래서 그 뉴스가 터져 나올 때 내가 이탈리아에 있었다는 명확한 알리바이가 필요하다고 이모젠한테 말했어. 그리고 이모젠에게 도움을 구한 거야. 그때만 해도 이모젠은 내가 휴고의 뒤를 밟아서 사진을 몇 장 찍으려는 것으로만 알고 있었지. 내가 정말로 어떤 일을 계획하고 있는지 이모젠은 꿈에도 모르고 있었어."

이모젠은 원래 프랑스 깐느에 머물고 있었다. 이모젠도 그 부분은 경찰에 있는 그대로 얘기했다. 로라는 자기가 어떻게 운전했길래 이탈리아 집이 있는 르 마르쉐에서 프랑스 깐느까지 그렇게 빨리 갔는지 스스로 놀랐다. 신기록에 가까운 시간에 주파했다. 일곱 시간을 갓 넘는 시간만에 그곳에 도착했다. 물론 중간에는 국경 검문도 없었다. 그것이 큰 도움이 됐다. 로라는 깐느에 도착하자마자 이모젠이 체류하던 마제스틱 호텔 주차장에 차를 댔다. 이모젠이 그곳에서 로라를 기다리고 있었다.

"내가 깐느에 도착했을 때 이모젠은 모든 것을 준비해 놓고 있었어. 이모젠의 여행 가방에는 여권, 비행기표, 현금과 함께 렌트카 열쇠가 들어 있었지. 모두 우리가 미리 맞춰 놓았던 것들이었어.

이모젠도 내가 긴장한 것이 느껴졌나봐. 내 머리를 쓰다듬으면서 내가 옳은 일을 하고 있는 거라고 말해준 것을 보면. 하지만 내 진짜 계획을 알았다면 이모젠도 나를 도와주지 않았을 거야. 자기가 법을 어기고 가짜 여권으로 여행을 하게 될 거라는 점은 이모젠도 알고 있었지. 하지만 이모젠도 내가 휴고의 본모습을 세상에 알릴 수만 있다면 그 정도 위험은 감수해야 한다고 생각했어."

윌이 자리에서 일어났다. 로라는 두 사람 모두 위스키 잔이 비어 있다는 것을 깨달았다. 로라의 얼굴에서 시선을 떼지 않은 채 윌이 로라의 잔을 받아들었다. 로라는 윌이 무슨 말을 꺼내려다가 참는 걸 느꼈다. 윌이 돌아서서 잔에 술을 따르는 것을 보니, 로라는 오빠의 시선을 피할 수 있어 안도하고 이야기를 이어갔다.

"마제스틱 호텔 주차장에서 만난 이모젠은 자기가 머물던 호텔방에 내가 잠시 머물며 쉬라고 카드키를 내게 줬어. 한편, 이모젠은 미리 호텔 체크아웃 서류를 작성해서 사인까지 한 뒤에 새벽에 그걸 방에 남겨뒀지. 그리고 다음 날 11시에 호텔로 전화해서 체크아웃 서류를 깜박하고 방에 그냥 두고 왔다고 전화를 했지. 이모젠은 마제스틱 호텔 주차장에서 내 차에 뛰어 올라, 마치 밤운전이 세상에서 제일 쉬운 일이라는 듯이 거기를 출발해 이탈리아에 있는 내 집으로 갔어.

나는 오랜 운전 때문에 눈을 좀 붙여야 했지만, 휴고와 맺은 거래만 생각했어. 그를 죽일 기회를 마련해 준 거래였지. 그때쯤 나는 다른 건 보이지 않았어. 그런데 나중에 알게 되겠지만, 그 거래가 처음부터 나를 위한 것은 아니었어.

나는 마제스틱 호텔방에서 아침 일찍 나와 런던행 유로스타 열차를 타기 위해, 파리로 렌트카를 몰고 갔어. 죽치고 기다려야 할 시간이 너무 많아졌지만 그 방법밖에는 없었지.

이모젠은 그 새벽 시간에 프랑스 깐느에서 이탈리아 집까지 동 트기 전에 도착해야 했어. 그래야 사람들이 내가 이탈리아 집 마당에 있었다고 증언할 테니까. 물론 마당에 있는 사람은 사실 내가 아니라 이모젠이었지만. 우리가 미리 계획한 시각에 이모젠은 마당에서 올리브를 따고 있기로 했어. 그 시각에 그곳을 지나가는 사람이 있다는 것을 알고 있었거든. 물론 이모젠은 얼굴을 자세히 볼 수 없도록 충분히 떨어진 곳에 있어야 했고."

윌이 채운 잔을 건네자, 로라가 잔을 받아들었다. 그리고는 윌의 반대편으로 가서 앉았다. 파리로 렌트카를 몰고 가던 때를 떠올리며 로라는 잠시 말이 없었다.

로라는 파리로 가는 도중에 커피로 원기를 회복하고, 이모젠의 여행가방을 파리북역에 내려놓았다. 차는 렌트카 회사에 반납했다. 렌트카 회사는 밤에는 사람이 지키지 않기 때문에 그곳에서 로라를 본 사람은 아무도 없었다. 그리고는 유로스타 역에서 커피를 셀 수 없을 정도로 마시며 눈이 빠지게 기다렸다. 역 대합실에서 기다렸다가는 혹시 자기를 알아볼 영국인이 있을지 몰라 식당에 앉아 있었다. 식당에도 사람들이 많아지자 사람들의 눈길을 피하기 위해 화장실에 숨었다. 끔찍했다. 하지만 더 끔찍한 순간이 기다리고 있었다.

로라는 위스키 잔을 빙빙 돌리며 술잔 안에서 돌아가는 황금색 소용돌이를 넋놓고 바라보았다.

"기차는 이모젠 드보이스라는 이름으로 예약되어 있었어. 나하고는 절대로 얽힐 일이 없는 이름이었지. 나는 이모젠의 캐나다 여권을 이용해서 기차에 탔어. 기차표에 있는 이름하고는 당연히 같았지. 문제는 여권에 붙어있는 사진인데, 사진은 적어도 8년 정도 된 거라 내 사진이라고 해도 못 믿을 이유가 없었어. 실물보다 잘 나오게 보정해서 나온 사진도 아니었고. 신분증 사진들은 보통 그렇잖아. 그리고 솔직히 실제 내 여권 사진도 내가 휴고와 결혼하기 전에 찍은 거라 지금의 모습하고는 완전 딴판이잖아. 한편, 나는 이모젠의 다른 여권도 가지고 있었어. 이모젠의 영국 여권. 그 여권은 훨씬 더 오래 전에 발급 받은 거라 그 사진 속 이모젠은 더 어려 보였지."

오빠의 얼굴에는 미동조차 없었다. 로라는 오빠가 아직은 자기편을 들어줄 생각이 없는 것 같았다.

한없이 유로스타 열차를 기다리는 동안 로라는 마음을 다잡고, 또 다시 생각해 보았다. 결국 이 방법을 택할 수밖에 없는 이유에 대해서. 뼛속까지 역겨운 이 일을 하려는 이유에 대해서.

"결국 나는 유로스타 열차에 올랐지. 아주 쉬웠어. 열차 승무원은 여권을 그냥 슬쩍 보고, 여권의 이름과 기차표의 이름이 같은지만 간단하게 확인하고는 통과시켜 주더라고. 나는 구석에 웅크리고 앉아서 자는 척했지. 그래야 나한테 말 거는 사람이 없을 테니까. 기차에서 내리는 것도 쉬웠어. 만약 이모젠의 캐나다 여권을 계속 사용했다면 입국신고서를 작성해야 했겠지. 하지만 이번에는 이모젠의 영국 여권을 사용해서 가뿐히 입국심사대를 통과했어. 그래서 행적을 남기지 않을 수 있었지.

휴고가 에거튼 크레센트 집에 없다는 것은 알고 있었어. 하지만 그리로 오는 중이었지. 그러기로 둘이 약속해 놓았으니까. 휴고는 나와의 마지막 거래, 나를 두 번째로 요양시설에서 빼내준 그 거래가 이제 결실을 맺으려 한다고 생각했을 거야. 나는 그보다 먼저 집에 도착해서 준비를 해야 했어. 하지만 그 집에 들어가는 일은 위험 요소가 도사리고 있었어. 이웃이 나를 알아볼지도 모르니까. 그래서 나는 지하철역 화장실에 잠깐 들어가서 그 흉물스러운 빨간 가발을 썼지. 예전에 그 가발을 쓰고 해야 했던 일을 생각하면 너무나 역겨웠지만 말이야. 내가 입을 나머지 복장은 그 집에 준비해 놨었어. 하지만 가발만큼은 변장용으로 따로 가져간 거지."

이제 로라는 입 밖에 꺼내기 어려운 부분으로 들어가고 있었다. 로라는 깊게 심호흡을 하며 마음을 가라앉힌 후, 다시 이야기를 이어갔다.

"나는 집 정문을 열고 경보기를 껐어. 그리고 곧장 침실로 가서 옷장을 열었지. 오래 전부터 나는 그곳에 옷을 별로 보관해 놓지 않았어. 하지만 옛날에 사용했던 롱드레스 가방이 몇 개 있었지. 그래서 필요한 것들을 일주일 전에 모두 거기에 숨겨 놓았어.

이 모든 과정을 머릿속에서 하도 여러 번 반복했더니 행동이 거의 자동적으로 나오더라고. 그래야 공황에 빠지거나 뭐 하나라도 깜박하는 일이 없을 테니까. 나는 옷들을 꺼내서 침대 위에 올려놓았지. 제일 먼저 길고 부드러운 가죽 장갑을 꼈어. 지문을 남기지 않아야 하니 장갑은 필수였지. 일부러 좋은 것으로 골랐어. 그래야 휴고가 그것이 내가 준비한 쇼의 일부라고 생각할 테니까. 이런 방법밖에 없었어.

나는 하얀색 전신작업복을 꺼내서 욕실로 가져갔어. 그리고 빨래 바구니 깊숙한 곳에 밀어 넣어뒀지. 그리고 부엌에서 가져온 길고 날카로운 칼도 빨래 바구니에 숨겼지. 내가 미리 직접 날을 갈아놓은 칼이었어. 나는 입고 온 옷들을 모두 벗어서 'A'라고 적어놓은 비닐봉지에 담았어. 다른 봉투도 준비해 놨었는데, 봉투마다 표시를 해놨지. 마지막 봉투는 빈 봉투가 아니고, 다섯 장의 실크 스카프가 들어 있었지. 모두 밝은 와인색으로. 그 스카프들을 침대 위에 올려놓았어."

이쯤 되니, 윌은 무언가에 홀린 듯한 표정으로 로라의 이야기를 듣고 있었다. 로라가 이런 냉철한 계획을 세워서 실행에 옮겼다는 사실에 윌 오빠가 경악했을 것이 당연했을 것이어서 나머지 이야기는 오빠와 눈길을 마주치고 않은 채 하고 싶었다. 로라는 다시 자리에서 일어나 벽난로 옆에 섰다. 이번에는 오빠에게 등을 돌리고 불을 보며 섰다.

"그 다음에는 뜨거운 물로 샤워를 했어. 그래야 견딜 것 같더라구. 걱정이 돼서 미칠 것 같았거든. 하지만 그래도 휴고가 오려면 1시간이나 남아 있어서 그 시간을 어떻게 보내야 할지 알 수 없었어. 그이가 일찍 도착하지 않을 거라는 건 알고 있었지. 안달이 난 것처럼 보이기 싫어할 테니까. 어쨌거나 샤워를 한 후에는 수건으로 타일의 물기를 닦아서 건조기에 던져 넣었어. 그럼 그 수건은 삼십 분 정도면 깨끗한 수건이 되어 있을 테지.

"나는 다시 장갑을 끼고 침실로 돌아왔어. 그리고 내가 골라놓았던 옷들을 입었지. 휴고가 자기를 위해 입었다고 믿을 옷들이었지. 모든 것이 준비된 후에는 옷장 뒤쪽 신발상자에서 마지막 물건 두 개를 꺼냈어. 하나는 주사기고, 하나는 유리병이었지. 나는 다시 욕실로 돌아가서 주사기에 액체를 채웠어. 주사기는 빨래 바구니에 숨겼고, 빈 유리병은 다시 침실로 가져가서 미리 표시해 놓은 비닐 봉투 중 하나에 넣었어.

그렇게 해서 준비는 끝났고, 이제 방만 준비하면 됐지. 방이 완벽해 보여야 했어. 내가 그의 게임을 즐기려고 찾아온 게 아니란 것을 눈치채서는 안 되니까. 나는 크리스탈 샴페인 한 병을 와인 저장고에서 꺼냈어. 휴고가 이것을 내가 자기한테 굴복한다는 궁극의 증거라 생각할 것을 알고 있었지. 그것은 우리 신혼여행 첫날밤에 그이가 사온 그 샴페인이었거든. 나는 얼음통하고 잔을 준비해 놓고, 가구를 새로 배치했어. 빨간 가발도 준비하고.

그리고 이제 내가 할 일은 그이를 기다리는 것밖에 없었지."

★

로라가 뒤를 돌아 윌을 마주보고 섰다.

"이제 알겠지, 오빠? 휴고를 죽인 사람은 나야. 윌 오빠, 내가 마땅히 해야만 할 일이었어. 내 말을 믿어줘. 생각해봐. 내게 다른 방법이 있었다면 내가 그런 일을 했겠어? 다른 방법이 있으면 내가 그 고문 같은 일을 왜 했겠느냐고!"

로라가 용기를 내어 윌 오빠의 얼굴을 바라보았다. 윌은 로라의 말을 끊지는 않았지만 아직도 의심스러운 눈초리로 로라를 바라보고 있었다.

"아직 할 이야기가 남아 있는 거야, 로라? 그럼 이렇게 믿기 어려울 정도로 치밀한 계획을 세운 이유를 설명해 볼래?"

로라는 윌 오빠의 말투가 마음에 들지는 않았지만 오빠를 탓할 수도 없는 노릇이었다. 어쩌면 고래고래 고함을 지르며 이 모든 걸 말했다면 오빠가 더 공감해주었을지도 모른다. 하지만 감정에 휩싸이는 순간 이야기를 계속 이어갈 수 없었으리란 것을 로라는 알고 있었다.

"나머지 이야기도 해줄게. 하지만 적어도 지금은 이거 가지고 나를 판단하지는 마." 오빠의 눈빛이 살짝 부드러워지는 것도 같았다. 아니면 그저 로라의 바람이 투영된 것인지도. 로라가 시선을 돌려 반대편 벽을 바라보았다. 이야기를 이어가는 동안에는 오빠와 눈을 마주치고 싶지 않았다.

"돌아오는 길도 비슷했어. 나는 공황 상태에 빠지지 않으려고 봉투들을 준비해 놓았지. 봉투에는 서로 다른 복장이 들어 있었어. 다시 런던에서 유로스타 열차를 타고 파리로 돌아오는 중간 중간에 옷을 바꿔 입으려고 했어. 나머지 봉투들은 버릴 것들을 담으려고 표시해 놓은 것들이었어. 증거물이 한 장소에 하나 이상 몰려 있지 않게 만들었지. 그래서 주사기는 한 봉투에, 그리고 빈 유리병은 또 다른 봉투에 넣는 식으로 준비했어. 그리고 난 다시 토요일 오후 늦게 파리 유스스타역에 도착했어. 거기서 지하철을 타고 파리 샤를드골공항으로 가서 이모젠의 영국 여권으로 비행기를 타고 런던으로 되돌아왔지.

그러는 사이, 내 여권을 가지고 있던 이모젠은 이탈리아 공항을 떠나 런던의 또 다른 공항인 스탠스테드 공항에 내렸지. 그리고는 내가 영국에서 평소 사용하는 차를 가지고 런던 히드로 공항으로 나를 만나러 왔어. 나는 공항에서 평소에 입던 칙칙한 옷으로 갈아입었어. 그리고 이곳까지 내 차를 몰고 돌아왔어. 한편, 이모젠은 캐나다로 가기 위해 터미널로 갔어. 이모젠은 캐나다로 가는 비행기를 타러 가기로 되어 있었던 것이었지. 그런데 이모젠이 공항에서 휴고 소식을 듣고 캐나다로 가지 않고 여기로 와 버려서 많은 문제가 생겼지만. 여기까지야."

윌은 계속해서 로라를 바라보았다. 동생이 낯설게 느껴졌다. 몇 분 동안 침묵이 이어졌고, 로라는 그 침묵을 깨뜨리면 안 될 것 같았다. 그리고 드디어 윌이 입을 열었다.

"아까도 말했지만, 정말 치밀한 계획이었어. 그 계획을 실행에 옮기는 과정도 주도면밀하고. 하지만 그렇게 큰 위험을 무릅쓴 이유가 그저 남편을 증오했기 때문이냐? 이제는 우리도 그놈이 어떤 인간이었는지 잘 알게 됐지만, 그건 사실 너도 오늘에야 알게 된 내용들이 있잖아. 그냥 휴고를 떠나버리지 그랬어? 그럼 그것으로 끝이었을 텐데. 왜 이모젠까지 이 일에 끌어들인 거야?"

로라는 이것이 어려운 대답이 될 것을 오래 전부터 알고 있었다. 로라는 침착한 목소리를 유지하려 했지만 사실 혼란의 소용돌이에 휩싸여 있었다. 오늘 그 모든 사실을 알고 나니 로라는 정말 어디 처박혀서 죽어버리고 싶은 마음밖에 없었다. 하지만 로라는 이 모든 것을 이겨내야만 했다. 윌에게 모든 것을 털어놓고 속세를 떠나 아주 캄캄한 구석으로 숨어들어가고 싶었다.

"이모젠이 내가 있던 요양시설을 방문하기 시작했을 때 나는 이모젠한테 휴고가 위선자라는 정도만 이야기해 줬어. 그리고 휴고가 오빠하고 이모젠한테 한 짓을 이모젠한테 설명해줬지. 그것만으로도 휴고의 본모습을 세상에 까발리도록 도와달라고 이모젠을 설득하기에 충분했지. 하지만 이모젠은 내가 휴고를 죽일 생각까지 하고 있는 줄은 꿈에도 몰랐어. 이모젠이 이 집에 나타났을 때는 정말 어떻게 해야 할지 모르겠더라. 왜 하필 그때야. 정말, 정말 타이밍이 안 좋았어. 나 아직도 이모젠한테 고백 안 했어. 고백하는 순간 이모젠이 공범으로 못박힐 테니까. 물론 이모젠도 눈치채고 있는 것 같아. 아니, 분명해."

윌은 여전히 무표정했다. 윌은 자기 잔을 탁자 위에 올려놓고 머리에 깍지를 끼며 소파에 등을 기대고 앉았다. 로라는 오빠를 잘 알았다. 자기가 한 말을 가늠해 보고 있었다.

로라는 갑자기 공황장애가 밀려오는 것을 느꼈다. 로라는 항상 오빠라면 자기를 이해해 주리라 믿었었다. 로라는 오빠도 자기와 같은 상황이었으면 똑같은 일을 했으리라 믿고 있었다. 로라는 오빠에게 그것이 정말 어떤 상황이었는지 얘기해야만 했다.

"휴고는 죽어야 했어, 오빠. 그 사람이 죽지 않았다면 결국에는 그가 나를 죽였을 거야. 그 사람이 나한테 그랬어. 고분고분 말을 듣지 않으면 죽게 될 거라고. 그 인간은 나한테 약을 먹였을 거야. 용량을 초과해서. 그 당시 내 정신 상태를 보면 내가 약을 입안에 한꺼번에 털어넣고 자살했다고 해도 사람들은 쉽게 믿었을 테니까. 그런데 나는 뭐가 문제였는지 알아? 도대체 어떻게 그를 죽여야 할지 전혀 감이 오지 않았다는 거야.

정말 수없이 많은 방법들을 생각해 봤지. 칼로 찔러 죽일까도 생각해 봤지만 내가 그 짓을 할 수 있을 것 같지 않았어. 물론 그래야만 하는 상황이 왔다면 그렇게 했겠지만. 칼은 그래서 준비해 놨던 거야. 나는 내 연녀가 저지른 일처럼 보이게 하고 싶었어. 하지만 그와 동시에 휴고도 뜻이 맞아서 같이 무언가를 하다가 일어난 일인 것처럼 보여야 했지.

휴고에게 다른 여자가 있는 것은 알고 있었어. 분명 알리움 재단 소녀들이라고 확신했지. 사람들에게 알려질 위험이 눈곱만큼이라도 있는 정사는 벌이지 않을 사람이니까. 그 사람이 내가 두 번째로 요양시설에 갔을 때 찾아와서 한 말에 소름이 돋았었어. 자기 취향은 정상적인 거라면서 여러 해를 거치는 동안 알맞은 참가자를 찾아내는 일이 상당히 비싸졌다고 했지. 한 달에 만 파운드 넘는 돈이 들어간다고 했어. 그래, 이제는 그 돈이 무슨 돈이었는지 알지. 그 소녀들한테 부치는 돈이었어. 그런데 그가 대안을 찾아냈다고 하더라. 그러면서 자기가 하는 일은 모두 내가 아내로서 해야 할 일에 태만했기 때문이고, 모든 책임은 다 나한테 있다는 거야. 도대체 그가 무슨 뜻으로 한 말일까 고민하면서 그 대화를 두고두고 다시 생각해 봤지. 이제야 이해가 돼. 분명 소녀들을 죽이기 시작하고 나서 한 말일 거야. 솔직히 그때는 몰랐어."

윌이 휘파람소리를 내며 말했다. "그 인간이 너한테 그런 이야기를 왜 해?"

"나한테 궁극의 협박을 하고 싶었던 거지. 그가 나를 요양시설에서 빼

준다고 했어. 대신 내가 부부생활의 임무를 다시 시작한다는 조건으로. 내가 그의 섹스 방식을 싫어하는 걸 그도 알았어. 그가 납치해 갔던 소녀들도 그랬던 것 같고. 내가 처음에 요양시설에 다녀온 이후로는 내가 그와 섹스를 하지 않아도 된다고 둘이 합의를 봤었어. 하지만 휴고는 그런 섹스를 정말로 좋아서 즐기는 여자를 한 명도 찾지 못했어. 당연할 테지. 그래서 그는 나를 다시 자기 침대로 불러들이고 싶었던 거야. 물론 자기가 원하는 방식으로. 나는 그와 섹스하는 것을 싫어했지만, 내가 싫어할수록 그는 더 좋아했지. 그것이 곧 그에게는 권력이었으니까. 하지만 오래 가지는 않을 거라고 했어. 그에게는 모퉁이만 돌면 더 마음에 드는 대안이 기다리고 있다는 것은 나도 알고 있었으니까."

"그게 대체 무슨 말이냐?"

로라가 윌에게로 걸어와서 바닥에 털썩 주저앉았다. 윌을 만질 수 있을 정도로 가까운 거리는 아니었지만, 윌이 로라의 시선을 도저히 피할 수 없는 거리였다. 이제 윌은 로라의 얼굴을 바라보아야 했다. 로라의 격정과 증오를 이해해야 했다. 로라를 반드시 이해해야 했다.

"지금 말할게. 그가 나한테 이렇게 말했어. 앞으로 그 일이 필연적으로 일어날 수밖에 없는데, 그 일을 멈추거나 늦출 수 있는 사람은 나밖에 없다고. 그가 나더러 성녀 행세는 그만하고 돌아와서 창녀 노릇이나 하라고 했어. 나는 그이가 생각하는 대안이 뭔지 알고 있었지.

그가 나를 죽일 거라고 구체적으로 다시 말한 적은 없었지만. 나는 그에게 시간을 좀 달라고 했어. 그와 다시 섹스를 한다고 생각하니 정말로 역겨웠지만, 그것을 거절했을 때의 결과는 내가 상상할 수 없는 것이었어.

나는 생각해 보겠다고 약속했지. 그리고 최대한 늑장을 부렸어. 그랬더니 결국 그가 최후 통첩을 하더라. 나는 그가 요구하는 대로 하기로 했어. 그러지 않았다가는 나나 다른 사람이 그 대가를 치르게 될 테니까. 하지만 그 덕분에 내 뜻대로 일이 풀린 셈이야. 내가 궁지에 몰려 어쩔 수 없이 받아들인 거라 생각했을 테니까. 내 동기를 의심할 이유가 없었지. 나는 마음의 준비를 위해 이탈리아에 며칠 다녀와야겠다고 했어. 그리고 끔찍한 기억이 있는 애시버리 파크 집에서는 섹스를 하고 싶지는 않으니 에거튼 크레센트 집으로 가자고 했지."

이제 윌은 깍지 낀 손을 무릎 사이에 모으고, 몸을 앞으로 숙이고 앉았다. 진실을 요구한 것은 그였지만 그도 여동생의 고통을 듣는 일이 쉽지만은 않은 듯 보였다.

"나는 내가 그곳에 오지 않을지도 모른다고 휴고가 생각하게 만들었어. 내가 너무 적극적인 모습을 보여서는 안 됐지. 내가 협박에 못 이겨 이 일을 하고 있다고 생각해야 그는 더 흥분했으니까.

이모젠이 이탈리아에서 내 알리바이만 만들어주면 그만이었어. 물론 이모젠은 이 일의 목적을 엉뚱한 것으로 알고서 도운 것이었지만.

토요일에는 이모젠이 이 집으로 전화를 해서, 내가 미리 테이프에 녹음해 둔 육성테이프를 틀어서 내 목소리로 음성메시지를 남겼어. 이곳에 아무도 없을 것을 알고 있었으니까, 이모젠은 그냥 수화기에 대고 테이프만 틀면 됐지. 그의 휴대폰으로 전화를 걸 수는 없었어. 혹시나 정말로 그가 전화를 받을지도 모르니까. 그때는 휴고가 휴대폰을 가지고 있었거든."

윌은 존경심과 두려움이 섞인 눈빛으로 로라를 바라보았다.

"휴고가 에거튼 크레센트 집에 도착했을 때 나는 그가 원하는 방식으로 행동했어. 휴고는 자기가 이겼다고 정말로 믿고 있었지." 로라가 말을 멈췄다. 그리고 윌을 뚫어지게 응시했다.

"그리고 그 다음엔 그를 죽였어."

윌은 아무 말도 하지 않았다. 그는 자기 잔을 들어 한 입 크게 들이키기만 할 뿐, 한마디도 내뱉지 않았다. 로라는 계속 이어서 말해야 할 것 같은 기분이 들었다.

"나는 내 흔적을 조금도 남기지 않으려고 전신작업복으로 갈아입었어. 그리고 장갑도 항상 끼고 있었고. 주사기는 이탈리아에서 샀어. 거기서는 슈퍼마켓에서도 파니까. 액체 니코틴은 내가 직접 만들었어."

마침내 윌이 입을 열었다. "그 약이 효과가 제대로 나지 않으면 어쩔 작정이었는데?"

"그것이 내가 전신작업복을 입은 또 다른 이유야. 약이 효과를 나타내지 않으면 내게는 다른 선택의 여지가 없었을 테니까. 침실로 들어갈 때 그래서 그 칼도 같이 가지고 갔어. 만약 휴고가 신속하게 죽지 않았다면 칼로 찔러야 했을 거야. 하지만 다행스럽게도 그런 일은 일어나지 않았어. 그런데 그 칼을 부엌으로 다시 가져가는 것을 깜박했어.

당시에 휴고가 갖고 있던 휴대폰은 증거물 버리는 데 사용하려고 표시해 둔 비닐봉투 중 하나에 넣었어. 유심카드는 다른 봉투에 넣었고. 그리고 전신작업복, 옷, 가발 같은 다른 잡동사니 용품들도 다 봉투에 넣었어. 어떤 봉투는 런던에 있는 쓰레기통에 버리고, 어떤 봉투는 파리에 있는 쓰레기통에 버렸어. 휴고의 휴대폰을 없애야 했던 이유는 그에게 걸려오는 소녀들의 통화 기록이 있다는 것을 알았기 때문이야. 일단 휴고가 죽었으니 소녀들은 안전할 테지만, 알렉사에게 미칠 영향을 생각해서 이 일이 세상에 밝혀지지 않기를 바랐어. 그래서 휴대폰을 없앤 거야. 자기 아빠가 괴물이었다는 것을 온 세상이 알기를 바라는 사람은 없으니까."

로라는 이제 알렉사도 이 일에 대해 알게 될 것임을 직감했다. 그 아이가 받을 고통을 생각하니 가슴이 미어졌다.

윌은 상황을 이해하기 위해 몸부림치고 있었다. 그리고 로라는 휴고의 본질을 알려줄 마지막 이야기의 차례가 되었음을 알고 있었다. 그것은 이 모든 것을 이해하게 해줄 마지막 퍼즐이었다.

"얼굴이 여권 사진하고 달라서 둘 중 한 사람이라도 발각될지 모른다는 걱정은 안 해봤어? 너희 둘은 생긴 것도 완전 딴판이잖아!"

"오빠, 우리는 여자잖아! 어제 오빠도 욕실로 들어왔을 때 이모젠을 나로 착각했으면서. 기억 안 나? 그건 내가 오랫동안 머리카락을 뒤로 질끈 묶고 다녀서 그래. 최대한 밋밋한 얼굴로 보이게 해서 휴고의 관심을 끌지 않으려고 그랬던 거였어. 우리는 나이도 동갑이고 몸무게하고

키도 비슷해. 입국할 때 티켓과 여권 기록만 일치하면 사진하고 얼굴을 제대로 비교해 보는 사람은 없어. 특히 영국 여권을 가지고 있는 경우에는. 화장으로 얼굴의 차이점만 어느 정도 커버하면 가능했어. 되려 그건 쉬운 부분이었어.

이모젠이 이탈리아에서 비행기를 타고 런던으로 돌아오고 있을 때 기내 방송으로 로라 플레처가 자리에 있으면 승무원에게 알려달라는 공지가 나와서 상황이 좀 꼬였었지. 하지만 이모젠은 그냥 무시해 버렸대. 내가 그동안 일부러 좌석 배정을 따로 안 하는 저가항공을 이용한 이유도 그거야. 평소의 패턴을 그대로 이어서 해야 했고, 내게는 익명성이 가장 중요한 것이었으니까."

"그럼 이모젠은 여기에 대체 왜 온 거야? 그게 얼마나 멍청한 짓이냐고!" 윌이 다시 한 번 위스키 병으로 손을 뻗으며 말했다. 마치 위스키 한 잔이 자기가 듣고 있는 모든 이야기의 고통을 가라앉혀주기라도 하는 듯.

"알아. 그래서 나도 정말 화가 났었어. 하지만 이모젠도 뭔가 일이 틀어지고 있다는 것을 안 거지. 아니고서야 왜 비행기에서 나를 찾는 방송이 나왔겠어? 그리고 런던 히드로 공항에서 이모젠과 만났을 때도 내가 대화를 피했거든. 스트레스가 너무 많아서 캐나다로 돌아가는 대로 모든 것을 설명해 주겠다고 했어. 어차피 그때는 설명할 겨를도 없었고. 경찰이 내 동선을 찾아 히드로 공항으로 오고 있다는 것을 알았기 때문에 그 사람들보다 먼저 이 집에 도착해야 했으니까. 그런데 이모젠도 휴고가 죽었다는 뉴스를 본 거지. 그리고는 온통 내 생각만 한 거야.

원래는 휴고의 시체가 그렇게 일찍 발견될 줄은 몰랐어. 내가 일요일 늦은 시간이나 월요일 아침에 그가 행방불명됐다고 신고할 생각이었거든. 숨 돌릴 시간은 있을 줄 알았어. 그런데 베릴 아줌마가 지갑을 가지러 에거튼 크레센트로 돌아온 거야. 내가 떠나고 한 시간도 안 돼서! 맙소사. 정말 얼마나 끔찍한 일이 될 뻔했는지. 그러니 경찰이 여기 왔을 때 난 정말 제정신이 아니었어. 스트레스도 심하고 겁도 나서. 두려움이 나를 잡아먹을 것 같았어. 정말 일이 너무 쉽게 틀어질 뻔했다는 생각밖에 안 들더라. 그리고 내가 저지른 일 때문에 겁이 났지. 그런데 지금 경찰은 이모젠을 의심하고 있어. 이모젠을 이 일에 끌어들인 게 얼마나 후회되는지 몰라. 하지만 다른 방법은 생각할 수가 없었어."

윌은 깍지 낀 손만 물끄러미 바라보았다. 그리고 몇 시간처럼 느껴지는 몇 분이 지나고 난 후에 윌이 고개를 들며 말했다. "정말 이 방법밖에 없었다는 게 아직도 믿어지지 않는다. 물론 네 상황을 알았다면 나라도 도왔을 거야. 하지만 살인이라니? 왜 나한테는 도와달라는 소리를 안 한 거야?"

"그럴 수는 없었어. 내가 그렇게 하게 휴고가 내버려 두지 않았을 거야. 말했잖아. 죽일 수 있다면 그가 나를 먼저 죽였을 거라고. 그가 단단히 벼르고 있었다고. 내가 오빠를 끌어들였으면 오빠의 삶을 완전히 망쳐놓을 다른 일을 꾸몄을 거야. 솔직히 말해서 그 부분에서는 이미 휴고가 어느 정도 성공을 거뒀잖아."

윌은 어리둥절한 표정으로 로라를 보았다. 아직 그것이 무슨 말인지 이해하지 못하고 있었다.

"그럼 휴고를 죽인 이유가 그거야? 그놈이 너를 죽이려고 하는 것 같아서? 아니면 그놈이 네 인생을 망쳐놓고 있어서? 혹시 그놈이 그 매춘부들을 납치하고 있다고 생각해서 그런 거야? 도대체 어느 쪽이야."

"셋 다 아니야, 오빠. 그런 이유로 죽이지는 않았어."

"그럼 뭣 때문에?"

"알렉사를 위해서."

윌이 동생을 멀뚱멀뚱 쳐다봤다. 그리고 오래지 않아 이 집 어디선가 문 하나가 조용히 닫히는 소리가 들렸다.

40

육 개월 후

로라는 응접실에 혼자 앉아 있었다. 응접실은 육 개월 전의 그 칙칙하고 음울한 분위기의 응접실이라고는 생각하기 어려울 정도로 달라져 있었다. 은은한 크림색의 소파가 짙은 월넛톤의 목재로 새로 수리한 벽과 완벽한 조화를 이루었다. 새로 깨끗이 폴리싱 작업을 한 대리석 바닥도 돋보였다.

로라는 초인종이 울리기를 기다리고 있었다. 로라는 긴장된 팔다리를 이완시키려고 심호흡을 하며 소파에 기대앉았다. 가슴에서 울리는 이 이상한 느낌이 두려움 때문인지, 설렘 때문인지 판단이 서지 않았다. 이제 그를 본 지도 꽤 오래 됐건만 로라는 그에 대한 생각이 자주 났었다. 그가 도착했을 때 어떻게 반응해야 할지 알 수 없어서 로라는 마음을 침착하게 가라앉히고자 했다. 단순하면서도 우아한 회색 바지와 회색 실크 블라우스를 입고 있으니 너무 말끔해 보이지도, 그렇다고 너무 털털해 보이지도 않았다. 이제는 머리카락도 원래의 흑갈색으로 돌아와서 어깨 높이까지 편안하게 내려와 찰랑거렸다.

마침내 익숙한 초인종 소리가 들리자 로라는 재빨리 소파에서 일어났다. 그리고 걸음을 늦추려고 애쓰면서 복도를 가로질러가 그를 맞이했다. 그의 짙은 금발머리는 살짝 더 길어져 있었고, 로라가 보니 그도 옷 입는 데 신경 쓴 티가 났다. 평일에 입는 사무적인 정장이 아니라 검정색 폴로셔츠와 가죽 재킷을 입고 왔다. 분명 로라와 그가 처음 만나던 날에 입고 있던 옷이다. 하지만 분위기는 더 슬퍼 보였고 약간은 경직된 모습이었다. 전에는 보이지 않았던 모습이었다.

"안녕하세요, 로라. 어떻게 지내셨나요?"

"톰, 다시 보니 정말 반갑네요. 전 잘 지냈어요. 당신은 어때요?"

"루시를 그리워하면서 보냈습니다. 하지만 적응하고 있어요. 그런데 이 집에 마술이라도 부리셨나 보군요. 진입로로 들어서는데 정말 그 집이 맞나 싶었습니다."

"내 정신 좀 봐. 안으로 들이지도 않고 문간에 계시게 했네요. 어서 들어오세요."

톰은 복도로 들어서면서 다시 한 번 로라를 보았다. 로라는 톰의 자상한 눈동자를 보고 놀라는 기색이 있었다.

"로라, 정말 좋아 보이네요!" 톰이 말했다. "베키 말이 놀랄 각오를 하고 가라던데, 정말 좋아 보이네요."

로라는 미소로 감사를 대신했지만, 응접실로 그를 안내하는 동안 무슨 말을 해야 할지 망설였다. 자리에 앉으며 떨고 있는 것을 숨기려고 두 손을 꽉 움켜쥔 것을 톰이 눈치채지 못하기만을 바랐다. 하지만 톰은 로라의 맞은편 소파에 앉는 대신 창가로 걸어가 창문을 열고 봄 공기를 방 안으로 불러들였다. 그리고 로라에게 등을 돌리고 섰다. 보아하니 정원에 늦게 꽃을 피운 수선화와 일찍 꽃망울을 내밀고 있는 튤립을 바라보고 있는 듯했다. 로라는 예전에는 톰과 함께 있는 것이 불편했던 적이 한 번도 없었다. 심지어는 톰이 자기를 심문할 때도 불편하지 않았었다. 하지만 오늘 오후는 달랐다.

톰이 먼저 침묵을 깨고 입을 열었다.

"휴고의 살인사건 담당 수사팀의 인력을 감축한다는 말을 전해드리려고 왔습니다. 알고 계시겠지만 지난 육 개월 동안 수사에 별다른 진전이 없었습니다. 이 사건을 종결하는 것은 아닙니다만 저는 다른 수사를 맡게 해달라고 요청을 해놓았습니다." 톰은 여전히 로라에게 등을 돌리고 있었다.

"이해해요, 톰. 아무래도 좀 더 활발한 일을 맡고 싶으셨겠죠. 이 사건은 아무래도 좀 답답해지고 있었을 테니까요."

"사실 답답하기는 합니다. 솔직히 말씀드리자면 지난 육 개월 내내 지루했죠. 처음부터 범인이 아니란 것을 알면서 용의자들을 불러들여서 취조하고, 아무것도 나오지 않을 것을 알면서 증거들을 조사하고 있으려니 참 힘들더군요." 톰이 돌아서서 로라를 바라보았다. 톰은 화난 듯한 모습이었다.

톰의 표정을 보니 그도 진실을 알고 있는 것이 분명했다. 그리고 그 날 윌 오빠의 말이 맞았다는 것도. 누군가가 두 사람의 대화를 엿듣고 있었다. 하지만 로라는 그의 시선을 피하지 않았다. 오히려 안도했다. 지난 육 개월 동안 그로부터 아무런 연락이 없었던 이유도 이것으로 설명되었다. 로라는 그 무소식도 왠지 상처로 다가왔었다.

"미안해요, 톰. 하지만 만약 당신이 그 모든 것을 알고 있다면 지금과는 다른 상황을 선택할 수도 있었을 텐데요? 그렇지 않나요?"

"그렇지도 않아요. 우리 쓸 데 없는 소리는 그만 하고 본론으로 들어가죠."

로라는 항상 톰이 대화를 엿들었을 거라고 의심하고 있었는데, 왜 그가 자기를 체포하지 않는지 이해할 수 없었다. 적어도 진실을 알고 있다는 얘기라도 했어야 하는 게 아닌가 싶었다. 물론 진실을 안다고 얘기하고 나면 자기를 체포하지 않을 수 없었겠지만. 그동안은 끔찍한 나날의 연속이었다. 매일 밤 로라는 휴고를 죽이던 날의 꿈을 꾸었고, 아침마다 토할 것 같은 기분을 느끼며 잠에서 깼다. 그를 완벽히 알지는 못해도 그가 얼마나 사악한 인간인지는 로라도 알 만큼은 알았다. 똑같은 상황이 다시 찾아와도 똑같이 행동을 했을 것이다.

이른 봄의 새소리만 이 방의 침묵 속으로 파고들고 있었다. 긴장감이 가득한 방 안에 울려 퍼지는 행복에 겨운 새소리. 잠시 후 두 사람의 시선이 마주쳤다. 무거운 분위기가 감돌았다.

"톰, 아무래도 다시 물어봐야겠어요. 왜 알면서도 아무런 행동도 하지 않은 거죠?"

톰이 한숨을 내쉬었다. 그리고 손가락으로 머리카락을 쓸어 올렸다. 그의 분노가 좌절로 대체된 듯 보였다. 로라는 자기 때문에 이 남자가 이렇게 큰 스트레스를 받고 있다는 사실에 정말로 미안한 기분이 들었다.

“그게 바로 제가 지난 육 개월 동안 스스로에게 묻고, 또 물어본 질문입니다. 당신이 윌에게 하는 말을 들었지만, 저에겐 물증이 없습니다. 아직도 아무런 증거가 없어요. 당신은 그런 말을 한 적이 없다고 잡아뗐을지도 모르고, 그럼 윌도 당신 말에 맞장구를 쳤겠지요. 하지만 내가 당신이 털어놓은 내용을 들고 다시 찾아왔다면 당신은 분명 모든 진실을 자백했을 겁니다. 그럼 나도 그에 따르는 조치를 취하지 않을 수 없었겠죠. 내가 그것을 감당할 수 있을지 자신이 서질 않았습니다. 그래서 아예 물어보지 않는 것이 낫겠다 싶었죠.”

로라는 뭐라 말해야 할지 몰랐다. 물론 그의 말이 옳았다. 자백했을 것이다.

“이모젠은 아직도 1순위 용의자입니다. 그리고 이제는 알리나 이전의 알리움 재단 소녀들의 소재도 다 파악됐습니다. 제시카가 뒤늦게라도 도와주는 바람에 그 소녀들을 마지막 한 사람까지 다 추적할 수 있었어요.”

그 가엾은 소녀들의 이야기가 언급될 때마다 로라는 칼로 찌르는 듯한 죄책감을 느꼈다. 자기가 더 노력했어야 했다는 죄책감, 좀 더 빨리 행동에 나서야 했다는 죄책감. 하지만 친구 이모젠에게 드리워진 혐의는 오롯이 자신의 책임이었다.

“이모젠에 대해서는 어찌 할 생각인가요? 이모젠을 기소할 가능성이 있나요?”

“아니요. 우리가 가지고 있는 것은 순전히 정황증거밖에 없습니다. 당신네 둘이 꾸몄던 계획을 입증해 보이기는 불가능합니다. 그래서 이모젠은 안전할 것 같습니다.”

이모젠이 안전할 거라는 말에 로라는 안도했다. 로라는 항상 이모젠이 기소당하면 자기도 어쩔 수 없이 모든 것을 자백하게 될 거라 생각하고 있었다. 어떨 때는 죄책감이 감당 못할 정도로 커져서 차라리 모든 것을 자백하면 후련해질 것 같은 생각이 들던 때도 있었다. 하지만 로라는 자기 말고도 생각해야 할 사람이 있었다.

톰은 마치 너무 가까워지고 싶지 않다는 듯 아직 창가에 서 있었다. 로라는 톰이 이제 자기를 어떻게 생각할지 궁금했다.

"어쨌거나 이모젠은 잘 지내나요? 윌은요?" 톰이 잠시 분위기를 가볍게 하려고 물었다.

"예상하시다시피 두 사람 다시 합쳤어요. 두 사람 모두 다른 누군가를 사랑해본 적이 없고, 그렇게 헤어져 있는 동안 둘 다 많이 힘들었거든요. 그래도 쉬울 거라고 생각은 안 해요. 두 사람 모두 커다란 변화를 겪었고, 다시 신뢰를 구축해야 하니까요. 이모젠은 윌이 자기 말을 믿지 않았다는 사실을 용서하기 위해 노력하고 있고, 윌은 이모젠과 세바스찬이 같이 있었던 장면을 머릿속에서 지우려고 노력하고 있어요." 로라가 잠시 말을 멈췄다. "말을 돌리지 말아요, 톰."

톰은 로라가 자기를 너무 잘 알고 있다는 듯 씁쓸하게 미소를 지었다. 그리고 맞은편 소파로 걸어가서 자리에 앉았다. 그는 등을 기대고 앉으며 로라의 정수리 근처 어딘가를 바라보고 있는 것처럼 로라와 눈을 마주치지 않았다.

"자꾸만 무기력한 분노 같은 것이 느껴집니다, 로라. 그게 제 문제예요. 제가 한 번도 접해보지 못했던 경우이고, 여섯 달 동안 나는 내 모든 가치관과 어긋나게 살았어요."

"왜 그런 거죠? 당신이 이 문제로 고통 받을 이유는 없어요."

두 사람의 시선이 마주쳤다. 그렇게 서로를 바라보고 있다가 다시 톰이 입을 열었다.

"그럴 수가 없더군요. 당신한테 그럴 수는 없었습니다. 당신이 정말…, 놀라운 사람이란 생각을 했어요! 자기 앞에 던져진 그 모든 두려움에 대처한 방식이나, 다른 누군가를 위해 자신의 모든 것을 걸 마음의 준비가 되었다는 사실이나. 당신은 너무 많은 고통을 받으며 살아왔어요. 적당한 얘기는 아닌 것 같습니다만, 당신을 보호해야 할 것 같은 기분이 들었어요."

로라가 톰을 바라보았다. 두 눈에 눈물이 글썽였다. 눈치 빠른 그로부터 감정을 숨기려고 로라는 잠시 눈을 감았다. 톰은 잠시 기다려 주었다가 다시 말을 이었다.

"당신이 윌에게 말하는 것을 엿들었을 때 당신이 이렇게 말하는 것을 들었습니다. 휴고에게는 모퉁이만 돌면 더 마음에 드는 대안이 기다리고 있었다고 말이죠. 그리고 휴고를 죽인 이유가 알렉사 때문이라고 했죠. 저는 그 뒤로 이어지는 얘기는 듣지 않고 자리를 떴습니다. 대화를 듣고 있었다는 사실을 들키고 싶지 않았습니다. 그럼 내가 들었던 내용들을 모른 척할 수 없을 테니까요. 하지만 거기까지만 듣고서도 당신 말이 무슨 뜻인지 알 것 같았죠."

로라는 입을 열지 않았다. 그가 그 진실을 알 자격이 있다는 것은 알았지만, 진실을 입 밖으로 낸다는 두려움은 너무 컸다. 로라는 눈을 감고서도 톰이 자기를 지켜보고 있다는 것이 느껴졌다. 그리고 톰이 계속 말을 이었다. 그의 말투가 부드러워졌다. 분명 그도 로라의 고통을 눈치 챘으리라.

"그럼 제가 추측한 것들을 말해 보겠습니다. 휴고 어머니의 사진을 봤습니다. 당신이 그 어머니와 아주 닮았다는 것을 알아요? 휴고가 어머니 사진을 당신한테 절대로 보여주지 않은 것은 아마도 그 때문이었을 겁니다. 아나벨이 저한테 들려준 이야기가 있습니다. 로라, 당신이 이 얘기를 듣고 싶어 할지는 모르겠지만 말할 수밖에 없군요. 아나벨 말이 휴고가 어머니와 섹스하는 것을 봤다고 했습니다. 휴고는 침대에 묶여 있었고, 그 어머니가 휴고의 위에 다리를 벌리고 올라타 있었죠. 제가 하는 말이 아니라 아나벨이 한 말입니다." 톰이 잠시 뜸을 들였다. "이것을 알고 있었나요, 로라?"

로라는 너무도 수치스러워서 대답하면서 톰의 눈을 차마 바라볼 수 없었다.

"짐작은 했었죠. 그가 내게 말하기를 나를 보면 어떤 사람이 떠오른다고, 우리가 섹스를 할 때 내가 입었으면 하는 것들이 있다고 말했어요.

그리고 내가 머리 색깔을 바꾼 후에 그는 심지어 내게 가발을 쓰게 했어요. 물론 빨간색 가발이었죠. 그가 그 가발을 내 침대 위에 놔두고 가고는 했어요."

로라는 다락방에서 처음 가발 상자를 찾아냈던 날이 기억났다. 로라가 처음 요양시설에 들어갔다가 집으로 돌아온 이후의 일이었다. 그때는 휴고가 로라에게 자기가 좋아하는 섹스 게임을 더 이상 기대하지 않던 때였다. 하지만 찾아낸 가발이 자기도 눈에 익은 것들이었기 때문에 베넷 아줌마에게 그 가발에 대해 물어보았다. 친절한 아주머니는 그 가발이 원래 누구의 것인지 설명해 주었고, 로라는 차라리 목숨을 끊고 싶을 정도로 역겨워졌다. 그 오랜 세월 동안 자기가 누구의 역할을 대신하고 있었던 것인지 깨닫고 나니, 로라는 마지막 남아 있던 용기까지도 완전히 허물어지다시피 했다. 하지만 그때쯤 로라에게는 다른 선택의 여지가 남아있지 않았다. 그녀가 그곳에 존재하는 이유는 딱 한 가지, 알렉사밖에 없었다.

톰이 자리에서 일어나 방을 가로질러 갔다. 그리고 로라 옆 소파에 앉아 그녀의 손을 잡았다. 그에게 남아있던 분노와 좌절의 흔적은 이제 사라지고 없었다. 톰이 엄지손가락으로 로라의 손을 부드럽게 어루만지며 말을 이었다.

"도싯으로 차를 몰고 가는 도중에 베아트리체가 휴고 가문의 전통에 대해 말해줬습니다. 부모가 오랜 시간 동안 자녀를 길들이는 전통이 있더군요. 그 가족은 아주 어린 시절부터 부모와 자식이 한 침대를 쓰고, 항상 알몸으로 잤습니다. 그럼 어른의 몸에서 느껴지는 감촉과 느낌이 친숙하고 안전한 느낌을 주게 되죠. 그러다가 아이가 성적으로 좀 더 각성하게 되면 서로 건드리고 애무하기 시작합니다. 그리고 아이가 충분히 컸다고 생각되면 부모가 아이를 침대에 묶습니다. 그리고 그것을 재미있는 놀이인 양 보이게 만들어 놓죠. 그리고 아이가 사춘기가 지나고 나면 마침내 부모가 자식과 섹스를 시작합니다." 톰이 잠시 말을 멈췄다.

로라는 톰의 눈을 바라보았다. 역겨움이 묻어있을 줄 알았다. 하지만 톰의 눈에는 연민만 가득했다. "베아트리체의 말로는 그런 관계가 성인까지 계속 이어질 수도 있다는군요. 보아하니 휴고와 어머니가 그랬던 것 같습니다. 그런데 한 가지 이해 안 가는 것이 있습니다, 로라. 휴고가 당신을 어머니를 대신하는 존재로 취급했다면 왜 그 사람과 계속 함께 했던 겁니까? 애초에 그런 말종하고 결혼한 이유가 뭐예요?"

그가 꺼낸 말은 가혹했지만, 그의 말투는 가혹하지 않았다. 역겨운 감정은 휴고를 위해 따로 남겨 두었다. 로라는 그것이 고마웠다. 로라는 톰의 눈을 똑바로 바라보았다. 두렵지만 자신이 진실을 말하고 있다는 것을 톰에게 알려야 했다.

"아마 당신은 이미 그 이유를 헤아리고 있을 거라고 생각해요. 전부는 아니라도 대부분은 이해하고 있겠죠. 결혼하기 전 휴고는 정말 매력적이고 젠틀했어요. 살면서 그런 남자는 처음 만나봤죠. 그걸 어떻게 설명해야 할까요?"

로라가 잠시 말을 멈추었다.

"나는 예전에 학대에 대한 다큐멘터리를 제작한 적이 있어요. 시상식장에서 누군가가 나더러 저는 그 주제에 대해서 아는 것이 하나도 없다고 말하더군요. 이제는 그 말의 의미를 너무도 분명하게 이해해요. 학대는 신체적으로 가혹하게 다루거나, 대놓고 협박하면서 복종을 요구하는 것처럼 분명하게 눈에 보이는 가학 행위만을 말하는 것이 아니에요. 그런 물리적 학대는 그것이 잘못된 것이라는 걸 파악하는 것이 어렵지 않아요. 물론 그런 학대를 받은 사람들 중에는 지각은 있어도 그것을 타파할 실천력이 없는 사람이 많긴 하지만요. 정말로 사악한 학대는 따로 있어요. 바로 자존감을 조용히, 하지만 가차 없이 파괴하는 행동이에요. 그것은 영혼에 대한 폭력이죠. 휴고가 제게 한 짓이 바로 그것이었어요."

로라가 톰을 바라보았다. 그가 이해하고 있다는 게 보였다.

"알렉사한테는 무슨 일이 있었습니까? 추측은 하고 있습니다만 당신한테 직접 들어보고 싶군요."

톰은 알 자격이 있었다. 자기가 목격한 것을 입 밖에 내기가 쉬운 일은 아니었지만 그래도 이 진실만큼은 자기가 톰에게 빚을 지고 있다는 생각이 들었다.

"어느 날 밤이었어요. 원래는 내가 잠에 들었어야 할 시간이었죠. 그런데 옆방 침실에서 소리가 나는 것이 들렸어요. 비어 있어야 할 방에서요. 알렉사의 웃음소리가 들렸죠. 하지만 그 방은 휴고가 섹스를 하고 싶을 때만 나를 불러들이는 바로 그 방이었어요. 그래서 무슨 일인지 확인하러 나가봐야 했죠. 그 방으로 들어갔더니 알렉사가 침대에 묶여 있었어요. 휴고는 알몸이었어요. 알렉사도 그랬고요. 그리고 휴고는 발기되어 있었죠. 알렉사는 웃고 있었어요. 겨우 일곱 살이었을 때니까요. 알렉사는 그것을 놀이라 생각했어요."

톰이 로라의 손을 꼭 잡아주었다.

"계속 말해 봐요." 톰이 말했다.

"휴고한테 내 생각을 말하기 전에 우선 그 방에서 그를 빼내야 했어요. 알렉사를 보호해야 했죠. 솔직히 도망가고 싶었어요, 톰. 내가 갈 수 있는 데까지 최대한 멀리 도망치고 싶었어요. 하지만 그럼 알렉사를 이 집에 휴고하고 단 둘이 남겨 놓아야 한다는 말이잖아요. 그럴 수는 없었어요. 그래서 난 그에게 변태라고, 역겹다고, 온갖 말들을 쏟아냈어요. 그의 반응은 뻔했죠. 그가 말하기를 섹스 파트너로서 내가 실패한 이유는 제대로 된 교육을 받지 못했기 때문이라고 하더군요. 그는 모든 아이는 부모를 통해 성을 배워야 하고, 자기도 기쁜 마음으로 알렉사에게 그 임무를 실천하고 있는 거라고 말하더군요. 앞으로 오랫동안 알렉스와 이런 관계를 이어가기를 바란다고 했어요."

톰은 얼굴이 하얗게 질렸다. 톰도 딸이 있는 사람이니 어떤 기분이 들지 알 수 있었다. 로라는 톰 역시 자기만큼이나 휴고를 죽이고 싶은 마음이 들었으리라 확신했다. 로라는 나머지 부분도 톰에게 들려주어야 했다.

"나는 그에게 이미 알렉사와 섹스를 했느냐고 물었어요. 그랬더니 그가 이렇게 말하더군요. '물론 아니지. 아이가 사춘기가 될 때까지는 하지 않을 거야. 아직은 어린 아이니까.' 나는 너무 화가 나서 제정신이 아니었어요. 그를 신고할 생각이었죠. 그리고 그도 그걸 알고 있었어요. 그 순간 그가 내게 주사를 놨어요. 무슨 주사였는지는 모르겠어요. 그리고 쓰지 않는 방에 나를 가둬놓았죠. 그리고 나는 나중에 지저분한 알몸 상태로 사람들한테 발견됐죠. 휴고는 그런 식으로 나를 꼼짝 못하게 만들었어요.

하지만 난 그를 멈춰야 했어요. 내 말을 믿는 사람은 아무도 없을 것이고, 알렉사는 자기가 뭘 하고 있는지도 모르고 있다는 것을 알았죠. 알렉사에게는 그게 정상적인 일이었으니까요. 그냥 아빠와 함께 나누는 비밀에 불과했어요. 알렉사는 아빠와 특별한 순간을 함께 한다는 사실을 자랑스러워했고, 그 순간들은 전혀 새로울 것이 없었기 때문에 놀라지도, 충격을 받지도 않았죠. 휴고가 삽입을 한 적은 한 번도 없었기 때문에 신체적인 증거도 없었어요. 하지만 알렉사는 아직 어리기 때문에 시간이 있다고 생각했어요. 나는 알렉사를 보호할 수 있도록 이 집으로 돌아와야 했어요. 그래서 그가 제시한 조건에 동의했죠. 내가 없으면 그를 막을 사람이 아무도 없었으니까요. 하지만 나도 조건을 걸었어요. 그 중 하나가 알렉사나 나에게 다시는 손을 대지 말라는 것이었어요. 그도 그러겠다고 약속은 했지만 분명 알렉사를 계속 건드릴 거였어요. 하지만 그것을 증명할 수는 없었죠."

로라가 손을 뺐다. 자기가 톰에게 이렇게 위로받을 자격이 있다는 생각이 들지 않았다. 이번에는 로라가 창가로 가서 창밖을 바라보았다. 그의 친절을 더 이상 받아들일 수 없을 것 같았다.

"나는 경찰서장한테 찾아가서 알리움 재단 소녀들에게 관심을 갖게 만들고, 내가 의심한 대로 휴고가 유죄라는 것이 밝혀지면 문제가 모두 해결될 거라 예상했어요. 테오 호더 경찰서장이 도와주리라 믿었었죠. 하지만 휴고가 아주 즐거운 듯이 내게 말하더군요. 늘 그랬듯이 이번에도 내 판단력이 정말 형편없었다면서요. 아무래도 그 경찰서장이 입양한 알리움 재단 소녀를 강간했었던 것 같아요. 하지만 휴고가 그 일을 덮어준 거죠. 경찰서장이 휴고에게 빚이 있었던 거죠."

로라는 몇 주 전에 테오 호더가 조기 퇴직을 했다는 소식을 들었지만, 그것이 마음에 위로를 주지는 못했다. 로라를 돕는 것이 테오 호더가 마땅히 했어야 할 임무였다. 만약 그때 그가 나섰더라면 얼마나 많은 알리움 재단 소녀들이 목숨을 구할 수 있었을까?

휴고에게 그 매춘부 소녀들은 그저 한낱 편리한 소모품에 불과했음을 이제 로라는 깨닫고 있었다. 로라는 휴고의 뜻대로 고분고분 말을 들어주지 않았고, 알렉사는 너무 어려 아직 준비가 되어 있지 않았다. 그래서 휴고는 자기 아버지가 그랬던 것처럼 가장 손쉬운 원천으로부터 자기의 욕구를 충족했던 것이다. 휴고에게 매춘부 소녀들은 한 번 쓰고 버려도 되는 일회용 같은 존재였다.

"휴고가 나를 두 번째로 요양시설에 보낸 것은 오히려 나를 도와준 일이었어요, 톰. 준비하고 계획을 짤 수 있는 시간을 주었으니까요. 나는 알렉사를 구해야 했고, 그럼 방법은 하나밖에 없었죠."

로라는 톰에게 위로받고 싶은 충동이 일었지만 참아야 했다. 그리고 최대한 덤덤하게 자신의 이야기를 전하기 위해 이를 악물었다. 로라는 언젠가 자신이 궁극의 대가를 치러야 할 날이 올 거라는 것을 알고 있었다. 어쩌면 지금이 바로 그 순간인지도 몰랐다.

"알렉사는 어떤가요? 알렉사는 이 상황에 잘 적응하고 있나요?" 톰이 물었다.

"알렉사는 잘 지내요. 물어봐 줘서 고마워요. 아나벨은 포르투갈에서 돈 많은 거물을 한 명 만나는 바람에 영국에는 잘 안 들어와요. 그래서 알렉사가 주말과 휴일을 모두 저와 함께 보낼 수 있게 됐죠. 누이 좋고 매부 좋은 꼴이죠. 알렉사가 과도하게 친밀한 부녀 관계를 정상적으로 여기도록 세뇌당한 것을 어떻게 개선해야 할지 여기저기서 조언을 구하는 중이에요."

로라가 톰을 향해 돌아섰다. 톰이 어떻게 할 생각인지 알 수 없었지만, 그래도 자기가 모든 것을 솔직히 털어놓았다는 사실이 기뻤다.

"자, 이제 모든 것을 알려드렸어요. 어떻게 하실 건가요?"

톰이 고개를 저었다. 피곤해 보였다. 지난 여섯 달 동안에 일어났던 사건들이 그를 많이 지치게 만든 것 같았다. "저는 경찰입니다. 경찰이 될 때 선서를 하는 거 아시죠? 하지만 지난 여섯 달 동안 나는 한 명도 아니고 두 명의 살인범에 대해 알게 되었습니다. 그런데도 그 두 사람한테 아무것도 하지 않았죠. 그럼 난 뭐가 되는 겁니까?"

"두 명이라구요? 이 일은 나 혼자 한 일이에요. 제발 이모젠은 끌어들이지 마세요. 이모젠이 공범이기는 했지만, 살인하고는 관련이 없어요."

톰이 고개를 저었다. "베아트리체에 대해서는 이상하다 생각해 본 적 없어요? 도싯으로 가는 길에 그녀에게 얘기를 듣고서 나는 베아트리체가 아버지의 죽음에 연관되어 있다는 확신이 들었습니다. 하지만 지금 와서 그것을 입증할 방법은 없죠. 어찌 보면 베아트리체의 아버지 역시 죽어도 싼 인물이고요. 경찰 꼴이 참 우습죠? 안 그런가요?" 톰이 씁쓸하게 말했다.

"내가 당신을 정말 뛰어난 경찰이라 생각한다는 거 알잖아요, 톰. 이런 딜레마 상황에 빠뜨려서 정말 미안해요. 하지만 이건 알아두세요. 결과를 감당할 마음의 준비가 안 되었더라면 나는 그 일을 시작하지도 않았을 거예요."

놀랍게도 톰은 금방이라도 눈물을 쏟을 것 같은 얼굴이 됐다. 로라는 당장 그에게 다가가 자기 때문에 생긴 고통을 지워주고 싶었지만, 그러지는 않았다. 두 사람 모두 한동안 말이 없었다. 마침내 톰이 소파에서 일어나 로라에게로 다가왔다. 그리고 한 발 정도 떨어진 곳에 서서 로라의 눈을 들여다보았다.

"지금 당신을 체포해도 나를 원망하지 않으리란 건 알아요. 하지만 체포하지 않을 겁니다. 과연 이런 행동을 나 스스로 용서할 수 있을지는 모르겠습니다. 하지만 당신을 체포하면, 이모젠도 체포해야 합니다. 싫든 좋든 이모젠은 이 사건의 공범이에요. 그럼 이모젠의 삶도, 윌의 삶도, 아마 당신 어머니의 삶까지도 모두 망가지고 말겠죠. 그리고 당신이 없으면 알렉사는 대체 어떻게 될까요? 이미 너무 많은 상처를 받은 아이입니다. 결국 죄 없는 사람들만 고통 받게 될 겁니다. 이미 고통을 받을 만큼 받았는데 말입니다. 당신이 휴고를 죽인 덕분에 세상은 당신에게 빚을 진 셈이에요. 그리고 당신은 이미 고문과도 같은 10년의 세월을 견뎠습니다. 머리부터 발끝까지 사악한 한 사람이 죽었기 때문에, 그로 인해 무고한 다섯 명의 사람이 끝없는 고통의 나락으로 빠져들어야 한다는 사실을 저는 받아들일 수가 없습니다."

로라는 아무 말도 하지 않았다. 톰의 말이 끝나지 않았다. 톰이 손을 뻗어 로라의 손을 잡았다. 그리고 로라는 기꺼이 톰의 두 손을 움켜쥐었다. 하지만 두 사람 다 서로에게 더 가까이 다가서지는 않았다.

"문제가 하나 있어요, 로라. 이렇게 하면 내가 두 번 다시는 당신을 볼 수 없다는 겁니다. 그 점은 이해해 주리라 믿어요. 나는 당신의 강인함, 헌신, 그리고 도덕성을 존경해요. 이 상황에서 도덕성을 얘기한다는 게 좀 이상하긴 하네요. 나는 당신이 고통 받는다고 생각하면 견딜 수가 없어요. 그리고 내가 당신이 그 악마 같은 인간에게 받은 상처에서 회복할 수 있도록 곁에서 도와줄 수 있다면 얼마나 좋을까 생각도 해봤습니다. 하지만 난 경찰이에요. 그냥 떠나겠습니다. 로라, 하지만 이 말은 하고 싶어요. 나는 내 개인적인 감정이야 어쨌든 절대로 사람은 못 죽여요. 아무리 정당한 일이라도 말이죠."

로라는 아무 말도 하지는 않았지만 이해할 수 있었다. 로라는 운명의 신이 자기에게 조금만 더 친절했더라면 이 남자야말로 자기가 사랑할 수 있었을 남자라는 생각이 들었다. 하지만 두 사람 사이를 막아선 장벽은 너무도 높았다. 그리고 로라는 절대로 또 다시 남자를 사랑하지는 못하리란 것을 알았다. 그녀에게 사랑이란 서로에게 솔직함을 의미했는데, 이 모든 이야기는 누구에게라도 두 번 다시 입 밖에 내어서는 안 될 이야기였기 때문이다.

톰이 잡고 있던 손을 놓고 로라에게 다가섰다. 그리고 손을 뻗어 손등으로 로라의 뺨을 어루만졌다.

그리고 그 다음 순간, 그는 이미 가버리고 보이지 않았다.

옮긴이 김성훈

김성훈은 경희대학교 치과대학을 졸업했고, 현재 출판번역 및 기획그룹 바른 번역 회원으로 활동 중이다. 역서로는 『위대한 수학』, 『 WOW!: 뱁티스트 헬스 케어의 탁월한 서비스경영을 배우다』, 『흥미로운 심해 탐사여행』, 『퀀텀맨』, 『동물학자 시턴의 아주 오래된 북극』, 『글자로만 생각하는 사람 이미지로 창조하는 사람』, 『도살자들』, 『사라진 딸』 등이 있다.

온리 더 이노센트
ONLY THE INNOCENT

초판 2016년 11월 11일 1쇄
저자 레이첼 애보트
옮긴이 김성훈

출판사 도서출판 북플라자
주소 경기도 파주시 파주출판단지 서패동 471-1
전화 070-7433-7637
팩스 02-6280-7635
홈페이지 www.book-plaza.co.kr

ISBN 978-89-98274-77-1 03840